蓮都年鑒

LIANDU YEARBOOK

2017

中共丽水市莲都区委、丽水市莲都区人民政府　主办

《 莲 都 年 鉴 》 编 纂 委 员 会　编

方志出版社
Publishing House of Local Records

编辑说明 EXPLAIN

一、本年鉴以马克思列宁主义、毛泽东思想、邓小平理论、“三个代表”重要思想、科学发展观、习近平新时代中国特色社会主义思想为指导，坚持辨证唯物主义和历史唯物主义的立场、观点和方法，客观、真实、准确地记述丽水市莲都区政治、经济、文化、社会发展的基本情况，充分发挥资政、咨询、教化、媒介、存史的作用。

二、本年鉴分类编辑，框架结构由卷首、百科、卷尾三个部分组成。除特载、文件选编为综合性文献外，其他栏目均采用条目体。百科部分设类目、分目、条目三个层次。条目是记述信息的基本形式，标题反映条目的内容实质。

三、本年鉴共设29个类目，依次是：特载、大事记、总述、中国共产党莲都区委员会、莲都区人民代表大会·人大常委会、莲都区人民政府、政协莲都区委员会、中共莲都区纪委·区监察局、民主党派、人民团体、侨务·台湾事务、编制·人事·劳动·社保、法治、军事、农村经济、林业、工业·经济·商贸、旅游、交通·信息、财政·税务·金融、城建·城管·征迁·环保、经济管理、教育、科学技术、文化、卫生、社会生活、乡镇·街道、文件选编。

四、本年鉴记述时限为2016年1月1日—12月31日；特载类目收录中国共产党丽水市莲都区第十四次代表大会上的报告、莲都区第十六届人民代表大会第一次会议上区政府工作报告、莲都区第十六届人民代表大会第一次会议上区人大常委会工作报告、政协第十五届丽水市莲都区委员会第一次会议上区政协常务委员会工作报告、莲都区第十六届人民代表大会第一次会议上区人民检察院工作报告、莲都区第十六届人民代表大会第一次会议上区人民法院工作报告、莲都区第十六届人民代表大会第一次会议上区发改局关于莲都区2016年国民经济和社会发展计划执行情况与2017年国民经济和社会发展计划草案的报告、莲都区第十六届人民代表大会第一次会议上区财政局关于莲都区2016年预算执行情况和2017年预算草案的报告。

五、本年鉴收入的区直部门和乡镇、街道机构及负责人名录均系担任实职的副科级以上领导干部。

六、本年鉴由承编任务单位提供初稿，经年鉴编辑部修改完稿，主编汇总审查后报区年鉴编纂委员会批准，方志出版社审核后出版。主要数据以区统计局公布的数据为准。

七、本年鉴编纂出版工作得到全区各有关单位、部门的大力支持，广大编纂人员为之付出了辛勤的劳动，借此表示衷心感谢。由于编辑时间短，书中难免存在疏漏和差错，恳请广大读者批评指正。

2016年11月18日，丽水市委常委、莲都区委书记杜兴林（右二）调研全国文明城市创建工作

（区委办提供）

2016年12月13日，莲都区委副书记、代区长陈豪（右三）调研峰源乡夏庄村农民安置小区

（区府办提供）

2016年12月25日，莲都区人大常委会党组书记陈元龙（左三）到联城街道推进重点项目建设

（区人大办提供）

2016年5月25日，莲都区政协主席谷江南（左二）到紫金街道调研基层党组织建设工作，并实地走访市区重点项目推进情况

（区政协办提供）

目 录

中国共产党丽水市莲都区委员会

莲都区人民代表大会·人大常委会

莲都区人民政府

政协莲都区委员会

中共莲都区纪委·区监察局

民主党派

人民团体

侨务·台湾事务

编制·人事·劳动·社保

法　　治

军　事

农村经济

林　业

工业·经济·商贸

旅　　游

交通·信息

财政·税务·金融

城建·城管·征迁·环保

经济管理

教　　育

科学技术

文　　化

卫　　生

社会生活

乡镇·街道

文　件　选　编

特　载

城市共建　经济共融　福祉共享
为在全市率先高水平全面建成小康社会而努力奋斗
——在中国共产党丽水市莲都区第十四次代表大会上的报告

杜兴林

中国共产党丽水市莲都区第十四次代表大会，是在我区决胜全面小康、加快转型跨越的关键时刻召开的一次重要会议。大会的主题是：始终牢记习近平总书记“绿水青山就是金山银山，对丽水来说尤为如此”重要嘱托，深入分析莲都当前所处的历史方位和今后五年的历史使命，动员全区各级党组织、全体共产党员和广大干部群众，同心同向同力，共建共融共享，善谋善作善成，加快推进城市共建、经济共融、福祉共享，为在全市率先高水平全面建成小康社会而努力奋斗！

一、过去五年的主要工作

区第十三次党代会以来的五年，是我区发展史上不平凡的五年。面对错综复杂的宏观环境和艰巨繁重的工作任务，区委团结带领全区各级党组织和广大党员干部群众，认真贯彻中央、省委、市委重大决策部署，坚定不移走“绿水青山就是金山银山”绿色生态发展之路，凝心聚力，真抓实干，连续4年获市对县（市、区）年度综合考核优秀等次。

预计到2016年底，实现市区生产总值298.16亿元，年均增长6.9%；农业总产值28亿元，年均增长6.5%；规上工业总产值63.18亿元，年均增长13.1%；旅游总收入59.37亿元，年均增长39.9%；固定资产投资五年累计627.43亿元，年均增长18.1%；一般公共预算收入13.2亿元，年均增长12.2%；城镇居民人均可支配收入38360元，年均增长9.5%；农村居民人均可支配收入21260元，年均增长11.8%，较好完成区第十三次党代会确定的目标任务，开创了经济社会协调发展的新局面。

——绿色发展更加自信。我们把学习贯彻习近平总书记系列重要讲话精神作为首要政治任务，紧紧抓住生态文明兴起、省委省政府高度重视山区发展的历史性机遇，始终牢记、深入践行“两山”重要思想，不断把生态优势转化为经济优势、发展优势，一张蓝图绘到底、一任接着一任干。从实力莲都、效率莲都、养生莲都“三大莲都”总目标的提出，到美丽莲都、美好生活“两美莲都”建设的推进，以及美丽环境、美丽经济、美好生活“三美融合、主客共享”工作主线的深化和“中国莲都”品牌形象的打造，全区上下对绿色发展的认识越来越深入，“护美绿水青山、做大金山银山”转化为生动现实，成为干部群众的自觉行动，为生态屏障地区实现跨越发展作出了有益的探索和尝试。

——转型跨越更加从容。我们主动适应经济发展新常态，积极推进经济生态化和生态经济化，推动经济在转型升级、特色发展中平稳快速增长。坚定发展生态农业，我区被确定为2014年度国家级农业综合开发现代园创建试点单位，创成省级农业社会化服务示范县、省级农产品质量安全放心示范县，成功举办第八届中国社会生态农业大会。积极推进工业转型，加快莲都—义乌山海协作产业园建设，园区生态化改造取得阶段性成效，新增国家高新技术企业8家。大力发展生态旅游，民宿(农家乐)初具规模，古堰画乡创成国家AAAA级景区，我区荣获全省首批休闲农业与乡村旅游示范县。着力培育电子商务，区电子商务产业园开园运营，发展电商网店(企业)1600多家，涌现出“倪老腌”辣椒酱、润生苔藓等一批知名网络品牌。全面推进改革创新，“三大国家改革试点”、中心镇行政管理体制改革、市区体制优化、行政区划调整、行政审批制度改革、“四张清单一张网”建设等取得了明显成效，我区被农业部列入政府向经营性服务组织购买农业公益性服务机制创新试点，入选全省首批异地搬迁扶贫改革试点。全力打好“拆治归”组合拳，实施老小区、城中村改造36个，顺利完成大港头木制品行业整治，基本完成郎奇违建专项处置，拆违总量居全市第一；“五水共治”形成声势，成为全省农村生活污水治理工作优胜区，连续两年被评为市“五水共治”先进区；内引外联加快招商引资步伐，累计引进大项目57个，浙商回归到位资金65.39亿元。

——统筹协调更加深入。我们坚持城乡一体化发展，以城带乡、以乡促城，统筹城乡发展水平显著提升。主动融入和服务市区建设，依法阳光推进市区重点项目政策处理，累计征地2.56万亩，拆迁107.9万平方米，中心城市建成区面积扩大到34.9平方公里。加快特色小镇建设，推进古堰画乡“景镇融合”发展，古堰画乡小镇成为全国深化城镇基础设施投融资模式创新试点镇、全国首批乡村旅游创客示范基地、全省首批特色小镇，大港头镇成为全国首批特色小镇，成功举办“古堰新韵”小镇音乐节、中国写生大会。加快城镇化步伐，推进人口向中心镇集聚，碧湖镇被列为全国重点镇、省级历史文化名镇，新建农民下山脱贫安置小区(点)10个，联城城郊农民新社区已安置农户1145户，城镇化率提高至73%。成片连线推进美丽乡村建设，扎实推进“六边三化三美”，打造瓯江滨水景观带、生态峰源线、风情东西线、古道问今线、红色北乡线“一带四线”美丽乡村风景线，建成省美丽宜居示范村4个，9个村入选全国传统村落名录，我区连续10年获省社会主义新农村建设优秀单位，成功承办2012年全省美丽乡村建设现场会并获省美丽乡村先进区称号。着力提升基础设施，完成区中心粮库等一批重点项目，金丽温高铁、新50省道、丽武公路顺利通车，新开通农村公交线路19条，城乡路网、电网、水利网、信息网更趋完善。扎实推进生态建设，平原绿化工作做法被全省推广，市区环境质量连续11年在全省设区市的市区中排名第一，公众环境满意度稳定在全省前10位。

——文明和谐更有底气。我们坚持以人民为中心的发展思想，致力保障和改善民生，不断促进社会和谐稳定。以民生事业增加群众幸福感，民生支出总量和占比全市最高，基本建成城乡统筹、惠及全民的社会保障体系，全面消除家庭人均年收入4600元以下贫困现象，医疗服务达到全省中等水平，创成全国义务教育基本均衡区、省慢性病综合防控示范区、省双拥模范城区、省体育强区、省扶残助残爱心城市。以“六城联创”增加群众获得感，市区合力创成国家森林城市、国家园林城市、国家卫生城市，我区被评为省示范文明城区、全市最具幸福感城市。全力助推全国文明城市创建，2016年省测成绩全省第一，“小荷”志愿者队伍已发展到116支、12456

名志愿者，“打造一个捡不到烟头的城市”获评2016年全国创新社会治理十佳典型案例，“96345”成为全市最亮服务品牌。以平安建设增加群众安全感，全力做好防恐防暴、安全生产、道路交通、食品药品安全、信访积案化解、矛盾纠纷排查、社会风险管控、网络安全管理等各项工作，圆满完成G20杭州峰会、世界互联网大会、全国两会等重大维稳任务，市区群众安全感、满意度连续两年位列全省第一，平安区考核有望实现十一连贯。此外，关心下一代、老龄、慈善、红十字、史志、档案、移民、审计、普法、侨务、对台、外事等工作进一步加强。

——党的建设更富成效。我们坚持党要管党、从严治党，不断净化政治生态，凝心聚力推动发展。强化政治定力，精心组织党的群众路线教育实践活动、“三严三实”专题教育和“学党章、守纪律、讲规矩”主题教育、“两学一做”学习教育、“归零翻篇开新局”主题大讨论活动，严肃抓好省委巡视组反馈意见的整改落实，坚决维护以习近平同志为核心的党中央权威，始终与上级党委保持高度一致。区委充分发挥领导核心作用，全力支持人大、政府、政协工作，推动协商民主广泛多层制度化发展，意识形态斗争卓有成效，爱国统一战线巩固发展，民主党派、工商联、民族、宗教工作有力推进，工会、共青团、妇联桥梁纽带作用有效发挥，党管武装工作不断加强。强化队伍建设，建立领导班子集中回访和定期分析制度，加强干部教育培训、一线锻炼和监督管理。完善干部能上能下机制，努力打造“狮子型”团队和干部，党管干部、党管人才工作进一步加强。强化基层基础，全面开展“整乡推进、整县提升”和“双先双创”活动，狠抓党员“能进能出”专项整治，推进软弱涣散党组织整改转化，深化“住村联心”“民情地图”等联系服务群众长效机制建设，每年开展十佳住村干部、十佳村干部、十佳村干部搭档评选表彰活动。着力扩大党的工作覆盖面，探索社区“大党委”制，党员“微服务”走在全省前列，党在基层的战斗力、凝聚力不断加强。强化反腐倡廉建设，推进纪检监察体制改革，层层压实“两个责任”，项目化推进责任清单刚性落实。在全市率先开展农村作风巡查工作。从严落实中央八项规定精神，加大正风肃纪力度，严查“酒局”“牌局”和纪律松弛等行为，干部作风进一步好转。始终保持惩治腐败高压态势，积极探索实践监督执纪“四种形态”，群众对党风廉政建设和反腐败工作总体满意度不断攀升。面对“8·20”洪灾、“11·13”里东特大山体滑坡自然灾害，全区广大党员干部守土有责、画圆句号，检验了团队的战斗力，展示了基层党员干部的良好形象。

五年来的成就，为今后发展打下坚实基础；五年来的实践，为继续前进积累了宝贵财富。这是上级党委、政府正确领导的结果，是历届区委继往开来、接力奋斗的结果，是全区上下开拓进取、团结拼搏的结果。在此，我谨代表中共丽水市莲都区委，向全区广大党员干部群众，向各民主党派、工商联、人民团体和社会各界人士，向驻莲部队、武警官兵和公安干警，致以崇高的敬意和衷心的感谢！

成绩来之不易，经验弥足珍贵。回顾过去五年的奋斗和实践，我们深刻体会到：

——必须坚持服务大局、开拓创新，走符合实际凸显特色的发展之路。我们始终把中央、省委、市委要求与莲都发展紧密结合，紧跟大势，认清形势，适时提出符合时代要求、莲都实际和群众愿望的奋斗目标、工作思路，一步一个脚印推动经济社会发展。实践证明，只有立足区情实际，注重与时俱进，才能走出一条具有莲都特色的科学发展路子。

——必须坚持干在实处、走在前列，以虎口夺食的勇气破解发展难题。我们始终紧抓发展第一要务，强化在全市示范引领的使命定位，正视矛盾、沉着应对，从容不迫练内功，开足马力向前冲，破除一个又一个绊脚石，形成各项工作齐头并进之势。实践证明，只有干字为先、攻坚克难，才能保持良好的发展态势。

——必须坚持以人为本、正本清源，用法治思维的理念优化发展环境。我们始终正确处理改革、发展、稳定的关系，把人民的利益放在首位，把法治思维和法治方式贯穿于工作全过程，培树公平正义的新风正气，赢得了人民的拥护和支持。实践证明，只有把人民放在心中，统筹处理好“促发展”与“惠民生”的关系，才能营造出良好的发展环境。

——必须坚持从严要求、向实发力，在全面从严治党中增进发展合力。我们始终坚持党要管党、从严治党，最大限度凝聚共识、调动力量，强化看齐意识，担当履职尽责，以上率下促实干，团队精神打硬仗，形成心齐、气顺、劲足、事成的生动局面。实践证明，只有充分发挥党的领导核心作用，才能形成和衷共济干事创业的强大合力。

总结五年来的工作，我们也清醒地看到，莲都经济社会发展还面临许多困难和问题，主要表现在：经济建设方面，“两山”转化通道还未真正打开，产业结构不尽合理，转型升级任重道远，重大项目偏少，生态红利、改革红利的释放不够，财政收支矛盾突出，潜力税源缺乏，资金缺口仍然较大。民生事业方面，民生保障仍需加强，居民收入、基础设施、公共服务与群众期盼还有差距，地质灾害防治和异地搬迁任务艰巨。社会治理方面，影响社会和谐稳定的因素仍然不少，社会治理亟需创新，突发事件处置、虚拟社会和公共安全管理、社会治安基层基础等有待加强。党的建设方面，少数单位落实党建主体责任还不够到位，一些基层党组织宣传群众、带领群众、服务群众的本领还不够高，部分党员的党章党规党纪意识还比较淡薄，农村基层党风廉政建设仍面临严峻挑战。对此，我们必须高度重视，带着责任、带着使命，破解难题、奋力前行。

二、今后五年的总体要求

今后五年，我区仍处于可以大有作为的重要战略机遇期。从全球视野看，世界经济在深度调整中曲折复苏，新一轮科技革命和产业变革蓄势待发。从全国时局看，中国展现大国姿态、大国担当，为世界经济和全球治理注入“中国暖流”。从全省格局看，浙江努力为“中国的明天”提供更多的浙江实践、浙江经验，积极领跑中国全面小康建设和基本实现现代化。从全市大局看，丽水始终牢记习总书记“绿水青山就是金山银山，对丽水来说尤为如此”的更高要求，勇当全国绿色发展的探路者和模范生。面对打开“两山”通道的伟大实践和“一市一区”的特殊体制，我们必须清醒认识莲都的历史方位、工作定位和价值地位，找准坐标，找对路径，做到因势而谋、应势而动、顺势而为。

十年来，我们忠实践行、持续接力“两山”理论，正确处理好生态保护和经济发展的关系，彰显了小康路上追梦“绿富美”的“莲都智慧”。省委高度重视26县加快发展，市委更是对莲都发展寄予厚望，明确指出，莲都的发展能力和速度、社会治理能力和水平、经济社会发展层次和水平一定程度上代表着全市的综合水平。准确理解和精准把握省委、市委对莲都工作的要求和期待，要求我们必须做到：既要埋头干活，更要抬头看路，认清规律，顺应趋势，乘势借势，增强方向感；既要深刻领会丽水在全省的历史方位，更要准确把握莲都在全市的历史方位，增强责任感；既要主动服从服务全市发展大局，更要积极谋深谋实莲都发展格局，增强使命感，精准定位，善作善成，努力使各项工作走在全市前列。

放眼未来，在生态文明新时代，在浙江打造全面小康标杆省份、丽水绿色发展后劲和趋势势不可挡的历史进程中，我们莲都理应在全国、全省发展格局中找到位置。要有自信心，莲都虽然在浙江处于相对后发，但是对比全国坐标，整体发展水平处于中位偏上，具备在全市率先高水平全面建成小康社会的基础，具备在全国探索出一条山区可持续科学发展之路的条件；要有大局观，一定要按照中央、省委和市委要求，全面落实经济发展、民生事业、生态保护、维护稳定、党建保障各项任务，打好“拆治归”转型升级组合拳，确保在全国领先实现、在全市率先实现高水平全面小康；要有精准活，政府资源有限，市场潜力无限，遵循“创新、协调、绿色、开放、共享”五大发展理念，要像巧媳妇一样精明持家，多点市场导向、多点效率意识、多点效益原则，唯实务实，精准施策，重视实体经济、创新体制机制、尊重基层创新，探索更多更靓符合莲都特点、推动发展的实实在在举措，全面小康建设在丽水9个县(市、区)中示范引领，“两山”实践举措和成效在全省、全国有地位有借鉴，以“理应如此”的担当，体现“尤为如此”的示范，为“丽水的今天”和“浙江的明天”贡献更多莲都实践、莲都元素、莲都经验。

基于以上分析，今后五年发展的指导思想是：高举中国特色社会主义伟大旗帜，坚持以马克思列宁主义、毛泽东思想、邓小平理论、“三个代表”重要思想、科学发展观为指导，深入学习贯彻习近平总书记系列重要讲话精神和治国理政新理念新思想新战略，统筹推进“五位一体”总体布局和协调推进“四个全面”战略布局，自觉践行五大发展理念和“两山”理论，以“八八战略”为总纲，坚持“绿色发展、科学赶超、生态惠民”发展主线和“三美融合、互促共进、主客共享”工作布局，同心同向同力，共建共融共享，善谋善作善成，加快推进城市共建、经济共融、福祉共享，为在全市率先高水平全面建成小康社会而努力奋斗。

奋斗目标是：“一个率先、两个提升、三个迈进。”

“一个率先”，即到2019年，提前一年在全市率先高水平全面建成小康社会。市区生产总值、人均生产总值提前实现翻番目标，总量在全市的占比显著提升，人均水平全市领先，一般公共预算收入年均增长7.5%以上，区属固定资产投资年均增长确保在10%以上，力争更好成绩，社会主义民主法制更加完善，基本建成生态文明先行示范区，重要领域和关键环节改革取得决定性成果，为开启基本实现现代化新征程奠定坚实基础。

“两个提升”，即人民生活水平和社会文明程度实现大幅提升。提前实现城乡居民人均可支配收入翻番目标，建立城乡一体的基本公共服务体系和社会保障体系，人民群众拥有更多幸福感和获得感。群众精神文化生活更加丰富，中国梦和社会主义核心价值观深入人心，国民素质和社会文明程度显著提高，成功创建全国文明城市。

“三个迈进”，即实现向城乡融合化迈进，城乡之间的发展差距明显缩小，城市化率提高到75%左右，特色小镇建设卓有成效，美丽乡村内涵深化外延拓展，创成省美丽乡村示范区，基本破除城乡要素自由流动的体制障碍，新型城镇化成为经济发展的重要动力；实现向产业协调化迈进，“三二一”产业结构稳步优化，服务业增加值占GDP比重达到60%以上，形成三次产业协调发展、城市经济乡村经济齐驱并进的现代产业体系，内生动力明显增强；实现向治理现代化迈进，社会治理创新深入推进，治安防控、基层治理、防灾减灾体系更加健全，基本建成全民共建共享的社会治理新格局，社会和谐的基础更加牢固。

提出上述目标，是基于对莲都历史方位、主要任务的客观清醒认识。实现上述目标，特别需要对莲都全省唯一的一市一区特殊体制有客观认识。市区体制区别于市县体制，市区是一家，财政一体，统计一地，一口锅吃饭；一市一区又区别于一市多区，不分你我，难分你我，忌分你我，从思想上树立“一家”意识、工作上围绕“一家”要求、成果上体现“一家”共献显得尤为重要，这是莲都各项工作的基础和关键。为此，我们必须秉持“同心同向同力、共建共融共享、善谋善作善成”的总要求，奋发有为、示范引领，真正做到“尤为如此”。

同心同向同力，就是要思想同心，牢固树立“莲都就是市区，服务市区就是发展莲都，发展市区就是惠泽莲都”理念，坚决摒弃区分你我思想，在市区“一家”上谋求更大共识；就是要目标同向，以市区重点为重点，以市区成效为成效，更加主动地融入大局、服务大局、发展大局；就是要行动同力，强化工作的一线性和一致性，心往一处想，劲往一处使，在服务市区中充分作为，在服务市区中赢得地位，在服务市区中形成特色。

共建共融共享，就是要把“城市共建”作为最大亮点，主动担当、主动作为，既分工更合作，在中心城市大建设大发展中提升莲都形象；就是要把“经济共融”作为最强支点，把握生态富集、经济后发的阶段性特征，发挥中心城市龙头作用，构建既有特色、又有活力、更有竞争力的区域经济体系；就是要把“福祉共享”作为最实落点，从解决人民最关心、最直接、最现实的利益问题入手，躬身为民谋福祉，让莲都人民共享改革发展成果。

善谋善作善成，就是要谋在深处、谋在新处，认清发展阶段、发展任务、发展动力，遵循经济规律、自然规律、社会规律，力求各项工作符合要求、顺应趋势、更有作为；就是要精准发力、实处着力，最大限度凝聚智慧、凝聚力量，保持定力抓落实，落细落小转作风，多做打基础、利长远的工作，多干能经得起历史、实践和人民检验的事情；就是要效率导向、结果导向，力戒形式主义，反对官僚主义，崇尚实干主义，效率与效益并重，敬业与尽力并举，既重过程，更重结果，凭实绩论英雄，不断积小胜为大胜。

这三个方面相互联系、相辅相成，“同心同向同力”是认识基础和工作理念，“共建共融共享”是工作载体和工作内容，“善谋善作善成”是工作方法和工作要求，三者统一为一个有机整体。全区上下必须深刻领悟这一总要求的精神实质和丰富内涵，把它作为当前和今后一个时期必须遵循的根本要求，认真践行，务求实效，合力推动经济社会发展行稳致远。

在具体工作中，必须特别重视并坚持以下五条原则：

——“两山”第一指引。要始终坚持把“两山”理论作为根本指导思想，始终牢记“尤为如此”要求，植根莲都大地，融入群众血液。既要护美绿水青山，推进生态保护、修复和涵养提升，形成科学合理的生产空间、生活空间和生态空间，又要做大金山银山，以“生态+”拓宽发展路径，打开“两山”转化新通道，让“绿水青山”源源不断带来“金山银山”，争当全国县域绿色发展的模范生。

——发展第一要务。发展是党执政兴国的第一要务。莲都现阶段所有矛盾和问题，集中到一点，就是经济总量偏小、发展速度不快、产业结构不优。发展永远是莲都最强音、主旋律。要始终坚持“实业强区、实干富民”，以提高发展质量和效益为中心，推进供给侧结构性改革，尽全力争取年均经济增长速度高于全市和全省平均水平，推动莲都发展步入居民收入、企业收入、政府收入“三个收入”同步提高的良性轨道。

——“首位”第一担当。这是莲都在全市必须有的定位和要求。唯一的市辖区意味着什么？意味着“首席”，意味着“第一”，意味着窗口、龙头和形象。必须强化争先进位意识，不仅各单项工作要在全市有地位、有特色，一个都不能拉下，更要强调整体发展的协调、科学和可持续，体现水平、品位和高质量。要不断强化首位意识，始终坚持首善标准，充分尊重首创精神，各项工作都要按照全市最高标准去谋划、去运作，持续提升中心城市发展首位度，让示范引领成为常态。

——创新第一动力。谋科学发展，根本在改革创新。要始终坚持向创新要动力、要活力，推动以科技创新为核心的全面创新，深入实施现有改革试点，积极争取省级以上试点项目，充分释放改革红利。正确处理好政府与市场的关系，发挥市场在资源配置中的决定性作用，既重生产环节，更重流通、消费环节，以市场导向、市场机制倒逼产业结构调整；更好地发挥政府作用，推进“放管服”，扎实推进政府自身改革。培育创新文化，形成大众创业万众创新生动局面。

——干部第一关键。政治路线确定之后，干部就是决定因素。“严管就是厚爱”，对干部严人一等、严管一层，坚持问题导向、目标导向、结果导向，正面引导、激励激发，让干部在推进事业发展、服务群众中体现人生价值，干净干事创新业，打造一支守纪律讲规矩、勇立绿色发展潮头的莲都铁军。基层工作很琐碎，基层干部很辛苦，对基层干部既要重品行、重实干、重公认，更要真正重视、真情关怀、真心爱护；基层干部的家庭付出更多，组织和领导对基层干部家庭要经常过问、时常关心，切实帮助解决一些实际困难，促进干部正确处理好工作与生活、事业与家庭的关系，让干部始终保持身心健康，自觉快乐工作。

三、今后五年的主要任务

今后五年，我们必须牢记使命、找准坐标，着重抓好“城市共建、经济共融、福祉共享”三大任务的落实，努力把莲都发展推向新的水平。

（一）服从服务市区中心工作，城市共建

城市共建是莲都工作最鲜明的特色。丽水要科学赶超，市区是龙头，是主体，是关键。中心城市强，则莲都强；中心城市发展快，则莲都发展快。要从莲都地位特殊、作用特殊、责任特殊的实际出发，扎实做好服务市区、城市共建各项工作，以中心城市发展带动莲都更好更快发展。

政策处理要开足马力。政策处理是莲都服从服务市委市政府中心工作最重要的任务。要深入研究项目征收共性和个性问题，健全完善征收工作体制机制，进一步增强市区合力、区内合力，提高征收工作的计划性、协调性，推动政策处理从突击为主向常态为主、从点状征收向块状征收转变。坚持阳光征收，一把尺子量到底，做到过程透明、结果公正。坚持和谐征收，统筹考虑并妥善解决困难群众的实际问题。坚持依法征收，树正气、压邪气，不让老实人吃亏。通过政策处理和项目建设，拓展发展空间、提升城市形象、改善群众生活，实现经济效益、政治效益、社会效益“多赢”和最大化。

城市创建要深处着力。“六城联创”尤其是全国文明城市创建，是市委市政府城市建设和管理的大平台，是“城市让生活更美好”变成可知可感生动现实的大抓手。全面加强城市管理与服务，推进智慧城市建设，完善综合行政执法体制，实现城市管理与执法无缝对接，常态化整治“六乱”现象；加强文明阵地建设，深化未成年人思想道德建设，引导市民自觉遵守社会公德，力促城市整洁、规范、礼让、有序。全面加强城乡社区建设，完善社区配套设施，创新物业管理机制，建设管理有序、服务完善、文明祥和的新型社区。持续放大“小荷”志愿服务品牌效应，拓宽服务领域，提高服务质量，推进志愿服务制度化、规范化、常态化。以提高知晓率、扩大参与面为重点，最大程度把市民群众动员起来、组织起来，让创建融入百姓生活，形成“共住一座城、共建一个家”的良好氛围。全力争取2017年创成全国文明城市。

社会治理要积极探索。就全市而言，我区社会治理面临的挑战更多，承受的压力更大。要着眼加强系统治理，推进社会治理精细化，完善党委领导、政府负责、社会协同、公众参与、技术支撑、法治保障的社会治理体系。着眼加强依法治理，推进法治莲都建设，稳妥推进司法体制改革，提高党委政府公信力。着眼加强综合治理，完善立体化社会治安防控体系，严密防范和打击各类违法犯罪活动及各种分裂、渗透、颠覆、窃密等破坏活动，强化信访积案和涉法涉诉积案化解，做好特殊利益群体稳控工作。着眼加强源头治理，完善社会矛盾纠纷排查预警和调处化解综合机制，基本实现“小事不出村、大事不出乡、矛盾不上交”。推进社会稳定风险评估工作，健全社会心理服务体系和疏导机制、危机干预机制，防止发生极端事件。加强乡镇（街道）“四个平台”建设，完善基层治理。全面加强安全生产，推进食品药品安全体系建设，加强质监、消防工作，强化防灾减灾救灾能力建设，保障人民生命安全。全力保障2017年夺取平安金鼎。

新型城镇化要推进有力。城镇化是现代化的必由之路。坚持以人的城镇化为核心，以提高质量为关键，提升城市综合承载能力，充分释放新型城镇化蕴藏的巨大内需潜力。提升中心城市功能，加快老小区、城中村改造，推进海绵城市建设，妥善解决城市防洪安全、雨水收集利用、黑臭水体治理等问题。依托中心城市的核心引领，加快碧湖—大港头副中心、老竹—丽新区块、雅溪—太平区块建设，推进“多规合一”，在更大空间上整合优化配置资源，推动县域经济向城市经济转型，提高中心城市组团的首位度和集聚度。加快古堰画乡小镇“文态、生态、业态”融合发展，建成省级旅游类示范特色小镇，同步推进水墨田园、风情东西、红色文旅、高溪台地小镇建设。加快碧湖小城市培育，推进碧湖产城融合发展。全面实施地质灾害防治综合治理三年行动计划，统筹谋划异地搬迁集中安置区块的产业发展与群众就业创业，让搬迁群众生活有改善、发展有前景。

（二）致力转型升级做强做大，经济共融

我区尚属经济后发地区，借力市区资源，保护和利用好生态资源禀赋优势，不走老路，变道超车，加快绿色发展，推动转型升级，不断提升经济实力和竞争力，是今后五年经济工作的主线。

力抓招商引资。招商引资是区域发展的引擎，也是开放发展的抓手，必须作为一号工程抓紧抓牢。调整完善招商引资体制机制，加强专业招商队伍建设，发挥异地商会作用，创新方式精准招商，主动出击引进优质项目和资本。注重三次产业协调招商，制定招商“正面清单”，引进一批“高效、生态、集约、科技”的制造业项目。统筹经济社会项目招商，深入研究服务非公经济、拉动民间投资的举措，鼓励民间资本依法进入更多领域。强化招商效益导向，坚持“留商”“扶商”“招商”并重，构建“亲”“清”政商关系，确保招商项目“引得进、落得下、留得住”。特别重视本土企业健康发展，加大扶持力度，切实为符合发展方向和要求的企业解决实际困难，培养造就本土企业家队伍。

力推项目建设。项目建设是科学发展的“发动机”，是转型跨越的“助推器”。必须牢固树立“项目为王、项目制胜”的理念，切实增强项目谋划、项目争取意识，围绕优化产业结构和加快高溪低丘缓坡区块科学开发利用，抢抓中央、省市政策机遇，争取更多的项目进入省、市总盘子。加强项目要素保障，积极化解项目建设中的瓶颈制约，推进项目早竣工、早投产、早达产。创新项目推进机制，强化重点项目“挂帅领战、挂图作战、挂牌督战”“三挂”机制，落实项目动态监管，完善考核激励机制，确保项目建设按时有序顺利推进。拓展基础设施建设空间，突出综合交通、水利设施、能源保障、信息平台、防灾减灾等基础设施建设，加快南山互通至丽新公路、大大线莲都段改建、宣平溪流域综合治理和碧湖平原水系连通工程等重大项目建设，推动基础设施向农村延伸。

力促产业培育。实体经济直接创造物质财富，是区域经济的母体。任何时候都必须把实体经济的培育和发展放在重中之重的位置。围绕提振“绿色环保、高效低耗、高端低碳”的生态工业，全面梳理区属现有企业，积极推进“腾笼换鸟”，盘活闲置低效用地，加快僵尸企业重组整合或退出市场，向存量要效益要空间。完善生态工业发展负面清单，推进莲都-义乌山海协作产业园建设，努力形成土地等商、集聚引商优势。强化企业创新主体地位，开展工业企业绩效综合评价，推进资源要素差别化配置，支持重点企业做大做强，扶持优质小微企业加速成长。深化“四张清单一张网”改革，精准服务当好企业“店小二”，营造尊重企业、尊重财富、尊重市场的良好氛围。围绕发展“高效生态、特色精品、绿色安全”的生态精品农业，坚持市场为先，主动对接，以销促产，推动农业生态化、规模化、标准化，打造现代农业园区升级版。积极培育新型农业经营主体，支持企业开展“三品一标”认证和知名商标认证，努力为市场提供“原汁原味原生态”的优质农产品。围绕创建国家全域旅游示范区，积极参与浙皖闽赣国家东部生态文明旅游区建设，抓好山区潜力旅游资源开发，推进东西岩景区提档升级，加快民宿（农家乐）发展，古堰画乡创成AAAAA景区，努力把生态旅游培育成第一战略性支柱产业。理顺旅游发展体制机制,依托高速公路、高铁、机场编织旅游交通网络,促进智慧旅游发展,推进旅游线路整合、产品组合、服务融合,建设全市旅游集散中心。围绕激活农村发展活力,推进省级电子商务示范县创建,让电子商务成为农村经济发展新的增长点。

力行跨界融合。主动顺应产业跨界、融合发展的新趋势,借力“互联网+”,推动一二三产业跨界融合发展。以农旅融合为主攻方向,加快发展休闲农业和乡村旅游,推动农业与市场、品牌、电子商务的有效链接和效益叠加,让优质农产品转化成旅游地商品,让好东西卖出好价钱。鼓励制造业企业探索新型电子商务业态,引导“工业+旅游”新业态发展。加快城市现代服务业发展,大力发展总部经济、楼宇经济、会展经济,积极引进文化旅游产业、新型金融业态,激活城市夜间消费,不断提升区域经济竞争力。发挥国有资产最大效益。以发展绿色建筑为方向,做大做强城市建筑产业。以城市建设带动城市经济,统筹旧城改造、城市更新和地方重塑工作,探索城市开发建设成片拆除、有机更新。

(三)奋力推进全面小康建设,福祉共享

全面小康,全民共享,小康的成色理应用民生标准加以检验。必须坚持人民至上、共享发展的价值取向,躬身为民谋福祉,让莲都人民得到更多“看得见、摸得着”的实惠。

让居民口袋鼓起来。百姓富,是全面小康的直接体现。致力于增加工资性收入,实施更加积极的就业政策和城乡居民素质提升工程,鼓励全民创业创新,不断增强居民自我增收能力。致力于增加财产性收入,稳步推进农村产权制度改革,大力发展村集体经济,深化供销合作社和农业生产经营管理体制改革,发挥农民合作经济组织联合会作用,激发农村发展的内生活力。致力于增加经营性收入,因地制宜发展特色产业,突出抓好种植业、养殖业、外出务工“老三宝”和来料加工、民宿(农家乐)、农村电子商务“新三宝”,让老百姓更好地在家门口增收致富。致力于增加转移性收入,强化精准扶贫,完善强农惠农政策,发挥低保兜底作用,确保全面小康“一个都不能少”。通过努力,确保农村居民收入增幅高于城镇居民收入增幅,低收入农户收入增长快于农民收入平均增幅。

让民生保障强起来。保障和改善民生没有终点站。坚持教育优先发展,推进基础教育“三年攻坚”行动方案,实施学前教育扩容提质和薄弱园改造工程,扶持民办教育,深化教育领域综合改革,促进义务教育优质均衡,高质量普及15年基础教育,与全省同步实现教育现代化。推进“健康莲都”建设,深化医疗卫生体制改革,健全“双下沉、两提升”长效机制,全面实施分级诊疗制度,加快发展中医药事业,提高出生人口素质,强化流动人口均等化服务,积极创建省级卫生强区。大力实施全民参保计划,推进各类养老保险制度衔接,健全被征地农民基本生活保障制度,完善新型社会福利和社会救助体系,保护特殊人群权益。加快推进养老服务体系建设,推进“医养结合”。统筹抓好体育、关心下一代、档案、史志、红十字、老龄、残疾人等各项工作,推动社会全面进步。

让精神家园美起来。人民群众的幸福感,不仅包括物质上的富裕,还包括精神上的富有。积极践行社会主义核心价值观,加强思想道德建设和社会诚信建设,大力弘扬志愿服务精神,传播好故事,唱响主旋律,用中国梦和社会主义核心价值观凝聚共识、汇聚力量。深入落实基本公共文化服务标准化均等化五年行动计划,推进公共文化体育设施建设,深化“文化惠民”工程,积极探索政府向社会购买服务,持续打响古堰、摄影、油画、白莲等文化品牌,积极开展群众性文体活动,不断丰富城乡居民精神文化生活。加强文化遗产保护,促进传统文化活化更新。积极推进“好家风”建设,强化对传统文化、本土文化、乡土文化的自信与坚守,加强村规民约建设,释放正能量。

让生态底色靓起来。绿水青山是幸福生活的底色,是永续发展的源泉。围绕“决不把违法建筑、污泥浊水和脏乱差环境带入全面小康”，继续推进“三改一拆”“五水共治”“六边三化三美”等工作，力争治水“大禹鼎”，积极创建“无违建区”；全面深化美丽乡村建设，切实抓好城乡危旧房治理，力争用3年左右时间，完成所有乡镇的环境综合整治，推动城乡从“一处美”迈向“一片美”，从“一时美”迈向“持久美”。统筹推进生态公益林建设、林相改造、平原绿化工作，坚决守住耕地红线。完善以生态文明建设为主导的考核体系。强化“源头严控”“过程严管”“恶果严惩”的生态保护体制机制，实施山水林田湖生态保护和修复工程，努力让绿水青山永不褪色、永不变色，为发展铺绘更多绿色。

四、全面推进党的建设新的伟大工程

推进城市共建、经济共融、福祉共享，关键在党，关键在人。各级党组织要切实担负起全面从严治党主体责任，党组织书记要履行好第一责任人职责，把抓好党建作为最大的政绩，不忘初心、继续前进，以改革创新精神全面推进党的建设新的伟大工程，为在全市率先高水平全面建成小康社会提供坚强保证。

（一）增强执政意识。作为执政党的主体，党员干部执政意识的强弱直接决定着执政党的前途和命运。着力增强政治意识、大局意识、核心意识、看齐意识，坚决维护以习近平同志为核心的党中央权威，在思想上拥护核心、在政治上维护核心、在行动上紧跟核心，对党绝对忠诚。高度重视党的思想政治建设，扎实推进学习型党组织和领导班子建设，推动学习贯彻习近平总书记系列重要讲话精神向纵深发展，用马克思主义中国化的最新成果武装头脑，坚定“四个自信”，补足精神之“钙”。牢牢掌握意识形态工作的领导权话语权，打好舆论斗争主动仗。充分发挥区委总揽全局协调各方的领导核心作用，支持区人大及其常委会依法履行职能，行使好监督权、重大事项决定权、人事任免权；支持区政府依法充分履行职责，推动政府依法行政；支持区政协围绕团结和民主两大主题，加强政治协商、民主监督和参政议政；支持审判机关、检察机关依法独立公正行使职权；切实履行党管武装的政治责任，促进军民融合深度发展；加强和改进党对工会、共青团、妇联等群团组织的领导；巩固壮大最广泛的爱国统一战线，发挥民主党派、工商联和无党派人士作用，做好新形势下民族、宗教、侨务和对台工作，调动一切积极因素，努力使各项工作体现时代性、把握规律性、富于创造性。严把党委部门干部入口关，保持纯洁性和先进性。

（二）提高执政能力。加强党的执政能力建设，根本在于加强各级干部队伍的能力建设。坚持“忠诚、干净、担当”要求和好干部20字标准，以选拔“狮子型”干部为重点配强好班长，以增强整体功能为重点建设好班子，以优秀年轻干部队伍为重点培养好梯队，重视女干部、党外干部、少数民族干部、专业型干部的选配，加强干部交流，努力打造一支勇立绿色发展潮头的莲都铁军。深化干部人事制度改革，严格执行《领导干部选拔任用工作条例》，进一步优化干部考核评价机制。推动从严监督管理干部常态化，健全完善不适宜担任现职领导干部制度，大力推进干部“能上能下”，激发干部担当作为。坚持在“赛马场”上遴选干部，注重选拔在攻坚克难第一线、服务群众最前沿、环境条件最艰苦的地方经过扎实磨练的干部。坚持党管人才原则，充分发挥人才作用。认真做好老干部工作，落实好政治、生活两项待遇。关心关爱“三老”人员和离任村干部。突出党校学习的主阵地作用，继续大规模多形式宽领域培训干部，不断提高党员干部会干事、干成事的能力。

（三）夯实执政基础。党的基层组织是党的全部工作和战斗力的基础。要认真抓好浙江农村基层党建20条经验的落实，加强基层服务型党组织建设，抓好“整乡推进、整县提升”，提高我区基层党建整体水平。深化“住村联心”“组团夜访”工作，密切党群干群关系。切实加强村党组织建设，完善“堡垒指数”星级管理，定期分析研判村党组织战斗力，提高党组织在群众中的公信度。加强社区党组织建设，完善社区“大党委制”运行机制，增强社区党建工作合力。加强“两新”组织党组织建设，积极探索“特色小镇党建”“淘宝村党建”“楼宇党建”等做法，推进新型领域“两新”党建，引导“两新”组织更好履行社会责任，为巩固党的基层执政基础服务。坚持保证质量、慎重发展、均衡发展，完善党员“先锋指数”考评管理和党员“能进能出”机制，有序开展不合格党员处置工作，建设充满生机活力的党员队伍。常态化整顿转化软弱后进基层党组织，促进基层党组织晋位升级。着力提高乡镇(街道)的调控力，加强对村干部的日常管理和监督考核，健全完善村干部考核激励机制，解决少数村干部不同心、不在岗、不作为问题。

(四)提升执政形象。反对腐败、建设廉洁政治，既是全党的重要政治任务，也是人民群众十分关注的重大政治问题。各级领导干部要带头执行《关于新形势下党内政治生活的若干准则》《中国共产党党内监督条例》等，带头履行“一岗双责”，落实主体责任和监督责任，严格遵守廉洁从政、改进作风、厉行节约各项规定，形成示范带动效应。坚持纪在法前、纪严于法，严守党章党规党纪，用好监督执纪“四种形态”，用纪律管住大多数。全面推进惩治和预防腐败体系建设，坚持无禁区、全覆盖、零容忍，坚决查处违纪违法案件，让惩治腐败利剑始终高悬，达到“不敢腐”的震慑效应；强化权力运行制约和监督，认真执行新预算法，严格行政监察和审计监督，把权力关进制度的笼子，达到“不能腐”的约束效应；加强反腐倡廉教育和廉政文化建设，筑牢拒腐防变的思想道德防线，达到“不想腐”的自律效应。推动全面从严治党向基层延伸，认真纠正和严肃查处基层贪腐以及执法不公等问题，维护群众切身利益。坚持民主集中制原则，严格落实“三会一课”、专题民主生活会等党内政治生活制度，党内互称同志。懂规矩守纪律，持之以恒落实中央八项规定精神，保持正风肃纪高压态势，继续推进农村作风巡察工作，坚决防止“四风”问题反弹回潮，围绕关键节点和重点对象，突出抓好“酒局”“牌局”整治。大力弘扬党的优良传统和作风，以坚强党性保证团结，以严实作风攻坚克难，以良好党风带动政风民风，形成干部清正、政府清廉、政治清明的生动局面。

同志们，发展蓝图已经绘就，美好愿景催人奋进，新的征程任重道远。让我们紧密团结在以习近平同志为核心的党中央周围，在省委、市委的坚强领导下，团结和带领全区人民，立足新起点，抢抓新机遇，争创新优势，为在全市率先高水平全面建成小康社会而努力奋斗，以崭新的面貌迎接党的十九大胜利召开！

名词解释

1. 三大国家改革试点：是指我市开展的低丘缓坡综合开发利用试点、农村金融改革试点和扶贫改革试验区。

2. 四张清单一张网：即政府权力清单、责任清单、企业投资负面清单、财政专项资金管理清单和政务服务网。对于消除权力寻租空间、激发市场活力、打造最优发展环境，具有重大意义。

3.“拆治归”组合拳：即“三改一拆”“五水共治”“浙商回归”转型升级组合拳。这是省委省政府贯彻“绿水青山就是金山银山”重要思想和“腾笼换鸟、凤凰涅槃”发展举措的有机结合，是落实五大发展理念的生动实践。

4. 六边三化三美：是丽水市在落实省委“四边三化”工作要求的基础上，提出整治环境的重大举措，即加快推进公路边、铁路边、水边、山边、城边、村边等区域的洁化、绿化、美化行动，实现城美、村美、房美。

5. 六城联创：是丽水市2008年提出的，创建国家园林城市、国家环保模范城市、国家卫生城市、国家森林城市、中国优秀旅游城市、国家文明城市等六项工作。

6. 三严三实：即“严以修身、严以用权、严以律己，谋事要实、创业要实、做人要实”。2014年3月9日，习近平总书记在参加第十二届全国人民代表大会第二次会议安徽代表团审议时，提出“三严三实”重要论述。2015年4月底开始，中央政治局带头，在各级党政机关、人民团体及其内设机构县处级以上领导干部和事业单位、国有企业中层以上领导人员中，开展以“三严三实”为主题的专题教育。

7. 两学一做：即“学习共产党党章党规，学习贯彻习近平总书记系列重要讲话精神，做合格党员”学习教育活动。“两学一做”学习教育是推动党内教育从“关键少数”向广大党员拓展、从集中性教育向经常性教育延伸的重要举措。

8. 整乡推进、整县提升：是省委推进基层组织全面进步、全面过硬的一项重大决定。整乡推进、整县提升，以均衡理念补短板，以发展眼光促提升，促使党建工作实现由点及面、从盆景示范到遍地开花的“质量齐升”。

9. 双先双创：是指丽水市在全市基层党组织和党员中开展的“岗位争先创业绩、服务领先创满意”活动，目的在于引导基层党组织和党员带头办实事、带头创业绩，凝心聚力推动发展。

10. 社区“大党委”制：社区大党委是社区工作的领导核心，由社区党组织牵头与辖区机关、企事业单位在平等基础上，以共同需要、共同利益、共同目标为纽带，建立起的社区各单位党组织相互联系、沟通信息、交流经验、研究协调社区党建和社区工作的区域化党建组织实体。

11. 两个责任：党的十八届三中全会提出，落实党风廉政建设责任制，党委负主体责任，纪委负监督责任，要制定实施切实可行的责任追究制度。

12. 中央“八项规定”精神：中共中央政治局提出的改进调查研究、精简会议活动、精简文件简报、规范出访活动、改进警卫工作、改进新闻报道、严格文稿发表、厉行勤俭节约等八个方面规定。

13. 监督执纪“四种形态”：是指党内关系要正常化，批评和自我批评要经常开展，让咬耳扯袖、红脸出汗成为常态；党纪轻处分和组织处理要成为大多数；对严重违纪的重处分、作出重大职务调整应当是少数；严重违纪涉嫌违法立案审查的只能是极极少数。

14. 生态红利、改革红利：生态红利，是指通过生态环境改善所带来的良好的生活品质、人居环境以及所推动的产业结构升级、技术更新、产业发展等一系列的内容。改革红利，是指国家通过体制变革和机制创新给人类社会发展进步带来的全部有益成果的总和。

15.“五位一体”总体布局：即党的十八大提出的经济建设、政治建设、文化建设、社会建设、生态文明建设“五位一体”总体布局。

16.“四个全面”战略布局：即全面建成小康社会、全面深化改革、全面依法治国、全面从严治党战略布局。这是以习近平同志为核心的党中央治国理政战略思想的重要内容。

17. 八八战略：2003年7月，省委十一届四次全会提出“八八战略”，即发挥“八个优势”，推进“八项举措”。具体内容为：进一步发挥浙江的体制机制优势，大力推动以公有制为主体的多种所有制经济共同发展，不断完善社会主义市场经济体制；进一步发挥浙江的区位优势，主动接轨上海、积极参与长江三角洲地区合作与交流，不断提高对内对外开放水平；进一步发挥浙江的块状特色产业优势，加快先进制造业基地建设，走新型工业化道路；进一步发挥浙江的城乡协调发展优势，加快推进城乡一体化；进一步发挥浙江的生态优势，创建生态省，打造“绿色浙江”；进一步发挥浙江的山海资源优势，大力发展海洋经济，推动欠发达地区跨越式发展，努力使海洋经济和欠发达地区的发展成为我省经济新的增长点；进一步发挥浙江的环境优势，积极推进以“五大百亿”工程为主要内容的重点建设，切实加强法治建设、信用建设和机关效能建设；进一步发挥浙江的人文优势，积极推进科教兴省、人才强省，加快建设文化大省。

18. 放管服：即简政放权、放管结合、优化服务的简称。这是政府行政管理体制改革的重要内容，是推动经济社会持续健康发展的战略举措。

19. 智慧城市：是以互联网、物联网、电信网、广电网、无线宽带网等网络组合为基础，以智慧技术高度集成、智慧产业高端发展、智慧服务高效便民为主要特征的城市发展新模式。

20. 乡镇(街道)“四个平台”建设：按大口子综合管理原则，对乡镇(街道)和部门派驻机构承担的职能相近、职责交叉和协作密切的日常管理服务事务进行归类，完善相关机制，整合工作力量，形成综治工作、市场监管、综合执法、便民服务四个功能性工作平台。

21. 海绵城市：新一代城市雨洪管理概念。指城市在适应环境变化和应对雨水带来的自然灾害等方面具有良好的“弹性”，也可称之为“水弹性城市”。

22. 腾笼换鸟：指积极改造提升传统产业，把现有的落后产能从目前的产业基地“转移出去”，再把“先进生产力”转移进来，以达到经济转型、产业升级的目的。

23. 僵尸企业：指已停产、半停产、连年亏损、资不抵债，主要靠政府补贴和银行续贷维持经营的企业。从产业来看，“僵尸企业”基本属于产品附加值较低、利润空间小的制造业领域。这些产业由于技术含量低、转型升级困难，导致债务负担沉重，最终形成资不抵债局面。

24. 三品一标：指无公害农产品、绿色食品、有机农产品和农产品地理标志。“三品一标”是政府主导的安全优质农产品公共品牌，是当前和今后一个时期农产品生产消费的主导产品。

25. 浙皖闽赣国家东部生态文明旅游区：是指我省提议，皖闽赣三省积极响应，按照“多规合一、统筹规划、逐步推进”思路，四省联手打造的国家东部生态文明旅游区。旅游区涉及四省19市123个区县，面积约23.3万平方公里，总人口4280.7万人。

26. 智慧旅游：一种以物联网、云计算等现代信息技术在旅游体验、产业发展、行政管理等方面的应用，使旅游物理资源和信息资源得到高度系统化整合和深度开发激活，并服务于公众、企业、政府等的面向未来的全新的旅游形态。

27. 绿色建筑：指为人们提供健康、舒适、安全的居住、工作和活动的空间，同时在建筑全生命周期中实现高效率地利用资源(节能、节地、节水、节材)最低限度地影响环境的建筑物。

28. 农民合作经济组织联合会：简称农合联，是在党委、政府领导下，以为农服务为宗旨的非营利性社会团体，由民政部门注册登记，接受农村工作综合部门管理。农合联组织体系的主体是农民合作经济组织，核心是服务体系，是农民合作经济组织和农民自我服务、自我发展、自我教育、自我管理的综合平台。

29. 基础教育“三年攻坚”行动方案：2016年8月，我区印发《莲都区基础教育“三年攻坚”行动方案》，明确力争用三年时间攻坚，完成一批教育项目建设，到2018年，基本解决城区教育资源紧缺问题，基本消除“大班额”现象。同时，创新教育管理体制机制，大力推进集团化办学，积极实施校长职级制改革试点，促进校际均衡，推动莲都教育优质均衡发展。

30. 教育现代化：是一个国家教育发展的较高水平状态，核心是实现人的现代化。具体包括教育观念现代化、教育内容现代化、教育装备现代化、师资队伍现代化、教育管理现代化等。

31. 双下沉、两提升：由省委省政府主导启动，旨在以“人才下沉、资源下沉”为手段，引导优质医疗卫生资源流向基层，支持基层医疗卫生机构“服务能力提升、服务效率提升”，强化基层医疗卫生体系建设。

32. 分级诊疗制度：按照疾病的轻、重、缓、急及治疗的难易程度，由不同级别和服务能力的医疗机构承担不同疾病的治疗，并按病情变化情况进行及时便捷的双向转诊，从而建立科学有序的诊疗秩序，确保病人得到适宜治疗。分级诊疗制度的核心政策措施可概括为：基层首诊、双向转诊、急慢分治、上下联动。

33. 社会主义核心价值观：社会主义核心价值观是社会主义核心价值体系的内核，是社会主义核心价值体系的高度凝练和集中表达。由国家层面的富强、民主、文明、和谐，社会层面的自由、平等、公正、法治，公民个人层面的爱国、敬业、诚信、友善24个字组成。

34. 大禹鼎：浙江省“五水共治”工作的最高荣誉。

35. 无违建区：为巩固“三改一拆”成果，建立健全违法建筑防控和治理的长效机制，我省决定开展“无违建县（市、区）”创建活动。“无违建”的标准包括无既有违法建筑、无新增违法建筑、无规划盲区、无管理死角、无非法“一户多宅”等内容。

36. 四个自信：即中国特色社会主义道路自信、理论自信、制度自信、文化自信。“四个自信”，创造性地拓展了中国特色社会主义“三个自信”的谱系，凸显了中国特色社会主义的文化根基、文化本质和文化理想，标志着我们党对中国特色社会主义有了更加明确而开阔的文化建构。

37. 好干部20字标准：2013年，习近平总书记在全国组织工作会议上，首次指出了“信念坚定、为民服务、勤政务实、敢于担当、清正廉洁”的好干部标准，画出了好干部的标准像，道出了群众对好干部的期盼。

38. 浙江农村基层党建20条经验：2015年，中央组织部调研组深入浙江农村基层一线调研，对浙江农村基层党建工作进行全面梳理总结，提炼出实行农村基层党建责任清单、选树“千名好支书”、落实“四个走遍”等可复制推广的二十条经验做法，建立农村基层党建工作标准。随后，中央组织部印发《浙江省农村基层党建工作经验做法》，全面推行“浙江二十条”。

39.“堡垒指数”星级管理：对村级党组织在党建责任落实、组织队伍建设、党员教育管理、服务功能提升等方面的情况进行量化考核，努力激发党组织创造力、凝聚力和战斗力，充分发挥村级党组织的战斗堡垒作用。

40.“两新”组织：新经济组织和新社会组织。新经济组织是指私营企业、外商投资企业等各类非国有集体独资的经济组织。新社会组织是指社会团体和民办非企业单位的统称。

41. 党员“先锋指数”考评管理：把党员在学习提高、岗位履职、服务群众、遵纪守法、弘扬正气等方面的带头示范行为进行量化设置为党员先锋指数，开展定期考评。党员先锋指数主要包括基本指数、正向加分指数和反向扣分指数。

42. 三会一课：是指定期召开支部党员大会、支部委员会、党小组会，按时上好党课。“三会一课”制度是党基层支部长期坚持的重要制度，也是健全党的组织生活，严格党员管理，加强党员教育的重要制度。

43.“四风”问题：即形式主义、官僚主义、享乐主义和奢靡之风“四风”问题。2013年6月，习近平总书记在党的群众路线教育实践活动工作会议上强调，这次教育实践活动的主要任务聚焦到作风建设上，集中解决“四风”问题。

政府工作报告

——在莲都区第十六届人民代表大会第一次会议上

陈 豪

一、过去五年的主要工作

过去五年，是我区发展进程中不平凡的五年。面对复杂的宏观环境和艰巨的发展任务，我们认真贯彻落实党中央、省委、市委和区委重大决策部署，牢记习近平总书记“绿水青山就是金山银山，对丽水来说尤为如此”的嘱托，坚定不移走绿色生态发展之路，凝心聚力，真抓实干，各项事业取得长足进步。地区生产总值由2011年的211.82亿元增至2016年的303.80亿元，年均增长6.6%；固定资产投资五年累计完成628.14亿元，年均增长18.1%；社会消费品零售总额由122.04亿元增至184.62亿元，年均增长8.6%；一般公共预算收入由7.29亿元增至13.58亿元，年均增长13.2%；城镇居民人均可支配收入由24402元增至38507元，年均增长9.6%，农村居民人均可支配收入由12218元增至21260元，年均增长11.7%，城乡居民收入比由2011年的1.99∶1缩小到2016年的1.81∶1，节能减排等约束性指标全面完成。

五年来，我们着力保护绿水青山，生态环境持续向好。扎实开展“五水共治”，大力推进农村生活污水治理、农业面源污染整治、城镇截污纳管、防洪排涝工程建设，累计完成治水重点项目投资18.9亿元，丽阳坑、好溪堰等黑臭河治理成效显著，集中式饮用水源水质达标率稳定在100%，全区15个监测断面Ⅱ类水质断面达到13个，比五年前增加了4个，连续三年被评为全市“五水共治”先进县（区）。扎实推进“三改一拆”“无违建”创建，累计拆除违法建筑525万平方米，拆后利用土地面积110万平方米。大港头木制品行业整治全面完成。持续开展“六边三化三美”，推进“洁净村居”创建，城乡生活垃圾集中处理覆盖率、生活垃圾无害化处理率均达100%。成功创建省级生态区，括苍古道被评为“浙江省最美森林古道”，市区生态环境状况指数连续12年在全省设区市的市区排名第一，公众环境满意度稳定在全省前十位。

五年来，我们着力推进产业培育，经济实力稳步提升。五年累计实际利用内资142.15亿元，浙商回归资金63.81亿元。积极发展生态农业。开展国家级农业综合开发现代农业园区试点项目，完成省级现代农业综合区建设，累计建成省级粮食功能区5万亩。蔬菜、水果、畜禽养殖等传统农业主导产业稳步发展，特色小水果、高山蔬菜、养生中草药等生态特色产业加速发展，观光农业、休闲农业、创意农业等新业态不断呈现。荣获“全国第二批无公害农产品生产示范基地县”等称号。大力发展生态工业。稳步推进莲都—义乌山海协作产业园建设，五年累计出让工业用地1432.9亩，规上工业增加值由9.08亿元增加到12.63亿元，年均增长7.8%。协调发展生态服务业。古堰画乡景区创成国家AAAA级旅游景区，古堰画乡小镇被评为全国首批乡村旅游创客示范基地、全省首批特色小镇。加快农旅、文旅融合步伐，大力发展乡村旅游、农家乐民宿，被评为全省首批休闲农业与乡村旅游示范县。深入实施电子商务进万村工程，发展电商网店（企业）1700余家，培育出“倪老腌”“咕咕鲜”等一批知名电商。

五年来，我们着力统筹区域发展，城乡面貌不断改善。积极融入市区发展，主动服务市区建设，依法阳光推进市区重点项目政策处理，累计征收土地25608.8亩，拆迁房屋107.9万平方米，中心城市建成区面积扩大到34.9平方公里。全力配合市委市政府开展“六城联创”工作，先后创成国家园林城市、国家卫生城市、省示范文明城区，有力推进全国文明城市创建。加快完善城乡基础设施网络。新50省道、丽武公路、金丽温高铁顺利建成通车，完成老小区、城中村改造34个，碧湖污水处理厂、大港头自来水厂等一批城镇基础设施先后建成。碧湖镇被列为全国重点镇、省级历史文化名镇。统筹推进“千村示范、万村整治”“农村发展六大行动计划”“六边三化三美”等一揽子工作，被评为2012年度全省美丽乡村创建先进县，连续10年获省社会主义新农村建设优秀单位。利山村、沙溪村被评为全国少数民族特色村寨。新建农民下山脱贫安置小区（点）10个，累计完成农民异地搬迁4489户10585人。

五年来，我们着力深化改革创新，发展活力明显增强。稳步推进市区体制调整，平稳承接了环卫管理、安全生产监管、城管执法、市场监管等事权和职能下放。先后成立城管处州分局、区卫计局、区市场监管局、区经合办，完成区质监局体制划转。深化行政审批制度改革，“四张清单一张网”“两集中两到位”改革取得实效。深化农村产权制度改革，完成208个村经济合作社股份合作制改革，农村土地承包经营权确权登记颁证被列入全省整县制推进试点。被评为全国农村集体“三资”管理示范县。深化农村金融改革，完成莲都农商银行改制，小额贷款公司、民间融资服务中心、村级担保互助社等一批农村新型金融组织先后成立，实现“三权”抵押贷款余额13.2亿元。深化投融资体制改革，成立古堰画乡旅投公司，古堰画乡小镇被评为全国深化城镇基础设施投融资模式创新试点镇。

五年来，我们着力提高民生福祉，社会事业蓬勃发展。五年累计民生支出96.36亿元，年均增长18.5%。新增城镇就业人数11025人，全面消除农村家庭人均年收入4600元以下贫困现象，城乡居民人均可支配收入连续30年走在全市前列。全面推进“五保合一”大社保体系建设，实现城乡居民养老、医疗保险制度全覆盖，城乡低保实现应保尽保。落实教育优先发展战略，完成白云小学新建、南明小学迁建工程，创成全国义务教育基本均衡县。推进医药卫生体制改革，基层医疗卫生服务能力、公共卫生保障能力不断加强，被评为省级慢性病综合防控示范区。积极发展文化事业，基层综合性文化服务中心、小康体育村实现全覆盖。建成农村文化礼堂52个。通济堰被列入首批世界灌溉工程遗产名录。“丽水鼓词”入选国家非物质文化遗产名录。创成省级双拥模范城区、省体育强区、省扶残助残爱心城市、省和谐社区建设先进区。平稳做好“8·20”洪灾、“11·13”里东山体滑坡抢险救援和灾后恢复重建工作。区森林消防大队被评为全国森林防火先进单位。市区群众安全感、满意度连续两年排名全省第一，荣获省“平安银鼎”。

五年来，我们着力加强自身建设，行政效能不断提高。积极落实全面从严治党各项要求，努力建设让人民满意的政府。扎实开展党的群众路线教育实践活动、“三严三实”专题教育、“两学一做”学习教育和“归零翻篇开新局”主题大讨论活动，严格执行中央“八项规定”，开展办公用房清理，推进公车改革，“三公”经费支出累计下降57.9%，“四风”问题得到有效整治。认真执行区委决定，抓好重大决策落实，主动接受人大法律监督、政协民主监督和社会舆论监督，五年共办理人大代表议案和建议597件、政协委员提案932件。政府议事规则、重大行政决策程序等制度不断健全，行政复议、行政应诉、政务公开等工作得到加强，连续七年被评为全市法治政府建设工作优秀单位。加强政府投资项目事前和事后审核，五年累计财审核减资金6.41亿元，审计核减工程造价1.02亿元，招投标交易节约资金2.22亿元。

同时，民族、宗教、慈善、老

龄、妇女、儿童、红十字等事业取得新进展，粮食、物价、统计、质监、档案、侨台、外事、史志、保密等工作取得新成效，人民武装、国防教育、拥军优属和国防后备力量建设得到新加强。

各位代表，刚刚过去的2016年，是“十三五”的开局之年。一年来，我们全面贯彻落实市委“绿色发展、科学赶超、生态惠民”发展主线，坚持区委“三美融合、主客共享”工作主线，全面启动“十三五”规划实施，各项工作取得新成效。

一是生态经济平稳增长。积极推动农旅融合发展，培育农产品旅游地商品58个。成功创建省级农产品质量安全放心示范县。举办第八届中国社会生态农业大会。“处州蜂业”被评为全省首批美丽生态牧场。积极发展生态工业，深入开展精准帮扶企业补短板活动，新增国家高新技术企业3家、省科技型企业20家、浙江名牌产品2家。推进全域旅游发展，古堰画乡小镇完成投资10.52亿元，成功举办“古堰新韵”小镇音乐节、中国美术写生大会。东西岩景区管理体制进一步理顺。沙溪、港口、堰头等民宿特色村实现整体开业。全年实现旅游收入59.42亿元，同比增长38.6%。区电子商务产业园开园，实现电子商务销售额27.09亿元，入选全省第三批电子商务示范县。全年实现服务业增加值173.98亿元，对GDP贡献率达到59.6%。

二是项目攻坚取得实效。开展市区重点项目政策处理大会战和攻坚战行动，全年完成重点项目政策处理104个，清场交地5233亩，拆除房屋22.8万平方米，市行政中心北侧地块、长虹路等一批尾留多年的征迁项目画上圆满句号。加强土地综合整治，完成土地垦造2551亩。完善项目推进机制，先后开展5次项目集中开工活动。南山互通至丽新公路建设工程、联城城郊农民新社区三期等一批项目先后开工，白云小学、天网工程三期等项目投入使用，古堰画乡游客接待中心、文化产业基地、瓯江大溪治理莲都段等项目加快推进。全年完成固定资产投资161.92亿元，同比增长10.5%。全年实际利用内资35亿元，外资1470万美元，浙商回归到位资金18.10亿元。

三是环境整治强力推进。市区合力、全民参与，奋力推进全国文明城市创建，环卫保洁与城管执法同时发力，拆违治乱与绿化美化联动推进，硬件设施与文明素养同步提升，“省测”成绩排名全省第一。扎实推进“三改一拆”“五水共治”“六边三化三美”工作，启动小城镇环境综合整治。全年拆除各类违法建筑159.3万平方米，完成老小区、城中村改造491万平方米，妥善解决郎奇村历史违建问题。“养猪上楼”模式在全省推广。洁净村居“流动红黄旗”工作机制成为全市典型。港周线入选“浙江十大最美绿化县道”，利山、堰头、港口3个村评为全省美丽乡村特色精品村。建立网格化环境监管体系，市区空气环境质量优良天数达到349天。

四是民生事业持续改善。实施农民增收三年行动，城镇居民和农村居民人均可支配收入分别达到38507元、21260元，同比分别增长9.9%、10.0%。启动基础教育“三年攻坚”行动，梅山中学二期、碧湖中学扩建项目开工建设，初中毕业生学业考试成绩连续第13年全市第一。开展省级卫生应急示范区创建，被评为全省病媒生物综合防治试点工作先进区。城乡居民社会养老保险和基本医疗保险参保率分别达到96.9%和99.4%。机关事业单位养老保险制度改革全面完成。开展社区规模调整，新增星湖、佳和、娄丰堰等3个社区。新增机构养老床位数502张，新建城乡社区居家养老服务照料中心33个。区数字文化馆开工建设，碧湖镇古建筑群等6处重要文物被列为省文保单位。

五是社会治理和谐有序。建成区应急指挥中心。圆满完成“护航G20”维稳安保工作，小荷志愿服务队被评为G20杭州峰会志愿服务全国先进集体。深化“大调解”体系建设，化解省、市信访积案36件，全省行政调解工作试点项目通过验收。全面启动省级食品安全区创建，府前、东银苑等6个农贸市场创成省级放心农贸市场。全面推行“双随机”抽查监管工作，建成较为完善的统一政务咨询投诉举报平台。深入开展隐患排查和重点行业领域整治，生产经营性安全事故起数、死亡人数均同比下降75%，有望连续11年获省“平安区”称号。

各位代表，五年来，我区经济社会发展取得令人瞩目的成就，这是上级党委政府和区委正确领导的结果，是区人大及其常委会和区政协有效监督支持的结果，是各民主党派、工商联、人民团体以及各界人士大力支持的结果，也是全区人民共同努力的结果。在此，我代表区人民政府，向付出辛勤汗水的全区人民，向给予政府工作大力支持的人大代表、政协委员和各民主党派、工商联、人民团体、无党派人士，向解放军、武警驻莲部队和省、市驻莲直属单位，向所有关心支持莲都发展的各界人士致以崇高的敬意和衷心的感谢！

五年来的探索和实践，为我们积累了宝贵经验。我们深切感受到：加快莲都发展，最核心的是强化“四个意识”，在区委坚强领导下全力以赴抓落实；最根本的是保护好生态环境，夯实持续发展的基础；最关键的是不断培育壮大生态产业，增强加快发展的内生动力；最重要的是保障和改善民生，提升百姓的幸福感和获得感；最可靠的是全区上下戮力同心，汇聚绿色发展的广泛共识、集体智慧和强大合力。

总结五年来的工作，我们也清醒地看到，我区经济社会发展还面临许多困难和问题，主要表现在：经济发展方面，发展底子薄、经济总量小，产业“低小散”情况没有根本改变，生态优势转化为发展优势的通道还未充分打开，地区生产总值连续四年未能达到预期目标；土地、资金、人才等制约仍然突出，要素保障长期面临短缺局面，特别是财政收支矛盾突出，保持一般公共预算平衡难度加大。区域统筹方面，城乡一体化发展的体制性制约依然突出，城镇与农村发展的投入不足，与周边县市在基础设施建设方面的差距不断扩大，城乡环境脏乱差的现象仍然存在。社会和谐方面，居民收入结构不合理，财产性、经营性收入占比偏低，持续增收难度加大；教育、卫生、文化等公共服务供给能力不足，与群众期盼还有较大差距。社会治理能力有待提升，保持社会和谐稳定的压力始终存在。政府自身建设方面，政府与市场关系的处理还一定程度存在越位、缺位现象。少数干部首位意识、责任意识、担当意识、服务意识不强，管人管事的制度体系还不完善，工作作风和效能建设仍有较大提升空间。对此，我们将高度重视，以强烈的责任感与使命感，自觉担当、奋力前行。

二、今后五年的奋斗目标和主要任务

未来五年，是拓宽“两山”通道、争做“尤为如此”探路者和模范生的攻坚时期，也是莲都在全市率先高水平全面建成小康社会的决胜时期。展望未来，我们将面临更加复杂多变的外部环境，需要应对可能遇到的各种风险和挑战。但总体而言，我区仍处于大有可为的战略机遇期，良好的生态环境、不断改善的区位条件和日渐坚实的发展基础，为我们实现率先发展积蓄了动能。作为全市唯一的市辖区，只要我们清醒认识莲都的历史方位、工作定位和价值地位，切实增强方向感、责任感和使命感，在追梦“绿富美”的全面小康路上，以“尤为如此”的首位担当，加快绿色发展，推动转型升级，不断提升经济实力，就一定能在全国领先、在全市率先实现高水平全面小康社会。

今后五年，我区经济社会发展的指导思想是：高举中国特色社会主义伟大旗帜，坚持以马克思列宁主义、毛泽东思想、邓小平理论、“三个代表”重要思想、科学发展观为指导，深入学习贯彻习近平总书记系列重要讲话精神和治国理政新理念新思想新战略，统筹推进“五位一体”总体布局和协调推进“四个全面”战略布局，自觉践行五大发展理念和“两山”理论，以“八八战略”为总纲，坚持“绿色发展、科学赶超、生态惠民”发展主线和“三美融合、互促共进、主客共享”工作布局，同心同向同力，共建共融共享，善谋善作善成，加快推进城市共建、经济共融、福祉共享，为在全市率先高水平全面建成小康社会而努力奋斗。

今后五年，我区经济社会发展的主要预期目标是：地区生产总值年均增长7.5%，人均地区生产总值年均增长7.3%，城镇和农村居民人均可支配收入年均分别增长7.5%和10%，固定资产投资年均增长10%，一般公共预算收入年均增长7.5%。节能减排等完成省、市下达的目标任务。

根据上述指导思想和工作目标，未来五年，我们要围绕区第十四次党代会提出的"同心同向同力、共建共融共享、善谋善作善成"的总要求，紧盯"一个率先、两个提升、三个迈进"总目标，推进"四大工程"，实施"四项计划"，构筑"四个体系"。

（一）推进"四大工程"，在建设美丽莲都上实现新作为。

1. 推进美丽城区品质提升工程。探索建立市区共建共融共享的常态协调机制，进一步增进市区合力，提升服务市区、城市管理等各项工作的效能。狠抓市区重点项目政策处理，确保市区重点项目建设无障碍推进。持续推进老小区、城中村改造和市区截污纳管，适时开展撤村并居工作。围绕2017年创成全国文明城市，进一步巩固国家卫生城市、省示范文明城区创建成果，统筹抓好"六乱"整治、环卫保洁、城管执法、交通治堵、农贸市场整治提升、城市绿化美化、幸福社区建设等工作，不断提升城市精细化管理水平。实施市民文明素养提升计划，拓展志愿服务活动的领域和范围，强化文明宣传的针对性和有效性，推动市民文明素质与城市建设水平同步提升，着力将中心城区打造成最整洁、最规范、最礼让、最有序的品质之城。

2. 推进美丽城镇特色提升工程。借力特色小镇建设，推动产城融合发展。加快碧湖—大港头、老竹—丽新、雅溪—太平等区块建设，碧湖镇深入实施三产融合发展战略，建设中心城市特色旅游副中心。古堰画乡小镇按照文化艺术小镇的定位，着力打造省级旅游类示范特色小镇。老竹镇以建设畲族风情小镇为抓手，发展畲乡体验、山地旅游、创意农业等特色产业。雅溪—太平整合岱后县委旧址、巨溪三岩寺等红色旅游资源，打造"红色文旅小镇"。完善城镇建设规划体系，统筹推进城镇道路、给排水、污水垃圾处理、信息网络、能源保障等基础设施建设。大力开展小城镇环境综合整治，深入推进小城镇"6+X"项目建设，完善执法、环卫等管理体制机制，加大教育、卫生、文化等公共服务投入，加快联城、碧湖等安置小区建设，推动人口集中、产业集聚、功能集成。

3. 推进美丽乡村内涵提升工程。巩固提升全省美丽乡村先进县创建成果，持续深化"六边三化三美""洁净村居""美丽田园"等行动，扎实推进农村危旧房改造等惠民工程，加快美丽乡村精品村建设和历史文化村落保护利用，实现美丽乡村"串点成线、连线成片"，从"一处美"迈向"全域美"，争创全省美丽乡村示范县。强化市场对接和氛围营造，提升民宿主题村落的市场吸引力，发挥富民示范效应。大力实施"万人异地搬迁计划"和"地质灾害综合治理三年行动计划"，有序推进空心村整村搬迁、地质灾害点避让搬迁和高山远山农民异地搬迁。加快实施农村公路、饮用水、电网等改造提升工程，着力改善农村生产生活条件，促进美丽环境催生美丽经济，实现美丽乡村由"外在美"向"内涵美"蜕变。

4. 推进美丽生态成色提升工程。严格实施主体功能区规划，全面贯彻落实"811"美丽浙江建设行动方案。加强生态敏感区、脆弱区和天然林保护区为重点的生态保护，加强生态公益林和珍贵彩色森林建设，大力推进美丽林相改造和平原绿化工作。实施山水林田湖生态保护和修复工程，完成瓯江大溪治理工程莲都段、中小河流重点县建设，推进宣平溪流域综合治理和碧湖平原水系连通工程等项目。围绕"决不把违法建筑、不把污泥浊水、不把脏乱差的环境带入全面小康"，持续推进"三改一拆""五水共治""六边三化三美"，确保如期完成"无违建区"创建，全面消除劣V类水质，地表水监测断面水质达到III类以上。落实环境监管网格化责任，完善生态保护预警监管机制、生态环境执法联动机制，确保空气质量优良天数保持在90%以上，市区生态环境状况指数、公众环境满意度继续保持全省领先。

（二）实施“四项计划”，在振兴实体经济上实现新作为。

1.实施产业提振计划。围绕加快发展生态精品农业，持续推进生态循环农业示范区、农产品质量安全示范区创建，培育一批现代农业生产示范基地、龙头企业、示范农民专业合作社和家庭农场，生态精品农产品产值占比达到60%以上。促进农业与文化、旅游、信息深度融合，实施农产品转化为旅游地商品“三年行动计划”，争创全国休闲农业与乡村旅游示范县。围绕做强生态工业，以丽水工业园区为主平台，大力发展先进装备制造、健康制造等产业，力争到2020年，装备制造业增加值占规上工业比重达到30%。全力推进“腾笼换鸟”，加快低小散企业重组整合。实施“三强一制造”战略，推进“四换三名”“互联网+”“标准化+”，为企业发展注入新动能。围绕把生态旅游业培育成第一战略支柱产业，扎实推进全域旅游示范区创建，古堰画乡创成AAAAA级景区，东西岩景区实现提档升级。完善全域旅游布局，打造若干精品线路，推动碧湖发展农事体验游和城郊休闲游，大港头发展艺术体验游和休闲养生游，老竹发展民族风情游和户外野趣游，抓好峰源、黄村、仙渡等山区潜力旅游资源开发，形成龙头景区带动、全域旅游推动的产业格局。

2.实施业态培育计划。发挥生态人文优势，创新制度、政策和要素供给方式，积极招引、培育总部经济。繁荣中心城区商业文化，加快发展楼宇经济和夜间经济，着力打造特色商务楼宇和服务业街区。大力发展城市酒店、现代金融、建筑房地产、文化教育、家政服务、物流信息等服务业。统筹推进旧城改造、城市更新和地方重塑等工作。以互联网技术推动产业融合发展，加快“实体经济+互联网”步伐，培育一批互联网创业创新主体，完成省级电子商务示范县创建。依托古堰画乡产业发展基础，围绕文化创意和艺术创作，推动全产业链发展。加快地方文化、民间工艺、民俗传统与实体经济跨界融合，大力发展文化体验旅游、文化创意农业。立足生态资源优势，继续发展特色小水果、养生中草药等特色产业，积极开拓健康检测、康复保健、养老服务、生物医药、体育健身等大健康产业。

3.实施项目驱动计划。找准定位谋项目。紧抓国家“一带一路”等发展战略契机，有效对接长三角和海西经济区发展规划，主动融入“浙闽赣皖生态旅游协作区”，不断完善莲都—义乌山海协作机制，积极参与瓯江生态经济带联动发展，在深化对外交流协作中找准定位、谋好项目。把握政策跑项目。强化宏观政策、产业政策、财税政策的研究，做好与重大区域、产业发展规划的衔接，抓住机场建设、高铁通车等机遇红利，在找准地方优势与政策环境的切入点上生成项目。优化服务引项目。继续推进“浙商回归”工程和华侨要素回流工程，完善招商引资体制机制，强化招商效益导向，制定招商“正面清单”，着力引进一批高效、生态、集约、科技的产业发展项目。高度重视本土企业健康发展，加大扶持力度，切实为符合产业发展导向的企业解决实际困难。把“留商”和“招商”视为同等重要的工作，构建“亲”“清”政商关系，确保招商项目引得进、落得下、留得住、强得起。

4.实施创新聚能计划。全面深化改革。深化户籍制度改革，探索建立农村人口向城镇、中心村集聚的政策体系和城乡基本公共服务一体化的社会保障体系。深化行政审批制度改革，以“最多跑一次”改革持续推进“放管服”工作。深化农村产权制度改革和农村金融改革，建设以“三权”抵押贷款为重点的农村产权融资体系。深化“三位一体”改革，着力打造农合联为农服务的莲都样板。加强科技创新。落实科技投入稳定增长机制，到2020年科技进步对经济发展贡献率达到60%左右。强化企业创新的主体作用，深入实施国家高新技术企业和省科技型中小企业“双倍增”计划。加快组织实施科技富民强区、科技惠民等重大科技专项和项目，推动校企、校地合作，加速先进科技成果的创新应用和转化。创新制度供给。持续推动“大众创业、万众创新”，依托丽水工业园区、现代农业园区、特色小镇、电子商务产业园，积极构筑创业创新合作平台。建立健全政府和社会资本合作机制，鼓励社会资本以独资、PPP等形式参与支持公共服务和基础设施项目建设。加强高层次、高技能、紧缺急需和地方特色人才队伍建设。

（三）构筑“四个体系”，在创造美好生活上实现新作为。

1. 构筑精准高效的富民增收体系。坚持把群众增收作为保障和改善民生的关键来抓，综合施策，促进城乡居民收入持续较快增长。提高就业促增收。抓好高校毕业生、复转军人、城镇就业困难人员的就业创业，确保城镇登记失业率控制在4%以内，城镇“零就业家庭”动态归零。加强农村转移劳动力就业技能培训，提高农民培训的实用性和精准度。产业培育促增收。积极发展能提供更高收入的产业，突出抓好种植业、养殖业、外出务工“老三宝”和来料加工、农家乐民宿、农村电子商务“新三宝”，让老百姓更好地在家门口增收致富。政策保障促增收。深入实施低收入农户收入倍增工程，完善强农惠农政策，加大对低收入群众的帮扶力度，着力解决因病返贫、孤老返贫、残疾致贫等特殊贫困问题。深化改革促增收。深化农业供给侧结构性改革、“三位一体”改革和农村产权制度改革，激活农村发展活力，稳步提高城乡居民收入，壮大农村集体经济。

2. 构筑普惠共享的社会服务体系。坚持教育优先发展，实施“学前教育三年行动”计划，推进基础教育“三年攻坚行动”，深化教育管理体制改革，加强师德师风和教师队伍管理，与全省同步实现教育现代化。推进“健康莲都”建设，强化医疗卫生服务体系建设，实施区人民医院改扩建、丽云中心卫生院迁建等项目。深化医药卫生体制改革，稳步实施分级诊疗制度，加快优质医疗资源“双下沉、两提升”，创成国家慢性病防治示范区。深化文化体制改革，构建现代公共文化服务体系，推进图书馆、博物馆、非遗展示馆、乡镇文化站、农村文化礼堂等建设。深入实施全民健身计划，构建环城文化休闲健身带和市区“10分钟文体圈”、乡村“30分钟文体圈”。

3. 构筑城乡一体的社会保障体系。推进全民参保计划，建立健全覆盖城乡、惠及全民的社会保障体系，力争到2020年医疗保险、养老保险参保率达到99%和90%以上。构建多层次养老保险体系，鼓励有条件的企业建立企业年金，推进各类养老保险制度衔接。稳步提高社会保险待遇，及时调整机关事业单位、企业退休人员养老金和城乡居民基础养老金标准。全面落实残疾人基本福利补贴制度。健全被征地农民基本生活保障制度，努力通过货币安置、配建安置、公寓安置等方式逐步解决拆迁安置问题。加快养老服务机构和居家养老服务照料中心建设，强化托底型养老，扩大普惠型养老，支持社会化养老，加强医疗机构与养老服务机构合作，推进“医养结合”。完善以最低生活保障、特困人员供养、受灾人员救助、医疗救助等为基本内容的社会救助制度体系。

4. 构筑安全有序的社会治理体系。全面推进“法治莲都”和“平安莲都”建设。完善大调解工作机制，畅通信访渠道，强化矛盾纠纷和信访积案化解。推广雅溪镇“居民自治联合会”社会治理模式，提升“96345”市民服务中心服务水平。完善社会治安防控体系，严密防范和打击各类违法犯罪活动，牢牢把握网上网下两个舆论场的主动权，打好反邪教、反渗透、反恐怖的主动战。推动军地合作，加强国防动员。严格落实安全生产“党政同责、一岗双责”，推动安全生产形势持续稳定向好。加强食品、药品安全监管，全力争创“省食品安全示范区”。加大金融市场监管力度，有效防范和处置金融风险。完善防灾减灾救灾体系建设，提高社会应急动员能力，着力营造平安和谐的社会环境。

三、2017年政府工作重点

2017年是新一届政府履职的开局之年，必须高起点定位、高标准谋划、高效率落实。我们将立足莲都实际，以供给侧结构性改革为主线，贯彻稳中求进的总基调，全力以赴抓好各项工作落实，以优异成绩迎接党的十九大胜利召开。综合考虑宏观经济形势和当前经济发展基础，2017年经济社会发展主要预期目标为：地区生产总值增长7.5%，一般公共预算收入增长7%，城镇居民和农村居民人均可支配收入分别增长8%和9.5%。同时，确保完成节能减排、空气质量优良天数等约束性指标，重点打好"十场战役"：

（一）打好文明创建决胜战。以志在必得的决心和信心，一鼓作气、决战决胜，坚决打赢全国文明城市创建决胜战。狠抓项目推进。加快实施西银苑小区、南贸小区等8个旧住宅区和青林村、长岗背村等4个城中村改造项目，完成灯塔新村东侧等7个区块的雨污分流改造，统筹推进消防设施修补、农贸市场设施改造、环卫设施提升等工作，开工建设丽水市餐厨废弃物处置中心项目。加大城管执法力度，常态长效整治"六乱"问题。新增城市人行道及小区停车泊位300个。推进城区垃圾分类，探索环卫保洁的"丽水模式"，提升城市环卫保洁水平。完成梅山、厦河门、东银苑、娄丰堰等4个社区服务用房建设，创建15个星级幸福社区。推进全民共创。坚持以社会主义核心价值观为统领，深入开展形式多样的群众性创建活动。支持引导"小荷"志愿者拓宽服务领域，提高服务质量，推进志愿服务制度化、规范化、常态化。深化未成年人思想道德建设，完善学校、家庭、社会"三结合"教育网络。发挥行业协会作用，提升行业管理水平，全面提高城市文明程度。

（二）打好有效投资攻坚战。把扩大有效投资作为经济工作的第一抓手，确保投资增速不低于12%。聚力项目提速。持续推进依法征收、阳光征收、和谐征收，全面完成江滨城市综合体、教工路北延伸段、绕城西线提升改造等项目政策处理任务，确保市区重点建设项目无障碍推进。加快推进联城城郊农民新社区三期等重大项目建设，开工建设中山小学城西校区等项目，配合推进丽水机场、衢丽铁路、瓯江航道等重大交通工程。落实项目动态管理，实行月通报、季点评、年考核、领导领办、部门会办等推进机制，确保全面完成省、市、区重点项目建设年度任务。发力精准招商。完善招商运行机制和项目库建设，设立城市经济、生态工业、旅游文创、外资等7个专项招商组。利用异地商会、海外侨团和社会中介资源，拓展招商渠道，促进丽商回归。完善招商引资考核评价机制，强化招商项目绩效评价。全年力争引进大项目9个，实际利用内资28亿元，浙商回归到位资金15亿元，实际利用外资1300万美元。合力保障投资。高度重视土地整治工作，完成垦造水田1400亩、旱地1200亩，农村土地综合整治100亩。积极推进投融资体制改革，盘活国有闲置资产，多渠道筹措基本建设项目资金。优化项目审批服务，按照"谁招商谁代办"原则，深入实施项目代办制度，为项目招引提供"保姆式"服务。严厉整治工程建设和招投标领域突出问题。

（三）打好生态农业升级战。深入实施生态精品农业"912"工程，深化农业三区建设，推动产业提升、结构调整和转型升级。全面深化农产品质量安全可追溯体系建设，农产品质量安全合格率稳定在98%以上。推进生态循环农业示范区创建，全面完成国家农业综合开发现代农业园区试点项目。加快农业园区景区化改造，新建农业景观带、休闲农业观光园区、休闲家庭农场8个。大力推广"养猪上楼"模式，新增美丽牧场4个。深化农业供给侧结构性改革，推动水果、蔬菜、畜禽养殖、食用菌等传统农业提质发展，支持特色小水果、花卉、中草药等农旅融合项目发展，新增旅游农业示范基地3个。借势"丽水山耕"区域品牌，鼓励农业生产经营主体积极参与旅游地商品转化，优化农产品包装设计，构建适销对路的农产品上行体系，全年新培育农产品旅游地商品和经营主体各25个，新增“三品一标”农产品10个，市级以上主体农产品电商普及率80%，实现农产品旅游地商品年销售收入1.5亿元。

（四）打好生态工业强身战。以“三去一降一补”为抓手，以提高亩产效益为核心，强化低效产能、低效闲置用地、“低小散”企业清理，整治淘汰一批低端项目。认真开展“精准帮扶企业、振兴实体经济”行动，扎实抓好龙头骨干企业、名品名牌企业、高精特新小微企业培育工程，助力成长型企业做大做强，优质小微企业快速成长。深入推进“四换三名”工程，鼓励企业零土地技改，工业技改投资增长8%以上。加大对企业科技创新的支持力度，年内新增国家高新技术企业2家，高新技术产业增加值增长7%以上。鼓励制造业企业探索新型电子商务业态，引导“工业+旅游”新业态发展。推进省级电子商务示范县创建，建设莲都电子商务产业集聚园。强化金融帮扶实体经济力度，充分发挥中小企业应急转贷基金、小微企业融资帮扶基金等帮扶作用，政银企互动缓解企业“融资难”问题。鼓励企业对接多层次资本市场，全年力争完成企业股改1家、新三板挂牌1家、省股权交易中心挂牌4家。创新外贸发展方式，加强出口主体和品牌培育，支持企业引进先进装备、技术和管理。积极引进跨境电商，助推外贸出口提升。

（五）打好全域旅游扩面战。以全域旅游引领生态旅游业品质与效益双提升。编制全域旅游总体规划，全力推进全域旅游示范区创建。围绕古堰画乡创AAAAA，推进旅游项目建设，古堰画乡游客接待中心、文化产业基地、隐居画乡二期等一批项目争取完工。提升东西岩景区建设管理运营水平。积极培育旅游新业态，制定全域旅游产业融合行动计划，推出百兴菇业、鱼跃酿造、括苍古道等一批工旅、文旅、体旅精品旅游产品。推进旅游线路整合、产品组合、服务融合，着力建设全市旅游集散中心。以传统村落保护利用为抓手，加快“欢庭·下南山”古民居精品酒店、官桥乡宿等精品民宿建设，促进传统村落保护与民宿经济发展良性互动。推动智慧旅游发展，完成智慧旅游数据中心建设，鼓励农家乐民宿依托互联网开展营销，全年实现民宿业态上线率90%以上。加快发展城市现代服务业，推动发展总部经济、楼宇经济，激活城市夜间消费，提升经济活力。

（六）打好城乡统筹联动战。主动融入中心城市发展大局和功能布局，以城乡联动促经济共融。完善城乡基础设施，加快南山互通至丽新公路、瓯江大溪治理工程莲都段等重大项目建设，完成碧湖第一水厂、大港头镇区强弱电改造等项目，积极推进大大线莲都段改建等项目前期，年内实现峰源乡通公交，所有行政村通班车。注重经营城镇，有序开展国有土地出让工作，加快碧湖西生活区块、桥头农贸市场区块等地块开发，加快碧湖万人下山脱贫安置小区项目前期。以小城镇环境综合整治为抓手，全面推进环境卫生、城镇秩序和镇容镇貌整治，年内完成大港头、丽新、黄村三个乡镇的环境综合整治任务，完成城镇危房治理和农村危房安全隐患消除工作。抢抓丽水机场、瓯江航道开工建设的机遇，主动谋划对接空港经济、航运经济。

（七）打好环境整治立体战。深入实施“五水共治”，以河长制为抓手，全面推进城镇截污纳管、农村生活污水治理、河湖库塘清淤、农业面源治理、入河排污口整治、防洪排涝项目建设等工作，强化畜禽养殖污染治理管控，巩固提升“清三河”成效，全面消除劣Ⅴ类水体。深化“三改一拆”，保持拆违控违高压态势，加快既有违建的处置，全面清理缓拆的违法建筑，稳步实施城区住房“平改坡”工程，推进“蓝色屋面”整治、治危拆违专项工作，全年拆除违法建筑150万平方米，拆后土地利用率达到60%，争创“无违建先进区”。扎实开展“六边三化三美”，深化洁净村居“流动红黄旗”等机制，不断提升全域洁净水平。推进美丽村庄、美丽民居、美丽公路等

“十美工程”建设，改造提升丽武公路、新50省道和330复线莲都段沿线风貌，重点建设老竹、沙溪、新陶、梁村等4个连片精品村，打造风情东西线。改造美丽林相，建设彩色林20000亩、健康林10000亩、平原绿化500亩。完成峰源省级自然保护区创建。全面开展省级垃圾资源化减量化试点县各项工作。完成高污染燃料“五炉”改造工作，确保全年空气优良率达到90%以上。

（八）打好深化改革持久战。推进“最多跑一次”改革，健全“四张清单”动态调整机制，不断拓展政务服务网功能。继续推行一站式审批、网上审批和项目审批代办制度，提高审批效率。完善综合行政执法体制改革和乡镇（街道）“四个平台”建设，深化“1+3”旅游综合执法模式改革。以农业供给侧结构性改革为统领，深化“三位一体”改革，发挥农民合作经济组织联合会作用，促进村集体经济发展。加快农村金融改革，积极培育村级担保互助社等新型农村金融组织，加大金融支农支小力度，实现“三权”抵押贷款余额增长10%以上。完善市场准入机制，鼓励民间资本办医、办学、办文化、办体育、办养老等社会事业。实施新一轮乡镇财税体制。统筹推进旅游统计、医药卫生、户籍制度等体制机制改革。全力保障监察体制改革有序推进。

（九）打好民生改善协同战。坚持人民至上、共享发展的价值取向，顺应人民群众对美好生活的向往。促进就业和居民增收。落实促就业各项政策，重点解决城镇就业困难人员、农村转移就业人员的就业问题，新增城镇就业1300人。深入实施低收入农户收入倍增计划和农民素质提升工程，通过产业帮扶增收一批、落实政策帮扶一批、社会保障兜底一批，确保低收入农户收入增幅不低于15%。深入开展“无欠薪”行动，积极构建和谐劳动关系。加快社会事业发展。完成梅山中学二期、碧湖中学扩建项目主体建设，开工新建中山小学城西校区、囿山小学长岗背校区，深入实施幼儿园扩容工程和薄弱幼儿园改造工程，争创省教育现代化强区。加强计划生育基层基础工作，不断提升卫生计生服务水平。完善分级诊疗制度，推进责任医生签约服务工作，年内实现规范签约率30%以上。加快区人民医院改扩建项目前期，完成白云街道、岩泉街道社区卫生服务中心新建项目，力争创成省级卫生应急示范区。完成区公共图书馆、区数字文化馆建设。继续推进文化礼堂、乡村戏苑、乡村舞台建设。健全社会保障体系。稳步提高养老金标准。启动智慧养老社区试点工作，建设示范性养老服务日间照料中心5个，新增养老床位数150张。积极发展慈善事业，健全残疾人服务体系，完成残疾人家庭无障碍改造30户。完善城乡居民最低生活保障制度，以及医疗救助、社会帮扶、优抚福利等救助机制，关心关爱农村留守老人、留守儿童，保障困难群众的基本生活。

（十）打好平安莲都阵地战。以守土有责、守土负责、守土尽责的担当，深化“平安莲都”建设，全力夺取“平安金鼎”。继续推行领导约访接访、包案化解机制，健全舆情收集、研判和处置机制，加强人民调解、行政调解、司法调解衔接工作，源头预防、妥善处置各类矛盾纠纷。完善立体化治安防控体系，提升突发事件应急处置水平。严格落实安全生产责任，确保不发生重特大生产安全事故。加强食品药品安全监管，持续开展“餐桌安全治理行动”三年计划。深入实施地质灾害综合治理“大搬快治”三年行动，全年完成搬迁项目7个896人，完成治理项目4个，解危346人。加强企业“两链”和金融风险防范与化解，维护良好的经济发展秩序和金融生态环境。加大法律服务和援助力度，加强社区矫正和安置帮教工作。强化基层组织建设，平稳做好村级换届选举工作。

同时，进一步做好国防教育、老龄、红十字、关心下一代、统计、质监、档案、地方志等工作。

四、全面加强政府自身建设

新形势、新任务、新期待对政府工作提出了新要求。我们将本着对47万莲都人民高度负责的态度，切实加强政府自身建设，努力打造“忠诚干事政治过硬，担当干事本领过硬，干净干事作风过硬，奋发干事实绩过硬”的“莲都铁军”。

坚持依法行政，阳光运行，建设法治政府。坚持把依法行政作为政府工作的基本准则，严格按照法定权限和程序行使权力、履行职责。不断健全决策机制，实现公众参与、专家论证、风险评估、合法性审查和集体讨论相结合，确保政府决策依法、民主、科学。自觉接受区人大及其常委会的法律监督、工作监督，支持区政协履行政治协商、民主监督、参政议政职能。主动接受社会公众监督、新闻舆论监督，支持人大代表、政协委员履行职责。进一步深化政务信息公开，深入推进电子政务建设，依托政务微信、网上信箱等载体，进一步提高政府工作透明度和公信度。

坚持以人为本，转变职能，建设服务政府。坚持以人民为中心的发展思想，深耕基层、深入群众，诚心诚意办实事，尽心竭力解难事，坚持不懈做好事，着力解决群众最关心、最直接、最现实的利益问题。坚持推动政府职能转变，正确处理好政府与市场关系，注重发挥市场在资源配置中的决定性作用和政府调控的重要作用。健全完善奖优罚劣的考核评价机制，实行“目标任务项目化、推进工作时序化、落实工作责任化、督查考核常态化”，充分调动各级各部门服务经济发展、维护社会稳定的积极性和创造性。

坚持求真务实，担当尽责，建设实干政府。坚持围绕上级党委政府的决策部署和工作要求抓好落实，坚决维护区委权威，精准高效地把区委的主张变为行动，指标一个一个落实、项目一个一个推进、难题一个一个破解，坚决做到党委有要求、政府有行动、落实有成效。注重增强工作的前瞻性、针对性和有效性，推动各项决策更加符合莲都实际。大力弘扬求真务实之风，崇尚实干，力戒空谈，重调研、讲真话、说实情、求实效。始终保持一线攻坚的干劲、一往无前的闯劲和一抓到底的韧劲，着力化解矛盾、破解难题。

坚持立说立行，高效办事，建设效能政府。认真开展“首善担当创一流”主题大讨论活动，不断强化广大干部的首位意识。全面落实岗位责任、首问负责、限时办结、绩效管理等制度，着力提高行政效能。加强政府部门之间的协调配合，大力整治“庸懒散疲拖”等影响政府形象和办事效率的问题，倡导立说立行、雷厉风行，努力做到一般事快办、急事急办，能办的马上就办、办就办好。以“踏石留印、抓铁有痕”的劲头和“钉钉子”的精神锻造政府执行力，确保上级党委政府和区委的各项决策部署落到实处。

坚持严守纪律，干净干事，建设廉洁政府。认真落实党风廉政建设责任制和“一岗双责”，严格执行《中国共产党廉洁自律准则》和《中国共产党纪律处分条例》、中央“八项规定”和省委“28条办法”“六项禁令”，持之以恒转作风，着力营造“干净干事创新业”的良好氛围，让干部保持身心健康，自觉高效快乐工作。强化公共财政管理，注重发挥行政监察和审计监督的作用，加强政府性债务管理和国资监管，依法规范招投标管理，提高财政资金使用绩效。厉行节约、反对浪费，严格控制“三公”经费，压缩一般性支出，切实把有限的资金用在发展经济和改善民生上。

各位代表，新的起点，赋予我们新的使命；新的征程，需要我们奋力拼搏。让我们紧密团结在以习近平同志为核心的党中央周围，在上级党委政府和区委坚强领导下，团结和带领全区人民，撸起袖子加油干，甩开膀子拼命干，俯下身子务实干，为在全市率先高水平全面建成小康社会而努力奋斗！

名词解释

1. 五水共治：指省委提出的开展治污水、防洪水、排涝水、保供水和抓节水活动。

2. 三改一拆：指省委提出的开展旧住宅区、旧厂区、城中村改造和拆除违法建筑活动。

3. "无违建"创建：2014年，浙江省在深化"三改一拆"行动基础上，开展"无违建县（市、区）"创建活动。"无违建"标准包括无既有违法建筑、无新增违法建筑、无规划盲区、无管理死角、无非法"一户多宅"等内容。

4. 六边三化三美：即加快推进公路边、铁路边、水边、山边、城边、村边等区域的洁化、绿化、美化行动，实现城美、村美、房美，是我市在落实省委"四边三化"工作要求的基础上，提出整治环境的重大举措。

5. 国家级农业综合开发现代农业园区试点项目：2013年，我区成功申报国家农业综合开发现代农业园区试点项目，建设期限为2014年—2017年，以碧湖平原为主要建设区域，规划总面积4万亩，总投资3.25亿元。园区按照"六区一点"进行规划布局，主要建设内容包括，高标准农田建设项目、产业化经营项目、钢架大棚建设项目以及整合项目。

6. 特色小镇：指具有明确产业定位、文化内涵和旅游功能的产业发展空间载体。聚焦信息、环保、健康、旅游、时尚、金融、高端装备制造等七大产业和历史经典产业打造特色小镇，有利于集聚创新要素、扩大有效投资，形成新的经济增长点，加快经济转型升级。

7. 六城联创：2008年，我市正式提出全面推进中国优秀旅游城市、国家森林城市、国家园林城市、国家卫生城市、国家环保模范城市和全国文明城市的"六城联创"目标。

8. 四张清单一张网：即政府权力清单、责任清单、企业投资负面清单、财政专项资金管理清单和政务服务网。对于消除权力寻租空间、激发市场活力、打造最优发展环境具有重大意义。

9. 两集中两到位：指为深化行政审批制度改革，建立规范高效的审批运行机制，提高行政服务效能，推进一个行政机关的审批事项向一个科室集中、行政审批科室向行政审批服务中心集中，保障进驻行政审批服务中心的审批事项到位、审批权限到位。

10. "三权"抵押贷款：指农村金融改革中的林权、土地流转经营权、农房抵押贷款。

11. "五保合一"大社保体系：指集城乡养老、城乡医疗、征地保障、民政低保和社会救助等为一体的大社保体系。

12. 三严三实：即"严以修身、严以用权、严以律己，谋事要实、创业要实、做人要实"。

13. 两学一做：即"学习共产党党章党规，学习贯彻习近平总书记系列重要讲话精神，做合格党员"学习教育活动。

14. 小城镇环境综合整治：2016年9月，省委提出在全省开展以"一加强三整治"（加强规划设计引领、整治环境卫生、整治城镇秩序、整治乡容镇貌）为主要内容的小城镇环境综合整治行动，力争用3年左右时间，使全省所有乡镇环境质量全面改善、服务功能持续增强、管理水平显著提高、乡容镇貌大为改观、乡风民风更加文明、社会公认度不断提升，使小城镇成为人们向往的幸福家园。

13. "养猪上楼"模式：又指"非接触式发酵床养猪"模式。采用双层楼式结构，上层铺以漏缝板养猪，下层用锯末、砻糠、废弃菌棒加酵素混合成发酵槽消纳排泄物。不仅可以节省劳动投入、提高饲料利用率、缩短饲养周期、降低发病率，还能提供优质的有机肥。

14. 基础教育"三年攻坚"行动：2016年8月，莲都区印发《莲都区基础教育"三年攻坚"行动方案》，明确力争用三年时间攻坚，完成一批教育项目建设，到2018年，基本解决城区教育资源紧缺问题，基本消除"大班额"现象。同时，创新教育管理体制机制，大力推进集团化办学，积极实施校长职级制改革试点，促进校际均衡，推动莲都教育优质均衡发展。

15. "双随机"抽查：指随机抽取检查对象、随机选派执法检查人员，规范事后监管，强化社会监督，保障市场主体的合法权益，激发市场活力，营造公共竞争的发展环境。

16. 四个意识：指政治意识、大局意识、核心意识、看齐意识。2016年1月29日中央政治局会议上首次公开提出。

17.“五位一体”总体布局：即党的十八大提出的经济建设、政治建设、文化建设、社会建设、生态文明建设“五位一体”总体布局。

18.“四个全面”战略布局：即全面建成小康社会、全面深化改革、全面依法治国、全面从严治党战略布局。这是以习近平同志为核心的党中央治国理政战略思想的重要内容。

19. 五大发展理念：指创新、协调、绿色、开放、共享的发展理念。

20. 八八战略：2003年7月，省委十一届四次全会提出“八八战略”，即发挥“八个优势”，推进“八项举措”。具体内容为：进一步发挥浙江的体制机制优势，大力推动以公有制为主体的多种所有制经济共同发展，不断完善社会主义市场经济体制；进一步发挥浙江的区位优势，主动接轨上海、积极参与长江三角洲地区合作与交流，不断提高对内对外开放水平；进一步发挥浙江的块状特色产业优势，加快先进制造业基地建设，走新型工业化道路；进一步发挥浙江的城乡协调发展优势，加快推进城乡一体化；进一步发挥浙江的生态优势，创建生态省，打造“绿色浙江”；进一步发挥浙江的山海资源优势，大力发展海洋经济，推动欠发达地区跨越式发展，努力使海洋经济和欠发达地区的发展成为我省经济新的增长点；进一步发挥浙江的环境优势，积极推进以“五大百亿”工程为主要内容的重点建设，切实加强法治建设、信用建设和机关效能建设；进一步发挥浙江的人文优势，积极推进科教兴省、人才强省，加快建设文化大省。

21.“一个率先、两个提升、三个迈进”总目标：区第十四次党代会提出的今后五年奋斗目标。“一个率先”，即到2019年提前一年在全市率先实现高水平全面建成小康社会；“两个提升”，即人民生活水平和社会文明程度实现大幅提升；“三个迈进”即实现向城乡融合化迈进、实现向产业协调化迈进、实现向治理现代化迈进。

22. 小城镇“6+X”项目建设：“6”即打造6个基本项目：一个景观出入口、一条示范道路、一个休闲公园、一个文化礼堂、一个示范村居、一套乡镇生活污水治理系统，“X”是指根据乡镇自身情况，选择性建设一批以基础设施为主的自选项目，如农贸市场、地下管网系统、停车系统、便民服务中心等。

23. 地质灾害综合治理三年行动计划：按照“避让搬迁为主，搬迁和治理相结合”的工作要求，利用三年时间，实施全区2个A类地质灾害隐患点和34个C类地质灾害隐患点的群众避让搬迁和治理排险工作，计划避让搬迁1122人，完成排险治理项目17个，解危人口1800人，实现已纳入监测的地质灾害隐患点全消除的目标。

24.“811”美丽浙江建设行动方案：我省深化生态建设工作的重要举措。“8”指实现生态经济、节能减排、环境质量、污染防治、生态保护与修复、环境安全保障能力建设、生态文化建设、生态文明制度建设等8方面目标；“11”指开展节能减排、循环经济、绿色城镇、美丽乡村、清洁水源、清洁空气、清洁土壤、森林浙江、蓝色屏障、防灾减灾、绿色创建等11个专项行动。

25. 三强一制造：指标准强省、质量强省、品牌强省战略，打造“浙江制造”品牌，是省委、省政府为推进经济转型升级而出台的一项重要举措。

26. 四换三名：指腾笼换鸟、机器换人、空间换地、电商换市及培育知名企业、知名品牌、知名企业家，是省委、省政府为加快传统产业转型升级而推出的一项重要工作举措。

27. 一带一路：指“丝绸之路经济带”和“21世纪海上丝绸之路”。

28. 浙闽赣皖生态旅游协作区：指由我省提议，皖闽赣三省积极响应，按照“多规合一、统筹规划、逐步推进”思路，四省联手打造的国家东部生态文明旅游区。旅游区涉及四省19市123个区县，面积约23.3万平方公里，总人口4280.7万人。

29.“最多跑一次”改革：指群众和企业到政府办事最多只跑一次。通过简政放权，推进“最多跑一次”改革，形成覆盖行政许可、行政处罚、行政征收、行政裁决、行政服务等领域的“一次办结”机制，形成“部门联合、随机抽查、按标检查、一次到位”的监管机制，形成各项便民服务“在线咨询、网上办理、证照快递送达”的“零上门”机制。

30.“三位一体”改革：指开展以生产、供销和信用合作为主要内容的“三位一体”式农民合作经济体制改革。

31.PPP：即公私合作模式，是公共基础设施中的一种项目融资模式。在该模式下，鼓励私营企业、民营资本与政府进行合作，参与公共基础设施的建设。

32.分级诊疗制度：按照疾病的轻、重、缓、急及治疗的难易程度，由不同级别和服务能力的医疗机构承担不同疾病的治疗，并按病情变化情况进行及时便捷的双向转诊，从而建立科学有序的诊疗秩序，确保病人得到适宜治疗。分级诊疗制度的核心政策措施可概括为：基层首诊、双向转诊、急慢分治、上下联动。

33.双下沉、两提升：由省委省政府主导启动，旨在以“人才下沉、资源下沉”为手段，引导优质医疗卫生资源流向基层，支持基层医疗卫生机构“服务能力提升、服务效率提升”，强化基层医疗卫生体系建设。

34. 农产品质量安全可追溯体系：运用信息化手段，实现农产品生产档案化管理，将农产品生产等信息录入到二维码标签中，实现二维码溯源，为每个农产品建立“身份证”，达到“农产品源头可追溯、流向可跟踪、信息可查询、责任可追究”的目的。

35.三去一降一补：指去产能、去库存、去杠杆、降成本、补短板五大任务。

36.“四个平台”建设：指对乡镇（街道）和部门派驻机构承担的职能相近、职责交叉和协作密切的日常管理服务事务进行归类，完善相关机制，整合工作力量，形成综治工作、市场监管、综合执法、便民服务四个功能性工作平台。

37.“1+3”旅游综合执法模式改革：“1”是指设立综合性旅游管理机构；“3”是指设立旅游警察、旅游巡回法庭、旅游工商分局等机构。

38.餐桌安全治理行动三年计划：2015年3月，省政府提出通过三年左右时间，建立健全从田头到餐桌的食品安全全程管控体系，食品安全违法犯罪行为得到有效遏制，食品安全重点风险隐患和突出问题得到有效解决，食品安全工作体制机制更加完善，食品安全社会共治格局初步形成，食品安全总体水平和治理能力现代化水平得到全面提升。

莲都区人大常委会工作报告

——在莲都区第十六届人民代表大会第一次会议上

雷　萍

五年来的主要工作

区十五届人大常委会任期的五年，是我区全面改革深入推进、综合实力持续增强、民生事业稳步提升的五年，也是我区人大工作积极进取、开拓创新的五年。五年来，在中共丽水市莲都区委的坚强领导下，在上级人大的有力指导下，区人大常委会高举中国特色社会主义伟大旗帜，以党的十八大和十八届历次全会精神以及习近平总书记系列重要讲话精神为统揽，坚持以"两山"理论为指引，以"三美融合、互促共进、主客共享"为工作主线，认真履行宪法和法律赋予的职责，共组织召开人代会会议5次，常委会会议49次；组织开展执法检查3次，调研视察78次，市、区代表专题视察27次，听取和审议"一府两院"专项工作报告44个，作出决议决定43个，充分发挥了地方国家权力机关的作用，为推进全区民主法治建设，促进经济社会发展做出了积极贡献。

一、围绕中心、服务大局，在推动跨越发展中主动作为

常委会坚持把落实区委决策作为工作着力点，认真履职、积极作为，为尽早打通"两山"通道提供有力支持。

聚焦科学发展，推动市区共建。审查批准《莲都区国民经济和社会发展第十三个五年发展规划纲要》，将"五大发展理念"落实到莲都发展的具体任务和指标中。审议通过《关于丽水市莲都区（丽水市区）环境功能区划的议案》，推动政府守牢生态底线、发展生态产业、实现生态惠民。听取全区国民经济和社会发展计划年度执行情况的汇报，督促政府如期完成既定的经济社会发展目标。行使重大事项决定权，在人代会上作出《关于加快养生农业发展的决定》，确定全区养生农业的发展方向和路径。首次行使"授予荣誉称号"的法定职权，吸引高层次人才服务市区经济发展。借助市人代会平台，就审批权限、执法分工等提出意见建议，推动市区管理体制进一步完善。常委会还先后调研国家卫生城市创建和全国文明城市创建工作，视察城区地下管线建设、老小区改造、浙西南农贸城建设等项目，为推进市区共建发挥了重要作用。

聚焦农民增收，建设美丽乡村。常委会听取和审议区政府关于"两白"（处州白莲、白枇杷）产业发展情况报告，并跟踪督查审议意见的落实；审议"洁净村居"创建和民宿经济发展情况专项报告，推动政府加快特色产业发展，加强农村基础设施建设，加大村庄环境整治力度，促进我区农业和农村健康发展。先后调研山区科学发展、乡镇公共文化事业发展、城乡规划建设、乡村有线电视网络建设管理、现代农业园区建设、农业面源污染治理、美丽乡村建设、农家乐综合体建设、木本油料产业发展、农产品安全生产、科技富民强区等工作，推动农业增效和农民增收，提升群众的幸福感和获得感。

聚焦"拆治归"，力促转型升级。常委会听取和审议全区防洪排涝和农村生活污水治理工作专项报告，推动政府规范工程程序、强化质量管理，促进"五水共治"深入开展。组织市、区两级人大代表，专题视察政策处理、"三改一拆"、"六边三化三美"等重点工作。专题审议华侨要素回流工程实施情况，充分发挥侨务资源优势。开展招商引资工作调研，推动政府完善考核激励制度，吸引“丽商、莲商”回归。常委会还与省、市人大联动开展饮用水水源保护执法检查，并跟踪督查意见落实情况。组织全区各级人大代表，积极参与“恪尽代表职责，保护母亲河溪，查找水污染源”“查找可游泳的河”“监督已治理的河”等专项督查。常委会领导担任区级“河长”“路段长”，助推美丽环境建设。这些监督手段的综合运用，形成了打好全区“拆治归”组合拳的强大合力。

二、严格程序、规范行权，在依法履行职责中强化保障

常委会围绕全区中心工作，与党委同心，与政府同向，强监督、重实效，为全区经济社会健康发展提供了全面保障。

关注社会热点，助力民生改善。教育和卫生问题是社会关注的热点。为促进教育资源合理配置，常委会先后听取和审议城区义务教育资源配置和我区学前教育发展情况专项工作报告，推动政府加大教育投入，加快新建续建项目实施，提升学前教育保教水平。区政府积极争取多方资金，加大财政投入，新建扩建一批校舍，强化师资培训和管理考核，成功创建全国义务教育基本均衡区。常委会审议乡村卫生服务一体化管理情况和基层医疗卫生服务能力建设专项工作报告，推动政府加大监管工作力度、优化基层医疗机构和设施配置，稳步实施基本药物制度和医药卫生体制改革，促进了全区基层卫生事业健康发展。

关注社会事业，助力协调发展。常委会专题视察民族乡镇和民族村，审议《关于少数民族经济社会发展情况的报告》，推动政府制定和完善发展规划，加快基础设施建设，加大扶持力度，促进少数民族经济社会发展。支持畲族研究会发挥作用，支持举办“竹柳新桥三月三”畲族传统歌会。常委会听取和审议少数民族特色村寨建设专项报告，推动政府加大扶持力度，加强民族文化保护与传承，特色村寨建设取得阶段性成果。大港头镇利山村通过做靓畲族元素，创成了AAA景区。此外，常委会视察了人口和计划生育“双创工程”落实情况，调研全区残疾人就业现状、养生养老事业发展、二孩政策实施等工作，推动了社会事业协调发展。

注重队伍建设，加强任后监督。坚持拟任人员任前公示、法律知识考试、表态发言、颁发任命书等规定，全面落实宪法宣誓制度，五年来共任免国家机关工作人员320人次。组织新任区政府组成部门的局长，在《莲都播报》和处州晚报上向全区人民作履职公开承诺，拓展了人大监督、舆论监督和社会监督的平台。实行主任会议听取部门工作汇报制度，分年度听取政府22个组成部门的工作汇报，提出意见建议并督促落实，促进部门更好依法行政。每年年末，组织区政府组成部门局长、区法院副院长和区检察院副检察长，向人大常委会进行书面述职，不断提高被任命干部的依法履职和廉洁从政意识。

三、突出重点、依法办事，在推进依法治区中增强实效

常委会坚持法治导向，持续改进监督方式，不断拓宽监督渠道，致力于为全区发展提供良好的法治环境。

不断推动依法行政。积极落实《预算法》，将部门预决算纳入监督，听取和审查了民政、科技等5个政府部门预决算，推动53个区直部门网上公开年度预决算。做好财政决算批准和预算调整审查工作，调研全区政府性债务管理情况，每年听取财政预算执行和收支情况的审计报告，重视运用审计成果，提升政府资金的使用绩效。与省市人大联动，开展食品安全“一法两规”执法检查，推动政府履行法定职责，保障了我区食品安全形势的总体稳定。严格落实规范性文件备案审查制度，共对99份规范性文件进行合法性审查。常委会还开展了大气污染防治和归侨侨眷权益保护法规落实情况的执法检查，调研“四张清单一张网”、行政执法、政府合同管理及执法部门宗卷检查等工作，推动政府依法规范行权。

不断强化司法监督。与上级人大联动开展深化司法监督活动，查找我区司法和执法工作中存在的问题，提出整改意见，常委会专题听取公、检、法、司四家单位的整改情况报告。开展法官、检察官的履职评议，当场进行满意度测评，推动“两官”队伍建设。对区法院民事执行工作进行专项监督，推动法院整改存在的问题，有效促进了区法院民事执行案件实际执行率和标的清偿率的提升。认真贯彻省人大常委会《关于加强检察机关法律监督工作的决定》，听取和审议检察院反渎职侵权工作专项报告。出台《监督司法机关工作办法（试行）》，共报备司法机关报送的重要文件17件、特定案件658件。常委会还听取和审议了职务犯罪类刑事案件审判和公安机关刑事立案侦查等专项报告，对刑事案件办理、人民调解等工作进行监督，组织代表旁听法院庭审工作，推动全区司法工作更加公正透明。

不断夯实法治基础。常委会把深入推进普法工作放在重要位置，通过开展“六五”普法中期评估，听取和审议“六五”普法工作总结，调研“七五”普法规划情况，作出《关于进一步加强法制宣传教育的决议》，推动全区加强法治文化建设和法治乡镇创建，进一步夯实了依法治区的基础。支持区法院落实好人民陪审员“双倍增计划”，依法任命人民陪审员88人次，联合法院开展陪审员培训工作，推动基层司法民主。主动参与《丽水市城市市容和环境卫生管理条例》立法活动，反映群众诉求，推动市人大将“建筑物外立面脱落、小区车辆乱停乱放”等问题纳入条例的调整范围。做好人大信访工作，五年来共受理信访1129件，其中，来信427件，来访702批次、959人次。

四、创新平台、优化服务，在健全机制中发挥代表作用

常委会围绕“两联系一发挥”创新活动平台，激发代表活力，加大督办力度，推动代表主体作用的较好发挥。

健全活动机制。全区15个乡镇（街道）的实体及网上联络站建设在全市率先完成。各代表联络站围绕社会热点，确定代表活动主题，邀请各级人大代表进站开展活动，促成城区丽光弄照明系统建设、碧湖石牛桥头交通信号灯投入使用、南明山濒危千年古樟树保护等民生事项的解决。《莲都做实代表联络站》在我省人大机关刊物上发表。常委会共组织代表专题培训4次，还开展了“推动‘四换三名’‘创新驱动’等十大组合拳落实”“查找基层群众办理审批难事项”等代表活动，提升了代表履职的热情和成效。

健全激励机制。坚持开展区人大代表履职积极分子年度评选活动，在全区人代会上进行表彰。编印《代表风采》《砥砺中奋进》和《履职风采》等画册，宣传代表履职事迹，大力弘扬正能量。出台《区人大代表辞职暂行办法》，畅通代表队伍“出口”，从制度层面解决部分代表工作岗位变动后与原选区选民联系不多、履职意愿弱化等问题。十五届人大一次会议以来，共有46名区人大代表资格终止或辞去代表职务，依法补选代表42名，保持了代表队伍的整体活力。

健全办理机制。五年来，区人大代表共提出议案、建议、批评和意见597件，其中被大会确定为议案的10件。常委会和区政府联合召开交办会，明确每件建议办理的责任主体，重点代表建议实行政府负责人领办、常委会领导督办制度。运用建议办理系统实时通报办理进度，对代表不满意的建议督促承办单位重新办理。常委会每年听取区政府办理大会议案、代表建议情况的工作报告，提出具体意见。把建议办理工作纳入部门年度考核指标，开展建议承办工作先进单位和先进个人评选活动。在各方的共同努力下，推进了严鸟、郑地等偏远乡村班车开通、大港头镇基础设施建设提速、化肥农药监管力度加大等一批群众关注问题的落实。

健全选人机制。在区委的领导下，常委会认真贯彻上级换届选举工作部署以及《选举法》《代表法》等法律法规，严肃抓好省委巡视组“关于把好代表素质关”反馈意见的整改落实，共同把好代表“入口关”，推荐出素质高、履职强的连任人选。强化对区、乡两级选举委员会的领导和监督，严格依法履职，与组织、纪检等部门密切配合，抓好换届纪律教育，做好信息研判，开展换届风气巡查，加大业务指导力度，保证了人大代表换届选举工作依法有序、风清气正。选举产生区十六届人大代表198名，新一届乡镇人大代表464名，为加强区、乡两级政权建设打下了坚实基础。

五、提升素质、夯实基础，在加强自身建设中增添活力

常委会主动适应政治文明建设和人大工作的新要求，坚持与时俱进，加强自身建设，提升了整体履职水平。

加强常委会自身建设。坚决维护以习近平同志为核心的党中央权威，始终与省委、市委、区委保持高度一致，把全面从严治党要求落实到人大工作的方方面面。协助区委召开全区人大工作会议，区委出台《关于进一步加强人大工作和建设 充分发挥人大作用的意见》，为人大工作指明方向。深入贯彻省市加强人大工作的要求，认真筹备新设法制（内务司法）委员会、财政经济委员会，将农业资源环境工委分设为农业与农村工委、城乡建设与环境资源工委，单独设立备案审查科，进一步健全了人大工作机构。组织常委会组成人员专题读书会、举办法律讲座以及赴全国人大培训基地学习等，提升常委会整体履职能力。召开人大制度建立60周年座谈会，认真总结我区人大工作取得的经验。加强许可工作流程、建议办理规定等制度建设，进一步完善常委会行权议事规则。

加强基层人大建设。认真贯彻市委《关于加强乡镇街道人大工作和建设的若干意见》，积极落实“街道人大工委主任、乡镇人大主席依法推荐为正式代表候选人”的规定，推动乡镇（街道）设立人大工作办公室，提高基层人大干部专职化水平。以贯彻《浙江省乡镇人民代表大会工作条例》为抓手，分解工作要点，修订考核办法，完善《乡镇人代会会务工作指导手册》，落实常委会专职人员分片联系制度，加强对乡镇、街道人大工作指导。2016年底，全区9个乡（镇）级政权的换届选举工作全部顺利完成。

加强人大机关建设。强化政治定力，精心组织党的群众路线教育实践活动、“三严三实”专题教育活动、“两学一做”主题教育活动、“归零翻篇开新局”主题大讨论活动，把党建理论学习和廉政教育放在突出位置。支持派驻纪检组工作，认真执行党风廉政各项规定，持续加强干部作风建设，提升人大机关战斗力。扎实开展结对帮扶、环境整治等党员志愿服务活动。做好人大宣传工作，连续五年被评为全市人大信息工作先进集体。

各位代表，回顾过去五年的工作，区十五届人大常委会依法履行职责，勤勉工作，开拓创新，积极维护人民群众的根本利益，保证宪法、法律在我区的施行，推动了各项事业不断发展。这些成绩的取得，离不开区委的正确领导，离不开常委会组成人员和代表的共同努力，离不开区政府、区政协和区法院、区检察院的积极配合，也离不开全区人民、乡镇街道人大及社会各方面的大力支持。在此，我代表区十五届人大常委会，向所有关心、支持区人大工作的领导和同志们，表示衷心的感谢和崇高的敬意！

在肯定成绩的同时，应当看到，对照宪法和法律的规定，对照党和人民的期望，我们的工作还存在一定差距，主要是：一些法定监督手段运用不够充分，监督的刚性、实效性还有待提升，监督力度还需加大，监督的理念和方式要改进创新；讨论决定重大事项工作尚未实现常态化规范化，有关制度和办法需加快建立；代表闭会期间活动深度还不够，内容需要不断丰富，对代表履职的服务、保障、管理还需要进一步优化；常委会履职能力还需更好适应新形势新要求。我们将努力补上这些“短板”，使人民代表大会制度在莲都得到更好的实践，不断推动各项事业取得新发展。

各位代表，区十五届人大常委会的任期已满。五年的实践和探索，我们对坚持和完善人民代表大会制度，做好地方人大工作，有了更加深切的认识和体会：

——必须始终坚持党的领导，充分发挥地方国家权力机关的作用。坚持党的领导，自觉接受党的领导，是人大工作的基本前提和根本保证。本届常委会之所以能较好地发挥地方国家权力机关的作用，各项工作能取得长足进步，首先得益于党的正确领导，常委会主动围绕区委的中心任务开展工作，保证了人大工作的正确方向。

——必须始终坚持以加强社会主义民主法治建设为根本任务，扎实推进依法治区进程。人大及其常委会是代表人民行使国家权力的机关，担负着保证宪法、法律、法规在本行政区域内遵守执行的神圣职责。必须始终不渝地把加强社会主义民主法治建设作为根本任务，认真行使宪法和法律赋予的职权，稳步推进依法治区进程，从制度上、法律上保证人民当家作主，不断推进中国特色社会主义民主政治的发展。

——必须始终保持同人民群众的密切联系，更好地发挥人大代表的作用。紧密联系群众，发挥代表作用，不仅是人大及其常委会性质所决定的，而且是人大及其常委会正确行使职权的力量源泉和重要基础。只有紧紧依靠人大代表，保持同人民群众的血肉联系，更好地代表人民，自觉接受代表和人民的监督，才能使人大工作建立在坚实的基础上，才能使人大工作保持旺盛的生命力。

——必须始终坚持解放思想、实事求是、与时俱进，不断激发人大工作的生机和活力。与时俱进、开拓创新是人大工作得以不断推进的强大动力。必须始终坚持解放思想、实事求是、与时俱进，在遵守宪法原则、把握人大工作规律和特点的前提下，紧密结合实际，通过探索与创新，不断推进组织制度和工作制度建设，创造更多更好的做法和经验，推动人大工作在实践中不断向前发展。

2017年工作总体安排

各位代表，2017年是落实区第十四次党代会精神的起步之年，是实施“十三五”规划的重要一年。现在，新一届区人民代表大会已经组成，新一届区人大常委会也即将选举产生。新的形势、新的任务对人大工作提出了更高的要求。

为此，我们建议新一届人大常委会继续高举中国特色社会主义伟大旗帜，坚持以马克思列宁主义、毛泽东思想、邓小平理论、“三个代表”重要思想、科学发展观为指导，深入学习贯彻习近平总书记系列重要讲话精神和治国理政新理念新思想新战略，统筹推进“五位一体”总体布局和协调推进“四个全面”战略布局，自觉践行“五大发展理念”和“两山”理论，以“八八战略”为总纲，坚持“绿色发展、科学赶超、生态惠民”发展主线和“三美融合、互促共进、主客共享”工作布局，围绕“一个率先、两个提升、三个迈进”奋斗目标和“同心同向同力、共建共融共享、善谋善作善成”总要求，着眼发展大局，践行忠诚担当，依法规范履职，加强自身建设，充分发挥作用，为推进城市共建、经济共融、福祉共享，在全市率先高水平全面建成小康社会提供强有力的保障。

根据上述总体要求，我们建议2017年区人大常委会的主要任务是：

一、坚持党的领导，切实把全面从严治党要求落实到人大工作全过程、各方面

自觉维护党的领导。坚决维护以习近平同志为核心的党中央权威，自觉接受区委的统一领导。切实增强“四个意识”，特别是核心意识、看齐意识，积极通过人大法定程序与履职实践，保证党委的决策部署转化为全区人民的共同意志，在人事任免工作中积极贯彻好组织意图。

深入推进党的建设。认真落实区人大常委会党组从严治党的主体责任，严格遵循新形势下党内政治生活准则，不断强化党内监督，营造人大系统良好政治生态。坚决落实区委“干净干事创新业”的部署要求，深入开展“首善担当创一流”主题大讨论活动，进一步加强作风和队伍建设，提升常委会履职能力与机关服务水平。

着力提升履职实效。要按照“选准角度、掌握尺度、把握力度”的原则，围绕区委重大决策部署和区第十四次党代会提出的奋斗目标，以更高标准、更严要求、更实举措，推进人大监督、决定、任免、代表各项工作，为促进经济社会平稳健康发展和社会和谐稳定，发挥人大的功能与作用，贡献人大的智慧与力量。

二、充分发扬民主，努力在推动依法治区上有新作为、新进展

行使重大事项决定权。制定出台《莲都区重大投资项目监督办法》，推动常委会行使重大事项决定权迈出实质性步伐。有重点地听取决议、决定和审议意见的贯彻落实情况，开展跟踪监督。围绕全区中心工作，对涉及经济社会发展的重大事项进行审议，并适时作出决议决定。

深入推动依法行政。加强对规范性文件备案审查和能力建设，建立健全全面审查机制，深化有重点的主动审查工作，维护社会主义法制的统一。坚持主任会议听取部门工作汇报制度，将派驻莲都的市级直属机构纳入监督范围，听取3~5个政府部门的工作情况汇报，推动部门依法行政。

推进监察体制改革。会同有关部门做好国家监察体制改革试点工作。坚决贯彻落实中央关于国家监察体制改革试点工作方案和全国人大常委会相关决定精神，有序推进我区监察体制改革。

扎实推进司法监督。关注司法体制改革，发挥好法制（内务司法）委员会的作用，与省市人大联动开展《行政诉讼法》贯彻实施情况的执法检查。跟踪监督2016年区法院关于职务犯罪审判工作审议意见的落实，继续关注法院民事执行工作，推动法院基本解决执行难问题，继续开展“两官”履职评议，组织人大代表旁听法院庭审，巩固监督工作成果。加强对村级组织换届选举工作的指导，保障《村民委员会组织法》在我区的正确施行。

三、突出问题导向效果导向，进一步提高监督工作针对性、实效性

开展经济运行专项监督。听取区政府关于全区经济社会发展情况汇报，专题审议计划执行、预算执行、决算以及审计等专项工作报告，跟踪监督审计查出问题整改情况，视察全区招商引资项目落地情况，开展农旅融合发展情况专项督查，增强人大监督的刚性。

深化财政预决算审查监督。推动政府落实好《预算法》的规定，重点是要将基本建设项目资金和债务列入2017年度财政预算，编制好一般公共预算等四本帐。加强对政府投资项目的审查，推动政府量力而行搞建设。发挥财政经济委员会作用，听取和审查3~5个政府部门的预算情况，继续推动政府部门预算审查和决算公开。

加强民生领域工作监督。关注《丽水市城市市容和环境卫生管理条例》施行，适时跟进，推动该法在促进和巩固文明城市创建方面发挥更大作用。听取和审议年度环境状况和环境保护目标完成情况的报告，配合省市人大开展公益林管理立法，以及全面剿灭劣V类水体工作调研。听取和审议基层“分级诊疗”制度落实情况等专项工作报告，关注地质灾害“大搬快治”、农民下山脱贫安置、全区危旧房改造三年行动计划工作进展，调研教育重点建设项目推进情况、水利工程建设情况、少数民族文化发展情况等。推行民生实事代表票决制。

四、密切代表与人民群众的联系，充分发挥代表主体作用、提升履职水平

深化代表联络站建设。围绕“两联系一发挥”，继续完善实体和网上代表联络站建设，推进代表履职“线上线下”有机结合。不断完善人大代表进联络站听取群众意见、向选民述职等机制，推动领导干部代表进联络站常态化、长效化，将联络站建成听取民意、汇聚民智的主渠道，推进群众关切的民生热点问题得到解决。

增强代表活动实效。围绕全区创建全国文明城市、小城镇综合整治等重点工作，精心组织代表开展主题活动，改进工作方式方法，增强活动实际效果。主动参与省、市人大立法活动，及时反映我区群众的呼声与愿望。

提升代表履职能力。加强代表培训工作，提升代表履职水平。认真落实常委会组成人员联系人大代表、代表联系人民群众的制度，增强联系群众实效。坚持和完善代表工作的各项制度，健全代表履职激励和约束机制，完善代表履职登记及其结果运用，增强代表履职意识。

改进议案建议办理工作。加大大会议案、代表建议的督办力度，开展建议办理“回头看”，完善网络预提交、日常督办、重点督办、考核评价等工作机制，畅通社情民意的收集反馈渠道。运用好代表建议办理系统和人大代表履职服务平台，提高建议办理的面商率和解决率，推动建议办理工作取得更好成效。

各位代表，今年是新一届人大常委会任期的第一年。我们要以对党和人民高度负责的精神，不忘初心，继续前进，扎实做好区人大常委会各项工作，始终保持“一线”状态，按照“一线”标准，发挥“一线”作用。继续坚持和传承人大工作实践中创造的好做法、积累的好经验、形成的好作风，不断推动人大事业与时俱进、创新发展。

各位代表，当前莲都发展所处的历史方位赋予我们新的使命责任，人民群众对美好生活的向往激励我们不断开拓奋进。让我们更加紧密地团结在以习近平同志为核心的党中央周围，高举中国特色社会主义伟大旗帜，在中共丽水市莲都区委的坚强领导下，按照“同心同向同力，共建共融共享，善谋善作善成”总要求，扎实工作、开拓创新、与时俱进，以优异的成绩迎接党的十九大胜利召开!

中国人民政治协商会议第十四届丽水市莲都区委员会常务委员会工作报告

——在政协第十五届丽水市莲都区委员会第一次会议上

谷江南

五年工作回顾

2012年以来，我区经济转型升级、民生明显改善、事业全面进步。中共莲都区委高度重视支持政协工作，为政协履职创造良好条件。在区委正确领导下，十四届区政协常委会高举中国特色社会主义旗帜，把握团结民主主题，自觉融入大局，密切关注民生，努力发挥优势，扎实推进自身建设，先后组织全体会议5次、常委会议21次、主席会议42次，开展专项民主监督和其他集体调研视察活动65次，递交《政协建议》42期，交办政协提案932件，反映社情民意信息735期，被国家和省、市、区党委、政府采纳或部分采纳意见建议1057件。至2016年，已连续第17次获评“全市政协反映社情民意信息工作先进单位”。

（一）融入发展大局，协商献计精准发力

常委会贯彻区第十三次党代会有关部署，抓住事关我区建设发展的重大问题协商献计。

1. 围绕党政部署参与决策。逐年听取区委工作通报、“一府两院”工作报告和其他有关报告，整理递交意见建议5批456条，“制定年度协商工作计划、召开全区政协工作会议”等被纳入工作日程并得到有效落实。先后召开生态休闲养生（养老）产业发展规划、区“十三五”规划专题协商会和举办“提升文化软实力”政协论坛，汇编意见材料23份，为区委、区政府科学决策提供参考。全面参与碧湖、高溪，岩泉、双黄，水阁、富岭行政区划调整，以及城区社区设置和全区村规模调整协商活动，以《协商纪要》形式提出意见建议。深入调研跨县域畲族经济协作情况，建议打破行政区划限制，推动“竹柳新桥”绿色协同发展，被省、市、区党委、政府重视和肯定。

2. 紧扣转型跨越调研视察。常委会组织工业发展环境、困难企业帮扶等课题调研，主席会议组织农技农业、华侨文化、处州白莲、乡愁旅游等课题调研，各专委会先后组织委员视察我区新农村建设、古堰画乡开发、养生农业产业、居家养老服务、小区物业管理和民族经济发展等情况。优化我区工业发展环境、强化农技推广推进现代农业发展、弘扬养生文化培育养生产业、挖掘华侨文化建设侨乡莲都、保护和发展“老字号”品牌、做大做强处州白莲产业、打造“中国·莲之都”、打造乡愁旅游目的地等一批视察调研成果被区委、区政府领导批示交办，部分建议已转化为促进我区经济转型发展的重要举措。

3. 深入建设一线献计献策。参与全区首个PPP项目《丽龙公路南山互通至丽新公路建设工程（南山至高溪段）实施方案》的协商，跟进农村文化礼堂、便民服务中心、民宿、主题村落和特色小镇建设，提出“赢利捆绑”降低风险、丰富文化礼堂内涵、拓展便民服务事项、加强古树和珍稀树木保护、延伸民宿经济“链条”、建设大港头村“画乡亲水步道”等建议，为有关工作提供积极参考。先后调研农村公路养护资金、民族扶持资金的使用情况，建议理念市场化、指标科学化、强化项目监管、健全激励问责机制，促进提升资金使用绩效。支持政协领导联系金丽温铁路扩能改造工程、“处州白莲节”活动策划、“11·13”特大山体滑坡抢险善后和创全国文明城市等重点项目或重点工作，参与协调解决问题。

（二）关注民生福祉，监督建言求敢较真

常委会聚焦民生问题，较真监督、坦诚建言，持续助力民生改善，把履职为民宗旨贯穿于政协工作的全过程。

1. 助力收入增长。视察美丽乡村建设，组织“建设美丽富饶乡村”对口协商会，呼吁扶持特色农业产业，经营山水、村庄和农家闲置房，加大“富民”投入，促进农民持续增收。参与叶平头村改造建设，引入皇菊种植加工产业，完善文化长廊、“归零”书院等基础设施，促生农家乐3家、民宿5家，促进村民就地就业增收，打造了“政府引导、企业村民双赢、可借鉴复制”的新农村建设模式。确定来料加工、农产品电商、特色民宿和全域旅游等提案为年度重点提案，助力农民创业创新。安排政协机关领导干部帮扶低收入农户44户，组织委员核查全区结对帮扶情况并提出意见建议，助推精准扶贫落到实处。

2. 促进环境改善。开展“洁净村居”“五水共治”“两路两侧”“六边三化三美”等专项民主监督活动，先后调研城乡环卫、农村生活污水治理、企业污水治理、畜禽养殖污染整治、垃圾河清理等工作，整理形成6份民主监督报告73条意见建议。组织委员和机关干部参与市区环卫体制机制改革和创建国家卫生城市、全国文明城市等工作，发起并推动“车让行人”行动，助推市区卫生文明面貌改善。敦促“三改一拆”、垃圾分类、水源地保护、病死猪处理等提案所提意见建议的办理，建设“随手拍、快捷报”监督平台，监督处置“六乱”点位问题1500多个。

3. 畅通信息渠道。重视社情民意信息的收集、报送和反馈，《进一步完善农家书屋管理》等6期信息被全国政协采用，《完善土地政策，保障‘低小散’行业整治》等34期信息被省、市领导批示交办，《建设劳模（职工）休养站》等20期信息被区领导批示交办，共有27家（次）参加单位、69人（次）委员（信息员）获信息工作表彰。持续关注并指导相关乡镇（街道）居民自治联合会建设，先后通过调研报告、大会发言、提案、社情民意信息等方式，向有关部门反映民情民愿并提出建议，我区“联合自治、跨村理事”模式引起国家、省、市有关部门和领导的高度关注，被媒体广泛报道和浙江省蓝皮书（2015版政治卷）作为典型案例收录。

（三）发挥独特优势，参政议事干在实处

常委会坚持大团结大联合，发挥位置特殊、智力密集、联系广泛等优势，汇集各界能人志士，把各项工作落到实处。

1. 发挥位置优势，客观评议工作。先后听取纪委、政法、发改、经商、农办、农业、民政等部门工作通报，调研计划生育“双创工程”、医改对群众就医的影响、行政执法、社区矫正、非物质文化遗产保护、瓯江船帮历史和教育强区等情况，视察公、检、法、司基础设施建设，旁听法院庭审，为区委、区政府及有关部门推进落实工作出谋划策。每年选择2家单位开展民主评议提案办理工作，向教育、农业、旅委、经商、建设、文广新体、农办和人力社保等8个部门提出评议意见并督促整改反馈，有效提高提案办理水平。

2. 发挥智力优势，推动解决问题。发动委员结合工作岗位建言献策、建功立业，《关于设立企业应急周转金的建议》《跟进公用自行车安全管理》《保护谭宅迫在眉睫》等提案和社情民意信息作用彰显。支持政协各参加单位开展结对共建、免费诊疗、教学示范、农技指导、法律咨询等志愿服务，取得一定的社会效益。组织文史工作者征编出版《处州古城》《历程追忆》《灯舞莲都》和《亲历丽水撤地设市建区》等文史专辑，协助完成交通、水利、家训家风、“非遗”传承人口述等征集任务，在创建省级历史文化名城、创建全国文明城市等工作中发挥作用。

3. 发挥联谊优势，促进凝心

聚力。安排常委联系委员72人、群众108人，委员联系群众647人，以调研视察、慰问帮扶、意见反映和特色服务为载体加强团结联络。邀请民主党派、工商联、有关人民团体和无党派人士参加常委会、主席会议调研视察活动，安排有关单位大会发言97篇，向区委、区政府交办集体提案200件。协助各级各地政协来莲调研工作，支持政协书画会、摄影之友社和女委员联谊会以义务送春联、摄影采风和“靓丽女委员”等方式联系服务群众。组织区政协成立60周年纪念活动，编画册、办书画展、开座谈会，回顾光辉历程，再谱时代新篇，巩固发展最广泛的爱国统一战线。

（四）构筑“四型一家”，自身建设扎实推进

常委会以创新型、学习型、研究型、智慧型政协建设和“委员之家”建设为载体加强自身建设，取得了新成效。

1.强化学习和研究。坚持主席读书会、机关例会和新委员培训制度，增加全体会议、常委会议专项学习安排，先后组织十八大报告解读、“诚信守法”、“归零翻篇”、民主与政协协商民主等学习讨论活动30多次。重视政协理论的研究和普及，与省、市政协互联互动，向广大委员和政协各参加单位征集政协理论研究文章45篇，其中获全省二等奖3篇、三等奖1篇、优秀奖23篇，一批“研究型”委员和工作人员茁壮成长。创刊《莲都政协》，汇编领导讲话、工作报告、理论研究、履职动态和政协文史等内容，已连续出版至第6期。

2.重视创新和智慧。改进全会日程议程安排，合并开幕会和大会发言会，改革提案报告形式，有效拓宽全会协商平台。新增委员工作委员会、女委员联谊会和政协理论与实践研究会，新建政协网站、邮箱、QQ群、微信群和网上提案系统、委员管理服务系统，新搭“即拍即报”和“信息沙龙”监督协商新平台，服务履职更切实际。推进提案串并打包、网上办理、民主评议、领办督办，将政协所提意见建议办理情况纳入全区工作责任制考核，成果转化更加明显。制定或修订提案工作条例、反映社情民意信息工作评选表彰办法和委员履职评价、参加单位履职评价等20多项制度，履职“三化”更进一步。

3.建设“委员之家”。于十四届一次会议作出开展“强基础、优服务，努力创建委员之家”活动的决定。安排政协领导参加群众路线和“三严三实”教育实践活动，在政协机关开展“创先争优”示范行动、“两学一做”学习教育和走访约谈委员活动，每年组织书画笔会、摄影采风，参加全市政协文体联谊活动，持续加强服务履职，成功创建市级文明单位，有力促进政协工作。有序组织政协宣传工作，以门户网站为根本，联系各级各类媒体，组织委员足迹、委员风采系列宣传和日常履职宣传，发布政协要闻511条、党派团体信息775条，30多位委员荣获“道德模范”“莲都好人”等荣誉称号。

各位委员，成绩来之不易。这些成绩凝聚着区委和区人大常委会、区政府、各部门（单位）、乡镇（街道）鼎力支持帮助的心血，是全体委员、参加单位和各界人士勠力同心、群策群力、砥砺奋进的结果，是社会主义协商民主在我区的生动实践。我们有理由为此感到光荣和自豪。在此，我代表十四届区政协常委会，向所有关心、支持、参与莲都政协工作的各界人士、同志们、朋友们，表示衷心的感谢！

与新形势新任务新要求相比，区政协还有许多工作需要改进和完善。主要是：委员主体作用有待凸显，协商民主实践有待丰富，履职成果转化有待加强，履职“三化”需要继续推进等。回顾十四届区政协工作，主要有以下几点经验和体会：

（一）坚持党的领导是做好政协工作的根本保证，必须坚定不移与区委、区人大常委会、区政府一起画好改革发展“同心圆”。五年来，区政协贯彻区委决策部署，自觉维护党的领导核心，认真围绕中心工作履职。区委对政协履职充满期待，连续制定2014、2015、2016年度协商工作计划，届内召开全区政协工作会议，出台政协民主监督有关意见，为政协工作创造了良好条

件。在区委领导下,区人大常委会、区政府与区政协互通工作,对政协履职给予了大力支持。

(二)履职为民是政协工作的根本宗旨,必须站稳人民立场,与全区群众做到"同呼吸"。五年来,区政协始终坚持以人民为中心,调研视察、宣传服务、反映意见,奔着群众呼声需求去,奔着群众高兴受益去,助推经济建设,增强了改善民生的实力和底气,推动乡镇农村客运公交化和减免小额电费管理费等,助力提升了莲都群众的获得感和幸福感。只有倾情为民,切实参与解决实际问题,让群众得到看得见、摸得着的实惠,群众才会欢迎和支持政协工作。

(三)团结和民主是政协工作两大主题,必须求同存异、民主协商,与时俱进巩固建设发展"同盟军"。五年来,区政协坚持团结民主主题,落实常委会组成人员、主席会议成员走访委员和群众,发动广大委员、参加单位联系界别群众,把行动统一在区委的决策部署上,为全区经济社会发展贡献了智慧和力量。只有尊重和包容不同意见,让各种智慧声音得到充分表达,以民主的作风团结人,以良好的形象影响人,才能为建设发展凝聚更多的人心、增添更多的力量。

(四)发展协商民主是人民政协的重要使命,必须深入探索实践,合力奏好职能履行与事业发展"同步曲"。五年来,区政协坚决贯彻中央和各级党委关于加强社会主义协商民主建设战略部署,落实年度协商计划,实践专题协商、对口协商、界别协商和提案办理协商,开展委员履职评价,推进委员届中调整,不断开创政协工作新局面。只有坚定不移贯彻中央办公厅和省、市加强政协协商民主建设有关意见,积极探索实践,着力创新发展,才能充分发挥政协作为协商民主重要渠道和专门协商机构的作用。

今后五年工作的建议

今后五年,是我区决胜高水平全面建成小康社会的重要时期,也是区政协工作大有可为的重要时期。十五届区政协常委会要深入学习贯彻习近平总书记有关政协工作讲话精神和中央、省委、市委、区委全会精神,践行五大发展理念和"两山"理论,秉持"同心同向同力、共建共融共享、善谋善作善成"要求,不忘初心,继续前进,助推改革发展,助力改善民生,促进社会和谐,积极有效履行职能,为我区在全市率先高水平全面建成小康社会贡献智慧和力量。

(一)坚定看齐笃行,保持同心同向同力

向习近平同志为核心的党中央看齐,与中央和省、市、区委保持思想行动一致,巩固共同思想政治基础。

1.增进广泛共识。坚定道路自信、理论自信、制度自信、文化自信,贯彻区委决策部署,推助区政府工作落实,为人民利益担当负责。认识莲都在全市区位、责任和作用的特殊性,引导委员和政协各参加单位树立市区"一家"的理念,强化首位意识,力争示范引领。充分发挥委员在界别群众中的代表性和影响力,通过各种形式宣传区委决策,讲好莲都故事,为我区各项工作走在全市前列增进最大共识度。

2.形成一致方向。坚决维护核心,紧紧围绕中心,与区委保持目标方向一致,以市区重点为重点,以市区成效为成效,引领委员和政协各参加单位更加主动地融入大局、服务大局、发展大局。牢记"尤为如此"要求,朝着区第十四次党代会确定的"一个率先、两个提升、三个迈进"奋斗目标前进,朝着"创成全国文明城市、夺取平安金鼎、与全省同步实现教育现代化"等具体方向努力。

3.汇集各界力量。把协调政党关系、民族关系、宗教关系、阶层关系、海内外同胞关系作为基本任务,重实际、具体化,为莲都发展汇集最大正能量。增进联系沟通,深化多党合作共事,发挥人民团体作用,助推"竹柳新桥"区域发展,支持宗教慈善事业,服务异地"莲商"回归,形成齐心协力谋发展的生动局面。继续发动委员和机关干部参加"小荷"志愿服务等活动,带动更多群众参与文明创建和社会治理,在形成良好社会风气中发挥作用。

（二）坚决贯彻落实，助力共建共融共享

按照“三美融合、互促互进、主客共享”工作布局，积极履行职能，全力助推城市共建、经济共融、福祉共享。

1. 围绕城市共建谋良策。围绕政策处理、城市创建、社会治理和新型城镇化建设，组织委员调研项目征集、智慧城市、人才工作、小区物业管理、特色小镇建设等内容，视察文明创建、老小区（城中村）改造、综合行政执法、社会治安防控体系建设等工作，服从服务中心城市建设，提升城市辐射带动能力。落实区领导联系乡镇（街道）和村（社区）有关制度，参与协调解决问题。加强联系省、市政协，在中心城市建设上形成更多履职互动。

2. 紧扣经济共融出实招。紧扣招商引资、项目建设、产业培育、跨界融合，选择项目招商、工旅融合、农旅融合、新生代留学生工作、农业供给侧改革、本土企业发展等具有全局性、前瞻性、战略性的重要课题，献计区委、区政府工作。适时听取我区招商引资体制机制和专业队伍建设、高溪低丘缓坡区块开发利用和工业企业绩效综合评价等情况通报，积极助推有关工作落实。关心关注招商引资项目落地情况，选择1至2个企业在建项目开展跟踪调查，协助完善项目推进落实机制。

3. 突出福祉共享建净言。突出收入增加、保障增强、精神富有、环境优化，使政协履职过程成为推动民生问题解决的过程。关注集体经济、就业创业、教育文化、养生养老、健康卫生等民生事业，努力助推问题解决，让群众感受实实在在的变化。关注生态环境保护，把精力聚焦到“五水共治”“六边三化三美”等重点工作上，为推进落实工作献计出力。继续支持委员和政协各参加单位参与各种形式的惠民帮扶和社会公益活动，助力解民忧、暖民心。

（三）坚持虚功实做，聚焦善谋善作善成

发挥委员善言善议善聚的优势，创新工作理念和方式，求真务实，虚功实做，提升服务大局的能力和水平。

1. 更加重视调查研究。围绕党政所需、群众所盼、政协所能，广泛征求意见，每年选择1至2个常委会议课题，4至5个主席会议课题，由专委会牵头落实，开展重点调研。鼓励和服务委员、参加单位开展调查研究工作。发挥委员特长和集体力量，加强调研准备工作，专攻专业领域。如，企业家委员调研“腾笼换鸟”、总部经济等内容。掌握第一手资料，把各界群众的意见和建议收集起来，把民间的创造和经验总结上来。

2. 不断改进方式方法。继续制订年度协商工作计划，规范协商程序，经常性开展协商活动。较真监督，敢于碰硬，直面问题，直至推动解决问题。更加重视提案办理“三沟通”，增设提案办理日常提示环节，提高提案办理面商率。再选试点，推广叶平头村建设发展经验，发展特色产业，促进群众就近就业增收。根据履职选题和实际需要，灵活运用各类履职载体，力争履职活动小而精、大而实、活而优、行而效。

3. 努力促进成果转化。跟进政协所提意见建议的办理，通过座谈协商、民主评议、回头看等方式，让更多符合实际、惠及民生的意见建议进入党政决策。坚持区政府领导督办领办提案制度，每年选择2家单位开展民主评议提案办理工作。继续关注雅溪镇居民自治联合会建设发展情况。体现政协文史工作的特色和优势，坚持亲历、亲见、亲闻原则，征编莲都改革发展文史资料，更好发挥存史、资政、团结、育人作用。加大履职成果的宣传力度，更好地展示履职风采。

（四）坚守团结民主，谋求新貌新局新篇

发挥团结联谊功能，发扬社会主义民主，巩固“四型一家”，发挥政协协商民主重要渠道作用。

1. 展示学习研究新面貌。以“懂政协、会协商、善议政”为目标，运用培训班、读书会、专题讲座、理论研讨等形式，经常组织重要会议精神和政协理论知识学习，引导委员提高履职能力。重新修订队伍建设有关文件，健全委员学习培训制度，加快学习培训制度化、程序化、规范化。将委员参加学习培训作为履职考核内容，纳入委员履职档案，实现履职培训全覆盖。围绕履职重点内容和履职能力建设开展调查研究，多出政协理论研究成果，发现和培养“研究型”委员和工作人员。

2. 开创智慧履职新局面。搭建多方聚智平台，拓展多样聚智渠道，进一步发挥专委会、界别活动组、女委员联谊会、理论与实践研究会、书画会和摄影之友社，在团结联谊、服务履职中的作用。适应履职能力现代化需要，用好政协网站、微信群、公众号等现代信息技术平台，加快传统履职+互联网，以及“互联网+”步伐，实现线上线下互促共进，扩大政协工作的社会影响力。完善履职评价体系，充分运用和发挥政协各参加单位的组织优势，形成“比着干”的履职态势。

3. 续写创新发展新篇章。学习社会主义协商民主建设有关制度，适时参与我区政协协商民主实施意见的起草工作。健全民主监督员制度，落实民主监督员监督。创新履职服务，进一步规范协商讨论、走访约谈、联络联谊等工作，促进会议活动更充分、更富实效。深化“两学一做”学习教育，开展“干净干事创新业”作风建设活动，加强机关党支部、工会、妇委会建设，提高机关干部的综合素质、服务水平和工作效率，为委员履职提供更好的服务。

各位委员，决胜高水平全面建成小康社会的大幕已经拉开，加快城市共建、经济共融、福祉共享的任务有我们的一份。让我们在区委的坚强领导下，立足新起点，实现新作为，为我区在全市率先高水平全面建成小康社会、奋力开启基本实现现代化新征程而努力奋斗！

莲都区人民检察院工作报告

——在莲都区第十六届人民代表大会第一次会议上

王小刚

过去五年工作回顾

过去的五年，是我区经济快速发展、社会全面进步的五年，也是我区检察工作同步推进、不断提升的五年。五年来，我院在区委和上级检察院的正确领导下，在区人大及其常委会的有力监督下，在区政府、区政协和社会各界的关心支持下，深入贯彻落实党的十八大以来历次全会精神和习近平总书记系列重要讲话精神，紧紧围绕区委中心工作，认真履行法律监督职责，积极践行绿色司法，切实提升检察工作水平，努力为我区经济社会绿色发展提供有力的司法保障，先后多次被评为省级、市级“先进基层检察院”。

一、充分发挥检察职能作用，全力服务发展保障民生

全力维护社会稳定。坚持把维护稳定作为第一责任，始终保持对严重刑事犯罪严厉打击的高压态势，会同有关部门深入开展“打黑除恶”“正风肃纪打霸拔钉”等专项行动，对故意杀人、强奸、绑架等严重暴力犯罪，“两抢一盗”等多发性侵财犯罪以及电信诈骗、涉网络等新型犯罪依法快捕快诉，强力打击震慑，全力保障社会安定有序，增强群众安全感。五年来，共依法批准或决定逮捕各类刑事犯罪案件2074件3011人，提起公诉3579件5156人。特别在护航G20杭州峰会、世界互联网大会、各级“两会”等重要时期，以高度的政治责任感全面开展各项维稳工作，并深入做好办案后半篇文章，对办案中发现的涉枪涉爆、宾馆安全管理等领域或环节存在的安防漏洞，及时发出检察建议，督促消除安全隐患，促进了社会治理的完善；在里东山体滑坡灾害事件发生后，第一时间赶赴现场，全程参与有关善后服务工作，圆满完成工作任务，获得了区委区政府以及上级院主要领导的充分肯定。

全力服务经济发展。认真开展金融诈骗、侵犯知识产权等破坏社会主义市场经济秩序犯罪专项整治工作，会同有关部门建立协作联动机制，形成打击合力，切实维护公平有序的市场环境，保障经济持续平稳发展和转型升级。五年来，共依法批捕各类破坏社会主义市场经济秩序犯罪嫌疑人125人，起诉309人。特别是2016年，积极推行“绿色司法”，紧贴莲都实际，先后出台服务和保障养生农业、服务非公有制经济健康发展的相关意见，获得了区委、区政府主要领导的批示肯定。按照“轻拿轻放”的要求，慎重办理涉企相关案件，加强案后跟踪回访。其中办理的一放火、职务侵占案，在案后回访中为受害企业送去量身定制的检察建议和法治宣教，切实服务和保障非公企业健康发展，赢得了涉案当事人的一致点赞和社会各界的普遍认同；办理的一重点企业负责人涉嫌行贿案获得了省检察院检察长汪瀚、丽水市委书记史济锡等多位领导的批示肯定。

全力保障民生民利。围绕全区关于绿色生态发展、“五水共治”、“三改一拆”、全国文明城市创建等关系国计民生的重大决策部署，以及关于推进改革升级、产业升级等重点工作，以开展各类专项工作为抓手，充分利用批捕、起诉、查防职务犯罪、诉讼监督、行政执法监督等检察职能，扎实开展环保、金融、知识产权“三项检察”和行政执法检察监督，全力做好法律服务和保障工作。五年来，共依法办理涉环保、金融、知识产权领域犯罪案件和行政执法监督案件171件246人。坚持以人民群众平安需求为导向，特别关注群众“舌尖上的安全”，会同公安机关、行政执法机关开展制售有毒有害食品药品集中整治活动，依法办理危害食品药品安全犯罪72件120人，其中办理的一生产、销售有毒有害食品案和监督环保部门依法取缔一批严重污染生态环境加工点案分别被评为全省检察机关“三个效果”有机统一优秀案例。2016年，围绕群众反映强烈的电信网络诈骗犯罪，会同有关部门开展专项打击，依法批捕90人，起诉24人。

二、全面履行法律监督职责，积极构建法治生态的绿水青山

严格把握逮捕起诉标准，做到不枉不纵宽严适度。严格落实客观性证据审查标准，确保案件质量，严防冤假错案。五年来，共依法批捕各类犯罪嫌疑人3011人，起诉5156人，无错捕错诉案件发生；对不构成犯罪或事实不清、证据不足的依法不批捕134人，不起诉57人。认真贯彻宽严相济的刑事司法政策，建立健全刑事和解等“检调对接”机制，践行绿色司法，传递司法温暖，对罪行较轻且没有社会危险性的依法不批捕276人，对犯罪情节轻微、可以免予刑事处罚的依法不起诉233人。积极开展刑事被害人司法救助工作，对19名生活确有困难的刑事被害人一方发放救助金30余万元。强化保护性司法理念，2015年5月起推行涉罪未成年人专业化办理，建立健全检察环节“合适成年人”参与、犯罪记录封存等涉罪未成年人特殊检察制度，在全市率先开展引入社会公益力量参与涉罪未成年人帮教工作，联合多部门开展法治进校园公益巡讲。先后依法对106名涉罪未成年人作出不捕不诉或建议法院从宽处理，开展预防宣讲23场次，受教育15000余人，有效促进了涉罪未成年人和在校青少年健康成长。

全面强化诉讼监督职能，促进严格执法公正司法。强化对有案不立、有罪不究等问题的监督，依法监督侦查机关立案81人，追捕18人，追诉60人。严格落实人权保障机制，依法监督撤案18人，书面纠正违法侦查行为50起。强化审判监督，对认为存在定罪量刑不当等案件提起刑事抗诉17件，已审结的15件案件中获得改判10件，其中1件获评全省刑事抗诉优秀案例；对裁量不当已生效的民事案件提起民事抗诉14件，全部获得法院改判，其中8件获评全省典型民行抗诉案件。加强对虚假诉讼行为的检察监督，促进社会诚信体系建设，办理民事虚假诉讼案件3件7人，纠正错误民事裁判2件，7名伪造证据者因涉罪被依法追责，为受害人挽回经济损失1000余万元，其中1件获评全省精品民行监督案件。强化刑事执行活动监督，就刑事执行监管中存在的违法问题或倾向性、苗头性问题及时提出书面检察建议138件次，开展捕后羁押必要性审查71人，有关变更逮捕强制措施的建议均被采纳。

深入贯彻惩防并举方针，保障政务环境清正廉洁。坚决贯彻中央、省委关于深入反腐败的决策部署，围绕当前职务犯罪多发易发领域和环节，严肃查办和预防职务犯罪。五年来，共依法立案查处各类职务犯罪案件101件112人，其中贪污贿赂10万元以上、私分国有资产100万元以上或因渎职行为致使国家与人民利益遭受重大损失的大案41件45人，科级干部20人，处级干部8人。依法查办的教育、医疗、农业、国土、环保、经贸系统以及工程建设领域一批贪污贿赂、渎职犯罪窝窜案，在社会上引起较大反响。通过办案，为国家挽回经济损失1300余万元。坚持惩治和预防职务犯罪同步推进，加强预防宣讲和警示教育、预防调查和预防建议等工作，先后开展预防宣教70余场次，发放预防职务犯罪宣传资料7000余份，受教育6000余人。关于涉农专项资金领域、教育系统预防职务犯罪的调查报告分别获得了市、区主要领导的批示肯定，同时被省检察院发文推广或被评为全省预防职务犯罪优秀年度报告。积极发挥行贿犯罪档案查询行业准入把关作用，主动向社会提供查询567次。

三、扎实推进绿色阳光司法，有效提升司法公信力和透明度

加强自身规范司法。以开展规范司法行为专项整治、保障律师会见权和文明办案两个专项整改等活动为抓手，切实查找和解决影响自身规范司法的突出问题。通过对近年来办理的案件情况开展全面自查，走访人大代表、政协委员，召开征求律师意见座谈会，深入纪委、法院、公安、司法、律师事务所等相关单位走访调研等方式，广泛征求意见、建议。针对汇总梳理出的办案程序存在瑕疵、律师会见权保障不够到位等问题，以及诉讼阶段充分听取律师意见、加强检律之间合作与互动交流等意见、建议，开展专题研讨并集中整改，先后建立健全关于依法落实和保障律师执业权利、规范文明办案等相关工作规定，有效推动了自身规范司法长效机制建设。

推进办案转型升级。围绕以审判为中心的诉讼制度改革，强化以"以证据为中心"的办案理念，加强客观性证据的收集与应用，着力改进办案方式方法，推进办案模式转型升级。依法保障犯罪嫌疑人及其亲属的合法权益，支持和保障律师依法执业，注重办案法律效果、政治效果和社会效果的有机统一，慎重办理社会反响大、涉及面广的职务犯罪、涉企犯罪，非法集资、电信网络诈骗犯罪等重大复杂敏感案件，最大限度地降低执法办案带来的负面产出。严格执行讯问全程同步录音录像、执法办案工作规范等各项规定，强化检务督察和案件质量评查，加强办案工作区规范化建设和管理，促进了规范、理性、文明、安全的办案氛围进一步形成。

深化检务公开透明。坚持以公开促公正、以透明保廉洁，强化"主动公开、主动接受监督"的意识，积极打造"阳光检察"。建成集案件管理、控申接待、阳光检务网络平台等于一体的检察服务大厅，实现了"一站式"服务和集约化管理。通过检察门户网站、案件信息公开、微博微信等平台，加强检察信息宣传工作，获评全国检察宣传先进单位，多次被评为全省检察信息工作先进单位。2014年案件管理中心运行以来，共向社会发布重大案件信息18条，公开案件程序性信息2561条、终结性法律文书1687 份，接待律师咨询593人次。作为全市唯一审查逮捕公开审查试点单位，积极探索推动审查逮捕程序向诉讼化转变，实行公开审查和公开听证，主动将案件办理置于公众监督之下。

四、大力加强检察自身建设，着力夯实检察工作发展根基

狠抓思想政治建设。坚持从严治检方针，认真开展党的群众路线教育、"三严三实"、政法干警核心价值观、"两学一做"等各类主题学教活动，加强正面典型引路、反面警示教育，不断增强干警的政治纪律和政治规矩、党性修养和法治信仰，引导干警忠诚干净担当，被评为"丽水市思想政治工作优秀单位"。狠抓党组、纪检组"两个责任"的落实，强化领导干部"一岗双责"，从严管理检察队伍，有效推进自身惩防腐败体系建设，党风廉政建设工作先后获评全市、全区先进。强化思想引导和激励，健全考核评价体系，营造争先创优、团结干事的良好氛围，集体34次、干警59人次荣获市级以上表彰。

强化队伍素能建设。以建设高素质、专业化的检察队伍为核心，大力开展各类教育培训、技能竞赛和岗位练兵，促进了队伍整体素质和执法水平的有效提升。在参加各类业务竞赛和评选中，荣获省、市级"十佳""优秀""能手"等称号36人次，以绝对优势名列全市第一。加强检察理论专业化研究，完成省、市级课题6个，有关论文在高检院、省法学会、省检察院等单位组织的优秀成果评奖中获奖15篇。推进文化育检工程，以加强检校合作等为依托，积极搭建学习交流平台，并通过鼓励在职学习、招录、选调等方式进一步优化队伍结构，培养专业人才。现有本科以上学历干警占85%，其中硕士研究生9名，在读研究生7名。

推进基础保障建设。认真贯彻落实中央、省委、高检院关于加强基层检察院建设的工作部署和要求，积极争取党委、政府以及相关部门的支持，狠抓工作落实，扎实推进各项基础建设，检务保障不断加强。坚持科技强检方针，以实施电子检务工程为抓手，推进检察信息化建设和应用水平迈上新台阶，为适应大数据时代要求、保障各项检察工作高效有序开展提供科技支撑。以履行“三项职能”为重点，加强碧湖检察室规范化建设，积极发挥其服务基层一线阵地作用。按照中央、省委和省检察院的部署要求，积极稳妥推进检察改革，完成了首批员额检察官的入额推荐等工作；坚决拥护国家监察体制改革，认真抓好有关部门人员转隶等准备工作，确保改革平稳有序推进。

党的领导和人大及其常委会的监督是做好检察工作的重要保证。我们始终坚持党对检察工作的绝对领导，坚持把检察工作置于人大及其常委会的监督之下，主动报告检察工作并坚决执行其决议，积极配合人大常委会开展深化司法监督暨“两官”履职评议等工作，认真落实有关意见和建议，不断加强和改进检察工作。健全与人大代表、政协委员、人民监督员的日常联络机制，通过走访代表、委员、人民监督员并听取意见，邀请参加“检察开放日”活动，发布检察信息等方式，通报检察工作情况，自觉接受监督。认真办理代表、委员建议和提案并及时反馈，主动邀请人民监督员对我院办理的19件职务犯罪案件开展监督。

各位代表，五年来我区检察工作取得的成绩来之不易，这是区委和上级检察院正确领导的结果，是区人大有力监督的结果，是区政府、政协、有关部门以及社会各界大力支持的结果！在此，我谨代表区人民检察院向全区人大代表、政协委员以及所有关心、支持检察事业的各界人士致以崇高的敬意和衷心的感谢！

同时，我们也清醒地看到，工作中还面临许多困难和问题，主要表现在：一是检察职能在服务保障大局中的作用发挥还不够充分有效，一些司法实践问题还需深入破解；二是法律监督职能履行的常态化、长效化机制还不够完善，监督的刚性有待进一步增强；三是队伍专业化素能有待进一步提升，特别是互联网、金融等领域专业人才缺乏；四是机关内部管理机制还不健全，基础保障建设还需进一步加强。对此，我们将高度重视，深入研究并认真予以解决。

今后五年工作总体思路和主要任务

各位代表，区“十三五”规划的实施已经进入关键期，区十四次党代会绘就了我区要在全市率先高水平全面建成小康社会的宏伟蓝图。为此，检察机关责任更加重大，使命更加光荣。今后一个时期我区检察工作的总体思路是：深入贯彻落实党的十八大以来历次全会精神和习近平总书记系列重要讲话精神，坚持以五大发展理念和“两山”理论为指导，紧紧围绕我区改革发展稳定大局，秉持“同心同向同力、共建共融共享、善谋善作善成”的总要求，深化检察体制改革，强化法律监督职能，深入践行绿色司法，全面落实从严治检，推进莲都检察工作高水平发展，为加快推进城市共建、经济共融、福祉共享，实现我区在全市率先高水平全面建成小康社会提供更加有力的司法保障。

*一是更加主动融入中心，服务保障绿色发展。*要进一步强化“四个意识”，紧紧围绕区委新部署新要求，以高度自觉的大局意识，以更高的站位、更宽的视野，更加主动地把检察工作摆在全区经济社会发展全局中来谋划和推进，找准工作的着力点和切入点，提高工作的前瞻性和实效性，始终做到检察工作和大局需求同频共振，努力为我区在全市率先高水平全面建成小康营造安全稳定的社会环境、公平正义的法治环境和优质高效的服务环境。要突出服务重点，准确把握五大发展理念、经济社会转型升级对检察工作的新要求，紧跟区委中心工作，及时调整工作重点，改进服务方式方法，注重办案“三个效果”的有机统一，切实履行好维护社会和谐稳定、促进经济健康发展、保障社会公平正义的职责使命，在有力、有效服务大局中彰显检察工作价值。

*二是更加深化绿色司法，提升执法办案质效。*要坚持以绿

色司法理念为引领，把绿色司法作为高水平推进莲都检察工作发展的新的驱动力，落实到检察工作各个方面和司法办案全过程。在践行绿色司法过程中，着力做到“五个更加注重”，即更加注重谦抑司法，更加注重突出办案重点，更加注重办案方式方法，更加注重宽严相济，更加注重延伸检察服务，切实促进高水平法治建设，扎实推进国家治理体系和治理能力现代化，引领社会走向善治。要深入研究检察体制改革、监察体制改革背景下如何更好地突出法律监督主业问题，围绕强化检察职能发挥，建立健全相关工作机制制度，不断完善检察监督体系。进一步加强规范司法长效机制建设，把规范作为优位价值，以规范倒逼自身能力素质提升，以检察办案的“文明规范”换取人民群众的“幸福满意”。

*三是更加注重以人为本，打造莲检铁军队伍。*深入贯彻落实习近平总书记关于建设“五个过硬”政法队伍的总要求，着眼破解制约检察队伍建设的“瓶颈”和“短板”问题，坚持以党建带队建促业务，以队伍正规化、专业化、职业化为方向，以深化司法体制改革为动力，深入推进思想政治、业务能力、纪律作风建设，努力打造一支信念坚定、司法为民、敢于担当、清正廉洁的新时期过硬检察铁军队伍。始终把政治建设摆在第一位，进一步完善政治轮训制度，探索建立政治督察制度，铸造忠诚政治品格。加强检察职业精神培育，大力推进检察文化建设，为检察事业发展提供精神动力和智力支持。全面开展专业化实战化教育培训，不断提升队伍法律监督本领。坚持以人为本、从优待检，提升干警从业幸福感。持续狠抓正风肃纪，健全自我监督制约体系，坚决惩治自身司法腐败，营造全面从严治检的浓厚氛围。

*四是更加体现现代开放，强化检察基础保障。*要加快科技强检步伐，借助科技手段和信息技术，着力构建全方位、多层次、立体化的信息应用系统和“互联网＋”智慧检务体系，不断提高司法效率。坚持以制度为基础，以统筹为方法，以创新为动力，构建机构合理、权责明确、协作紧密、运行高效的检察管理体系，实现管理集约化现代化。积极争取党委、人大的重视和相关部门的支持，主动加强沟通协调，着力构建绿色司法社会化大格局，共同营造绿色司法良好生态。切实打好“开放牌”，深化阳光司法，强化接受监督的意识，建立健全民意收集和公民有序参与机制，拓宽群众参与、监督检察工作的渠道，更好地接受人民群众的评判和监督，确保检察权在阳光下运行。加强检察公共关系建设，推动检察工作与社会公众的良性互动，唱响检察好声音，传播检察正能量，不断提升莲都检察新形象。

2017年主要工作安排

2017年是各项改革深入推进之年，也是换届后的开局之年，事关我区“十三五”规划的顺利实施。我们将进一步强化“示范引领、勇立潮头”的首位意识，重点抓好以下四个方面的工作：

*一是突出强化法律监督。*积极应对各项改革对检察工作提出的新任务新要求，聚焦法律监督职责主业，强化法律监督职能发挥，着力在转变执法理念、创新工作思路、完善工作机制、改进办案方式上下功夫，扎实推进检察工作转型升级，增强法律监督工作的针对性、实效性和权威性。围绕以审判为中心的诉讼制度改革，强化审查批捕、审查起诉工作中的法律监督属性，严把案件事实关、证据关、程序关和法律适用关，切实提升刑事检察工作品质。围绕强化对公权力的监督，综合运用抗诉、督促起诉、检察建议等手段，积极推进民事行政检察工作。会同有关部门建立健全强化法律监督刚性的机制制度，不断提升刑事诉讼监督、民事诉讼监督、行政检察监督以及各类专项法律监督的质效。着力发挥控告申诉检察窗口作用和内部监督制约作用，化解社会矛盾纠纷，维护司法公正和法制统一。

*二是深入践行绿色司法。*自觉将绿色司法融入到执法办案和法律监督的全过程，以检察司法的生动实践构建法治生态

的“绿水青山”。继续把保护生态底色、服务非公经济健康发展、维护社会稳定、保障民生民利作为护航我区经济社会发展的重要抓手,建立健全与相关部门的沟通协作机制,合力打击破坏环境资源和危害企业健康发展的各类犯罪,促进生态修复性司法制度化、规范化。围绕社会稳定和民生安全需求,严厉打击非法集资、电信网络诈骗、危害食品药品安全、“逃废债”等当前突出犯罪以及各类严重暴力犯罪和“黄赌毒”犯罪,深入研究涉金融、互联网等犯罪的法律政策界限,切实提高服务大局保障民生的精准度和实效性。强化司法能动性,注重司法谦抑性,提升司法严密性,着力从源头上预防控制犯罪,促进社会治理完善。

*三是全面落实从严治检。*坚持高标准、严要求,深入抓好“干净干事创新业”作风建设专项活动,大力加强队伍思想政治教育和纪律作风建设,强化队伍担当和作为意识。全面落实从严治检要求,真抓严管,敢字为先,切实打造莲都检察铁军队伍。以提升司法能力为核心,大力加强队伍正规化、专业化、职业化建设,创新人才培养载体和平台,认真开展业务培训、岗位练兵、业务研讨与交流等活动,着力提升专业能力和素养,培养专业领域领军人才。大力弘扬检察职业精神,引导干警在严格规范、公平公正司法的同时,注重强化文明习惯的养成,始终坚守法治信仰和司法良知。积极推进司法责任制的落实,完善选人用人正确导向,营造争先创优、比学赶超的创业氛围。

*四是深化改革夯实基础。*强化政治意识,提高政治站位,坚决贯彻中央、省委关于国家监察体制改革试点工作的决策部署,重点抓好相关部门人员转隶、工作衔接,确保改革顺利推进。深化司法体制改革,加快完成人员分类定岗、内设机构整合、司法责任制落实等关键性改革任务。重点推进以审判为中心的诉讼制度改革,着力构建以证据为核心的刑事指控体系,探索建立审查逮捕诉讼式审查、刑事速裁、认罪认罚从宽处理等制度,切实通过改革提升打击犯罪、严防冤错、促进和谐的办案质效。加快信息化建设步伐,积极探索“互联网+监督”新模式,以信息化提升检察工作现代化水平。继续深化检务公开,构建多元化、多层次的检察大宣传工作格局,积极争取社会各界对检察工作的监督与支持,确保检察权的正确有效行使。

各位代表,新的一年,我们将在区委和上级检察院的坚强领导下,在区人大及其常委会的有力监督下,准确把握历史方位,忠实践行职责使命,为服务和保障我区在全市率先高水平全面建成小康社会作出新的更大的贡献!

《区检察院工作报告》名词解释

1.绿色司法：是浙江省人民检察院汪瀚检察长提出的新型司法理念，是推动浙江检察高水平发展的新驱动力。它是以“五大发展理念”为指导，以遵循司法规律为导向，以规范、理性、文明司法为核心，以司法公开、司法公正和司法公信力为本质要求。通过绿色司法，实现公平正义所要求的司法动机、方式方法和质量效果的统一，最大限度减少司法办案的负面产出，推进社会善治进程，构建文明健康的法治生态，让人民群众对公平正义有更多的获得感。

2.检调对接：是指检察机关在依法履行法律监督职能的同时，依托社会矛盾纠纷大调解机制，以和谐司法的理念和调解的方式，在法律规定的框架内，有效化解检察环节各类矛盾纠纷。检调对接工作机制是以促成轻微刑事案件和解、民行申诉息诉和解和涉检信访息诉和解为主要内容的工作机制。

3.“合适成年人”参与制度：是指在刑事诉讼程序中，司法机关在对涉案未成年人进行调查时，应当有包括其法定代理人或其他成年人在场，以保证未成年人在合法、公正、舒适的情况下理性对待调查，最大限度地保护未成年人的合法权益。修改后刑事诉讼法第二百七十条确立了这一制度。

4. 未成年人犯罪记录封存制度：是指对轻罪未成年人的犯罪记录予以密封保存，除法律特别规定外，不得向任何单位和个人提供。修改后刑事诉讼法第二百七十五条确立了这一制度。

5.捕后羁押必要性审查:是指犯罪嫌疑人、被告人被逮捕后，人民检察院仍应当对羁押的必要性进行审查。对不需要继续羁押的,应当建议予以释放或者变更强制措施。修改后刑事诉讼法第九十三条确立了这一制度，旨在强化人民检察院对羁押措施的监督，防止超期羁押和不必要的关押。

6.行贿犯罪档案：指检察机关为预防贿赂犯罪，促进社会信用体系建设，运用计算机对行贿犯罪信息进行分类录入、存储和管理而形成的档案。2012年1月26日，全国行贿犯罪档案查询系统正式在全国联网开通。2013年，最高人民检察院先后出台相关规定、办法，进一步推进行贿犯罪档案查询工作管理系统化、规范化。

7.审查逮捕公开审查：是指在审查逮捕阶段，由检察机关侦查监督部门主持，公开听取公安机关、犯罪嫌疑人或其辩护律师以及其他诉讼当事人意见的一种案件审查方式，旨在进一步深化“阳光检察”“阳光警务”新形势新要求。2015年，浙江省检察院和浙江省公安厅联合决定在我省检察、公安系统14家单位开展审查逮捕公开审查试点工作。2016年，浙江省公、检两家又决定进一步扩大试点单位数量，确定了包括莲都区检察院在内的48家单位进一步深入开展审查逮捕公开审查试点工作。

8.基层检察室“三项职能”：根据多年的实践探索，浙江省检察院确定了基层检察室应当履行三项基本职能:一是查办和预防职务犯罪；二是办理轻微刑事案件，化解社会矛盾；三是开展基层执法监督。

检察机关职能简介

人民检察院是国家专门的法律监督机关，与政府和法院并称“一府两院”，均由同级人民代表大会产生，对其负责，受其监督。检察权主要包含7个方面：职务犯罪案件侦查权、批准和决定逮捕权、公诉权、立案监督和侦查监督权、刑事审判监督权、刑罚执行和监管活动监督权、民事行政诉讼监督权。

职务犯罪案件侦查权。根据中华人民共和国刑事诉讼法第十八条第二款规定，人民检察院行使对国家工作人员职务犯罪案件的侦查权，具体负责侦查以下四大类职务犯罪：(一)贪污贿赂犯罪，包括贪污罪、受贿罪、行贿罪、巨额财产来源不明罪等；(二)渎职犯罪，包括玩忽职守罪、滥用职权罪、故意泄露国家秘密罪、徇私枉法罪等；(三)侵犯公民人身权利、民主权利的犯罪，包括非法拘禁罪、刑讯逼供罪、报复陷害罪、非法搜查罪、破坏选举罪等；(四)国家机关工作人员利用职权实施的其他重大的犯罪案件，经省级以上人民检察院决定，可由人民检察院立案侦查。

批准和决定逮捕权。公安机关等侦查机关立案侦查刑事案件后，认为需要逮捕犯罪嫌疑人的，应提请检察机关审查批准逮捕。检察机关认为符合条件有必要逮捕的，作出批准逮捕的决定；认为不符合逮捕条件或无逮捕必要的，作出不批准逮捕的决定，对此侦查机关应当立即释放，改变强制措施。检察机关直接受理立案侦查的职务犯罪案件，认为需要逮捕犯罪嫌疑人的，由上一级检察机关行使决定逮捕权。

公诉权。公安机关等侦查机关将案件侦查终结以后，对构成犯罪需要追究刑事责任的，应将案件移送到检察机关审查起诉。检察机关审查以后，认为构成犯罪需要追究刑事责任的，应当向法院提起公诉并派员出庭支持公诉；依法不认为是犯罪的，或案件事实不清、证据不足的，应当作出不起诉决定；认为犯罪情节轻微，依法不需要判处刑罚或者免除刑罚的，可以作出不起诉决定。

立案监督和侦查监督权。对刑事犯罪案件，公安机关等侦查机关应当立案而没有立案的，或者不应当立案而立案的，检察机关有权进行监督。对于侦查活动中的违法行为，检察机关有权进行监督予以纠正。

刑事审判监督权。检察机关认为人民法院的刑事判决或裁定确有错误时，依法提起抗诉，人民法院应当开庭审理。

刑事执行监督权。检察机关依法对公安机关、人民法院等执行强制措施以及已经发生法律效力的刑事判决、裁定的执行情况是否合法进行监督。主要包括刑罚交付执行和变更执行监督、羁押必要性审查、社区矫正执行监督、强制医疗执行监督、刑事被执行人合法权益保障等五项具体职能。

民事行政诉讼监督权。检察机关自行发现或由当事人申诉发现法院已经发生法律效力的民事、行政判决确有错误的，检察机关依法提起抗诉或提出检察建议，由法院启动审判监督程序，对民事、行政诉讼案件进行再审。

检察机关设有举报中心、控告申诉检察部门。人民群众对国家工作人员贪污、受贿、挪用公款等犯罪行为，国家机关工作人员玩忽职守、徇私枉法、刑讯逼供等渎职、侵权犯罪行为，可以向检察机关举报、控告。人民群众不服人民法院已经生效的刑事、民事判决或裁定，可以向检察机关提出申诉。

莲都区人民法院工作报告

——在莲都区第十六届人民代表大会第一次会议上

李美顺

过去五年的主要工作

过去五年，是我区绿色发展、生态富民、科学赶超的五年，也是法院攻坚克难、锐意进取的五年。我院在区委的领导下，在区人大及其常委会、市中院的监督指导下，在区政府、区政协以及社会各界的关心支持下，全面贯彻党的十八大和历次全会精神，紧紧围绕区委工作大局，切实加强审判执行工作，取得了明显成效，为我区改革发展稳定提供了有力的司法保障。五年来，我院共受理各类案件58254件，办结56849件，同比分别上升了89.13%和87.5%，解决诉讼争议标的金额162.42亿元。其中，2016年共受理各类案件17460件，结案16339件，同比分别上升25.09%和29.12%，同期结案率为93.58%。

一、忠实履行司法职责，维护社会公平正义

宽严相济惩治刑事犯罪。积极参与“平安莲都”建设，狠抓刑事审判工作。五年来，共审结各类刑事案件4026件，同比上升了35.97%，判处罪犯5560人，其中判处五年以上有期徒刑381人。严厉打击危害社会治安犯罪，审结故意伤害、“两抢一盗”、危险驾驶、“黄赌毒”等案件3009件，判处罪犯4091人。审结社会关切的集资诈骗和非法吸收公众存款犯罪案件13件，判处罪犯29人。关注民生健康，审结危害食品、药品安全犯罪案件62件，判处罪犯94人。保持惩治腐败高压态势，审结贪污、受贿、渎职等职务犯罪案件45件，判处罪犯70人。在从严惩处犯罪的同时，积极落实人权保障制度。对具有法定从轻、减轻处罚情节的罪犯，依法从宽处理，共判处缓刑、单处罚金和免予刑事处罚2075人。充分保障被告人辩护权，积极落实被告人不穿囚服出庭制度。在全市率先建立轻微刑事案件快速办理机制，简化办案流程，提高办案效率。

调判结合化解民商纠纷。随着经济社会形势的深刻变化，我院各类民商事案件数量大幅上升。五年来，共审结各类民商事案件32985件，同比上升了113.04%，解决争议标的金额153.69亿元。其中，审结婚姻家庭、继承纠纷案件2372件，妥善处理家庭矛盾。审结道路交通事故、医疗损害赔偿等侵权责任纠纷1263件，为受害者追索赔偿金2.63亿元。审结买卖、承揽、物业等合同纠纷2696件，维护市场正常交易秩序。审结房屋买卖、租赁、建设工程纠纷1550件，促进房地产市场健康稳定发展。审结涉外商事案件29件，平等保护中外当事人合法权益。坚持调解优先，调判结合。多元化解决矛盾纠纷，加强诉调衔接工作，推动建立“大调解”工作体系，共调解撤诉结案16638件，调撤率为50.44%。

良性互动促进依法行政。五年来，共审结行政诉讼案件324件，同比上升了30.12%。积极推进落实行政机关负责人出庭应诉制度，出庭应诉率达92.9%。强化依法行政监督职能，行政机关败诉率为13.82%。支持依法行政，共审查非诉行政案件338件，准予强制执行283件。积极推进行政诉讼案件集中管辖试点工作，多年试点经验被新修改的《行政诉讼法》吸收借鉴。定期召开府院联席会议，并通过邀请行政执法人员旁听庭审、集中专题授课等形式，加强行政执法监督指导，规范行政行为。

多措并举破解执行难题。五年来，共执结各类案件19152件，同比上升了70.85%，执结标的金额76.84亿元。充分发挥综合治理执行难工作机制作用，拓展"点对点"查控体系，积极推进执行"一性两化"建设。加大反规避执行力度，组织开展一系列专项执行活动，切实提升了执行效果。特别是2016年，执行案件收案总量为7986件，执结6850件，同比分别上升了117.4%和79.93%。实际执行率为65.14%，同比上升了43.62个百分点，从上年度的全省基层法院排名末三位上升至全省第三。在全市率先开展"零点行动"和"涉公职人员"专项执行行动，全年共集中开展专项行动8次，共传唤被执行人238人，执行到位标的金额4050.13万元，有效打击震慑规避执行行为；通过网上"点对点"查控系统查询被执行人存款35389人次，成功冻结账户8740个；通过网上布控机制查获被执行人138人；坚持24小时执行备勤，全天候开展执行工作。完善执行威慑机制，强化失信曝光，将356名失信被执行人通过户外电子屏、楼宇电视等多种途径进行曝光。同时，依托微信、微博网站等，打造"指尖上的曝光台"，切实提升曝光覆盖率。强化对抗拒执行、规避执行的惩治力度，穷尽各项执行强制措施，不断挤压"老赖"活动空间。其中，被执行人袁某某拒不执行生效判决、裁定案，被选入浙江法院依法惩处拒执罪十大典型案例。

二、围绕中心能动司法，服务区域发展大局

主动服务市区重点工作。围绕市区"五水共治""三改一拆""六边三化三美"以及"双创"活动等重点工作，积极发挥司法职能，保障各项工作依法推进。五年来，共处理涉拆迁、拆违纠纷案件188件，努力实现既支持项目落地，又保障民生权益。充分延伸审判职能，围绕中心工作积极开展调研，并加强成果转化，我院环境审判工作获环保部、中国法学会"生态环境法治保障制度创新事例"评比优秀事例奖，系全省唯一获奖法院。在全市率先设立旅游巡回法庭，积极助推我区全域旅游发展。

助力营造良好经济环境。开展"送法入企"活动，及时了解中小企业司法需求，完善对涉困企业差异化处置。积极帮扶有市场、有前景的企业脱困解难、转型升级，对"僵尸企业"，及时引入破产程序，盘活资产。五年来，共审结破产清算案件8件，处理债权债务金额4.1亿元，并在全市率先成功实现企业破产重整（浙江力帆革业有限公司破产重整案）。加强涉金融债权审执力度，充分运用调解、和解等方式，争取银行合理回应涉案中小企业延期还贷要求。加大对网络金融犯罪的惩处力度，依法审结全市首例P2P金融网贷集资诈骗案件。积极争取涉外商事和部分知识产权案件管辖权，为促进我区经济创新与合理竞争提供司法保障。

积极参与社会综合治理。加强对当前经济发展、社会治理等问题进行调研，并提出有效对策。其中，针对以"假离婚"、"假析产"等方式谋取额外征迁利益等问题的调研，被《浙江日报（内部参考）》编发。积极落实未成年人轻罪犯罪记录封存制度，对被判处非监禁刑和刑满释放人员，做好帮教管理，预防和减少重新犯罪。高度重视信访积案化解工作，共化解信访老案9件，甄别终结21件，其中，成功化解全国人大常委会和中央政法委交办的信访案件4件。特别是2016年G20峰会期间，以高度的政治责任感肩负起维稳工作，对矛盾纠纷全面排查，不留死角，共排查梳理涉诉信访维稳案件108件，积极稳妥处置舆情，竭尽全力落实稳控责任，确保了峰会期间重大敏感案件零炒作、矛盾纠纷排查化解零死角、赴省进京零非访，我院维稳安保工作获得省高院陈国猛院长的充分肯定，并被评为省级先进集体，1名干警荣获省级先进个人称号。积极投身抗险救灾，第一时间参与里东山体滑坡灾害救援，积极做好遇难家属及受灾村民的善后服务工作。

三、全力保障民生权益，积极践行司法为民

积极推进诉讼服务中心建设。着力提升窗口职能，服务司法公开。建立健全“大立案、大服务、大调解”三大机制，全面推进新型诉讼服务中心建设。运用大数据创新诉讼服务，开通网上立案、网上信访、律师服务平台、视频接访等跨区域诉讼事务，最高法院周强院长在第三届世界互联网大会期间远程连线我院体验网上立案服务并给予了充分肯定。认真落实跨区域（市内）远程电子诉讼档案查阅系统，方便当事人、律师就近查阅案卷。建立法律援助工作站和人民调解室，为当事人提供法律服务。

不断完善便民利民功能举措。严格落实立案登记制，对符合法律规定的立案申请，有案必立，有诉必理。2015年5月实行立案登记制以来，共受理各类案件2.7万余件，同比增长20%，当场立案率为96%，需补齐材料的一次性告知率达100%。优化案款管理系统功能，与银行信息管理系统实现无缝对接，让当事人在家即能退收诉讼费。在全市率先引入责任保险制度，方便当事人诉讼保全。坚持“公开网拍优先”，积极搭建网拍房产按揭贷款平台，为短期资金不足的竞买人提供缓冲空间。五年来，共网拍成交496件，总成交额累计达10.8亿元，平均溢价率44.16%，为竞买人节省佣金2590.2万元。强化巡回审判功能，共开展巡回审判和调解400余次。加大司法保护和救助力度，完善欠薪案件“绿色通道”，做到及时快速处理；对符合条件的164名当事人办理司法救助合计199.13万元，共为112位困难群众和涉困企业办理缓交诉讼费95.73万元。2016年，碧湖法庭新审判大楼全面落成并已投入使用，进一步提升了法庭诉讼服务水平。

深入推进阳光司法创建工作。不断深化大数据时代下司法公开新模式，全力推进三大公开平台建设。打造“指尖上的阳光司法”，通过微博、微信平台定期推送司法资讯，方便当事人即时查询案件办理进度。全面落实庭审同步录音录像工作，庭审录音录像率达99.96%，实现法官办案全程留痕。加大裁判文书网上公开力度，文书上网率达63.53%。五年来，共组织公众开放日活动134次，邀请13200余名社会各界人士“零距离”接触法院。加强信息公开，共在各类媒体上发表新闻宣传稿件1568篇次，建立司法与媒体的良性互动，提高社会公众对司法活动的认可度。我院两次被省高院评为宣传工作先进集体。

四、努力坚持内涵发展，全面提升队伍素质

不断强化审判管理。据统计，我院干警人数占全市干警总人数的12%，五年来，办结案件数占全市法院总结案数23.46%，人均办案量居全市第一，坚持向管理要质量、要效率尤为重要。坚持以数字化、规范化、制度化“三化建设”为抓手，制定各项审判管理办法。加强审判流程管理，完善办案节点动态实时监控。明确和细化办案责任，健全错案追责机制，努力避免案件瑕疵。改善审判绩效管理，建立法官个人绩效档案，科学调整考评指标，充分发挥考评规范引导作用。强化信息化技术在审判管理中的运用，推广运用裁判文书电子签章系统，提高办案效率。

稳妥推进司法改革。认真落实党的十八大精神，按照省、市法院的统一部署，在区委的领导下，积极稳妥推进司改工作。广泛调研，制定出台莲都区人民法院《司法体制改革实施方案》《首批法官入额工作实施方案》和《首批法官入额业绩考核实施办法》等司改制度，严格按照规定完成55名法官入额考核工作。在首批入额工作中，院主要领导带头自愿放弃入额，并带头做好干警思想工作，全院干警思想状况平稳。在首批入额的38名法官中，助理审判员1人，35周岁及以下年轻法官10人。针对法官办案机制、办案责任制、审判委员会运行机制改革、人民陪审员制度改革、审判团队建立等各项工作，有序开展调研准备和试点工作，逐步推进改革各项举措落到实处。

扎实提升业务能力。积极组织干警参加上级法院的各类业务培训，并与高校建立干警素质提升培训机制，不断拓宽、完善教育培训体系。推行院领导驻庭办案机制，院领导深入办案一线，主动承办疑难复杂、重大群体性、矛盾激化等类型案件。完善青年法官导师制，实行“一对一”教学，做好“传帮带”。积极开展庭审观摩、岗位练兵、裁判文书评比、卷宗评查等活动，提升干警司法业务素质，我院干警在全市法院优秀裁判文书、优秀案例评选活动中均获得一等奖。加强理论调研工作，注重审判实务调研和成果转化，五年来，参与、承担省级重点调研课题5个，共有90余篇文章在市级以上刊物发表及获奖，我院被省高院确定为全省法院调研基地。

努力改进司法作风。狠抓思想政治建设不动摇，扎实开展党的群众路线教育实践活动、“三严三实”专题教育和“学党章、守纪律、讲规矩”主题教育、“两学一做”学习教育和“归零翻篇开新局”主题大讨论活动，坚持问题导向，着力解决“不严不实”和“六难三案”问题。高度重视党风廉政建设，制定出台“两个责任清单”，明确责任追究办法，配套建立月报告制度。层层签订廉政责任承诺书，真正落实一岗双责。深化“廉政套餐”教育，扎实开展“廉洁司法教育日”活动，定期发送廉政短信，及时组织学习违法违纪通报、警示教育读本等，开展院班子成员“家访”干警活动，签订家庭助廉承诺书，促进筑牢廉政“防火墙”。

五、诚恳接受各界监督，不断改进法院工作

接受监督是促进法院科学发展的“助推器”，我们始终坚持党对法院工作的绝对领导，自觉接受人大及其常委会监督。认真落实区人大及其常委会的各项决议，五年来，共办理人大批转交办案件9件，办结代表建议、委员提案7件，虚心听取意见建议，积极改进工作。加强与人大代表、政协委员沟通联络，完善法官联络人大代表制度，定期汇总代表意见、建议，专题研究落实并及时反馈。编发《代表委员联络专刊》，主动通报法院工作情况，争取代表、委员对法院工作的理解和支持。定期邀请人大代表、政协委员旁听庭审，对庭审各项工作进行量化评分。支持、配合检察机关依法履行监督职责，依法接受检察机关的法律监督。贯彻落实人民陪审员“倍增计划”，五年内，共新增陪审员39人，普通程序案件陪审率达97.04%。

回顾过去的五年，我们深切体会到，做好法院工作，必须始终坚持党的绝对领导和人大监督，确保正确的政治方向；必须紧紧围绕全区工作大局，不断强化能动司法，为经济社会发展提供有力司法保障；必须聚焦破难补短，勇于直面问题，敢于迎难而上，切实解决工作难题，回应群众期盼；必须严格公正司法、更好维护社会公平正义；必须深化司法改革，为法院工作长远发展提供不竭动力；必须坚持全面从严治院，打造一支忠诚、干净、担当的高素质队伍。

各位代表，法院工作的发展和进步，是区委正确领导、区人大及其常委会依法监督的结果，是区政府、政协和社会各界大力支持的结果，是各位人大代表、政协委员长期关心的结果。在此，我代表莲都区人民法院，向大家表示衷心的感谢并致以崇高的敬意！

在肯定成绩的同时，我们也清醒地认识到，法院工作还存在一些困难和不足：一是司法能力有待进一步提高。法官的思想观念、审判能力离司法改革的要求仍有一定差距，个别干警言行不够规范、工作不够细致，作风建设和效能建设还需加强。二是“案多人少”矛盾更加突出。受立案登记制改革、新行政诉讼法实施等因素影响，案件数量高位激增，审理难度不断加大，一线法官办案压力不断增强。三是执行工作面临更大困难。因经济下行，被执行人履行能力普遍下降，执行效果不理想，执行成果离人民群众的期望仍有差距。对此，我院将在今后的工作中，认真予以研究解决。

今后五年工作思路

各位代表，今后五年，我院的总体工作思路是：以党的十八大和即将召开的十九大精神为指导，深入学习贯彻习近平总书记系列重要讲话精神，在区委的领导下，在区人大及其常委会的监督下，坚持以五大发展理念和“两山理论”为指导，以“八八战略”为总纲，践行新使命新要求，稳妥推进司法改革，积极推进“三大机制”建设，切实抓好审判执行工作，打造法院战线上勇立绿色发展潮头的铁军，同心同向同力，共建共融共享，善谋善作善成，为促进我区城市共建、经济共融、福祉共享，实现在全市率先高水平全面建成小康社会提供更加有力的司法保障。

我们将紧紧围绕区委提出的“一个率先、两个提升、三个迈进”的奋斗目标，重点抓好以下几方面工作：

一是在服务大局上有新建树。严格按照区委新的工作部署要求，坚持稳中求进工作总基调，切实做到“中心工作推进到哪里，司法服务保障就跟进到哪里”，努力提高服务经济发展的能力和水平。妥善处理因“三改一拆”“五水共治”“六边三化三美”等工作而引发的纠纷，促进征收、拆违工作依法有序进行，助力城市有机更新。以供给侧结构性改革为导向，积极推进“腾笼换鸟”，做好“执破衔接”新文章，加快“僵尸企业”重组整合或退出市场，促进存量释放。依法严惩各类刑事犯罪，维护全区社会稳定。坚持通过法治途径化解涉法涉诉信访纠纷，完善申诉来信来访办理机制，同时，做好信访甄别和终结工作，依法打击非法信访。积极参与社会综合治理，推进“智慧法院”建设，完善行政执法监督机制，加强司法建议工作，为党委政府决策当好参谋助手。

二是在执法办案上有新提升。以司法改革为契机，不断加强质效精细化管理，深入推进司法公开，全面提升审判执行工作质量和效率，确保依法独立公正行使职权。积极推进以刑事审判为中心的刑事制度改革，强化证据裁判规则，依法落实人权保障制度。妥善处理各类民商事纠纷，加强涉民生案件的调处力度，增强群众获得感和满足感。积极应对新行政诉讼法实施要求，严格履行司法审查职责，促进行政争议实质性解决。加大综合治理“执行难”力度，深挖内部潜力，紧紧依靠党政支持，完善执行联动机制，加快推进失信被执行人信用监督、警示和惩戒机制建设，提高执行效率，依法保障胜诉人权益。

三是在司法改革上有新进展。坚决落实上级决策部署，积极争取党委重视、政府支持，遵循司法规律，结合本地实际，稳妥深入推进司法改革。健全人员分类管理，建立以法官为中心、以服务审判为重心的人员配置管理模式，让优秀法官资源集中到审判一线。全面落实司法责任制，推行主审法官权力责任清单、院庭长办案等制度，真正做到让审理者裁判、由裁判者负责。改革审判执行流程管理体系，建立“统一立案、统一送达、统一排期、随机分案”的审判权运行模式，科学划分部门职能，合理分配审判资源。切实推进“以审判为中心”的诉讼制度改革，充分发挥庭审在查明事实、认定证据、保护诉权、公正裁判中的决定性作用，确保各项改革举措有效落实。

四是在为民司法上有新突破。进一步增强群众观念，关注群众获得感，不断健全民意沟通机制，深入基层、深入群众，倾听呼声，回应关切。加快推进“三大机制”建设，进一步优化诉讼服务，推进诉讼服务大厅标准化建设。积极落实市中院部署，做好简案速裁、繁简分流的先行先试工作，探索延伸立案职能，加强案件甄别，加大诉前、审前矛盾纠纷化解力度。拓展诉讼服务网各项功能，开展并深化网上阅卷、网上立案、网上调解、网上缴退费等智能服务，实现线上线下功能互通，为律师和当事人提供更加便捷的诉讼服务。妥善审理劳资纠纷、社会保险、教育医疗、住房消费等涉民生案件，维护群众切身利益，保障群众安居乐业。深化司法为民品牌建设，进一步加强巡回审判、司法救助以及诉讼便捷机制建设等工作，回应人民群众的多元司法需求。

*五是在自身建设上有新提高。*坚持党的领导，加强理想信念教育，加强干部教育培训，切实增强“四大意识”，努力打造“狮子型”团队。注重法官业务能力提升，主动适应司法改革要求，不断增强法官驾驭庭审、认定事实、适用法律、化解矛盾的能力。落实党风廉政建设主体责任和监督责任，严格贯彻落实《中国共产党廉洁自律准则》、《中国共产党纪律处分条例》，严格执行中央“八项规定”，加强警示教育，坚持“抓早抓小”，将全面从严治党落到实处，坚决防止“四风”问题反弹回潮。加强纪律作风建设不放松，严守“浙江法院五条纪律”和“三大窗口”纪律作风守则，突出抓好“酒局”、“牌局”整治，以零容忍态度坚决惩治司法腐败，达到“不敢腐”的震慑效应。加强反腐倡廉教育和廉政文化建设，筑牢拒腐防变的思想道德防线，达到“不想腐”的自律效应，确保队伍忠诚、干净、担当。

2017年主要工作安排

2017年，是我区实施“十三五”规划的重要一年，各项改革不断深入、经济社会发展进入新常态，我们将立足新起点，抢抓新机遇，争创新优势，按照“服务和保障全区率先高水平全面建成小康社会”的目标要求，以护航G20峰会的决心、担当和标准，全面压实责任，重点抓好以下四方面工作：

*一是切实做到服务更加有力。*牢固树立忧患意识，加大马力助推“平安莲都”建设。依法严惩影响群众安全感的“两抢一盗”、拐卖妇女儿童、危害食品药品安全、电信诈骗等犯罪。加强维稳安保，对各类重大敏感案件进行拉网式排查，加强化解、稳控和舆论引导，为党的十九大等重要会议顺利召开营造安定祥和的社会环境。充分运用法律手段，妥善审理好涉项目投资、农旅融合、重点企业、重大项目等相关案件，依法保障打好“拆治归”组合拳和“小城镇环境综合整治”，保障我区经济转型升级和经济结构调整。进一步加强旅游巡回法庭调处功能，助推我区全域旅游发展。积极参与社会治安防控体系建设，完善矛盾纠纷多元化解机制，维护社会和谐稳定，为我市成功创建全国文明城市贡献力量。加强法庭建设，进一步提升碧湖法庭规范化管理水平，争创“省级模范五好法庭”。积极统筹谋划，努力加强与各部门沟通协调，推进南城人民法庭审判用房建设。

*二是切实做到办案更加高效。*强化第一要务意识，狠抓执法办案，突出重点、聚焦难点、精准发力。继续把执行工作作为重中之重，围绕最高院公布的基本解决执行难第三方评估指标体系，积极开展自评，查漏补缺，边查边改，努力打赢“基本解决执行难”这场硬仗。针对“案多人少”难题，积极争取各方支持，推进和完善诉调对接等多元化纠纷解决机制，从源头上缓解法院收案压力。进一步做好案件繁简分流，用足用好小额诉讼程序和刑事速裁，实现简案快审、繁案精审。充分运用信息化手段，在法律法规检索、远程视频庭审、简易案件裁判文书自动生成等方面，为一线办案人员提供智能化服务，最大限度减轻法官事务性负担。加强办案流程和节点管控，引导、督促审判人员进一步严格司法，不断提升办案质量。

*三是切实做到改革更加深化。*今年是全面深化司法体制改革的决胜之年，我们要在如何深入推进、狠抓落实上下功夫。必须紧紧抓住司法责任制改革这个“牛鼻子”，逐步推进其他各项配套改革。推进院庭长办案，入额的院庭领导必须到一线办案，充分发挥示范带头作用。补足审判辅助人员缺口，一方面加

大司法雇员制度的推进力度；另一方面注重内部挖潜，将部分未入额法官、符合条件的事业编制书记员任命为法官助理。推进审判团队组建，按照改革精神尝试组建一定数量的审判团队。运用大数据，不断完善开放、动态、透明、便民的阳光司法机制，确保司法权在阳光下运行。按照市中院“三大机制”建设工作方案和年前会议精神，确保在今年6月底前完成“三大机制”建设，不断创新和完善司法便民利民举措，努力打造司法服务“金名片”。

四是切实做到队伍更加过硬。大力开展“干净干事创新业”作风建设专项活动和“首善担当创一流”主题大讨论活动，紧紧围绕中央八项规定精神的贯彻落实，努力解决党员干部在党性修养、纪律规矩、担当干事等方面的不足。坚持党管干部原则，在选人用人上，严把资格关、条件关、程序关、纪律关，使选出来的干部组织放心、群众满意、干部服气。针对干警的“本领恐慌”，重点工作的“人才瓶颈”，千方百计发现人才、培养人才，加强教育培训、岗位锻炼，不断提升干警司法专业能力、群众工作能力、科技应用能力等综合素质。增强法官社会责任感，提高法律文书说理水平，既注重个案的定分止争，又注重发挥裁判的价值引领作用。坚持严管厚爱，既严格教育、严格管理，又在政治、工作、生活上真诚关爱干警，鼓励干事创业，大胆作为。

各位代表，今后一个时期，我们将牢记使命、找准坐标，以区第十四次党代会绘就的宏伟蓝图为指引，在区委的领导和区人大及其常委会的监督下，撸起袖子加油干，以改革创新的精神，求真务实的作风，脚踏实地，忠实履行好宪法和法律赋予的职责，为促进我区早日实现“一个率先、两个提升、三个迈进”奋斗目标而不断努力！

有关用语说明

同期结案率：报告期总结案数占总收案数的比例。

轻微刑事案件快速办理机制：是指人民法院、人民检察院、公安机关和司法行政机关分工负责，互相配合，对案情简单、事实清楚、证据确实充分，且犯罪嫌疑人、被告人认罪的轻微刑事案件，在依照法定程序、确保案件质量的前提下，简化工作流程、缩短办案期限的工作机制。

涉外商事案件：2013年4月，最高人民法院批复指定莲都法院为审理涉外商事纠纷案件第一审法院，从2014年1月1日起正式受理辖区内一审涉外、涉港澳台商事案件。

“点对点”查控体系：利用法院与协助单位的办公网络，相关协助单位根据法院的协助查询通知，查询被执行人的相关信息，并通过网络反馈查询信息，以便执行部门及时采取执行措施。

执行“一性两化”建设：2013年11月18日，全国法院执行工作规范化信息化建设现场会在广东省高院举行。最高院院长周强提出要“依法突出执行工作的强制性，全力推进执行工作信息化，大力加强执行工作规范化”，这一重要论述简单的概况即为执行“一性两化”建设。

实际执行率：指年度内以强制执行、自动履行、和解方式实际执行的案件数占执行收案数的比例。

“大立案、大服务、大调解”三大机制建设：2016年11月4日至5日，浙江省高院在台州召开全省法院“三大机制”建设推进会，部署推进“大立案、大服务、大调解”三大机制建设。三者既是一个有机整体，也各自有独自内涵：“大立案”是前提，即要让案件立得进来；“大服务”是价值目标，要为人民群众提供良好的司法服务；“大调解”是核心功能，要充分发挥诉前调解等机制的解纷功能。

律师服务平台：指省高院在我院试点开发的网上服务平台，该平台以服务律师、当事人为导向，律师无须到法院即可完成立案、缴费、提交证据材料，以及申请诉讼保全、证人出庭、延长举证期限等诉讼业务，还可与案件承办法官和其他诉讼参与人在线沟通，对司法行为提出投诉与建议等。该平台现已在全省推广应用。

责任保险制度：为规范诉讼保全财产担保工作，简化担保程序，方便当事人诉讼，降低当事人诉讼保全财产担保成本，根据《中华人民共和国民事诉讼法》《最高人民法院关于适用〈中华人民共和国民事诉讼法〉的解释》的规定，当事人可以通过向保险公司投保诉讼财产保全责任保险，为其向人民法院申请诉讼财产保全提供担保。

有关数据图表

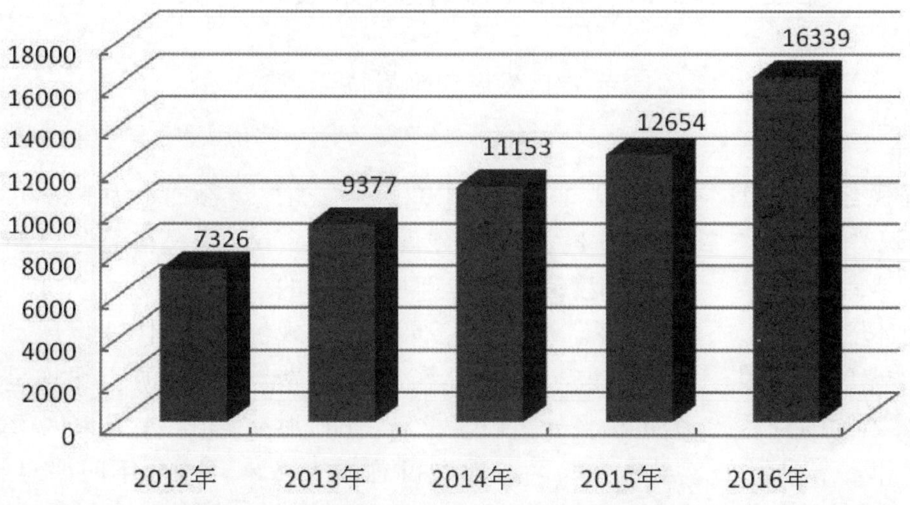

图1　2012—2016年结案数对比表

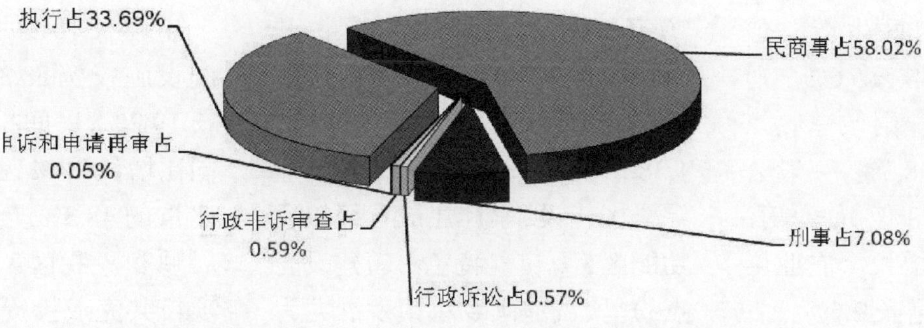

图2　2012—2016年审、执结案件类型结构图

关于莲都区2016年国民经济和社会发展计划执行情况与2017年国民经济和社会发展计划草案的报告

——在莲都区第十六届人民代表大会第一次会议上

莲都区发展和改革局

一、2016年国民经济和社会发展计划执行情况

刚刚过去的一年，面对复杂严峻的国内外发展环境，全区上下坚持“绿水青山就是金山银山”战略指导思想，紧紧围绕区委提出的工作目标和工作重点，凝心聚力、创新实干，各项工作在困难中前行，全区经济发展缓中趋稳，社会发展稳中向好，计划执行情况总体平稳。

（一）经济总量稳步提升

初步核算，市区生产总值303.80亿元左右，增长5.6%。财政收入稳步提高。财政总收入23.22 亿元，增长8.3%，一般公共预算收入13.58亿元，增长10.6%；农业平稳增长。农业增加值18.23亿元，增长2.6%。工业稳中有升。规模以上工业增加值12.63亿元，增长7.6%，规模以上工业总产值62.81亿元，增长5.9%。服务业持续增长。服务业增加值 173.98亿元，增长5.9%，三产对GDP贡献率为57.3%，成为拉动经济增长主引擎。投资保持增长。区属固定资产投资完成161.92 亿元，增长10.5%。区重点建设项目投资19.95亿元，完成年度计划的100.3%。消费平稳向好。实现市区社会消费品零售总额费184.62亿元，增长7.2%。出口形势不乐观。实现出口总额7.57亿元，下降17.5%。

（二）转型升级不断加快

科技创新继续提升。新申报成功国家高新技术企业3家，省科技型企业通过认定的达到20家。平台建设不断拓展。开展国家级农业综合开发现代农业园区试点项目，共完成投资1.38亿元。完成省级现代农业综合区建设，累计建成省级粮食功能区5万亩。特色小镇建设亮点纷呈，古堰画乡小镇发展尤为突出，该镇获浙江省首批3家服务业特色小镇创新试点、中国首批20家乡村旅游创客示范基地、浙江省优秀特色小镇。特色小镇已成为莲都旅游特色化发展的新引擎。经济新业态加快发展。网络零售额27.09亿元，增长58.3 %，占社会消费品零售总额比重为14.8%。全区共有农家乐民宿经营户441家，营业收入1.89亿元，增长42.5%。生态旅游业快速发展。国内旅游和入境旅游市场均呈现较快上升态势。A级景区（东西岩+古堰画乡）全年门票总收入2010.46万元，同比增长87.2%。

（三）项目推进成效明显

有效投资总体平稳。全年完成区属固定资产投资161.92亿元，同比增长10.5%，超额完成全年增长10%的目标。其中基础设施投资58.36亿元，同比增长19.2%；民间投资78.21亿元，同比增长2.4%，占固定资产投资比重的48.3%。省“411”项目进展顺利。我区3个省“411”重大项目共完成投资5.75亿元，完成年度目标的143.8%。其中：莲都古堰画乡AAAAA景区创建工程全年共完成4.2亿元，完成年度投资计划的168%；莲都区国家农业综合开发现代农业园区试点项目全年共完成投资1亿元，完成年度投资计划的200%。市重点项目进展良好。市重点项

目全年完成投资14.07亿元，完成年度计划投资的122.6%。其中计划开工项目4个，开工建设4个，开工率达100%；计划完工项目3个，全部顺利完工投产，完工率达100%。

(四)改革创新加快推进

成功获批返乡创业试点。成立莲都区农民工返乡创业试点工作创建领导小组，成功获批第二批国家结合新型城镇化开展支持农民工等人员返乡创业试点。车改工作平稳有序推进。完成全区70家单位车改方案的批复工作；公务用车服务管理平台建成并投入使用。完成全区所有涉改车辆的封车工作。成功拍卖88辆。司勤人员安置工作全面完成。小镇投融资体制改革不断深化。重新组建古堰画乡旅游投资有限公司，注册资本金共5亿元，其中省金控公司注资2亿元。古堰画乡成功获批全国深化城镇基础设施投融资模式创新试点镇，首批下达中央预算内资金3000万元。简政放权力度不断加大。根据深化“四张清单一张网”改革总体要求，在行政权力运行流程再造的基础上，首批企业投资项目核准等7个行政许可类审批事项实现在浙江政务服务网“一站式”网上办事服务。同步运行的在线互动系统使审批行为更加规范、公正、公开透明。

(五)社会事业更加强化

公共文化服务设施不断完善。投资300多万将大港头老电影院改造成丽水巴比松美术馆。区文化馆展厅280平方米作为非遗展示场所，并计划维修古堰画乡景区中的“懋德勤学”等3幢古民居改建成区非遗展示馆。区文化馆2016年被评为国家一级馆。卫生服务能力有效提升。丽云、曳岭两家中心卫生院列入区中心镇卫生院医疗服务能力提升项目，添置除颤仪、心电监护仪等设备，选派临床业务骨干赴上级医院进修4人。床位使用率达56.2%。有序推进村卫生室建设，完成20分钟医疗服务圈全覆盖。教育资源短板不断破解。出台《莲都区基础教育“三年攻坚”行动方案》，完成政府投资项目12个，进一步解决了城区教育资源紧缺问题。科技富民强县专项推广顺利。蔬菜产业提质增效技术集成与示范推广后续项目落实3个子项目，项目建设7000多平方米单体大棚，2500多平方米连栋大棚，900立方米冷库。

(六)民生保障不断加强

居民收入稳步增加。城镇常住居民人均可支配收入38507元，增长9.9%，农村常住居民人均可支配收入21260元，增长10.0%。就业服务更加充分。共提供招聘企业230余家，招聘岗位1400余个，用工需求6000余人，达成就业意向800余人，服务农村待转移劳动力12000余人。同时，通过基层平台LED屏，服务9个村镇社区，受众达10余万人。全年实现新增城镇就业2000人，城镇登记失业率控制在2.84%以内。社会保障工作持续加强。启用社保卡作为身份凭证，实现了区、乡镇(街道)、村(社区)“三级”系统联网。社保服务中心和城市社区服务站覆盖率100%。社会救助体系不断完善。有效衔接低收入农户脱贫工作，不断规范最低生活保障工作，年度新增低保对象3990人，低保占比达到了3.1，超额完成了26县及市对区考核任务。实现了城乡低保统一标准，达到了680元/月·人。扶贫开发不断巩固。建立消除“4600元”低收入农户动态管理工作机制，结对帮扶649户1023人。建立扶贫资金互助联合会，发放贴息贷款总额3651万元。全区低收入农户收入增幅高于全省农民收入平均水平，低收入农户家庭可支配收入增长率15%以上。

(七)生态环境更加优化

环境质量更加优良。通过大力开展“治水清污”“治气除霾”等系列专项行动，以水、空气等为主要标志的区域水、气环境质量得到进一步改善。全区集中式饮用水源地水质达标率100%；跨行政区域河流交接断面水质达标率为100%；全区15个监测断面中二类以上水质达13个。市区PM2.5平均浓度为31微克/立方米，同比下降16.2%；空气环境质量优良天数达到349天，优良率为95.6%，同比上升5.6%。节能减排顺利推进。淘汰改造燃煤锅炉40台。预计单位生产总值综合能耗超额完成年度目标任务。化学需氧量、氨氮、二氧化硫、氮氧化物排放量等指标均能顺利实现年度目标任务。开展"亮剑一号"、畜禽养殖污染专项整治、百日环保执法专项行动、汽修行业专项整治、空气环境质量保障专项行动等各类环保专项行动，共检查企业536家次，立案查处86起。农村污染治理不断推进。开展农村垃圾减量化资源化处理试点工作，完成6个试点的垃圾站房建设和设备安装工作。40个农村生活污水治理项目已全部完工，新增受益农户8014户（省下达计划数6832户），受益率85.9%。青山白化现象得到有效遏制。落实生态安葬政策，推行骨灰跟踪管理，从源头上杜绝了乱埋乱葬，青山白化现象基本消除。

从计划执行情况看，环境保护和民生事业类指标执行进度基本保持在合理区间，经济发展和结构优化类指标执行进度稳中向好。但在27项指标中有地区生产总值、农业增加值、服务业增加值、出口总额、民间投资、社会消费品零售总额等指6项主要经济指标运行情况与预期值存在差距（见表1）。

在当前复杂多变的外部环境下，我区经济社会总体保持平稳发展，同时我们也应清醒地看到发展中面临的困难和问题。主要表现在：经济存在持续趋缓的压力；产业转型、新增长点培育、大项目招引等难度增大，带来发展后劲不足的压力；社会保障和民生需求不断提高，与财政收支平衡矛盾更加突出的压力。对于存在的问题和困难，我们要加以深入研究，精准施策，着力加以解决。

二、2017年经济社会发展主要目标和工作措施

今年是实施"十三五"规划实施的第二年，总体看，今年面临的挑战和困难可能大于去年。对此我们要保持定力，增强信心，牢牢把握经济工作主动权，保持经济社会平稳发展。当前经济形势仍然复杂严峻，内、外需求均不容乐观，企业面临更加激烈的竞争，必须客观把握当前经济发展规律和运行趋势，坚持积极有为和掌握主动相结合，在充分对接市年度增长目标并结合莲都实际的基础上，我们提出如下主要经济指标安排（见表2）：

1. 市区生产总值：增长7.5%

2. 规模以上工业增加值：7.5%

3. 市区服务业增加值：增长9%

4. 旅游产业增加值：增长10%

5. 区属固定资产投资：增长12%

6. 市区社会消费品零售总额：增长9%

7. 出口总额：保持适度增长

8. 一般公共预算收入：增长7%

9. 市区居民人均可支配收入：城镇常住居民人均可支配收入增长8%，农村常住居民人均可支配收入增长9.5%

10. 节能减排等指标按省定任务下达。

主要理由：

1. 市区生产总值（增长7.5%）

主要理由：一是"十二五"中后期以来，市区GDP一直处于低位增长（2014年4.6%，2015年6.5%，2016年5.6%，均未完成年度目标），并均低于全市平均增速。二是2017年经济形势仍然复杂多变，中央经济工作会议提出振兴实体经济，市委经济工作会议提出强力发展工业，但占比市区GDP近五分之一的丽水经济开发区的工业振兴短期成效不会太明显，GDP中占比较大的服务业发展也难有亮点。三是考虑到与"十三五"规划目标及2017年全市GDP预期目标的衔接。基于上述考虑，提出2017年市区GDP增长7.5%。

2. 规上工业增加值（增长7.5%）

主要理由：一是从指标的匹配性来考虑，要实现市区GDP 7.5%的增长，需要规上工业增加值中高速增长来支撑。二是从当前我国经济发展呈L型态势来看，经济仍处于筑底阶段，企业家信心指数走低，投资扩张意愿微弱，工业产值要实现高速增长的动力不足。三是初步预测明年工业投资下降76%，其中企

业技改投资下降61%。基于上述考虑,提出明年我区规上工业增加值增长7.5%。

3.市区服务业增加值(增长9%)

主要理由:一是从指标的匹配性来考虑,2017年市区GDP增长目标为7.5%,而我区服务业增加值占比超过50%,服务业是市区GDP增长的主要拉力,要实现市区GDP的预期目标,服务业增加值速需要较高增长。二是从2017年市区服务业发展形势来看,寿元湖东侧地块、宝马4S店北侧、寿元路北侧等地块将于2017年陆续开盘,服务业中占比较大的房地产业发展依然较为乐观;同时市委市政府发力农旅大融合,全域旅游与民宿经济的发展,以及古堰画乡和主题村落的辐射引领,为市区服务业发展带来重要发展机遇。三是近年来电子商务的快速发展,为服务业发展带来持续的动力。基于上述考虑,提出2017年市区服务业增加值增速为9%左右。

4.旅游产业增加值(增长10%)

主要考虑:一是目前全区旅游产业规模不断扩张,旅游形象日益鲜明,旅游发展形势喜人,旅游市场繁荣稳定,已基本实现了"健康、安全、秩序、质量"统一发展的目标。二是我区休闲旅游产品竞争力将不断增强,旅游经济仍将保持良好的发展势头。2015年旅游产业增加值增长9.2%,预计2016年旅游产业增加值将增长9.6%,明年仍将保持稳步增长。基于上述考虑,提出2017年旅游产业增加值增长10%。

5.区属固定资产投资(增长12%)

主要理由:今年随着交通、水利、市政设施、社会事业、旅游等一批重大项目的推进,如水东枢纽工程(总投资12亿元)、桐岭路工程(总投资10亿元)、滩坑引水项目(总投资7.9亿元)、华东药用植物园(总投资9.8亿元)等大项目的实施,为投资的可持续增长提供了坚实的基础。房地产开发投资在寿元路北侧地块、寿元湖东侧地块等新开工项目的带动下,将实现一定的增长。但是由于受宏观环境和企业家投资意愿不强等因素影响,工业投资和房地产开发投资后劲不足,再加上地方政府偿债压力的加大,投资要实现快速增长难度非常大,因此预计今年全年我区固定资产投资将增长12%。

6.市区社会消费品零售总额(增长9%)

主要理由:一是2016年全区社会消费品零售总额184.62亿元,同比增长7.2%,增速较前三季度回升3个百分点,消费持续回暖。二是当前政府大力发展旅游业,加强农旅融合,乡村旅游将保持较快增长,也将带动住宿餐饮业的发展。三是消费中占比较大的石油价格开始回升。四是由于受经济持续增长内在动力放缓、居民收入增速难以大幅提升、居民消费意愿及购买力下降等因素影响,传统消费热点也逐步进入稳定增长阶段,消费持续增长压力较大。近两年来,消费增长整体呈下滑态势,再加上市区基数较大,总量占全市1/3左右。因此,消费要达到两位数的增长难度非常大。基于上述考虑,提出2017年社会消费品零售总额增长9%。

7.出口总量(适度增长)

主要理由:在全球经济脆弱复苏,国际贸易总体向好尚不明朗的背景下,省、市对2017年外贸形势抱有诸多不确定因素,提出了出口总量占比不变的情况下适度增长。而我区提出的适度增长,是基于考虑全区出口总量小,基数小可调整余地较大的因素。基于上述考虑,提出2017年外贸出口保持适度增长。

8.一般公共预算收入(增长7%)

主要理由:2017年经济仍然面临较大下行压力,我区正处于生态产业培育期,财政经济形势复杂严峻。"营改增"的全面推进、房地产市场的不确定性、扶持小微企业等税收政策的实施,短期内都是减收因素,重点税源企业收入增长放缓,新的收入增长点还有待于进一步的培育壮大,在此基础上,结合市区生产总值增长预期,预计2017年我区一般公共预算收入增长预期为7%。

9.市区城乡居民收入(城镇常住居民人均可支配收入和农

村常住居民人均可支配收入分别名义增长8%和9.5%）

主要理由：随着促进农民增收主题活动方案的深入实施，农村居民收入仍会保持平稳增长。但受经济下行压力增大、企业经营困难增大、股市震荡等因素影响，城镇居民工资性收入和财产性收入增速放缓可能较大。同时，在生产成本大幅上涨，主要农产品价格波动加大等因素的影响下，农业生产进入高成本、高风险阶段，实现农村居民纯收入持续高位增长压力更大。整体看，居民收入增长潜力仍显不足，支撑点不多，再加上莲都区居民收入本身基数较大，要实现持续较快增长难度较大。基于上述考虑，提出2017年城乡居民收入分别增长8%和9.5%。

为完成上述计划目标，要按照全市经济工作会议和区委第十四次党代会的总体部署，坚持“绿水青山就是金山银山”战略指导思想，同心同向同力，共建共融共享，善谋善作善成，加快推进城市共建、经济共融、福祉共享，2017年计划执行重点抓好以下工作：

（一）加强项目建设，不断推动有效投资

一要牢固树立“项目为王，项目制胜”的工作理念，锁定目标导向，切实加大项目谋划力度，坚持“绿色发展、科学赶超、生态惠民”发展主线，优化结构，突出重点，抓紧谋划一批可行性强的大项目、好项目。二要不断拓宽投融资渠道，大力推广PPP模式，鼓励和促进民间资本进入各类基础设施和公共事业领域，有效激活民间资本。三要积极争取省、市级重点项目计划，认真梳理和研究国家、省、市各项投资政策和资金投向，根据省重点建设项目申报要求，认真筛选一批重大项目争取列入省重点建设项目和省重点预安排项目，为项目落实争取要素保障。四要继续通过“集中开工月”、“百日攻坚”、定期督查等推进机制，实行动态监管，力促项目按时序顺利推进，确保2017年固定资产投资增长12%以上。

（二）加强产业融合，不断推进结构转型

一是加快工业转型发展。加大企业培育力度，持续做好20家成长型企业精准帮扶工作，助力有潜力的企业三年翻番倍增。加快一批企业发展上台阶，推动重点企业加快上市步伐。更加关注微小企业发展。二是围绕创建国家全域旅游示范区，突出“旅游业+”业态的培育抓好山区潜力旅游资源开发。重点推进古堰画乡小镇“景镇融合”发展。加快发展农村电子商务，积极搭建在线旅游服务平台，推进省级电子商务示范县创建。三是着力提升招商质量。牢固树立“亩产论英雄”理念，依托工业园区和高溪区块，重点围绕电气、机械装备、健康食品、生物科技、医疗器械与保健用品制造等健康制造产业进行招商，争取早日在招引大项目、好项目上实现突破。四是积极推进能源工作。围绕打造“华东绿色能源基地”目标，加快推进可再生能源开发利用，大力发展分布式光伏发电，全面实施“百万家庭屋顶光伏工程”。推进新能源电动汽车分时租赁项目三期建设。

（三）加强民生改善，不断促进社会和谐

一是千方百计增加居民收入。重点抓好高校毕业生等重点群体就业，逐步提高最低工资标准，致力于增加财产性收入。贯彻落实中央和省里支农惠农政策，继续大力发展农家乐民宿、电子商务、来料加工等产业。完善结对帮扶机制，不断拓宽农民增收渠道。二是不断增强消费能力。积极落实促进消费的各项政策，大力发展养生养老休闲旅游、文化体育等新的消费市场。加大政策扶持力度，积极组织实体企业发展电子商务，大力发展农村电子商务。三是千方百计维护社会稳定。强化就业和社会保障工作，加快社会事业发展，大力推进基本公共服务均等化。妥善应对和处置各类金融风险隐患，加快银行不良资产处置工作。四是加大社会管理创新力度，推进社会稳定风险评估工作。狠抓安全生产，加强自然灾害预防工作。扎实推进“平安莲都”建设，全力夺取平安金鼎。

（四）加快推进改革，不断推动试点先行

一是推进政府自身改革。加快法治政府、信用政府建设，继续推进“四张清单一张网”改革。突出抓好行政审批制度改革，继续推行一站式审批、网上审批和项目审批代办制度，提高审批效率。二是深化小城市和中心镇发展改革。致力将碧湖打造成丽水副中心城市，争取列入全省第三轮小城市培育试点。着力推进大港头、老竹中心镇改革发展，建设环境优美、宜居宜业的产业与城镇融合发展的新城。完善小城市和中心镇发展机制。三是加快推进综合改革。贯彻落实中央、省级重大改革举措，开展县域经济体制综合改革，并结合莲都实际，积极谋划对经济社会发展具有重大促进意义的国家或省级改革试点项目，做好各类分析报告、课题调研工作。按照省、市工作要求稳步推进事业单位公车改革工作。

（五）加大环境保护，不断提升生态文明

一是严格环境执法。续加大环境执法查处力度，认真贯彻落实好新《环保法》和新修订的“水十条”“气十条”“土十条”，持续开展各项环保专项行动，加强与各职能部门以及属地乡镇街道的联合执法机制，深化环保与公检法执法联动，严厉打击环境违法行为。二是持续深化“五水共治”（河长制）。以“治污水”为重点，层层落实河长责任制、河长巡查制和河道警长制，推进河道综合整治，构建江河生态廊道；推进城镇污水处理厂和配套管网建设；抓好农业和农村污染治理，基本实现农村生活污水处理设施全覆盖。地表水Ⅰ~Ⅲ类水比例保持在93%以上。三是深化“六边三化三美”工作。加快六边区域整治、农村公厕革命、生活污水治理、古村落保护等一批项目，对31个垃圾分类村进行再部署。

（六）加大社会保障，不断改善民生福祉

一是大力促进就业。加大就业创业新政策宣传力度，努力挖掘及宣传一批创业典型，以持续推进创业带动就业工作。办好人力资源招聘会，规范管理劳动力培训机构，强化培训质量。继续依托“就业在莲都”微信公众平台，完善就业创业服务平台。二是推进社会保障。继续完善机关事业单位养老保险工作，推进各类养老保险制度衔接。强化城乡“两保”征收和被征地参保工作。确保城乡居民基本医疗保险参保率稳定在99.5%。持续推进失业保险扩面工作。三是加强公共服务普惠性。全面推进分级诊疗制度，实现县级医疗资源下沉覆盖率达75%以上，建立县级医院与乡镇卫生院对口帮扶100家。完善养老服务体系，健全养老服务补贴制度，享受补贴人数占老年人总数3%以上。新增养老机构床位数150张，每百位老人拥有床位数达到 3.8张。加快文化事业发展，大力推进“乡村春晚”创建国家公共文化服务体系示范项目。四是加强爱国卫生工作。深化城乡环境卫生整洁行动，推进国家、省级卫生乡镇创建，加大农村改水改厕力度，科学防控病媒生物；深入推进全民健康素养促进行动，提升居民健康素养，努力创造促进健康的良好环境。

三、2017年投资计划及重点领域

围绕区委、区政府的中心工作，切实把扩大有效投资作为推进经济转型、加快民生改善、实现持续发展的核心抓手，优化推进机制，狠抓项目建设，着力提高投资质量和效益，充分发挥重大项目建设的支撑性作用，为建设“三美”莲都提供强劲动力。因此，初步计划2017年区属全社会固定资产投资计划完成181亿元以上，确保增长12%以上。区本级全社会固定资产投资计划完成56亿元以上，确保增长12%以上。

投资（区本级）重点领域主要有：

1.以特色小镇建设为重点，加快古堰画乡特色小镇建设步伐。重点是积极推进画乡接待中心、镇区给水、雨、污水管网提升、玩摄影基地项目等项目建设。（年度投资12.6亿元）

2.以城镇基础设施建设为重点，不断提升城区和中心镇服务能力。重点是继续完善碧湖镇基础设施建设，大力推进小城镇环境综合整治工程，加快市区老小区、城中村改造和主城区生活区块基础设施改造项目，提升城区品味。突出交通网、能源网完善，加强城镇防洪能力，注重环境保护和生态建设。（年度投资16.75亿元）

3. 以全域旅游、休闲养生养老为重点，加大休闲养生旅游和旅游配套设施建设。重点是加快民宿经济、碧湖郎奇-白桥区块等项目建设。（年度投资5.7亿元）

4. 以改善民生为重点，全面提升公共服务设施水平。重点是加快推进莲都区中山小学城西校区工程新建项目、莲都区大洋路小学长岗背校区工程新建项目、莲都区人民医院改扩建工程、莲都区图书馆改建工程等教育、医疗、文化等项目建设，全面推进联城坑口苏埠圩安置小区、城郊农民新社区三期、万人下山脱贫安置小区、里东安置小区等项目建设。（年度投资8.77亿元）。

莲都区2016年国民经济和社会发展预期目标完成情况

表1

类别	序号	指标	单位	目标	实际增长	备注
经济发展	1	地区生产总值(区属)	%	7.5左右	5.6	未完成
	2	规模以上工业增加值	%	6.5以上	7.6	—
	3	服务业增加值(市区)	%	8以上	5.9	未完成
	4	农业增加值	%	3.5	2.6	未完成
	5	固定资产投资	%	10以上	10.5	—
	6	社会消费品零售总额(市区)	%	10左右	7.2	未完成
	7	出口总额	%	适度增长	-17.5	未完成
	8	一般公共预算收入	%	7.5以上	10.6	—
结构优化	9	战略性新兴产业增加值	%	12	13.8	—
	10	高新技术产业增加值	%	7	7.2	—
	11	旅游总收入	%	25以上	38.6	—
	12	民间投资	%	10左右	2.4	未完成
	13	城市化率(市区)	%	72以上	数据未出	—
环境保护	14	单位生产总值综合能耗	%	按省定目标要求执行	预计完成	—
	15	化学需氧量排放量	%			—
	16	二氧化硫排放量	%			—
	17	氮氧化物排放量	%			—
	18	氨氮排放量	%			—
	19	空气质量优良天数	天	275天以上	349	—
	20	地表水Ⅰ—Ⅲ类水比例	%	93	93.3	—
民生事业	21	城镇居民人均可支配收入(市区)	%	7.5以上	9.9	—
	22	农村居民人均可支配收入(市区)	%	10以上	10.0	—
	23	义务教育标准化学校创建率	%	85	85	—
	24	千人床位数(卫生)	%	4.13	4.13	—
	25	城镇新增就业岗位	人	1300	2000	—
	26	城镇登记失业率	%	4以内	2.84	—
	27	人口自然增长率	‰	7以内	8.651	—

说明:①地区生产总值增幅按可比价格计算;②城镇居民人均可支配收入和农村居民人均纯收入增幅为名义增长速度;③规模以上工业增加值综合能耗、化学需氧量排放量和二氧化硫排放量指标市里尚未核定

莲都区2017年国民经济和社会发展主要目标初步建议

表2

类别	序号	指标	单位	目标	备注
经济发展	1	地区生产总值(区属)	%	7.5	—
	2	规模以上工业增加值	%	7.5	—
	3	服务业增加值(市区)	%	9	—
	4	农业增加值	%	3.5	—
	5	固定资产投资	%	12	—
	6	社会消费品零售总额(市区)	%	9	—
	7	出口总额	%	适度增长	—
	8	一般公共预算收入	%	7	—
结构优化	9	战略性新兴产业增加值	%	12	—
	10	高新技术产业增加值	%	7	—
	11	旅游产业增加值	%	10	—
	12	城市化率(市区)	%	73以上	—
环境保护	13	单位生产总值综合能耗	%	按省定目标要求执行	—
	14	化学需氧量排放量	%		—
	15	二氧化硫排放量	%		—
	16	氮氧化物排放量	%		—
	17	氨氮排放量	%		—
	18	空气质量优良天数	天	275天以上	—
	19	地表水Ⅰ—Ⅲ类水比例	%	93以上	—
民生事业	20	城镇居民人均可支配收入(市区)	%	8	—
	21	农村居民人均可支配收入(市区)	%	9.5	—
	22	义务教育标准化学校创建率	%	85以上	—
	23	千人床位数(卫生)	张	4.13	—
	24	城镇新增就业岗位	人	1300	—
	25	城镇登记失业率	%	尚未下达	—
	26	人口自然增长率	‰	7以内	—

说明:①地区生产总值增幅按可比价格计算;②城镇居民人均可支配收入和农村居民人均纯收入增幅为名义增长速度;③规模以上工业增加值综合能耗、化学需氧量排放量和二氧化硫排放量指标市里尚未下达

关于莲都区2016年预算执行情况和2017年预算草案的报告

——在莲都区第十六届人民代表大会第一次会议上

莲都区财政局

一、2016年预算执行情况

2016年，在市委、市政府、区委的正确领导和区人大及其常委会的监督下，全区上下围绕“绿水青山就是金山银山”的生态发展战略，秉承“促进发展、保障民生、科学理财、加强监管”的理财观，牢牢把握“服务市区、发展莲都、促进和谐”的基本定位，认真落实预算法，做好“生财、聚财、用财”三篇文章，积极发挥财政职能，促进全区经济社会平稳健康发展。全区财政预算执行情况良好，实现了“十三五”的良好开局。

（一）一般公共预算执行情况

1.收支预算执行情况

2016年，全区实现一般公共预算收入135803万元，增长10.6%，完成预算的101.3%，其中：税收收入114303万元，增长5.0%，完成预算的98.4%；非税收入21500万元，增长53.9%，完成预算的120.9%（见表3）。

2016年，实现一般公共预算支出306355万元，增长19.3%，完成预算的117.6%，其中当年省专项支出30207万元，上年结转支出6789万元。剔除省专项和上年结转后支出269359万元，增长16.9%，完成预算的103.4%。一般公共预算支出中实行权责发生制核算的支出执行数为12531万元（见表4）。

按照现行的分税制和市区财政体制测算，2016年一般公共预算收入加上税收返还收入、上年结转收入、省市财政转移性收入以及调入资金，预计一般公共预算收支平衡。由于2016年省与市、市与区之间的财力结算有一个过程，最后的平衡结果待全省决算汇审后，依照法律的规定程序，再专题向区人大常委会报告。

2.重点收支科目执行情况

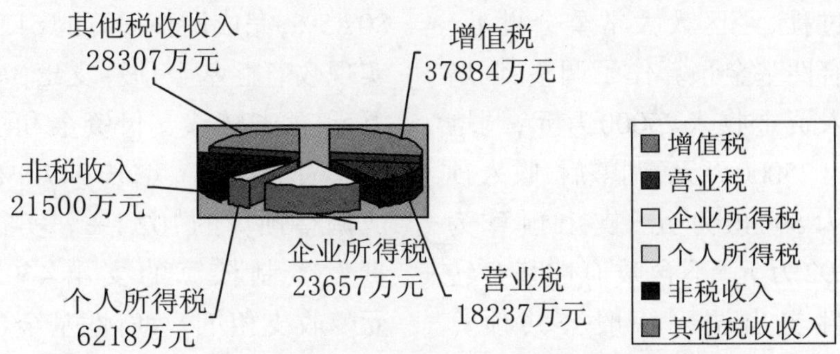

2016年莲都区主要科目收入情况图

（1）主要收入科目执行情况

增值税37884万元（其中营改增增值税11084万元），比上年调整后决算数增长26.7%，完成预算的167.6%；营业税18237万元，比上年调整后决算数增长-26.7%，完成预算的48.4%；企业所得税23657万元，增长18.0%，完成预算的108.3% ；个人所得税6218万元，增长47.2%，完成预算的138.2%；城建税4482万元，增长-11.3%，完成预算的83.6%；车船税2092万元，增长11.8%，完成预算的100.6%；非税收入21500万元，增长53.9%，完成预算的120.9%。

（2）重点支出科目执行情况

重点支出科目执行情况

如下：

教育支出57015万元，增长3.3%，完成预算的135.7%，其中：教育基本建设支出13436万元，教育教学设备660万元，落实民办中小学扶持政策支出361万元，教育教学质量奖590万元，学前教育扶持支出624万元。

科学技术支出7276万元，增长16.3%，完成预算的108.4%，其中：科学研究经费支出270万元，扶持重点企业技改6500万元，科技创新券30万元。

文化体育与传媒支出7932万元，增长13.8%，完成预算的152.6%，其中：群众文化支出1686万元、文物保护支出711万元、新闻出版广播电影视支出854万元、其他文化与体育支出2917万元。

医疗卫生与计划生育支出46212万元，增长21.3%，完成预算的100.1%，其中：城乡居民基本医疗保险支出20282万元、医疗救助支出2199万元、优质医疗资源下沉补助支出330万元、城乡居民基本公共卫生服务支出1633万元。

社会保障和就业支出46444万元，增长34.6%，完成预算的103.1%，其中：城乡居民基础养老保险支出6965万元、残疾人“两项补贴”支出1858万元、财政补助机关事业单位养老保险基金收支缺口支出7369万元、城乡居民最低生活保障支出2694万元。

农林水支出48139万元，增长2.2%，完成预算的237.9%。其中：生态公益林补偿支出2723万元、农村公益事业“一事一议”财政奖补支出4400万元，村两委干部报酬支出1156.6万元，村监会主任报酬支出353.9万元，村级组织运转支出535万元，便民服务中心运转经费支出297万元。

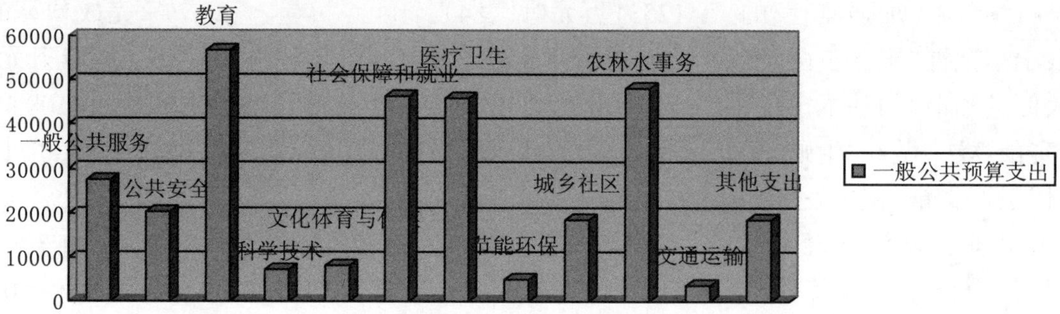

2016年一般公共预算支出情况图

（二）政府性基金预算收支执行情况

2016年，政府性基金预算年初收入预期34040万元，年度执行过程，经区人大常委会批准，政府性基金预算作了调整，调增调入资金收入25000万元，调增支出25000万元，调整后，收入预算为59040万元，支出预算为33292万元（不含政府性基金转移性支出调入一般公共预算26500万元）。调整后的收入预算，加上调入资金及上年结余资金，政府性基金预算可用财力为61933万元（其中上年结余2893万元）。全年实现政府性基金预算收入36572万元，增长807.5%，完成调整预算的61.9%，实现政府性基金预算支出34005万元（含省转移支付资金和上年结余资金支出），增长347.0%，完成调整预算的102.1%。实行权责发生制核算的支出4605万元。收支相抵，政府性基金预算收支平衡，结余结转下年使用（见表7、表8）。

（三）国有资本经营预算收支执行情况

2016年，全区实现国有资本经营预算收入35万元，增长25.0%，完成预算的100.0%。国有资本经营预算支出28万元，增长40.0%，完成预算的100.0%，另7万元作转移性支出调入一般公共预算。收支相抵，当年收支平衡（见表11、表12）。

（四）社会保险基金预算执行情况

2016年，全区实现社会保险

基金预算收入64724万元，增长120.0%，完成预算的195.9%。实现社会保险基金预算支出65354万元，增长111.5%，完成预算的196.0%，当年收支结余-630万元，年终滚存结余16987万元(见表15、表16)。

(五)地方政府债务情况

2016年省财政厅核定我区地方政府债务限额为197000万元，其中：一般债务限额148000万元、专项债务限额49000万元。

截至2016年年末，全区地方政府债务余额180740万元，其中：一般债务余额137040万元，占75.8%；专项债务余额43700万元，占24.2%，均控制在省财政厅核定的我区债务限额以内。2016年末地方政府债务余额比2015年末减少2800万元。2016年无新增地方政府债券资金收支。2016年省财政厅核定我区地方政府债券置换存量债务额度130099万元，按规定已全部置换完毕。

(六)落实区人大预算决议有关情况

按照区十五届人大五次会议有关决议，以及区人大财经工委审查意见，财政部门认真研究完善体制机制，加强预算管理，努力做好财政工作，取得了积极成效。

1.围绕收支目标，增强财政保障能力。一是全力组织财政收入。密切关注收支执行动态，定时召开国地税、财政收入分析联席会议，深入开展税源分析和监控，依法应收尽收。二是深入挖掘非税收入增收潜力，加强国有资产有偿使用收入的监管，实现了非税收入的较大增长。三是加大存量资金盘活力度，健全动态管理和定期清理机制，全年共盘活存量资金10900多万元，统筹用于重点支出和预算平衡。四是努力完善体制，积极争取省市财政的支持，争取到省财政重大服务基础设施建设资金10000万元，“一事一议”助推美丽乡村建设资金2000万元。

2.围绕经济发展，推进稳增长促转型。紧扣供给侧结构性改革主线，围绕全区经济发展目标，积极落实财政改革政策。支持工业企业转型升级，全年累计兑现技改支出22891万元。积极筹措建设资金，确保民宿经济、古堰画乡5A景区创建、五水共治、“六三三”、全国文明城市创建等重点项目顺利推进。扎实推进农业综合开发，支持农业绿色、生态、可持续发展。推动“南山互通至丽新公路建设一期工程”等PPP项目签约实施。与市生态产业基金签订古堰画乡旅游投资协议，引入市生态产业基金投资20000万元，到位5000万元，有力推动了古堰画乡景区的基础设施建设和文化旅游项目开发。

3.围绕民生福祉，着力保障民生支出。落实各项减税降费政策，切实减轻企业负担。牢固树立以民为本的理念，着力保障民生支出。坚持公共财政导向，把保障民生作为财政工作的出发点和落脚点，坚持加大投入与完善机制并重，加快社会事业发展，不断提高基本公共服务均等化水平。全年一般公共预算民生支出267438万元，增长19.7%，占87.3 %，继续保持在三分之二以上。推进中小学校改扩建工程，逐步补齐教育资源“短板”。完善城乡义务教育经费保障机制，提高寄宿制学校寄宿生公用经费补助标准，落实家庭经济困难寄宿生补助生活费政策，小学补助标准1000元/年·人，初中补助标准1250元/年·人。支持中小学校课程改革，不断提升全区教育教学质量。健全基本公共文化服务体系经费保障，推进基本公共文化服务均等化，支持农村文化礼堂建设，落实公共文化设施和体育场馆免费开放经费。调整提高机关事业单位退休人员待遇标准。推进机关事业单位养老保险制度改革。健全城乡低保动态调整机制，城乡低保标准每人每月由原城市612元、农村459元统一调整为680元。建立残疾人“两项补贴”制度，累计支出1858.2万元，有效解决困难残疾人和重度残疾人的基本生活与护理难题。开展基层医疗卫生机构补偿机制改革试点，深化“双下沉、两提升”实施，支持实施基层首诊分级诊疗。建立“建设发展靠政府，运行补偿靠服务”的莲都区人民医院运行补偿新机制。将城乡居民基本医保财政补助标准和城乡居民基本公共卫生服务补助标准分别提高至年人均540元、45元。支持农业农村发展，深化财政支农体制机制改革，落实各项强农富农惠农政策。完善政策性农业信贷担保体系，安排89万元资金落实政策性农业保险。深化村级公益事业"一事一议"财政奖补政策运用，全区财政投入4400万元，带动社会力量共同建成村级公益事业项目59个。支持开展农村垃圾减量化、资源化处理试点。落实资金推进农村基层党组织和基层政权建设。

4.围绕加强监管，提高财政管理水平。深入贯彻落实《预算法》和省政府《关于加快建立现代财政制度的意见》，推进现代财政制度建设。加强预算管理，建立预算编制项目库。强化加快预算执行监管，加大财政资金的整合和统筹力度，出台"增收节支"考核制度，提高财政支出绩效。深化预决算公开，全区62个部门在规定时限公开了部门预决算和"三公"经费，公开率达100%。深化政府购买服务改革，完善制度体系，全区政府购买服务支出8148万元。认真贯彻落实省政府《关于进一步加强地方政府性债务管理的意见》，制定5年政府债务化解方案，有计划的逐年化解债务风险。做好政府债券置换存量债务工作，优化债务结构和减少债务利息支出，2016年已全部完成地方政府债券置换存量债务任务，年节约利息支出7000多万元。

积极开展政府综合财务报告编制工作，持续深化公款竞争性存放改革，出台相关制度，全区超过50000万元资金相继开展公款竞争性存放，规范了财政资金管理，增强了财政资金保值增值能力。健全国资监管机构，完成全区行政事业单位国有资产清查，厘清家底，夯实管理基础。立足重点项目支出，积极开展财政监督和绩效评价，共涉及 8个重点项目19756万元资金。推进财政投资评审改革，实行事前、事中、事后动态监管，全年净核减财政性资金2.07亿元，净核减率为11.1%。积极构建"内控、内审"和"外控、外审"相结合的财政监督机制，建立"1+8"内部控制制度体系，强化内部流程控制。强化监管，严控一般性支出，经汇总，2016年"三公"经费执行数为2110万元，下降6.2%，其中：公务出国经费57万元，增长37.7%，公务接待经费620万元，下降3.4%，公务用车购置及运行维护费1433万元，下降8.5%。

5.认真办理人大代表建议

在区十五届人大五次会议上，人大代表共提出财政预算相关建议6件，根据会议决议精神，区财政局认真落实办理责任，主动及时与代表沟通，所有的建议全部在规定时限内办结，办理结果均采取网上办理、纸质回复的"双轨制"，办理及答复率100%。

在肯定成绩同时，我们也清醒地看到，我区财政收支矛盾仍非常突出，预算平衡压力很大，收入结构问题逐步突显，财政增收后劲不足，收入质量有待提高；减税降费等政策性减收因素压力很大；经济发展进入新常态后，财政收入增速回落与财政支出刚性增长之间的矛盾更加突出；预算编制还不够细化，预算执行约束力度不够，财政支出绩效有待提升，财政监管还需进一步加强等问题依然突出。对此，我们高度重视，将通过支持实体经济发展，培植财源，深化改革，完善制度，严格管理等一系列扎实有效的措施切实加以解决。

二、2017年预算草案

（一）2017年财政经济形势

2017年，财政运行不确定不稳定性因素仍然较多。从收入上看，经济下行压力仍然较大，随着供给侧结构性改革深入推进，减税、减负力度将持续加大，"营改增"等结构性减税、普遍性降费政策的减收效应将进一步显现。我区经济基础偏弱，总量偏小，财政收入可持续增长的基础不稳固，在房地产住宅功能回归以及宏观调控的背景下，房地产相关税收存较大不确定性，收入结构性问题显现，实现收入增收存不确定性。从支出上看，财政支出刚性增长的趋势没有改变，各项民生提标等刚性支出日益增长，财政收支矛盾进一步加剧，紧平衡依然是财政收支运行的常态。

（二）财政预算编制的指导思想

2017年预算编制的指导思想是：全面贯彻落实区十四次党代会精神，围绕区委、区政府确定的工作目标，坚持稳中求进的工作总基调，牢固树立和贯彻落实新发展理念，适应把握经济发展新常态，遵循“促进发展、保障民生、科学理财、加强监管”的理财观，做好“生财、聚财、用财”三篇文章。依法有为组织收入，做大做优财政“蛋糕”；调整优化支出结构，压缩一般性支出，集中财力办大事；强化风险意识，切实防范财政风险，促进经济社会平稳健康发展。

（三）一般公共预算草案

1.收入预算：按照当前的财政经济形势及上述指导思想，参考2017年市区生产总值增长预期以及市本级一般公共预算收入增长预期，根据莲都区收入结构实际，2017年莲都区一般公共预算收入预期为141900万元，比调整后上年执行数增长7.0%，其中：税收收入104900万元，增长-6.0%，占73.9%；非税收入37000万元，增长76.0%，占26.1%（见表5）。

一般公共预算收入，加上税收返还收入4773万元，预计省市财政体制结算补助收入76411万元，省财政一般转移支付收入36522万元，专项转移支付收入13112万元，政府性基金预算转移性支出收入25000万元，调入土地出让金收入42000万元，调入其他资金630万元，国有资本经营预算转移性支出收入17万元，调入预算稳定调节基金1500万元，减去上解支出26865万元，累计一般公共预算收入预期315000万元。

2.支出预算：2017年，围绕区委、区政府工作目标，拟安排一般公共预算支出315000万元，比上年支出预算260500万元增加54500万元，增长20.9%，比上年执行数增长2.8%，收支相抵，全区一般公共预算收支平衡。2017年安排预备费3500万元，占支出预算的1.1%，符合预算法的规定（见表6）。

3.重点科目支出预算情况

教育支出44452万元，其中：免费义务教科书经费1550万元、民办中小学生均公用经费830万元、教育教学质量奖590万元、民办学前教育700万元、中小学校教学设备600万元、扶困助学营养餐380万元。

科学技术支出8095万元，其中：企业技改扶持6500万元、科技创新扶持510万元、科普经费55万元。

文化体育与传媒支出6395万元，其中：群众文化支出1707万元，群众体育支出278万元，新闻出版广播影视支出775万元，其他文化体育与传媒支出2550万元。

社会保障和就业支出58870万元，其中：城乡居民养老保险基金补助6890万元、机关事业养老保险基金9430万元、企业退休人员社会化管理费784万元、农村低保金3564万元、城市低保金657万元、农村五保供养450万元。

医疗卫生与计划生育支出48655万元，其中：城乡居民基本医疗保险23880万元、城乡医疗救助2500万元、基本公共卫生服务1658万元、村及社区计生服务员报酬和培训费300万元、村卫生室运行经费补助352万元。

农林水支出30978万元，其中：生态公益林补偿3073万元、山区经济发展2840万元、村集体公益项目“一事一议”财政奖补2450万元、村两委干部报酬1570万元、村监会主任补贴448万元、农产品旅游地转化及生态精品农业项目400万元、林道路建设项目补助300万元。

（四）政府性基金预算草案

1.收入预算：2017年，政府性基金预算收入预期52176万元，其中：发展新型墙体材料专项基金收入43万元、其他政府性基金收入52133万元（其中：耕地占补平衡指标调剂收入48000万元、各单位其他政府性基金收入4133万元），调入资金收入20000万元，收入合计72176万元，增长97.4%（见表9）。加上上年结余2893万元，加上省转移支付资金2480万元，全年可用资金77529万元。

2.支出预算：拟安排政府性基金预算支出50797万元，增长49.4%。另调出25000万元到一般公共预算（见表10）。

收支相抵，政府性基金预算

收支平衡，结余结转下年使用。

（五）国有资本经营预算草案

1. 收入预算：根据"量入为出，以收定支"的预算编制原则，国有资本经营预算收入预期84万元，增长140.0%（见表13）。

2. 支出预算：支出预算67万元（用于企业发展67万元），增长139.3%，按20%收入调出资金到一般公共预算17万元（见表14），收支相抵，国有资本经营预算收支平衡。

（六）社会保险基金预算草案

2017年莲都区社会保险基金预算包括城乡居民基本养老保险、城乡居民基本医疗保险和机关事业单位基本养老保险三项。

1. 收入预算：2017年社会保险基金收入预算64685万元，增长-0.1%（见表17）。

2. 支出预算：2017年社会保险基金支出预算拟安排62782万元，增长-5.4%（见表18）。收支相抵，当年收支结余1903万元，年末滚存结余19502万元。

三、扎实做好2017年财政工作

2017年，我们将坚持依法理财，全面深化财政改革，切实加强财政管理，确保完成各项财政工作任务。重点抓好以下工作：

（一）突出抓好增收节支，提高依法理财水平

围绕预算目标，深化财政、国税、地税三方合作，加强收入分析、预测和管控，提高收入执行的计划性、均衡性和稳定性。稳步推广统一公共支付平台，深化政府非税收入电子化收缴改革。做好收入任务分解，形成合力，压实责任，努力完成非税收入的征收任务。积极落实好中央和省市的各项财政改革和减税降费政策。积极向上争取体制和资金支持，全力保障重点项目支出。努力优化市区财政体制，切实增强服务全区经济社会发展能力。认真贯彻落实预算法，增强预算约束，规范政府收支行为。严格落实预算公开各项规定，扎实推进预算公开。强化节支措施，保障重点支出，压缩一般性支出，继续实行"三公"经费零增长控制。全区"三公"经费预算数为2095万元，比上年预算数下降6.3%，其中出国（境）费64万元，下降0.8%，公务接待费630万元，下降1.6%，公务用车购置与运行维护费1401万元，下降8.4%。加强财政监督检查，自觉接受区人大的监督和区政协的建议，认真落实审计整改意见，严肃维护财经纪律。

（二）发挥财政职能作用，支持实体经济振兴

全面落实财税优惠政策，充分发挥财政职能作用，利用好企业扶持资金，引导经济结构调整，鼓励创新创业，激发企业活力，促进实体经济加快发展。大力支持开展"精准帮扶企业、振兴实体经济"行动，促进成长型企业做强做大，小微企业快速成长。安排旅游发展专项资金，全力推进全域旅游示范区创建。创新财政投融资机制，拓宽融资渠道，为项目建设提供有力保障。助推PPP项目落实，引导社会资本投入，加快交通、水利、城镇基础设施等建设。充分发挥政府产业基金作用，加快古堰画乡特色小镇基础设施建设。积极争取省市政府产业基金的支持，助推转型升级。

（三）全力保障改善民生，促进社会事业发展

继续做好各项民生重点支出的保障，确保新增财力三分之二以上用于民生事业。一是继续落实社会保障政策。推进城乡居民养老保险、城乡低保等制度实施，落实国家和省市相关政策标准，提高低收入群体基本生活保障和政府对各种社会保险补贴投入，支持就业困难群体创业就业。二是继续加大社会事业投入。强化教育经费保障，促进教育优质和均衡发展。加强教育基础设施及技术装备建设，改善办学条件，补齐教育资源短板。加大对医疗卫生投入，深化医药卫生体制改革，加快覆盖城乡公共卫生体系建设。三是全面落实强农惠农政策。加强农业基础设施建设，完善农业补贴发放方式，引导农民规模化种植，促进农村发展、农业增效、农民增收。四是着力保障重点支出。积极筹措资金，着力保障小城镇环境综合整治、文明城市创

建、"三改一拆"、五水共治、危旧房改造、地质灾害治理等资金需求。注重城乡环卫保洁投入,提升城乡环卫保洁水平。

（四）强化财政预算监管,提升财政支出绩效

一是推进预算管理制度改革。紧扣支出预算管理实际需求,完善预算支出定额标准体系和预算项目库建设,着力精编细编财政支出预算,深化部门预算改革,全面推进预决算公开。二是深化国库集中收付制度改革。构建规范透明的预算执行管理机制,力求将所有财政资金全部实行国库集中收付。三是推进政府采购制度改革。加强政府采购内控建设,健全审批流程,规范政府采购行为。深入推进政府购买服务管理改革。四是加强预算绩效管理。建立50万元以上项目预算支出目标绩效管理制度,扩大预算绩效管理范围,提高项目支出预算绩效管理比例。进一步实施财政支出绩效评价,将评价结果作为调整支出结构、完善财政政策和科学安排预算的重要依据。五是加强国有资产监管。进一步理顺国资监管机制。六是加强财政监督。认真开展财政监督检查,加大对重点民生财政资金的监督检查力度。充分发挥财政评审职能,加强政府投资项目的监管。七是加强财政资金管理。进一步加大对财政结余结转资金的清理回收力度,提高财政资金使用效益。

各位代表,2017年财政改革发展任务艰巨、责任重大,我们将在市委、市政府和区委的坚强领导下,严格按照区十六届人大一次会议的决议和要求,自觉接受人大代表的监督,虚心听取政协委员的意见,认真贯彻市委、市政府和区委的各项决策部署,同心同向同力,共建共融共享,善谋善作善成,加强财政管理,扎实推进财政改革,为在全市率先高水平全面建成小康社会而努力奋斗!

莲都区2016年一般公共预算收入执行情况表

表3　　　　单位:万元

项　目	2015年决算数	2015年调整后决算数	2016年预算数	2016年执行数	完成预算的	比上年调整后决算数+、-
一、税收收入小计	110695	108847	116210	114303	98.4%	5.0%
1.增值税	20364	29892	22600	37884	167.6%	26.7%
其中:营改增增值税	2908	2018	3340	11084	331.9%	449.3%
2.营业税	36258	24882	37700	18237	48.4%	-26.7%
3.企业所得税	20047	20047	21850	23657	108.3%	18.0%
4.个人所得税	4224	4224	4500	6218	138.2%	47.2%
5.城建税	5053	5053	5360	4482	83.6%	-11.3%
6.房产税	3442	3442	3600	3136	87.1%	-8.9%
7.土地使用税	2289	2289	2500	2168	86.7%	-5.3%
8.车船税	1871	1871	2080	2092	100.6%	11.8%
9.印花税	1074	1074	1150	908	79.0%	-15.5%
10.土地增值税	627	627	660	978	148.2%	56.0%
11.资源税	811	811	820	148	18.0%	-81.8%
12.耕地占用税	10058	10058	8600	8903	103.5%	-11.5%
13.契税	4577	4577	4790	5492	114.7%	20.0%
二、非税收入小计	13974	13974	17790	21500	120.9%	53.9%

续表3

项　目	2015年决算数	2015年调整后决算数	2016年预算数	2016年执行数	完成预算的	比上年调整后决算数 +、-
1.行政事业性收费收入	2920	2920	1290	830	64.3%	-71.6%
2.罚没收入	2736	2736	8000	3878	48.5%	41.7%
3.专项收入	5609	5609	6500	6292	96.8%	12.2%
4.国有资产有偿使用收入	2709	2709	2000	10500	525.0%	287.6%
一般公共预算收入合计	124669	122821	134000	135803	101.3%	10.6%

说明：2016年5月起国家全面推进营业税改征增值税政策，取消营业税，增值税实行中央和地方5:5分成，为使2016年预算执行可比性，2015年决算数按“营改增”口径作了调整。预算数仍为原口径

莲都区2016年一般公预算支出执行情况表

表4　　　　单位：万元

支出科目	2015年决算数	2016年预算数	2016年执行数	其中：省专项支出数	其中：上年结转支出数	完成预算的	比上年决算数增长+、-
一般公共服务支出	23,630	20,807	27,505	85	249	132.2%	16.4%
公共安全支出	16,681	16,908	20,258	—	28	119.8%	21.4%
教育支出	55,212	42,014	57,015	616	441	135.7%	3.3%
科学技术支出	6,257	6,712	7,276	45	—	108.4%	16.3%
文化体育与传媒支出	6,969	5,198	7,932	1871	465	152.6%	13.8%
社会保障和就业支出	34,515	45,042	46,444	1600	781	103.1%	34.6%
医疗卫生与计划生育支出	38,099	46,175	46,212	494	79	100.1%	21.3%
节能环保支出	2,641	2,681	5,082	250	138	189.6%	92.4%
城乡社区支出	11,181	11,478	18,293	4055	—	159.4%	63.6%
农林水支出	47,122	20,237	48,139	19960	4081	237.9%	2.2%
交通运输支出	2,797	1,100	3,665	736	527	333.2%	31.0%
资源勘探信息等支出	2,496	3,328	3,389	—	—	101.8%	35.8%
国土资源气象等支出	1,253	124	146	—	—	117.7%	-88.3%
住房保障支出	4,811	10,234	10,787	319	—	105.4%	124.2%
商业服务业等支出	831	881	1,010	128	—	114.6%	21.5%
粮油物资储备支出	904	719	559	9	—	77.7%	-38.2%
预备费	—	3,000	—	—	—	0.0%	—
债务付息支出	442	5,000	1,752	—	—	35.0%	296.4%
债券发行费用支出	34	70	105	—	—	150.0%	208.8%
其他支出	915	18,792	786	39	—	4.2%	-14.1%
支出总计	256790	260500	306355	30207	6789	117.6%	19.3%

说明：2016年执行与预算数比增加较大的科目，主要原因当年省专项支出增加较多

莲都区2017年一般公共预算收入表(草案)

表5　　　　单位:万元

项　目	2016年调整后执行数	2017年预算数	比执行数增长+、-
一、税收收入	111594	104900	-6.0%
增值税	32242	33850	5.0%
改征增值税	21170	20000	-5.5%
营业税	—	—	—
企业所得税	23657	17260	-27.0%
个人所得税	6218	9000	44.7%
资源税	148	300	102.7%
城市维护建设税	4482	4500	0.4%
房产税	3136	3140	0.1%
印花税	908	920	1.3%
城镇土地使用税	2168	2180	0.6%
土地增值税	978	990	1.2%
车船税	2092	2260	8.0%
耕地占用税	8903	5000	-43.8%
契税	5492	5500	0.1%
二、非税收入	21019	37000	76.0%
专项收入	5811	6160	6.0%
行政事业性收费收入	830	380	-54.2%
罚没收入	3878	19460	401.8%
国有资源(资产)有偿使用收入	10500	11000	4.8%
一般公共预算收入合计	132613	141900	7.0%

说明:1.2017年一般公共预算收入增幅安排7%,税收收入预计增长-6%。主要考虑是:一是受重点企业所得税减少影响,以及在房地产住宅功能回归和宏观调控的背景下,房地产相关税收存在较大的不确定性;二是因振兴实体经济,国家实施减税降费政策,政策性减税对莲都区税收收入影响;三是莲都区的税收收入结构情况。据此,预计2017年税收收入与2016年比下降较大。2.2017年非税收入中罚没收入19460万元,增幅较大,主要考虑是区公安部门加大重大案件侦破力度,预计2017年罚没收入大幅度增加

莲都区2017年一般公共预算支出表(草案)

表6　　　　单位:万元

支出功能科目	2016年执行数	2017年预算数	比上年执行数增长%
一般公共预算支出合计	306,355	315,000	2.8
一般公共服务支出	27,505	26,655	-3.1
人大事务	1,395	1,017	-27.1
行政运行	916	767	—
一般行政管理事务	10	14	—

续表6

支出功能科目	2016年执行数	2017年预算数	比上年执行数增长%
人大会议	69	105	—
人大监督	25	35	—
人大代表履职能力提升	2	36	—
代表工作	43	60	—
其他人大事务支出	330	—	—
政协事务	510	582	14.1
行政运行	393	346	—
政协会议	53	85	—
委员视察	9	40	—
参政议政	2	15	—
事业运行	16	26	—
其他政协事务支出	37	70	—
政府办公厅(室)及相关机构事务	12,155	9,975	-17.9
行政运行	9,174	7,268	—
专项业务活动	236	8	—
政务公开审批	188	199	—
法制建设	52	60	—
信访事务	173	175	—
事业运行	169	182	—
其他政府办公厅(室)及相关机构事务支出	2,163	2,083	—
发展与改革事务	697	765	9.8
行政运行	440	437	—
社会事业发展规划	20	20	—
经济体制改革研究	46	40	—
物价管理	—	76	—
事业运行	184	182	—
其他发展与改革事务支出	7	10	—
统计信息事务	573	620	8.2
行政运行	138	141	—
专项统计业务	54	50	—
统计管理	3	—	—
专项普查活动	146	150	—
统计抽样调查	15	15	—
事业运行	170	215	—
其他统计信息事务支出	47	49	—
财政事务	2,401	2,114	-12.0
行政运行	779	905	—

续表6

支出功能科目	2016年执行数	2017年预算数	比上年执行数增长%
信息化建设	12	70	—
财政委托业务支出	291	323	—
事业运行	289	272	—
其他财政事务支出	1,030	544	—
税收事务	370	470	27.0
其他税收事务支出	370	470	—
审计事务	553	532	-3.8
行政运行	244	237	—
审计业务	139	122	—
事业运行	102	105	—
其他审计事务支出	68	68	—
人力资源事务	207	258	24.6
行政运行	119	140	—
公务员招考	2	17	—
事业运行	21	23	—
其他人力资源事务支出	65	78	—
纪检监察事务	634	640	0.9
行政运行	480	546	—
派驻派出机构	49	—	—
事业运行	—	11	—
其他纪检监察事务支出	105	83	—
商贸事务	1,725	825	-52.2
行政运行	537	494	—
招商引资	1,024	150	—
事业运行	82	140	—
其他商贸事务支出	82	41	—
工商行政管理事务	796	1,948	144.7
行政运行	506	1,532	—
一般行政管理事务	—	202	—
工商行政管理专项	33	—	—
执法办案专项	25	—	—
消费者权益保护	5	6	—
信息化建设	20	—	—
事业运行	35	37	—
其他工商行政管理事务支出	172	171	—
质量技术监督与检验检疫事务	304	305	0.3
行政运行	182	178	—

续表6

支出功能科目	2016年执行数	2017年预算数	比上年执行数增长%
质量技术监督行政执法及业务管理	48	50	—
事业运行	74	77	—
民族事务	19	31	63.2
行政运行	15	21	—
民族工作专项	—	10	—
其他民族事务支出	4	—	—
宗教事务	20	19	-5.0
行政运行	13	9	—
宗教工作专项	6	10	—
事业运行	1	—	—
港澳台侨事务	113	101	-10.6
行政运行	58	41	—
港澳事务	—	7	—
台湾事务	22	35	—
华侨事务	—	4	—
其他港澳台侨事务支出	33	14	—
档案事务	290	297	2.4
行政运行	189	188	—
档案馆	101	107	—
其他档案事务支出	—	2	—
民主党派及工商联事务	207	215	3.9
行政运行	140	147	—
其他民主党派及工商联事务支出	67	68	—
群众团体事务	840	877	4.4
行政运行	341	331	—
厂务公开	4	4	—
工会疗养休养	36	36	—
事业运行	56	41	—
其他群众团体事务支出	403	465	—
党委办公厅(室)及相关机构事务	1,603	1,915	19.5
行政运行	1,365	1,602	—
专项业务	—	100	—
事业运行	238	213	—
组织事务	687	1,013	47.5
行政运行	361	370	—
事业运行	46	44	—
其他组织事务支出	280	599	—

续表6

支出功能科目	2016年执行数	2017年预算数	比上年执行数增长%
宣传事务	577	868	50.4
行政运行	264	252	—
事业运行	88	76	—
其他宣传事务支出	225	540	—
统战事务	175	169	-3.4
行政运行	144	136	—
一般行政管理事务	20	20	—
其他统战事务支出	11	13	—
其他共产党事务支出	654	649	-0.8
行政运行	386	357	—
事业运行	57	60	—
其他共产党事务支出	211	232	—
其他一般公共服务支出(款)	0	450	—
其他一般公共服务支出(项)	—	450	—
公共安全支出	20,258	21,120	4.3
教育支出	57,015	44,452	-22.0
教育管理事务	1,801	3,840	113.2
行政运行	232	248	—
一般行政管理事务	12	19	—
其他教育管理事务支出	1,557	3,573	—
普通教育	51,277	36,120	-29.6
学前教育	3,654	3,115	—
小学教育	33,588	19,667	—
初中教育	14,028	11,490	—
其他普通教育支出	7	1,848	—
职业教育	12	0	-100.0
其他职业教育支出	12	—	—
成人教育	103	106	2.9
其他成人教育支出	103	106	2.9
特殊教育	32	30	-6.3
特殊学校教育	15	—	—
其他特殊教育支出	17	30	—
进修及培训	698	796	14.0
教师进修	418	503	—
干部教育	280	293	—
教育费附加安排的支出	1,533	1,060	-30.9
农村中小学校舍建设	300	—	—

续表6

支出功能科目	2016年执行数	2017年预算数	比上年执行数增长%
农村中小学教学设施	126	—	—
城市中小学校舍建设	69	—	—
城市中小学教学设施	295	—	—
其他教育费附加安排的支出	743	1,060	—
其他教育支出(款)	1,559	2,500	60.4
其他教育支出(项)	1,559	2,500	—
科学技术支出	7,276	8,095	11.3
科学技术管理事务	308	328	6.5
行政运行	189	153	—
其他科学技术管理事务支出	119	175	—
技术研究与开发	6,845	7,637	11.6
应用技术研究与开发	45	637	—
产业技术研究与开发	3,110	—	—
科技成果转化与扩散	140	—	—
其他技术研究与开发支出	3,550	7,000	—
科学技术普及	107	130	21.5
机构运行	63	62	—
科普活动	32	55	—
青少年科技活动	2	3	—
其他科学技术普及支出	10	10	—
其他科学技术支出	16	0	-100.0
其他科学技术支出	16	—	—
文化体育与传媒支出	7,932	6,395	-19.4
文化	3,357	2,572	-23.4
行政运行	314	337	—
图书馆	117	242	—
艺术表演团体	20	—	—
文化活动	246	83	—
群众文化	1,686	1,707	—
文化创作与保护	95	45	—
文化市场管理	25	22	—
其他文化支出	854	136	—
文物	711	180	-74.7
文物保护	711	180	—
体育	93	318	241.9
群众体育	58	278	—
其他体育支出	35	40	—

续表6

支出功能科目	2016年执行数	2017年预算数	比上年执行数增长%
新闻出版广播影视	854	775	-9.3
广播	74	59	—
电视	3	—	—
其他新闻出版广播影视支出	777	716	—
其他文化体育与传媒支出(款)	2,917	2,550	-12.6
宣传文化发展专项支出	40	—	—
其他文化体育与传媒支出(项)	2,877	2,550	—
社会保障和就业支出	46,444	58,870	26.8
人力资源和社会保障管理事务	1,908	1,795	-5.9
行政运行	649	703	—
综合业务管理	8	6	—
劳动保障监察	27	30	—
就业管理事务	5	—	—
社会保险业务管理事务	111	—	—
信息化建设	65	—	—
社会保险经办机构	209	305	—
劳动关系和维权	55	64	—
劳动人事争议调节仲裁	16	16	—
其他人力资源和社会保障管理事务支出	763	671	—
民政管理事务	826	1,229	48.8
行政运行	183	176	—
拥军优属	40	46	—
老龄事务	180	216	—
基层政权和社区建设	190	471	—
其他民政管理事务支出	233	320	—
财政对社会保险基金的补助	11,634	16,320	40.3
财政对城乡居民基本养老保险基金的补助	6,965	6,890	—
财政对其他社会保险基金的补助	4,669	9,430	—
行政事业单位离退休	15,137	16,850	11.3
归口管理的行政单位离退休	132	115	—
未归口管理的行政单位离退休	2,079	—	—
机关事业单位基本养老保险缴费支出	—	9,453	—
机关事业单位职业年金缴费支出	—	3,746	—
其他行政事业单位离退休支出	12,926	3,536	—
就业补助	498	597	19.9
就业创业服务补贴	101	116	—
职业培训补贴	41	30	—

续表6

支出功能科目	2016年执行数	2017年预算数	比上年执行数增长%
社会保险补贴	295	331	—
公益性岗位补贴	25	72	—
职业技能鉴定补贴	2	1	—
就业见习补贴	31	39	—
求职创业补贴	3	3	—
其他就业补助支出	—	5	—
抚恤	2,338	2,985	27.7
死亡抚恤	148	97	—
伤残抚恤	407	386	—
在乡复员、退伍军人生活补助	479	493	—
优抚事业单位支出	1	5	—
义务兵优待	787	866	—
农村籍退役士兵老年生活补助	215	296	—
其他优抚支出	301	842	—
退役安置	791	821	3.8
退伍士兵安置	379	503	—
军队移交政府的离退休人员安置	304	208	—
军队移交政府离退休干部管理机构	81	67	—
退役士兵管理教育	27	43	—
社会福利	1,422	1,978	39.1
儿童福利	415	616	—
老年福利	820	1,270	—
殡葬	187	92	—
残疾人事业	2,404	3,160	31.4
行政运行	117	108	—
残疾人康复	80	49	—
残疾人就业和扶贫	417	38	—
残疾人体育	—	10	—
其他残疾人事业支出	1,790	2,955	—
自然灾害生活救助	536	210	-60.8
中央自然灾害生活补助	402	75	—
地方自然灾害生活补助	102	—	—
其他自然灾害生活救助支出	32	135	—
红十字事业	79	93	17.7
行政运行	49	58	—
其他红十字事业支出	30	35	—
最低生活保障	2,694	4,863	80.5

续表6

支出功能科目	2016年执行数	2017年预算数	比上年执行数增长%
城市最低生活保障金支出	417	751	—
农村最低生活保障金支出	2,277	4,112	—
临时救助	431	377	-12.5
临时救助支出	430	372	—
流浪乞讨人员救助支出	1	5	—
特困人员供养	360	450	25.0
农村五保供养支出	360	450	—
其他生活救助	207	213	2.9
其他农村生活救助	207	213	—
其他社会保障和就业支出(款)	5,179	6,929	33.8
其他社会保障和就业支出(项)	5,179	6,929	—
医疗卫生与计划生育支出	46,212	48,655	5.3
医疗卫生与计划生育管理事务	619	571	-7.8
行政运行	470	456	—
其他医疗卫生与计划生育管理事务支出	149	115	—
公立医院	1,207	1,272	5.4
综合医院	1,207	1,272	—
基层医疗卫生机构	5,358	4,711	-12.1
城市社区卫生机构	1,622	1,657	—
乡镇卫生院	3,475	3,054	—
其他基层医疗卫生机构支出	261	—	—
公共卫生	2,506	2,829	12.9
卫生监督机构	30	13	—
基本公共卫生服务	1,633	1,734	—
重大公共卫生专项	343	338	—
突发公共卫生事件应急处理	32	—	—
其他公共卫生支出	468	744	—
医疗保障	31,989	36,782	15.0
行政单位医疗	3,594	3,775	—
事业单位医疗	5,710	6,211	—
优抚对象医疗补助	164	322	—
新型农村合作医疗	20,282	23,880	—
城乡医疗救助	2,199	2,594	—
其他医疗保障支出	40	—	—
中医药	3	0	-100.0
其他中医药支出	3	—	—
计划生育事务	3,085	1,007	-67.4

续表6

支出功能科目	2016年执行数	2017年预算数	比上年执行数增长%
计划生育机构	11	383	—
计划生育服务	569	—	—
其他计划生育事务支出	2,505	624	—
食品和药品监督管理事务	1,261	274	-78.3
行政运行	964	—	—
食品安全事务	183	160	—
事业运行	56	55	—
其他食品和药品监督管理事务支出	58	59	—
其他医疗卫生与计划生育支出	184	1,209	557.1
其他医疗卫生与计划生育支出	184	1,209	557.1
节能环保支出	5,082	5,139	1．1
环境监测与监察	20	20	0.0
其他环境监测与监察支出	20	20	0.0
污染防治	403	59	-85.4
水体	403	—	—
其他污染防治支出	—	59	—
自然生态保护	348	60	-82.8
生态保护	198	60	—
农村环境保护	150	—	—
污染减排	20	11	-45.0
其他污染减排支出	20	11	—
可再生能源(款)	150	0	-100.0
可再生能源(项)	150	—	—
循环经济(款)	100	0	-100.0
循环经济(项)	100	—	—
其他节能环保支出(款)	4,041	4,989	23.5
其他节能环保支出(项)	4,041	4,989	—
城乡社区支出	18,293	14,201	-22.4
城乡社区管理事务	4,894	5,529	13.0
行政运行	2,642	3,023	—
一般行政管理事务	—	12	—
城管执法	937	1,281	—
住宅建设与房地产市场监管	41	36	—
其他城乡社区管理事务支出	1,274	1,177	—
城乡社区规划与管理(款)	820	767	-6.5
城乡社区规划与管理(项)	820	767	—
城乡社区公共设施	2,066	400	-80.6

续表6

支出功能科目	2016年执行数	2017年预算数	比上年执行数增长%
其他城乡社区公共设施支出	2,066	400	—
城乡社区环境卫生(款)	5,770	7,374	27.8
城乡社区环境卫生(项)	5,770	7,374	—
建设市场管理与监督(款)	128	131	2.3
建设市场管理与监督(项)	128	131	—
其他城乡社区支出(款)	4,615	0	-100.0
其他城乡社区支出(项)	4,615	—	—
农林水支出	48,139	30,978	-35.6
农业	12,329	7,089	-42.5
行政运行	940	876	—
事业运行	2,919	2,944	—
科技转化与推广服务	313	65	—
病虫害控制	637	182	—
农产品质量安全	263	170	—
执法监管	5	—	—
统计监测与信息服务	—	2	—
农业行业业务管理	222	18	—
防灾救灾	—	5	—
稳定农民收入补贴	—	192	—
农业生产支持补贴	463	20	—
农业组织化与产业化经营	290	—	—
农产品加工与促销	90	70	—
农村公益事业	90	125	—
农村道路建设	—	40	—
对高校毕业生到基层任职补助	211	158	—
其他农业支出	5,886	2,222	—
林业	8,212	6,761	-17.7
行政运行	667	476	—
林业事业机构	1,213	1,205	—
森林培育	473	65	—
林业技术推广	11	15	—
森林资源管理	—	7	—
森林资源监测	—	250	—
森林生态效益补偿	3,938	3,073	—
动植物保护	30	—	—
林业执法与监督	44	20	—
林业检疫检测	9	—	—

续表6

支出功能科目	2016年执行数	2017年预算数	比上年执行数增长%
林业防灾减灾	317	335	—
其他林业支出	1,510	1,315	—
水利	10,225	4,705	-54.0
行政运行	579	491	—
水利工程建设	3,478	365	—
水利工程运行与维护	25	—	—
水利前期工作	50	—	—
水文测报	103	128	—
防汛	601	—	—
农田水利	270	277	—
水利技术推广	580	547	—
水资源费安排的支出	206	380	—
水利建设移民支出	643	31	—
其他水利支出	3,690	2,486	—
扶贫	1,579	1,559	-1.3
农村基础设施建设	401	579	—
社会发展	466	440	—
扶贫贷款奖补和贴息	13	—	—
其他扶贫支出	699	540	—
农业综合开发	5,962	139	-97.7
机构运行	79	69	—
土地治理	—	10	—
产业化经营	—	60	—
其他农业综合开发支出	5,883	—	-100.0
农村综合改革	8,232	5,420	-34.2
对村级一事一议补助	4,400	2,450	—
国有农场办社会职能改革补助	2,712	—	—
对村民委员会和村党支部的补助	1,120	2,970	—
普惠金融发展支出	174	0	-100.0
涉农贷款增量奖励	85	—	—
农业保险保费补贴	89	—	—
其他农林水事务支出(款)	1,426	5,305	272.0
其他农林水事务支出(项)	1,426	5,305	—
交通运输支出	3,665	1,244	-66.1
公路水路运输	3,134	1,014	-67.6
行政运行	244	251	—
其他公路水路运输支出	2,890	763	—

续表6

支出功能科目	2016年执行数	2017年预算数	比上年执行数增长%
铁路运输	152	230	51.3
其他铁路运输支出	152	230	—
车辆购置税支出	379	0	-100.0
车辆购置税用于公路等基础设施建设支出	—	—	—
车辆购置税用于农村公路建设支出	—	—	—
车辆购置税用于老旧汽车报废更新补贴	—	—	—
车辆购置税其他支出	379	—	—
资源勘探信息等支出	3,389	18,525	446．6
制造业	300	0	-100.0
化学原料及化学制品制造业	300	—	—
安全生产监管	784	791	0.9
行政运行	330	339	—
安全监管监察专项	260	251	—
其他安全生产监管支出	194	201	—
支持中小企业发展和管理支出	2,285	17,634	671．7
中小企业发展专项	306	—	—
其他支持中小企业发展和管理支出	1,979	17,634	—
其他资源勘探信息等支出(款)	20	100	400.0
其他资源勘探信息等支出(项)	20	100	—
商业服务业等支出	1,010	1,961	94.2
商业流通事务	331	315	-4.8
行政运行	207	210	—
其他商业流通事务支出	124	105	—
旅游业管理与服务支出	662	1,646	148.6
行政运行	152	188	—
旅游行业业务管理	—	50	—
其他旅游业管理与服务支出	510	1,408	—
涉外发展服务支出	17	0	-100.0
其他涉外发展服务支出	17	—	—
国土海洋气象等支出	146	177	21.2
国土资源事务	146	177	21.2
国土整治	29	—	—
事业运行	117	177	—
住房保障支出	10,787	9,105	-15.6
保障性安居工程支出	319	0	-100.0
农村危房改造	319	—	—
住房改革支出	10,468	9,028	-13.8

续表6

支出功能科目	2016年执行数	2017年预算数	比上年执行数增长%
住房公积金	9,474	7,928	-16.3
购房补贴	994	1,100	—
城乡社区住宅	—	77	—
其他城乡社区住宅	—	77	—
粮油物资储备支出	559	500	-10.6
粮油储备	559	500	-10.6
储备粮油差价补贴	550	500	—
储备粮(油)库建设	9	—	—
预备费	—	3,500	—
其他支出(类)	786	7,116	805.3
其他支出(款)	786	7,116	805.3
其他支出(项)	786	7,116	—
债务付息支出	1,752	8,312	374.4
地方政府一般债务付息支出	1,752	8,312	374.4
地方政府一般债券付息支出	1,752	4,312	—
地方政府其他一般债务付息支出	—	4,000	—
债务发行费用支出	105	0	-100.0
地方政府一般债务发行费用支出	105	—	—

说明：1. 教育支出增长-22.0%，下降的原因是2016年执行数中含10000万的省转移支付资金，用于我区基础教育条件的改善，而2017年省里还未下达，支出预算中未包括此项支出

2.科学技术支出预算同比增长11.3%，主要是企业技改扶持支出预算增加了1000万元

3.文化体育与传媒支出同比增长-19.4%，主要原因是2016年执行数中包含省转移支付资金有1800多万元，但2016年列入支出预算数同比下降，年度执行过程中会相应有所增加，实现正增长

4.社会保障和就业支出增长26.8%，主要是财政对基本养老保险基金的缺口补助增加4760万元、2016年工资调整影响行政事业单位养老金缴费和职业年缴费增加近700万元、最低生活保障经费增加2169万

5.医疗卫生和计划生育支出增长5.3%，主要是财政对城乡居民基本医疗保险基金补助提标，增加支出预算3600万元

6.城乡社区支出增长-22.4%，主要是2016年支出数包括省转移支付的山海协作产业发展资金、城市垃圾处理、发展与改革专项等资金5655万元，而2017年支出预算中未包括

7.农林水支出增长-35.6%，主要原因是2016年支出执行数包括了省专项转移支付资金2.4亿，而今年列入支出预算的提前下达省转移支付资金为6500万元，与执行数比降幅较大，年度执行过程中会相应有较大幅度的增加，实现正增长

8.其他支出7116万元，主要包括了人员工资增支预留、乡镇财政分成、企业政策兑现预留等，在年度执行过程中发生支出时均相应列支到对应的功能科目

9.预备费3500万元，占预算支出的1.1%，符合《预算法》按预算支出的1%～3%比例安排预备费的规定

莲都区2016年政府性基金预算收入执行情况表

表7 单位:万元

项 目	2015年执行数	2016年调整预算数	2016年 执行数	完成预算的	比上年增长+、-
新型墙体材料专项基金收入	37	34	27	79.4%	-27.0%
散装水泥专项资金收入	42	36	8	22.2%	-81.0%
其他政府性基金	3951	33970	15037	44.3%	280.6%
调入资金	—	25000	21500	—	—
合 计	4030	59040	36572	61.9%	807.5%

说明:2016年,政府性基金预算年初收入预期34040万元,年度执行过程,经区人大常委会批准,政府性基金预算作了调整,调增调入资金收入25000万元,调增支出25000万元。在年度执行过程中,耕地占补平衡指标调剂收入只实现收入1亿元,短收2亿元,未达到收入预期。按照省市财政的统一口径,原政府性基金预算收入中的水资源费收入转为一般公共预算收入,同时支出也列作一般公共预算支出。在实际执行过程中,结合调增的支出项目支出需求,实际调入资金21500万元,全年实现政府性基金收入36572万元

莲都区2016年政府性基金预算支出执行情况表

表8 单位:万元

项 目	2015年执行数	2016年调整预算数	2016年执行数	完成预算的	比上年增长+、-
一、社会保障和就业支出	962	—	539	—	-44.0%
大中型水库移民后期扶持基金支出	581	—	505	—	-13.1%
小型水库移民扶助基金及对应专项债务收入安排的支出	381	—	34	—	-91.1%
二、城乡社区支出	511	—	526	—	2.9%
农业土地开发资金及对应专项债务收入安排的支出	—	—	53	—	—
新增建设用地土地有偿使用费及对应专项债务收入安排的支出	511	—	473	—	-7.4%
三、农林水支出	217	—	45	—	-79.3%
大中型水库库区基金及对应专项债务收入安排的支出	217	—	45	—	-79.3%
四、资源勘探电力信息等支出	12	14	29	207.1%	141.7%
新型墙体材料专项基金支出		9	24	266.7%	
散装水泥专项资金支出	12	5	5	100.0%	-58.3%
五、商业服务业等支出	0	—	6	—	—
旅游发展基金支出	—	—	6	—	—
六、其他支出	5906	29278	32451	110.8%	449.5%

续表8

项　目	2015年执行数	2016年调整预算数	2016年执行数	完成预算的	比上年增长+、-
其他政府性基金及对应专项债务收入安排的支出	5011	29278	31232	106.7%	523.3%
彩票公益金及对应专项债务收入安排的支出	895	—	1219	—	36.2%
七、债务付息支出	0	4000	382	9.6%	—
国有土地使用权出让金债务付息支出		4000	382	9.6%	—
八、债务发行费用支出	0	—	27	—	—
国有土地使用权出让金债务发行费用支出	—	—	27	—	—
合　计	7608	33292	34005	102.1%	347.0%

说明:2016年执行数含省专项和上年结转支出数,增幅为同口径增幅。因地方政府证券付息数和时间以省财政核定数为准,付息期限与原预计的也有出入,故预算数与执行数差距较大

莲都区2017年政府性基金收入预算表(草案)

表9　　单位:万元

项　目	2016年预算调整后执行数	2017年预算数	比上年增长+、-
一、新型墙体材料专项基金收入	27	43	59.3%
二、散装水泥专项资金收入	8	—	-100.0%
三、其他政府性基金收入	15037	52133	246.7%
其中:耕地占补平衡指标调剂收入	10000	48000	380.0%
四、调入资金	21500	20000	-7.0%
合　计	36572	72176	97.4%

说明:其他政府性基金收入中耕地占补平衡指标调剂收入预计4.8亿元,其中2.5亿元调出到一般公共预算,调入资金2亿元为市财政补助收入,作调入政府性基金预算收入

莲都区2017年政府性基金预算支出预算表(草案)

表10　　单位:万元

项　目	2016年预算调整后执行数	2017年预算数	比上年增长+、-
一、社会保障和就业支出	539	501	-7.1%
其中:大中型水库移民后期扶持基金支出	505	306	-39.4%
小型水库移民扶助基金及对应专项债务收入安排的支出	34	—	—

续表10

项 目	2016年预算调整后执行数	2017年预算数	比上年增长+、-
二、城乡社区支出	526	356	-32.3%
其中:农业土地开发资金及对应专项债务收入安排的支出	53	—	—
新增建设用地土地有偿使用费及对应专项债务收入安排的支出	473	—	—
三、农林水支出	45	61	35.6%
其中:大中型水库库区基金及对应专项债务收入安排的支出	45	—	—
四、资源勘探电力信息等支出	29	11	-62.1%
其中:新型墙体材料专项基金支出	24	11	-54.2%
散装水泥专项资金支出	5	—	—
五、商业服务业等支出	6	—	—
其中:旅游发展基金支出	6	—	—
六、其他支出	32451	45548	40.4%
其中:其他政府性基金及对应专项债务收入安排的支出	31232	43985	40.8%
彩票公益金及对应专项债务收入安排的支出	1219	—	—
七、债务付息支出	382	1320	245.5%
其中:国有土地使用权出让金债务付息支出	382	1320	245.5%
八、债务发行费用支出	27	—	—
其中:国有土地使用权出让金债务发行费用支出	27	—	—
合 计	34005	50797	49.4%

说明:政府性基金预算支出中含省提前下达转移支付补助支出2480万元,债务付息包括地方政府债券利息1320万元

莲都区2016年国有资本经营预算收入执行情况表

表11 单位:万元

项 目	2015年执行数	2016年预算数	2016年执行数	完成预算的	增长+、-
一、利润收入	28	35	35	100.0%	25.0%
其中:电力企业利润收入	21	19	19	100.0%	-9.5%
贸易企业利润收入	7	16	16	100.0%	128.6%
二、其他国有资本经营预算收入	—	—	—	—	—
合 计	28	35	35	100.0%	25.0%

莲都区2016年国有资本经营预算支出执行情况表

表12　　　　单位:万元

科目名称	2015年执行数	2016年预算数	2016年执行数	完成预算的	比上年执行数+、-
一、资源勘探电力信息等支出	14	15	15	100.0%	7.1%
其中:产业升级与发展支出	14	15	15	100.0%	7.1%
二、商业服务业等支出	6	13	13	100.0%	116.7%
其中:产业升级与发展支出	6	13	13	100.0%	116.7%
三、其他支出	—	—	—	—	—
合　计	20	28	28	100.0%	40.0%

莲都区2017年国有资本经营预算收入表(草案)

表13　　　　单位:万元

项　目	2016年预执行数	2017年预算数	增长+、-
一、利润收入	35	84	140.0%
其中:电力企业利润收入	19	23	21.1%
贸易企业利润收入	16	27	68.8%
二、股利、股息收入	—		—
合　计	35	84	140.0%

说明:2017年预计7家国有企业有利润上缴,暂按净利润的20%上交入库,作国有资本经营预算收入纳入预算,其中预算收入的20%作转移性支出调入一般公共预算收入

莲都区2017年国有资本经营预算支出表(草案)

表14　　　　单位:万元

科目名称	2016年执行数	2017年预算数	增长+、-
一、教育支出	—	—	—
二、科学技术支出	—	—	—
三、文化体育与传媒支出	—	8	—
四、节能环保支出	—	—	—
五、城乡社区支出	—	13	—
六、农林水支出	—	—	—
七、交通运输支出	—	—	—
八、资源勘探电力信息等支出	15	24	60.0%
其中:产业升级与发展支出	15	24	60.0%
九、商业服务业等支出	13	22	69.2%
其中:产业升级与发展支出	13	22	69.2%
合　计	28	67	139.3%

说明:2017年预计7家国有企业有利润上缴,暂按净利润的20%上交入库,作国有资本经营预算收入纳入预算,其中预算收入的20%作转移性支出调入一般公共预算收入

莲都区2016年社会保险基金预算收入执行情况表

表15　　　　单位:万元

项　目	2015年执行数	2016年预算数	2016年执行数	完成预算的	比上年执行数增长+、-
一、城乡居民社会养老保险基金收入	7794	7923	7656	96.6%	-1.8%
其中:个人缴费收入	733	746	527	70.6%	-28.2%
财政补贴收入	6789	6965	6965	100.0%	2.6%
利息收入	271	211	164	77.8%	-39.4%
二、城乡居民医疗保险基金收入	21623	25124	27032	107.6%	25.0%
其中:个人缴费收入	4867	4549	6419	141.1%	31.9%
财政补贴收入	16549	20282	20283	100.0%	22.6%
利息收入	207	293	330	112.8%	59.9%
三、机关事业养老保险基金收入	0	0	30036	—	—
其中:个人缴费收入	0	0	20637	—	—
财政补贴收入	0	0	9369	—	—
利息收入	0	0	30	—	—
收入合计	29417	33047	64724	195.9%	120.0%

说明:机关事业养老保险基金根据政策从2014年10月开始实行,在2016年1月开始征收并进行清算,故2015年无机关事业养老保险基金收支预算和执行情况,2016年年初无预算情况,年终有执行数。从2017年开始根据当年收支情况列入预算

莲都区2016年社会保险基金预算支出执行情况表

表16　　　　单位:万元

项　目	2015年执行数	2016年预算数	2016年执行数	完成预算的	比上年执行数(+、-)%
一、城乡居民社会养老保险基金支出	7699	7226	7239	100.2%	-6.0%
其中:城乡居民社会养老保险待遇支出	6480	6302	6255	99.3%	-3.5%
二、城乡居民医疗保险基金支出	23200	26111	27195	104.2%	17.2%
其中:城乡居民医疗保险待遇支出	22564	24884	26319	105.8%	16.6%
三、机关事业养老保险基金支出	0	0	30920	—	—
其中:机关事业养老保险待遇支出	0	0	30920	—	—
支出合计	30899	33337	65354	196．0%	111．5%

说明:机关事业养老保险基金根据政策从2014年10月开始实行,在2016年1月开始征收并进行清算,故2015年无机关事业养老保险基金收支预算和执行情况,2016年年初无预算情况,年终有执行数。从2017年开始根据当年收支情况列入预算

莲都区2017年社会保险基金收入预算表（草案）

表17　　单位：万元

项　目	2016年预算数	2016年执行数	2017年预算数	比上年执行数+、-
一、城乡居民社会养老保险基金收入	7923	7656	7827	2.2%
其中：个人缴费收入	746	527	710	34.7%
财政补贴收入	6965	6965	6890	-1.1%
利息收入	211	164	227	38.5%
二、城乡居民医疗保险基金收入	25124	27032	32020	18.5%
其中：个人缴费收入	4549	6419	7671	19.5%
财政补贴收入	20282	20283	23880	17.7%
利息收入	293	330	469	41.9%
三、机关事业养老保险基金收入	—	30036	24838	-17.3%
其中：个人缴费收入	—	20637	15377	-25.5%
财政补贴收入	—	9369	9430	0.7%
利息收入	—	30	31	2.7%
收入合计	33047	64724	64685	-0.1%

说明：机关事业养老保险基金根据政策从2014年10月开始实行，在2016年1月开始征收并进行清算，故2015年无机关事业养老保险基金收支预算和执行情况，2016年年初无预算情况，年终有执行数。从2017年开始根据当年收支情况列入预算。2017年预算收入负增长的原因是2016年收入执行数为2014年10月至2016年12月数据，而2017年为当年数，收入执行与预算时间有所区别

莲都区2017年社会保险基金支出预算表（草案）

表18　　单位：万元

项　目	2016年预算数	2016年执行数	2017年预算数	比上年执行数+、-
一、城乡居民社会养老保险基金支出	7226	7239	7251	0.2%
其中：城乡居民社会养老保险待遇支出	6302	6255	6235	-0.3%
二、城乡居民医疗保险基金支出	26111	27195	31137	14.5%
其中：城乡居民医疗保险待遇支出	24884	26319	30058	14.2%
三、机关事业养老保险基金支出	—	30920	24394	-21.1%
其中：机关事业养老保险待遇支出	—	30920	24394	-21.1%
支出合计	33337	65354	62782	-3.9%

说明：机关事业养老保险基金根据政策从2014年10月开始实行，在2016年1月开始征收并进行清算，故2015年无机关事业养老保险基金收支预算和执行情况，2016年年初无预算情况，年终有执行数。从2017年开始根据当年收支情况列入预算

财政预算报告名词解释

预算：指遵循统筹兼顾、勤俭节约、量力而行、讲求绩效和收支平衡的原则编制，经法定程序审核批准的国家年度集中性财政收支计划。政府的全部收入和支出都应当纳入预算，地方各级预算一般不列赤字。

预算绩效管理：指在预算管理中融入绩效理念，将绩效目标设定、绩效跟踪、绩效评价及结果应用纳入预算编制、执行、监督全过程，以提高预算的经济、社会效益为目的的管理活动。预算绩效管理是一种以资金使用绩效为导向的预算管理模式，要求政府部门不断改进服务水平和质量，有效提高财政资金使用效益，并成为实施行政问责制和加强政府效能建设的重要抓手，是政府绩效管理的重要组成部分。

预算稳定调节基金：指财政通过超收收入和支出预算结余安排的具有储备性质的基金，视预算平衡情况，在安排下年度预算时调入并安排使用，或用于弥补短收年份预算执行的收支缺口。预算稳定调节基金的安排使用接受本级人大及其常委会监督。

预备费：在编制预算中按照一般公共预算支出额的1%-3%设置预备费，用于当年预算执行中的自然灾害等突发事件处理增加的支出及其他难以预见的开支。预备费的动用方案由本级政府财政部门提出，报本级政府决定。莲都区2017年预备费3500万元，占预算支出的1.1%。

政府预算体系：由一般公共预算、政府性基金预算、国有资本经营预算和社会保险基金预算共同组成。四本预算保持完整、独立并相衔接，全面反映政府收支总量、结构和管理活动。

一般公共预算：对以税收为主体的财政收入，安排用于保障和改善民生、推动经济社会发展、维护国家安全、维持国家机构正常运转等方面的收支预算。修订后的《预算法》将传统的一般预算、公共财政预算等概念统一为一般公共预算。

政府性基金预算：对依照法律、行政法规的规定在一定期限内向特定对象征收、收取或者以其他方式筹集的资金，专项用于特定公共事业发展的收支预算。政府性基金预算应当根据基金项目收入情况和实际支出需要，按基金项目编制，做到以收定支。

国有资本经营预算：对国有资本收益作为支出安排的收支预算。国有资本经营预算应当按照收支平衡的原则编制，不列赤字，并安排资金调入一般公共预算。

社会保险基金预算：对社会保险缴款、一般公共预算安排和其他方式筹集的资金，专项用于社会保险的收支预算。社会保险基金预算应当按照统筹层次和社会保险项目分别编制，做到收支平衡。

财政管理体制：指各级政府之间划分财政收支范围、财政管理职责与权限的财政管理根本制度。广义的财政体制是规定各级政府之间，以及国家同企事业单位之间在财政资金分配和管理职权方面的制度；狭义的财政体制就是国家预算管理体制，是在中央与地方政府之间、地方各级政府之间划分预算收支范围、财政资金支配权和财政管理权限的制度。

分税制：指将国家的全部税种在中央和地方政府之间进行划分，借以确定中央财政和地方财政收入范围的一种财政管理体制。分税制的实质是根据中央政府和地方政府的事权确定其相应的财力，通过税种的划分形成中央与地方的收入体系。

财政转移支付：指以各级政府之间所存在的财政能力差异为基础，以推进地区间基本公共服务的均等化为目标，以规范、公平、公开为要求，而实行的一种财政资金转移或财政平衡制度。

一般性转移支付：指上级政府为均衡地区间基本财力，根据下级政府在组织财政收入能力、必要支出需求、各地自然经济和社会条件差异等因素，按照基本标准和计算方法测算，将其无偿转作下级政府收入来源，并由下级政府统筹安排使用的转移支付。

专项转移支付：指上级政府对承担委托事务、共同事务的下级政府，给予的用于办理特定事项的转移支付。

上解支出：指下级政府按照有关法律法规及财政体制规定，按照一定标准和计算方法测算，上交上级政府，并由上级政府统筹安排的资金。

部门预算：指与财政部门直接发生预算缴、拨款关系的国家机关、社会团体和其他单位，依据国家有关法律、法规规定及其履行职能的需要编制的本部门年度收支计划。

国库集中收付：指所有财政性资金纳入国库单一账户体系管理，收入直接缴入国库或财政专户，支出在支付行为发生时通过国库单一账户体系以直接支付和授权支付方式支付到收款人或用款单位的现代国库管理制度。国库集中收付的实施有利于规范财政收支行为，加强财政收支管理监督，提高财政资金的使用效率，从制度上防范腐败现象的发生。

政府采购：指各级国家机关、事业单位和团体组织，使用财政性资金采购依法制定的集中采购目录以内的或者采购限额标准以上的货物、工程和服务的行为。政府采购是规范财政支出管理和强化预算约束的有效措施。

财政投资评审：指财政部门为加强财政资金管理，提高财政预算编制的科学性、准确性，运用技术手段对财政性资金投资项目预算进行评价审查和专项检查的行为。

财政支出绩效评价：指财政部门和预算部门（单位）根据设定的绩效目标，运用科学、合理的绩效评价指标、评价标准和评价方法，对财政支出的经济性、效率性和效益性进行客观、公正的评价。其中，绩效目标的设立是开展绩效评价的前提和基础，绩效评价指标是绩效评价的工具和手段，财政支出的经济性、效率性和效益性是绩效评价的主要内容。

财政监督：指财政部门在财政分配过程中，对国家机关、企事业单位、社会团体和其他组织或个人涉及财政收支、财务收支、国有权益以及其他有关财政管理事项进行监督，对其合法性进行监控、检查、稽核、督促和反映。

“三公”经费：指因公出国（境）费、公务用车购置及运行费和公务接待费。其中，因公出国（境）费反映单位公务出国（境）的国际旅费、国外城市间交通费、住宿费、伙食费、培训费、公杂费等支出；公务用车购置及运行费反映单位公务用车购置费及租用费、燃料费、维修费、过路过桥费、保险费、安全奖励费用等支出；公务接待费反映单位按规定开支的各类公务接待（含外宾接待）支出。

政府购买服务：指通过发挥市场机制作用，把政府直接向社会公众提供的公共服务等事项，按照一定的方式和程序，交由具备条件的社会力量承担，并由政府根据服务数量和质量向其支付费用。

大事记

1月

1月4日上午，全省扩大有效投资重大项目集中开工仪式举行，市委常委、区委书记葛学斌，区长杨秀清，区委副书记周海忠，区委常委、常务副区长胡献如参加。

1月4日下午，丽龙高速公路南山互通至丽新公路建设工程(南山至高溪段)开工仪式举行，市委常委、区委书记葛学斌，区长杨秀清，区委常委、常务副区长胡献如，副区长叶建光参加。

1月5日上午，莲都区民宿特色村建设推进会举行，市委常委、区委书记葛学斌，副区长郭巧燕参加。

1月5日上午，市委书记王永康调研高铁站区域综合管理工作，副区长王世强陪同。

1月6日下午，区委书记专题会议召开。

1月6日下午，全国安全生产电视电话会议召开，副区长俞丽威参加。

1月7日上午，全市乡村学校少年宫建设全覆盖工作推进会在龙泉召开，区委常委、宣传部长雷勇军参加。

1月7日下午，区委书记专题会议召开。

1月7日下午，莲都区落实党风廉政建设主体责任汇报会召开，区长杨秀清，区委副书记陈元龙，区委常委、组织部长张继芳，区委常委、纪委书记宋珍花，区委常委、宣传部长雷勇军参加。

1月7日下午，全国计划生育工作电视电话会议召开，副区长徐旭卿参加。

1月8日，市委三届十次全会暨全市经济工作会议召开，市委常委、区委书记葛学斌，区长杨秀清参加。

1月9—10日，《乡愁学堂》专题学习培训会举行，区领导参加。

1月11日上午，区委书记专题会议召开。

1月11日下午，市委书记王永康调研丽阳坑水系治理，市委常委、区委书记葛学斌陪同。

1月12日，区委区政府务虚会召开，区领导参加。

1月14日上午，全省审计工作电视电话会议召开，区长杨秀清参加。

1月15日上午，全区领导干部会议召开，区领导参加。

1月15日下午，省纪委十三届五次全会召开，区领导参加。

1月18日上午，里东地质灾害过渡房入住仪式举行，市委常委、区委书记葛学斌，区长杨秀清，区委副书记陈元龙，副区长张妍、叶建光参加。

1月18日上午，全省计划生育工作视频会议召开，区委常委、宣传部长雷勇军，副区长徐旭卿参加。

1月18日下午，全省科技创新和知识产权工作视频会议召开，副区长徐旭卿参加。

1月19日上午，乡镇(街道)党(工)委书记抓基层党建述职评议会议召开，市委常委、区委书记葛学斌，区长杨秀清，区委副书记陈元龙，区委常委、组织部长张继芳，区委常委、纪委书记宋珍花，区委常委、副区长赵加慧参加。

1月19日，全省宣传思想工作会议在杭州召开，区委常委、宣传部长雷勇军参加。

1月20日下午，莲都区2015

最美六星文明户暨“身边好人”表彰活动举行，市委常委、区委书记葛学斌，区长杨秀清，区委副书记陈元龙，区委常委、宣传部长雷勇军，副区长徐旭卿、张妍参加。

1月21日晚，市抗雨雪冰冻灾害电视电话会议召开，区长杨秀清参加。

1月21—22日，“乘高铁·品莲都·过大年”莲都生态旅游（上海）推介活动在上海举行，市委常委、区委书记葛学斌，区委副书记周海忠，区委常委、常务副区长胡献如，区委常委、纪委书记宋珍花，区委常委、宣传部长雷勇军，副区长王世强、郭巧燕、张妍、叶建光参加。

1月27日上午，“梦里水乡·欢乐谷”项目开工仪式举行，区委副书记周海忠，副区长郭巧燕参加。

1月28日上午，全市科技创新工作会议召开，副区长李玮参加。

1月29日下午，区委常委会议召开。

1月31日，区委常委专题民主生活会召开。

2月

2月1日，区委十三届九次暨区政府十五届八次全体会议召开，区领导参加。

2月2日下午，副省长黄旭明走访慰问市消防队、二炮部队、特困群众，市委常委、区委书记葛学斌陪同。

2月2日下午，全市户籍制度改革会议召开，区委常委、常委副区长胡献如参加。

2月3日，区政府民主生活会召开，市委常委、区委书记葛学斌及区政府领导参加。

2月3日晚，区公安民警、民兵“创文明、保平安、促和谐”治安大巡查活动举行，区委副书记陈元龙，区委常委、公安局长叶建利参加。

2月4日上午，召开区委常委扩大会议、区委常委会议。

2月4日上午，全省安全生产工作电视电话会议召开，区长杨秀清，副区长俞丽威参加。

2月4日下午，市团拜会举行，市委常委、区委书记葛学斌参加。

2月5日下午，区委区政府春节团拜会举行，区领导参加。

2月8日，市委书记史济锡慰问春节值班人员，市委常委、区委书记葛学斌陪同。

2月14日上午，举行植树活动，区领导参加。

2月14日下午，省政协副主席陈加元到莲都调研，市委常委、区委书记葛学斌陪同。

2月14日下午，市长朱晨来莲征求“十三五”规划及政府工作报告意见建议，区长杨秀清，副区长郭巧燕陪同。

2月15日上午，召开全区干部大会，区领导参加。

2月16日上午，省委第三巡视组巡视莲都区情况反馈会召开，区领导参加。

2月16日下午，全市信访、人口计生与资源环境工作座谈会暨第十次循环经济领导小组会议召开，市委常委、区委书记葛学斌，区长杨秀清参加。

2月17日上午，市委政法工作会议暨平安建设“夺金鼎”誓师大会召开，市委常委、区委书记葛学斌，区委副书记陈元龙参加。

2月17日晚，区侨联“侨缘侨心暖侨”新春联谊会举行，区委常委、统战部长朱超模参加。

2月17—20日，莲都区“浙商（莲商）之春”走访慰问活动举行，区领导参加。

2月18日下午，市长朱晨调研莲都区治水工作，市委常委、区委书记葛学斌，区长杨秀清，副区长俞丽威参加。

2月19日上午，区委统战工作暨全区民族工作会议召开，区领导参加。

2月22日上午，全国侨联副主席朱奕龙调研沙溪村、利山村民宿经济，市委常委、区委书记葛学斌陪同。

2月25日上午，召开区委书记专题会议。

2月25日下午，召开区委常委会议。

2月26日上午，省委书记夏宝龙到莲都调研，区长杨秀清陪同。

2月26日下午，依法处置非正常访工作视频会议召开，区委副书记陈元龙参加。

2月29日上午，区委常委

(扩大)会议召开。

2月29日下午,全省五水共治视频会议召开,区领导参加。

3月

3月1上午,全市党建工作会议召开,市委常委、区委书记葛学斌参加。

3月1日上午,召开区政府常务会议。

3月1日上午,2016年全市食品安全工作暨G20峰会食品安全保障工作会议召开,副区长王世强参加。

3月1日下午,莲都区餐饮业产业创新创业联盟成立大会召开,副区长王世强参加。

3月2日上午,区委政法工作会议暨全区信访、反邪教会议召开,区领导参加。

3月3日上午,巡视整改动员会、区纪委全会召开,区领导参加。

3月4日,全市“归零翻篇开新局”主题大讨论动员大会召开,区领导参加。

3月7日上午,召开区委常委会议。

3月7日下午,区“归零翻篇开新局”动员会召开,区领导参加。

3月8日上午,省人大常委会副主任程渭山到莲都调研,市委常委、区委书记葛学斌陪同。

3月8下午,省委常委、常务副省长袁家军到莲都调研,市委常委、区委书记葛学斌,区长杨秀清,区委常委、常务副区长胡献如陪同。

3月8日下午,26县发展实绩考核专题会议召开,区政府领导参加。

3月9日上午,召开碧湖郎奇违法建筑处置工作专题会议,市委常委、区委书记葛学斌,区长杨秀清,区委副书记陈元龙,区委常委、常务副区长胡献如参加

3月10日上午,全市安全生产、国土资源工作会议暨地方志编纂委员会成员扩大会议召开,区长杨秀清参加。

3月10日下午,全市党管武装工作会议召开,市委常委、区委书记葛学斌,区长杨秀清,区委常委、人武部部长潘新雄参加。

3月11—15日,市“两会”召开,市委常委、区委书记葛学斌,区长杨秀清参加。

3月16日上午,全市农业农村工作视频会议召开,市委常委、区委书记葛学斌,区长杨秀清,区委副书记陈元龙,副区长郭巧燕参加。

3月16日下午,全市“五水共治”暨大气污染防治工作推进视频会议召开,市委常委、区委书记葛学斌,副区长俞丽威参加。

3月16日下午,莲都区电子商务产业园开园仪式举行,市委常委、区委书记葛学斌,区委副书记陈元龙,区委常委楼章能,副区长俞丽威、李玮参加。

3月17日下午,莲都区“归零翻篇开新局”主题大讨论领导小组会议暨巡视整改会议召开,区领导参加。

3月18日下午,莲都论坛——“归零翻篇开新局”主题报告会举行,区领导参加。

3月21—25日,区“两会”召开,区领导参加。

3月21日晚,乡镇(街道)党工委书记工作交流会召开,区领导参加。

3月22日下午,市长朱晨检查丽水半程马拉松赛筹备情况,区长杨秀清陪同。

3月29日上午,市委常委“归零翻篇开新局”专题学习会召开,市委常委、区委书记葛学斌参加。

3月29日下午,全市林业工作会议暨美丽林相建设动员会召开,区长杨秀清,副区长郭巧燕参加。

3月30日下午,区组宣工作会议、区委武装工作暨国动委第十三次全体(扩大)会议召开,区领导参加。

3月31日上午,全省平安浙江建设工作会议暨G20峰会安保工作动员大会召开,区领导参加。

3月31下午,第二次村(社区)两委主要干部工作交流会暨全区农村经济工作会议召开,区领导参加。

4月

4月1日上午,召开区政府41次常务会议。

4月2日上午,郎奇违法建筑处置暨白桥养生养老项目推进工作专题会议召开,市委常委、区委书记葛学斌,区长杨秀清,区委常委、常务副区长胡献如参加。

4月5日上午,市委书记史济锡调研莲都区旅游工作,市委常委、区委书记葛学斌,区长杨秀清,副区长郭巧燕陪同。

4月5日下午,市旅游工作专题会议召开,区长杨秀清,副区长郭巧燕参加。

4月6日上午,召开区委常委"归零翻篇开新局"专题学习会议。

4月7日上午,"天网工程"三期项目开工仪式举行,区委常委、常务副区长胡献如参加。

4月7日下午,召开区委常委扩大会议、区委常委会议。

4月8日上午,举行区政府党组"归零翻篇开新局"学习讨论会,区政府领导参加。

4月11日上午,农民增收工作专题会议召开,市委常委、区委书记葛学斌,区委副书记陈元龙,副区长赵加慧,副区长郭巧燕参加。

4月11日下午,全区旅游工作专题会议召开,市委常委、区委书记葛学斌,区委副书记陈元龙,副区长郭巧燕参加。

4月11日下午,副省长黄旭明来莲调研地质灾害度汛工作,区长杨秀清,副区长叶建光陪同。

4月11日下午,全国房地产市场形势分析电视电话会议召开,副区长王世强参加。

4月11日晚,全省县(市、区)委书记工作交流会举行,区领导参加。

4月12日下午,省财政厅厅长钱巨炎调研莲都区教育资源情况,市委常委、区委书记葛学斌,区委常委、常务副区长胡献如,副区长徐旭卿陪同。

4月12日下午,全省大气污染防治执法检查和"五水共治"专项监督视频会议召开,副区长俞丽威参加。

4月12日晚,全省县委书记工作交流会召开,区领导参加。

4月14日上午,全区扩大有效投资暨工业、招商、安全生产、金融工作会议召开,区领导参加。

4月14日下午,省发改委副主任周华富调研莲都区项目建设,区委常委、常务副区长胡献如参加。

4月15日,全省"三改一拆"现场推进会在安吉举行,区长杨秀清参加。

4月15日上午,全区国土资源管理工作会议召开,副区长叶建光参加。

4月15日下午,全区非公有制经济人士学习习近平总书记重要讲话精神座谈会召开,市委常委、区委书记葛学斌,区委常委、组织部长张继芳,副区长赵加慧、俞丽威参加。

4月18日上午,全区消防工作会议暨"护航G20·奋战100天"农村消防安全攻坚专项行动动员会召开,区委常委、常务副区长胡献如参加。

4月19日下午,全省禁毒工作电视电话会议举行,区委常委、常务副区长胡献如参加。

4月20日上午,全市质量强市工作会议召开,俞丽威副区长参加。

4月20日上午,全区"三改一拆"、"无违建"创建、"五水共治"暨大气污染防治工作推进会议召开,区领导参加。

4月21日上午,市长朱晨调研好溪堰水系治理工作,区长杨秀清陪同。

4月21日下午,召开区政府第55次常务会议。

4月22日,全市一季度县(市区)工作汇报会举行,市委常委、区委书记葛学斌参加。

4月27日上午,全国医改工作电视电话会议召开,区长杨秀清参加。

4月27日上午,国家农业公园规划编制专家座谈会举行,副区长郭巧燕参加。

4月28日上午,全区领导干部会议、全区"两学一做"学习教育部署会召开,区领导参加。

4月28日下午,市委副书记尹学群调研古堰画乡小镇建设,市委常委、区委书记葛学斌参加。

4月29日下午,市委全面深化改革领导小组第十次会议召开,市委常委、区委书记葛学斌参加。

5月

5月3日上午,召开区委书记专题会议、区委常委会议。

5月3日下午,召开全区领导干部会议。

5月4日上午,市委常委(扩大)会议、常委会议召开,市委常委、区委书记葛学斌参加。

5月5日上午,全市廉政、依法行政、审计工作会议暨市政府“两学一做”学习教育推进会召开,区长杨秀清参加。

5月6日上午,省旅游局副局长傅玮调研特色小镇建设,区委常委、常务副区长胡献如陪同。

5月6日下午,召开区委常委扩大会议、区委常委会议,莲都区一季度工作汇报会暨“归零翻篇开新局”主题大讨论活动领导小组第二次会议。

5月7日上午,莲都区第三届残疾人运动会开幕式举行,市委常委、区委书记葛学斌参加。

5月9日上午,全国推进简政放权放管结合优化服务改革电视电话会议召开,区长杨秀清、副区长王世强参加。

5月9日下午,全市防汛及地质灾害防治工作视频会议召开,区长杨秀清参加。

5月10日,全省第一次特色小镇“镇长”论坛举行,区委常委、常务副区长胡献如参加。

5月10日下午,省政协主席乔传秀调研古堰画乡小镇,市委常委、区委书记葛学斌陪同。

5月11日下午,浙江日报总编鲍洪俊调研古堰画乡小镇,市委常委、区委书记葛学斌陪同。

5月12日下午,区全面深化改革领导小组会议召开,区领导参加。

5月13日上午,召开区政府56次常务会议。

5月13日下午,区养生农业及农民增收工作座谈会召开,市委常委、区委书记葛学斌,副区长郭巧燕

5月16日上午,全市重大发展短板任务交办会召开,市委常委、区委书记葛学斌参加。

5月20日上午,全市“三改一拆”暨“无违建”创建工作现场会在遂昌县举行,区长杨秀清参加。

5月20日下午,市区重点项目政策处理大会战动员会召开,区领导参加。

5月21日下午,市区重点项目政策处理大会战第一次指挥部会议召开,市委常委、区委书记葛学斌参加。

5月25日上午,全市扩大有效投资政策处理大会战暨“集中开工”现场会、莲都区扩大有效投资政策处理大会战暨“集中开工”现场会举行,区领导参加。

5月26日上午,莲都区重大短板任务交办会、莲都区农村基层作风巡查工作推进会召开,区领导参加。

5月26日下午,市委书记史济锡专题调研市区基础教育工作,市委常委、区委书记葛学斌,副区长徐旭卿参加。

5月26日晚,召开区委书记专题会议。

5月27日上午,全市教育工作座谈会举行,市委常委、区委书记葛学斌,区长杨秀清参加。

5月29日上午,莲都区全域旅游和创建国家AAAAA景区工作会议召开,区领导参加。

5月29日晚,“做文明人、创文明城、迎G20”—莲都区优秀小荷志愿者表彰活动举行,市委常委、区委书记葛学斌,区委常委、常务副区长胡献如参加。

5月31日下午,省军分区司令员冯文平调研区人民武装工作,区长杨秀清,区委常委、人武部部长潘新雄参加。

6月

6月1日下午,市委书记史济锡调研“两学一做”专题教育,区长杨秀清,区委常委、碧湖镇党委书记叶祖平陪同。

6月2日,市委书记史济锡调研市区道路交通建设项目,区长杨秀清,副区长叶建光陪同。

6月3日,省“三改一拆”督查组督查汇报会召开,区长杨秀清参加。

6月5日下午,全省宗教工作会议召开,市委常委、区委书记葛学斌参加。

6月6日上午,市委常委、常务副市长毛子荣调研市区重点项目政策处理大会战活动,区长杨秀清,副区长叶建光陪同。

6月6日下午,召开区政府57次常务会议。

6月7日上午，召开国资运营机构管理改革工作专题会议，区长杨秀清，区委常委、常委副区长胡献如参加。

6月8日下午，省农办主任章文彪调研古堰画乡，区长杨秀清，副区长郭巧燕陪同。

6月9日上午，召开区委书记专题会议。

6月9日下午，召开区委常委(扩大)会、区委常委会。

6月12日下午，丽水市创建全国文明城市工作座谈会举行，区长杨秀清，区委副书记陈元龙，副区长王世强参加。

6月13日，市委三届十一次全体(扩大)会议召开，区长杨秀清参加。

6月14日上午，市委副书记尹学群调研瓯江大溪水系治理，区长杨秀清，区委常委、碧湖镇党委书记叶祖平，副区长俞丽威陪同。

6月14日下午，市委梅振盈先进事迹报告会在莲都区举行，区领导参加。

6月14日下午，召开区委常委(扩大)会。

6月15日上午，市长朱晨调研好溪堰水系治理工作，区长杨秀清，副区长俞丽威陪同。

6月16日下午，全省深化医药卫生体制改革综合试点工作电视电话会议召开，区长杨秀清参加。

6月16日午，全区禁毒工作暨护航G20禁毒安保工作部署会召开，区委副书记陈元龙，区委常委、常务副区长胡献如参加。

6月17日上午，全省农村基层党建工作会议召开，区长杨秀清，区委常委、组织部长张继芳参加。

6月21日下午，省委副书记王辉忠来莲调研农民增收等工作，区长杨秀清，区委常委、碧湖镇党委书记叶祖平，副区长郭巧燕陪同。

6月21日晚，省政协副主席陈艳华调研古堰画乡小镇，区长杨秀清陪同。

6月22日上午，省委副书记王辉忠调研护航G20峰会工作，区长杨秀清陪同。

6月22日上午，市长朱晨调研市区重点项目政策处理大会战工作，区长杨秀清，副区长叶建光陪同。

6月22日晚，全省乡镇(街道)党(工)委书记工作交流会召开，区领导参加。

6月22日晚，省水利厅杨炯副厅长调研古堰画乡，区委常委、常务副区长胡献如陪同。

6月23日，市委书记史济锡调研市区社会民生项目，区长杨秀清，区委常委、常务副区长胡献如陪同。

6月24日上午，丽水市推进全国文明城市创建动员大会召开，区长杨秀清，副区长王世强参加。

6月24日下午，召开、区委常委(扩大)会议。

6月26日晚，莲都区“6·26”国际禁毒日大型宣传活动举行，区委常委、常务副区长胡献如参加。

6月27日下午，召开全区领导干部会议、区编委会。

6月28日上午，“互联网技术创新与浙江发展”专题报告视频会举行，区领导参加。

6月29日下午，市委书记史济锡走访慰问老干部、参加天宁社区参加志愿活动，区长杨秀清陪同。

6月29日下午，市长朱晨参加接官亭社区志愿活动，区长杨秀清，区委常委、常务副区长胡献如陪同。

6月30日上午，庆祝中国共产党成立95周年纪念大会召开，区领导参加。

7月

7月1日上午，市长朱晨调研市区污水处理工作，区长杨秀清，区委常委、碧湖镇党委书记叶祖平，副区长俞丽威陪同。

7月1日下午，全区卫生计生工作会议召开，区领导参加。

7月5日上午，全国健康扶贫工作电视电话会议召开，区领导参加。

7月6日下午，莲都区推进全国文明城市创建动员大会召开，区领导参加。

7月7日上午，区委重温党的历史、走访慰问老党员(岱后村)活动举行，区委领导参加。

7月7日上午，召开区政府58次常务会议。

7月8日上午，市委常委（扩大）会议、常委会召开，市委常委、区委书记葛学斌参加。

7月11日下午，市委书记史济锡调研丽阳坑水系治理，市委常委、区委书记葛学斌，副区长俞丽威陪同。

7月13日上午，党建工作半年度汇报会召开，市委常委、区委书记葛学斌，区委常委、组织部长张继芳参加。

7月14日上午，市长朱晨调研全国文明城市创建工作，市委常委、区委书记葛学斌，区长杨秀清，副区长王世强，副区长蔡通友陪同。

7月14日下午，召开区委书记专题会议、区委常委会。

7月15日上午，法治浙江建设十周年纪念大会暨“七五”普法部署会电视电话会议召开，区领导参加。

7月15日下午，莲都区严肃换届纪律暨村（社区）主要干部工作会议召开，区领导参加。

7月19日上午，市长朱晨督导护航G20峰会维稳安保工作，市委常委、区委书记葛学斌，区委副书记陈元龙陪同。

7月19日下午，副省长黄旭明来莲调研古堰画乡小镇，市委常委、区委书记葛学斌，区长杨秀清，区委常委、常务副区长胡献如，区委常委、碧湖镇党委书记叶祖平陪同。

7月20日上午，市委书记史济锡调研市区重点项目政策处理工作，市委常委、区委书记葛学斌，区长杨秀清，副区长叶建光陪同。

7月20日下午，车俊代省长调研古堰画乡小镇，市委常委、区委书记葛学斌，区长杨秀清陪同。

7月20日晚，省、市防洪抗灾暨安全生产视频会议召开，区委常委、常务副区长胡献如参加。

7月21日上午，碧湖法庭新大楼暨旅游巡回法庭揭牌仪式举行，区委副书记陈元龙，区委常委、碧湖镇党委书记叶祖平参加。

7月21日上午，省旅游集团董事长方敬华来莲调研，市委常委、区委书记葛学斌，副区长郭巧燕陪同。

7月21日晚，全省加强防汛抗洪和安全生产工作电视电话会议召开，区长杨秀清参加。

7月22日上午，全省扩大有效投资重大项目集中开工仪式（丽水分会场）举行，市委常委、区委书记葛学斌，区长杨秀清，区委常委、常务副区长胡献如参加。

7月22日下午，全市旅游大会暨创建国家全域旅游示范区动员会召开，市委常委、区委书记葛学斌，区长杨秀清，区委副书记陈元龙，副区长郭巧燕参加。

7月23日上午，召开区委十三届十次暨区政府十五届九次全体（扩大）会议、区委全会。

7月23日下午，召开区委常委会。

7月26日，全市领导干部金融专题读书会举行，区领导参加。

7月27日下午，9县（市、区）工作汇报会举行，市委常委、区委书记葛学斌参加。

7月28日，市长朱晨走访慰问驻莲部队，区长杨秀清陪同。

7月29日上午，中国生态文明建设全国巡讲首讲暨“7.29”丽水首个生态文明日启动仪式举行，市委常委、区委书记葛学斌参加。

7月29日下午，走访慰问驻莲部队，市委常委、区委书记葛学斌，区长杨秀清参加。

7月31日下午，召开区委书记专题会议、区委常委会。

8月

8月1日上午，召开区委常委（扩大）会议。

8月1日晚，古堰新韵小镇音乐节开幕，区领导参加。

8月2日上午，省政协副主席陈艳华调研古堰画乡，市委常委、区委书记葛学斌，区委副书记周海忠陪同。

8月2日上午，中国侨联副主席朱奕龙考察古堰画乡，区委常委、常务副区长胡献如陪同。

8月4日下午，召开区政府第59次常务会议。

8月5日上午，全省科技创新工作电视电话会议召开，区领导参加。

8月8日下午，市长朱晨调

研好溪堰水系治理工作，区长杨秀清，副区长俞丽威陪同。

8月11日上午，市委常委（扩大）会议、市委常委会议召开，市委常委、区委书记葛学斌参加。

8月12日上午，召开区委全体(扩大)会议。

8月12日下午，市委副书记尹学群调研府前社区文明城市创建工作，区长杨秀清，区委副书记陈元龙，副区长王世强陪同。

8月13日下午，市长朱晨调研南明湖水质提升工作，区长杨秀清，副区长俞丽威陪同。

8月15日上午，全市宗教工作视频会议召开，区领导参加。

8月17日上午，省政府刘援利秘书长调研古堰画乡，市委常委、区委书记葛学斌，区委常委、常务副区长胡献如陪同。

8月17日下午，召开区委常委(扩大)会议。

8月17日下午，全区人才工作会议召开，区委常委、组织部长张继芳参加。

8月18日上午，市委书记史济锡调研重大产业项目，市委常委、区委书记葛学斌，区委常委、常务副区长胡献如陪同。

8月18日下午，市委书记史济锡调研联系社区全国文明城市创建工作，市委常委、区委书记葛学斌，副区长王世强陪同。

8月21日下午，召开区委书记专题会议、区委常委会。

8月22日下午，莲都区县乡换届工作开展情况汇报会召开，市委常委、区委书记葛学斌，区长杨秀清，区委副书记陈元龙，区委常委、组织部长张继芳参加。

8月23日上午，市长朱晨调研危废处置设施建设和G20环境质量保障工作，区长杨秀清，区委常委、碧湖镇党委书记叶祖平，副区长俞丽威陪同。

8月26日下午，市区企业家代表座谈会举行，市委常委、区委书记葛学斌，副区长俞丽威参加。

8月26日下午，“莲都论坛”— 物联网产业专题讲座举行，区领导参加。

8月27日下午，召开区委常委扩大会议。

8月29日下午，副省长熊建平调研护航G20峰会安保工作，市委常委、区委书记葛学斌，区长杨秀清，区委副书记陈元龙陪同。

8月30日上午，市区重点项目政策处理大会战总结表彰大会召开，区领导参加。

8月31日上午，市长朱晨调研左渠门社区，市委常委、区委书记葛学斌，区长杨秀清陪同。

8月31日下午，召开区委常委(扩大)会议。

9月

9月1日上午，“两学一做”学习教育第一次专题交流研讨会召开，区领导参加。

9月2日上午，区领导领办项目会暨扩大有效投资点评会召开，区领导参加。

9月6日下午，召开区政府60次常务会议。

9月7日上午，市长朱晨调研好溪堰治水工作，市委常委、区委书记葛学斌，区长杨秀清，副区长俞丽威陪同。

9月8日上午，召开区委书记专题会。

9月8日下午，召开区委常委会议。

9月9日上午，市委书记史济锡慰问教师，市委常委、区委书记葛学斌，副区长张妍陪同。

9月13日晚，全市乡镇(街道)党(工)委书记工作交流会召开，区领导参加。

9月14日上午，市委常委扩大会议、市委常委会议召开，市委常委、区委书记葛学斌参加。

9月19日，市委书记史济锡调研市委全会落实情况和农民增收工作，市委常委、区委书记葛学斌，区长杨秀清，副区长郭巧燕陪同。

9月21日下午，召开区委常委(扩大)会议。

9月22日上午，全市平安夺金鼎百日攻坚动员大会召开，市委常委、区委书记葛学斌，区长杨秀清，区委副书记陈元龙参加。

9月23日下午，市委书记史济锡调研丽水市综合交通重大项目推进工作，区长杨秀清，副区长叶建光陪同。

9月26日下午，区“平安夺

金鼎百日大会战”动员会召开，区领导参加。

9月27日上午，全市科技创新大会召开，市委常委、区委书记葛学斌，区长杨秀清，副区长徐旭卿参加。

9月27日下午，市长朱晨赴黄村水库调研城市供水工作，区长杨秀清，副区长俞丽威陪同。

9月28日下午，召开区委常委会议。

9月29日上午，全省小城镇环境综合整治行动视频会议召开，区领导参加。

9月29日下午，全省防台防汛视频会议召开，市委常委、区委书记葛学斌，区长杨秀清，副区长郭巧燕参加。

9月30日上午，烈士公祭日活动举行，区领导参加。

9月30日下午，召开区委十三届十一次全体会议。

10月

10月9日上午，联城城郊农民新社区三期（里东安置小区）项目开工仪式举行，区领导参加。

10月11日下午，全区财税工作座谈会召开，区长杨秀清，区委常委、常务副区长胡献如参加。

10月12日上午，召开区政府61次常务会议。

10月12日下午，区科技创新大会举行，区领导参加。

10月14日上午，市委常委扩大会议、市委常委会议召开，市委常委、区委书记葛学斌参加。

10月14日下午，“莲都论坛”——莲都农村发展趋势的思考专题报告会举行，区领导参加。

10月17日上午，省委常委会三季度经济形势分析视频会议召开，区领导参加。

10月17日晚，全省县（市、区）委书记工作交流会举行，区领导参加。

10月18日下午，莲都区“五水共治”工作推进会召开，市委常委、区委书记葛学斌，副区长俞丽威参加。

10月19日上午，全市综合交通发展大会召开，市委常委、区委书记葛学斌，副区长叶建光参加。

10月20日上午，市委书记史济锡调研丽阳坑治水工作，市委常委、区委书记葛学斌，副区长俞丽威陪同。

10月20日下午，召开区委常委会议。

10月20日下午，召开区政府62次常务会议。

10月21日下午，综合行政执法体制改革专题会议召开，区长杨秀清，副区长蔡通友参加。

10月21日，2016丽水生态精品农博会暨中国长寿之乡养生名优产品博览会在杭州举行，市委常委、区委书记葛学斌，副区长郭巧燕参加。

10月26日下午，首届中国农村电子商务主题会议召开，市委常委、区委书记葛学斌，副区长郭巧燕参加。

10月27日，三季度县（市、区）工作汇报会召开，市委常委、区委书记葛学斌，区长杨秀清参加。

10月31日上午，召开全市领导干部会议，市委常委、区委书记葛学斌，区长杨秀清参加。

10月31日下午，市区重点项目政策处理攻坚战动员会暨创建全国文明城市推进会召开，市委常委、区委书记葛学斌，区长杨秀清，区委副书记陈元龙，副区长王世强参加。

10月31日晚，召开全区领导干部会议。

11月

11月1日上午，古堰新韵小镇音乐节总结表彰大会召开，市委常委、区委书记葛学斌，区委副书记周海忠，区委常委、常务副区长胡献如，区委常委、公安局长叶建利，区委常委、碧湖镇党委书记叶祖平，副区长郭巧燕、张妍参加。

11月2日上午，市长朱晨调研好溪堰治水工作，市委常委、区委书记葛学斌，区长杨秀清，副区长俞丽威陪同。

11月3日上午，区第四次村（社区）“两委”主要干部工作交流会召开，区领导参加。

11月4日，三季度经济运行分析会暨乡镇（街道）工作汇报会召开，区领导参加。

11月6日下午，市区重点项

目政策处理大会战第一次点评会暨文明城市创建周点评会召开，区长杨秀清参加。

11月7日下午，市委三届十二次全体会议召开，市委常委、区委书记葛学斌参加。

11月8日下午，市委理论学习中心组“台海形势”报告会举行，市委常委、区委书记葛学斌，副区长黄程参加。

11月10日上午，召开区委常委扩大会议、区委常委会。

11月10日下午，纪念莲都区关工委成立25周年座谈会举行，市委常委、区委书记葛学斌参加。

11月10—11日，全国创新社会治理典型案例颁奖典礼暨经验交流会举行，副区长王世强参加。

11月11日下午，全省“除隐患、保安全、促转型”治危拆违攻坚战电视电话会议召开，区长杨秀清参加。

11月12日下午，全区领导干部会议召开。

11月13—14日，2016秀山丽水（上海）生态旅游招商推介会召开，区委书记杜兴林，副区长郭巧燕参加。

11月14日上午，全国文明城市创建周点评会暨文明城市创建推进会召开，代区长陈豪参加。

11月15日上午，市委书记史济锡调研艾莱依上海总部、上海商会，区委书记杜兴林参加。

11月16日上午，市长朱晨调研“平安夺金鼎、冲刺四季度”工作，区委书记杜兴林，代区长陈豪陪同。

11月16日下午，区农合联成立大会举行，副区长郭巧燕参加。

11月17日上午，十八届六中全会精神宣讲报告会召开，区领导参加。

11月17日下午，召开区委书记专题会议、区委常委（扩大）会议、区委常委会议。

11月17日晚，区工商联联合会成立60周年暨最美莲商颁奖晚会举行，代区长陈豪参加。

11月18日上午，行政执法综合改革专题会议召开，代区长陈豪，副区长蔡通友参加。

11月20日下午，中国写生大会启动仪式举行，区领导参加。

11月21日上午，全市小城镇环境整治会议召开，区委书记杜兴林，副区长王世强参加。

11月23日上午，市委书记史济锡调研人大代表联络站建设工作，区委书记杜兴林，代区长陈豪，区委常委、碧湖镇党委书记叶祖平，副区长俞丽威陪同。

11月24日上午，莲都区小城镇综合整治及“除隐患、保安全、促转型”治危拆违和地质灾害防治工作部署会召开，区委书记杜兴林，代区长陈豪参加。

11月24日下午，莲都区“冲刺四季度”主要指标专题分析会召开，区领导参加。

11月27日下午，全国安全生产电视电话会议召开，代区长陈豪，副区长俞丽威参加。

11月29日上午，全省卫生与健康发展电视电话会议召开，区领导参加。

11月29日下午，召开区委常委（扩大）会议、区委常委会议。

11月29日晚，全省水利工作会议暨百项千亿防洪排涝工程动员大会召开，代区长陈豪参加。

11月30日上午，全省旅游产业投资基金设立暨浙江万亿旅游产业“511”行动计划启动仪式在杭州举行，副区长王世强参加。

11月30日，全省畜牧业转型升级现场会在金华召开，代区长陈豪参加。

12月

12月2日上午，第八届中国社会生态农业（CSA）大会在莲都区开幕，代区长陈豪参加。

12月2日下午，召开第63次区政府常务会议。

12月3日上午，召开区委常委扩大会议、区委全委会。

12月5日上午，召开区委书记专题会议、区委常委会议。

12月6日下午，省政协副主席孙文友到莲都调研民族工作，区委书记杜兴林，副区长黄程陪同。

12月8日下午，省发改委副主任李岩益调研古堰画乡特色小镇，代区长陈豪陪同。

12月9日上午，召开农村基层作风巡查工作年度总结会，区委书记杜兴林，区委常委、纪委书记宋珍花，副区长郭巧燕参加。

12月10日上午，全区迎国测动员大会召开，区领导参加。

12月12日上午，召开全区领导干部会议。

12月13日下午，召开区委常委会议。

12月14日下午，市委书记史济锡调研全国文明城市创建工作，区委书记杜兴林，区委常委、常务副区长王世强陪同。

12月14日晚，乡镇（街道）党（工）委书记工作交流会召开，区领导参加。

12月15日上午，省政协副主席陈艳华调研瓯江水环境治理工作，代区长陈豪，副区长俞丽威陪同。

12月15日下午，召开区委书记专题会议、区委常委会议、区委全会。

12月20日下午，召开区委常委扩大会议、区委常委会议。

12月22日下午，召开区委书记专题会议、区委常委会议。

12月23日上午，召开区委全会。

12月23日下午，召开区委书记专题会议。

12月24日，全国政协副主席齐续春来莲调研，区委书记杜兴林陪同。

12月26日上午，召开第64次区政府常务会议。

12月26日下午，召开区委常委扩大会议、区委书记专题会议、区委常委会议。

12月27日上午，省委经济工作电视电话会议召开，区领导参加。

12月27日下午，市委书记史济锡调研安全生产、食品安全，区委书记杜兴林，区委常委、常务副区长王世强参加。

12月27—30日，区第十四次党代会召开，区领导参加。

总　述

自然环境

【地理位置】 莲都区位于浙江省西南部，瓯江中游，区境介于北纬28°06′～28°44′和东经119°32′～120°08′之间。东与青田县毗邻，南与云和县、景宁畲族自治县接壤，西与松阳县相连，西北与武义县交界，东北与缙云县连接。市人民政府驻地。

【地形地貌】 莲都区境处在括苍山、洞宫山、仙霞岭3座山脉之间。地形属浙南中山区，以丘陵山地为主，间有小块河谷平原。地势具有盆地格局，四周高山环抱，峰峦连绵高峻，海拔1000米以上山峰有30余座。境内最高处为南部八面湖山峰，海拔1389米，最低处是下风化村河漫滩，海拔40米。地形大势自西南向东北倾斜。

境内地形可分为河谷平原、丘陵、山地3种。其中：河谷平原海拔在100米以下，面积192.2平方千米，占总面积的12.8%，主要有碧湖平原和城郊平原。碧湖平原面积80.3平方千米，地势平坦，海拔60米~70米，相对高差小于20米。城郊平原面积44.8平方千米，海拔50米~80米，相对高差小于30米。丘陵可分为低丘和高丘，低丘海拔100米~250米，面积364平方千米，25度以上陡坡面积占78.3%。高丘海拔250米~500米，面积493.1平方千米，相对高差100米~200米，25度以上陡坡面积占89.16%。低丘和高丘合计面积857.1平方千米，占全区总面积的57%。山地可分为低山、中山。低山海拔500~800米，面积319.3平方千米，相对高差200~300米，25度以上陡坡面积占67.9%。低山、中山合计面积452.8平方千米，占全区总面积的30.2%。

境内山脉位于大溪以南的属洞宫山北支，位于大溪以北的属仙霞岭支脉，位于好溪以东的属括苍山西端。洞宫山北支主脉，自龙泉市黄茅尖（1929米）向东北延伸，经云和县的鸡头尖（1127.9米），至莲都云和界上有水苋湾（1069米）、李山坟（1062米）、朝头湾（814米），入境经新砀山（1062米）、坳帅（1135米）至莲都、青田界上大路后（1071米）分为两支：一支续向东北，经石步尖、双尖炎、大山尖、大梁山至境内大溪边下端尖；一支向东南，经莲都、青田界上有葑垟湖（1059米），延伸境内水牛相筑（1325米），折往东北莲都、青田界上有草坳（1276米）、八面湖（1389米）。仙霞岭山脉呈西南—东北走向，西南接武义山，东北接大盘山脉、天台山脉。境内仙霞岭支脉有4支，千米以上山峰有千岗顶（1071米）、竹翠横栏尖（1082米）等。境内括苍山脉主要有2支，名山有天堂山（1010米）、连尖山（994米）等。

【水系径流】 莲都境内河流皆属瓯江水系。瓯江发源于庆元、龙泉两县市交界的锅帽尖北麓，上游段称龙泉溪，流经云和县进入莲都区大港头镇，与松阴溪会合后称大溪，再经碧湖、水阁、联城、富岭、万象、紫金等乡镇（街道）后入青田县境，与小溪会合后称瓯江，大溪干流在莲都境内长46千米，河道落差43米，流域面积1373.65平方千米。境内主要支流有好溪、小安溪、宣平溪、松阴溪4条。南部峰源一带溪流

(流域面积128.45平方千米)汇入瓯江支流——小溪。

江溪径流量多年平均年径流深850毫米,最大年径流深1585.5毫米,最小年径流深411.5毫米。多年平均年径流量12.76亿立方米,其中从大溪出境水量11.30亿立方米,从峰源乡汇入瓯江支流——小溪的水量1.46亿立方米。外县(市)流入莲都境多年平均年径流量69.37亿立方米,其中龙泉溪入境水量34.5亿立方米,松阴溪入境水量18.41亿立方米。全区年均出境总水量82.13亿立方米。径流在年内分配不均,5—9月汛期径流量约占全年2/3。大溪河底坡度较小。4条主要支流河床切割深度较大,均属山区性河流,源短流急,水位暴涨暴落,汛期保持一段时间中高水位,每年10月至次年2月,长期保持在低水位状态。

(区史志办)

气 象

【概 况】 2016年,莲都区年平均气温19.6℃,较常年偏高1.2℃,与1953年有气象记录以来历年最高持平,极端最高气温40.7℃,极端最低气温-7.3℃;年日照1291.8小时;年降水量1740.8毫米,较常年偏多23.8%;年雨日181天,较常年偏多23.2天,暴雨日5天。全年气温明显偏高、高温日数偏多较明显、低温日数偏少,降水偏多较明显、暴雨日偏多,日照偏少。年内影响较大的天气过程有:1月下旬罕见严寒天气;冬末初春多次强寒潮过程;春夏季节多强对流天气;5月上旬连续暴雨天气;降水集中期的局地暴雨和高温;夏季高温和气象干旱;多个秋台风严重影响;秋季长时间的多雨寡照天气、出现“黄梅天”;冬至日雷雨大风等。

【气 温】 2016年,莲都区年平均气温19.6℃,较常年偏高1.2℃。各季节平均气温:冬季(2015年12月至2016年2月)8.9℃,较常年偏高0.8℃;春季19.0℃,较常年偏高1.2℃;夏季29.2℃较常年偏高1.2℃;秋季21.2℃,较常年偏高1.4℃。极端最高气温40.7℃,出现在7月23日;极端最低气温-7.3℃,出现在1月25日。春季回暖过程中日平均气温稳定≥10℃的初日出现在3月13日;秋季日平均气温≥22℃的终日出现在10月6日。年高温(日最高气温≥35℃)日数55天,较常年偏多8.2天;年低温(日最低气温≤0℃)日数为10天,较常年偏少6.5天。

【降 水】 2016年,莲都区年降水量1740.8毫米,较常年偏多23.8%。各季节降水量较常年平均起伏较大:冬季336.6毫米,较常年偏多86.3%;春季518.2毫米,较常年偏多12.8%;夏季413.0毫米,较常年偏少28.3%;秋季608.7毫米,较常年异常偏多166.7%。年降水日数181天,较常年偏多23.2天。年暴雨日数5天,最大日雨量105.2毫米,出现在9月15日。年内最长连续无降水时段出现在12月2日至12月12日,持续11天;年内最长连续降水时段出现在5月20日至6月4日,持续16天。

【日 照】 2016年,莲都区年累计日照时数1291.8小时,较常年偏少332.7小时。年内春季日照略偏多,冬、夏、秋季均显著偏少:冬季195.6小时,较常年偏少100.2小时;春季518.2小时,较常年偏多58.8小时;夏季551.0小时,较常年偏少12.5小时;秋季206.3小时,较常年偏少199.5小时,为历史同期新低。

【初、终霜】 2016年,莲都区春季终霜日在2月17日;秋、冬季初霜日在12月18日;无霜期306天。

【雷 暴】 2016年,莲都区年地闪(及地雷电)次数为4978次,雷暴日78天,初雷在3月8日,终雷在12月21日;年内地闪频次较高的日有:7月5日1005次,8月12日461次,7月27日435次。

【重大天气气候事件】

1. 1月下旬出现罕见严寒天气

2016年1月下旬中前期受强寒潮影响,气温大幅下降,并先后出现大雪、严寒和严重低温冰冻天气。21日夜里到22日夜里普降中雪,中高山大到暴雪,城区积雪1厘米,城郊和低海拔山区积雪5~10厘米,中高山地区积雪达20厘米或以上;24~26日出现罕见严寒和严重冰冻天气：25日城区最低气温-7.3℃，为年内最低。

2.冬末初春寒潮过程多强度强，乍暖还寒

2016年，冬末初春虽然气温总体偏高，但起伏大，并出现大范围的寒潮天气。其中，2月13—15日受强冷空气影响，气温大幅下降，日平均气温48小时平均降幅达13.8℃，出现寒潮，16日大部分地方的最低气温降至0℃以下；3月8—10日受强冷空气影响，气温大幅下降，日平均气温48小时降幅达15.4℃，再次出现寒潮，9日夜里海拔500米以上的中高山地区出现降雪，部分地区积雪达2～4厘米，11日大部最低气温降至0℃以下，高山地区出现较严重的冰冻。

3. 5月上旬连续大到暴雨，6月梅汛期不典型但多局地暴雨

2016年5月上旬局地暴雨过程多且强度强。5月3日城区出现暴雨，5月5—10日连续降水，城区累计雨量达99.3毫米：其中5月5日大港头66.4毫米、郑地56.9毫米，5月10日大港头84.5毫米、郑地63.2毫米、碧湖62.6毫米、九龙湿地60.7毫米、峰源52.6毫米，均达暴雨强度。梅汛期降水集中期为6月11日至7月1日，梅雨特征不典型，多局地暴雨。6月15日高溪79.0毫米、老竹54.6毫米、下圩52.5毫米，16日全区大部出现暴雨，城区82.0毫米。梅雨期内莲都平均雨量204.0毫米，城区251.4毫米。

4.夏季气温偏高较明显，高温出现早且强度较强

2016年，城区7月20—31日连续12天的最高气温均超过38℃，其中23—27日连续5天的最高气温超过40℃，23日的最高气温高达40.7℃，为年内最高；8月14—26日连续高温，城区14—20日、22—26日连续38℃高温。

5.秋台风数量多、强度强、影响重

2016年，共有三个台风先后影响，其中尼伯特7月中旬从福建石狮登陆，影响不大。秋季台风活动频繁，先后有14个台风生成，莫兰蒂、鲇鱼于9月中旬和下旬先后登陆福建中南部沿海并对莲都造成影响：9月14—16日受全球最强台风1614号“莫兰蒂”影响普降暴雨到大暴雨，14日08时—17日08时全区平均雨量137.8毫米，最大高溪乡222.4毫米。9月27—30日受1617号台风“鲇鱼”影响普降暴雨，局部大暴雨到特大暴雨，27日08时—30日20时全区平均雨量分别为162.9毫米，单站最大碧湖镇360.2毫米，雨量较大的集中在中南部，大港头348.8毫米、里河330.9毫米、峰源323.8毫米、郑地303.1毫米、下圩241.6毫米、九龙湿地22.81毫米。10月7—8日受19号台风“艾利”倒槽影响，部分乡镇出现大雨，累计雨量40～70毫米，最大紫金街道70.8毫米。

6.秋季气温高且多雨寡照，“黄梅天”再现

2016年秋季（9—11月）气温持续偏高，降水偏多，日照偏少，出现类似春夏之交的“黄梅天”。季平均气温为21.1℃，为历年同期第3高；降水异常偏多，季雨量608.7毫米，为历年第二多，较常年偏多167%；日照异常偏少，季日照206.3小时，较常年偏少199.5小时，为历年最少。

自然资源

【概　况】 莲都区自然资源较丰富，生态环境保持较好，为国家级生态示范区。

土地资源：全区土地面积15.02万公顷，合1502.10平方千米。其中山区占28.52%，丘陵占45.18%，平原占26.3%。人均土地面积0.40公顷，全区耕地11150.8公顷，人均耕地面积0.03公顷（0.45亩）。2012年，垦造耕地100.73公顷。

森林资源：1976年全区林木总蓄积量135.01万立方米，1989年201.42万立方米。2002年开始，实施生态公益林、绿色长廊、退耕还林建设。2005年全区林业用地面积12.034万公顷，林木总蓄积量227.79万立方米。森林覆盖率79%，森林资源特点以马尾松、杉木等针叶树最多。樟树、枫香、柏林、苦槠等散生各处，无成片林。1990年前油茶林分布较广，莲都区为全省3个油茶重点基地县（区）之一。1994年消灭宜林荒山，1999年实现绿

化达标。2012年,完成迹地更新876.53公顷;“四边”山体绿化77.3公顷;阔叶林发展工程286.67公顷;建设景观林42公顷;抚育中幼林4739.07公顷。

矿产资源:20世纪90年代前,境内发现矿产20多种,分布在170个点,其中金属矿有钛磁铁矿、铅锌矿、银矿等,非金属矿有萤石、花岗岩、泥煤、高岭土等。2012年具有开采证的金属矿有钼矿,非金属矿有砖瓦用页岩、建筑石料。

水力资源:全区水力资源比较丰富,理论储藏量为28.5万千瓦,可开发26.5万千瓦,(其中瓯江干流为19.5万千瓦,属市管辖),莲都区实际可开发量为7.4万千瓦。至2012年底已开发6.8万千瓦。

生物资源:境内动植物资源较为丰富。木本植物有93科278属655种,主要分布在山间、山脚坡地、溪坎路旁多被野草覆盖。列入国家重点保护的植物有11科12种,属二级重点保护植物有伯乐树(钟萼木)、香果树、银杏、鹅掌楸、华东黄杉、长叶榧等6种。属三级重点保护植物有银钟树、凹叶厚朴、黄山木兰、短萼黄连、短穗竹、中华水韭等6种。境内自然散生的古、珍、稀树种有南方红豆杉、樟、枫楮、漆、榕、罗汉松、槐等56个树种。动物种类较多,其中脊椎动物有5纲,37目,76科,400多种。哺乳纲有8目,19科,36属,44种,主要有山兔、松鼠、黄鼬、蝙蝠等。属国家一类保护的有黑麂;属国家二类保护的有穿山甲、大灵猫、水獭、猕猴、九江狸、野山羊等。爬行纲有3目,9科,25属,40种,属国家一类保护动物为鼋。两栖纲有2目,7科,13属,35种,属国家二类保护动物有大鲵。鸟纲有14目,22科,68属,200种,属国家二类保护的鸟类有鸳鸯、勺鸡、白鹇。鱼纲有10目,19科,61属,66种。节肢动物有多足、甲壳、蛛形、昆虫4纲,昆虫纲中天敌昆虫36种。

旅游资源:以“生态·休闲·养生”为主题,以瓯江流域和自然山水为主线,着力打造“绿色莲都”旅游品牌。国家AAAA级风景名胜区风情东西距市区28千米,景区属典型的丹霞地貌,东、西两岩对峙,险峰绝壁、穹隆崛起,宏奇壮观,并以民族风情为特色。省级风景名胜区南明山多象形怪石、石梁、飞瀑,寺阁古迹掩映于远眺如螃蟹形的山崖之中,景区有摩崖石刻58处,自然、人文景观独特。古堰画乡包括碧湖镇和大港头镇,核心区块包括大港头镇区、坪地、堰头、保定,有建于南朝梁天监年间的国家级文物保护单位通济堰、保定青瓷古窑址;有省内外著名的摄影、巴比松画派和专业美术写生创作基地,历史文化底蕴深厚,发展生态休闲度假中心具有独特优势。全区有省级森林公园白云山森林公园、大山峰森林公园2个;省级文物保护单位有南明山摩崖石刻、灵鹫寺石塔、谭宅古民居、沈家邸、花门楼、河桥、西溪村乡土建筑7处;国家级湿地公园有丽水九龙湿地公园1个;省级农家乐特色村有碧湖镇堰头村、老竹镇沙溪村2个。生态自然景观保持完好,正在组织开发或列入开发计划的旅游区有峰源猕猴峡、葑垟湖、西溪古民居、雅一电站库区、天堂山、石牛城市温泉度假中心、瓯江风情旅游度假中心等。2012年,全区有重要革命遗址、纪念地40多处,红色旅游点主要有中共浙江省委机关旧址、巨溪三岩寺红军洞、峰源小岭根村红军挺进师驻地、仙渡葛畈村北乡革命纪念馆、雅溪岱后村中共丽水县委旧址等。

(区史志办)

历史沿革

【概　况】 置县(市、区)1400余年,莲都区名的由来是因丽水城依山傍溪,在环山之中,形如莲瓣,宋代以后别名莲城,丽水又特产“处州白莲”,定“莲都”为市辖区区名,意欲将美丽的莲都建成繁华的都市。此一区名系从全丽水地区2000多名参与区名征集者中精选所得。

隋开皇九年(589年),分松阳东乡置括苍县,置处州,治设括苍。开皇十二年(592),改处州为括州。大业三年(607),括州改称永嘉郡(隋代括苍县境包括今莲都区、云和县、景宁县、青田县大部,文成县、缙云县及武义县南部)。

唐武德四年(621),复为括

州，括苍、丽水二县属括州。武德八年(625)省丽水入括苍。万岁登封元年(696)分括苍、永康两县地置缙云县。景云二年(711)，析括苍置青田县。天宝元年(742)，改括州为缙云郡。乾元元年(758)复改郡为州，括苍属括州。大历十四年(779)，避德宗讳，改括州为处州，改括苍县为丽水县。《元和郡县志》："丽水本名恶溪，以其湍流阻险，九十里间五十六濑，名为大恶，隋开皇中，改为丽水，皇朝因之，以为县名。"《名胜志》："以县北七里有丽阳山，故以丽水为名。"《括苍汇记》："县北七里有丽阳山，下环清溪，县名丽水以此。"

五代十国，丽水县为吴越国地，属处州。宋太平兴国三年(978)，吴越归宋，州县沿前代。

元至元十三年(1276)，改州为路，丽水县属处州路。

明代改路为府，丽水县属处州府。景泰三年(1452)，分丽水浮云乡、元和乡之半置云和县；析宣慈乡、应和乡及懿德乡之半置宣平县。

清代丽水县属处州府，直至宣统三年(1911)七月，除丽水县，划归府兼理。自隋建州设县以来，丽水县历为州、郡、路、府治所。

1911年(清宣统三年)11月25日，浙江革命军攻克丽水，立处州军政分府，兼理丽水县政事，上隶浙江军政府。

中华民国3年(1914)行省、道、县三级制，丽水县属瓯海道。民国16年废道，行省、县二级制，丽水县直属省。民国19年省分设县政督察区，属第十一区，后改第二特区。民国24年，改设行政督察区，丽水县属第九行政督察区。民国37年4月，改第六区，7月改第七区。丽水县均为督察专员公署驻地。

1949年5月10日，丽水解放，属浙江省第七专区。

1949年10月1日，中华人民共和国成立，丽水县属丽水专区。1950年4月，县府迁驻碧湖镇。1952年1月，撤丽水专区，丽水县属温州专区。5月13日，县府迁返城关镇。1958年7月、1960年2月，云和、景宁两县先后并入。1961年6月1日，县府迁驻云和镇。1962年4月份县(国务院6月1日发文)，县府迁返城关镇。1963年5月，复设丽水专区，丽水县属丽水专区，仍为专署驻地。1968年11月专区改称地区，丽水县属丽水地区。1986年3月1日，国务院批准撤丽水县置丽水市，仍属丽水地区。2000年5月，撤丽水地区设地级丽水市，撤县级丽水市设市辖莲都区。7月18日莲都挂牌授印。

行政区划

【概　况】 2000年6月6日，省政府下发《关于撤销丽水地区设立地级丽水市的通知》，决定丽水撤市(县级)设区，莲都区的区划范围与县级丽水市相同。根据《浙江省人民政府关于丽水市莲都区部分乡镇行政区划调整的批复》(浙政函〔2006〕90号)和《丽水市人民政府关于莲都区部分行政区划调整的复函》(丽政函〔2006〕62号)精神，莲都区对部分行政区划做出调整：撤销郑地乡建制，与峰源乡合并；撤销严鸟乡建制，与黄村乡合并；撤销巨溪乡建制，与太平乡合并；撤销西溪乡、泄川乡、双溪镇建制，合并设立雅溪镇；撤销富岭乡建制，设立富岭街道办事处。2011年12月22日撤销联城镇建制，改设联城街道。2012年12月11日根据《浙江省人民政府关于丽水市莲都区部分行政区划调整的批复》(浙政函〔2012〕209号)和《丽水市人民政府关于莲都区部分行政区划调整的批复》(丽政函〔2012〕101号)精神，撤销高溪乡建制，其行政区域并入碧湖镇。撤销双黄乡建制，其行政区域改由莲都区政府直辖，并入岩泉街道。2014年6月20日，根据《丽水市人民政府关于莲都区部分行政区划调整的批复》(丽政函〔2014〕53号)精神，撤销水阁街道、富岭街道，合并设立南明山街道。2016年，莲都区辖峰源、太平、仙渡、丽新、黄村5个乡；碧湖、大港头、雅溪、老竹4个镇及岩泉、紫金、白云、万象、联城、南明山6个街道(其中南明山街道委托市经济开发区管委会管理)。是年，莲都区共有243个行政村(包括南明山街道)，增加3个社区，分别为娄丰堰社区、新湖社区、佳和社区，全区共有28个社区。

2016年莲都区行政区划

表19　　单位:个

乡(镇、街道)名称	行政村	社区(居民区)	行政村、社区(居民区)名称
峰源乡	8	—	赛源、庞山、夏庄、库坑垟、郑地、新砀、正岙门、毛山
太平乡	19	—	横岗、戴彰、玉田、下土壳、富源、吾古、太平、留龙、小安、富山头、大河、巨溪、大畈、城头、吴弄、长濑、竹舟、朱弄、长乐
仙渡乡	11	—	根竹园、梅田、董弄、仙里、何金富、葛畈、张山后、皂树、南源、滴水岩、芦村
丽新乡	9	—	畎岸、吾赤口、黄弄、上塘畈、山村、咸宜、马村、白岸口、黄岭上
黄村乡	11	—	黄村、郑村、严鸟、汇村、皂坑、黄泥墩、戈剳、和垟、天堂、池岭、金鸟
碧湖镇	43	3	镇区:一、二、三居委、河口、上街、古井、行口、下街、碧一、上赵、河东、沙岸;新合办事处:魏村、概头、保定、岩头、三峰、周巷、堰头;平原办事处:大陈、红圩、里河、上阁、九龙、章塘、下叶、同心;石牛办事处:郎奇、蒲塘、白桥、下赵、泉庄、石牛、白口;联合办事处:联济、中岙、南山、中溪、松坑口;高溪办事处:高溪、竹溪、南坑、龙岩、大吴山、缸窑、红南
大港头镇	10	1	一居委、大港头、河边、利山、西坑口、小山、均溪、北埠、石侯、西黄、小井
雅溪镇	19	—	双溪、莲房、洪渡、雅义、西溪、里东、库川、上金竹、上黄村、季岭根、周村、雅里、潘百、岩蒙、上陈、金竹、泄下、双源、岱后
老竹镇	12	—	曳岭脚、榴溪、新陶、沙溪、后坑、周坦、郑丰、徐庄、丁公、赤坑、老竹、梁村
岩泉街道	18	6	社区:朝阳、天宁、丽阳、正阳、北苑路、佳和;村委:里佳源、雨伞岗、余岭、枫树湾、下后弄、后甫、天宁寺、九里、凉塘、长岗背、岩泉、青林、社后、关下、冷水、秋塘、黄畈、琯头
紫金街道	19	8	社区:永晖、金苑、东银苑、西银苑、万丰、大洋河、东升、新湖;村委:大众、海潮、新建、厦河、城东、古城、水东、芦埠、塔下、黄坭井、河村、祝庄、杨坑、开潭、瀑泉、风化、湾岙、金东、水岭根
白云街道	4	6	社区:北郭桥、白云、后庆、灯塔、三岩寺、接官亭;村委:城北、灯塔、城西、丽光
万象街道	4	7	社区:丽阳门、夏河门、左渠门、大水门、府前、梅山、凤凰;村委:丽南、城南、水南、丽华
联城街道	21	1	社区:娄丰堰;村委:张村街、下林、坛峡、莲景、苏港、竹道、青岗、花街、金周、路湾、敏河、武村、白前、常宅、林宅口、凤鸣、官桥、坑口、苏埠、港口、瑶畈
南明山街道	35	—	张垵、小木溪、大门楼、中堂、叶村、富岭、大坑口、下仓、下张、陶庄、前垟、张村、水阁、叶圩、旭光、白岩、垟店、吴垵、桐岭、俞庄前、七百秧、丽沙、上沙溪、龙石、岑山、里坑、陈店、山根、章巷、大源、下章、松坑圩、丽周、金山、潘田

(区史志办)

人口与民族

【人　口】 2016年度,全区总户数183902户,总人口405580人,分别比2015年增加2879户和4176人,上升1.59%和1.04%,平均每户2.21人。全区总人口中:男性203941人,占总人口数50.28%;女性为201639人,占总人口数49.72%。性别比为101(女性人口为100)。全区城镇人口183386人,占总人口数45.22%,比2015年180472人增加2914人,乡村人口数222194,占总人口数54.78%;全区出生人数5057人,出生率12.47‰ 死亡人数1808人,死亡率4.45‰ 。全区迁入人数2678人,迁出人数1728人。全区人口自然增长率8.02‰。

(傅陈健)

【民　族】 丽水市莲都区是浙江省民族工作重点县(市、区)之一，有汉族和蒙古族、回族、藏族、维吾尔族、苗族、彝族、壮族、布依族、朝鲜族、满族、侗族、瑶族、白族、土家族、哈尼族、哈萨克族、傣族、黎族、傈僳族、佤族、畲族、高山族、拉祜族、水族、东乡族、纳西族、景颇族、土族、达斡尔族、仫佬族、羌族、布朗族、毛南族、仡佬族、普米族、塔吉克族、俄罗斯族、京族39个民族。2016年底全区少数民族人口26858人，占全区总人口的6.59%。其中，畲族全市第一位有2.52万人，人口绝对数列全省第二位。辖区内有老竹、丽新两个畲族乡镇，少数民族人口在1000人以上的乡镇（街道）10个，分别是岩泉街道、紫金街道、白云街道、万象街道、联城街道、碧湖镇、大港头镇、老竹畲族镇、丽新畲族乡、南明山街道（水阁街道和富岭街道合并，由丽水市经济开发区管辖）。

（李飞）

区和乡镇、街道机构及负责人名录

【中国共产党丽水市莲都区委员会】

书　记：葛学斌（—2016.11）
　　　　杜兴林（2016.11—）
副书记：杨秀清（—2016.11）
　　　　陈元龙（—2016.11）
　　　　陈　豪（2016.11—）
　　　　胡伟华（2016.11—）
　　　　周海忠
常　委：张继芳（—2016.12）
　　　　朱超模（—2016.3）
　　　　胡献如（—2016.11）
　　　　潘新雄（—2016.12）
　　　　雷勇军（—2016.12）
　　　　赵加慧（女）
　　　　王世强（2016.12—）
　　　　宋珍花（女）
　　　　周显荣（2016.11—）
　　　　叶建利
　　　　翁伟标（2016.12—）
　　　　叶祖平
　　　　楼章能（挂职）

【丽水市莲都区人民代表大会常务委员会】

主　任：雷　萍（女）
副主任：吴新民（—2016.11）
　　　　陈　萍（女）
　　　　江爱军
　　　　兰仁生
　　　　蓝丽华
　　　　陈鲁军
党组书记：雷　萍（女，—2016.12）
　　　　陈元龙（2016.12—）
党组副书记：雷　萍（女，2016.12—）
办公室主任：陈岳波（—2016.6）
　　　　蓝木申（2016.6—）
副主任：陈晓宁
　　　　蓝晓芬（女）
代表工委主任：徐柳玉（女）
农工委主任：桑小明
副主任：吴丽友
教科文卫工委主任：汤永华
民侨工委主任：傅瑗君（女）
财经工委主任：麻益民
副主任：刘黎明
法工委主任：夏宁炎

【丽水市莲都区人民政府】

区　长：杨秀清（—2016.11）
代区长：陈　豪（2016.11—）
副区长：胡献如（—2016.11）
　　　　赵加慧（女，—2016.5）
　　　　李　玮（挂职）（—2016.7）
　　　　陈　豪（2016.11—）
　　　　王世强
　　　　俞丽威
　　　　郭巧燕（女）
　　　　张　妍（女）
　　　　叶建光
　　　　蔡通友
　　　　徐旭卿（女）
　　　　黄　程（女，2016.7—）
区长助理：卢　伟（挂职）（—2016.1）

【中国人民政治协商会议丽水市莲都区委员会】

主　席：谷江南
副主席：虞为粮（女）
　　　　谢林森
　　　　叶晓东
　　　　卢　进
　　　　任文红（女）
党组书记：谷江南
党组副书记：朱超模（—2016.5）
　　　　虞为粮（女）
　　　　赵加慧（女，2016.5—）
秘书长：王金友
副秘书长：张春华（—2016.3）
　　　　周献贤
　　　　邱旭平
　　　　叶良成
　　　　朱爱琴（女）
　　　　华俊林
　　　　瞿宗囡（女）
　　　　王智勇

办公室主任:王金友
副主任:黄建兵
　　　纪跃华
科教文卫体委主任:邱旭平
副主任:吕春耀
　　　谢发贤
　　　江建东
经济委主任:林玉美(女,
　　　—2016.3)
副主任:吴雯华
　　　赵　涌
　　　陆朝霞(女,—2016.8)
提案委主任:周献贤
副主任:瞿宗囡(女)
　　　黄于林
文史委主任:黄建兵
副主任:留红伟
社会法制委主任:周奇星
港澳台侨民宗委
主　任:梁满云(—2016.3)
　　　梁智伟(2016.8—)
副主任:李顺富
　　　陈海波
委员工作委员会
主　任:谢晓鹏
副主任:郭晓波
　　　陆朝霞(女,—2016.8)

【中国共产党丽水市莲都区纪律检查委员会】

书　记:宋珍花
副书记:陈永军(—2016.12)
　　　徐伟群(—2016.12)
　　　陈江涛(2016.12—)
　　　施海勇(2016.12—)
常　委:蒋　嬿(女,—2016.7)
　　　陆湘阳(—2016.2)
　　　田志萍(女)
　　　钟勇军
办公室主任:郑超敏(2016.12—)
干部室主任:
宣传教育室主任:郑超敏
　　　(—2016.12)
党风政风监督室(区政府纠正行业不正之风办公室)
主　任:李育虹(女,2016.9—)
信访室主任:陈鲍军
案件监督管理室主任:田志萍(女)
第一纪检监察室主任:傅　华
第二纪检监察室主任:汤杨伟
第三纪检监察室主任:张　杰
案件审理室主任:何瑞芬(女)
区纪委正科级纪检员:田志萍(女)
　　　钟勇军
　　　(2016.7—)
区纪委副科级纪检员:李伟军
　　　(—2016.2)
派驻第一纪检组组长:陆湘阳
副组长:李　涛
　　　叶　盈(女)
派驻第二纪检组组长:诸葛彬
副组长:何雪琴(女)
　　　叶伟英(女)
派驻第三纪检组组长:梁满云
副组长:范红胜
派驻第四纪检组组长:沈小聪
副组长:林　蓓(女)
派驻第五纪检组组长:徐雪峰
派驻第六纪检组组长:周陈亮
派驻第七纪检组组长:陈红敏(女)
派驻第八纪检组组长:陈君佐
派驻第九纪检组组长:吴耿王
派驻第十纪检组组长:王华平
派驻第十一纪检组
组　长:王伟平(2016.7—)
副组长:尚小军
　　　蓝丽美(女)
派驻区法院纪检组组长:
副组长:宋建中
派驻区检察院纪检组组长:
副组长:吴喆文
派驻区委组织部纪检组(区直属机关纪检委)
组　长:
副组长:林　慧(女)

【丽水市莲都区人民法院】

院　长:李美顺
副院长:魏建平
　　　施建伟
　　　黄祖培
　　　王庆文(女)
审判委员会专职委员:阎丽群
　　　张叶伟
　　　王燕芬(女)
执行一局局长:蓝小春
执行二局局长:厉子勇
碧湖法庭庭长:朱益钦
南城法庭庭长:韦剑锋(—2016.12)
党组书记:李美顺
党组副书记:魏建平
政治处主任:蒋华靖(—2016.6)
　　　陈　波(2016.6—)
审管办主任:周山丹(女)

【丽水市莲都区人民检察院】

检察长:王小刚
副检察长:卢建华
　　　王韵俊(女)
　　　熊　剑(2016.6—)
检察委员会专职委员:林宏伟
　　　朱　乐(女)
反贪局局长:
反渎职侵权局局长:叶　军
党组书记:王小刚
党组副书记:赵金明

纪检组长:赵金明(—2016.2)
政治处主任:吴喆文(—2016.2)
赵金明(2016.2—)
碧湖检察室主任:杨建贞(—2016.6)

【丽水市莲都区人民武装部】

部　长:潘新雄
政　委:王松龙(—2016.7)
副部长:兰龙军(—2016.7)

【区委工作部门】

区委办公室(区委政策研究室)
主　任:叶祖平(—2016.9)
陶旭峰(2016.9—)
副主任:陈华君(—2016.5)
卜广富(—2016.7)
陈江涛
陆朝霞(女,2016.5—)
叶庆武
陈海波
李勇军(2016.7—)
蔡毓良
潘金发(2016.12—)
区委政策研究室副主任:吴祥宇
区委区府办党委
书　记:叶祖平(—2016.9)
陶旭峰(2016.9—)
区委区府办党委副书记:雷　成
区委、区政府信访局
局　长:陈华君(—2016.5)
陆朝霞(女,2016.5—)
副局长:刘守平(—2016.5)
王瑶鸿
梁　健
党组书记:陈华君(—2016.5)
陆朝霞(女,2016.5—)
区委防范和处理邪教问题领导小组办公室、区政府防范和处理邪教问题办公室
主　任:徐　明
副主任:郑南平(—2016.12)
赵军飞
周建荣

区委区政府督查室
主　任:江慧霞(女)
机要局(密码管理局)
局　长:纪正鸿(女)
保密局局长:龚丽丽(女)
区委台湾工作办公室,区政府台湾事务办公室
主　任:陈海波
副主任:叶予序(—2016.9)
区委组织部
部　长:张继芳(—2016.12)
周显荣(2016.12—)
常务副部长:管兴标(—2016.12)
王东华(2016.12—)
副部长:吴丽云(女)
郭晓波
梁永光
赵礼成
直属机关工作委员会
书　记:郭晓波
副书记:
纪工委书记:
新经济与新社会组织工作委员会
书　记:郭晓波(2016.5—)
副书记:奚海峰
人才办主任:陈真伟(—2016.2)
区委副科级组织员:吴　铭
吴松妹(女)
邹青芬(女)
老干部局局长:赵礼成
副局长:徐叶艳(女,—2016.9)
夏伟文
蓝池星(2016.9—)

党校:
校　长:张继芳(—2016.12)
周显荣(2016.12—)
常务副校长:林　军(—2016.7)
卜广富(2016.7—)
副校长:刘宏华
罗文双
宣传部部长:雷勇军
常务副部长:蒋　嬿(女,2016.7—)
副部长:叶玲娣(女,—2016.6)
留红伟
王伟平(—2016.7)
精神文明建设委员会办公室
主　任:叶玲娣(女,—2016.6)
副主任:黄　庆
区委外宣办(区政府新闻办)
主　任:留红伟
专职副主任:许晓燕(女)
社科联主席:留红伟
副主席:任迎春(女)
统一战线工作部
部　长:朱超模(—2016.5)
赵加慧(女,2016.5—)
常务副部长:林　军(2016.7—)
副部长:陆朝霞(女,—2016.5)
赵建勇(2016.7—)
李顺富
区政府侨务办公室
主　任:
政法委员会
书　记:陈元龙(—2016.12)
胡伟华(2016.12—)
副书记:毛利军

廖翊慧
吴蔚国(2016.7—)
综治办主任:
副主任:王文俊
维稳办主任:廖翊慧
副主任:郑丽珍(女)
档案局局长:吴慧彬
副局长:徐丽静(女)
杨忠根
党组书记:吴慧彬
史志办公室主任:叶庆武
副主任:郑永忠
工作责任制考评委员会办公室
主　任:
副主任:卜广富(—2016.7)
老龄工作委员会
主　任:郭巧燕(女)
副主任:管兴标
赵　颖(女)
叶志军
办公室主任:朱珈仪(女)
办公室副主任:卢春花(女)
关心下一代工作委员会
名誉主任:张继芳
雷勇军
主　任:王国荣
副主任:程敬群
刘宗林
陈江涛
王品伟
翁伟标
张爱勤
梁守根
雷金华
余宗南
叶志军
赵礼成
毛致富
金献章
张丽青(女)
专职副主任:周献贤(—2016.7)
陈金奎(2016.7—)
办公室主任:周献贤(—2016.7)
陈金奎(2016.7—)

【区政府工作部门】
区政府办公室主任:雷　成
副主任:刘进君(—2016.6)
王品伟(—2016.8)
诸葛彬(—2016.1)
林伟群(—2016.9)
魏　俊(—2016.6)
王伟荣
周贤华
赵　颖(女)
刘海勇
叶春晓(女,2016.12—)
王　荷(女,2016.12—)
毛南维(2016.12—)
曾　锋(2016.8—)
徐建波(2016.8—)
叶向荣(2016.6—)
党组书记:雷　成
区直机关人武部部长:陈永春
区机关事务管理局(区接待办)
局　长(主任):周贤华
副局长(副主任):徐建波(—2016.2)
徐叶艳(女,2016.9—)
党组书记:
区政府外事办公室
主　任:诸葛彬(—2016.1)
区政府法制办公室
主　任:林伟群(—2016.9)
副主任:卢土法
区政府应急办公室主任:张小平
区政府金融办公室主任:林　伟
区政府行政审批中心主任:虞海雄
副主任:徐建波(—2016.8)
朱丛伟
朱小勇(2016.9—)
党组书记:
发展和改革局
局　长:汪强华(—2016.12)
副局长:麻伟明(—2016.6)
刘鹤林
吕旭勇
吴玉贞(女)
周慧霞(女)
何伯成(2016.2—)
党组书记:汪强华(—2016.12)
纪检组长:何伯成(—2016.2)
重点前期办主任:朱文卿(女)
生态休闲养生养老经济委员会办公室
专职副主任:刘鹤林
经济商务局局长:王君伟
副局长:蓝伟军(—2016.8)
吴雯华
周林茂(2016.9—)
总经济师:叶卫东
党组书记:王君伟
经济合作办公室
主　任:李小富(—2016.2)
陈华君(2016.5—)
副主任:周文林(—2016.8)
招商投资服务中心主任:李军舫(女)
党组书记:李小富(—2016.2)
陈华君(2016.5—)
教育局局长:余宗南(—2016.3)
李小富(2016.3—)
副局长:李勇军(—2016.8)
吕春耀
王刘毅(2016.2—)

陈真伟(2016.3—)
党组书记:余宗南(—2016.2)
李小富(2016.2—)
科学技术局局长:朱瑞亮
副局长:雷光伟
谢发贤
党组书记:朱瑞亮
监察局局长:陈永军(—2016.12)
副局长:蒋 �(女,—2016.9)
雷丽慧(女,—2016.7)
瞿宗囡(女,2016.10—)
区政府正科级监察员:
蒋 嫣(女,—2016.9)
民政局局长:叶志军
副局长:洪万升(—2016.9)
郑林土
朱珈仪(女)
蓝旭华(2016.8—)
叶冠俊(2016.9—)
党组书记:叶志军
党组副书记:朱珈仪(女)
司法局局长:管青林
副局长:梁智伟(—2016.8)
陈一娟(女)
华赴云(2016.2—)
党组书记:管青林
党组副书记:华赴云(2016.2—)
财政局局长:赖志平
副局长:黄于林
党组书记:赖志平
总会计师:吕焕祺
财政监督局局长:唐林军
预算执行局局长:史伟军
预算编制局局长:吕焕祺
人力资源和社会保障局
局 长:梁永光
副局长:杨雪琼(女)
傅佩珍(女)
蓝丽琴(女,2016.2—)
侯学峰
党组书记:梁永光(2015.3—)
纪检组长:蓝丽琴(女,—2016.2)
社会保险事业管理中心
主 任:雷永兵
质量技术监督局局长:吴日清
副局长:吴君跃
党组书记:吴日清
纪检组长:叶君龙
机构编制委员会办公室
主 任:吴丽云(女)
副主任:周 剑(—2016.7)
俞 洁(女)
交通运输局局长:蓝小华
副局长:蓝献土
洪 飞
党组书记:蓝小华
党组副书记:蓝献土
总工程师:吴 俊
公路管理局局长:李海燕(女)
农村工作办公室(扶贫办)
主 任:蔡毓良(—2016.9)
潘金发(2016.9—)
副主任:程晓东(—2016.9)
赵 涌
李秀红(女)
陈受贵(2016.9—)
党组书记:蔡毓良(—2016.9)
潘金发(2016.9—)
农业局局长:潘金发(—2016.12)
副局长:李如林
陈雪清
朱爱琴(女)
总农艺师:程碧霞(女)
党组书记:潘金发(—2016.12)
党组副书记:李如林
畜牧兽医局局长:梁聪女(女)
农业特色产业办主任:李益平
农村土地承包经营权流转服务中心
主 任:吴小梅(女)
现代农业园区管理委员会
主 任:潘金发(兼,—2016.12)
副主任:王路永(2016.3—)
孔伟仙(女,2016.3—)
林业局局长:陈森云
副局长:章华祥(—2016.9)
叶立钦
党组书记:陈森云
党组副书记:华赴云(—2016.2)
总工程师:俞加夫
水利局局长:方志水(—2016.6)
朱祖胜(2016.6—)
副局长:瞿宗囡(女,—2016.7)
陈礼聪(女)
钟爱平(2016.8—)
党组书记:方志水(—2016.6)
总工程师:林 敏
防汛抗旱指挥部办公室
主 任:陈礼聪(女)
区水利开发建设有限公司
董事长兼总经理:
文化广电新闻出版局(体育局)
局 长:胡菊萍(女)
副局长:江建东
叶青春
党组书记:胡菊萍(女)
卫生和计划生育局
局 长:钟金亮
副局长:刘益民
郑雪君(女)
叶旭亮
杨娇云(女)
党组书记:钟金亮
爱国卫生运动委员会办公室

主　任:孙　钧
红十字会会长:张　妍(女)
副会长:王品伟
审计局局长:徐屈霞(女)
副局长:李益彬
　　　　吴武贵
党组书记:徐屈霞(女)
纪检组长:李益彬(—2016.2)
总审计师:刘朝晖
经济责任审计联席会议办
主　任:李煜莹(女)
统计局局长:戴旭伟
副局长:吴春建(—2016.2)
　　　　吕慧萍(女)
党组书记:戴旭伟
纪检组长:吕慧萍(女,
　　　　—2016.2)
安全生产监督管理局
局　长:赵秀峰
副局长:宋新魁
　　　　姚顺苗
党组书记:赵秀峰
总工程师:胡来福(—2016.5)
安委办专职副主任:孙　婷(女)
市场监督管理局局长:王　弘
副局长:吴为晨
　　　　霍跃胜
　　　　陈　杰
　　　　上官潮涌
　　　　朱泽霞(女)
稽查大队大队长:朱泽霞(女)
岩泉所所长:王碧军
紫金所所长:何卫芳(女,
　　　　—2016.9)
白云所所长:潘李伟
万象所所长:张　骊(女)
联城所所长:吴志明
碧湖所所长:陈　杰

党组书记:
党组副书记:王　弘
民族宗教事务局
局　长:李顺富(—2016.9)
　　　　赵建勇(2016.9—)
副局长:雷岳莲(女)
建设(城乡规划)分局
局　长:章金宝
副局长:叶向荣(—2016.6)
　　　　杨耀武
党组书记:章金宝
总工程师:冯　远
环境卫生管理局
局　长:王世强(兼,—2016.6)
　　　　蓝海霞(女,2016.6—)
副局长:王苍松(—2016.6)
　　　　高和平
　　　　朱永胜
　　　　吴海平(2016.2—)
纪检组长:吴海平(—2016.2)
土地和房屋征收工作办公室
主　任:章旭宇
副主任:许新钢
　　　　谢建平
　　　　周志方
　　　　陈鑫荣(—2016.12)
党组书记:章旭宇
旅游委员会(东西岩风景区旅游开发建设管理委员会)(2016.6机构分设)
主　任:翁伟标(—2016.6)
副主任:杨　杰(2016.3—2016.6)
　　　　陶　琤(女,—2016.6)
党组书记:翁伟标(—2016.6)
党组副书记:杨　杰(—2016.6)

东西岩风景区旅游开发建设管理委员会
主　任:翁伟标
　　　　(2016.6—2016.12)
　　　　蔡毓良(2016.12—)
副主任:瞿　磊(2016.6—)
党组书记:翁伟标
　　　　(2016.6—2016.12)
　　　　蔡毓良(2016.12—)
旅游委员会
主　任:叶玲娣(女,2016.6—)
副主任:杨　杰(2016.6—)
　　　　陶　琤(女,2016.6—)
党组书记:叶玲娣(女,
　　　　2016.6—)
党组副书记:杨　杰(2016.6—)
瓯江风情旅游度假区管委会
主　任:徐建林(—2016.9)
　　　　汪强华(2016.9—)
副主任:杨　杰(—2016.3)
　　　　尤恒芳(女,2016.2—)
　　　　熊夏敏(2016.2—)
　　　　陈朝信(2016.3—)
党组书记:徐建林(—2016.9)
　　　　汪强华(2016.9—)
纪检组长:尤恒芳(女,
　　　　—2016.2)
丽水生态产业集聚区莲都分区管委会(浙江丽水工业园区管委会)
主　任:沈建祖(—2016.12)
　　　　管兴标(2016.12—)
常务副主任:李美华(女)
副主任:曾群英(女)
　　　　叶刘军
总工程师:邵　皓(2016.6—)
党组书记:叶祖平(2016.9—)
党组副书记:沈建祖(—2016.12)

管兴标(2016.12—)
胡　军(—2016.5)
华官丽(2016.5—)
区委副科级组织员:钟申友
城管处州分局(国土资源执法监察一大队)
局　长(大队长):蔡通友
副局长(副大队长):王再明
周蕴敏(女)
吕建军
办公室主任:林力亚(女)
副主任:郑和发
综合管理科科长:胡根和
法规监督科科长:张作涌
副科长:余世亮
岩泉中队中队长:傅文强
副中队长:李　俊
夏品文
紫金中队副中队长:罗启文
何伟慧
白云中队中队长:季乐天
副中队长:周志凯
王龙健
万象中队中队长:刘建荣
副中队长:周华懂
叶庆游
联城中队副中队长:季　蔚
季祖建
其他干部:桑立俊(保留副科级)
城管莲都分局(国土资源执法监察二大队)
局　长(大队长):朱祖胜(—2016.6)
副局长(副大队长):陈金多(—2016.6)
孙海波(2016.8—)
王占祥
张伟杰
党组书记:朱祖胜(—2016.6)
党组副书记:陈金多(—2016.6)
孙海波(2016.8—)
移民工作办公室主任:李桂元
党组书记:李桂元

【区级民主党派】

中国国民党革命委员会莲都区委员会
主　委:虞海雄
副主委:华俊林
陈哈利
九三学社莲都区委员会
主　委:林玉美(女)
副主委:瞿宗囡(女)
蓝云仙(女)
中国农工民主党莲都区委员会
主　委:郭巧燕(女)
副主委:朱爱琴(女)
王智勇
中国民主促进会莲都区委员会
主　委:邱旭平
副主委:李美华(女)
张小平
中国民主同盟莲都区委员会
主　委:周贤华
副主委:叶良成
洪万升
中国民主建国会莲都区委员会
主　委:任文红(女)
副主委:梁智伟(—2016.12)
张春华(—2016.12)
程晓东(2016.12—)
翁阁谓(2016.12—)

【部分群众团体】

总工会主席:尚小林
副主席:周林茂(—2016.9)
王　琳(女)
洪万升(2016.9—)
党组书记:尚小林
经费审查委员会
主　任:周林茂(—2016.9)
洪万升(2016.9—)
团委书记:叶祥根(—2016.12)
副书记:李朝铨(—2016.9)
尚佐方
妇联主席:蓝旭君(女)
副主席:梁玮珺(女)
王　菁(女)
党组书记:蓝旭君(女)
工商业联合会(总商会)
主　席:蓝丽华
副主席:吴海霞(女,—2016.3)
叶大庆(—2016.3)
王金华
李　炎
杜建华
章　龙
黄小毛
熊金平
王　雨(女)
王华文
王爱凤(女)
孙荣福
何建勇
陈旭东
陈晓建
周仕真
林雪平
金丽君
梁　永
叶小凤(女,2016.3—)
党组书记:陆朝霞(女,—2016.5)
李顺富(2016.7—)
文学艺术界联合会

主　席:邱旭平(—2016.3)
副主席:林　琳(女,2016.3—)
科学技术协会
主　席:史珍平(—2016.3)
　　刘进君(2016.6—)
副主席:王路永(—2016.3)
　　胡　峰(—2016.3)
　　叶雪军(2016.3—)
党组书记:史珍平(—2016.3)
　　刘进君(2016.6—)
残疾人联合会
理事长:李冠武
副理事长:曾　锋(—2016.10)
　　阙伟华
　　朱伟勇(2016.10—)
党组书记:李冠武
丽水高铁站综合管理办公室
主　任:陈岳波(2016.5—)
副主任:陈岳波(2016.2—2016.5)
　　周建伟(2016.2—)
综合科科长:章军伟(2016.2—)
执法监督科科长:王苍松(2016.6—)
计划生育协会会长:陈　萍(女)
常务副会长:钟金亮
主　席:陈海华
副主席:叶　玲(女,—2016.2)
　　叶　红(女,2016.2—)
　　李和根
　　章丽和(—2016.2)
　　王兴平(—2016.2)
　　朱贤师(2016.2—)
　　刘新水(2016.2—)
　　陈小荣(2016.2—)
　　余建栋(2016.2—)
　　范春伟(2016.2—)
　　周忠岳(2016.2—)
　　郑叶勤(2016.2—)
　　章声浩(2016.2—)
　　黄锋勇(2016.2—)
　　孙育来
　　吴永建
　　林连明(—2016.2)
　　金根木(—2016.2)
　　徐剑毅
　　虞海勇(专职,—2016.7)
　　张　艳(2016.7—)
　　蔡仙英(女,—2016.2)
　　魏　彪(—2016.2)
秘书长:虞海勇(—2016.7)
　　张　艳(2016.7—)
副秘书长:留旭东(—2016.2)
　　张俊杰(—2016.2)

【垂直管理部门】
国土分局局长:程晓东
副局长:季建忠
　　谭　伟
　　江南平
　　王肖健
党组书记:程晓东
纪检组长:王肖健
土地储备中心主任:季晓华
不动产登记中心主任:王　亮
环保分局局长:陈灵敏
副局长:王　炜
总工程师:张雪峰
莲都供电公司总经理:谢　力
党委书记:张叶根(—2016.1)
　　范　甬(2016.5—)
副总经理:叶慧强(—2016.1)
　　陆文彪(—2016.7)
　　林巧红(女)
　　王灿灿(2016.1—)
纪委书记:朱会军
莲都农村商业银行
董事长:陈胜珠
监事长:刘洪芝(女)
行　长:刘俊毅
副行长:朱　敏
　　林小勇
党委书记:陈胜珠
纪委书记:刘洪芝(女)
公安分局局长:叶建利
政　委:尤晓剑
常务副局长:叶伟春(2016.6—)
副局长:胡　玮(—2016.3)
　　叶伟春(—2016.6)
　　吕小平(—2016.6)
　　周德云
　　潘惠和
　　周德平
　　马建伟(2016.3—)
　　施国平(2016.6—)
副政委:王时豪
党委书记:叶建利
党委副书记:尤晓剑
　　叶伟春(2016.7—)
纪委书记:宋国勇
政治处主任:王芳芳(女)
网络警察大队
大队长:冯征宇(—2016.6)
　　吴永标(2016.6—)
刑侦大队大队长:施国平
教导员:林跃儿
治安大队大队长:章良旺
教导员:项巧军(—2016.6)
　　谢永多(2016.6—)
经侦大队大队长:沈柳飞
禁毒大队大队长:朱启东
国保大队大队长:邱慧刚(—2016.11)
天宁派出所所长:傅作勤
教导员:任旭东
流动人口服务管理局
局长:何　鑫(—2016.6)
　　项巧军(2016.6—)

指挥中心主任:吴永标(—2016.6)
冯征宇(2016.6—)
警务保障室主任:余　军

【部分事业企业单位】

供销合作社联合社
理事会主任:余良富
理事会副主任:周　亮
熊鑫俊
监事会主任:杨小华
党组书记:余良富
国有资产投资经营公司
董事长:
总经理:
副总经理:叶丽勇

【岩泉街道】

中国共产党岩泉街道工作委员会
书　记:王　峰(—2016.2)
胡　军(2016.5—)
副书记:傅文强
郭跃伟(—2016.6)
王育波(—2016.12)
周亚军(2016.6—)
蓝舒琴(女,挂职,2016.7—)
刘晓海(挂职,2016.9—)
纪工委书记:兰立新(—2016.9)
陈黎霞(2016.9—)
委　员:叶超荣
兰立新
傅志伟
王碧军
杨震宇
蓝林春(—2016.9)
周元进(—2016.9)
陈黎霞(2016.9—)
袁丽娟(女,2016.9—)
金益林(2016.9—)
黄晓波(2016.9—)
正科级组织员:薛和平(—2016.9)
蓝林春(2016.9—)
周元进(2016.9—)
副科级组织员:黄晓波(—2016.9)
肖丽君(女)
区人大岩泉街道工作委员会
主　任:李伟军(2016.2—)
岩泉街道办事处
主　任:郭跃伟(2016.6—)
周亚军(—2016.6)
副主任:尤会贤
周元进(—2016.9)
刘金平(—2016.9)
袁丽娟(女,—2016.9)
金益林(2016.9—)
周苍秀(2016.9—)

【紫金街道】

中国共产党紫金街道工作委员会
书　记:陶旭峰(—2016.9)
林伟群(2016.9—)
副书记:林国友
唐　键(女,—2016.9)
李朝铨(2016.9—)
纪工委书记:张田信(—2016.9)
杨海霞(女,2016.9—)
委　员:张田信
夏海伟
邱丽平
叶进林(—2016.2)
朱小勇(—2016.9)
何卫芳(女,—2016.9)
雷秀香(女,2016.9—2016.12)
杨海霞(女,2016.9—)
夏根平(2016.9—)
郑永波(2016.9—)
金慧虹(女,2016.9—)
副科级组织员:叶旭红(女,—2016.9)
夏根平(—2016.9)
金慧虹(女,—2016.9)
林根永(2016.9—)
吴友平(2016.9—)
陈永铭(2016.12—)
区人大紫金街道工作委员会
主　任:叶　波
紫金街道办事处
主　任:林国友
副主任:蓝友春
吕君勇
叶进林(—2016.2)
林根永(—2016.9)
徐建庭(—2016.9)
雷秀香(女,—2016.9)
白　洁(女,挂职,2016.3—)
夏海伟(2016.9—)
吴　胤(2016.9—)
蓝龙军(2016.12—)

【白云街道】

中国共产党白云街道工作委员会
书　记:蓝木申(—2016.5)
钟海峰(2016.5—)
副书记:季乐天
钟海峰(—2016.5)
周亚军(—2016.6)
吾斯曼·托合提(2016.5—2016.8)

艾海提·艾拜
(2016.5—2016.8)
舒丽红(女,2016.6—)
叶予序(2016.9—)
纪工委书记:陈永铭(—2016.12)
委　员:章友华
沙　狄
卢匀科
叶根平(—2016.9)
叶冠俊(—2016.9)
陈永铭(—2016.12)
叶文波(2016.9—)
张　武(2016.9—)
麻和凤(女,2016.9—)
陈卓文(2016.9—)
正科级组织员:叶根平(2016.9—)
副科级组织员:麻和凤(女,
—2016.9)
刘文波(2016.2—)
高岳云(2016.9—)
区人大白云街道工作委员会
主　任:杨继义
白云街道办事处
主　任:钟海峰(—2016.6)
舒丽红(女,2016.6—)
副主任:李高祥
王刘毅(—2016.2)
吴娜妮(女,挂职)
(—2016.5)
章友华(—2016.9)
高岳云(—2016.9)
陈卓文(—2016.9)
沙　狄(2016.9—)
刘金平(2016.9—)
周永海(2016.9—)

【万象街道】

中国共产党万象街道工作委员会
书　记:王东华(—2016.12)
叶　东(2016.12—)
副书记:刘建荣
徐伟乐(—2016.6)
朱明海(—2016.9)
蒋华靖(2016.6—)
王　皓(2016.9—)
纪工委书记:叶文波(—2016.9)
叶小丽(女,
2016.9—)
委　员:叶文波(—2016.9)
陈伟贤
陈岳平
周望波
张　骊(女)
蓝林余(—2016.6)
杨海霞(女,—2016.9)
叶小丽(女,2016.9—)
雷秀云(女,2016.9—)
林伟俊(2016.9—)
樊秀娟(女,2016.9—)
周希仁(2016.9—)
正科级组织员:朱明海(2016.9—)
副科级组织员:吴建荣
樊秀娟(女,
—2016.9)
周永海(—2016.9)
陈林伟(2016.9—)
陈国武(2016.9—)
区人大万象街道工作委员会
主　任:陈建伟(—2016.7)
蓝林余(2016.6—)
万象街道办事处
主　任:徐伟乐(—2016.6)
蒋华靖(2016.6—)
副主任:任文伟
蓝林余(—2016.6)
陈林伟(—2016.9)
陈国武(—2016.9)
周希仁(—2016.9)
王永健(2016.6—)
陈岳平(2016.9—)
何卫芳(2016.9—)

【联城街道】

中国共产党联城街道工作委员会
书　记:赵建勇(—2016.6)
张　濂(2016.6—)
副书记:张　濂(—2016.6)
陈金多(2016.6—)
卢　剑(2016.2—)
纪工委书记:雷秀云(女,—2016.9)
朱伟林(2016.9—)
委　员:王良平
吴朝勇
叶勇伟
季　蔚
吴志明
卢　剑(—2016.2)
金昌伟(—2016.9)
雷秀云(女,—2016.9)
熊余伟(2016.2—)
朱伟林(2016.9—)
陆庶宽(2016.9—)
章官蔚(2016.9—)
叶薛超(2016.9—)
正科级组织员:金昌伟(2016.9—)
区委副科级组织员:饶连友
周永东
(—2016.2)
副科级组织员:蓝伟军(2016.9—)
区人大联城街道工作委员会
主　任:蓝春香(女)
副主任:蓝伟军(—2016.9)
联城街道办事处
主　任:张　濂(—2016.6)
陈金多(2016.6—)
副主任:石伟明

卢　剑(—2016.3)
张　城(—2016.3)
陆庶宽(—2016.9)
熊余伟(2016.3—)
黄礼义(2016.9—)
罗益锋(2016.9—)

【碧湖镇】

中国共产党碧湖镇委员会
书　记:叶祖平(2016.6—)
副书记:胡　军(—2016.5)
舒丽红(女,—2016.6)
沈建祖(—2016.12)
华官丽(2016.5—)
潘秀华(2016.6—)
蓝煜斌(2016.9—)
吴　军(2016.9—)
纪委书记:李育虹(女,—2016.9)
梁媛媛(女,2016.9—)
委　员:李育虹(女,—2016.9)
叶志文(—2016.9)
张　武(—2016.9)
刘伟华(2016.2—)
梁媛媛(女,2016.9—)
王贤戴(2016.9—)
张美英(女,2016.9—)
金凌海(2016.9—)
叶伟权(2016.9—)
纪学敏(2016.9—)
碧湖镇人大主席团
主　席:华官丽(—2016.12)
麻伟明(2016.12—)
副主席:刘彤彤(2016.12—)
碧湖镇人民政府
镇　长:胡　军(—2016.12)
华官丽(2016.12—)
副镇长:王贤戴
潘秀华(—2016.12)
张美英(女,—2016.12)
郭玉伟(—2016.12)
胡春杰(—2016.12)
杜良飞(2016.12—)
徐煜军(2016.12—)
潘　波(2016.12—)

【大港头镇】

中国共产党大港头镇委员会
书　记:黄玉香(女)
副书记:徐根发(—2016.6)
陈　军(—2016.6)
阮美莲(2016.5—)
杨建贞(2016.6—)
胡春杰(2016.6—)
纪委书记:孙聪龙(—2016.6)
李亮德(2016.9—)
委　员:谢永多
孙聪龙(—2016.6)
黄礼义(—2016.9)
郑永波(—2016.9)
刘丽伟(—2016.9)
李亮德(2016.9—)
郭玉伟(2016.9—)
陈　靖(女,2016.9—)
蒋　超(2016.9—)
许力鹏(2016.9—)
副科级组织员:陈肖兰(女,—2016.9)
大港头镇人大主席团
主　席:邹永红(—2016.3)
毛南维(2016.3—2016.12)
叶祥根(2016.12—)
副主席:吕建林(—2016.3)
吕李媛(女,2016.3—)
大港头镇人民政府
镇　长:徐根发(—2016.12)
杨建贞(2016.12—)
副镇长:毛南维(—2016.3)
黄礼义(—2016.12)
杜良飞(—2016.12)
李亮德(—2016.12)
金益林(—2016.12)
梁　健(—2016.3)
吕建林(2016.3—)
郭玉伟(2016.12—)
夏黎平(2016.12—)

【峰源乡】

中国共产党峰源乡委员会
书　记:金伟君
副书记:钟爱平(—2016.6)
陈黎霞(—2016.9)
孙聪龙(2016.6—)
陈菁和(2016.9—)
丁潮洪(挂职)
纪委书记:黄琮竣(女,—2016.9)
陈静磊(2016.9—)
委　员:黄琮竣(女,—2016.9)
叶薛超(女,—2016.9)
金凌海(—2016.9)
陈静磊(2016.9—)
郑旭君(2016.9—)
郭起平(2016.9—)
刘军武(2016.9—)
雷国亮(2016.9—)
副科级组织员:齐国伟(—2016.9)
峰源乡人大主席团
主　席:李海慧(—2016.12)
齐国伟(2016.12—)
峰源乡人民政府
乡　长:钟爱平(—2016.12)
孙聪龙(2016.12—)
副乡长:郑旭军
黄琮竣(女,—2016.3)
翁小雯(女,2016.12—)
赵永昌(2016.12—)
桑超迅(2016.12—)

【太平乡】

中国共产党太平乡委员会

书　记:吴蔚国(—2016.6)

徐伟乐(2016.6—)

副书记:赵　基(—2016.9)

刘丽伟(2016.9—)

王育波(2016.12—)

纪委书记:朱伟林(—2016.9)

李栽慧(2016.9—)

委　员:刘文波(—2016.2)

朱伟林(—2016.9)

陈受贵(—2016.9)

叶小丽(女,—2016.9)

李栽慧(2016.9—)

黄琮竣(女,2016.9—)

陈肖兰(女,2016.9—)

于伟宏(2016.9—)

叶海波(2016.12—)

太平乡人大主席团

主　席:蓝池星(—2016.12)

唐　键(女,2016.12—)

副主席:徐雄伟

余子来(2016.12—)

太平乡人民政府

乡　长:王　荷(女,—2016.12)

王育波(2016.12—)

副乡长:刘文波(—2016.3)

黄燕明(—2016.3)

雷李俊(—2016.12)

李高平(—2016.12)

张春华(2016.3—)

于伟宏(2016.12—)

梅焕根(2016.12—)

汤伟波(2016.12—)

【雅溪镇】

中国共产党雅溪镇委员会

书　记:孙海波(2016.2—2016.7)

周文林(2016.7—)

副书记:孙海波(—2016.2)

叶仙美(女,—2016.2)

徐　清(2016.2—)

张　城(2016.2—)

纪委书记:李栽慧(—2016.9)

叶伟俊(2016.9—)

委　员:李栽慧(—2016.9)

蓝煜斌(—2016.9)

林伟伦(—2016.9)

李　豪(2016.2—)

叶伟俊(2016.9—)

郭伟平(2016.9—)

杨　丽(女,2016.9—)

张　挺(2016.9—)

商彬彬(2016.9—)

雅溪镇人大主席团

主　席:徐旭芬(2016.3—)

副主席:余子来(—2016.12)

金正武(2016.12—)

雅溪镇人民政府

镇　长:孙海波(—2016.3)

徐　清(2016.3—)

副镇长:张　挺

潘国龙

江建云(—2016.12)

郭伟平(—2016.12)

吴　胤(—2016.12)

潘林强(2016.12—)

张连芬(2016.12—)

【仙渡乡】

中国共产党仙渡乡委员会

书　记:熊　剑(—2016.6)

郭跃伟(2016.6—)

副书记:周建伟(—2016.5)

陈　军(2016.6—)

叶志文(2016.9—)

纪委书记:黄剑波

委　员:黄剑波

徐旭芬(女,—2016.2)

蓝　青(—2016.9)

张晓波(2016.9—)

潘根明(2016.9—)

陈婷莉(女,2016.9—)

张科科(2016.9—)

仙渡乡人大主席团

主　席:周苍秀(—2016.12)

李海慧(2016.12—)

副主席:叶超红(女,2016.12—)

仙渡乡人民政府

乡　长:周建伟(—2016.12)

陈　军(2016.12—)

副乡长:黄剑波(—2016.3)

吴友平(—2016.12)

陈　超(女,—2016.12)

张晓波(2016.12—)

周炳翔(2016.12—)

吴龙兴(2016.3—)

丁晓丽(女,2016.12—)

【老竹畲族镇】

中国共产党老竹畲族镇委员会

书　记:叶　东(—2016.12)

周建伟(2016.12—)

副书记:蓝　韬(—2016.2)

蓝海霞(女,—2016.6)

叶仙美(女,2016.2—)

蓝伟军(2016.7—)

纪委书记:张　丽(女)

委　员:张　丽(女)

罗益锋(—2016.9)

陈菁和(—2016.9)

梁媛媛(女,—2016.9)

周旺平(2016.2—)

林伟伦(2016.9—)

刘　渊(2016.9—)

翁靖靖(女,2016.9—)

蓝　青（2016.9—）
王　盛（2016.9—）
副科级组织员:刘　渊(—2016.9)
莫永勤(2016.9—)
老竹畲族镇人大主席团
主　席:蓝韬（2016.3—）
副主席:雷金荣
章华祥（2016.12—）
老竹畲族镇人民政府
镇　长:蓝海霞（女,—2016.12）
蓝伟军（2016.12—）
副镇长:曾青霞（女,—2016.3）
罗益锋（—2016.12）
莫永勤（—2016.12）
陈良富（—2016.12）
于伟宏（—2016.12）
蓝　青（2016.12—）
褚俊俊（2016.12—）
蓝津燕（女,2016.12—）
周　洵（2016.12—）

【丽新畲族乡】

中国共产党丽新畲族乡委员会
书　记:蓝旭华（—2016.6）
徐根发（2016.6—）
副书记:蓝军伟
刘　华（女,—2016.9）
王　静（女,2016.9—）
纪委书记:叶伟俊（—2016.9）
傅永福（2016.9—）
委　员:叶伟俊（—2016.9）
章官蔚（—2016.9）
杨　丽（女,—2016.9）
陈建东（挂职,
2016.2—）
傅永福（2016.9—）
王晓飞（2016.9—）
梁俊武（2016.9—）
林　彬（2016.9—）
钟文焕（2016.9—）
副科级组织员:邹永红(2016.9—)
丽新畲族乡人大主席团
主　席:应永生
张俊峰（2016.12—）
丽新畲族乡人民政府
乡　长:蓝军伟
副乡长:黄莉蓉（女）
陈必文（—2016.3）
叶伟俊（—2016.3）
邹永红(2016.3—2016.12)
翁靖靖（女,—2016.12）
梁俊武（2016.12—）
赵　健（2016.12—）
叶　辉（2016.12—）

【黄村乡】

中国共产党黄村乡委员会
书　记:陈金奎（—2016.6）
魏　俊（2016.6—）
副书记:刘　华（女,2016.9—）
纪委书记:王　静（女,—2016.9）
陈　超（女,2016.9—）
委　员:张力鹏
王　静（女,—2016.9）
林伟俊(—2016.9)
张晓波(—2016.9)
陈　超（女,2016.9—）
李高平(2016.9—)
徐　科(2016.9—)
施　彦（女,2016.9—）
黄村乡人大主席团
主　席:朱伟勇（—2016.12）
赵　基（2016.12—）
副主席:刘丽娥（女,2016.12—）
黄村乡人民政府
乡　长:叶春晓（女,—2016.12）
刘　华（女,2016.12—）
副乡长:叶泳梅（女）
熊余伟（—2016.3）
林伟俊（—2016.12）
周炳翔（—2016.12）
徐　科（—2016.12）
李高平（2016.12—）
项庭武（2016.12—）
杨裕斐（2016.12—）

（中共丽水市莲都区委组织部）

中国共产党丽水市莲都区委员会

综　述

2016年，莲都区实现地区生产总值303.80亿元，增长5.6%。城乡居民人均可支配收入分别达到38507元、21260元，分别增长9.9%和10.0%。生态产业健康发展，成功举办第八届中国社会生态农业大会，创成省级农产品质量安全放心示范县，区电子商务产业园入选全省第三批电子商务示范县，"处州蜂业"入选全省首批美丽生态牧场。项目攻坚取得实效，完成重点项目政策处理104个，南山互通至丽新公路建设工程、联城城郊农民新社区三期等一批项目开工。环境整治强力推进，全国文明城市创建"省测"第一，妥善解决郎奇村历史违建问题，"养猪上楼"模式全省推广，港周线入选"浙江十大最美绿化县道"，3个村被评为全省美丽乡村特色精品村。民生事业持续改善，启动基础教育"三年攻坚"行动，初中毕业生学业考试成绩连续第13年全市第一，被评为全省病媒生物综合防治试点工作先进区，成功举办中国美术写生大会、"古堰新韵"小镇音乐节。社会治理和谐有序，圆满完成"护航G20"维稳安保工作，建成区应急指挥中心，小荷志愿服务队被评为G20杭州峰会志愿服务全国先进集体，全省行政调解工作试点项目通过验收，生产经营性安全事故起数、死亡人数均下降75%，连续11年获省"平安区"称号。

重要会议

【区委常委会会议、区委常委(扩大)会议】 1月11日晚上，召开区委常委会会议。听取里东善后处置和灾后重建工作进展、存在问题、下步计划情况汇报；研究干部人事工作。

1月29日下午，召开区委常委会会议。听取区纪委有关案件情况汇报；审议区委十三届九次暨区政府十五届八次全体(扩大)会议议程、会议报告和《中共丽水市莲都区委关于制定莲都区国民经济和社会发展第十三个五年规划的建议》；听取2015年度乡镇、街道、区直单位工作责任制考评情况汇报；听取区机构编制有关情况汇报：审议《莲都区综合行政执法工作实施方案》；审议《东西岩景区管理体制机制调整方案》；审议《丽水高铁综合管理办公室机构设置方案》；审议《莲都区相关单位领导职数调整方案》。审议《岩泉街道、紫金街道、联城街道增设社区方案》；审议2015年度"十佳住村干部""十佳村干部"和"十佳村干部搭档"名单；莲都区第六次归侨侨眷代表大会筹备情况汇报；关于公务员晋升副处级职级的情况汇报；听取关工委2015年度工作情况汇报(书面汇报)；听取2015年度审计工作情况汇报；听取联城城郊农民新社区三期(里东安置小区)实施装配式建筑方案。

2月4日上午，先后召开区委常委(扩大)会议、区委常委会会议。区委常委(扩大)会议：传达习近平总书记重要讲话和中纪委全会、省纪委、市纪委全会精神，学习贯彻《关于十起群众身边的不正之风和腐败问题典型案例的通报》(中纪通〔2015〕10号)、《关于七起违反中央八项规定精神问题的通报》(中纪通〔2015〕11号)和《关于六起中管干部违反中央八项规定精神问题的通报》(中纪通〔2015〕12号)文件精神；传达全国、全省组织部长会议精神；传达中央、全省农村工作会议精神；传达全国、省级社会治安防控体系建设工作会议精神；传达省、市公安工作会议精神；学习贯彻《关于遂昌县人大常委会党组未认真贯彻执行县委人事任免提议问题的处理情况通报》(丽委办发〔2016〕3号)文件精神。区委常委会会议：听取区纪委有关案件情况汇报；听取“五好”服务型乡镇(街道)考评结果情况汇报；研究干部人事工作。

2月5日下午，召开区委常委(扩大)会议。传达学习习近平总书记等中央领导同志在省部级主要领导干部学习贯彻党的十八届五中全会精神专题研讨班上重要讲话精神。

2月16日上午，召开区委常委会会议。分解落实巡视组反馈意见整改工作。

2月25日下午，召开区委常委会会议。审议《中共丽水市莲都区委落实省委巡视组反馈意见整改方案》；听取区人大、区政府、区政协2015年度党组工作情况汇报；听取莲都区第十三届纪律检查委员会第六次全体(扩大)会议筹备情况汇报；传达中央、省、市政法工作会议精神以及贯彻意见，听取莲都区2015年度社会稳定形势(平安莲都建设)工作情况汇报，审议2015年度综治工作先进集体和先进个人名单，对市委领导批示件滞后办理情况作说明；听取区法院关于切实提升案件实际执行率有关情况的汇报；传达中央、省、市信访工作会议精神，审议2015年莲都区信访维稳“四无”乡镇(街道)、信访工作先进集体和先进工作者名单；传达省、市反邪教会议精神，听取2016年我区反邪教工作重点情况汇报；审议《关于加强民间信仰事务管理的意见》；听取丽新乡、区国有资产服务中心、区供销社2015年度工作责任制考评情况说明；研究干部人事工作；传达方向同志在全市纪检监察系统“双学双争”主题活动部署会上的讲话精神。

2月29日上午，召开区委常委(扩大)会议。传达学习省委夏宝龙书记在丽水调研时的重要讲话精神；听取《中共丽水市莲都区委落实省委巡视组反馈意见整改方案》的汇报；听取莲都民宿经济发展情况汇报；听取莲都区养生农业发展情况汇报；听取“一个捡不到烟头的城市”创建情况汇报；听取“一个不会吃到地沟油的城市”创建情况汇报；听取“一个零投诉的旅游城市”创建情况汇报。

3月7日上午，召开区委常委会会议。传达学习全市“归零翻篇开新局”主题大讨论活动动员会精神，研究全区“归零翻篇开新局”主题大讨论活动实施方案；听取区人大、政府、政协，法院、检察院工作报告，区“两会”筹备有关情况汇报；审议《关于莲都区2015年预算执行情况和2016年预算草案的报告(草案)》，《莲都区十三五规划纲要(草案)》《莲都区2015年国民经济和社会发展计划执行情况与2016年国民经济和社会发展计划报告(草案)》《莲都区2016年基本建设项目投资计划》，听取2015年度扩大有效投资工作考核情况汇报；传达贯彻全国宣传部长会议、全省宣传思想工作会议，全省统战部长会议和全市党建工作会议精神；听取关于上浮基层派出所规范津补贴和乡镇机关事业单位工作人员实行乡镇工作补贴的情况汇报；听取2015年度安全生产目标管理责任制考核结果情况汇报；审议有关先进集体和先进个人名单：审议2015年度“党管武装好书记”名单；审议2015年度洁净村居创建、六边三化三美工作、农村发展六大行动计划、美丽乡村建设先进集体和先进个人名单；审议2015年度农村产权制度改革先进集体和先进个人名单；审议2015年度计划生育工作先进集体和先进个人名单；审议2015年度城乡社区工作先进集体和先进个人名单。

4月7日下午，先后召开区委常委(扩大)会议、区委常委会会议。区委常委(扩大)会议：传达学习习近平总书记在全国政协民建工商联界别委员联组委会上重要讲话精神；传达学习夏宝龙书记在全省“五水共治”工作会议上的重要讲话精神；听取碧湖镇郎奇村违法建筑处置情况汇报。区委常委会会议：审议《中共丽水市莲都区委关于省委巡视组反馈意见整改落实情况的报告》；听取全省对台工作会议精神及我区对台工作情况汇报；审议《关于加强社会治安防控体系建设的实施意见》；听取关于东西岩景区特许经营权收回自主经营相关情况的汇报；听取关于给予莲都公安分局等4个单位记三等功情况汇报；听取2015年度招商引资考核奖励情况汇报；审议莲都区2015年度“五水共治”工作先进集体和先进个人名单；听取全省乡镇换届工作培训会精神和全区乡镇换届工作实施意见情况汇报，审议《关于对领导干部进行提醒、函询和诫勉的操作办法》。

5月3日上午，召开区委常委会会议。听取中央“两学一做”学习教育工作座谈会，全省、全市“两学一做”专题党课暨学习教育部署会精神及莲都区贯彻建议汇报；听取里东有关工作情况汇报；听取莲都区2016年第一季度社会稳定形势分析（平安莲都建设工作）情况汇报；审议《莲都区2016年度农家乐民宿工作考核办法》《莲都区2016年度“六边三化三美”工作督查考核细则》《莲都区2016年度农村环境卫生治理工作督查考核细则》；通报近期赴省厅对接汇报有关工作情况；审议《2016年区委常委会工作要点》；研究干部人事工作；通报因公出国（境）有关情况。

5月6日下午，召开区委常委（扩大）会议。传达《中共中央关于部分领导干部在谈话函询中不如实向组织说明情况典型案例及其教训的通报》（中办发电〔2016〕9号）文件精神；学习贯彻落实《岱山岱东猪场废水超标排法环境违法问题落实情况的报告》文件精神。

5月27日下午，先后召开区委常委（扩大）会议、区委常委会会议。区委常委（扩大）会议：传达学习《中国共产党地方委员会工作条例》精神；传达学习习近平总书记在全国宗教工作会议上的重要讲话精神；传达学习省政协主席乔传秀在丽水调研时的讲话精神；传达全省G20杭州峰会维稳安保工作“十大专项行动”推进会精神，审议《莲都区“平安护航G20大会战”十大行动工作方案》；审议2016年区领导督百案活动方案。区委常委会会议：听取区委常委参加“两学一做”学习教育的主要工作安排和设立“两学一做”学习教育协调小组有关情况汇报；审议《莲都区农村基层作风巡查工作实施方案》《莲都区2016年度党风廉政建设目标责任制考核办法》；审议《丽水市莲都区2016年度土地和房屋征收工作考核办法》；听取市级“优秀共产党员”、“优秀党务工作者”和“先进基层党组织”推荐情况汇报；研究干部人事工作。

6月9日下午，先后召开区委常委（扩大）会议、区委常委会会议。区委常委（扩大）会议：传达《关于徐福顺、王宜林、杨华同志违反中央八项规定精神问题的通报》（中纪通〔2016〕6号）、《关于深入落实中央八项规定精神严防“四风”问题反弹回潮的通知》(丽纪发〔2016〕3号) 文件精神；贯彻落实全省宗教工作会议精神；审议《古堰画乡创建国家AAAAA级旅游景区实施方案》；审议《莲都区全域旅游实施方案》；审议《“古堰新韵”小镇音乐节方案》；审议《莲都区促进农民增收三年（2016—2018年）行动计划》；审议《莲都区加快生态工业发展的若干意见》；传达黄旭明副省长在听取古堰画乡小镇建设情况汇报后的讲话精神。区委常委会会议：审议《关于加强政党协商的实施意见》；审议先进基层党组织和先进党员；研究外事工作；研究干部人事工作。

6月14日下午，召开区委常委（扩大）会议。传达贯彻市委三届十一次全体（扩大）会议精神；传达《中央办公厅关于部分人大代表、政协委员涉法涉罪问题问责情况及其教训的通报》。

6月24日下午，召开区委常委（扩大）会议。区委副书记、政法委书记陈元龙通报里东调查结果公布有关情况；区委副书记、区长杨秀清讲话。

7月5日上午，召开区委常委（扩大）会议。传达学习习近平总书记在庆祝中国共产党成立95周年大会上的讲话精神；传达丽水市推进全国文明城市创建动员大会精神；审议《莲都区推进全国文明城市创建动员大会建议方案》；审议2015年莲都区全国文明城市和2014年创建国家卫生城市获奖单位和个人。

7月14日下午，召开区委常委会会议。学习《中国共产党党组工作条例（试行）》；传达学习省委副书记王辉忠在丽水调研时的讲话精神；听取全省哲学社会科学工作和党校工作会议精神及贯彻意见汇报；审议区委十三届九次暨区政府十五届八次全体（扩大）会议议程、会议报告和《中共丽水市莲都区委关于补短板增后劲加快“中国莲都”建设的若干意见》；审议《中共丽水市莲都区委落实党委（党组）意识形态工作责任制实施方案》；审议《莲都区不动产登记职责整合方案》；听取关于雅溪镇里东村山体滑坡后续综合治理施工、监理和设计单位变更的情况汇报；关于给予孙海波、江建云、武瑜芳等三人党政纪处分情况汇报；审议《莲都区生态休闲养生（养老）经济促进会社团机构职能调整方案》，研究干部人事工作。

7月23日上午，召开区委常委会会议。审议《中共丽水市莲都区委关于省委巡视组反馈意见整改落实情况的通报（党内）》和《中共丽水市莲都区委关于巡视整改情况的通报（社会）》；听取市管县处级副职拟晋升正处级情况汇报。

7月31日下午，召开区委常委会会议。学习《中国共产党问责条例》；传达史书记在二季度县（市、区）工作汇报会上的讲话精神；研究区委班子换届以来的工作总结；审议《2016年莲都区党风廉政建设和反腐败工作组织领导与责任分工》；研究干部人事工作；传达任泽明书记在全省市、县纪委书记会议上的讲话精神，学习《关于开展市、县（市、区）党委巡察工作的意见》（浙委办发〔2016〕41号）文件精神；听取莲都区2016年第二季度社会稳定形势分析（平安莲都建设工作）情况汇报。

8月1日上午，召开区委常委（扩大）会议。观看《镜鉴》；考察组组长郑力平讲话，一是传达中央、省委、市委有关县级领导班子换届政策，二是通报本次换届考察的主要任务和方法步骤，三是强调中央和省市委严肃换届纪律要求并作出换届考察工作承诺；市委常委、区委书记葛学斌讲话，每位市管领导干部签订《遵守换届纪律承诺书》。

8月2日下午，召开区委常委（扩大）会议。传达学习省委常委、纪委书记任泽民在丽水调研时的重要讲话和市委书记史济锡在市委常委扩大会议上学习任泽民书记重要讲话精神的讲话；市委常委、区委书记葛学斌讲话。

8月21日下午，召开区委常委会会议。审议《2016年度工作责任制考评实施意见》；审议《莲都区公务用车制度改革实施方案》及配套政策；审议《莲都区意识形态和社会舆情工作联席会议制度》；审议《丽水市莲都区人民政府关于进一步明确消防安全岗位职责的意见》《丽水市莲都区消防安全责任追究暂行办法》；审议《2017年度城乡居民基本医疗保险筹资方案》（由梁永光汇报，俞丽威和区财政局赖志平参加）；听取2016年上半年安全生产工作情况汇报；听取关于《莲都区宣平溪水生态文明建设方案研究报告》进展情况汇报；听取区纪委案件情况汇报；市委考察组组长通报确定拟新提拔人选考察对象建议名单情况。

8月27日下午，召开区委常委（扩大）会议。传达全省G20峰会维稳安保决战阶段工作部署会会议精神，汇报全区护航G20杭州峰会工作情况；传达史济锡同志在青田县督查污水超标排放问题整改工作专题会议上的讲话精神。

8月31日下午，召开区委常委（扩大）会议。考察组组长郑力平作换届考察反馈，主要反馈换届考察工作基本情况，对区级领导班子的总体评价及建议等；传达《中共中央关于辽宁拉票贿选案查处情况及教训警示的通报》（中发电〔2016〕7号）文件精神。

9月8日下午，召开区委常委会会议。审议《莲都区关于规范领导干部操办婚丧喜庆事宜的若干规定(试行)》;听取关于机构编制工作有关情况汇报:增加领导职数;莲都区国资运营机构改革方案;研究干部人事工作。

9月21日下午,召开区委常委(扩大)会议。学习贯彻史济锡书记在莲都区调研时的重要讲话精神。

9月28日下午,召开区委常委会会议。传达《五起执纪审查中发现的中管干部违反中央八项规定精神问题的通报》(中纪通〔2016〕9号)文件精神;传达全省党委系统办公室工作会议精神;听取关于建立项目建设和招商项目推进机制的汇报;听取关于开展党员违反组织纪律典型案例大讨论有关情况汇报;审议《莲都区构建"三位一体"农民合作经济组织体系实施方案》;听取关于丽水市大山峰森林公园(大山峰林区)对外承包经营有关情况的汇报;审议《莲都区普法教育依法治理领导小组关于在全区公民中开展法治宣传教育的第七个五年规划(2016—2020年)(审议稿)》《莲都区"六五"普法先进集体和先进个人名单(审议稿)》;听取区第十四次党代会和乡镇党委换届有关情况汇报;听取莲都区人大常委会党组关于做好区乡两级人大换届选举工作的意见汇报;听取区政协第十五届丽水市莲都区委员会人事安排的情况汇报;听取2016中国写生大会有关情况汇报。

10月20日上午,召开区委常委会会议。学习习近平总书记关于精神文明建设的重要论述精神;审议《莲都区乡镇新一届党委候选人预备人选名单》《莲都区第十四次党代会农村代表候选人预备人选名单》;审议《丽水市莲都——义乌山海协作产业园建设发展的实施方案》;审议《莲都区换届选举工作领导小组成员建议名单》《莲都区人大常委会内设机构及科级领导职数调整方案》;听取《中共丽水市莲都区委关于市委落实党风廉政建设主体责任专项检查发现问题整改落实情况的报告》的情况汇报;研究干部人事工作。

11月10日上午,先后召开区委常委(扩大)会议、区委常委会。传达《中共浙江省委关于认真组织学习〈胡锦涛文选〉的通知》精神;传达学习习总书记在纪念红军长征胜利80周年大会上的讲话精神,葛学斌书记讲话;学习《关于新形势下党内政治生活的若干准则》《中国共产党党内监督条例》和习总书记的说明,传达省、市《关于认真学习宣传贯彻党的十八届六中全会精神的通知》,葛学斌书记讲话;学习习近平总书记、刘云山同志在全国国有企业党的建设工作会议上的讲话精神;"两学一做"相关内容学习。区委常委会会议:听取关于举办第八届中国社会生态农业(CSA)大会工作情况汇报;听取全省美丽乡村和农村精神文明建设现场会精神及贯彻意见汇报及莲都区2016年前三季度农民增收和扶贫工作汇报;传达《关于进一步严格把握党代会代表、人大代表、政协委员人选标准条件的通知》;审议《2015年度区管领导干部年度考核情况说明》《2016年莲都区区管领导干部年度考核优秀等次评定办法》;审议《莲都区2016年计划生育目标管理责任制考核办法》;关于授予夏锦文、张春龙区劳动模范称号相关情况的汇报,审议《2012—2016年度莲都区劳动模范评选表彰方案(草案)》及《丽水市莲都区模范集体和劳动模范评选(推荐)及管理办法(草案)》;关于机构编制工作有关情况汇报。

11月17日下午,先后召开区委常委会会议、区委常委(扩大)会议。区委常委会会议:传达《关于在全省开展落实中央八项规定精神"回头看"工作的通知》精神,杜兴林书记讲话;研究干部人事工作。区委常委(扩大)会议:观看《西式民主怎么了》;观看廉洁动漫片《郑义门》,《做合格党员》。

11月23日下午,召开区委常委会会议。传达学习史济锡书记赴莲都区调研和参加市人大代表联络站活动讲话精神,杜兴林书记讲话;莲都区出席市第四次党代会代表推选工作及莲都区第十四次党代会有关情况汇报;审议莲都区第五届道德模范及道德模范提名奖建议名单。

11月29日下午,先后召开

区委常委（扩大）会议、区委常委会会议。区委常委（扩大）会议：传达贯彻省委十三届十次全体（扩大）会议精神；传达全国安全生产工作电视电话会议精神。区委常委会会议：审议出席市第四次党代会代表候选人初步人选考察对象名单；审议区人大代表、政协委员初步候选人名单；听取莲都区党外知识分子联谊会换届筹备情况汇报，中国民主建国会莲都区第六届委员会换届选举工作筹备情况，成立丽水市莲都区网络界人士联合会有关情况汇报。

12月5日上午，召开区委常委会会议。讨论区第十四次党代会报告、区纪委工作报告；审议《关于加强莲都区乡镇（街道）“四个平台”建设工作的实施意见》；听取关于出席市第四次党代会代表候选人初步人选的情况汇报；研究干部人事工作。

12月8日上午，召开区委常委会会议。听取莲都区创建全国文明城市迎国测有关情况汇报；研究干部人事工作。

12月13日下午，召开区委常委会会议。审议《2016年莲都区招商引资工作目标责任制考核办法》；听取区总工会、团区委、区妇联2016年度工作情况汇报；听取关于乡镇党代会选举产生的区党代会代表资格复审情况汇报；区第十四次党代会街道、区直机关、两新、部队代表候选人预备人选名单的汇报；区党代会领导放选安排的建议；关于终止、停止区第十三次党代会代表资格建议名单的汇报。

12月15日下午，召开区委常委会会议。传达史济锡书记在莲都区调研文明城市创建工作时的讲话精神；审议《中国共产党丽水市莲都区委员会工作规则（审议稿）》；审议区第十六届人民代表大会正式代表候选人名单；研究区级领导班子换届人事安排和干部人事工作。

12月20日下午，先后召开区委常委（扩大）会议、区委常委会会议。区委常委（扩大）会议：传达中央经济工作会议精神；传达市委三届十三次全体（扩大）会议精神。区委常委会会议：听取区第十四次党代会会议日程、选举办法、组团名单等情况汇报；听取党代会报告征求意见情况汇报；听取《莲都区贯彻执行中央八项规定精神自查报告》起草情况汇报；听取2016年莲都区人才工作情况和2017年人才工作思路汇报。

12月22日下午，召开区委常委会会议。听取区第十四次党代会党代表、主席团及总监票人有关情况汇报；听取区领导2017年元旦、春节前后主要活动安排；听取全市深化“两学一做”学习教育暨基层党建“整乡推进、整县提升”和党员干部家风家规建设推进会精神汇报；听取纪委有关案件情况汇报。

12月26日下午，先后召开区委常委（扩大）会议、区委常委会会议。区委常委（扩大）会议：传达习近平、刘云山同志在全国高校思想政治工作会议上的讲话精神；传达全市“干净干事创新业”作风建设专项活动动员部署会议精神。区委常委会会议：审议《关于在全区开展“干净干事创新业”作风建设专项活动的实施方案》《莲都区作风建设领导小组成员名单》；研究提出市四届人大代表推荐人选名单；研究干部人事工作。

【区委十三届九次暨区政府十五届八次全体（扩大）会议】 2月1日，区委召开十三届九次暨区政府十五届八次全体（扩大）会议。市委常委、区委书记葛学斌代表区委常委会作工作报告，并就《中共丽水市莲都区委关于制定国民经济和社会发展第十三个五年规划的建议（审议稿）》作了说明。区委副书记、区长杨秀清部署工作，区领导雷萍、谷江南、陈元龙、周海忠等出席会议。区人大常委会主任雷萍，区政协主席谷江南分别在会上传达了省人大十二届四次会议，省政协十一届四次会议精神。会议还分组讨论和审议了“十三五”规划《建议（审议稿）》并由区委全委会表决通过。

【全区干部大会】 2月15日上午，莲都区以视频会议形式召开全区干部大会。市委常委、区委书记葛学斌回顾总结了全年的工作，对2017年工作提出要求。纳爱斯集团党委书记、董事长兼总裁庄启传应邀出席会议并作主题报告。区委副书记、区长杨秀清主持会议,雷萍、谷江南、陈元龙、周海忠等区领导出席会议。会议表彰了2015年度先进集体和先进个人。

【区委政法工作会议暨全区综治、信访、反邪教会议】 3月2日上午,召开区委政法工作会议暨全区综治、信访、反邪教会议。会议表彰了2015年度全区综治、信访工作先进集体、先进个人。市委常委、区委书记葛学斌作报告并代表区委、区政府与相关单位签定了综治、信访工作目标责任书。区委副书记、政法委书记陈元龙在会上传达了全省政法工作会议精神,并对相关工作作了部署。区委常委、区公安分局局长叶建利主持会议。部分乡镇(街道)、部门负责人作了表态发言。

【莲都区第十三届纪律检查委员会第六次全体(扩大)会议】 3月3日,莲都区召开第十三届纪律检查委员会第六次全体(扩大)会议。市委常委、区委书记葛学斌出席会议并讲话。区委副书记、区长杨秀清以及雷萍、谷江南、周海忠等区领导出席会议。会议以书面的形式传达了中央、省、市纪委全会精神。葛学斌代表区委与区人大、政府、政协党组、区委常委签订2016年度党风廉政建设责任书。区委常委、区纪委书记宋珍花主持会议,并代表区纪委常委会作工作报告提交大会讨论通过。会上还播放了近期区纪委"正风肃纪"暗访工作视频,要求各部门、各单位认领问题,抓好整改,进一步深化作风建设,严明工作纪律,树立良好形象。

【全区组织、宣传工作会议】 3月30日,莲都区委召开组织、宣传工作会议,市委常委、区委书记葛学斌出席会议并讲话。区委副书记、政法委书记陈元龙主持会议。区委常委、组织部长张继芳,区委常委、宣传部长雷勇军在会上分别就组织和宣传工作作了总结和部署。区领导朱超模、赵加慧、潘新雄等出席会议。各乡镇(街道)党(工)委书记;组织、宣传委员;区直各单位主要负责人等参加会议。

【全区扩大有效投资暨工业、招商、安全生产、金融工作会议】

4月14日上午,莲都区召开扩大有效投资暨工业、招商、安全生产、金融工作会议,市委常委、区委书记葛学斌出席会议并讲话,区委副书记、区长杨秀清主持会议,区领导雷萍、谷江南、陈元龙、周海忠等出席会议。会议表彰了先进企业、先进单位和先进个人。杨秀清代表区政府分别与乡镇(街道)、部门签定了项目投资、工业经济、招商引资和安全生产年度工作责任状,并对相关工作提出要求。区委副书记、政法委书记陈元龙宣读表彰文件,区委常委、常务副区长胡献如,副区长俞丽威分别部署相关工作。古堰画乡指挥部、丽水工业园区管委会、农业局、岩泉街道负责人在会上作了表态发言。

【莲都区全域旅游暨古堰画乡创AAAAA级景区工作推进会】 5月29上午,莲都区召开全域旅游暨古堰画乡创AAAAA级景区工作推进会,市委常委、区委书记葛学斌出席会议并讲话。区委副书记、区长杨秀清主持会议,区领导雷萍、谷江南、陈元龙、周海忠等出席会议。会上,区农办、区旅委还分别与浙江联众休闲产业集团、上海瓦坞文化创意有限公司签订了乡村旅游项目开发协议。

【莲都区纪念中国共产党成立95周年庆祝大会】 6月30日上午,莲都区召开纪念中国共产党成立95周年庆祝大会,受市委常委、区委书记葛学斌委托,区委副书记、区长杨秀清给党员们上党课,区政协主席谷江南出席会议,区委副书记、政法委书记陈元龙主持会议。会议表彰了2015年度区级优秀共产党员、优秀党务工作者和先进基层党组织。

【区委十三届十次暨区政府十五届九次全体(扩大)会议】 7月23日上午,莲都区组织召开区委十三届十次暨区政府十五届九次全体(扩大)会议。市委常委、区委书记葛学斌出席会议,并作《补短板、开新局,加快推进"中国莲都"建设》主题报告。区委副书记、区长杨秀清总结上半年工作、部署下阶段任务。大会后,葛学斌主持召开区委全委会，表决通过《中共中共丽水市莲都区委关于补短板增后劲加快“中国莲都”建设的若干意见》。区领导雷萍、谷江南、陈元龙、周海忠等出席会议，全区副处级以上领导干部，各乡镇、街道主要负责人等参加了扩大会议。

【莲都区“平安护航G20大会战”总结会暨“平安夺金鼎百日大会战”动员会】 9月26日下午，莲都区召开“平安护航G20大会战”总结会暨“平安夺金鼎百日大会战”动员会。市委常委、区委书记葛学斌出席并讲话。区委副书记、区长杨秀清主持会议，区领导谷江南、陈元龙等出席会议。会议全面总结了全区“平安护航G20大会战”工作，深入部署推进“平安夺金鼎百日大会战”工作。区公安分局、区市场监管局、区安监局、岩泉街道、碧湖镇主要负责人在会上分别作了表态发言。

【莲都区“除隐患、保安全、促转型”治危拆违攻坚和地质灾害治理工作、小城镇环境综合整治工作会议】 11月24日上午，莲都区组织召开全区“除隐患、保安全、促转型”治危拆违攻坚和地质灾害治理工作、小城镇环境综合整治工作会议。会议主要议题是贯彻落实省、市会议精神，全面动员部署相关工作。区委书记杜兴林出席并讲话。杜兴林强调，要提高认识、强化担当；锁定目标、精准发力；强化保障、合力推进，确保工作取得实效，实现区域转型跨越。区委副书记、代区长陈豪主持会议；区领导陈元龙、叶祖平等出席会议。副区长王世强、叶建光在会上分别对相关工作作了部署，碧湖镇、区建设分局、区国土分局以及紫金街道、白云街道负责人先后作了表态发言。

【区委十三届十二次全体（扩大）会议】 12月23日上午，区委召开十三届十二次全体（扩大）会议，区委书记杜兴林主持会议并代表区委常委会向全会报告工作。报告全面回顾了2016年工作，并对岁末年初工作作了部署。全区副处级以上领导干部，区直部门以及乡镇（街道）主要负责人等参加会议。会议还审议通过了《中共丽水市莲都区委员会工作规则（草案）》《中共丽水市莲都区第十三届委员会工作报告（草案）》《中共丽水市莲都区纪律检查委员会工作报告（草案）》。

办公室工作

【文字工作】 2016年共确定区领导调研课题40个，完成汇报材料、讲话材料、报刊约稿等文字材料200多个。特别是邀请浙报集团原副总编徐峻，组成调研组深入峰源乡开展了10天的驻村调研，形成《关于重新振兴峰源乡经济的调研与建议》，为补足三农工作短板，加快我区率先高水平全面建成小康社会提供了决策参考。将《莲都信息》编发频率从原来的一周2～3期提升为1天1期，全年共编发信息314期，获区领导批示32条。有20余条经验类信息被省、市党委政府录用。全年在《浙江日报》等省级以上媒体报道75篇，市级媒体300余篇，在新媒体《浙江新闻客户端》上刊发稿件155篇（条）。

【督查考评工作】 2016年印发督查通知、专报、通报、反馈等90多期，催办督办市、区领导批示件1063件，办理反馈市委市政府专项督查件32件，办理市、区两级建议提案324件，督促了62个省、市、区媒体曝光问题的整改落实。

【综合协调工作】 2016年，主动加强与市委办公室、基层各部门及区四套班子之间的联系，形成上情下达、下情上传、配合紧密，完善办公室机关岗位责任制，促进办公室有序运转、无缝衔接。严格执行中央八项规定，集中治理文山会海，多会合并缩减会议数量，全年应开全区性会议由75次减少到42次，缩减45%。扎实做好会议筹备、组织和实施工作，共筹办各类会议100余次，推进党委规范性文件报备工作，全年报备12件。

【机要保密安全工作】 2016年，区委办加强值班制度，交接班做到“岗与岗、人对人”无缝对接，圆满完成省委副书记王辉忠莲都调研期间紧急重要电报的随行保障任务。完成莲都厅涉密视频终端和摄像头备份工作，保障涉密视频会议78场次。抓好计算机保密管理工作，对全区重要部门、岗位开展保密检查。未发生过任何丢失、压误和错办、漏办电报等责任事故。

【信访维稳工作】 2016年，推进法治信访、阳光信访、精准信访，实施第三方对话机制，聘请常年法律顾问，为上访群众提供法律咨询。深入开展“区领导督百案”活动，推进积案化解“去库存”，其中省级积案37件，已化解33件。做好G20杭州峰会等重点时段信访维稳工作，实现了重点时段进京零上访。建立“12345”统一政务咨询投诉举报平台。落实初信初访首办责任，发挥基层基础作用，在全年信访总量增加45%的前提下，实现赴省上访人次减少10%的成绩，第11年被省委省政府命名为“平安区”。

【对台服务工作】 2016年，开展“为台服务月”活动，及时帮助在莲台胞协调解决子女就读、涉台婚姻、经商务工等方面的问题。充分发挥区台谊会和台胞台属积极作用，做好与旅台同乡会、莲都籍在台人员和台湾主流媒体联系工作，深化两岸文化交流，助力两地民宿、乡村旅游、生态农业等多领域多层次经贸交流。

组织工作

【“两学一做”学习教育常态化制度化】 广泛开展“金点子”征集活动，以“书记上党课”方式部署动员。组织党员开展“合格党员标准”大讨论，分析梳理合格党员标准和不合格党员清单。坚持正面教育，在浙江新闻客户端发布基层党建好故事293个，到农村、社区、学校等开展基层党课巡回宣讲95场次，组织开展习总书记“七一”讲话精神、十八届六中全会精神学习。开展“手抄党章·学思践悟”活动，组织全区党员手抄党章，撰写感言体会，促使党章条文入脑入心。开展党员“佩党徽、亮身份、作表率”活动，全区所有在职党员上班时间统一佩戴党徽，亮明党员身份，接受群众监督。开展“时刻牢记优秀革命传统，提升党员干部担当精神”活动，全区行政事业单位党员到中共丽水县委旧址（岱后）开展党性学习教育活动。创建“共产党员文明创建实践区”82个，开展党员志愿服务活动300余场，16万余人次参加，以实际行动引领提升市民素养、塑造城市品牌。开展“全民保洁日”活动，全区党员带头作表率，营造全民参与美丽乡村建设的良好氛围。

（蒋洪勇）

【区第十四次党代会代表选举】 根据2016年9月30日区委十三届十一次全体会议《关于召开中国共产党丽水市莲都区第十四次代表大会的决议》和《中共丽水市莲都区委关于中国共产党丽水市莲都区第十四次代表大会代表选举工作的通知》精神，区第十四次党代会代表选举工作，按乡镇、街道、区直机关、解放军、武警部队等共划分成20个选举单位。由这些选举单位分别召开党代表大会、党工委扩大会议、党代表会议或党员大会，选举产生大会代表。其中，有9个选举单位召开了党代表大会，有5个选举单位召开党工委扩大会议，有1个选举单位召开党代表会议，有5个选举单位召开党员大会。整个代表的选举工作于2016年12月15日全面完成。区委十三届十一次全会确定出席区第十四次党代会的代表名额为280名，分配代表名额278名，机动2名。各选举单位共选举产生出席区第十四次党代会代表277名。本次党代会代表的选举工作，是严格按照中央和上级党委的规定进行的，从代表人选的酝酿提名、预备名单的确定以及代表的选举产生，都充分发扬党内民主，贯彻执行民主集中制原则，尊重选举人的意志和民主权利。本次党代会的代表，都是采取无记名投票差额选举产生的，其差额比例均不少于候选人的22%。代表的组成情况：其中各级领导干部142名，占51.27%；各方面专业技术人员41名，占14.8%；各方面先进模范人物90名，占32.49%；解放军、武警部队4名，占1.44%。工人30名，占10.83%；农民56名，占20.2%。妇女96名，占34.66%；少数民族26名，占9.39%；45周岁以下150名，占54.15%。对代表资格的初审情况：本次党代会代表资格条件，是依据省委有关规定和区委关于区第十四次党代会代表选举工作的文件精神进行审查把关的。在审查代表候选人过程中，实行资格联审制度，始终坚持注重素质，严格把关。所有代表全部按照省委组织部《关于进一步严格把握党代表、人大代表、政协委员人选标准条件的通知》要求，对照41项负面审查清单进行了资格审查。其中，对乡镇选举产生的18名存在负面审查清单所列情形的区党代表拟任人选，区委常委会经过慎重研究，作出了不予批复的决定，确保党代表队伍的先进性和纯洁性。

（周黎燕）

【区第十四次党代会】 2016年12月27日至30日，中国共产党丽水市莲都区第十四次代表大会在莲都区会议中心召开，会议听取了杜兴林代表区第十三届委员会向大会所作的题为《城市共建 经济共融 福祉共享 为在全市率先高水平全面建成小康社会而努力奋斗》的工作报告，宋珍花代表区纪律检查委员会所作的题为《聚焦全面从严治党 强化监督执纪问责 坚定不移推进党风廉洁建设和反腐败斗争》的工作报告。会议选举产生了中国共产党丽水市莲都区第十四届委员会委员40名（按姓氏笔画为序）：王小刚、王世强、王东华、王君伟、卢进、叶建光、叶建利、叶祖平、杜兴林、李美顺、谷江南、汪强华、宋珍花（女）、张濂、陈豪、陈元龙、陈江涛、陈岳波、林伟群、周显荣、赵加慧（女）、胡军、胡伟华、胡菊萍（女）、钟海峰（畲族）、俞丽威、徐屈霞（女）、翁伟标、郭晓波、陶旭峰、黄玉香（女）、章金宝、梁永光、蒋嫞（女）、赖志平、雷成（畲族）、蔡通友、蔡毓良、管兴标、潘金发。区委候补委员8名（按得赞成票多少为序）：林军、金伟君、徐伟乐、傅佩珍（女）、叶东、蓝小华（畲族）、陈一娟（女）、蓝丽芬（女，畲族）。会议选举产生了区第十四届委员会常务委员会委员10名：杜兴林、陈豪、胡伟华、赵加慧（女）、王世强、宋珍花（女）、周显荣、叶建利、翁伟标、叶祖平。会议选举杜兴林为区第十四届委员会书记，选举陈豪、胡伟华为区第十四届委员会副书记。会议选举产生了新一届区纪律检查委员会委员共19名（按姓氏笔画为序）：王皓、王庆文（女）、叶伟俊、田志萍（女）、刘朝晖、李育虹（女）、吴喆文、宋国勇、宋珍花（女）、陆湘阳、陈江涛、陈鲍军、陈黎霞、周陈亮、郑超敏、钟勇军、施海勇、郭晓波、梁媛媛（女）。会议选举产生了区纪律检查委员会常务委员会委员7名：宋珍花（女）、陈江涛、施海勇、田志萍（女）、钟勇军、周陈亮、陈鲍军。会议选举宋珍花为区纪律检查委员会书记，陈江涛、施海勇为区纪律检查委员会副书记。会议还选举产生了莲都区出席中国共产党丽水市第四次代表大会代表32名（按姓氏笔划为序排列）：王东华、王君伟、叶东、朱晨、任淑女（女）、华官丽、江永平、纪旭红（女）、杜有雷、杜兴林、宋珍花（女）、张濂、陈豪、陈旭东、武勇仁、周显荣、郑秀旺、胡伟华、钟海峰（畲族）、郭晓波、陶旭峰、黄玉香（女）、梁菊花（女）、葛学斌、蒋嫞（女）、程晔（女）、蓝丽芬（女，畲族）、蓝根英（女，畲族）、赖志平、雷菊慧（女，畲族）、雷薛华（畲族）、廖翊慧。

（周黎燕）

【乡镇党委换届】 根据区委的统一部署，2016年4月上旬至7月上旬，区委干部考察组对全区9个乡镇进行了届末考察。本次领导干部调整后乡镇班子职数配备情况：核定领导班子职数134名（含人武部长、派出所长进党委13名，不包括组织员职数），实际配备121人（其中班子成员119人，组织员2人）。党政正职平均年龄41.56岁（其中：35岁左右的1人，35岁左右的党委书记1人，55岁左右党委书记1人），女干部3人。乡镇班子平均年龄39.08岁（调整前平均年龄为41.62岁），其中：30岁以下14人，占11.57%，31～35岁27人，占22.31%，中共党员107人，占88.43%，党外干部14人，占11.57%，少数民族干部10人，占8.26%，女干部28人，占23.14%。新提任或转任重要岗位63人，其中：副科提任正科10人，一般干部提任副科39人。转任重要岗位14人，平均年龄38.22岁，其中：30岁以下12人，占 19.05%，31～35 岁 11 人，17.46%，中共党员 58 人，占 92.06%，党外干部 5 人，占 7.94%，少数民族干部 6 人，占 9.52%，女干部 12 人，占 19.05%。按照省委、市委要求，确保每个乡镇"三类人员"至少有一人以上。一共配备"三类人员"21人(其中：乡镇事业编制16人、大学生村官3人、优秀村干部2人)，占新提任或转任重要岗位的33.33%。

2016年9月中旬至10月中旬，全区九个乡镇205个选举单位充分发扬党内民主，采取无记名投票的方式和差额选举的办法，选举产生9个乡镇党代表共566名，代表的结构较为合理，在农村的党员中具有广泛性和代表性，其中：党员干部代表占40.1%，妇女代表占25.8%，少数民族代表占8.8%，年龄在45岁以下的代表占53.18%，非公有制企业党员业主代表占1.4%，大学生村官代表占0.7%。

10月25—26日，全区9个乡镇顺利召开乡镇党代会，共选举产生乡镇党委委员65名，纪委委员35名和出席中共丽水市莲都区第十四次代表大会代表66名。10月28日，收到省委组织部《关于进一步严格把握党代表、人大代表、政协委员人选标准条件的通知》机要文件，根据从严把关的要求，省委组织部下发的《代表委员人选资格条件审查清单》的41条资格条件审查内容，结合我区前期"两代表一委员"初步人选资格条件审查清单，增加了"是否属于社区矫正缓刑或保外就医的""是否属于虽未列入失信被执行人名单，但在社会上造成不良影响的"两种情形，一共梳理了43条资格条件审查内容。11月5日，对照43条审查内容将原产生的66名区党代表名单发回各联审单位进行重审，经重审后，共有18名人选存在资格审查所列的情形之一。经常委会研究决定，对乡镇党委上报区委的区党代表报告中发现问题的这些人员不予以批复，同时由乡镇党委与其本人做好沟通对接，积极采取思想情绪的疏通工作，确保相关工作稳妥有序进行。12月25日，区委共批复乡镇党代会选举产生的区第十四次党代会代表48名。

(周黎燕)

【发展党员和党员管理】 按照中央"控制总量、优化结构、提高质量、发挥作用"的总要求，2016年全区共新发展党员275人，其中公有制单位(党政机关、事业单位)65名，占23.6%，非公有制经济领域43名，占15.6%，农民党员153名，占55.6%，35岁及以下的有172名，占62.5%，女党员98名，占35.6%，大专及以上的有133名，占48.4%。2016年，先锋指数考评实现农村基层、机关、企事业单位、社区、两新组织等领域全覆盖，实行每半年评定一次，年末开展总体评价。2016年共党内除名34名，评出年度先锋党员2732名、警示党员81名、不合格党员43名。

【"五好"服务型乡镇(街道)创建工作】 按照乡镇(街道)推动发展好、服务群众好、社会管理好、工作效能好和自身建设好的要求，开展"五好"服务型乡镇(街道)创建工作。经各相关单位考核和区工作责任制考评领导小组成员会议审议，并经区委常委会研究，岩泉街道、紫金街道、白云街道、万象街道、联城街道、碧湖镇、大港头镇、峰源乡、太平乡、雅溪镇、仙渡乡、老竹镇、丽新乡和黄村乡14个乡镇(街道)被命名为2016年度"五好"服务型乡镇(街道)。

【基层服务型党组织星级管理评定】 根据省委组织部《关于推行五星级管理深化基层服务型党组织建设的指导意见》(浙组〔2012〕45号)和区委组织部《关于推行五星级管理深化基层服务型党组织建设的实施意见(试行)》(莲组〔2013〕22号)的文件要求，继续在全区开展2016年度基层服务型党组织星级评定工作，全区共835个党组织参与评级，有79个党组织被评为五星，有264个党组织被评为四星，有421个党组织被评为三星，有55个党组织被评为二星，有16个党组织被评为一星。按照中组部制定的整顿软弱涣散党组织标准，确定 14个村党组织和2个社区党组织为软弱涣散村(社区)党组织，采取"一村(社区)一策"的办法，研究制定整顿方案，提出整改措施，明确目标、时限和责任人，落实区四套班子主要领导及区委常委班子成员挂点联系，按时完成整顿工作。

（舒怡然）

【大学生村干部管理】 根据省市统一部署，2016年通过“两项计划”转任大学生村干部2名，离岗大学生村干部27名（其中两个聘期期满3名、考录公务员及事业单位22名、通过考核招聘择优转任乡镇事业编制人员1名、自主创业1人）。

【村两委干部基本报酬及离任村干部定期补助资金】 2016年，全区发放2015年度村两委主职干部基本报酬1015.9万元，暂缓发放26.9万元，发放对象390人；发放非主职干部基本报酬173.6万元，暂缓发放3.1万元，发放对象916人。发放2016年离任村主职干部定期补助资金89.46万元，发放对象727人。

【农村“第一书记”选派工作】 根据《关于做好2016年度选派农村工作第一书记(指导员)的通知》(莲组〔2016〕160号)的要求，经过区直各单位推荐，确定2016年度区派第一书记（指导员）人选49人，分别被派往软弱落后村和扶贫帮扶重点村任职，任期两年。2016年，市派第一书记7人，农村工作指导员2人。

【党内统计】 截至2016年年底，我区共有党组织835个，其中基层党委55个，党总支17个，党支部763个（含农村支部213个、社区支部111个）；派出工委8个，党组43个；党员20686人，其中预备党员388人，少数民族党员1075人，女党员5953人，农村党员12237人。

（王宁）

【党内先进评比】 开展了2016年度“十佳住村干部”评选活动，授予张炳录（紫金街道经济发展科科长）、陈伟贤（万象街道党工委委员、人武部长）、蓝春香（联城街道人大工委主任）、吴友美（碧湖镇经济发展办主要负责人）、诸葛俊芳[碧湖镇行政服务（审批）管理办公室副主任]、汤伟波（太平乡副乡长）、张城（雅溪镇党委副书记）、钟梅生（老竹畲族镇干部）、王舷金（丽新畲族乡财政所所长）、叶泳梅（黄村乡副乡长）等10位同志为2016年度“十佳住村干部”。

开展了2016年度区级先进基层党组织、优秀共产党员和优秀党务工作者评比活动，共评选出先进基层党组织共42个：岩泉街道丽阳社区党委、岩泉街道社后村党支部、岩泉街道琯头村党支部、紫金街道东升社区党委、紫金街道开潭村党支部、水花电器有限公司联合党支部、白云街道城西村党支部、万象街道丽华村党支部、万象街道左渠门社区党委、丽水市中信拆迁事务有限公司党支部、联城街道花街村党支部、碧湖镇竹溪村党支部、碧湖镇上街村党支部、碧湖镇大陈村党支部、碧湖镇白桥村党支部、大港头镇河边村党支部、大港头学校联合党支部、峰源乡综合党支部、峰源乡新砀村党支部、太平乡太平村党支部、太平乡卫生党支部、雅溪镇西溪村党支部、仙渡乡张山后村党支部、老竹畲族镇老竹村党支部、老竹畲族镇赤坑村党支部、黄村乡黄泥墩村党支部、黄村乡汇村村党支部、区编办机关党支部、区政府行政审批中心机关党支部、区文广新（体）局机关党支部、区碧湖中学党支部、区培红幼儿园党支部、区检察院机关第一党支部、区公安分局紫金派出所党支部、莲都农商银行第九党支部、区发改局机关第一党支部、区建设稽查执法大队党支部、区经商局机关党委、丽水工业园区机关党支部、区农业局机关第四党支部、区移民办机关党支部、区残联机关党支部。共评选优秀共产党员118名：周亚军、雷发元、应瑞华、王绍华、谢金南、叶寿庭、赵永兴、周伟青（女）、吕君勇、尤苏珍（女）、陆志强、杜有雷、吴伟珍（女）、徐建云、祝如青、朱伟平、钟海峰、杨丽平、刘纪法、陈建平、叶东、陈东红（女）、陈清其、李伟成、林 彤（女）、吴淑芬（女）、郑征波（女）、叶薛超（女）、李辉辉、徐丽杰、黄根荣、李建耀、华官丽、周品田、夏 菁（女）、朱晓锋、蒋毅广、卢立、陈友莲、陈跃方、魏以东、陈洪伟、阮龙水、李小华、吕进满、黄玉香（女）、徐炳忠、叶荣华、王永林、孙聪龙、王李吉、吴根成、叶育文、徐伟乐、金双凤(女)、徐雨平、徐益品 、施忠平、周文林、李 顺、宋俊珂、龚建委、李 军 、朱荣林、张科科、魏夏梦(女)、周志东、樊建波、张 丽(女) 、赵 程(女)、郑建全、梁佰平、蓝军伟、蓝棋议(女)、王连英(女)、李建伟、杨裕斐、周珍平、潘根林、方柳庄、周 垚 、华 楠、雷柳红(女)、何瑞芬(女)、徐伟、徐华燕(女)、孙良青、李少君、兰小宗、林晓燕(女)、乔莲凤(女) 、雷声震(女)、陈青霞(女)、蒋亚青(女)、管青林、张静(女)、黄野松、王 峰、郑康平、项文俊(女) 、管朝华、周叶蓓(女)、李晓波、李 灵 、冯丽敏(女)、蓝涛、林力亚(女)、王斐斐(女)、方玉翠(女)、姚顺苗、江巧红(女)、金 涛(女)、叶 剑 、叶立钦、刘满春(女) 、郑和群、钟水成。评选优秀党务工作者24名:谢凯骏、金慧虹(女)、赵 璟(女)、樊秀娟(女)、刘梦秋(女)、梁翼飞(女)、王雪婧(女)、雷国亮、黄琮竣(女)、杨 丽(女) 、桑 埴、叶仙美(女)、钟文焕、郑金森、徐海东、刘宏华、郑雪君(女)、李俊伟、古春锋、蓝 芳(女)、蓝 俊、王 红(女)、桑荣生、雷琛君。

【党代表联络】 落实乡镇党代会常任制。2016年2月1日之前所有乡镇街道都完成了乡镇党代会年会和街道党员代会议制度工作。共收到提案92件,已立案53件,转为建议39件。乡镇(街道)党(工)委承诺办实事计划共140件,其中党建工作实事30件。提案办结率和满意率均为100%。乡镇(街道)党(工)委承诺办实事计划共140件,其中党建工作实事30件。区委党联办积极开展联合督办、走访督办和视察督办等跟踪问效活动,加强对乡镇提案办理和办实事情况督促检查和追踪问效,督促提案办理工作和办实事情况落到实处,收到实效。落实代表列席党内重要会议制度。邀请区党代表列席区委全委会、区纪委全委会、七一表彰大会、创建全国文明城市工作动员大会等重要会议。会前,提前告知相关事宜,根据议题分类邀请代表;会上,直接听取代表的意见建议;会后,做好代表意见反馈工作。全区2016年已组织38名区党代表列席各类重要会议14个。邀请党代表担任公务员面试评委和电视问政嘉宾。落实代表调研视察制度。2016年以来全区已组织656名区、乡(镇)两级党代表开展集中调研视察71次,内容涉及“三改一拆”“五水共治”“六边三化三美”等群众关心的热点难点问题。落实代表联系服务群众制度。党代表扎根基层,深入一线访民情、解民忧、办实事。2016年,全区各级党代表接待群众1550名,开展民主恳谈接待群众516名,听取意见建议535件,交办477件;对678名党员群众进行了走访,听取意见建议352件,已交办331件。落实代表学习培训。各工作室共组织了41次以“学党章守纪律讲规矩”、“三严三实”专题研讨、全面加强基层政权建设、习总书记重要讲话等为主要内容学习研讨活动,729多名各级党代表参加了学习。

(周黎燕)

【“两新”组织党建】 2016年,莲都区“两新”工委动态推进“两新”组织党的工作全覆盖,继续推进“两新”组织的组织覆盖。截至2016年底,全区非公企业1266家,已建党组织企业数1123家,组织覆盖率88.7%;新社会组织252家,已建党组织167家,组织覆盖率66.26%。2016年,返还2015年度党费175995.38元。紧密结合非公有制企业和社会组织生产经营实际,创新方式方法,通过区域统筹集中学、行业龙头引领学、书记示范带动学、查找短板精准学等形式,引导“两新”组织党员开展“两学一做”学习教育。按照“选优、训强、管好”的思路,全面加强“两新”组织党组织书记、党务工作者和党员“三支”队伍建设,通过“内选、外聘、上派、下推”扩大选配视野,完成了全区面上“两新”组织的集中换届。

(徐伟)

【党员远程教育】 2016年,根据省市区各项工作要求,电教中心认真做好部重点工作的新闻片、专题片的拍摄制作和报道工作,基本做到了重要会议、重点工作、重大活动的全程记录。莲都区作为市党员远教入户2个试点县之一，围绕“立体化、多触点、全覆盖”工作目标，选取联城街道港口村和大港头镇利山村作为前期试点村。联合华数公司，设立远教数字互动点播平台，将中央、浙江远教频道中的教育课件和莲都本土实用技术等远教视频整理上传。在点播平台上传各村年度工作目标、财务明细、救助补助、建房审批、发展党员、村干部公开承诺、报酬收入、党员先锋指数考评等基层党员群众关心关注的内容，使党员群众足不出户便可实时了解党务村务公开信息，学习农业实用技术。及时挖掘“千名好书记”典型人物、“党建好故事”优秀事迹、先进做法等，制作电视节目进行宣传报道，专门制作了《服务百姓 奉献青春的杜有雷》《一心为民解烦忧》等10部好故事，制作《血战三岩寺》《西溪村勇斗日本兵》等5部党史好故事，拍摄制作《贿选》《破坏选举》2部“村社组织换届选举”题材微电影，参与多期《丽水先锋行》栏目的拍摄制作，向省级平台报送了40余条党建电视新闻素材，其中《压不垮的堡垒》在2016年全省党员教育电视片暨党员干部现代远程教育课件观摩交流活动中活纪录片类二等奖。

（舒怡然）

【机关基层党组织换届】 根据《中国共产党党和国家机关基层组织工作条例》精神，结合我区工作实际，对任期届满的260个部门机关党委、党总支、党支部进行了集中换届。换届前，普遍开展走访调查，召开部署动员会，为基层党组织的换届选举工作提供业务和政策指导；换届中，严格把好选举的程序关和人选考察关，选好配强新一届基层党组织班子；换届后，对新一届党组织班子成员进行业务指导，提升党务工作者履职能力。

【优化调整机关基层党组织设置】 根据便于管理、便于活动的原则，对机关党的基层组织设置进行了调整。新建区现代农业园区管理委员会机关党支部、丽水市高铁站综合管理办公室机关党支部、区东西岩风景区旅游开发建设管理委员会机关党支部、区总工会机关党支部委员会，区风景旅游局机关党支部委员会更名为区旅游委员会机关党支部委员会，撤销了区总工会机关总支部委员会及下属的区总工会机关党支部、区总工会文化宫党支部、区总工会离退休党支部。区教育局机关党委下属新建了处州中学退休党支部、联城小学退休党支部、括苍中学退休党支部，撤销了南明小学党支部。区农业局机关党委下属新建了农场党支部委员会，撤销了良种场党支部、畜牧良种场党支部、特产场党支部。区民政局机关党委下属的殡仪馆党支部整建制转出，撤销了民政综合救助服务办公室党支部、社区工作办公室党支部、社会福利联合党支部。区经商局机关党委下属撤销了丽水市五金有限公司党支部、五通五交化公司党支部。莲都农村商业银行党委下属新建了第十党支部、第十一党支部、第十二党支部。区公安分局机关党委下属新建了公安局第十党支部、公安局第十一党支部、众信保安公司党支部。

【开展党员志愿服务】 积极组织开展党员志愿服务活动。关爱特殊群体。以“莲都志愿者”网站为平台，开展“点亮微心愿 共筑中国梦”活动，关注社会特殊群体，针对空巢老人、留守儿童、残疾人等，征集微心愿，2016年征集448个，被认领227个。组织党员志愿服务。围绕创建全国文明城市等中心工作，开展卫生保洁、创建巡逻、文明劝导等志愿服务活动，2016年组织开展志愿服务650多场次，参与人次17000多人次。打造共产党员文明实践区。积极引导区直机关党组织认领城区干道作为党员文明实践区，共有81个单位认领了82个党员文明实践区。党员干部通过身体力行，在实践中传递文明，在服务中提升水平。开展党员服务一条街活动。积极与市工委对接，开展“系统联动”，组织区创建办、“96345”市民服务中心、区环卫局等单位参与市区党员志愿服务一条街活动，在中山街，丽阳门、大水门、灯塔等社区，定期为广大群众送政策、送法律、送科技、送信息等服务。发放各类宣传资料3500多份、环保袋等礼品2000多份，接收群众咨询300多人次，便民服务200多人次。

【规范基层党建工作】 规范发展党员，规范程序，严格按照发展党员的“十六”字方针和“双推三公示”制度，认真做好发展党员工作。2016年，发展党员53名，转正党员42名，为党组织输入了新鲜血液。举办为期一周的入党积极分子培训班，共有59名来自区直各单位的入党积极分子参加了培训。规范党员组织关系接转，及时足额完成党费收缴工作。

【推行社区“大党委制”工作】 全区25个社区全面推行社区大党委制，所有社区党组织升格为社区党委，完成了党委班子选举工作。从驻区单位、街道联系社区领导等人选中配备兼职副书记和兼职委员，选优配强了社区党委班子。明确社区“大党委”的核心地位，着重发挥党建和社区工作的研究、组织和协调作用，实行“大事共议、实事共办、要事共决、急事共商”议事原则；完善运行机制，建立“大党委”议事会议制度，评优评先、干部选拔任用征求社区“大党委”意见制度，社区组团式服务等制度，实行“双诺双述双评”考核制度。社区“大党委制”强化了区域化党建资源统筹功能，提升了社区党组织的凝聚力和战斗力，也更好地发挥了社区党组织在推动城市基层社会治理方面的作用。

（周淑红）

【领导班子和干部队伍建设】 始终坚持党管干部原则，全面贯彻《2014—2018年全国党政领导班子建设规划纲要》，对照“忠诚、干净、担当”要求和好干部20字标准，推进干部队伍建设。围绕“好蓝图、好干部、好班子、好面貌”的“四好”目标，着重抓好届末考察和换届人事调整工作。区委共派出10个考察组，对全区14个乡镇（街道）和49个区直部门的领导班子、488名区管领导干部和228名拟新进人选和可提任副科级领导干部人选进行了考察。按照“好、较好、一般、较差”四个等次，对领导班子、领导干部、可提任副科级领导干部人选三类进行综合评定，被评定为“好”的干部中有40.7%得到提任或转任重要领导岗位。坚持实干实绩导向，在“一把手”岗位上，大力提拔使用敢抓敢管、敢于担当、坚持原则、善打胜仗的“狮子型”干部，注重配备具有较高专业素养和理论素养的干部，合理配备党外干部、年轻干部、少数民族干部和女干部。在换届调整中，一大批实干精神足，实绩突出的干部被选用到重要岗位，同时，共有18名不适宜担任现职领导干部被免职。加大“三类人员”选拔使用力度，共配备“三类人员”21人。选派200多名干部到“拆治归”、全国文明城市创建、政策处理、招商引资等“三重工作”一线培养锻炼，70多名干部表现突出的干部得到提拔使用。全年共调整干部15批次363人次，其中提任干部89人次，转任重要领导岗位32人次，交流轮岗137人次，改任非领导14人次，免职25人次，降职1人次，其他65人次。

（叶晓青）

【干部教育】 突出理论教育和党性教育，加强中央和省、市、区委全会精神的学习，围绕落实“十三五”规划，推动五大发展理念入脑入心，办好中青年班、科级班、公务员知识更新班等常规班，结合打造莲都区域品牌，有针对性地开展生态旅游、民宿经济、养生农业、“互联网+”等方面的培训，重点举办了《乡愁学堂》培训班，500多名科级及以上领导干部参加培训，提升党员干部引领绿色生态发展的能力和水平。全年共举办各类培训班59期，培训干部1万余人次。加大现场式、案例式、体验式在教学工作中的分量，继续提高与国内知名高校、干部学院、先进地区党校的合作，增强培训的效果和吸引力。完善干部教育培训考核制度，把干部参加学习培训的情况作为干部评选先进、年度考核和选拔任用的重要依据。建立干部学习档案制度，将干部在校考勤情况、学习表现、考试成绩等如实记录在案、整理成档，在培训班结束后及时备案。落实干部培训经费统筹和自然增长机制，按工资总额的0.75%比例计提干部教育培训经费。

（王抒）

【公务员管理】 2016年，莲都区委组织部组织公开招录17名公务员，其中党群单位2名，乡镇机关公务员7名；公开招录3名选调生村官；招录1名专职人民武装干部学员（10月放弃），2015年招录人武学员经培训学习后予以录用。各新录用乡镇机关公务员现已分配到各乡镇。完成了20名乡镇选任制公务员登记，1名公务员调任手续的报批工作，办理2名公务员辞职手续。办理2015年度录用试用期满的24名公务员的考核和任职定级工作，向市委组织部上报选调生1人。党群单位共调配一般干部8批次51人。完善职务与职级并行相关工作制度，2016年该项工作作为日常工作进行常态化管理。共报批市管正处级4人，审批区管干部晋升正处级4人，副处级82人，正科级12人，副科级1人。完成2016年莲都区公务员年报，做好公务员管理信息系统更新维护工作。

（邹青芬）

【干部人事档案】 2016年对全区68个单位的公务员、参照公务员以及10个事业单位班子成员档案进行了专项审核，共整理审核干部人事档案1840卷，其中正科级498卷，副科级830卷，其他494卷，事业班子成员18卷。集中对档案信息不一致的人员进行组织认定，其中区管领导干部形成认定表316份，一般干部形成认定表545份。做好材料分类、整理、目录打印、装订工作，共计补充出生时间、参加工作时间、入党以及奖惩等相关材料8771多份，收集公务员年度考核表、工资、学历、公务员奖励审批表等归档材料8761多份，共计完成1000余卷档案目录的打印装订工作。审核整理调入干部人事档案49卷，转出干部档案20卷。

（王抒）

【干部监督管理】 坚持教育在先、警示在先、预防在先，认真开展“九严禁”换届纪律宣传教育，着重强化湖南衡阳、四川南充“两案”和辽宁拉票贿选案的警示教育，全面开展换届风气巡回督查，广泛开展谈话谈心，层层签订纪律承诺书，严肃释放“有报必查、露头就打”的强烈信号，查处通报一起人大代表选举违反换届纪律案件。严格执行干部选拔任用工作四项监督制度，认真开展“一报告两评议”、离任检查等工作，把好股级干部的审核备案关口，规范选任程序。认真完成省委巡视组反馈问题的整改工作，制定出台《关于进一步规范领导干部配偶、子女及其配偶工作调动的意见》，从严把关领导干部配偶、子女及其配偶工作任职行为；印发《关于开展公职人员经商办企业清理工作的通知》，稳步推进公职人员经商办企业清理整顿；扎实推进“三超两乱”专项整治，2016年共整改消化超职数领导干部70人，整改率89.7%。落实抓早抓小机制，建立干部监督“预警数据库”，制定出台《关于对领导干部进行提醒、函询和诫勉的操作办法》，将完成中心工作不利、公职人员经商办企业等事项纳入提醒函询范围，全年共提醒干部11名、函询干部123名。严格落实领导干部个人有关事项报告制度，完成全区565名区管领导干部的审核、录入和上报工作。严格执行“凡提必核”，1人因漏报、瞒报行为被暂缓提任。

（应俊）

【人才工作】 贯彻落实中央《关于深化人才发展体制机制改革的意见》和省、市“人才新政”精神，编制完成《莲都区“十三五”人才发展规划》。先后赴西安、兰州、成都、武汉等地开展高层次人才招聘活动，引进硕士以上高学历人才15人，引进、培养高技能人才207人，在兰州职业技术学院开设了校企合作技能人才（万控）班。组团赴杭参加国际人才交流与项目合作大会，与10多名参会人才和海外机构代表进行深入对接，重点洽谈符合“千人计划”、“绿谷精英550引才计划”评选条件的高层次人才和团队。落实《莲都区关于加强旅游人才队伍建设的实施办法》，举办两期乡村旅游解说员培训班，培养乡村解说员和政务解说员79名。打造“异地超市经营管理人才培训”品牌，2016年相继在郑州、宁波、台州开办超市经营管理人才培训班。做好本土人才培养开发工作，2016年区教育局叶柳霞等19人获得丽水市中小学教坛新秀称号，刘艳等5

人获丽水市德育新秀称号。区卫计局雷振东入选丽水市“绿谷名医”，陈祖朝、赵夏钗2人入选“绿谷基层名医”，程小玲、顾伟娟、韩桂花3人入选丽水市“绿谷名护士”。推荐王拂晓、王晓津等7人参加第二批丽水市宣传文化系统“四个一批”人才评选。徐特等8人获丽水农师称号，赵林方获丽水精英农师称号。民政局吴君霞被评为浙江省社会工作领军人才，吴君霞、徐妙君等7人被评为丽水市首届“绿谷社工师”。成立全市首个县级电子商务工作领导小组办公室，统筹全区电子商务培训，2016年先后组织开展了电子商务网店运营初级班和精英班、农贸城电子商务创业班、微商启航班、电商讲师认证班和企业电商应用班等34个班次的培训，累计培训学员1828人，开展各类活动10多场。在丽水市绿谷生物药业有限公司成功创建了浙江省博士后工作站。充分发挥莲都区“人才之家”和“研究生联谊会”等人才服务平台的作用，安排565名高层次人才参加安派科生物医学科技有限公司的体外肿瘤项目体检，积极帮助解决高层次人才的就医、子女教育、配偶就业等问题，努力为人才营造出舒心的工作和生活环境。

（蓝荣杰）

宣传工作

【概　况】 2016年，区委中心组用28天时间，组织集中学习49次。区委宣传部组建“两学一做”学习教育宣讲团，组建十八届六中全会精神区委宣讲团，面向基层开展集中宣讲活动。组织策划开展十八届六中全会精神主题宣传，全国文明城市创建、“归零翻篇开新局”主题大讨论、市区重点项目政策处理大会战等活动。道德建设方面深化“身边好人”活动，开展第五届道德模范评选表彰，培育乡贤文化。全年建成省级重点文化礼堂18个，完成建设任务的180%。举办各类文化活动404场，配合区委区政府中心工作开展各类主题的送戏下乡199场，送书下乡17378册，送电影下乡2610场。精心组织15台特色村晚，通过“四个一”结对帮扶和“四个一百”人才培训工作，对村晚的组织策划等进行培训指导。开展区、乡、村三级业余文艺骨干培训，培训83多场次，培训人数达6206多人。完善创建工作方案和推进机制，开展专项整治提升城市形象，以高标准完成省测、国测任务。

【新闻宣传】 从2016年开始，区委宣传部以“绿水青山就是金山银山”为指引，开展十八届六中全会精神主题宣传、全国文明城市创建、“五水共治”、“三改一拆”“六边三化三美”、市区重点项目政策处理大会战活动、“两学一做”教育、全域旅游示范区创建、古堰画乡创AAAAA、安全生产、电子商务、换届工作、区两会和区十四届党代会等中心工作的宣传，并主动对接联系省级以上主流媒体到莲都报道，围绕“处州白莲节”、莲都区餐饮业产业创新创业联盟成立大会、“零投诉旅游城市”部署会、围绕“小烟头 大文明”万名小荷志愿者文明劝导平安巡查活动、“浙江省特色小镇镇长论坛”、“古堰新韵”小镇音乐节等大型活动，开展正面宣传。全年，在中央、省级以上主流媒体正面宣传莲都的报道共480余篇。

【舆论引导】 2016年，区委宣传部通过对举办核心网评员培训班，建立网军队伍指挥体系和联络机制，对核心网评员的主要任务、日常管理、考评激励、工作纪律进行细化明确。组建网军队伍，建立网军队伍指挥体系和联络机制。网信值班365天无缝对接。全年莲都区核心网评员完成各类网评任务18000余条，在各级网站、微信公众号等各类平台上发表原创作品230余篇。全年编制《网络舆情观察》48期、《舆情专报》16期、《抄告单》15份。全年问政直通车日均点击量5.2万人次，共收到问政帖文1396个，回复1395个，回复率99.92%。开展为期6个月的“清朗”专项行动，制定《莲都区“清朗”专项行动方案》并成立莲都区“清朗”专项行动领导小组及办公室，为全区各项工作的开展营造了良好的网上舆论氛围。

【精神文明建设】 2016年，区委宣传部做好特色文化村创建，大港头镇大港头村、联城街道瑶畈村、黄村乡黄泥墩村等3个村通过验收列入第二批丽水市特色文化村。组织开展“身边好人”征集活动，收集全区70家单位上报的“身边好人”线索2620余条。全年评出莲都好人34人，入围丽水好人榜10人，浙江好人榜8人，中国好人榜1人。4月启动莲都区第五届道德模范评选工作，评选出莲都区第五届道德模范10人，莲都区第五届道德模范提名奖9人。培育乡贤文化，开展纪念乡贤活动和学术交流，传承历代先贤的精神内涵。完善创建工作方案和推进机制，有序推进“美丽楼道、文明小巷、示范社区”重点载体建设工作，新建美丽楼道300余条，累计建成美丽楼道1018条；投入100多万元改善破损陈旧的背街小巷，布置社会主义核心价值观公益广告、社区特色文化活动及全国文明城市创建知识，共建成文明小巷16条，有效改善开放式小区的楼道及背街小巷的脏乱差。根据农村六星文明户的管理办法，对2015开展创评的81个村开展复评工作，对新增加的10个村开展“最美文明乡镇”和“最美文明村”创建活动。

（王燕）

统战工作

【概　况】 2016年，区委统战部建立健全统一战线各类协调机制，成立区委统一战线工作领导小组，调整民族、宗教等统战工作协调领导小组。完善与组织部的联席会议制度。做好基层统战工作，其中14个乡镇街道中7个乡镇（街道）配备专职统战委员，其他乡镇均为宣统委员。做好考核工作，首次设置对区直单位的统战考核分值，乡镇（街道）考核分值由原来的5分提升为10分。成立区民族宗教事务中心，配备事业编制1名。是年，区委统战部获全省统战信息工作二等奖，全市统战工作实践创新奖、信息宣传工作先进集体，全市统战理论政策研究创新成果2篇。区工商联被评为全省“五优”县级工商联。侨联“侨缘侨心·医侨联心”品牌活动获2016年度全省侨联系统“十大最具影响力工作”之一。

【服务中心工作】 2016年，在区政协换届工作中，和区委组织部、政协党组多次召开政协委员推荐协商会，把好政协委员人选关，完成区第十五届政协委员推荐工作。统一战线成员共提交人大建议、政协提案150多件次，反映社情民意100多条次。在社团成立和年会之际举办招商引资推介会，助推莲都经济发展。引导统战社团成员参与小荷志愿者活动。支持统一战线团体和成员热心社会公益事业，全年共捐出爱心资金80余万元，其中捐助遂昌苏村山体滑坡灾后救援资金40多万元。

【民主党派和党外知识分子工作】 2016年，区委统战部开展对口联系、联系交友制度落实情况的专项督查。出台《中共莲都区委关于加强政党协商的实施意见（试行）》，制定年度政党协商工作计划7次。推荐党外干部参加各类培训班5期，参加培训10多人次。成立区网络界人士联合会。

【非公有制经济领域统战工作】 2016年，区委统战部推进商会规范化建设和党的建设。稳妥处置“以打假为名的恶意敲诈”而引发的超市业主群体上访事件。成立区总商会台州、河南、富阳三个异地商会，召开商会工作交流会和嘉兴分会年会，组织河南、宁波、台州开展莲都籍超市创业人员培训。对276名非公有制经济代表人士进行综合评价。开展莲都区首次最美莲商评比活动，推选出10名最美莲商，成功举办区工商联成立六十周年暨最美莲商颁奖晚会。

【民族宗教工作】 2016年，区委统战部完善落实少数民族增收帮扶机制，争取中央、省和市民族发展扶持资金1130万元。做好穆斯林开斋节和古尔邦节的各项维稳工作。健全区级领导与重点宗教代表人士联系交友制度，定期开展谈心、走访活动。进一步完善区、乡镇（街道）、村（社区）三级宗教工作网络和乡镇（街道）、村（社区）两级责任制，巩固涉宗“三改一拆”工作成果，有序做好重点宗教场所视频监控安装建设工作，稳妥处置以夏令营等为名的非法传教，严密防范境外利用宗教进行的渗透，及时制止天主教地下势力在莲都区的活动。

【港澳台与海外统战工作】 2016年，区委统战部做好对侨联的指导工作，顺利召开区第六次归侨侨眷代表大会。开展“侨缘侨心”品牌建设，举办“侨缘侨心暖侨”新春联谊会、“请吃一碗面，温暖一座城”和“军侨心连心”等活动。培养海外社团骨干力量，莲都籍华侨参加习近平主席访问塞尔维亚期间的华侨华人代表接见会。邀请甬港联谊会等港澳本土人士到莲都开展投资考察，成功举办“中国莲都·回乡行”暑期夏令营和香港丽水莲都同乡会成立2周年庆典活动。

（张　艳）

信访工作

【概　况】 2016年，全区信访总量2114件(人次)，同比批次增加42.45%。其中，来信266件，减少2.92%；网上受理信访案件178件，同比增加6.59%；来访440批1670人次，同比批次增加98.20%，人次增长60.12%；赴省38批63人次，同比批次减少15.56%、人次减少10.00%；(进京非访被考核通报1批1人次。)是年，莲都区信访局获“丽水市信访积案化解先进单位”“莲都区社会治安综合治理先进集体”等称号。

【G20杭州峰会信访维稳工作】 2016年，在G20杭州峰会期间，区信访局按照省、市关于平安护航G20工作部署，以“莲都人不到杭州惹事，莲都本地不出事”为目标，坚持“全面发动，全员负责，全程落实”。区委、区政府第一时间召集各乡镇(街道)和重点部门召开全区信访维稳工作部署会、全区重点人员和不稳定群体交办会等，并做好部署工作，细化工作措施，量化工作目标，落实稳控责任，并对全区面上不稳定因素进行排查，对排查出的重点稳控人员逐一建立应急稳控小组，推进工作开展。区委、区政府、各乡镇(街道)主要领导切实落实“一把手”责任。同时建立下沉督查机制，区领导下沉到乡镇(街道)，乡镇(街道)领导下沉到村(社区)，区直机关部门领导下沉到系统基层一线单位，做好G20峰会维稳安保工作。此外，莲都区创新设立高铁站、客运东站值班备勤，在“两站”进行24小时值班巡查，实时核查进站人员信息，做到及时发现、快速处置、精准劝返。莲都区“两站”值班巡查工作得到市领导的充分肯定，并为全市敏感时段属地稳控工作作出贡献。

【建好一套信访工作机制】 2016年，区委常委会会议、区政府常务会议定期听取信访工作情况汇报，研究分析莲都区的信访形势，部署下步工作。坚持信访联席会议制度，定期会商研判不稳定因素，并及时进行交办，形成动态分析形势、梳理问题、研究对策、协调处理、督促解决的经常化工作机制。逐步建立规范办理、提速增效、督查督办、满意率评价等工作机制，提高信访事项的办理时效和办理质量；区信访局对领导批示件采取电话催办、实地协调、限期解决等措施跟踪督查，对信访件规范办理情况每月汇总通报，对办理不规范的单位责成及时整改到位，并及时编写《信访动态》报区委、区政府主要领导和分管领导。区领导阅批群众来信167件，均及时进行录入、转送、办理，并按要求上报办理情况。通过建立信访干部学习例会制度、业务培训制度、交流轮岗挂职制度，提升信访干部的政治思想素质和业务能力水平。

【开展区领导大接访活动】 2016年，在每月15日区领导接访日和每周一、周三领导轮值接访的基础上，推行重点敏感时段区领导值班接访。区主要领导率先垂范，其他领导主动接访，区副处以上领导有19位参加接访，接待群众来访55批276人次，促进大量信访矛盾问题化解在区内，信访重点对象稳控在当地。

【“区领导督百案”活动】 2016年，区信访局继续在全区联动开展“区领导督百案”活动，交办省、市、区级信访积案100件，由区领导带头督查督办。各督案领导通过现场接访、带案下访、召开案件协调会等方式研究制定化解方案，亲自督促按期化解。区信访联席会议办公室专门编辑《“区领导督百案”活动专刊》，及时对区领导的督案工作进行跟踪报道，形成各督案领导之间比学赶超的良好氛围。在督案活动中，原粮食系统下属粮油贸易公司改制遗留问题蔡贞等人信访积案，区委书记连夜督办，使历时4年的群体性信访案件得以圆满化解，269人落实医保政策。全年化解省级积案33件；市级积案2件；区级积案18件。督案区领导亲自接访上访人16次，召开相关协调会56次，编印《区领导督百案专刊》25期。

【建立“12345”统一政务咨询投诉举报平台】 2016年，区信访局按照省、市部署要求，按期完成莲都区统一政务咨询投诉举报平台建设。9月29日，区“12345”政务咨询投诉举报服务中心正式投入运行。截至年底，莲都区22个单位27门热线电话已全部并入12345，共受理市级平台转办来电信访事项1109件次，受理领导信箱信访事项121件次。对市级平台转办、交办的来电事项，按照“谁主管谁负责”“属地管理”的原则进行分类处置，按责转办，按时办结率达100%。

【律师坐班接访】 2016年6月，区信访局与浙江博翔律师事务所签订法律购买服务协议，聘请律师常年担任法律顾问，固定每周三到信访窗口接待来访群众，并参与“区领导督百案”活动，推动重点疑难信访积案的化解。截至年底，该事务所律师共接访信访群众56批84人次，28件信访事项通过律师接访后引导到诉讼途径解决。

【开展信访宣传培训】 2016年，区信访局针对12345政务服务平台操作、信访事项规范办理等业务对全区信访干部进行集中培训和一对一辅导。同时，以《浙江省信访条例》(8月1日施行)颁布为契机，在全区范围掀起宣传贯彻学习的热潮，开展信访干部研读讨论会、《信访条例》走村入户，共派发资料2000多册，开办莲都论坛——《浙江省信访条例》解读，全区600多名副科级以上干部参与学习。印发《信访责任制考核办法》1000多册，分发给全区副科级以上领导干部和信访干部，组织局机关干部观看涉及信访题材电影、研读《人民信访》《信访与民情》等，通过学习，提高信访干部依法行政的能力。

党校工作

【概　况】 2016年，开展“归零翻篇开新局”主题大讨论活动。成立校“两学一做”学习教育领导小组和办公室，明确职责分工，制定实施方案。组织全体党员于每月15日进行集中学习，开展“手抄党章、学思践悟”活动。参加区“两学一做”学习教育宣讲团，在全区范围内宣讲。做好文明创建、“633”、低收入农户结对等重点工作。全体教职工按照创建办要求，坚持每天利用下班时间在认领路段、结对村厦河村展开文明劝导、捡烟头垃圾活动，拨付创建帮扶资金1万元。落实“路段长制”及干部蹲点联系美丽乡村制度，实地走访联系村主要整治地点，与村干部合力做好整改工作。落实区委开展农村困难家庭结对帮扶工作要求，实地走访、摸准情况、弄清原因、制定对策，实施有效结对帮扶，党校结对的3户农户年人均收入已超过5500元.

【教宣工作】 2016年年初，党校多名教师通过“乡村春晚”送党课下乡，深入基层宣讲十八届五中全会15场；围绕“学党章、守纪律、讲规矩”“两学一做”、六中全会等主题，在各部门、乡镇、街道宣讲77场。分类开展干部教育培训工作，全年共举办培训班20期，培训人数5149人次，较2015年增长1527人次。建立由区委组织部牵头抓总，统一计划、统一办班、统一考核，部门分工负责、共同协作的干部教育培训机制，把干部教育培训经费全额纳入财政专项，由区委组织部统筹管理，统一安排。加大理论教育和党性教育课程比例，科级班这两类占总课时的88%，其中党性教育占比41%；中青班两类课程占总比78%，党性教育占30%。此外，针对培训对象岗位需求不同，首次对公务员轮训实行分类培训，增强干部培训的针对性和实用性。初步建立区委常委到党校主体班授课机制。全年外聘省外专家教授10人次,市级副厅级领导5人次,区级领导22人次,市级部门领导18人次,区级部门领导20人次。本届科级班、中青班党政领导干部上课分别占总课时的50%和26%。党校梅焕根老师在全市党校微型党课比赛中获一等奖,全省党校微型党课比赛获二等奖;在莲都区总工会举办的"当好主力军、建功十三五"演讲比赛中获一等奖;党校兰峻老师在全省党校系统精品课比赛中获优秀奖(是丽水市唯一的一个)。

【科研工作】 2016年,区委党校完成省级科研课题2项,市社科联课题5项,区社科联课题4项,参与执笔区主要领导领衔课题2项;新获批省级课题3项。新发表文章17篇,9篇文章先后在省、市理论研讨会、调研成果评比中获奖。王慧珍老师提交的《关于要求市政府帮助破解市区义务教育资源紧缺难题的建议》被列为市人大常委会主任会议成员和专职委员会重点督办建议;《关于市区共同推进生态旅游产业加快发展的建议》获2015年度优秀建议。党校兰峻老师3篇建议分别获区长杨秀清,区政法委书记陈元龙,市政协副主席齐育华签字批示。兰峻、梅焕根老师在区政协会议上的发言被评为区政协优秀发言。

【人才工作】 2016年,区委党校先后选派17人次参加省委党校"两学一做"、基层干部身心健康、六中全会等培训班;选派4人次赴杭州、南京参加相关学习。党校2名教师被抽调区"归零翻篇开新局"活动办,3名教师被抽调区"两学一做"督导组,1名教师被抽调创AAAAA工作组。

(徐誉榕)

老干部工作

【概　况】 2016年,全区归口于区委老干部局服务和管理的离休干部共109人,按单位性质分:行政机关68人,事业单位18人,企业23人;按年龄分:80岁至90岁有89人,90岁以上20人。按参加革命工作时间分:抗日战争前期的2人,抗日战争后期的有4人,解放战争时期的有103人;按享受级别待遇分:享受副地(厅、司、局)级待遇的1人,享受正县(处)级待遇的3人,享受副县(处)级待遇的43人,享受正、副乡(科)级待遇的62人,其中生活不能自理的16人,本年度去世14人。易地安置在莲都的离休干部共18人。全区各级党委、政府高度重视老干部工作,老干部政治、生活待遇得到有效落实,工作得到老干部认可。是年,赵礼成获浙江省老干部先进工作者荣誉称号;张凌获丽水市创建全国文明城市工作优秀个人荣誉称号;蓝炜虹、张凌分获莲都区人民政府创建全国文明城市个人嘉奖。

【打造老干部精神家园】 2016年,中央出台了中办发〔2016〕3号文件《关于进一步加强和改进离退休干部工作的意见》(以下称《意见》),莲都区委、莲都区委组织部主要领导签批了《意见》文本,要求开展调研,结合本地实际提出建议意见。区委老干部局以学习会、报告、座谈会等形式组织老干部学习《中组部负责人答记者问》《意见》辅导提纲等文件资料,开展调查研究,撰写以党建、发挥正能量、精神关爱等为主题的调研报告,较好贯彻落实《意见》精神。全年开展四次"走基层、看变化、促发展"活动,先后组织老干部参观考察公安博物馆、好溪堰、古堰画乡及嘉兴南湖。听取区委书记、区长情况通报会2次,11月初在松阳举办为期5天的老干部理论学习会,学习习近平总书记系列重要讲话精神。为全体离休干部征订《丽水日报》《浙江老年报》等学习资料,每季度定期编印以莲都区区情为主要内容的《老干部学习资料》供老干部学习。根据莲委发〔2015〕42号文件要求,机关事业单位党员教育、活动经费每人每年不低于560元,全年各单位已全部落实到位。学习资料征订到位,给每位支部书记征订《浙江老年报》《丽水日报》《学习参考》及印发老干部局编写的《老干部学习资料》。2015年成立老干部活动中心、老年大学临时党支部,2016年组织临时党支部委员、党小组组长学习考察6次，临时党支部充分发挥党员的先锋模范作用，带头遵守活动、学习相关制度，参加志愿活动，临时党支部牵头组织的各类志愿服务活动有20场次，共500人次参加。

【老干部服务】 2016年，共发放困难补助金11万元，受益离休干部40多人。协助原单位及家属办理离休干部丧事17场(其中3人为易地安置在莲干部)。慰问住院离休干部300多人次，区领导在春节慰问、祝寿会、理论学习会等活动中看望和慰问离退休干部共计400多人次。6月，组织离休干部、原副处实职退休干部及陪护人员计50多人到老竹畲族镇沙溪村民宿进行为期5天的疗休养活动(不能在集中时间参加活动的人员，实行不同的有条件包干办法)，全体离休干部和副处以上退休干部全部享受到疗养待遇。此外，开展春节送祝福、夏令送清凉、寒冬送温暖等活动。召开一次充分利用社区资源开展老干部"四就近"服务的"社区书记论坛"，交流和改进工作。继续指导莲都区霞光社会服务中心开展精细化服务老干部工作，为离休干部提供精神慰藉、人文关怀、心理疏导等服务，经调查，老干部满意率100%。依托"96345"平台服务老干部，为全体离休干部及副处(实职)以上退休干部每人发放"老干部温馨服务券"800元，为老干部提供家电维修、钟点保洁、管道疏通、老年护理、送货上门等多项服务。

【阵地建设】 2016年，莲都区两个阵地(老干部活动中心、老年大学)建筑面积只有680平方米，场地偏小已不能满足新形势下离退休干部活动学习的需要，区委、区政府领导高度重视，决定将位于区政府宿舍内的原地委办公旧址调配给老干部活动中心用，总面积大约有800平方米，预计于2017可投入使用。结合"文化养老"，老干部活动中心开展积极健康、形式多样、适合老干部的文体活动，以老干部书研会、集邮协会、钓鱼协会等团体协会为载体，紧扣区委、区政府中心工作，开展了纪念红军长征胜利八十周年书画展、书画装点农村文化大礼堂、邮展进校园、婺剧进校园等活动，市、区老干部局和丽水学院联合开展纪念红军长征胜利八十周年集邮展，老干部邮协还出版《方寸美如画》纪念册。参加全市气排球比赛、书画创作比赛等活动，组织形式多样的离休干部祝寿会、"三八"节、重阳节等活动。莲都老年大学共开设排舞、戏曲等14个专业，20个班级，学员人数达到900多人。莲都区老年大学调整奖惩和考勤办法，细化学校纪律和卫生管理制度；坚持"平安立校"，继续与太平洋保险公司签公众责任险合同，为在苍松楼内学习、活动的老同志投保，包括人身伤害、事故、火灾、爆炸等事故都有一定赔偿。主动邀请公共安全专家来校检查安全隐患，检查学校消防、水、电、逃生门等安全设施，并整改设施设备，落实人员责任。精心组织建校25周年系列校庆活动，举办以声乐、戏曲、综合乐器、舞蹈为专场的个人才艺展演，共有70多个节目，将近300人参加。举办以建校25周年为主题的征文比赛，共收到文字作品32篇、书画作品36幅、摄影作品46幅。做好信息化建设工作，2017年将实现学员信息电子化管理。

【志愿服务】 2016年，关工办组织的百名老科技工作者联百村的"双百"活动，老科协的老同志编撰《莲都科技史料(二)》，老干部书研会参加农村文化大礼堂布置、下乡送春联等活动，诗词学会开展传统村落诗词创作写生。莲都苍松志愿服务队参加文明城市创建、送文化下乡、进福利院慰问等活动60场次，有1000人次参加各类志愿服务。

(余琳)

史志工作

【概　况】 2016年，区史志办完成《莲都年鉴(2016)》卷和《莲都乡愁文化丛书》编纂工作；继续做好《莲都区志》《党史二卷》编修工作；《栝苍史志》刊物出版2期。面向农村、社区、两新组织、学校等基层单位开展党史宣讲活动10场次。服务农村文化礼堂建设，全年下村指导2次，参加评审会3次，为9个村的文化礼堂建设提供地情资料和红色史料，并对礼堂建设方案进行文字、内容把关，提出一系列积极性的意见和建议。

【《莲都区志》编修】 2016年，区史志办通过主编修改和各编纂人员交叉通读修改的方式对全稿进行一轮精改，于5月底形成送审稿。8月4—5日，《莲都区志》编纂委员会召开《莲都区志》志稿初审会，省地方志专家委员会指导组成员，区志编纂委员会成员，市、区地方志办有关专家、学者近30余人参加会议。莲都区委副书记、政法委书记陈元龙出席会议并致辞。会上，莲都区史志办介绍《丽水市莲都区志》志稿的成稿过程、主要做法以及存在的主要问题。与会专家、学者在肯定《莲都区志》志稿的同时，有针对性地提出下一步修改意见。史志办共梳理评审会上领导、专家意见建议300余条，根据意见由主编负责并组织人员进行新一轮修改。完成30编修改任务。

【《党史二卷》编写】 2016年，区史志办共查档案20余万字资料，为编好全书打好基础。梳理初成稿需增补内容和薄弱环节计划做25个相关专题，截至年底已完成25个。

【《莲都年鉴》编纂】 2016年4月，区史志办完成稿件催收工作，5月初开始从结构、内容、体例、文字对初稿100余万字的内容开展三轮统稿工作。10月送印刷厂排版、印刷、出版。

【旧志点校】 2016年，区史志办聘请丽水学院赵治中教授对民国版《丽水县志》开展点校工作。在完成点校初稿基础上完成2轮修改工作，截至年底，已送方志出版社审稿。

【打造岱后红色主题村落】 2016年，区史志办通过走访座谈，形成岱后村红色主题特色村落建设调研报告，供领导决策参考。史志办主要负责人牵头帮助政策处理、美丽灶台、规划编制等相关工作，改变岱后村村容村貌。对该村落历史沿革、姓氏溯源、红色资源、文化民俗等进行挖掘。编纂《红色岱后》乡愁文化丛书。对县委旧址纪念馆内的展板及其部分内容进行调整更换，展柜进行清理，入党宣誓场所进行重新安排，线路照明进行排查等。

【编写“莲都乡愁文化丛书”】 2016年，区史志办开展“莲都乡愁文化丛书”第二辑和第三辑编纂工作。第二辑主要选取碧湖镇和大港头镇区域系列古村落，于8月出版。丛书第三辑为《保定古镇》《大港航头》《通济堰头》《利山畲风》《松坑溯源》《官岭秘境》，于12月完成编撰和印刷工作。

【服务农村文化礼堂建设】 2016年，区史志办继续为莲都区农村文化礼堂建设出谋划策，提供地情资料和红色史料。全年下村指导2次，参加评审会3次，为9个村的文化礼堂建设方案进行文字、内容把关，提出意见和建议。

【编写《莲都党史好故事》】 2016年7月，区史志办结合丽水市委党史研究室与市委组织部编写“丽水百村党史好故事”工作要求，开展《莲都党史好故事》编写工作，选择红色资源比较丰富的40余个革命老区村，按照党史事件的本来面貌，开展党史好故事编写，截至年底，已完成初稿并着手审稿工作。

【完成新屋南乡纪念馆修建工作】 新陶村于2013年下半年启动南乡革命纪念馆项目。2014年3月动工建设。 2015年6月，完成主体房屋建设，占地面积4000余平方米，建筑面积400余平方米，总投资约300万元。2016年6月完成纪念馆布展工作。南乡革命纪念馆由主馆区、副馆区、南乡革命烈士纪念碑、广场、廊桥等部分组成。主馆区展示南乡革命历程和革命先烈生平事迹等内容。副馆区为南乡乡愁主题，展示南乡地区物候风土、民族风情、历代战事、乡土物产、农耕生活、古代先贤等内容。

【开展基层党史宣讲活动】 2016年，区史志办作为全区党课宣讲团成员单位，主动到农村、社区、两新组织、学校等基层开展党史宣讲活动，全年共宣讲10场次。

（区史志办）

档案工作

【概　况】 2016年，莲都区档案局通过开展“节假日预约查档”、“异地查档、跨馆服务”等工作，提升档案服务水平，共接待档案利用者5418人次，查阅档案9729卷（件），复印档案10459页。从利用目的统计数据看，为编史修志查阅34卷，为工作参考查阅1563卷，为学术研究查阅47卷，为案件纠纷查阅428卷，为办理退休、养老保险，落实精减下放政策，以及公民为出国、贷款等原因出据结婚证明等查阅7657卷，充分发挥档案的社会价值。

【档案业务指导工作】 2016年，开展对农场档案、农村产权改革档案和农村土地承包经营权确权登记的指导工作。组织开展莲都区档案业务知识培训和村级档案规范管理培训，共培训11场，累计培训人员近600人。采取实地检查的方式，对莲都区61家区直机关档案工作开展为期3个月的年度专项检查工作并进行通报。做好重点建设项目档案工作监督和指导工作，全年共完成26个区级以上重点建设项目的登记工作。开展“千村档案”工作，顺利完成雅溪镇西溪村“千村档案”试点工作。开展“护航G20”档案安全巡查，对乡镇特别是中心镇开展实地检查，对发现的问题及时查漏补缺和整改。

【基层档案室工作】 2016年，在联城街道和紫金街道开展“村档乡管”工作，完成两个街道及其管辖的38个村300多卷（件）档案的收集、规范整理和安全保管工作。截至年底，莲都区机关、乡镇、企事业单位以及社区、部分行政村规范化综合档案室共291家，其中档案目标管理达国家二级标准1家，省一级标准5家，省二级14家，省三级9家。乡镇档案室全部达到省三级及以上档案目标管理标准，所有社区、行政村都已建档，其中共有9个行政村成功创省级示范行政村、21个行政村创省级规范行政村、1个社区达省级示范档案室。69家机关档案室全部达到区级以上综合档案室标准。

【数字档案馆（室）建设】 2016年，莲都区档案局数字档案馆（室）一体化建设基本完成，“莲都区数字档案馆藏系统”正式启用。同时，组织70余名档案员进行5期“1+9+N”数字档案协同管理系统培训，实现莲都区机关单位档案员的全覆盖。全年完成6家机关单位“浙江省规范数字档案室”创建工作。截至年底，莲都区机关单位成功创建“浙江省示范数字档案室”7家、“浙江省规范数字档案室”57家。

【“老字号”口述档案建档】 2016年，启动“丽水老字号”口述档案建档工作。摸底调查莲都区（原丽水县）市区内清代、民国及建国初期老商铺、老工坊两百多家，锁定89位采访人，最终完成42个“老字号”口述档案采编工作。整理口述资料近30万字，于年底出版发行莲都区口述档案第二辑编研成果《丽水老字号实录——宝号寻踪》，为研究莲都区民国时期历史风貌、社会发展提供较有价值的档案信息，填补丽水市没有“老字号”学术专著的历史空白。

【档案宣传工作】 2016年，在各级媒体、网站、报刊杂志上发表文章50余篇，《中国档案报》《浙江档案杂志》《处州晚报》多期介绍莲都区档案工作，丽水电视台多个节目播报莲都区档案工作。利用第二届“档案馆开放日”、“6·9”国际档案日、社科普宣传周、档案进社区等开展“家庭建档”系列宣传活动，制作“我爱我家家庭档案图片”展板，发放《家庭建档倡议书》《家庭建档指南》，向市民倡议建立家庭档案，举办家庭建档知识讲座，给有需要建立家庭档案的市民指导。发挥档案馆教育宣传基地作用，做好参观接待工作，全年接待部队官兵、中小学生等社会各阶层人士参观1100多人次。

【档案资源建设】 2016年，开展家风家训征集，征集到宗谱36件，利用馆藏近200本宗族谱筛选提炼一批家规家训和好家风故事，入选《莲都好家训》；征集到南明山、天后宫等摩崖碑刻拓片21件；征集、整理里东大救援档案，收集到包含部队、机关单位、民间组织等社会各界参与救援的共81个单位合计5600多件档案资料，规范整理归档文书档案1194件，照片档案880件；接收农村确权、农场、高溪低丘缓坡等档案，共计3474卷2644件。

（吴威）

莲都区人民代表大会·人大常委会

综　述

【概　况】 2016年，召开莲都区第十五届人民代表大会第五次会议；区十五届人大常委会会议共举行13次，听取和审议政府工作报告9项，作出决议、决定15个；举行22次主任会议。10月，开展区、乡人大代表选举工作，选举产生区十六届人大代表198名，新一届乡镇人大代表464名。推进宣传信息工作，全年有110多篇人大信息稿件和调研文章在省、市报刊和网站上发表。

重要会议

【莲都区第十五届人民代表大会第五次会议】 2016年3月22日～25日在莲都区会议中心举行。出席会议的代表200名，列席人员171名。会议听取和审议区长杨秀清所做的《政府工作报告》、区人大常委会主任雷萍所做的《区人大常委会工作报告》、区人民法院院长李美顺所做的《区人民法院工作报告》、区人民检察院检察长王小刚所做的《区人民检察院工作报告》。会议决定批准以上报告，并作出相应的决议。会议听取和审议了《莲都区国民经济和社会发展第十三个五年规划纲要》，做出《关于加快养生农业发展的决定》。会议审查莲都区2015年国民经济和社会发展计划执行情况、2016年国民经济和社会发展计划草案的报告；审查、批准莲都区2015年国民经济和社会发展计划执行情况的报告及2016年国民经济和社会发展计划；审查莲都区2015年财政预算执行情况和2016年财政预算草案的报告。审查、批准莲都区2015年财政预算执行情况的报告和2016年财政预算。会议批准区国民经济和社会发展计划、财政预算，并通过相应的决议。会议共收到代表10人以上联名提出的议案9件，涉及民宿经济、“六边三化三美”、“五水共治”、民生保障、公共交通、生态旅游等方面。根据《中华人民共和国地方各级人民代表大会和地方各级人民政府组织法》《中华人民共和国全国人民代表大会和地方各级人民代表大会代表法》和《莲都区人民代表大会议事规则》的有关规定，经议案审查委员会审议讨论，将蓝春香代表领衔提出的《立足优势 抢抓机遇 让民宿经济成为全面小康建设大舞台的议案》、黄乔军代表领衔提出的《关于加快民宿经济发展的议案》，合并成《立足优势 抢抓机遇 加快莲都民宿经济发展的议案》，列为本次大会议案，经大会批准后，交区人民政府办理。议案办理情况由区人民政府书面向区人大常委会报告，并在区第十六届人民代表大会第一次会议上印发。其余7件议案拟作为建议，与大会同时收到的85件代表建议、批评、意见一并交区人民政府及有关机关、组织研究办理，由承办单位负责答复代表并将办理情况及时报告区人大常委会。对事权不在莲都区的意见、建议，将通过其他途径提交市级有关单位处理。

【莲都区十五届人大常委会会议】 2016年，区十五届人大常委会会议共举行13次，听取和审议政府工作报告9项，作出决议、决定15个。

1月29日召开区十五届人大常委会第三十四次会议。会议做出《莲都区人大常委会关于召开区十五届人大五次会议的决定》,听取和审议《莲都区国民经济和社会发展十三五规划纲要草案》《莲都区2015年国民经济和社会发展计划完成情况及2016年国民经济和社会发展计划草案的报告》《莲都区2016年基本建设项目投资计划草案的报告》。会议听取和审议《区政府关于区十五届人大四次会议代表议案、建议办理工作的报告》,审议通过洪起平等区人大代表辞职案,并通报全区代表补选工作安排。会议通过2015年度各类先进名单,通报2015年度全区基层人大工作先进集体评选情况,通过《莲都区人民代表大会常务委员会关于落实宪法宣誓制度的具体办法(试行)》。会议还书面审议区政府组成部门负责人、区法院副院长和区检察院副检察长述职报告。会议决定许可丽水市中级人民法院对区人大代表雷根生采取司法拘留的报告。

2月29日召开区十五届人大常委会第三十五次会议。会议审议通过市人大代表赵碧华辞职案,选举史济锡、蓝跃慧为市三届人民代表大会代表,通报全区人大代表补选工作安排。

3月9日召开区十五届人大常委会第三十六次会议。会议听取和审议《莲都区2015年财政预算执行情况和2016年财政预算草案的报告》;听取区十五届人大五次会议筹备情况的汇报,并审议通过区十五届人大五次会议有关事项;审议《关于加快养生农业发展的决定(审议稿)》《区人大常委会工作报告稿》。会议审议通过市、区人大代表蓝友军辞职案以及政府、法院人事任免案,并举行任命人员宪法宣誓仪式。

3月17日召开区十五届人大常委会第三十七次会议。会议听取和审议《关于区第十五届人大五次会议代表资格审查情况的报告(草案)》《关于加快养生农业发展的决定(草案)》起草说明,审议《关于将莲都区丽龙高速公路南山互通至丽新公路建设工程(南山至高溪段)PPP项目相关可用性服务费支付纳入年度财政预算的议案》,并作出决议。审议通过区人大人事任职案,举行任命人员的宪法宣誓仪式。

5月27日召开区十五届人大常委会第三十八次会议。会议审议通过区政府人事免职案;审议通过《关于许可对区人大代表采取逮捕、刑事审判或法律规定的其他限制人身自由措施的工作规程(试行)》;听取和审议区经济商务局、文广新体局2016年预算;书面通报莲都区人大常委会2016年主要工作安排。

6月30日召开区十五届人大常委会第三十九次会议。会议审议通过区法院提请的许可事项;区政府、区法院、区人大人事任免案,并举行任命人员的宪法宣誓仪式。

7月29日召开区十五届人大常委会第四十次会议。会议听取和审议了区政府人事任职案,并举行了任命人员宪法宣誓仪式;集体收看了换届纪律教育警示片《镜鉴——衡阳、南充违反换届纪律案件警示录》,传达了中央、省、市关于人大换届工作的部署和工作要求。

8月30日召开区十五届人大常委会第四十一次会议。会议听取和审议了区政府《关于莲都区2016年上半年预算执行情况和2015年度财政决算的报告》《关于2015年莲都区本级财政预算执行和其他财政收支的审计工作报告》《莲都区2016年上半年国民经济和社会发展计划执行情况报告》《区政府关于我区学前教育工作的报告》。会议还听取和审议了区民政局和区水利局2015年度财政决算的报告。

9月29日召开区十五届人大常委会第四十二次会议。会议审查批准《莲都区2016年地方政府债务限额的议案》《关于调整莲都区2016年预算的议案》;审议通过了《莲都区人大常委会关于开展第七个五年法治宣传教育的决议》,审议了区公安分局提请的对代表采取强制措施的报告;听取和审议了区人大、区政府人事任免,并举行了宪法宣誓仪式。

10月17日召开区十五届人大常委会第四十三次会议。会议听取和审议区政府关于《莲都区华侨要素回流工程实施情况的汇报》；审议通过了《区人大常委会关于区十六届人大换届选举有关问题的决定》《区人大常委会关于设立莲都区选举委员会的决定》《区人大常委会关于区第十六届人大代表名额分配的决定》《区人大常委会关于乡镇人大代表名额的决定》《区人大常委会关于设立各乡镇选举委员会的决定》《区人常委会关于授权主任会议决定人大换届选举有关事项的决定》。会议还通报了《莲都区区乡两级人大换届选举工作实施方案》。

11月18日召开区十五届人大常委会第四十四次会议。会议审议通过区政府人事任免(辞)案，并举行宪法宣誓仪式。

11月30日召开区十五届人大常委会第四十五次会议。会议听取和审议了《区政府关于全区民宿经济发展情况的工作报告》《区法院关于职务犯罪审判工作情况的汇报》；审议通过了《关于变更区、乡人大代表换届选举选举日的决定》；会议还审议通过了区人大人事辞职案。

12月23日召开区十五届人大常委会第四十六次会议。会议集体观看换届纪律教育片《警钟》；听取和审议《区政府关于区十五届人大五次会议代表议案建议办理情况的报告》；审议通过区政府、区法院人事免职案，并举行任命人员的宪法宣誓仪式。

【莲都区十五届人大常委会主任会议】 2016年共举行22次主任会议。

1月13日召开区十五届人大常委会第67次主任会议。会议开展2015年度乡镇、街道人大工作考核民主测评工作；听取和审议区人大常委会工作审议稿，以及区人大常委会落实宪法宣誓制度的规定讨论稿。

1月26日召开区十五届人大常委会第68次主任会议。会议通过区十五届人大常委会第三十四次会议的有关事宜。听取市中级人民法院关于人大代表雷根生涉案情况的汇报；听取区发展改革局《莲都区2015年国民经济和社会发展计划完成情况及2016年国民经济和社会发展计划草案的报告》《莲都区2016年基本建设项目投资计划草案的报告》。审议《关于区十五届人大四次会议大会议案、建议办理工作的调查报告》，听取区人大代表补选工作安排的汇报；通报2015年度全区基层人大工作考核结果，以及各项年度评优评先情况。

2月26日召开区十五届人大常委会第69次主任会议。会议通过区十五届人大常委会第三十五次会议的有关事宜。会议听取区委组织部关于提名史济锡、蓝跃慧为市人大代表候选人的情况汇报，赵碧华辞去市人大代表职务的报告，以及区委提名区人大代表补选候选人推荐情况。听取和审议《莲都区2015年财政预算执行情况和2016年财政预算草案的报告》《莲都区人大常委会工作报告审议稿》。

3月4日召开区十五届人大常委会第70次主任会议。会议听取了代表工委关于区委提名蓝韬、李伟军为区人大代表候选人情况汇报，关于区十五届人大五次会议筹备情况汇报；审议了关于加快养生农业发展的决定讨论稿。

3月8日召开区十五届人大常委会第71次主任会议。会议通过区十五届人大常委会第三十六次会议的有关事宜。会议听取区法院关于人事任免情况的汇报，代表工委关于蓝友军辞去市人大代表职务的情况汇报，以及关于人代会日程草案调整情况的说明。

3月16日召开区十五届人大常委会第72次主任会议。会议通过了区十五届人大常委会第三十七次会议的有关事宜。会议听取区政府《关于将莲都区丽龙高速公路南山互通至丽新公路建设工程（南山至高溪段）PPP项目相关可用性服务费支付纳入年度财政预算的议案》的情况汇报；听取区委组织部关于提名岩泉街道人大工委主任人选的情况汇报；听取和通过农工委关于加快养生农业发展的决定起草说明。

5月10日，召开区十五届人大常委会第73次主任会议。会议讨论2016年工作安排表，以及关于许可对区人大代表采取逮捕、刑事审判或法律规定的其他限制人身自由措施的工作规程草案和区人大代表履职规程。

5月24日召开区十五届人大常委会第74次主任会议。会议通过区十五届人大常委会第三十八次会议的有关事宜。会议听取区委组织部关于区委提议免去赵加慧副区长的情况汇报，听取区法院关于要求对区人大代表周旭勇进行许可情况的汇报，听取区经商局和文广新体局年度部门预算编制情况的汇报，通过2016年监督工作计划。

6月6日召开区十五届人大常委会第75次主任会议。会议听取区质监局的工作汇报。

6月27日召开区十五届人大常委会第76次主任会议。会议通过区十五届人大常委会第三十九次会议的有关事宜。会议听取区人大常委会、区政府、区法院和区检察院人事任免(辞)情况的汇报。听取区法院关于要求对区人大代表高伙根进行许可情况的汇报，以及民事执行工作的情况汇报。

7月21日召开区十五届人大常委会第77次主任会议。会议听取区市场监管局的工作汇报。听取和审议关于政府重大投资项目制度起草情况。

7月25日召开区十五届人大常委会第78次主任会议。会议通过区十五届人大常委会第四十次会议的有关事宜。会议听取区委组织部关于提名黄程为区政府副区长人选的情况汇报。

8月9日召开区十五届人大常委会第79次主任会议。会议听取区民政局的工作汇报。

8月25日召开区十五届人大常委会第80次主任会议。会议通过区十五届人大常委会第四十一次会议的有关事宜。会议听取和审议《关于莲都区2016年上半年预算执行情况和2015年度财政决算的报告》《关于2015年莲都区本级财政预算执行和其他财政收支的审计工作报告》《莲都区2016年上半年国民经济和社会发展计划执行情况报告》《区政府关于全区学前教育工作的报告》。会议听取和审议区民政局和区水利局2015年度财政决算的报告。

9月13日召开区十五届人大常委会第81次主任会议。会议听取区监察局的工作汇报。审议通过发展、财政、审计和学前教育等审议意见。

9月26日召开区十五届人大常委会第82次主任会议。会议通过区十五届人大常委会第四十二次会议的有关事宜。会议听取区人大、区政府人事任免情况的汇报；听取区公安分局关于提请对区人大代表吴小林进行许可的情况汇报。听取法工委关于开展第七个五年法治宣传教育工作的决议起草情况汇报，以及区政府关于2016年地方政府债务限额和调整莲都区2016年预算的情况汇报。

10月10日召开区十五届人大常委会第83次主任会议。会议听取和审议区乡人大代表换届选举相关事宜，以及区人大常委会机关副科岗位调整情况的汇报。

10月14日召开区十五届人大常委会第84次主任会议。会议通过区十五届人大常委会第四十三次会议的有关事宜。会议听取代表工委关于三分之一连任区人大代表建议人选的履职情况，以及区第十四次党代会代表中属于区人大代表身份人选的审核情况汇报。听取和审议民侨工委《关于全区实施华侨要素回流工程情况的调研报告》。

11月18日召开区十五届人大常委会第85次主任会议。会议通过区十五届人大常委会第四十四次会议的有关事宜。会议听取区委组织部关于区政府人事任免提名情况的汇报；集体审议区十六届人大代表初步人选名单，传达全区人大、政协换届工作部署会精神。

11月29日召开区十五届人大常委会第86次主任会议。会议通过区十五届人大常委会第四十五次会议的有关事宜。会议审议《关于莲都区实施华侨要素回流工程情况报告的审议意见》《关于莲都区民宿经济发展情况的调研报告》《关于莲都区人民法院职务犯罪审判工作情况的调研报告》《关于变更区乡人大代表换届选举日的决定(草案)》，传达市委书记史济锡在碧湖代表站参加代表联络活动时的讲话精神。

12月16日召开区十五届人大常委会第87次主任会议。会议传达学习省委组织部《关于蔡君达等15起违反换届纪律问题通报》《省人大常委会副主任王辉忠莅丽调研座谈会讲话》，通过《关于接受雷萍等辞去选举委员会职务的决定》，通报区委常委会通过的区十六届人大代表组织推荐的候选人名单。

12月22日召开区十五届人大常委会第88次主任会议。会议通过区十五届人大常委会第四十六次会议的有关事宜。会议听取区委组织部关于政府人事免职提议的情况汇报；审议《关于区政府民宿经济发展情况专项报告的审议意见》《关于区人民法院职务犯罪审判专项工作报告的审议意见》，听取代表工委关于十五届人大五次会议代表议案建议办理情况的调查情况的汇报。

法律监督

【与省市人大联动开展大气污染防治执法检查】 2016年8月，调研组到纳爱斯集团、碧湖镇务岭根垃圾填埋场、市建材循环开发有限公司、大港头木制品阀门行业整治等实地查看，针对存在问题，提出5条整改意见交由政府落实整改，敦促政府将这项民生工程做实、做好。

【推进全区普法工作】 2016年9月，区人大常委会做出从2016年至2020年在全区公民中开展第七个五年法治宣传教育的决议，把法治宣传教育工作融入法治莲都、平安莲都建设的全过程，全面深化法治莲都建设。

【规范性文件备案审查】 2016年，区人大常委会根据《莲都区人民代表大会常务委员会关于规范性文件备案审查的若干规定（试行）》，常委会通过指定专人收发、规范办理流程、细化审查程序、加强沟通衔接，对政府规范性文件的主动审查工作，做到审查靠前、把关从严，确保政府制定出台相关文件符合上位法的规定。全年审查规范性文件24个。

工作监督

【听取和审议区政府关于国民经济和社会发展计划执行等工作报告】 2016年8月，区人大常委会听取和审议区政府关于国民经济和社会发展计划执行、财政预算执行以及审计等工作报告，做出《关于批准莲都区2015年财政决算的决议》，推动政府进一步优化支出结构，严格预算计划执行，提高财政资金使用绩效。

【听取和审议华侨要素回流工程实施情况的专项工作报告】 2016年10月，常委会听取和审议华侨要素回流工程实施情况的专项工作报告，针对投资渠道受限、融资难度较大、发展环境有待优化等问题，提出不断涵养侨务资源、构建服务平台、优化发展软环境等审议意见，加快实施华侨要素回流工程，推动莲都经济发展。

【听取和审议全区学前教育发展情况】 2016年8月，常委会听取和审议全区学前教育发展情况的专项工作报告，针对莲都区城区公办幼儿园资源不足、民办幼儿园办园水平偏低、公办幼儿园教师编制偏紧、部分幼儿园教学行为不够规范等问题，提出合理布局，做好公办园建设、加大扶持，推动民办幼儿园发展、因地制宜，适当增加公办园教师编制、加强监管，提升学前教育保教水平等四条审议意见交由政府落实，促进莲都区学前教育工作健康有序开展。

决定重大事项

【作出二项决定】 2016年3月，区人代会上区人大常委会作出《关于加快养生农业发展的决定》，关注全区经济社会运行情况，作出《关于批准莲都区丽龙高速公路南山互通至丽新公路建设工程（南山至高溪段）PPP项目相关可用性服务费支付纳入年度财政预算的决议》等决定，为全区长远发展提供资金支持。

人事任免和对任命干部的监督工作

【人事任免】 2016年，区人大常委会坚持拟任干部任前公示、法律考试和表态发言、向宪法宣誓等制度，确保群众的知情权和监督权。全年共任免国家机关工作人员33人次。出台《莲都区人民代表大会常务委员会关于落实宪法宣誓制度的具体办法(试行)》，依照法定任免程序，落实好组织意图，从而实现党的领导、人民当家做主和严格依法办事的有机统一。

【对任命干部的监督】 2016年，区人大常委会做好对干部任后监督工作，坚持主任会议听取部门工作汇报制度，先后听取区质量监督局、市场监管局、民政局、监察局等工作汇报；坚持人大任命干部年终述职制度，组成人员书面审查政府组成部门局长，以及法院副院长、检察院副检察长的年终述职材料，实现任命干部人事监督的全覆盖和制度化。

联系人大代表和人民群众

【代表建议、批评和意见督办工作】 2016年，区十五届人大五次会议有大会议案1件、代表建议117件。区人大常委会通过召开代表建议交办会进行集中交办，明确建议办理的主办单位和协办单位，完善建议领办、办理工作机制，运用代表建议办理系统进行网上督办，发出办理情况通报，提高办理工作成效。坚持重点代表建议由政府负责人领办、常委会领导督办制度，明确各重点建议的认领人与督办人，提高代表建议所提问题的解决率。

【人民来信来访工作】 2016年共受理群众来信75件，接待来访批235次，370人次，受理来信75件，其中来信42件，来访32批次、38人次，省、市人大交办4件。做好信访交办工作，落实常委会领导信访包案责任制，发挥人大代表在维护社会稳定方面的突出作用。

莲都区人民政府

综　述

2016年实现地区生产总值303.80亿元，同比增长5.6%。农业总产值27.21亿元，同比增长4.1%；规模以上工业总产值62.81亿元，同比增长5.9%；固定资产投资161.92亿元，同比增长10.5%；社会消费品零售总额184.62亿元，同比增长7.2%；旅游总收入59.42亿元，同比增长38.6%；一般公共预算收入13.58亿元，同比增长10.6%。一般公共预算支出30.64亿元，同比增长19.3%；城镇居民人均可支配收入38507元、农村居民人均可支配收入21260元，同比分别增长9.9%、10.0%；节能减排、安全生产、计划生育等全面完成上级下达的指标。年度综合考核名列全市第一。2016年12月27—30日，区第十四次党代会顺利召开，会议提出，今后一个时期，莲都区要始终牢记习近平总书记“绿水青山就是金山，对丽水来说尤为如此”重要嘱托，清醒认识莲都的历史方位、工作定位和价值地位，围绕“一个率先、两个提升、三个迈进”总目标，秉持“同心同向同力、共建共融共享、善谋善作善成”总要求，落实“城市共建、经济共融、福祉共享”总任务，以“理应如此”的担当，体现“尤为如此”的示范，努力在全市率先高水平全面建成小康社会。

区政府常务会议

【概　况】 2016年召开政府常务会议13次。

【第十五届政府常务会议】 第52次区政府常务会议于2016年3月1日召开。审议《莲都区2015年国民经济和社会发展计划执行情况与2016年国民经济和社会发展计划报告（草案）》《莲都区垦造水田后续耕种和地力培育项目管理办法（试行）》《2015年度农村产权制度改革先进集体和先进个人名单》《2015年度农村发展六大行动计划、美丽乡村建设先进集体和先进个人名单》《2015年度洁净村居创建先进集体、六边三化三美工作先进单位和先进个人名单》《2015年度莲都区土地和房屋征收工作考核奖和先进个人名单》《2015年度城乡社区工作先进乡镇、街道、成员单位和先进工作者名单》，听取2015年度扩大有效投资工作考核情况汇报，听取坑口村苏埠圩安置小区有关项目实施情况汇报，听取关于上浮基层派出所规范津补贴和乡镇机关事业单位工作人员实行乡镇工作补贴的情况汇报，听取安全生产工作汇报和2015年度安全生产目标管理责任制考核结果情况汇报，学习传达中央和省委领导关于信访工作重要批示的精神。

第53区政府常务会议于2016年3月6日晚上召开。审议《政府工作报告》《莲都区“十三五”规划纲要（草案）》《莲都区2016年基本建设项目投资计划》《关于莲都区2015年预算执行情况和2016年预算草案的报告（草案）》《莲都区垦造水田实施办法》《2015年度人口和计划生育工作先进单位、先进工作者和示范乡镇（街道）示范村（居）名单》。

第54次区政府常务会议于2016年4月6日召开。审议《关于加强社会治安防控体系建设的实施意见》《丽水市莲都区人民政府关于进一步加强政风建设的意见》《莲都区2015年度“五水共治”工作先进集体和先进个人名单》，听取关于给予莲都区公安分局等4个单位记三等功的情况汇报，听取高铁站广场临时停车场基本情况及管理情况的汇报，听取莲都区2015年度工业企业争先创优获奖企业评选奖励的情况汇报，听取关于2016年度区政府规范性文件项目制定计划及依法行政工作先进评选情况汇报，听取关于浙江高乐旅游文化产业有限公司退出东西岩景区特许经营的情况汇报，听取关于乡镇（街道）及功能区权力清单、责任清单工作情况汇报，听取关于2015年度招商引资考核奖励情况汇报。

第55次区政府常务会议于2016年4月21日召开。审议《莲都区2016年度农家乐民宿工作考核办法》《2016年度莲都区“六边三化三美”工作督查考核细则》《2016年度莲都区农村环境卫生治理工作督查考核细则》《莲都区投资项目“一站式”联办审批工作方案》《碧湖镇郎奇村违法建筑处置意见》《莲都区耕地（基本农田）保护补偿机制实施方案》《丽水市莲都区人民政府关于加快推进企业直接融资工作的补充意见》，听取关于《（莲都）国家农业公园总体规划》编制有关情况的汇报。

第56次区政府常务会议于2015年5月13日召开。审议《莲都区联城城郊农民新社区三期项目（里东安置小区）地块土地公开出让特别规定》《莲都区（2016—2018年）养生农业发展三年行动计划》《莲都区商品有机肥推广应用实施办法》《莲都区行政调解工作奖惩试行办法》，听取关于开展2016年市区重点项目政策处理大会战活动有关情况的汇报，听取市“两会”建议提案办理工作情况的汇报。

第57次区政府常务会议于2016年6月6日召开。审议审议《“古堰新韵”小镇音乐节方案》《莲都区农民增收（2016—2018）三年行动计划》《莲都区精准帮扶企业发展的若干意见》《莲都区危险房屋治理改造实施办法（试行）》《关于积极稳妥推进户籍制度改革的实施意见》《莲都区东港小学新建项目招商引资方案》，听取关于古堰画乡原油茶博物馆区块建设内容变更的情况汇报。

第58次区政府常务会议于2016年7月7日召开。审议《莲都区民宿主题村落基础设施项目建设和资金管理办法》《莲都区关于加快构建现代公共文化服务体系实施意见》《莲都区公共文化服务标准化建设提升计划》《莲都区商品有机肥推广应用实施办法》《莲都区人民政府关于加快推进残疾人全面小康进程的实施意见》《莲都区基础教育“三年攻坚”行动方案》《丽水市区既有住宅加装电梯试点工作指导意见》，听取关于雅溪镇里东村山体滑坡后续综合治理施工、监理和设计单位变更的情况汇报，听取猕猴峡省级自然保护区筹建情况的汇报，研究区政府领导班子分工事宜。

第59次区政府常务会议分别于2016年8月4日下午和8月8日上午召开。审议《莲都区公务用车制度改革实施方案》《莲都区加快推进农产品转化为旅游地商品实施方案》《消防安全岗位职责规定》《消防安全责任追究办法》《2017年度城乡居民基本医疗保险筹资方案》，听取丽水市创建国家全域旅游示范区工作任务书分解情况的汇报，听取关于现代农业园区物联网和精准装备功能区建设合作方案的情况汇报，听取关于丽龙高速公路南山互通至丽新公路建设工程PPP项目投资方违约及下步建设的情况汇报，听取关于《莲都区宣平溪水生态文明建设方案研究报告》进展情况汇报，听取2016年上半年安全生产工作情况汇报，传达学习《中国共产党问责条例》和《换届风气监督工作主体责任清单》（浙组〔2016〕18号）等文件精神。

第60次区政府常务会议于2016年9月6日召开。审议《关于在全区公民中开展法治宣传教育的第七个五年规划（2016-2020年）》《莲都区构建“三位一体”农民合作经济组织体系实施方案》《莲都区创建浙江省食品安全区工作方案》《大港头镇金港小区A地块土地出让特别规定》，听取关于丽水市大山峰森林公园（大山峰林区）对外承包经营有关情况的汇报，听取关于路湾村烟花爆竹仓库公开招租相关情况的汇报，听取关于浙江萤火虫金融信息服务有限公司要求设立山海协作企业浙商创业创新转贷基金有关情况的汇报，听取关于乡镇（街道）干部经济待遇高于区级机关同职级干部20%方案的情况汇报，听取关于2015年度区本级财政预算执行和其他财政收支问题整改任务分解情况的汇报。

第61次区政府常务会议于2016年10月12日召开。审议《莲都区废弃农药包装物集中回收处置实施意见》《莲都区农村困难家庭危旧房改造实施意见》《关于促进莲都区来料加工业持续发展的实施意见（2016—2018）》《莲都区2016年计划生育目标管理责任制考核办法》《莲都区建设占用耕地耕作土剥离再利用工作实施办法》，听取关于开设中国莲都养生农业社区生鲜连锁门店相关政策情况的汇报，听取枫树湾村小学房屋公开招租相关情况的汇报，听取关于2016年丽水市区道路临时停车收费服务项目招标方案的情况汇报，听取关于第三届莲都区政府质量奖评审情况的汇报，听取关于授予夏锦文、张春龙区劳动模范称号相关情况的汇报，审议《2012—2016年度莲都区劳动模范评选表彰方案（草案）》及《丽水市莲都区模范集体和劳动模范评选（推荐）及管理办法（草案）》，传达学习《浙江省环境保护督察方案（试行）》和《浙江省党政领导干部生态环境损害责任追究实施细则（试行）》。

第62次区政府常务会议于2016年10月20日召开。审议审议《莲都区农村生活污水治理设施运行维护管理办法》《莲都区农村生活污水治理设施运维考核办法》和《莲都区农村生活污水治理设施运维招标文件》，审议审议《莲都区关于促进古堰画乡特色小镇经济发展的实施意见》，听取莲都区前三季度经济运行有关情况的汇报。

第63次区政府常务会议于2016年12月2日召开。审议《莲都区小城镇环境综合整治行动实施方案》《莲都区废弃农药包装物及废弃农膜集中回收处置暂行管理办法》《关于加强莲都区乡镇（街道）“四个平台”建设工作的实施意见》《莲都区人民政府化解政府债务工作实施方案》《莲都区关于推进责任医生签约服务工作实施意见》《深入开展岁末年初安全生产大检查遏制重特大事故工作方案》《2016年度莲都区招商引资工作目标责任制考核办法》，听取关于基金管理公司落户古堰画乡小镇政策事项的情况汇报，听取《莲都区2016年规范性文件清理工作汇报》，集体学习《关于新形势下党内政治生活的若干准则》《中国共产党党内监督条例》。

第64次区政府常务会议于2016年12月26日召开。审议《2017年莲都区关于对旅行社招徕游客的奖励办法》《丽水市莲都区居住证制度实施意见》《丽水市莲都区户口迁移暂行规定》《丽水市莲都区安全生产“党政同责一岗双责”暂行规定》《莲都区分级诊疗工作实施方案（试行）》《莲都区项目土地征收红线范围内农业设施大棚搬迁补助标准暂行规定》《莲都区金融机构支持地方经济发展绩效考核奖励办法》，听取关于大大线边坡治理工程情况的汇报，听取关于紫金街道芦埠村A2地块信访事项的汇报，集体学习《浙江省行政程序办法》（浙江省人民政府令第348号）。

区政府工作会议

【全区安全生产工作会议】 1月6日下午，莲都区召开安全生产工作会议，区委副书记、区长杨秀清出席会议并讲话。杨秀清强调，要认真学习传达贯彻好全国、省、市安全生产工作会议精神，充分认识当前安全生产面临的严峻形势，进一步强化红线意识，要按照“党政同责、一岗双责、失职追责”的要求，全面落实安全生产责任和管理措施，确保岁末年初和两节期间安全平稳。

【莲都区召开26县发展实绩考核情况分析会】 3月8日下午，莲都区专题召开26县发展实绩考核情况分析会，市委常委、区委书记葛学斌出席会议并讲话。区委副书记、区长杨秀清主持会议。会议听取了区考评办及相关责任单位关于综合考评和分项指标完成情况汇报。葛学斌强调，要切实增强以指标来研究工作，以工作来推动指标的观念，深入谋划好“十三五”发展，要坚定转型跨越的信心，围绕年初全区干部大会确定的目标，以及省委书记夏宝龙在丽水考察时提出的十个问题，千方百计抓好落实，持续推进生态环境保护、农民增收、产业培育、城乡建设、文明城市提升等工作，确保工作做出特色，取得实效。

【全区扩大有效投资暨工业、招商、安全生产、金融工作会议】 4月14日上午，莲都区召开扩大有效投资暨工业、招商、安全生产、金融工作会议，市委常委、区委书记葛学斌出席会议并讲话，区委副书记、区长杨秀清主持会议，区领导雷萍、谷江南、陈元龙、周海忠等出席会议。会议表彰了先进企业、先进单位和先进个人。葛学斌指出，投资、工业、招商、安全生产、金融五项工作事关莲都发展，缺一不可。如何加快推进莲都发展，就要精准发力找短板、合心合力补短板、着眼长远谋跨越，在扩大有效投资上，要科学谋划项目、拓宽融资渠道、抓好重大项目，充分发挥投资的拉动效应。在工业经济方面，要立足优势，科学谋划生态工业发展，对符合条件，且有信心、有能力的企业要加大扶持力度，做好1+1>2的文章，促进企业转型升级跨越发展。对招商引资工作，要秉承“亲商、爱商、扶商、优商”的理念，切实强化服务意识、创新意识、精准意识，强势推动经济结构调整，进一步优化产业结构和投资结构。葛学斌强调，要时刻紧绷安全生产弦，必须把安全“红线”牢牢系在心头，把隐患排查治理落到实处、把责任落实挺在前面，强化担当意识，克服麻痹思想，切实维护社会和谐稳定。要努力创造良好的金融发展环境，保稳定、保重点、谋创新，为全面打造“中国莲都”，实现区域转型跨越提供强有力的保障和支撑。会上，杨秀清代表区政府分别与乡镇(街道)、部门签定了项目投资、工业经济、招商引资和安全生产年度工作责任状，并对相关工作提出要求。区委副书记、政法委书记陈元龙宣读表彰文件，区委常委、常务副区长胡献如，副区长俞丽威分别部署相关工作。古堰画乡指挥部、丽水工业园区管委会、农业局、岩泉街道负责人在会上作了表态发言。

【全区消防工作会议暨“护航G20·奋战100天”农村消防安全攻坚专项行动动员会】 4月18日上午，全区消防工作会议暨“护航G20·奋战100天”农村消防安全攻坚专项行动动员会召开，区委常委、常务副区长胡献如参加。会议通报分析了当前莲都区消防安全形势；区农办、岩泉街道作为单位代表作表态发言；胡献如代表区政府与有关单位签订2016年度消防工作目标管理责任书。胡献如强调，要把握形势，牢固树立忧患意识、责任意识、大局意识，坚决消除安全隐患；要聚焦机制，加快推进消防制度建设、防控基础建设、救援队伍建设；要查补短板，努力在综合整治上实现突破，在农村消防上实现突破、在宣传教育上实现突破；要坚持结果导向，明确责任抓落实、形成合力抓落实、强化问责抓落实。

【市区重点项目政策处理大会战动员会】 5月20日下午，为贯彻落实省委城市工作会议、市委专题会议精神，市区两级联合召开2016年市区重点项目政策处理大会战动员会。市委常委、常务副市长毛子荣，市委常委、区委书记葛学斌，区委副书记、区长杨秀清出席会议并作重要讲话。市政府副秘书长李伟立主持会议。雷萍、邢志行、洪起平、陈元龙、周海忠、叶建光等市区领导参加会议。会议对市区重点项目政策处理大会战活动进行了具体部署，市征收办、市国土局、市水利发展公司、区纪委、区公安分局、城管处州分局、区法院、城区5个街道等12个单位分别作了表态发言。市委常委、常务副市长、大会战总协调毛子荣强调：一是要有势在必行的思想理念。要把大会战活动作为开新局的要事、保民生的实事、促和谐的大事来部署、落实。二是要有势不可挡的征收氛围。要把握市委市政府空前的重视与推动，按照大会战的既定部署，发扬优良的工作作风乘势而上；要借力“三改一拆”、项目推进以及省委城市工作会议精神顺势而为；要通过会议造势、媒体造势、典型造势等有效手段造势而动。三是要有势如破竹的工作成效。要作为“一把手”工程推进，各级各部门都要实行一把手挂帅；要坚持“一把尺”衡量，工作推进过程中注重依法依规、入情入理、公平公正；要强化“一盘棋”推动，完善市区联动机制、解决遗留问题、强化司法保障。市委常委、区委书记、大会战第一总指挥葛学斌对大会战推进提出了四点具体要求：一是要有更大的决心。要求与会单位把握稍纵即逝的发展窗口期、转型跨越的机遇期、勇于负责敢于担当的责任期，以志在必得的决心、猛虎扑食的勇气、敢于担当的志气迎难而上，推动大会战取得全面胜利。二是要有更大的信心。要看到市委市政府空前重视、干部士气的空前高涨、体制机制进一步理顺、大会战氛围越来越好等有利条件，进一步增强夺取攻坚大会战全面胜利的信心。三是要有更大的成效。要求大会战的工作目标更加积极，5月底前完成29个项目，8月底前基本完成年度任务，年度前全面完成全年任务。同时要加强大会战活动的舆论保障、政策保障、力量保障和督查保障。四是要更好的统筹。要统筹处理好大会战与换届之间的关系，将大会战期间的表现作为任用干部的重要依据；要统筹好过程和结果的关系，既要注重过程，更要结果导向；要统筹好大会战与其他工作的关系，围绕中心全面开展工作。区委副书记、区长杨秀清代表大会战指挥部作了动员报告，对大会战活动进行了具体部署，并对各参战单位提出具体要求：一是认识要更统一。要把征地拆迁工作作为服务市区的首要任务，作为加快发展的有力支撑，作为改善民生的重要手段。二是任务要更明确。要求加快尾留项目扫尾，加快结转项目完成，加快新增项目进度。三是措施要更坚决。要求进一步做好“以拆促迁、以打促迁、以裁促迁”三篇文章。四是责任要更到位。要求各参战单位各司其职、协同推进。五是作风要更过硬。要求各参战单位做到全员上阵、全力以赴、全勤参与。六是保障要更有力。要求市区各职能部门强化政策、机制、宣传三方面保障工作。

【莲都区召开全域旅游暨古堰画乡创AAAAA级景区工作推进会】 5月29日上午，莲都区召开全域旅游暨古堰画乡创AAAAA级景区工作推进会，市委常委、区委书记葛学斌，区领导雷萍、谷江南、陈元龙、周海忠等出席会议，区委副书记、区长杨秀清主持会议。葛学斌在会上指出，全域旅游是传统景区旅游基础上的一种新趋势，目的是推进区域的转型跨越，它的出发点和落脚点是全民参与惠及全民。全区上下要形成共识，力求让旅游的理念覆盖全域；让全域的发展凸显旅游这条主线；让旅游从配角走向发展的主角，成为支柱产业、主导产业，新动力产业。会上，区农办、区旅委还分别与浙江联众休闲产业集团、上海瓦坞文化创意有限公司签订了乡村旅游项目开发协议。

【全区卫生和计划生育工作大会】 7月1日下午，莲都区召开卫生和计划生育工作大会，区委副书记、区长杨秀清出席会议并讲话，副区长徐旭卿主持会议。杨秀清强调，“健康莲都”是在新常态下对以往卫计工作的全面提升和重要转型，要求更高，作用更大，影响更广。要谋深谋细抓好规划编制，落细落小抓好卫生工作，提质提效抓好计生工作，齐心协力抓好应急示范区创建；打造“健康莲都”是发展新常态、转型关键期的一项新任务，要强化组织领导，强化氛围营造，强化督查考核，形成齐抓共管工作格局；全区卫计系统要锐意改革、开拓进取，凝聚创业实干新动力，推动全区卫计事业迈出新步伐、实现新突破、开创新局面。会上，杨秀清与乡镇（街道）和部门代表签订2016年度卫生和计划生育目标管理责任书，徐旭卿对下一步工作提出了具体要求。

【莲都区推进全国文明城市创建动员大会】 7月6日下午，莲都区推进全国文明城市创建动员大会召开，区四套班子领导参加，区委副书记、区长杨秀清主持会议，丽水市委常委、区委书记葛学斌作动员讲话。葛学斌强调，对照考核标准看，从创建任务看，从硬件软件看，我们都要正视现实差距；要细分任务，坚定目标，背水一战，应对严峻挑战。要甩开膀子，决战决胜，谋求转型跨越。葛学斌要求领导干部总揽总责，以文明创建为总抓手，按照争做示范争创一流的要求，在时间、空间、人力、物力上统筹各项工作，尽责尽力谋发展，实现多赢。会议表彰了莲都区2014年度创建国家卫生城市先进单位、个人和2015年度创建全国文明城市先进单位、个人。9个创建责任单位代表和小荷志愿者代表表态发言，并向创建重点单位交办了《莲都区全国文明城市创建攻坚任务书》。

【全区“五水共治”工作领导小组会议】 7月8日上午，莲都区召开“五水共治”工作领导小组会议，区委副书记、区长杨秀清出席会议并讲话。区委副书记陈元龙主持会议。副区长俞丽威、郭巧燕参加会议。杨秀清指出，前一阶段“五水共治”工作莲都区出实招、上项目、建机制，取得了阶段性成果，但还存在工作进度不平衡，部分工程相对滞后等短板，仍需加大力度，加快进度推进各项工作。杨秀清强调，五水共治是加快发展的有力支撑，是群众关注的民心工程，我们要充分认识到治水的重要性，不折不扣落实好各项工作；五水共治是一项系统工程，要抓重点、抓关键，进而综合施策，统筹推进。要抓落实，落实省、市对各项工作的部署，落实河长制、网格化管理等各项机制。要抓工程，加快工程进度、保证工程质量。要抓盲点，切实加强自查自纠力度，迅速补齐短板。俞丽威通报了全区“五水共治”工作情况，陈元龙、郭巧燕分别对各项工作提出了具体要求。区农办、区水利局等部门作表态发言。

【莲都区召开全区户籍管理制度改革工作部署会】 7月13日上午，莲都区召开全区户籍管理制度改革工作部署会，贯彻落实省委省政府关于推进户籍制度改革会议精神，对进一步加快推进全区户籍管理制度改革工作进行动员部署。区委常委、常务副区长胡献如出席会议并讲话。胡献如在会上指出，进一步推进户籍制度改革意义重大，各户改成员单位必须统一思想，夯实基础，立足长远，明确要求，强化措施，坚定改革信心，狠抓工作落实，确保全区户籍管理制度改革顺利推进、取得实效，为莲都区高水平全面建成小康社会、打造“中国莲都”区域品牌奠定坚实的基础。

【莲都区2016年投资项目审批代办工作交办会】 8月10日上午，莲都区组织召开2016年投资项目审批代办交办会，区府办、区纪委、区委区政府督查室、区代办中心、“一站式”联办审批窗口负责人，以及10个投资项目业主代表和代办员参加。会议对今年投资项目审批代办工作进行了全面部署，10个项目业主代表和代办员签订审批代办协议，“一站式”联办审批窗口负责人对每个项目审批流程进行了一对一现场指导。

【莲都区2016年六边三化三美工作点评会】 8月17日上午，莲都区召开2016年六边三化三美工作第四次点评会。区委副书记、政法委书记陈元龙出席会议并讲话，副区长郭巧燕参加会议，副区长蔡通友主持会议。陈元龙在强调，六边三化三美是打造全域旅游、提升人居环境的重点工作，全区上下要进一步提高思想认识，立足长效，坚决打好环境整治持久战；要进一步强化工作举措，直面难点，整治到底，突出重点，美化到底，抓住关键点，坚持到底；要强化工作职责，保持工作定力，强化宣传引导，增强工作合力，强化考核导向，实现精准发力；努力实现“示范引领、争创一流”的目标。会议还传达了全市第十六次点评会上的讲话精神。

【全区公务用车制度改革动员部署会】 8月22日上午，莲都区召开全区公务用车制度改革动员部署会，全面动员部署全区公务用车制度改革工作。区委常委、常务副区长胡献如出席会议并讲话。胡献如在会上指出，车改是自上而下没有余地的重大改革、是改变政府工作作风的重要突破、是节约行政开支的有力举措。胡献强调，车改的时间已非常紧迫，任务还很艰巨，各有关部门必须正确认识，高度重视车改工作；准确理解、精准把握车改原则；明确要求、按时完成车改任务，倒排时间，统筹推进，平稳有序按时完成全区车改工作。

【莲都区创建全国文明城市暨迎接省级测评推进会】 8月30日上午，莲都区召开创建全国文明城市暨迎接省级测评推进会，市委常委、区委书记葛学斌，区领导杨秀清、雷萍、谷江南、陈元龙等出席会议，区委副书记、区长杨秀清主持会议。会议通报了莲都区创建全国文明城市社区（村）擂台赛八月份考核评比结果，部署了创建各项具体工作。葛学斌指出，全区上下要把创建全国文明城市作为当前的中心工作来抓，进一步坚定信心，合力攻坚，以良好的城市环境、社会秩序、公共服务和创建成果，力争实现"省测"在全省的四个全国文明城市提名城市中排名第一，为实现全国文明城市创建工作目标奠定基础。葛学斌强调，创建全国文明城市工作中，氛围营造是关键，要横向到边、纵向到底，做到面上再落实，亮点再提升，重点再突破，形成良好的创建氛围；素质提升是根本，要精心设置载体，培育市民道德理念，强化日常管理，让广大的市民知晓并参与到文明创建中来；专项整治是抓手，要切实抓好社区六乱整治、市容环境整治、市场环境整治、基础设施整治、小餐饮店整治工作，并研究常态化管理机制，确保整治效果；全员发动是保障，要通过党员领导干部带头示范，精心设置各种活动载体，广泛发动群众，使创建工作成为大家的自觉意识和自觉行动。

【市区重点项目政策处理大会战总结表彰大会】 8月30日上午，市区重点项目政策处理大会战总结表彰大会召开，市委常委、常务副市长毛子荣，市委常委、莲都区委书记葛学斌，洪起平、杨秀清、雷萍、谷江南、陈元龙等出席会议。毛子荣强调，此次大会战，全面发动、全员上阵，全勤参与、全力以赴，取得了显著的阶段性成效，市委、市政府对大会战取得的成绩给予充分肯定。下一步，莲都区要强化项目前期、强化纵横合力，强化业务能力，以更高的标准做好征收工作；要扩大活动成果，始终做到坚持"一把手"重视，坚持"一把尺"衡量，坚持"一盘棋"推动，始终做到征收与其他工作统筹推进，2016年尾留工作与谋划2017年工作统筹推进，项目推进与政策完善统筹推进，全面做好重点项目政策处理工作。葛学斌强调，此次大会战取得的经验弥足珍贵，背水一战、舍我其谁成为导向，阳光征收、公开透明成为共识，依法征收、守好底线成为原则，团队精神、画圆句号成为目标，要把这些好做法、好经验推广到全区各项工作中，推动各项工作取得新成效。区委副书记、区长杨秀清作大会战总结报告。在103天的百日攻坚中，共完成项目政策处理任务90个，完成率87.4%，累计清场交地4465亩，完成土地报批1200亩，完成房屋签约拆除356户约15.6万平方米。

【莲都区未开工项目督查推进会】 9月1日下午，莲都区召开未开工项目督查推进会，重点集中讨论解决全区在2016年8月之前应开工但未开工的，以及计划在2016年9月之后开工的多个项目中所存在的困难和问题。区委常委、常务副区长胡献如出席会议。会议听取了碧湖污水处理厂提标改造工程、莲都区公益性生态公墓、景区码头扩建等7个未开工项目的情况汇报，以及十多个计划在2016年9月之后开工项目的基本情况。会议强调，各部门要高度重视、细化方案、抢时间、赶进度，全力推进各项目建设；督查组要对未按计划开工建设的项目加强跟踪督查，对项目推进过程中遇到的困难和问题要认真分析原因，及时提出解决办法；要进一步增强工作主动性，部门之间加强对接，形成合力，紧盯时间节点，倒排时序，全力推进，确保完成年初下达的各项目建设任务。

【26县发展实绩考核指标分析部署会】 10月9日下午，莲都区召开26县发展实绩考核指标分析部署会。区领导杨秀清、陈元龙、郭巧燕、黄程等参加会议，区委副书记、政法委书记陈元龙主持会议。杨秀清强调，全区上下思想要再重视，责任要再落实，要坚持“一把手”负总责，层层落实责任，层层压实担子，确保每项工作都有专人跟踪研判；意识要再强化，要围绕“示范引领、争创一流”的工作定位，进一步强化考核意识、争先意识、数据意识，争取多得分，少扣分；沟通要更高效，办法要更管用，要围绕考核细则，加强研究谋划，加强沟通对接，苦干实干加巧干，确保各项工作高效落实；要强化考核结果运用，鼓励先进、鞭策后进，确保优势工作抓出亮点，后进工作迎头赶上，力争莲都区在26县发展实绩考核排名中走在前列。副区长郭巧燕、黄程分别就具体工作作了部署。

【莲都区民宿特色村、养生农业、六边三化三美工作点评会】 10月11日上午，莲都区召开民宿特色村、养生农业、六边三化三美工作点评会，总结前阶段工作，部署下步任务。市委常委、区委书记葛学斌出席会议并讲话，区委副书记、区长杨秀清主持会议，区领导雷萍、谷江南、周海忠等出席会议。 葛学斌在讲话时指出，民宿特色村建设、养生农业发展、六边三化三美工作相互关联，是打开“两山”通道、促进农民增收致富的敲门砖。从目前工作氛围和成效来看，莲都区三项工作开局良好，产生了一批好的典型，形成了好的态势，干部群众精气神得到了提振，但同时也暴露出一些问题，如何突破瓶颈、继续前进，真正把绿水青山转换成金山银山还任重道远。各级各部门要强化一线意识、句号意识，认真、坚定、执着、持续推进民宿特色村、养生农业、六边三化三美工作，努力做出特色、做出品牌。 就下一步工作，葛学斌强调，要顺应趋势、遵循规律，深刻领悟、深入贯彻好中央五大发展理念，科学谋划和推进各项工作，努力实现“三美融合、主客共享”；要坚定不移的推进供给侧改革，以优质的产品、有潜力的产品、可持续发展的产品来赢得市场；要讲究方法、精准发力，通过典型引路、政策推动、干部给力，积极营造浓厚氛围，努力实现效益最大化。要争创一流、争做示范，进一步提升党委政府形象和公信力，让党员干部群众有获得感和成就感。

【莲都区财税工作座谈会】 10月11日下午，莲都区召开财税工作座谈会，区委副书记、区长杨秀清，区委常委、常务副区长胡献如参加会议。会议对全区2016年财政收支情况进行了全面分析，对下步工作进行了全面部署。会议强调，全区各部门单位要强化财税意识，增强增收节支的理财观念，切实做好财税工作。会议强调，要本着激励与压力的原则，研究完善乡镇财政考核机制和区乡财政管理体制，区对乡镇财政预算留资金缺口，激发乡镇创收节支；要努力培植财源，积极引进“短、平、快”税收见效快的企业，重点发展总部经济、现代金融业，做大“营改增”基数；要多渠道创收，加大挖掘非税收入潜力，加快耕地垦造项目完成，做好项目包装向上争取资金；要做好结余资金清理整合工作，千方百计提高财政资金使用效率。

【全区科技创新大会】 10月12日下午，全区科技创新大会举行，市委常委、区委书记葛学斌出席会议并讲话，区委副书记、区长杨秀清主持会议，区领导雷萍、谷江南等出席会议。 葛学斌强调，科技创新是推动发展和时代进度的第一动力，是打开“两山”通道、实现“三美融合、主客共享”的关键动力，是确保莲都与全省同步高水平全面建成小康社会必须补齐的关键短板。全区上下要切实把思想和行动统一到中央和省、市的决策部署上来，把创新发展作为第一动力，科学技术作为第一生产力，科技成果转化作为第一工程，人才作为第一资源，全力补齐科技创新短板，加快推动经济转型升级，让更多科技创新项目在莲都落地生根、开花结果。杨秀清在会上要求，全区上下要深入贯彻落实会议精神，抓主体、抓平台、抓人才、抓服务，着力营造推进科技创新的浓厚氛围。副区长徐旭卿通报了莲都区2011—2016年科技创新项目获奖情况和2016年第一批省科技型企业名单。浙江乾麟缝制设备有限公司、百兴菇业有限公司、太平乡、区电商办分别作了交流发言。

【莲都区召开创建全国文明城市周点评会暨迎国测动员会】 10月17日下午，莲都区召开创建全国文明城市周点评会暨迎国测动员会，区委副书记、区长杨秀清出席会议并讲话，区领导宋珍花、雷勇军、蔡通友等出席会议。会议通报近段时间创建工作情况，研究解决创建工作中暴露的问题，动员部署下一步国测迎检工作。杨秀清强调，要突出问题导向，进一步补齐创建工作短板，要对照国测标准，继续以超常规的手段、超常规的力度、超常规的措施，拉长长板、补齐短板，坚决把各项任务落实到位；要突出责任导向，进一步提升创建工作成效，要充分发挥了“有人负责我配合，没人负责我负责”的姿态，深入落实网格化管理措施，持续强化环境综合整治工作，持续开展各项创建活动，继续做好社会舆论引导，推动创建工作向纵深推进，确保国测取得圆满成功。

【三季度经济运行分析会暨乡镇（街道）工作汇报会】 11月4日，莲都区召开三季度经济运行分析会暨乡镇（街道）工作汇报会。市委常委、区委书记葛学斌出席会议并讲话。区委副书记、区长杨秀清，区人大常委会主任雷萍，区政协主席谷江南，区委副书记周海忠等出席会议。葛学斌强调，要专心致志念好“拆治归”三字经，以“拆”字开路、“治”字当先、“归”字引领，着力提升城乡环境面貌、形成良好的发展格局。要千方百计打好转型升级组合拳，通过“三改一拆”“五水共治”“四换三名”及浙商回归等一系列组合拳，加速推进生态农业、生态工业、生态服务业发展，扎实做好政府与企业、政府与农户1+1>2的文章。要一心一意践行文化自信，通过举办“古堰新韵”小镇音乐节、中国写生大会等活动，进一步焕发乡村活力、展示文化魅力，让莲都人民高高举起文化自信的大旗走向全国、走向世界，实现梦想成真。 杨秀清在会上传达了全市三季度县（市、区）工作汇报会精神，分析了莲都区前三季度经济形势，并就“冲刺四季度”工作作了部署。杨秀清强调，要准确把握当前经济运行态势，精准发力，全力以赴抓落实，切实加强经济运行监测，开足马力冲刺项目建设，认认真真抓好产业培育，千方百计增加财政收入，城乡联动抓好环境整治，实而又实办好民生实事，毫不放松维护社会稳定；要结合“十三五”规划的实施，提早谋划明年和今后五年的重点工作，推进莲都绿色发展、科学赶超、生态惠民。

【全国文明城市创建周点评会暨文明城市创建推进会】 11月14日上午，莲都区召开创建全国文明城市第九次周点评会暨迎国测推进会，区委副书记、区政府主要负责人陈豪出席会议并讲话。区委副书记、政法委书记陈元龙，区领导雷勇军、王世强、蔡通友、黄程出席会议。 陈豪强调，迎“国测”关键在抓好落实。全区上下要切实强化实干导向，冲锋冲刺，决战决胜，万无一失做好“迎国测”各项工作。要铆足一股劲，紧盯短板抓整改，对标创建查问题，不放过每一个指标，不漏过每一个细节，一项一项地认真自查，一项一项地抓好整治，确保创建工作不留死角和盲区；要各司其职抓整改，区创建办通报的问题，各责任单位要对照标准，立即行动，全力整改到位。陈豪强调，全区上下要拧成一股绳，各负其责勇担当。各部门“一把手”要负总责、靠前指挥，分管领导要全力抓、责无旁贷。各责任单位要牢固树立“有人负责我配合，没人负责我负责”的理念，明确职责，任务到人，时间到点，确保各项创建任务按时保质保量完成；要加大责任追究力度，按照“谁丢分谁负责，谁丢分问责谁”的原则，对责任心不够、措施不力、推诿扯皮、行动迟缓等影响测评成绩和工作进度的责任单位和责任人进行督查问责。陈元龙在会上部署了下步创建和“迎国测”工作，雷勇军主持会议，王世强、蔡通友对具体工作提出了要求。会议还为创建全国文明城市社区(村)擂台赛先进单位颁发了流动红旗,为后进单位颁发流动黄旗。城管处州分局等7个部门作创建重点工作发言。

【莲都区小城镇综合整治及“除隐患、保安全、促转型”治危拆违和地质灾害防治工作部署会】 11月24日上午,莲都区组织召开全区“除隐患、保安全、促转型”治危拆违攻坚和地质灾害治理工作、小城镇环境综合整治工作会议。区委书记杜兴林出席会议并讲话,区委副书记、代区长陈豪主持会议,区领导陈元龙、叶祖平、王世强、叶建光等出席会议。杜兴林强调,全区上下要紧紧围绕省、市要求,对照全区三年行动目标倒排时序。要居安思危抓治理,确保首战告捷;年底前必须摸清危旧房和灾害隐患点底数,严格执行“四个一律”,先行解决一批能够解决的居住安全问题,同时,立即开展小城镇街面秩序、环境卫生、违法建筑等问题专项整治,年底前要取得初步效果。要真刀真枪抓攻坚,确保快速推进,对存在的矛盾和困难要主动面对,认真研究政策和方法,加快工作的进度,力求做到“快准狠”。要精准制导抓整治,确保工作实效,小城镇环境综合整治要突出重点、以典型引领,2017年一季度前,要完成规划编制任务,迅速排出时间表、任务书、作战图,到2017年年底,率先完成小城市培育试点镇、特色小镇、省级中心镇等基础条件较好乡镇(街道)整治工作,并且积极探索和完善社会治理体系建设,进一步巩固和提升整治成果。 陈豪在主持讲话时要求,部门、乡镇(街道)立即行动,结合实际抓紧完善方案、理顺机制、强化考核,切实把工作抓实抓好抓出成效。副区长王世强、叶建光在会上分别对相关工作作了部署,碧湖镇、区建设分局、区国土分局以及紫金街道、白云街道负责人先后作了表态发言。

专题协调会

2016年1月8日,副区长王世强召开南山高速出口景观提升工程、联城街道港口村景观提升工程及高铁站场周边房屋立面提升改造工程协调会;1月13日,副区长叶建光主持召开雅溪镇里东村小箬坑自然村地质灾害隐患点避让搬迁相关问题专题协调会;1月18日,受郭巧燕副区长委托,区府办副主任魏俊召开莲都区病死动物无害化处理场中央投资项目审批程序办理相关工作协调会;1月20日,区委常委、常务副区长胡献如主持召开里东过渡安置房项目相关问题专题协调会;1月30日,副区长叶建光主持召开莲都区武林线公路塌方抢险相关问题协调会;2月15日,区委副书记、区长杨秀清主持召开好溪堰河冷水村段临时污水管道项目建设相关问题协调会;2月26日,区委常委、常务副区长胡献如,副区长叶建光主持召开坑口村苏埠圩安置小区项目建设相关问题协调会;3月4日,区委常委、常务副区长胡献如主持召开大港头镇坪地自然村(大港头行政村第五组)征迁工作有关问题协调会,区政府副区长叶建光参加会议;3月10日,副区长俞丽威主持召开安派科公司医学检验所建设有关问题协调会议;3月14日,副区长俞丽威主持召开安派科公司减资有关问题协调会议;3月29日,受张妍副区长委托,区政府办公室副主任王品伟主持召开区公共图书馆改建项目建设协调会;4月8日,区府办魏俊副主任主持召开《农业综合开发莲都区碧湖中型灌区节水配套改造工程》文物立项报告编制及设计咨询有关问题协调会;4月11日,区委常委、常务副区长胡献如主持召开郎奇——白桥养生养老项目政策处理工作专题会议; 4月21日,副区长俞丽威主持召开浙江永通科技发展有限公司不动产登记换证有关问题协调会;4月22日,受副区长郭巧燕委托,区府办副主任魏俊主持召开莲都区农村生活污水治理项目有关问题协调会;4月22日,区政府副区长徐旭卿、俞丽威共同主持召开浙江心福综合养老服务项目有关问题协调会;4月25日,区委常委、常务副区长胡献如主持召开大港头镇工业厂区用房改造用于服务业相关问题协调会,副区长叶建光参加会议;4月28日,受副区长徐旭卿委托，区府办副主任王品伟主持召开莲都区梅山中学配送餐加工场地有关问题协调会；4月28日，副区长徐旭卿主持召开桑垵安置公墓二期项目建设有关问题协调会；4月29日，受副区长郭巧燕委托，区府办魏俊副主任主持召开水利工程建设相关事宜协调会；5月4日，副区长徐旭卿主持召开碧湖区块教育项目建设有关问题协调会；5月6日，受副区长俞丽威委托，区府办副主任诸葛彬主持召开万控机柜（丽水）有限公司项目建设用地分割登记有关问题协调会；5月8日，区委常委、常务副区长胡献如主持召开古堰画乡坪地四季花海项目相关问题专题协调会；5月19日，受副区长俞丽威委托，区府办副主任诸葛彬主持召开好溪堰水系冷水村（飞机场角）雨污分流改造项目有关问题协调会议；5月25 日，副区长郭巧燕主持召开大港头西坑口漂流项目建设有关问题协调会；5月25日，受叶建光副区长委托，区金融办主任林伟主持召开50省道安置地规划选址调整专题会议；6月1日，受郭巧燕副区长委托，区府办副主任魏俊牵头召开莲都区漂流项目开发相关事项协调会议；6月3日，受区委常委、常务副区长胡献如委托，区府办副主任王伟荣主持召开区政府应急指挥中心建设项目相关问题专题协调会；6月8日，副区长俞丽威主持召开莲都区碧湖低丘缓坡拆迁安置小区项目建设相关问题协调会；6月15日，受区政府副区长郭巧燕委托，区府办副主任魏俊主持召开岩泉街道土地堂山塘整治上坝施工便道建设相关问题协调会议；6月16日，受区委常委、常务副区长胡献如委托，区府办副主任王伟荣主持召开大港头派出所及专职消防队业务用房项目设计相关问题专题协调会；6月28日，受俞丽威副区长委托，区府办副主任诸葛彬主持召开330国道紫金街道湾岙村段埋设自来水管道有关问题协调会；6月30日，受区委常委、常务副区长胡献如委托，区府办副主任王伟荣主持召开雅溪镇岩蒙村青岗后自然村搬迁安置遗留问题协调会；6月30日，受副区长叶建光委托，区金融办主任林伟主持召开碧湖中学扩建项目用地相关问题专题协调会；7月1日，受区政府副区长张妍委托，区府办副主任王品伟召集召开区文化馆采购舞台LED屏幕相关问题专题协调会；7月1日，区委常委、常务副区长胡献如主持召开古堰画乡通济堰展示馆和油画数字展览美术墙项目相关问题专题协调会；7月5日，区委常委、常务副区长胡献如召开古堰画乡小镇土地征收相关问题专题协调会，副区长叶建光出席会议；7月5日晚，区委副书记、区长杨秀清主持召开莲都区全国文明城市创建项目建设专题会议；7月7日，区委副书记、区长杨秀清主持召开莲都区全国文明城市创建基础设施项目专题会议；7月8日，区委常委、常务副区长胡献如主持召开古堰画乡小镇项目建设情况专题会议；7月12日，区委常委、常务副区长胡献如主持召开区机关事务管理局租赁区总工会办公用房和公务用车服务中心项目相关问题专题会议；7月14日，受区政府副区长郭巧燕委托，区府办副主任叶向荣主持召开宣平溪港口村水毁修复应急工程相关问题协调会；7月20日，受区政府王世强副区长委托，区府办副主任林伟群主持召开西城美食广场提升改造工作专题会；7月21日，受区委常委、常务副区长胡献如委托，区府办副主任王伟荣召开古堰画乡堰头村景观工程相关问题专题协调会；7月22日，受区委常委、常务副区长胡献如委托，区府办副主任王伟荣召开丽水·养生文化园项目验收相关问题专题协调会；7月25日，受区委常委、常务副区长胡献如委托，区府办副主任王伟荣主持召开古堰画乡游客接待中心项目招投标相关问题专题协调会；7月27日，受叶建光副区长委托，区金融办主任林伟召开港前线联城街道昆濑村路段挡墙防护抢险工程协调会；7月29日，受区政府副区长郭巧燕委托，区府办副主任叶向荣牵头召开大港头镇北埠村美丽乡村建设相关问题协调会议；7月29日，受副区长叶建光委托，区金融办主任林伟主持召开老竹镇2015年度项目政策处理相关问题专题协调会；7月29日，受副区长叶建光委托，区金融办主任林伟主持召开2015年度丽水市中心城区住房困难户、无房户购房资格审查工作专题会议；8月2日，受区委常委、常务副区长胡献如委托，区府办副主任王伟荣召开高溪黄山公墓项目建设相关问题专题协调会；8月2日，受副区长叶建光委托，区金融办主任林伟召开丽武公路莲都区联城至老竹段改建工程相关问题协调会；8月3日，受叶建光副区长委托，区金融办主任林伟主持召开大港头渡南路陈钦贵户房屋征收相关问题协调会；8月3日，区委常委、常务副区长胡献如召开重点项目督查推进会；8月4日，受区政府副区长郭巧燕委托，区府办副主任叶向荣召开丽水市禾意牧业有限公司保定村养殖场拆后利用相关事项协调会；8月4日，受区政府副区长郭巧燕委托，区府办副主任叶向荣主持召开联城城郊农民新社区来料加工用房专题协调会；8月5日，受区委常委、常务副区长胡献如委托，区府办副主任王伟荣召开“天网工程”三期项目增点扩面建设相关问题专题协调会；8月15日，受区政府副区长王世强委托，莲都区府办副主任林伟群主持召开莲都区南山水厂扩容及给水管网改造工程专题会议；8月15日，受区政府副区长王世强委托，区府办副主任林伟群主持召开碧湖镇大众街改造项目安置地块问题协调会；8月16日，受副区长俞丽威委托，区府办副主任徐建波主持召开碧湖镇污水处理厂旁A、B、C等3个地块土地证延期有关问题协调会议；8月19日，副区长徐旭卿、副区长叶建光共同主持召开江弄村“下山脱贫”安置小区农民建房遗留问题专题会议；8月26日，受区委常委、常务副区长胡献如委托，区府办副主任王伟荣召开碧湖镇水墨田园特色小镇规划编制工作相关问题专题协调会；8月30日，受副区长俞丽威的委托，区府办副主任徐建波召开高溪低丘缓坡开发区块相关问题专题协调会；9月22日，区委常委、常务副区长胡献如召开古堰画乡小镇项目推进专题会议；9月27日，副区长叶建光主持召开金丽温天然气输气管道工程政策处理工作专题会议；9月30日，受副区长叶建光委托，区金融办主任林伟主持召开雅溪镇里东村滑坡治理工程相关问题协调会；10月10日，副区长叶建光主持召开大坑村地质灾害临时安置点建设工作专题会议；10月12日，副区长叶建光主持召开莲都区商住用地工作领导小组会议；10月12日，副区长叶建光主持召开2016年度土地出让专题会议；10月13日，受区委常委、常务副区长胡献如委托，区府办副主任王伟荣召开碧湖镇松坑口安置小区室外配套工程建设相关问题专题协调会；10月15日，受区政府副区长郭巧燕委托，区府办副主任叶向荣主持召开农村生活污水治理项目验收协调会；10月17日，受副区长张妍委托，区府办副主任曾锋召开中小学校（幼儿园）塑胶跑道工程建设协调会；10月19日，区政府副区长黄程主持召开宗教活动场所内部视频监控建设联网应用相关问题协调会；10月19日，受区委常委、常务副区长胡献如委托，区府办副主任王伟荣召开莲都区郎奇——白桥区块安置小区项目建设相关问题专题协调会；10月28日，受副区长叶建光委托，区金融办主任林伟主持召开莲都区商住用地出让工作领导小组会议；11月3日，区委常委、常务副区长胡献如主持召开丽水市萤火虫金融服务外包股份有限公司与金融机构开展转贷基金合作相关问题协调会；11月4日，区委副书记、区长杨秀清召开碧湖镇社会治安动态视频监控系统项目相关问题专题协调会；11月7日，区政府王世强副区长主持召开雅溪镇宿舍楼架空层功能变更及增设室内消火栓系统专题会议；11月8日上午，区政府副区长张妍主持召开莲都区公益性生态公墓项目建设有关问题协调会；11月8日，区政府副区长张妍主持召开郑榴娟第二敬老院等三个农村敬老院消防整治项目专题协调会；11月10日，受区委常委、常务副区长胡献如委托，区府办副主任王伟荣召开莲都区人民法院审判用房工程相关问题专题协调会；11月10日，受区政府副区长张妍委托，区府办副主任曾锋召开区数字文化馆项目招标方式问题协调会；11月18日，受副区长俞丽威委托，区府办副主任徐建波召开浙江六江源绿色食品有限公司年产2200吨绿色果蔬类农产品建设项目工程绿地率超标问题协调会；11月25日，受区政府副区长郭巧燕委托，区府办副主任叶向荣牵头召开枯死木清理采伐有关问题协调会；11月30日，俞丽威副区长召开丽水汉金科技有限公司（以下简称汉金科技）项目用地拍卖过户相关问题协调会；12月1日，叶建光副区长召开丽龙高速公路南山互通至丽新公路建设工程（南山至高溪段）相关问题专题协调会；12月16日，受区政府党组成员、区府办主任雷成委托，区府办毛南维副主任召开莲都区小城镇环境综合整治规划委托方式专题会议；12月28日，受叶建光副区长委托，区金融办主任林伟主持召开大坑村、大岙村地质灾害临时安置点建设工作专题会议。

主要工作

【农业经济】 推进省级现代农业综合区建设，至2016年底，省级现代农业综合区已投入建设资金5.72亿元，建成面积2526.67公顷，成功创建“绿色蔬菜主导产业区”“食用菌主导产业区”“稻菜轮作区”“特色水果精品园”“水生蔬菜精品园”“中药材精品园”“生猪生态养殖园”等“三区四园”。积极培育壮大现代农业生产经营主体，努力提高农业产业化水平，全区累计培育农业龙头企业82家，省级以上示范性农民专业合作社23家。大力推进农业标准化生产，实施农产品品牌战略。累计通过有机、绿色、无公害农产品认证的农产品132个。积极开展生态精品现代农业示范创建，新增生态精品示范乡镇2个、生态精品农产品36个。积极推动农旅融合发展，培育农产品旅游地商品58个。成功创建省级农产品质量安全放心示范县。成功举办第八届中国社会生态农业大会。2016年，实现农业总产值27.21亿元，同比增长4%。

【工业商贸】 科学编制“十三五”生态工业发展规划，确定我区生态工业发展方向和路径。持续推进工业平台建设，莲都—义乌山海协作产业园累计完成投资17.82亿元。实施“四换三名”工程，完成以“机器换人”为核心的技术改造投入7.70亿元，整治提升“低小散”企业155家，新增规模工业企业4家，新增国家高新技术企业3家、省科技型企业20家、浙江名牌产品2家，瓯宝安防的闭门器成为莲都区首个“浙江制造”标准项目。深入开展精准帮扶企业补短板活动，积极化解“两链”风险，全年为提供转贷资金3.44亿元。全区实现规上工业总产值62.81亿元，同比增长5.9%。大力发展商贸物流和电商经济，全年实现自营进出口总额7.68亿元，建成莲都区电子商务产业园，实现电子商务销售额27.09亿元，成功入选全省第三批电子商务示范县。

【旅游服务业】 成立全域旅游领导小组办公室，启动全域旅游示范区创建工作，被评为“2016同程旅游十大休闲旅游目的地”“2016浙江旅游总评榜之年度旅游发展十佳县（市区）”。扎实推进景区建设，古堰画乡景区创AAAAA稳步推进，东西岩景区管理体制机制逐步理顺。“旅游+”民宿、“旅游+”农业、“旅游+”文化、“旅游+”工业等产业融合效应初步彰显，百兴菇业、鱼跃酿造成为产业融合的典型。乡村休闲旅游势头强劲，沙溪、港口、堰头等民宿特色村实现整体开业，全年全区农家乐民宿接待游客270.87万人次，营业总收入1.89亿元。旅游市场进一步活跃，成功举办“古堰新韵”小镇音乐节、中国美术写生大会，成功举办“乘高铁、品莲都、过大年”活动、三月三畲乡风情节、“百家旅行社踩线，十万人游莲都”等特色活动，全年实现旅游收入59.42亿元，同比增长38.6%，旅游业增加值占地区生产总值（GDP）比重为9.33%，旅游业增加值占服务业增加值比重为16.29%。

【项目建设】 开展市区重点项目政策处理大会战和攻坚战行

动，全年完成重点项目政策处理104个，清场交地5233亩，拆除房屋22.8万平方米，市行政中心北侧地块、长虹路等一批尾留多年的征迁项目画上圆满句号。加强土地综合整治，完成土地垦造2551亩。完善项目推进机制，先后开展5次项目集中开工活动。南山互通至丽新公路建设工程、联城城郊农民新社区三期等一批项目先后开工，白云小学、天网工程三期等项目投入使用，古堰画乡游客接待中心、文化产业基地、瓯江大溪治理莲都段等项目加快推进。全年完成固定资产投资161.92亿元，同比增长10.5%。

【环境治理】 市区合力、全民参与，奋力推进全国文明城市创建，环卫保洁与城管执法同时发力，拆违治乱与绿化美化联动推进，硬件设施与文明素养同步提升，全国文明城市创建省测成绩排名全省第一。扎实推进“三改一拆”“五水共治”“六边三化三美”工作，启动小城镇环境综合整治。全年拆除各类违法建筑159.3万平方米，完成老小区、城中村改造491万平方米。洁净村居“流动红黄旗”工作机制成为全市典型。港周线入选“浙江十大最美绿化县道”，利山、堰头、港口3个村评为全省美丽乡村特色精品村。“六边三化三美”工作考核全市第一。建立网格化环境监管体系，市区空气环境质量优良天数达到349天。

【城乡统筹】 古堰画乡小镇成功入选首批中国特色小镇。按照“下山奔小康，上山找健康”的思路推进异地搬迁扶贫工作，联城城郊农民新社区三期、坑口村苏埠圩安置小区等项目开工建设，碧湖镇万人下山脱贫安置小区项目前期加快推进。碧湖第一水厂、大港头镇区至碧湖污水处理厂主管工程、碧湖镇给排水管网工程（二期）等一批城乡基础设施项目快速推进。农村生活污水治理累计完成256个村，新增受益农户43871户，受益率85.8%，完成投资2.32亿元。完成农村生活垃圾资源化减量化无害化试点建设7个，31个村首批纳入垃圾资源化减量化无害化处理村。沙溪村、西坑村等省级历史文化村落保护利用工作有序推进，港口村、里河村、堰头村、白口村等4个美丽乡村精品村加快建设，建成花样美村12个。

【农民增收】 编制出台《莲都区促进农民增收三年（2016—2018年）行动计划》，大力发展富民增收“老三宝”“新三宝”，全年实现农村电商销售额16.8亿元，实现年来料加工费2.35亿元，实现农家乐民宿营业总收入1.89亿元。开展千万农民素质提升工程，惠及农民11700多人次。为低收入农户开展异地搬迁、产业帮扶、教育扶贫、金融扶贫、兜底保障等“五个一批”的扶持，低收入农户人均可支配收入达9515元，增幅达19.5%。2016年，莲都区农村常住居民人均可支配收入21260元，同比增长10.0%。

【改革创新】 全面深化农村金融改革，完成“三权”抵押贷款余额12.66亿元，超额完成市政府下达的目标任务。农村信用体系、担保体系、保险体系建设不断完善。深化投融资体制改革，古堰画乡小镇获批全国城镇基础设施投融资模式创新特色镇试点。成立“三位一体”改革工作领导小组，推进农合联“三位一体”改革。成立莲都区农民工返乡创业试点工作创建领导小组，成功获批第二批国家结合新型城镇化开展支持农民工等人员返乡创业试点。深化“四张清单一张网”改革，简政放权力度不断加大。完成全区70家单位车改方案的批复工作，公务用车服务管理平台建成并投入使用。全面完成机关事业单位养老保险制度改革。

【教育事业】 出台《莲都区基础教育“三年攻坚”行动方案（2016—2019）》，计划总投资9.03亿元，新建和改扩建7所中小学、3所幼儿园。梅山中学二期、碧湖中学扩建项目实现开工建设。实施《莲都区发展学前教育第二轮三年行动计划（2015—2017年）》，盘活闲置多年的天宁寺村、丽华小区幼儿园，蓓蕾丽青幼儿园、厦河新村华侨国际幼儿园投入使用，整改薄弱园3所，取缔无证园（含教学点）5个，停办南明幼儿园、七色花幼儿园，取消幼儿园办学机构并过渡为教学点4所。关注弱势群体教育，整合城区公办教育资源，招收1300多名符合条件进城务工人员子女，录取率超过90%。推进“区管校聘”管理改革试点工作和校长职级制改革工作，促进教师资源均衡配置和校长专业发展。深化义务教育课程改革，深化义务教育课改经验在全省深化义务教育课程改革推进会上交流，初中毕业生学业考试成绩连续第13年全市第一。

【民政事业】 最低生活保障标准实现城乡统一，提高到每人每月680元，低保占比达到3.1%；救灾工作力度进一步加强，对避灾场所进行全面排查，撤销不符合要求的避灾中心15个；养老服务工作有新进展，郑榴娟第二养老服务中心和老竹敬老院实行改造升级，双黄、幸福、雅溪三个敬老院因消防不符合要求，及时予以关停，供养人员就近进行分流。启动了“省老年友好城市”创建工作；社区工作上新台阶，新增星湖、佳和、娄丰堰3个社区，全区城市社区达到28个。“96345”市民服务中心日均话务量、日最高话务量、年总话务量纷纷创历史新高，分别达到469个、4500个、17.1万个；继续通过举办专场招聘会、开展职业技能培训等方式，促进退役士兵就业。联合11个部门出台《关于进一步深化殡葬改革 全面推进节地生态安葬的实施意见》，实施骨灰跟踪管理，对节地生态安葬实施奖补，2016年，骨灰跟踪管理率达100%，共发放节地奖励资金2.8万元。加强基层政权建设，推行村级重大事务村民（社员）代表会议票决制，全区村务公开和民主管理工作的基本实现了制度化、规范化和程序化。

【医疗卫生】 深化医疗卫生体制改革，“基层首诊，双向转诊”工作机制初步建立。出台《莲都区全科医生签约服务实施意见》，全区共建立70个责任医生签约服务团队，签约机构覆盖率达100%，规范签约率21.06%，重点人群占规范签约总数的71.16%，重点人群签约覆盖率54.89%。提高基本公共卫生服务水平，全区共建立居民电子健康档案33.05万份，建档率达90.01%。完善基层卫生服务条件，雅溪中心卫生院、岩泉街道社区卫生服务中心、白云社区卫生服务中心三个项目稳步推进，完成投资2888万元。加强传染病防控工作，无甲类传染病报告，城区病媒生物综合防治工作被列入省病媒生物综合防治试点工作先进区。开展省级卫生应急示范区创建，市级卫生应急示范乡镇（街道）创建顺利通过验收评审，14个乡镇全部通过市级卫生应急示范乡镇（街道）创建。

【计划生育】 全面两孩政策平稳实施。2016年，全区共出生上报4956人，其中计划内4827人，计生率97.40%；全年性别比为111.14；其他各项指标均符合省、市要求。落实奖特扶、公益金救助、爱心助学、医疗保险补助、特殊计生家庭帮扶等在内的帮扶体系，成立计生特殊家庭志愿者服务站，组织医疗、法律、心理等专业志愿者对计生特殊家庭开展心理疏导和精神慰藉。2016年享受奖扶人数1803人，特扶183人，共计发放金额302.59万元；为全区计生特殊家庭共计290人开展包括意外伤害险、重大疾病险和住院定额给付医疗保险在内的系列保险共计3.19万元，特殊家庭养老医疗保险补助2.05万元，发放失独家庭辅助再生育补助8496元；计生公益金27.45万元、助学金6万元。

【文化广电】 加快推进省文化重点县摘帽工作，区公共图书馆、区数字文化馆开工建设，老竹文化活动中心投入使用，公共文化服务供给能力显著提升。新建农村文化礼堂10个。成功举办全省首个小镇音乐节——“古堰新韵”小镇音乐节，成功举办区级大型活动28场、各类中小型文化活动120余场，送戏下乡184场，送书下乡13728册，文化走亲11场。碧湖南山的畲汉民俗村晚通过网络向全球21个国家进行直播。碧湖镇古建筑群等6处重要文物申报为第七批省保单位。

【社会稳定】 扎实推进“11·13”里东村山体滑坡灾害善后处置

各项工作，得到省、市党委、政府的充分肯定。建成区应急指挥中心，连续作战出色完成“护航G20”维稳安保工作。全力以赴投入“平安夺金鼎”百日攻坚行动。开展省级“行政调解工作机制建设”试点工作，全面推行“双随机”抽查监管工作，与市本级共同建成较为完善的统一政务咨询投诉举报平台，完成户籍管理制度改革。深入开展隐患排查和重点行业领域整治，安全生产事故同比下降94.4%，实现平安区创建“十一连冠”。

办公室工作

【调查研究工作】 围绕区委区政府中心工作、年度重点工作和社会关注度较高的热点难点问题，深入开展调查研究。组织围绕生态工业、民宿经济、养生现代农业、特色小镇建设、文明城市创建、科技创新、农民增收、2017年省“两会”建议提案、区政府工作报告等主题进行调研，形成了工作建议措施。参与《“十三五”时期我市低收入农户实现全面小康的思路与对策》等课题的调研，参与制定了《关于积极稳妥推进户籍管理制度改革的实施意见》《关于促进古堰画乡特色小镇经济发展的实施意见》《关于补齐莲都科技创新短板若干意见》等政策性文件，起草了区政府领导在各类会议、活动上的讲话稿等一批重要材料。

【信息服务工作】 进一步规范区直机关有关部门和区政府办公室内部紧急信息处理的工作程序、工作职责，增强紧急信息报送意识，紧急信息的快速处置能力明显增强。2016年，共编发《专报信息》45期、《莲都信息》269期，为区领导决策提供信息服务。上报各类政务信息1000余条，市级以上录用400余条，其中，《莲都区推进全域旅游建设 打开“两山”转化新通道》等5篇稿子被省府办专报信息等刊物录用，《美丽畜牧 健康畜牧 惠民畜牧——莲都区推进畜牧业绿色发展的主要做法》获孙景淼副省长批示肯定，全年政务信息考核排名全市第三。

【督查督办工作】 2016年共下发督查通知20多期，催办督办市、区领导批示件1063件，办理反馈市委市政府专项督查件32件，印发《重大事项交办单》18件，《督查专报》4期，《督查通报》25期，《督查反馈》24期，办理市、区两级建议提案324件，督促了62个省、市、区媒体曝光问题的整改落实。高度重视信访和社会稳定工作，加强大会期间值班、突发事件应急管理和信息报送、网络安全管理、保密等工作，为G20杭州峰会和第三届世界互联网大会顺利召开提供了保障。

【办文办会工作】 2016年，区府办做好公文规范处理工作，严格落实核稿把关、登记传阅制度，共印发区政府及办公室文件350多份，处理运转公文平台上收到的文件9000多件。认真完成《丽水年鉴》《莲都年鉴》等材料的编撰工作。严格执行会议审批制度，大力精简会议数量，提高会议质量和效率。全年，共接到省市区各类会议、考察、督查1000多次，做到及时查收、分类登记、通知到位，确保参会人才按时参会。

【沟通协调工作】 2016年，区府办做好与党委、人大、政协办公室的协调配合工作，日常工作随时沟通、重大活动统筹安排。做好区级领导班子内部重要工作、重大活动、重大会议的统筹安排，保证领导公务活动安排井然有序。做好为乡镇（街道）、区直部门“铺路架桥”的保障工作，细致做好报刊征订、印信管理、领导医疗保健联络管理、事务联络等日常工作，不断提高沟通协调能力。

【服务保障工作】 2016年，区府办执行中央“八项规定”、省委“六个严禁”，严格接待审批、接待标准，周到细致做好省、市领导到莲都调研的接待服务工作。积极做好区政府大院安全保卫管理和车辆管理工作。做好因公出国（境）管理工作全年，共审核审批因公出国（境）6批次7人次，已经完成出访4批次4人次。较好地完成了第八届中国社会生态农业CSA大会等重要活动的外宾接待工作。

【法制建设】 2016年，区府办为政府决策提供法律咨询服务，做好对区政府及各单位重点工作、重要事项、重大民事行为和涉及面广的文件审核。全年，共审查各类文件150余件，其中规范性文件92件，提出合法性审查意见366条。进一步健全规范性文件立、改、废制度，不断提高制度建设质量。对规范性文件进行了全面清理，159件继续执行，11件修改执行，对34件废止使用。深入落实“法定途径优先”理念，完善行政复议听证制度，以复议促和解，全年共收到行政复议案件11件，审结11件，行政诉讼案件46件，出庭应诉35件。积极为政府决策提供法律咨询服务。

【金融服务】 2016年，区府办全面深化农村金融改革，推进“三权”抵押贷款，“三权”贷款余额扎实做好金融工作。“三权”抵押贷款余额12.66亿元，发放农村小额保证保险贷款597户1.25亿元，协助区属银行清收和处置不良贷款1.15亿元，为困难企业办理转贷业务7.47亿元。继续推进农村小额保证保险贷款试点，累计发放农村小额保证保险贷款597户1.25亿元，多途径解决农村农民融资难、担保难问题。加强政银企沟通，清收和处置银行不良资产1.2亿元，有效维护地方金融稳定。

【政务服务网建设】 坚持以公开为常态，不公开为例外，以区政府门户网和政务服务网为依托，着力推进行政决策公开、执行公开、管理公开、服务公开和结果公开。开设全区重点领域信息专栏，统一集中公开重点信息。完善全区各单位公文类信息的公开属性规范，开展政府信息公开平台网站日常信息监测，确保主动公开信息的及时发布。全年，在区政府网站主动公开信息10000余条，发布规范性文件及政策解读信息25条，意见征集5次，网上调查6次，在线访谈27次。全区共收到政府信息依申请公开件26件。

【应急管理工作】 应急管理组织有力。全区29个一级联动部门规范设立值班室，全天候24小时值班值守，有效应对处置区内各类突发事件。投资近100万元建成区应急指挥中心，依托视联网、单兵设备、监控接入等手段，实现了突发事件的现场图像实时回传，紧急情况实时会商等功能，高度重视大会期间值班、突发事件应急管理和信息报送、网络安全管理、保密等工作，为G20杭州峰会和第三届世界互联网大会顺利召开提供了保障。

【开展各项活动】 2016年，区府办开展“两学一做”专题学习教育活动。开展形式多样的学习教育活动，增强学习教育实效。组织党员干部进行户外实践、组织开展“两学一做”学习教育知识竞赛。通过开展重温入党誓词、党史党章知识抢答、趣味运动会等形式的活动，强化党员意识和团队精神。发动党员干部参加社区帮扶、文明行为劝导等为内容的小荷志愿者活动，为全国文明城市创建多做贡献，继续组织开展“红领助学”、困难群众结对帮扶活动。

【党风廉政建设】 2016年严格按照中央“八项规定”和省委“28条办法”要求，从严执行“三公”经费预算管理和公务接待标准，公务接待做到节俭风尚。严格按照“一岗双责”的要求，从小事做起，从点滴抓起，统筹抓好办公室的党风廉政建设工作，教育引导办公室干部守住廉洁自律关口，不断加强自身修养。强化制度建设，加强干部教育、管理和监督，形成用制度管人、管事的良好机制，促使政府办干部队伍保持团结、务实、清廉、高效的良好形象。

【信息工作】 2016年，信息中心完成电子政务内网的建设，建成莲都区政务内网汇聚节点、内网公文交换系统、内网门户网站三大系统，并已通过省委办公厅的保密测评，具备营运资质。在省、市政府的统一部署下，莲都区完成52个点位的视频专网的建设，并通过验收，实现全区视频会议联调，G20峰会期间为安保提供视频在线服务。继2015年办公助手功能升级后，2016新开发完成并部署的办公助手微助手APP已投入使用，实现有信息号的地方就能使用办公助手。莲都区政府门户网站内容更新及时，更新信息总量2.3万条；“莲都发布”微信进一步发挥政务舆论主渠道的作用。

【外事工作】 2016年，莲都区外事办审核审批因公出国（境）6批次7人次，完成出访4批次5人次（浙江警察学院团组因故取消，未成行），其中党政干部实际出访4批次5人次。做好在莲都外国人管理工作，排摸在莲都外国人底数，全年登记在册的在莲都外国人名单共计732人次。全年共协助企业办理外国人来华签证21批次33人次。接待外宾7批次100余人次。6月26日，来自浙江工商大学、浙江理工大学等10余所高校的20位外国留学生来莲都访问并参加“20国世界胶片绘色古堰画乡”——国际青春代言人旅拍活动；7月12日，西班牙中西青少年交流访问团的50余位外国友人到莲都访问；8月1日至14日，21位法国、希腊等国家的音乐家到莲都参加“古堰新韵”小镇音乐节；10月28日，美国农业贸易与政策研究所名誉主席、中国高级顾问郝克明到莲都访问交流；11月18—28日，10多位法国、意大利、俄罗斯画家到莲都参加古堰画乡中国写生大会；11月23—24日，日本三岛市教师交流团4人到莲都与花园中学开展教育交流活动；12月1—3日，美国、法国农业专家到莲都参加第八届中国社会生态农业CSA大会。

机关事务工作

【概　况】 2016年，区机关事务管理局开展8次节能宣传活动，制作节能宣传展板150套，易拉宝展架20套，发放宣传资料1000余份，节能宣传品3000余份，回收调查问卷100多份，累计2500多人次参加活动。推广光伏应用项目，其中市中医院（行政单位）项目利用合同能源管理模式（EPC），乙方投资100万，装机容量100千瓦，租赁期10年。开展区级党政机关办公用房清理整改“自查自纠”工作，并调整区旅委、区招商局、区妇联、团区委等四家单位的办公场所。完成信访楼建设、老地委旧址修缮等基建工程。全年采购122批次，上报金额1965957元，通过上网询价及本单位自行组织询价采购支出1416510元，节约549447元；会议服务共1517场次，水电维修约为1400次，空调维修约为120次，食堂更换一套新的就餐IC卡设备；接待535批次10375人，其中团体129批。完成“古堰新韵”小镇音乐节、全省特色小镇镇长论坛、全省旅游局长会议、中国养生农业大会等大型活动后勤保障工作。在国家级媒体“国管网”发表信息2篇，省级媒体11篇，市区级媒体95篇次。撰写2篇调研文章，获市局评比第三、第四名，其中《浅谈莲都区行政中心建筑电力节能管理》被市局推荐到省里参评。

【做好冰雪灾害善后工作】 2016年1月21—22日，为应对全市各地雨雪冰冻天气，区机关事务局做好冰雪灾害善后工作。根据自查和三大院各单位报告的情况，对灾害造成的问题进行检修。维修三大院水管破裂、机器故障等问题20多处，更换水表80多个，恢复三大院内的用水设备设施。

【做好大型活动后勤保障工作】 2016年，在莲都区举办的“古堰新韵”小镇音乐节、全省特色小镇镇长论坛、全省旅游局长会议、中国养生农业大会等大型活动中，作为后勤保障组牵头单位，区机关事务局根据活动内容和整体保障方案，多次进行调研和论证，制定后勤工作保障方案。联系市场监管、电力、通信、医疗等多家单位，做好安全保障工作。联系旅游集散中心、丽汽集团、汽车租赁公司，预定活动期间保障用车。从丽水学院抽调25名志愿者工作，做好宣传、服务等工作。

【公车改革与管理工作】 2016年5月，确定原客运西站作为公务用车保障中心场地，8月完成办公场所装修工作。拟定《公务用车集中保障办法》，上报区车改领导小组审核通过。完成公务用车保障中心平台建设，于9月上旬投入运行。开展驾驶员招聘、培训和管理工作。全年共出车近8000台次，行驶约150万千米，据不完全统计全年加班加点2000多人次。

【大院安保工作】 2016年，共组织协警训练35次，参加人数897人次；消防演练1次，参与人数27人。购买1台摄像机和3台执法记录仪，安装一键报警装置。更换灭火器25只，新购2只，新装灭火器箱3只，更换应急灯18只。带上访人员到纪委350人次，劝到信访局的39人次。共妥善处理群访事件2次，共70人。夜间巡查5475次，打更点打更295650次。

审批服务工作

【概 况】 2016年，全区共办理各类审批服务事项36.08万件，其中办事大厅窗口办件约20.92万件。区招投标中心共受理交易项目210个，成交金额9.14亿元，节约财政资金8213.49万元。区行政审批中心获创建全国文明城市工作集体三等功，民宿综合服务窗口获丽水市“工人先锋号”，投资项目“一站式”联办审批改革被市审管办评为2016年度创新奖一等奖。

【行政审批层级一体化改革】 2016年，区行政审批中心开展行政审批事项权限下放和承接情况调查，共梳理出莲都区已承接事项232项，要求承接事项5项，未下放事项405项，不能承接事项96项。制定出台莲都区行政审批层级“一体化”改革工作方案，督促相关部门做好下放事项的承接落实工作。做好取消和调整事项落实，根据浙政办发〔2016〕67号文件公布的取消和调整行政审批事项目录，取消的县（ 市、区）级行政审批事项共63项，其中莲都区无对应部门事项41项，审批职能在市级的1项，其余21项均取消到位；调整的县（ 市、区）级行政审批事项共5项，其中莲都区无对应部门事项1项，其余4项合并为2项。

【开启投资项目“一站式”联办审批模式】 2016年，区行政审批中心创新推出投资项目“一站式”联办审批改革，对政府投资项目及民间投资项目的审批流程进行优化整合，将涉及投资项目审批的发改、经商、水利、环保、建设、国土、消防等7个窗口整合设置为投资项目审批联办窗口，并按项目审批阶段分设四个专窗。改变以往前台窗口、后台办公室分开办公的工作模式，实行“前店后厂”运行机制，窗口前台工作人员负责审批事项的受理、形式审查和出件，后台工作人员负责本部门审批服务事项的闭环办理（即负责即办件的办理，承诺件的审核和部门内部审批程序的流转协调），通过窗口重置、人员重组、岗位重设，做好部门协作、职责整合工作。

【落实商事登记制度改革】 2016年，企业注册登记推行“五证合一”“一照一码”，设立“五证合一”专窗，增设“营改增”证照换发专窗，开展“立取”“容缺”及延时等服务，为“营改增”换证企业开通绿色服务通道。个体工商户实行营业执照和税务登记证两证合一，由区市场监管窗口核发加载统一社会信用代码的营业执照，税务部门将不再发放税务登记证。落实“工位号注册”“一室多照”“一址多照”“一照多址”及商务秘书企业等政策，放宽住所登记条件。推进简易注销登记，对未开业企业、无债权债务企业试行简易注销登记，免去企业清算组备案、报纸公告等手续，且不再要求当事人提供清税证明，畅通企业退出渠道。

【推出民宿审批联审联批制】 2016年，区行政审批中心做好民宿审批流程工作，推行“批前指导制”，开设民宿审批综合服务窗口，固化“组团式”“流动式”审批代办服务小分队，进村入户为民宿业主提供从受理、代办，到制证、送达，全流程零距离的服务。全年，共为叶平头、堰头等民宿特色村提供上门服务40余次，民宿综合服务窗口共受理农家乐民宿证照代办项目96个，代办证照493个，民宿综合服务窗口被评为丽水市工人先锋号。

【项目审批代办服务】 2016年，区行政审批中心按照“谁招商谁代办、谁主管谁代办、谁建设谁代办”的原则确定项目代办员，为画乡接待中心、鱼跃酿造等10个区重点投资项目提供“保姆式”全程代办服务。拓宽开展“决战三季度，冲刺四季度，夺取全年红”专项行动，协调区发改、经商、建设、国土、环保、水利、消防等投资项目审批相关部门，变“坐堂待办”为“上门审批”，以全新的理念服务市区重点投资项目。对审批前期类项目，重点进行批前指导服务，量身制定审批流程，提前预告尽早介入各类审批中介环节，为项目审批节约时间；对审批攻坚类项目，重点协调解决审批难点，相关部门审批专家集中上门，集中会商，企业当场点题，部门当场破题，并以专题会议纪要的形式固化协调结果，推进项目审批进程；对于审批职能在市级的项目，通过市区“大联办”“大代办”，将市级部门审批专家请上门，提供集中式的审批指导服务。

【推广中介服务事项网上竞价】 2016年，区行政审批中心根据市、区统一部署，全区限额以下政府投资项目审批涉及的工程咨询、监理、勘察、设计、评估评审等中介服务事项全面实行网上竞价，提升中介服务效率，有效降低工作人员的廉政风险。同时，做好已发布竞价项目的服务追踪，通过业主后续评价对中介行为进行约束监督，促进中介机构自觉规范。全年共发布竞价公告376个，成交公告320个，其中以金额报价项目191个，成交金额866.1万元，节约资金69.7万元，节约率7.4%。

【深化互联网+政务服务】 2016年，区行政审批中心做好向基层延伸工作，全区9个乡镇、5个街道和1个工业园区网上服务站15个，公布审批服务事项985项；公布权力清单1577项；公布主要职责137项，具体工作790项，责任边界83项，案例21个，事中事后监管制度98个，基本公共服务123项，其他公共服务223项。推进投资项目在线审批监管平台建设，完成平台所涉10个部门43个审批事项的梳理汇总、系统录入和更新维护，完成发改、建设、国土、水利、环保等5个部门2个项目的审批事项信息推送，顺利完成平台试运行工作，实现非涉密投资项目的平台受理、限时办结、依法监管、全程监察。规范星级服务标识，督促指导相关部门完成政务服务网行政许可事项星级服务标识的核对确认，其中，准四星级15项、四星级41项、五星级13项，四星级以上事项比例达23%。做好网上审批系统应用工作，莲都政务服务网区、乡、村三级行政许可事项应纳入506项，已纳入409项，纳入率80.83%，全年通过网上审批系统办件总量达15531件。

【完善窗口大厅公共服务功能】 2016年，区行政审批中心顺利承接办事大厅便民区块的市级管理权限，同时新增企业公告、邮政速递等便民窗口，新增入驻华数电视、公交IC卡、银行抵押贷款登记等居民个人审批服务事项36项，平均办理工作时限缩短为0.09个工作日，即办率为93.2%，基本实现居民个人审批服务事项“马上办”。

【指导乡镇便民服务中心标准化建设】 2016年，区行政审批中心联系省、市质监部门专家指导白云街道便民服务中心国家级标准化示范点建设工作，按照对标达标要求对规范服务标准、优化服务环境、完善服务措施、提高服务质量、亮化整体形象等方面进行全面优化。该中心于7月顺利通过省级标准委中期验收。

【规范公共资源交易平台】 2016年，区行政审批中心根据国务院和省、市政府要求，落实公共资源交易平台整合，形成规则统一、公开透明、服务高效、监督规范的公共资源交易平台体系。做好项目负责人制度工作，为中介机构代理的目录外分散采购项目，以及所有建设工程项目均安排一名项目负责人，负责服务协调该项目从公告发布到档案整理的全过程，做到一个项目一人负责、一抓到底、全程服务，实现进场交易项目的全覆盖。配合监管部门加强评标专家管理，进入区招投标中心的依法招标项目，实现“一标一评”率100%。以碧湖镇中心幼儿园迁建工程设计项目为案例，推进“评定分离”试点工作，限制专家的自由裁量权，让业主充分行使招标过程中的择优权，实现招标人权责统一。

（叶丽春）

政协莲都区委员会

综　述

【概　况】 2016年区政协召开全体会议1次、常委会议5次、主席会议7次，组织专项民主监督和其他集体调研视察活动18次，递交《政协建议》8期，交办提案148件，反映社情民意信息140期。

全体会议审议通过区政协常委会工作报告和提案工作情况的报告，听取并讨论区政府工作报告、区法院工作报告、区检察院工作报告以及其他报告，整理编发简报6期，向区政府递交意见建议125条；组织政协参加单位、委员大会发言27篇，征集政协参加单位、委员以提案形式所提意见建议191件；举办纪念区政协成立60周年系列活动；表彰履职先进集体和先进个人。常委会议组织民主与政协协商民主、换届纪律等专题学习；听取政府工作、提案办理工作等情况通报；审议通过“五水共治”系列建议案，各项人事事项；筹备全体会议。主席会议部署机关“两学一做”学习教育；听取重点提案和大会发言办理情况的通报；审议通过《财务管理规定》等8项制度。

调研莲都区如何融入“浙皖闽赣国家东部生态文明旅游区”，查找莲都区工作短板，提出抢抓机遇，主动对接，协调争取国家和省、市的扶持政策，将资源优势转化为新的发展优势，打造“国家东部生态文明旅游示范区”。调研养老服务体系建设，建议政府托底、民资导入、各方配合、资源共享，打造“普惠型、市场型、社会型、健康型”养老模式。调研莲都区社会组织建设情况，提出“以规划引导促结构优化、以路径拓宽促氛围改善、以政策扶持促活力增强、以平台建设促作用发挥”等4个方面17条意见建议。调研莲都区港澳台侨胞投资创业情况，提出优化环境，设立“港澳台侨商创业园”，建立人才数据库和联系人、项目推荐等制度等建议。

与省、市、政协同步开展“五水共治”长效机制建设专项民主监督活动，整理递交建议案3份，反映问题232个，助推畜禽养殖、河道整治和农村生活污水处理设施建管用工作。开展教育系统国有资产管理情况专项民主监督，反映烂尾工程、校舍“双证”、撤并中小学校产闲置或流失等问题，被区领导批示交办。视察城区小区物业管理、地方历史文化保护和传承等情况，部分建议已转化为促进莲都经济转型发展的重要举措。继续组织“随手拍、快捷报”活动，反映河道治理、居住区“六乱”等问题59个，并全部落实整改。

交办立案提案148件，确定“中国莲都”、电子商务发展等18件重点提案，推进提案网上办理，落实区领导督办领办提案制度，部门提案办理意识和水平明显提高。组织2013年、2014年提案办理工作“回头看”；民主评议区农办、区人力社保局提案办理工作；分别通过主席会议、常委会议听取重点提案情况和提案办理情况的通报。

反映社情民意信息140期，被省级以上采用7篇，省领导批示2篇，市领导批示5篇，区领导批示5篇。古道旅游、城市盲道、万象山石雕保护、柑橘受冻等信息被省、市、区领导批示，连续第

17次获评“全市政协反映社情民意信息工作先进单位”。

落实区领导联系乡镇（街道）、村（社区），以及担任“河长”“路段长”等制度。协调力量参与叶平头村改造建设，启动新公路项目，建成“归零”书院，协办岩泉街道轩德皇菊节暨叶平头民宿体验活动，助推皇菊产业发展，培育农家乐、民宿，促进村民就地就业增收，实现精准扶贫落到实处。联系参与创建全国文明城市工作，发起并推动“车让行人”行动，参加“全民洁净日”系列活动，经常性联系走访、开展巡查，助推城乡环境面貌明显改善。

落实党风廉政工作责任制，推进会议、谈话、承诺和走访等工作。开展“两学一做”学习教育和“归零翻番开新局”大讨论活动。制定或修订《建议提案办理扣分办法》《反映社情民意信息工作评选表彰办法》等，推动履职三化。参加全省政协理论研究征文，获二等奖1篇、优秀奖7篇。完成《撤地设市建区》文史资料征集任务，完善政协微信群，开通微信公众号，发布政协要闻103篇、党派团体信息128篇。

（赵军浩）

重要会议

【政协第十五届丽水市莲都区委员会第一次会议】 2017年2月13—17日，中国人民政治协商会议第十五届丽水市莲都区委员会第一次会议在莲都会议中心举行。应参加会议政协委员199人，实际到会197人。会议听取和审议政协第十四届丽水市莲都区委员会常务委员会工作报告和政协第十四届丽水市莲都区委员会常务委员会关于十四届一次会议以来提案工作情况的报告。委员们列席丽水市莲都区第十六届人民代表大会第一次会议，听取并讨论政府工作报告及其他有关报告。会上，区政协主席谷江南代表第十四届常务委员会做工作报告，7位委员作台上发言，12位委员作即席发言，10篇大会发言材料作书面交流。发言材料围绕农民增收、生态工业、生态旅游业、文明城市创建、医疗教育等热点问题。会议通过政协第十五届丽水市莲都区委员会第一次会议提案审查委员会关于提案审查情况的报告。会议期间，会议提案组共收到以提案形式提出的意见建议208件。经提案审查委员会审查，立案提案共189件，其中：区级各民主党派、工商联、人民团体和界别、委员活动组提出的集体提案49件，委员个人和联名提案140件，不予立案建议19件（涉市提案16件）。经分类统计，有关经济建设类的提案105件，占提案总数的55.56%；有关科教文卫体类的提案共39件，占提案总数的20.63%；有关政协统战、政法及其他类的提案共45件，占提案总数23.81%。会议审议通过政协第十五届丽水市莲都区委员会第一次会议决议；选举区政协十五届委员会主席、副主席、秘书长和常务委员；表彰2016年区政协先进集体和先进个人和区政协十五届一次会议优秀大会发言。

（陈林伟）

【政协丽水市莲都区委员会常务委员会会议】 2016年，召开区政协常委会5次，分别为：

1月13日上午，区政协在会议中心莲都厅召开十四届十六次常委会议。会议由区政协主席谷江南主持，市委常委、区委书记葛学斌，区委常委、常务副区长胡献如，区政协副主席虞为粮、谢林森、叶晓东、卢进、任文红，区法院院长李美顺，区政协秘书长王金友等出席会议。会议还审议通过了关于召开区政协十四届五次会议的决定，将于2016年3月份召开全体会议；审议通过了区政协十四届五次会议建议议程和日程。

2月3日，区政协召开十四届十七次常委会议。会议由区政协副主席卢进主持，主席谷江南，副主席虞为粮、谢林森、叶晓东、任文红，秘书长王金友出席会议。会议通过《关于变更区政协十四届五次会议召开时间的决定》，决定于2016年3月21日至24日召开区政协十四届五次会议；通过区政协常委会工作报告（草案）和提案工作情况的报告（草案）及报告人名单。

3月10日，区政协召开十四届十八次常委会议。会议由区政协主席谷江南主持，副主席虞为粮、谢林森、叶晓东、卢进、任文红，秘书长王金友出席。区委常委、统战部部长朱超模，区委常委、常务副区长胡献如，区人民法院院长李美顺，区人民检察院检察长王小刚等应邀参加会议。会议听取并讨论“一府两院”工作报告。区人民政府办公室、区人民法院办公室、区人民检察院办公室分别就《区人民政府工作报告》《区人民法院工作报告》《区人民检察院工作报告》作起草说明。16位常委会组成人员在会上发表意见建议。会议审议通过区政协十四届五次会议议程（草案）和日程的变更情况。全会将结合全省三级政协联动助推“五水共治”工作部署和莲都区创建全国文明城市安排，组织“‘五水共治’民主监督‘万千行’”活动、创建“无烟头城市”活动，发起“车让行人，从我做起”行动。

6月2日上午，区政协召开十四届十九次常委会议。主席谷江南，区委常委、统战部部长、区政协党组副书记赵加慧等领导出席会议。会议邀请丽水市政协原副秘书长蓝献华作《民主与政协协商民主》专题讲座。会议还听取区政协提案委关于十四届五次会议提案审查情况的报告。自区政协十四届五次会议闭幕后，区政协提案委通过审查、调整、并案、整理，正式立案148件，囊括“发展民宿经济”“全民参与五水共治”“打造中国莲都品牌”“推广雅溪镇联合自治跨村理事做法”等方面，其中确定重点提案18件，交区委、区政府领导领办。全部立案提案按照归口办理原则向有关职能部门交办。

8月16日，莲都区政协召开十四届二十次常委会议，区委副书记、区长杨秀清，区政协主席、党组书记谷江南，区委常委、纪委书记宋珍花，以及区委常委、统战部部长、区政协党组副书记赵加慧、区政府副区长俞丽威等领导出席会议。会议通过区政协十四届二十次常委会议议程、日程，分别听取养殖排污整治及长效监管机制建设专项民主监督情况、镇村两级污水处理设施运行及长效管护机制建设专项民主监督情况和河道保洁长效机制建设专项民主监督情况，并审议通过建议案。区政府主要领导通报上半年全区经济社会发展情况和下半年主要工作，区纪委通报全区纪检监察工作情况。会议还组织全体政协常委观看换届工作警示教育片《镜鉴——衡阳、南充违反换届纪律案件警示录》，传达学习中央和省、市、区关于严肃换届纪律、加强换届风气监督的有关精神。

【区政协主席会议】 2016年，召开区政协主席会7次，分别为：

1月6日，区政协召开十四届三十二次主席会议。区政协主席谷江南主持会议，区委常委、常务副区长胡献如，区政协副主席虞为粮、叶晓东、卢进、任文红和秘书长王金友出席会议。会议听取区委、区政府关于2015年度重点提案和大会发言办理情况的通报。区委、区政府高度重视，全年办理重点提案6件、大会发言27件，并一一答复，内容涉及电子商务、农村饮用水源地保护、城乡建设、生态旅游、文化产业、平安建设等方面。会议讨论关于召开区政协十四届五次会议的决定（草案）、区政协十四届五次会议日程（草案）、区政协常委会工作报告（讨论稿）和提案工作情况的报告（讨论稿）及建议报告人，并提出建议；审议通过纪念区政协成立60周年座谈会邀请参会人员名单、《纪念区政协成立60周年画册》、区政协十四届十六次常委会议方案。会议还对专题民主生活会、2016年工作务虚会等进行部署。

2月2日，区政协召开十四届三十三次主席会议。区政协主席谷江南主持会议，副主席虞为粮、叶晓东、卢进、任文红和秘书长王金友出席会议。会议协商讨论《关于变更区政协十四届五次会议召开时间的决定（草案）》；协商确定区政协2015年度优秀调研课题、优秀提案、提案优秀承办件、提案积极分子和文史工作积极分子；审议通过《区政协港澳台侨民宗委特邀委员增补名单》和《区政协十四届十七次常委会议方案》。

3月3日，区政协召开十四届三十四次主席会议。主席谷江南主持会议，副主席虞为粮、谢林森、叶晓东、卢进、任文红和秘书长王金友出席会议。会议听取委员履职情况通报；讨论人事事项和全会建议议程、日程变更情况；通过全会大会发言和参会对象安排、2015年度反映社情民意信息工作先进集体和先进个人名单、优秀履职单位名单、《区政协反映社情民意信息工作评选表彰办法（修订版）》以及"五水共治"长效机制专项集体民主监督活动有关方案；决定于3月10日召开区政协十四届十八次常委会议。

5月4日，区政协召开十四届三十五次主席会议暨"两学一做"学习教育部署会。主席谷江南主持会议，副主席虞为粮、卢进、任文红和秘书长王金友出席会议。会议听取区政协提案委关于十四届五次会议提案审查情况的报告（草案）和各专委会2016年协商活动有关安排的汇报；讨论《区委、区政府、区政协2016年度协商工作计划（草案）》；通过《关于在区政协机关全体党员中开展"两学一做"学习教育的实施方案》和《区政协2016年度主要工作责任落实表》。

5月26日，区政协十四届三十六次主席会议召开。主席谷江南主持会议，副主席虞为粮、谢林森、叶晓东、卢进、任文红和秘书长王金友出席会议。会议审议通过区政协2016年度重点提案名单和区政协十四届十九次常委会议方案，确定重点提案18件，决定举办《民主和政协协商民主》专题讲座。区委、区政府高度重视政协提案办理工作，自2016年起，每位领导每年至少领办一件政协提案。区政协将推进提案办理协商，从提案所提意见建议、提案办理程序、提案办理答复等方面进一步加强和改进提案工作。会议还结合"两学一做"学习教育活动，组织机关党员干部集体抄写党章。

8月9日，区政协十四届三十七次主席会议在四楼会议室召开。主席谷江南主持会议，副主席虞为粮、叶晓东、卢进、任文红和秘书长王金友出席会议。区委统战部长，区政协党组副书记赵加慧，区纪委第二纪检组组长诸葛彬列席会议。会议研究有关人事事项；听取区政协持续深化开展"五水共治"长效机制专项集体民主监督工作、区政协各专委会上半年主要工作情况汇报；协商通过区政协机关《学习制度》《档案资料管理规定》《工作评价及人事管理规定》《财务管理规定》修订稿以及《公文处理及印章管理规定》、《固定资产使用及管理规定》。会议还协商通过区政协十四届二十次常委会议方案，决定于8月12日召开区政协常委会。

10月17日，谷江南主席主持召开区政协十四届三十八次主席会议，虞为粮、谢林森、叶晓东、卢进、任文红副主席，王金友秘书长，以及其他机关工作人员参加。会议讨论2016年度建议提案办理举证扣分办法，通过区政协十五届一次会议筹备工作方案、十五届一次会议大会发言筹备工作方案、2016年度民主评议提案办理工作方案和有关人事事项。

（雷柳红）

重要建议和调研活动

【关于加强养老服务体系建设的建议】 2016年6月，区政协主席会议组织文史委委员就莲都区城乡养老事业发展情况开展专题调研。调研组通过实地走访郑榴娟第二敬老院，碧湖镇魏村村、章塘村居家养老服务照料中心，三岩寺养老服务中心等地，听取区民政局、相关乡镇（街道）有关情况汇报，在充分讨论和广泛交流的基础上提出意见建议。莲都区养老服务体系建设存在的困难和问题：养老服务供需矛盾趋势加深；传统家庭养老模式渐趋弱化；养老服务优质资源不多，合格养老机构缺少、养老服务覆盖面小，保障水平低、日间照料服务中心作用发挥不够、养老服务队伍建设滞后；养老服务发展短板明显，民间投资养老产业的动力不足、养老产业项目落地难、缺乏医疗保障机制。对策建议：政府托底，做好普惠型养老工作，完善《养老服务补贴实施意见》等政府购买养老服务的政策措施，新建一所区级综合性社会福利中心，培育1至2家高品质的民办养老机构，将碧湖郑榴娟第二敬老院打造成全区综合示范型农村养老院，重点建好社区和村级日间照料中心。民资导入，做好市场型养老工作，做好用地保障、融资信贷支持工作，落实税费减免等政策，并对经营管理较好的，给予一定奖励。各方配合，做好社会型养老工作，打造居家养老新型模式，即培育承接政府转移服务的合格养老服务组织，开发以生活、疗养、田园、休闲为一体的养生社区，以及集生活起居、文化娱乐、康复训练、医疗保健等为一体的综合体项目；探索互助型社会服务体系，即鼓励建立专业性老年服务志愿者队伍，鼓励和发展“银龄互助”“小老帮大老”“关爱空巢老人”等养老服务模式；嫁接“互联网+养老”新型模式，即建立全区“互联网+养老”系统平台，形成“96345—购买服务—社会服务组织—社会老人”服务链条。资源共享，做好健康型养老工作，完善促进“养老医护融合”的政策措施，简化在养老机构中设立医疗机构的审批手续，探索民资进入养医融合服务机构的准入门槛和退出机制；推行“家庭医生”“老年病房”等服务，在条件具备的社区卫生服务中心开展养医融合改革试点，建设养医融合平台，开设医疗康复护理病房和养老院区；尽早制定加快老年经济发展规划，设立“银发产业”创业平台，重点拓展休闲养生、健康服务和老年旅游、教育、网购、服装、电子产品等行业。

【关于培育和发展莲都区社会组织的建议】 2016年8月，区政协主席会议组织社会法治组委员就推进莲都区社会组织发展和培育展开调研，听取红十字会、民政部门、工商联等相关社会组织管理联系部门汇报，与部分社会组织负责人进行座谈交流，充分了解社会组织当前发展面临的困难和问题，经多次讨论研究，结合莲都区发展实际，提出对策建议：以规划引导促结构优化，研究制订“十三五”时期社会组织发展规划，重点培育和扶持行业协会商会、民办非企、慈善类公益、社区、职业类社会团体等五类社会组织，并做好分类指导，畅通退出机制工作。以路径拓宽促氛围改善，从转变政府职能、做好公益项目推介工作、拓展社会组织参政议政空间、营造良好的社会氛围等方面着手，促进社会组织发展。研究制定推行税收优惠政策、出台社会组织专职工作人员权益保障政策、探索放宽社会组织的准入政策和登记办法、并完善制定扶持规范社会组织的管理办法。以平台建设促作用发挥。建立社会组织发展基金会、组织年度创先争优活动、定期举办专业培训班、尽早完成莲都区社会组织孵化基地建设，同时进一步建立专业培训、技术孵化、投资融资、管理咨询等公共服务体系。

【关于莲都区教育系统国有资产管理的建议】 2016年4月，区政协主席会议组织部分委员，调研莲都区教育系统国有资产管理情况，查找问题，剖析原因，提出建议。莲都区现有公办中小学35所、公办幼儿园11所，总价值 47124.4万元(截至2015年12月31日)。其中：房屋建筑面积33.67万平方米，价值36217.7万元；计算机教室44个、计算机7688台、多媒体设备1053套、精品录播教室3个、移动远程主播系统3套，设备价值7448.3万元；学校图书116.01万册，图书档案515.1万元；办公家具用具装具及动植物2821.6万元；文物和陈列品21.7万元。在管理过程中存在：制度体系不够健全，教育部门与财政部门之间的管理职责衔接不够到位；资产使用、处置和管理需要进一步规范；部分单位特别是基层单位业务力量相对不足；资产管理与预算管理相结合机制有待进一步完善，资产管理的资源配置职能没有充分发挥等问题。对策建议：根据财政部相关管理办法规定进行管理；坚持所有权和使用权相分离，明确莲都区使用中的教育系统国有资产由区教育局管理并使用，闲置的教育系统国有资产由区财政局国有资产管理部门或区政府统一收回管理和处置，闲置校产由区政府牵头集中统一处置；坚持资产管理与预算管理相结合，开展机关事业单位资产维护使用考核评价，健全行政事业单位资产维护管理技能培训，健全国有资产共享共用机制，做好资产出租、出借、处置和对外投资等行为及其收益的有效监管工作,对预算管理和财务管理流程进行必要的再造。

【关于加强河道保洁长效机制建设的建议案】 2016年5月,由区政协任文红副主席领队,区政协社法委牵头组织50余名委员,分14个小组,对14个乡镇(街道)的河道的保洁长效机制建设情况进行民主监督。通过与有关部门负责人、乡镇(街道)分管干部交流座谈的基础上形成建议案。专项民主监督报告经区政协十四届二十次常委会议审议通过。莲都区河道保洁长效机制建设存在的主要问题:河道保洁工作涉及多个部门及河道所在乡镇(街道),职责交叉、分工不明;保洁经费需求日益增长,2015年平均河道保洁经费2933元/条,随着人工工资上涨以及河道清淤、集中清理、建筑垃圾清运等保洁投入增加,经费保障与实际需求之间落差会增大;农村保洁从业人员普遍年龄偏大、整支队伍身体状况、业务素质、工作态度参差不齐,部分市场化保洁的河道,保洁公司扯皮推诿效果不佳,河道保洁效果良莠不一;下游各村的河道责任河段保洁效果严重受制于上游来水的洁净现状;建筑垃圾倾倒河道现象严重;村民环境保护意识不强。对策建议:理顺管理体制,建议科学整合区治水办、区六边办、区水利局工作力量,统筹协调、提升合力,做好水利部门负责辖区内干流及其河岸范围环卫保洁情况的监督职责工作。建立资金投入多元机制,谋划和包装河道清淤等项目,向上争取专项扶持资金;区内可执行排污收费制度,建立专款专用排污收费专项基金;开发滨河小区建设,将房地产升值获得的部分资金用于河道整治工作等。做好保洁队伍建设工作,以乡镇(街道)为单位组建精干保洁队伍,及时组织保洁培训,加置意外保险。推广交叉巡查机制,继续推广乡镇(街道)交叉检查机制,同时延伸至跨地域的乡镇(街道)。制定《建筑垃圾安置实施方案》,建议国土、建设部门帮助各乡镇(街道),分类管理,因地制宜,开辟专门用于倾倒建筑垃圾的场地;通过《村规民约》试行建房“保证金”制度。广泛开展多层次、多形式、多途径的宣传活动。探索“以河养河”保洁模式,将河道保洁、村庄保洁、河道(养)护渔、河道疏浚(采砂)结合起来,整合资源,由农户缴纳一定保证金,以“承包”方式落实保洁和管理责任。

【关于加强莲都区畜禽养殖排污整治及长效监管机制建设的建议案】 2016年3月,区政协虞为粮、叶晓东副主席带领12名常委、96名委员,分4个小组,累计走访13个乡镇(街道)106家畜禽养殖场(户),以资料收集、座谈了解、明察暗访、学习借鉴等方式,与有关部门负责人、乡镇(街道)分管干部、养殖场(户)业主交流,详细了解莲都区畜禽养殖排污整治及长效监管机制建设情况并形成建议案。专项民主监督报告经区政协十四届二十次常委会议审议通过。莲都区畜禽养殖排污整治及长效监管机制建设主要问题:禁养区内继续养殖,一律关停缺乏时限。如碧湖镇禁养区内还有养殖场(户)43家,占全镇登记在册养殖场(户)总数的39.1%。防治设施普遍简陋,基础建设缺乏标准。存在栏舍不规范、设施不完备、规格不匹配、防渗不到位等问题。监管职责比较模糊,污染防治缺乏合力。存在对象不清晰、内容不明确、责任不落实、台账不健全、合力不明显等问题。转型升级任重道远,政策疏导缺乏力度。存在划定的适养区大多数存在交通不便问题、推行非接触发酵床养猪零排放模式成本较高、扶持政策覆盖不全面、缺少收集处置及利用养殖排放物的第三方专业企业等问题。对策建议:拟定时限,限时关停禁养区内养殖场(户)。根据场(户)规模、养殖实际等设置缓冲时间,明确减产、关停时限,下达限期关停通知书,宣传禁、限养区制度,做好思想引导工作。制定标准,做好养殖设施规范化建设工作。确定养殖户认定标准,分类别推进畜禽养殖污染防治工作;细化畜禽养殖行业的基础设施建设要求,及时更新监督公示牌内容,出台《莲都区畜禽养殖场(户)工业化、生态化治理标准》;优化产业发展各项扶持政策，谋划适养区养殖小区项目；推行大、中、小多种生态循环养殖模式，引进或发展统一收集、处理全区畜禽养殖排放物的第三方专业企业；适时举办“整县制推广非接触发酵床养猪零排放模式”听证会；研究环评设计、施工和污染治理效果挂钩机制。完善程序，做好养殖污染防治工作。在问题发现方面，生态养殖入编《村规民约》、排污纳入“洁净村居”工作考核、实施台账公开、细化巡查要求，建立巡查养殖场（户）签到制度；在问题报告方面，明确区政府及农业、环保等部门受理问题的范围和渠道，及干部监管的内容和职责；在问题处置方面，建立“有报必应”机制，制定《畜禽养殖环境违法行为累计扣分减量办法》，公安机关参与环境执法工作。

【关于莲都区镇村两级污水设施运行及长效管护机制建设的建议案】 2014年和2015年，区政协先后组织2次政协委员对农村生活污水治理设施建设开展专项民主监督活动，2016年4月至7月第三次进行视察。在卢进副主席的带领下，分4个小组视察12个乡镇（街道）80多个村，通过“看现场、访农户、问实情”等方式，详细了解莲都区镇村两级污水治理运行维护情况并形成建议案。专项民主监督报告经区政协十四届二十次常委会议审议通过。莲都区镇村两级污水设施运行及长效管护机制建设主要问题：污水项目建设机制有待完善，任务安排点面不协调，重点治理村缺乏有效治理，全区仅碧湖镇建设污水处理厂；化粪池改造政策未出台；项目后期运行维护机制不完善，2014年建设的180个治理村没有一个村庄完成项目竣工验收。工程建设运行基础较差，存在工程质量有待提升、问题整改不够到位、原有计划进度未完成等问题。项目建设保障力量薄弱，存在建设资金薄弱、施工力量薄弱、项目设计方案不细致、工程监管缺位等问题。对策建议：因地制宜、分布推进、重点治理；尽快出台农村化粪池改造建设政策意见；建立镇村生活污水治理联席会议制度；做好与省农办工作汇报和对接。做好问题整改、进度及验收工作；对工程建设拖后的责任单位要进行追责。生活污水治理及设施日常运维管理纳入《村规民约》、做好环境卫生宣传和政策宣传；及时测算镇村生活污水设施运维费用；探索建立管网、终端两级运维体系。

【开展莲都区港澳台侨胞投资创业情况专题调研活动】 2016年10月，区政协港澳台侨民宗委组织相关委员对莲都区港澳台侨胞投资创业情况进行专题调研。通过走访港澳台侨胞企业、发放调查问卷、召开部门座谈会，在充分讨论研究的基础上，形成调研报告。影响港澳台侨胞在莲都区投资创业的主要因素：尚未出台港澳台侨胞投资创业的优惠政策，特别是用地、税收、融资等方面政策。部分职能部门主动服务、沟通服务意识有待提高、企业配套服务和审批环境不够完善。投资引导有待提高。对策建议：优化发展环境，尽快研究出台税收、用地、融资等方面的优惠政策，有效促进港澳台侨胞资金回流并在莲都区发挥更大的经济效益。优化服务环境，建立联系项目专人办理制度、投资项目推荐制度，在园区内设立“港澳台侨商创业园”，出台并实施以商招商的优惠政策。优化人文环境，依托台办、侨联、科协、工商联等部门，建立健全我区港澳台侨胞信息数据库、海外回国人员和出国留学人员的数据库，开展招商工作；对在莲创业投资的港澳台侨胞的企业发展情况进行跟踪，职能部门做好数据统计；做好对涉港澳台侨胞投资企业周边环境的执法工作，保护回乡投资的涉港澳台侨胞的合法权益。

【莲都区打造“国家东部生态文明旅游示范区”调研报告】 根据年度工作安排，2016年8月起，区政协主席会议带领课题组走访主管部门、咨询专家学者、召开座谈会、听取情况介绍，并赴安徽省黄山市屯溪区、徽州区，江西省上饶市婺源县、玉山县，福建省南平市武夷山市考察学习，在充分讨论的基础上，形成调研报告。莲都区打造“国家东部生态文明旅游示范区”存在的短板：响应和谋划“国家东部生态文明旅游区”不够充分，没有成立相应机构和专项队伍、没有跨省合作等基础、《国家东部生态文明旅游区创建总体方案(讨论稿)》反映生态文明旅游相关内容较少。旅游产业竞争力有待提升，2015年旅游业产值109.50 亿元，占 GDP 比重38.67%，占第三产业比重67.31%，贡献仍有提升空间；与住宿、餐饮等产业联系程度较低，带动效应不强；古堰、瓯江、畲族文化等影响力缺乏优势；旅游产品开发层次较低。强势旅游品牌有待打造，古堰画乡、东西岩景区两家国家AAAA级景区品牌市场规模、接待条件、旅游形象、旅游收益等方面与强势旅游品牌均存在较大差距。旅游公共服务及交通基础设施不足。对策建议：做好对接，协调争取国家和省、市的扶持政策工作，依托莲都区特色资源，争取提升规划比重，在休闲自驾线、美丽乡村体验线、健康养生线(莲都区养老基地)、文化养生旅游线(古堰、画乡、摄影等文化)、特色运动线(水上运动)等黄金旅游线中增加莲都区相应内容，争取将莲都区打造成国家东部生态养生度假集散地。谋划大型交通枢纽，争取更多基础设施建设支持。在航空方面，辐射全国，敞开国家东部生态文明旅游区“东大门”；在铁路方面，规划建设“杭闽广”大通道，建设“温衢”通道；在水运方面，规划建设丽水港，畅通瓯江航道，实现邮轮通东海；在公路方面，规划建设武义(柳城)—莲都—文成快速通道。筑牢生态安全屏障，争取更多生态补偿补助。建立生态GDP考评体系，对纳入国家东部生态文明旅游区县(市、区)，建立重点领域生态补偿标准体系，做好上级财政转移支付工作；研究设立区域生态修复专项资金，关闭区域内的小水电站，实施植树保水工程；建立国家东部生态文明旅游区旅游专项基金以及生态补偿与生态文明发展扶持专项资金。补齐短板，将资源优势转化为新的发展优势。建好古堰画乡、南明湖、九龙湿地等景区，打造瓯江生态游品牌；建设观光生态农业区，打造特色乡村游品牌；建设“竹柳新桥”区域畲族风情园，打造畲族文化游品牌；建设大山峰及海拔500米以上的生态村落的高山避暑养生区、莲文化养生园、绿色食品养生园。依托区位优势，打造国家东部生态养生度假集散地。莲都区不仅有市委市政府所在地的政治优势、区位优势，还有两家AAAA级景区，完全可以借鉴贵州“凯里”模式，打造国家东部生态养生度假集散地、浙西南的核心旅游圈和浙闽边界第五组团的接待中心。提升服务品质，做好旅游业公共服务和交通基础设施建设工作。在城区建设功能要素齐全的旅游集散中心；建设金丽温高速公路洪渡互通东至仙渡、双黄、黄村高等级公路，西接雅溪、巨溪、老竹、丽新高等级公路，与丽新至两龙高速碧湖互通公路相连接，把境内高速公路和国、省道连成大环线；拓建主干道通往各美丽乡村、景点公路，构建莲都区生态旅游大交通网。探索投资与运营相结合的重大项目建设模式，打造“龙头”景区；探索景区企业化运营管理模式，引入专业化管理队伍；推动旅行社深度合作，共同策划包装产品，逐步形成旅行社合作分销体系。

【关于城区小区物业管理情况的调研报告】 2016年5月，在市政协副主席齐育华、沈根花和莲都区政协副主席任文红的牵头领导下，成立市、区政协联合调研组，对城区小区物业管理情况开展专题调研。调研组通过组织市建设局等 5个部门、街道、社区、业委会、物业等负责人座谈会，及市、区政协委员约谈会，广泛听取各方面的利益诉求和意见建议，实地考察城区(莲都区、开发区)3 个封闭式和3个开放式住宅小区，赴宁波市及鄞州区学习经验做法后，形成调研报告。城区小区物业管理存在短板：部门职能落地不到位，存在物业管理缺乏联动机制、社会管理未向末端延伸、工程遗留问题严重影响后续物业管理、是扶持政策未落实到位等问题。物业企业服务不到位，存在服务企业良莠不齐、物管行业人才匮乏、部分物业服务质量不高、物业服务费收取困难等问题。业主自治管理不到位，存在业委会和业主大会成立运行难、业主参与物业管理的意识不强、业主“有偿服务”的消费观念淡薄等问题。前期物业监管不到位，存在公共设施与规划建设不符、物业服务企业的招聘方式有待规范、工程建设质量和公共设备质量遗留问题较多、专项维修资金拖欠问题突出等问题。对策建议：做好制度设计，完善管理体系工作。做好物业管理立法工作，将《丽水市区物业管理办法》纳入立法项目，研究制定出台具体实施意见；修订完善并重新颁发《关于进一步加快市区物业服务业发展的若干意见》，兑现2013年和2014 年两个年度的补贴政策；建立健全以属地街道为主的“市、区、街道、社区”四级物业管理网络，街道成立物业管理工作站。做好部门职责，物业监管工作，延伸部门监管职能，建设（规划）、城管、公安、消防等各司其职，配合解决小区物业管理中的空档问题；做好服务企业管理，建立健全市场准入、退出机制，完善企业信用体系，做好物业服务企业人才队伍建设工作，解决服务不到位的问题；做好前期物业监管工作，解决监管缺失的问题。三是完善定价机制，规范物业收费。完善物业服务收费标准调整机制，建立物业小区财务公示制度、落实水、电向终端收费的规定，建立物管服务费缴纳信用记录和公职人员欠费抄告制度，实行房屋过户物业服务费结算清单管理。做好业委会建设工作，促进业主自治。街道党委、社区党支部加强对市民的教育引导，倡导居民树立“花钱买服务”的消费理念；指导业主大会和业主委员会的工作，做好业主委员会的管理工作。

【社情民意信息工作】 2016年，莲都区政协共编辑采用社情民意信息140篇，被省领导批示2篇，市领导批示3篇，区领导批示5篇。考核成绩蝉联全市第一。在全市反映社情民意信息工作先进个人中，莲都区有5人获奖。个人投稿方面：如，华俊林委员反映的《完善低保审批制度 强化“应保尽保”》《农村长期外出特殊困难居民低保困境应引起重视》等信息被省政协采用并上报全国政协；朱志军委员、信息员雷柳红反映的《建议从保护森林古道着手发展森林旅游》、信息员厉日红反映的《以林区道路建设为纽带 促进森林旅游经济快速发展》等两篇信息被省委副书记、副省长批示；信息员毛传书、阙佩军、周率共同反映的《我市大型石雕文物管理不容乐观 建议抓紧开展收集保护》被市委书记、副市长批示，并得到落实解决。

（李海花）

政协丽水市莲都区委员会专门委员会工作

提案委员会

【提案征集工作】 2016年，区政协五次全会召开之前，提案委员会做到提前部署，做细政协提案征集工作。在政协全会召开前三个月给全区各单位发出《关于征集莲都区政协十四届五次会议提案线索的函》开展提案线索征集活动;前一个月给全体委员提供撰写提案参考方向，召开政协参加单位提案工作会议专题部署集体提案征集工作；会前召开提案委工作人员会议，部署区政协十四届五次会议提案审查工作方案及分工，并安排好工作扬地、电脑调试及其他用品等，使会议期间提案审查工作顺利、有序开展。五次全会期间，共征集提案217件，预立案提案191件（其中组合打包4件），会议闭幕后，邀请相关单位专家进行审查、调整、并案，通过复审整理，把内容相近的提案并到一起组合打包21件，正式立案148件，其中集体提案46件，委员个人提案102件；不立案的 22件，对不能立案的，已作为委员来信转送有关部门研究处理或留作参考。

【提案办理工作】 2016年，提案委员会坚持“两初审、一复审”原则,在确定提案主会办单位时，专人初审、提案工作组初审，提案委员会全体会议复审，按归口办理落实承办单位。对所有提案实行网上交办，提高办理效率，让办理进展置于全体提案人和提案承办单位的监督之下，进一步扩大提案办理的透明度。由区政府主持召开政协委员提案交办会，明确办理要求，强调“一把手”责任，落实承办单位责任人签收委员提案，促进政协提案的规范办理。148件提案全部交由56个单位承办，其中主办提案的单位43个，会办提案的单位36个。针对莲都区重点工作，事关民生重要、重大问题筛选出建议重点提案预选40个，并印制给正副主席、秘书长审阅,并与区府办主任、区督查室主任联系沟通,通过主席会议确定重点堤案18个，与区府办对接制作重点提案交办单。召开提案办理工作培训会和重点提案办理工作培训会，对提案办理的流程，答复格式注意事项，以及重点提案办理要求分两次进行培训。

【提案督办工作】 2016年，提案委员会做到重点提案重点办，区委、区政府领导每人认领一个重点提案，并作批示明确办理要求，参与领办提案的办理工作，全年18件重点提案，已全部落实解决，如谷江南主席领衔提出的《关于打造“中国·莲都”品牌的建议》得到市委常委，原区委葛学斌书记高度重视，亲自领办，郭巧燕副区长主办，10多个单位协同办理，出台一系列政策，建议得到落实。热点提案跟踪办，对涉及面广、呼声强烈、一时难以落实的提案进行跟踪督办，如《关于加强基层卫生服务能力建设的建议》采取跟踪督办形式，引发承办部门的积极回应，有效解决提案所提的热点问题。难点提案协商办，31件提案采取座谈调研的协商办理方式，81件提案采取上门沟通的协商办理方式，如对《关于加强村级财务监管的建议》，通过召开座谈会，工作调研会，开展试点工作，莲都区以政府层面出台《莲都区农村集体资金资产资源管理办法》，5月对分管领导、农经员、代理会计、代理出纳进行新一轮培训，8月制定《莲都区村级财务公开工作方案》，8月3日发文《关于在全区开展组级资金情况调查的通知》出台《关于加强村级非生产性开支监督管理的意见》，规范村级财务管理提供制度保障，做好对村级财务公开的督查工作，提高财务公开的有效性。往年提案“回头”办，对部分当年度未取得明显成效的提案进行“回头看”，督促该类提案的办理落实，与区府办共同开展2015年提案办理回头看活动。6月中旬，区政协对部分单位办理区政协十四届一次会议以来提案的落实情况抽取2013年区农业局承办的《加快发展莲都休闲观光农业的建议 》，2014年区环保分局承办的《完善洁净乡村机制　助推美丽丽水建设》、区民政局主办的《关于加强我区养老事业建设的建议》等3个提案，分别由3位副主席带队对提案主办理单位进行回头评议。通过现场实地查看，召开工作座谈会，听取提案继续办理工作情况汇报，交流发言，民主评议，评议组认为提案办理到位，委员满意，效果良好，评议得分分别为96分、93分、88分。民主评议提案办理，对区农办、区人劳社保局开展民主评议提案办理工作，组织相关专委会和有关提案人深入承办单位，了解提案办理工作机制和提案所提建议意见的落实情况，初评后提交常委会议民主评议，推动提案办理的制度化、规范化。

【提案反馈】 2016年，提案委员会通过网上办理系统对所有提案进行网上交办，在提高办理速度和效率的同时，也让办理置于群众的监督之下，扩大提案办理的透明度，使社会各界对政协提案工作有更多的了解。截至年底，提案所提建议被采纳的 79件，占53.38%；被部分采纳或列入计划采纳的56件，占37.84%；对因条件所限未能采纳或留作参考的13件，占8.78%。对初步答复没有满意的提案，与承办单位对接协调重新答复后达到满意，148件提案答复率和委员反馈满意、基本满意率达100%。

【优秀提案】 2016年，提案委员会根据《莲都区政协提案工作表彰奖励办法》评出《关于打造“中国·莲都”品牌的建议》《关于新形势下如何加强村干部管理，提高村干部活力的几点思考的建议的建议》等8件提案为2016年度优秀提案；《关于加强村级财务监管的建议》《关于继续推进电动汽车项目的建议》等8件提案为2016年度提案优秀承办件；赵创华、周景放、阙沛军等8位委员为2016年度提案积极分子，区农业局、区教育局为2016年度提案办理先进单位（五年一次）。报送主席会议审议通过并在政协在全会上予以表彰，发挥优秀提案引领示范作用。在闭会期间，常委会利用《联谊报》和《莲都新闻》、政协网站及时宣传有成效的提案办理情况，引导委员学习提案工作经验。

【配合区政协重点工作】 2016年，提案委员会配合区政协重点工作，参与五水共治随手拍活动；响应区委区政府关于建立结对帮扶低收入农户“个十百千万”活动机制的工作部署，开展低收入户帮扶工作。参与“五水共治”长效机制建设专项集体民主监督活动，巡查47个村50余个点，参与全国文明城市创建工作。

（周献贤）

经济委员会

【学习培训工作】 2016年，经济委员会组织委员开展“十八大五中、六中全会”精神专题讲座，组织委员开展《政协章程》、政协工作基本常识及统战知识和《莲都区政协提案工作条例》《政协委员履职情况评价办法》《社情民意信息工作手册》等制度学习培训。落实区政协十五届一次会议筹备工作，在常委会议学习基础上，召开工业、农业、工商经济组换届纪律专题学习会，集中学习中央和省、市、区委有关换届纪律文件精神，组织观看警示教育片《镜鉴》，引导委员汲取湖南衡阳破坏选举案和四川南充拉票贿选案的教训，严格执行换届纪律要求，保障换届工作平稳顺利进行。向对口联系单位征集提案线索，联系委员、参加单位准备大会发言，以及参加会议有关材料协商讨论工作。

【调研工作】 2016年，经济委员会完成主席会议课题“莲都区如何融入‘浙皖闽赣国家东部生态旅游实验区’”。在政协办和文史委协助下组织政协调研组成员赴安徽省黄山市屯溪区、徽州区，江西省上饶市婺源县、玉山县，福建省南平市武夷山等县市考察学习，并通过走访有关主管部门、咨询专家学者、召开座谈会讨论研究等方式，形成《抢抓机遇、主动作为，争创“国家东部生态文明旅游示范区”》调研报告，在发挥生态旅游资源优势、协调争取上级扶持政策等方面提出意见建议。围绕助力“皇菊+”新农村建设进行专题调研，以岩泉街道叶平头村为平台，调研皇菊种植加工基地、农家乐、民宿和“归零”书院建设、原生态摄影基地建设，农民增收等内容，助推农旅融合。区政协全会期间，专委会共组织准备“莲商回归，定能助力莲都经济发展”“关于建立中小企业‘转贷通’金融服务项目的建议”等大会发言和即兴发言材料。区政协十四届二十次常委会议审议通过民主监督报告，向区委、区政府递交关于加强河道保洁建设、镇村两级污水设施运行、畜禽养殖排污整治及长效机制建设的建议案3份。

【开展民主监督活动】 2016年，经济委员会以省、市、区三级政协同日启动“五水共治”民主监督“万千行”活动为起点，组织3大组11小组189名委员，开展畜禽养殖、河道保洁和村级污水处理设施等三方面民主监督活动，走访13个乡镇（街道）、180个村、106家畜禽养殖场（户）和120多千米河道，召开协商会、座谈会10多次，梳理问题28类，提出针对性强的若干建议，如“限时关停禁养区内养殖场（户），推进养殖设施规范化建设”“增强养殖污染防治合力”“建议理顺河道保洁管理体制”“建立资金投入多元机制，加强保洁队伍建设”“推广交叉巡查机制”“制定《建筑垃圾安置实施方案》”“探索‘以河养河’保洁模式”“建议村污水处理设施纳入运维管理体系”等。区政协主席谷江南3次参加省政协“五水共治”专题座谈会，并在平湖推进会上作典型经验交流。区政协“五水共治”专项民主监督有关做法先后被省联谊报、市政协专报宣传交流。督办重点提案，组织提案人与区经商、农业、林业、水利及市场监管部门见面，会商《发展我区“工业+旅游”新业态》《关于让客人在莲都吃到放心的农产品的建议》《出产不使用农药化肥的蔬菜，品味“舌尖上的丽水”》《关于加强管理高山放心菜农药残留检测的建议》办理情况。助推“六边三化三美”和文明城市创建工作，落实政协领导“河长”“路段长”制度，协调推进高溪坑、丽和线等5条河道、5个路段的环境治理工作。落实好政协领导联系厦河村、金东村等城中村文明创建工作，各级参与政协机关开展的文明创建志愿活动。通过“随手拍、快捷报”平台，反映水源污染、“六乱”点位6期59个，完成销号59个。

【开展各项专委会活动】 2016年，经济委员会开展各项专委会活动。农业经济组围绕壮大莲都生态工业、电商经济培育、白莲产业、生态循环农业、民宿和农家乐发展等主题开展活动。工业经济组围绕“服务帮扶企业”“产业转型升级”主题，分析莲都企业在产业提升、企业融资中遇到的困难和问题，提出建设性的意见和建议。组织全体委员开展学习十八届五中、六中精神专题讲座。建立委员之家，开展委员走访活动。根据区政协“创建委员之家”的工作要求，分管领导、专委会主任走访常委、委员，深入一线了解他们的生产、生活和工作情况。专委会利用政协网站平台，及时报送委员调研视察和各组活动信息，促进专委会之间、委员间的联系和交流。利用办公助手发短信方便快捷的优势，通过短信做好与委员的沟通、交流和信息传递工作。

（吴雯华）

科教文卫体委员会

【学习培训工作】 2016年，科教文卫体委员会组织学习六中全会精神，组织委员学习换届纪律的有关规定，参与“两学一做”和市委开展的“归零翻篇”大讨论活动。结合调研视察，组织委员学习相关知识，熟悉有关情况。组织各委员活动组观看警诫片。

【调研工作】 2016年，科教文卫体委员会组织委员开展全区农村生活污水治理长效机制建设情况民主监督工作，全委委员分五组走访农户200多个村，了解农户接管情况，查看污水设施建设和使用情况，倾听村民的意见建议，并把了解到的情况和收集到意见建议，记录在《民主监督工作表》内；组织委员到湖州安吉、德清等地考察调研，对照莲都实际，提出建议意见，形成《关于莲都区镇村两级污水设施运行及长效管理机制建设的建议案》，得到区委、区政府的高度重视，谷江南主席在全省政协主席工作会议上作典型经验介绍。组织开展“挖掘地方丽水文化助推旅游产业发展”协商议政课题专项调研，调研组一行走访遂昌县焦滩乡独山村、在龙泉市住龙镇住溪村、龙泉青瓷小镇，现场学习考察后，调研组成员利用晚上时间召开讨论会，对“挖掘地方丽水文化助推旅游产业发展”协商议政课题发言内容进行讨论。协助做好镇江、伊春、平阳、平湖、海宁等省内外政协到莲都区进行调研视察考察的联系和陪同工作，做好相关接待方案。

【参政议政】 2016年，科教文卫体委员会承担全年区政协全会期间的大会发言组织工作和2017年全会大会发言准备工作。全年组织书面发言12篇、即席发言20篇，12篇大会发言得到区委、区政府领导的批示，其中组织大会发言5篇，优秀大会发言1篇，意见建议得到领导和相关部门的重视并有效落实。组织部分委员参加对《中共丽水市莲都区委　丽水市莲都区人民政府关于深化教育改革加快推进教育现代化的实施意见》意见征求会，针对性提出建设性意见建议。

【文体活动】 2016年，为庆祝莲都区政协成立60周年，科教文卫体委员会组织区政协书画会历届政协书画会成员以政协职能、履职要求、国家领导人对政协工作的重要论述为题材进行创作书画作品28幅，书画作品在全会上进行专题展出。5月，教科文卫体委医卫组组织部分委员开展“亮亮你的后厨，洁净厨房大比拼”“你点我检进菜场、进商场、进校园”系列活动。组织书画会成员下乡为群众写春联，现场为群众写送春联500余幅。开展区政协摄影之友社采风活动，组织摄影之友社组织会员到大港头镇北埠村茶园进行摄影采风，并发动会员参加市政协组织的摄影比赛。组织区政协书画会成员开展笔会活动，围绕区政协成立六十周年和政协职能，创作一批体现政协特色的书画作品。组织委员参加市政协举办的全市政协委员乒乓球比赛，组织队员的选拔，训练等工作，丰富委员的文体生活。

（邱旭平）

社会法制委员会

【理论学习】 2016年，社会法制委员会学习贯彻中共十八届五中、六中全会精神，参加“两学一做”学习教育活动，学习党章党规、系列讲话；学习有关换届纪律的警示片及有关文件；学习有关法律法规、市场经济知识和政协业务知识，提高理论修养和业务能力。

【建言献策】 2016年全会期间，社会法制委员会的委员踊跃发言，7人作即席发言，3个界别作书面发言，梅焕根委员、叶小风委员的大会发言；2篇即席发言被评为优秀大会发言；递交22篇提案，共青团界别的《关于消除丽水民宿安全隐患，加快乡村旅游发展的建议》、妇联界别的《关于画乡特色小镇建设的几点建议》、工会界别的《以抓烟头垃圾整治为突破口巩固国卫创建成果的建议》提案被列为重点提案。闭会期间，社会法制委员会的委员积极参政议政、建言献策，做好社情民意工作。社会法制委员会发动委员撰写社情民意，共有兰峻、徐君妙等13名委员撰写了29篇社情民意。其中兰峻委员撰写的《关于G20杭州峰会期间发放省内旅游参观（休养）券的建议》被省政协采用；兰峻委员撰写的《建议土地使用权到期续费实行“年租制”》上报省政协；徐君妙委员撰写的《建议我省率先立法，将电动车纳入第三方车辆管理》《“工伤保险先行支付”落实难，建议将有能力支付而不支付的单位和个人列入征信体系》《基层委员呼吁：廉价“救命药”不能断供》上报省政协；王金友委员撰写的《给“特事特办”立规矩》上报省政协。社法委在区政协内部考核中社情民意排名第一。

【专题调研工作】 2016年，社会法制委员会创新调研机制，与市政协社法委合作开展《城区小区物业管理情况》调研。在市政协齐育华、沈根花副主席和区政协任文红副主席的牵头领导下，成立市、区政协联合调研组，对城区小区物业管理情况开展专题调研。调研组分别组织召开市建设局等5个部门负责人、街道和社区干部、业委会负责人和业主代表、物业服务企业负责人座谈会和市、区政协委员约谈会，广泛听取各方面的利益诉求和意见建议，实地考察城区（莲都区、开发区）3个封闭式和3个开放式住宅小区，赴宁波市及鄞州区学习经验做法。向市委市政府、区委区政府提出《关于城区小区物业管理情况的调研报告》。开展《培育和发展我区社会组织》的调研活动，社法委的部分委员在区政协副主席任文红的带领下，区政协社法委组织部分委员通过走访、开座谈会等形式开展对莲都区社会组织培育和发展工作的调研活动。提出《培育和发展我区社会组织的调研报告》。社会法制委员会在做好自身调研的同时，配合山东省东营市东营区政协的《食品溯源机制的建设》调研组调研工作，走访莲都区的农贸市场和农业合作社；配合福建省霞浦县政协《养老体制建设》调研组调研工作，走访莲都区的养老福利中心；配合市政协一同参与四川省巴中市政协《特色小镇建设》调研组调研工作；配合义乌市政协《河道生态治理与保洁》调研组调研工作；配合安徽省铜陵市郊区政协《特色小镇建设》调研组调研工作。

【专项民主监督活动】 2016年5月下旬至7月，由区政协任文红副主席领队，区政协社法委牵头开展“河道保洁长效机制建设”专项民主监督活动。社会法制委员会组由法制组、社会组的全体委员及港澳桥台民宗组的部分，共50名委员组成。分为14个组，覆盖全区所有河道。委员们采用明察与暗访、“随手拍”与专门监督相结合；不定时间、分片走访、逐点检查；到浙江省河道保洁长效机制建设做的优秀的兄弟县市取经等方式，开展民主监督活动。在活动开展期间，得到有关部门和乡镇（街道）的支持，委员们采集并通过“随手拍”报送的近60个需整改点位，全部得到及时处理。并以《关于加强河道保洁长效机制建设的建议案》的形式向区委、区政府通报，得到区委区政府主要领导的肯定。

【联系与交流】 2016年，社会法制委员会通过召开会议，走访委员，组织联谊活动，做好与委员的联系、沟通工作，以形成社法委委员们的工作合力。在平时也与市政协对口专委会和区对口联系部门的保持联系与沟通。年初，在副主席任文红的带领下，走访、约谈社科联界别、妇联界别、共青团界别、工会界别、社会福利和社会保障界及特别邀请人士界别的常委、委员，了解委员的想法、思路，听取委员的意见、建议。

【各项工作与活动】 2016年，社会法制委员会组织政协委员和机关干部职工学习法律法规及社会管理综合治理工作的基本知识，提高干部职工学习贯彻法规的自觉性，做好干部职工的思想道德、法制意识和廉政教育工作。及时报送区政协有关信访工作的信息和台账。组织委员参加创建全国文明城市活动、护航G20峰会活动和检察开放日活动。

（周奇星）

港澳台侨民族宗教委员会

【参政议政工作】 2016年，区十四届五次会议大会期间，港澳台侨民族宗教委员会界别委员阙沛军等5人，就民宿经济，中国莲都建设，绿水青山打造等进行即席发言。向大会提交提案20余篇。大会发言和提案等都围绕莲都区经济建设，生态文明建设，社会管理等提出建议，《关于新形势下如何加强村干部管理，提高村干部活力的几点思考的建议》被评为重点提案。组织委员反映社情民意，共撰写社情民意14篇，其中8篇被市政协录用上报省政协，周率、阙沛军委员的《我市大型石雕文物管理不容乐观建议抓紧开展搜集保护》被市政协专刊采用，并获市领导批示。开展课题调研，就“我区民宿经济发展”和“港澳台侨胞创业”进行调研，为如何发展莲都区经济提出建议。

【开展民主监督活动】 2016年，港澳台侨民族宗教委员会开展“五水共治”民主监督活动，港澳台侨组的政协委员组成监督调研小组，对莲都区白云街道、联城街道、老竹镇、丽新等乡镇养殖污染情况进行民主监督。5月，再次组织民族宗教界别委员赴碧湖镇辖区开展民主监督活动。巡查高溪坑、郎奇坑、新治河等河道保洁情况。通过民主监督，促进区“五水共治”工作，发挥港澳台侨民宗委的作用。开展少数民族专项资金民主监督，通过民主协商和民主监督，促进区财政、区农办等单位出台《莲都区少数民族发展专项资金使用管理办法》，规范资金管理使用。

【做好台侨民宗工作】 2016年，港澳台侨民族宗教委员会协助丽新乡成功举办“浙江省第三阶畲族风情旅游文化节暨新桥竹柳三月三畲族歌会”活动。走访宗教界人士，宣传党和国家政策、法规，巩固涉宗“三改一拆”工作成果这一工作重点。在G20峰会期间，做好值班督查工作，稳控涉宗人员。做好侨胞侨眷工作，聚侨心侨力，团结侨胞侨眷，维护侨界权益，开展好“浙商之春”专访慰问。组织开展“归零翻篇开新局，打造侨务工作新亮点”，引导侨胞在莲都经济社会建设中发挥更大作用。做好台胞工作，围绕民宿交流、经贸交流、文化交流等开展对台联谊宣传工作。专访台胞，介绍莲都，使更多的台胞了解莲都，关注莲都，扩大莲都在台的知名度和影响力。为推进两岸关系和协和凝聚两岸共识，发挥莲都港澳台侨民宗委的作用。

【开展各项活动】 2016年，港澳台侨民族宗教委员会组织委员“换届纪律”培训会，教育委员正确对待去留。开展委员履职评价和考核，为下届政协委员协商推荐提供参考。组织委员参加“文明城市”、捡烟头文明督导、河流治理和村庄整治督导等活动，在活动中提高履职能力。

（梁智伟）

文史资料委员会

【完成《亲历撤地设市建区》文史专辑征编出版】 2015年5月，与市政协联合开展的《亲历撤地设市建区》文史专辑征编工作启动，由区委办、区政府办牵头，及时召开全区征集工作动员会，对征集工作进行全面动员部署；会后，区政协文史委及时进行督促和指导，到年底征集到部分稿件。2016年，对有关重点对象再梳理、再动员，同时组织文史委员、特邀委员采取上门采访的形式撰写，先后完成对原区委书记和政协原主席等主要领导"三亲"史料的征集。截至年底，共征集到26篇稿件，8万余字，并配置相关图片，配合市政协文史委顺利于春节前完成出版任务。

【开展浙江古村落楹联征集活动】 2016年，文史资料委员会根据省政协文史委关于开展浙江古村落楹联征编出版工作的部署，区政协文史委及时开展这项工作。通过多方搜寻、实地查访、查阅相关资料，完成古堰画乡和老竹镇梁村古村落楹联的文字稿件和图片拍摄。

【课题调研工作】 2016年，文史资料委员会开展区政协主席会议关于"加强养老服务体系建设"课题调研。区政协文史委组织部分委员在副主席任文红带领下，结合"关于加强我区养老事业建设"提案办理工作回头看，开展"加强养老服务体系建设"课题调研，并向区政府报送政协建议。开展了莲都区如何融入"浙皖闽赣国家东部生态文明旅游区"专题调研。组织调研组成员赴安徽省黄山市屯溪、徽州，江西省上饶市婺源、玉山，福建省南平市武夷山等县（市、区）考察学习。之后又多次召开调研组成员会议，研讨调研报告的撰写和修改，并向区委区政府报送政协建议，供决策参考。

【民主监督活动】 2016年，文史资料委员会参与区政协"五水共治"长效机制专项集体民主监督活动。组织民族宗教界别全体委员赴碧湖、大港头片开展集中民主监督，配合社法委开展河道保洁长效机制建设专题调研。完成42号《关于推进我区农产品电子商务发展的建议》重点提案督办。与科教文卫体委联合开展"挖掘地方历史文化助推旅游产业发展"协商议政课题专项调研，并赴遂昌、龙泉考察学习。组织委员赴区人力社保局开展提案办理工作民主评议。通过召开座谈会、听取有关情况介绍、查阅相关资料等方式，了解区人力社保局关于政协提案办理工作的情况，并经综合分析，提出评议意见。搜集整理有关资料，《莲都政协》第5期的编辑出版，并做好第6期编辑工作。

【队伍建设工作】 2016年，文史资料委员会联系政协文史工作实际，通过召开专委会组成人员会议，传达上级文史工作会议精神，组织学习文史工作理论和文史写作知识，研讨文史征集的方向和课题。结合政协换届，调整充实文史工作队伍。通过前期多方物色，重新组建文史征集编审员队伍。

（黄建兵）

委员工作委员会

【委员履职平台】 为做好2016年社情民意信息工作，委员工作委员会召开6次专门培训讨论会，主要围绕省市政协约稿方向，如农村低保、林业产业、农村公路、民宿发展、营改增等主题内容，分别邀请市政协董伟和区民政局、区林业局、区农办、区国税局等相关职能部门负责人及业务科室人员介绍部门业务知识，分析贯彻落实中央、省市政策情况、存在问题并讨论提出相关建议。按照政协工作的总体安排及部门工作需要，除日常履职外，派出政协委员1056人次参与"五水共治""民宿经济""三改一拆""六边三化""亮亮你的后厨系列活动"以及各类听证会、协商会参与政治协商、民主监督、参政议政；做好委员学习培训工作，运用培训会或沙龙形式邀请有关专家专门指导社情民意写作技巧5次以上。

【委员履职管理】 2016年，委员工作委员会健全考评制度，及时对委员履职进行公正评价，维护好委员管理系统的正常运转；协助市政协为市政协委员履职做好评价，并做好联络组工作；按照政协工作要求评选先进履职单位3个、先进履职个人6人、反映社情民意先进单位3个；按区委区政府要求，在政协委员中搞好身边好人推荐3次3人；道德模范推荐一批3人参评活动。

【委员履职环境】 2016年，委员工作委员会围绕“五水共治”“三改一拆”“六边三化三美”等中心工作继续开展畜禽养殖业污染整治专项民主活动，助推各项事业发展；搞好课题研究，为委员履职提供机会。以对教育系统国有资产管理为例，开展课题调研，提出区教育系统国有资产管理建议，供区委、区政府决策参考。梳理并汇总十四届政协委员履职情况，按照政协换届相关政策，为政协换届做好各项基础性工作。贯彻执行好党风廉政建设相关要求，做好各项工作。

【委员履职责任】 社情民意信息是我们政协政治协商的客观依据、民主监督的重要内容、参政议政的基本素材。2016年莲都区政协反映社情民意信息工作。从市政协通报上半年通报情况来看，莲都区在全市九县市考核单位中排名第一，得分105分。截至9月底，共收到社情民意信息165篇，采用122篇，采用率73.9%。其中，整理上报区党委政府7篇，得到领导批示5次；整理上报市政协124篇，采用40篇，采用率32.3%，其中专刊报送省政协34篇中，5篇被采用，采用率14.3%，得到省委省政府领导批示2次；专刊报送市委市政府和相关职能部门共6篇，得到市委市政府领导及市政协领导批示5次。是年，反馈社情民意信息考核获丽水市特等奖。

【委员履职工作】 2016年是换届年，委员工委梳理2013年、2014年、2015年以及2016年1—9月的委员履职情况，求得平均分，以便用评价结果为委员留任做参考。同时，根据换届工作的相关规定，梳理出委员任职届数，任职年龄等情况，供领导决策提供客观依据。

（谢晓鹏）

中共莲都区纪委·区监察局

纪委工作

【区纪委二次全会】 2017年2月8日，中国共产党莲都区第十四届纪律检查委员会第二次全体（扩大）会议在莲都会议中心举行。会议传达十八届中纪委七次全会、省纪委十三届六次全会和市纪委三届六次全会精神，回顾总结莲都区2016年党风廉政建设和反腐败工作，研究部署2017年工作任务。全会由区纪委常委会主持，审议通过区纪委书记宋珍花代表区纪委常委会所做的《全面从严治党，忠诚履职尽责，坚定不移推进党风廉政建设和反腐败斗争》工作报告。区委书记杜兴林同志出席会议并作重要讲话。区委四套班子领导和有关区领导出席会议。有关方面负责同志参加会议。

【纪律执行】 2016年，区纪委开展落实中央"八项规定"精神专项检查17次，全年共查处15名违反中央八项规定精神的干部。做好换届风气监督工作，严明换届纪律，协助区委开展7次换届纪律督查。推进省委巡视反馈意见整改工作，省委巡视组交办的23件涉纪信访件已全部报结。

【党风廉政建设责任制】 2016年，区纪委做好考核检查工作，区委领导带队开展年度落实主体责任情况专项检查，并在检查中探索专项抽查办法。开展党委（党组）履行主体责任报告工作，各党委（党组）书记限时脱稿汇报主体责任落实情况，接受纪委委员和党风政风监督员的提问质询。严格责任追究，实行"一案双查"，对涉及8起案件的13名班子成员因落实主体责任不力实行责任追究。

【干部作风建设】 2016年，区纪委向全区党员干部发送廉洁短信8000余条，组织开展正风肃纪活动41次，下发督查通报6期，对21人违规违纪行为做出批评教育或党政纪处分。以好家风建设为主题，启动廉洁家庭的创评工作，挖掘群众身边的好家规、好家训。推动老竹镇村级财务规范化管理试点工作，探索解决农村财务监管、财务公开等重点难点问题。

【查处违纪案件】 2016年，全区纪检监察组织共受理信访举报369件次，其中转办223件次，需调查报结153件次，已报结142件次，报结率为92.8%。2016年立案查处违纪案件154件154人，其中涉及乡科级领导（含非领导职务）13人，已结案136件，受到党政纪处分136人，移送司法机关处理1人。充分发挥区委反腐败协调小组作用，在信息沟通、定期会商、线索移送、报告反馈、联合办案、责任追究等方面做好各职能部门的协作配合工作，以及做好执纪审理和申诉复查工作。

【聚焦监督重点】 2016年，区纪委把基层党风廉政建设作为第一基础，在全市率先开展农村基层作风巡查工作试点，全年共完成14个乡镇（街道）18个重点村的巡查工作，收集问题2772条次，梳理上报问题线索653个，转办交办问题469个，现场指导整改问题184个，查处农村党员干部24人，其中开除党籍3人。省委巡视组关注的碧湖镇郎奇村大体量违章建筑处置、白云街道城北村的城北大厦处置等一批群众反映强烈的历史遗留问题得到有效解决。开展信访重点乡镇治理和重信重访专项治理活动，全年共化解信访积案5件，对群众反映强烈的重要信访件实行挂牌督办，督促乡镇党委扛起主体责任。

【深化体制改革】 2016年，区纪委完成派驻机构改革工作，14个派驻纪检组对全区67家党和国家机关实现监督全覆盖。对派驻机构履职的监督和指导，组织派驻机构干部参加执纪审查和执纪审理专题培训，建立健全派驻机构工作暂行办法、定期约谈、分片协作、纪律审查有关工作暂行规定等工作制度，充分发挥监督"探头"作用。全年各派驻纪检组共发现驻在部门(综合监督单位)党风廉政建设主体责任落实方面问题172个，提出意见建议178条，共开展谈话函询10件次，提出问责建议7条，立案4件，给予纪律处分4人。落实"两个为主"要求，坚持乡镇(街道)纪(工)委书记、副书记和派驻纪检组组长、副科级副组长的提名和考察以区纪委会同组织部门为主，查办腐败案件以上级纪委为主。

【纪检监察干部队伍建设】 2016年，区纪委开展"两学一做""归零翻篇开新局""双学双争"等主题活动，打造"因我出彩、有你自豪"团队文化。组织签订《莲都区纪检监察干部"树形象、作表率"承诺书》130余份，从看齐高线"八个带头"、远离红线"八个严守"正反两方面强化正面倡导、开列负面清单，落小落细树好队伍形象。举办全区纪检监察干部培训班两期，围绕"准则""条例"等党内法规和纪检业务开展业务培训并进行能力测试。搭建"大家讲"夜学平台，委局机关干部自选主题、自定方式轮流讲课，掀起讲学习、比技能的热潮。通过"以案代训""顶岗锻炼"，在实战中切实提高乡镇纪委和派驻纪检组干部问题线索处置能力和执纪审查水平。

监察工作

【执法监察】 2016年，区监察局以"绿水青山就是金山银山"的战略指导思想，做好区委、区政府一系列重大决策部署贯彻执行情况的监督检查工作，围绕"五水共治""三改一拆""创全国文明城市"等各类重点工作开展督查47次，严肃查处有令不行、有禁不止等问题。

【效能监察】 2016年，区监察局做好对庸懒散奢、不作为、慢作为、乱作为等问题的整治工作。全区共受理效能投诉1213件，投诉件报结率达99.8%。

(周有容)

民主党派

民革莲都区委会

【概　况】 中国国民党革命委员会（简称“民革”）是具有政治联盟性质的、致力于建设中国特色社会主义和祖国统一事业的政党，是中国共产党领导的多党合作和政治协商制度中的参政党。民革由原中国国民党民主派和其他爱国民主人士所创建。1987年2月，民革浙江省委会在丽水市（县级）发展党员并成立民革丽水市（县级）支部，1989年1月，成立民革丽水市（县级）委会，2000年7月，撤丽水市(县级)设莲都区（县级）时，民革丽水市委会更名为民革莲都区委会。2016年，区委会发展新党员1名，一位老党员过逝，一位党员因工作调动党员关系转市民革。至2016年年底，全区共有党员63名，平均年龄51.45岁，大专以上文化程度48名，占76.19%；中、高级职称31名，占49.21%。区委会有市政协委员2人，区政协委员10人（其中区政协常委2人）；实职科级干部5人，区管后备干部2人。区委会对各支部党员进行统筹调整，完成所属三个支部的换届工作，所属三个支部分别选举产生新一届支部委员和支部主委。

【自身建设】 2016年，民革莲都区委员会通过区委会（扩大）会议、座谈会、支部会议和各种实践，多形式地开展学习教育活动，把区委会班子和党员的思想建设贯穿于自身建设的各项工作中。党员撰写的各类文章被《团结报》采用2篇，被《丽水日报》采用2篇，被市民革网站采用40余篇，被区政协采用20余篇。其中，虞海雄撰写的《莲都民革党员热议民革中央修福金副主席在党员之家揭牌仪式上的讲话》、华俊林撰写的《投票箱变成“捐款箱”》分别被《团结报》采用。以纪念孙中山诞辰150周年为契机，组织党员参与相关理论文章的撰写和相关演讲比赛，提交以纪念孙中山为主题的理论文章3篇。三位党员参加市民革组织的演讲比赛，吴飞燕获演讲比赛二等奖，叶旭瑶获演讲比赛三等奖。全年组织社情民意培训一次，组织社情民意交流会一次，参加党员达到近60余人次。区委会落实《民革莲都区第五届委员会班子成员工作分工》，制定《民革莲都区委员会主任委员会议议事规则》《民革莲都区委会委员会议议事规则》《民革莲都区委会财务管理制度》等相关制度，完善《参政议政信息稿酬标准及计分办法》。5月，区委会主委虞海雄带领莲都三个支部的主委考察万象山南园，与万象书院负责人商谈，确定在南园创建“莲都民革党员之家”，并制定“莲都民革党员之家管理制度”和“莲都民革党员之家活动安排”等相关制度和计划。10月，民革中央副主席修福金及各级领导应邀出席“莲都民革党员之家”揭牌仪式，相关报道被《团结报团结网》《丽水日报》等媒体刊登。区委会围绕市创建全国文明城市这一中心工作，组织开展劝导市民、民意测验、捡拾烟头等系列活动。民革党员参与河道治理工作，区委会围绕莲都区“五水共治”工作先进经验组织撰写的经验总结《主委当河长，助力绿水青山就是金山银山》，得到全国政协副主席、民革中央常务副主席齐续春的批示肯定，为莲都区的年度考核争取到3分的加分项。参加市民革组织的“支部创意活动”，各支部组织支部创意活动6次。

【参政议政】 2016年，民革莲都区委员会参加中共莲都区委、区政府举行的协商会、情况通报会、专题座谈会等重要会议。围绕专题政党协商课题“党外人士对《中国共产党统一战线工作条例（试行）》贯彻落实情况”“市区重点项目政策处理大会战”“中国·莲都品牌建设”“党风廉政建设和反腐败工作”等开展调研，先后6次参加区委区政府和有关部门召开的政党协商，相关建议得到区委、区政府重视和采纳。两会期间，围绕旅游、农业、教育、医疗、卫生、文化等经济发展和民生保障问题提交提案17件，其中集体提案4件。副主委华俊林代表区委会作《着力推进我区农产品电子商务发展》（华俊林、周晓丹主笔）的大会发言。沈秋伟作《后治水时期，应逐步引入“社会型河长”》的即兴发言，阙沛军作《该管一管村级公章了》的即兴发言，朱伟龙作《微信拉票有悖社会公平诚信，政府应规范和引导》的即兴发言。区委会获2015年度反映社情民意信息工作先进集体一等奖和2015年度优秀履职单位；区委会团体提案《关于推进我区农村饮用水水源地保护工作的建议》（吴彬雄主笔）被评为优秀提案；沈秋伟和朱伟龙的发言被评为优秀大会发言；阙沛军获2015年度提案工作积极分子称号。华俊林和周晓丹撰写的《关于推进我区农产品电子商务发展的建议》、严香琴撰写的《关于加强村级财务监管的建议》、华俊林撰写的《关于提升东西岩景区民族风情韵味的建议》被评为2016年度重点提案。信息工作方面，共撰写社情民意30余篇，其中7篇被区政协录用，13篇被市政协录用，11篇被省民革录用，2篇被省委统战部录用，4篇被省政协录用，区委会信息反映工作在区政协的考核成绩连续三年领先。其中，厉日红撰写的《以林区道路建设为纽带，促进森林旅游经济快速发展》被省政协录用并获得省委副书记、副省长批示；华俊林撰写的《完善低保审批制度，强化“应保尽保”》《农村长期外出特殊困难居民低保困境应引起重视》，周晓丹撰写的《建议参照出租房消防安全要求开展民宿业消防审批》分别被省政协采用；阙沛军撰写的《补齐基层台联建设短板 夯实对台工作基础》《激活在台同乡的活力让同乡会在祖国统一中发挥重要作用》被省委统战部采用，《丽水城区加油站安全防控应常抓不懈》被市政协采用并获市领导批示，《我市大型石雕文物管理不容乐观，建议抓紧开展收集、保护》被市政协采用并获得两位市领导批示。华俊林获民革省委会2015年度优秀信息员三等奖，阙沛军获市政协反映社情民意信息工作先进个人；阙沛军、华俊林分别获区政协2015年度反映社情民意信息工作先进个人一等奖，朱泽霞获区政协2015年度反映社情民意信息工作先进个人二等奖，周春红、厉日红分别获区政协2015年度反映社情民意信息工作先进个人三等奖。

【社会服务】 2016年，区委会主委虞海雄被提名为区政协副主席候选人；副主委陈哈利在亚洲幼教年会等多个国内外学术交流上作讲座，受益幼儿园园长达到1万余人，旗下的“哈灵”“儿童之家”已成为行业知名品牌，创办的5所幼儿园均为省级标准园；区委委员朱泽霞任市场监督管理局副局长，分管的“不会吃到地沟油”城市工作、“亮亮你的后厨—洁净厨房大比拼”等活动获得各界好评；区委委员叶旭瑶取得莲都区第一批乡村旅游政务讲解员资格，经民主推选，从信息中心副主任提任到登记申报科科长；严香琴被提任区审计局经贸农业审计科科长；卜君媛获得莲都区“优生，优育，优教”金牌讲师荣誉称号；林虹参与的“丰收惠民”食品安全溯源金融便捷支付体系建设项目，进入国家级测评；朱伟龙撰写的论文《浅谈小学生核心科学素养——质疑力的培养》在国家级刊物《教育学》杂志发表；钟军华撰写的论文《小学生膳食营养知识态度行为调查》在浙江预防医学杂志上发表；朱雪圭多篇论文、案例、课题在区级获奖，个人被提拔为莲都区幼儿园雅溪片区后勤主任。

【祖统工作】 2016年,随着两岸关系和平发展新局面的形成,赴台会亲和接待返乡探亲、旅游观光的台胞逐渐成为主流。使面对面的交流,近距离的沟通,成为现实。二支部主委阙沛军在民革市委会和区委会支持下,利用台联会这个平台,以区台联会副会长的身份做好祖统工作。据不完全统计,党员全年共接待海外亲朋好友20余人次,书信、电话联络30余人次。阙沛军获全国民革祖统联谊先进个人。区委会推荐一批优秀的党员充实到台联会,并在台联会中担任重要职务,如黄建德当选为莲都区台联会第七届会长。

民盟莲都区委会

【概　况】 2016年,中国民主同盟丽水市莲都区委员会下设四个支部。全区有盟员53人,其中女盟员17人,退休盟员17人,在职盟员36人,高级技术职称20人,中级技术职称22人。界别分布:高等教育1人,普通教育23人,科学技术8人,文化艺术、公有经济各1人,法律界2人,政府机关15人,党派机关2人。盟员中担任市人大代表1人,市政协委员1人,区人大常委会副主任1人,区政协常委1人,区政协委员7人,担任副科以上实职5人。现担任区法院人民陪审员2人。

【自身建设】 2016年,区委会和各个民盟支部以不同形式,第一时间开展中共十八届六中全会精神的专题学习,区委会委员对中共十八届六中全会精神学习心得体会的形式进行口头或书面交流。习近平总书记在7月1日庆祝中国共产党成立95周年大会上的重要讲话发表之后,区委会办公室把习总书记“七一”重要讲话的文本、视频,以及围绕该讲话精神解读的各种学习资料,在莲都盟员微信群里分享,组织区委委员、支部主委等骨干层面的盟员,观看大会视频诵读讲话文本,要求所有支部组织全体盟员及时跟进学习、及时开展心得体会交流讨论。2016年是莲都民盟换届后的第一年,区委会围绕新老交替和政治交接,以及支部换届等工作实际需要,以学盟章读盟史为切入点,通过微信平台开展盟章盟史、《统一战线工作条例》和一系列统战方针政策知识的学习活动,前后持续两个月时间。

【基层组织建设】 2016年,完成4个支部委员会的换届。上半年通过支部盟员组织关系的调整,新设立经济支部并民主选举产生首届支部委员会;对原有的三个支部委员会按时进行了换届选举。配合市委会做好换届工作。8月中旬,组织全体盟员召开民盟丽水市第四届代表大会代表、民盟丽水市第四届委员会委员初步人选推荐会,民主选举产生出席民盟丽水市第四届代表大会的莲都区代表13名,民主推荐符合条件的民盟丽水市第四届委员会委员初步人选。推荐新一届区政协委员提名人和人大代表候选人。发展新盟员3名,现有在册盟员53人,其中在职的36位,盟员的年龄结构、专业结构更加优化。在盟内系统选派1人参加2016年第一期全省民盟基层组织主委轮训班;选派3人参加2016年市委统战部举办的全市民主党派新成员培训班;5人参加市民盟组织的第三期盟员培训班学习,完成两年内所有在职盟员轮训一遍的任务。遵照民盟章程的有关精神和上级组织有关制度,参考兄弟党派的普遍做法,结合莲都民盟组织开展工作的实际需要,制定《莲都盟员盟内履职工作量化标准(试行)》。理出每位在职盟员日常都应该努力参与的五项重点工作,并适当简化明细,在此前提下拟订盟员盟内履职工作完成情况量化记分标准,用以试行。

【参政议政民主监督】 2016年1月下旬,区委召开区各民主党派、工商联负责人和无党派代表人士情况通报会,区委会主委、副主委结合民盟自身实际,围绕区委区政府中心工作做发言。8月上旬,区委副书记区长杨秀清主持召开的市区重点项目政策处理政党协商会上,周贤华主委代表民盟区委会就“市区合力、阳光征收、依法推进”方面,提出完善市场化安置的相关政策;做好安置房建设进度并保障安置房的质量和相关配套公建设施建设工作。9月下旬，区委书记葛学斌主持的“中国莲都”品牌建设专题政党协商会上，叶良成副主委代表民盟区委会以《精准定位，深化内涵，打造“中国莲都”品牌》为题作发言，提出精准定位、加强基建、深化内涵、提升形象等四个方面的意见建议。围绕该协商主题，区委会还在会后向中共区委报送《推动农屋使用权流转让乡村更有人气》等书面建议。11月中旬，副主委叶良成代表民盟区委会在全区重要人事安排和党风廉洁工作政党协商会上，围绕治党要强调一个“严”字、用人要体现一个“规”字、从政要突出一个“廉”字等三个方面进行建言。民盟区委会提出上述建议和意见，得到与会领导的肯定。在莲都区政协十四届五次全会期间，民盟区委会和盟员区政协委员，围绕莲都区经济社会发展的各个方面议政建言。开幕大会上，盟员政协委员代表民盟区委会的《改善莲都城乡社区养老服务的建议》《将农田面源污染纳入“五水共治”范畴，打造“纯净莲都”》等口头形式的发言，分别得到葛学斌书记、陈元龙副书记批示。《改善莲都城乡社区养老服务的建议》被评为优秀大会发言。会议期间，以民盟区委会名义提交《关于鼓励和扶持民间环保组织的提案》《关于引进OTO模式互联网企业振兴本地实体经济的提案》《关于加强莲都区基层民政助理员队伍建设的提案》《关于发展精品民宿经济若干建议的提案》等六件团体提案。《关于规范发展社区志愿者队伍的几点建议》《引进O2O模式知名企业 振兴当地实体经济》《关于大力推行和规范政府重大投资项目PPP模式建设的建议》等三件提案，被民盟市委会采用并在市政协三届五次会议上作为市民盟团体或盟员政协委员个人的提案予以立案。参加“五水共治”“六边三化三美”“三改一拆”等专项民主监督活动；农村生活污水治理、畜禽养殖污染整治、居民小区物业管理等专题视察调研活动。参与多项政府部门提案办理的沟通协商和民主评议部门提案办理工作。全年盟员撰写社情民意信息稿16件，区委会共报送社民意信息13件，区政协录用5件，其中市政协录用1件；民盟市委会录用4件。

【社会服务工作】 2016年，民盟区委会做社会服务工作。4月，区委会副主委洪万升、委员李清一行到太平乡太平村叶和英农户开展访贫慰问。5—6月，教育支部以精心选派优秀教师、精心准备送教内容、精心安排活动方案，多次组织骨干盟员教师到大港头等地开展“送教下乡”活动，让最先进的教学理念和教学方法传送到乡镇学校，该项活动累计参与盟员达30人次。区委会做好大林村的联系工作，组织盟员赴该村调研服务。区委会机关干部参与完成“创建国家文明城市”“农村低收入农户结对”等工作。

民建莲都区委会

【概　况】 2016年，民建丽水市莲都区委员会下设3个支部，现有会员73人，副科以上7人，副处以上2人。

【参加学习及各项活动】 2016年3月9日，召开五届三十一次委员扩大会议，部署“归零翻篇开新局”主题大讨论活动。5月16日，召开五届三十三次委员扩大会议，专题学习讨论“归零翻篇开新局”问题,以主题大讨论为契机，通过找差距、补短板，推动民建的工作，提高区民建会员参政议政的积极性。12月16日，召开第六次会员大会，成功换届。联系社会各界，尤其是经济界的优秀分子，注重培养与发展新会员。

【尽责履职】 2016年，民建区委会在区政协十四届五次全会上，所作的《优化资金统筹，为莲都民宿经济发展提供保障》的大会发言，被评为大会优秀发言。会议期间，区委会向大会提交集体提案9件。《关于加快推进电子商务产业发展的建议》获优秀提案奖，大会即席发言《莫让法院判决成为一纸空文》获优秀发言奖。

【服务社会】 2016年，民建区委会在宣平溪水生态文明建设中，认真调查研究，积极建言献策，发挥自身的作用，助力地方政府创出一条富有区域特色、民族特色的生态富民之路。10月26日，全国政协副主席、民建中央副主席马培华到丽水调研，对《莲都区民建积极助推宣平溪生态文明建设》的工作报告，作出批示："该报告很实在，助力生态富民很有新意。请民建中央网站发表。"5月16日，成立"莲都民建志愿队"，与相关小区联手开展"捡烟头"活动，并建立长效机制，各支部分时负责，长期坚持。此后各支部长期坚持该项活动，积极参与文明城市建设。6月23日，区政协副主席、民建区委会主委任文红带领区调研组开展养老工作专题调研，并就我区养老工作下一步发展，在重视规划、加大投入、营造氛围、健全机制、规范运作，以及养老队伍建设等方面提出了建议。

民进莲都区委会

【概　况】 民进七届莲都区委会于2012年11月换届选举产生，委员职数7名，主委邱旭平，副主委李美华、张小平，秘书长赵创华。2016年，民进区委会下设支部5个，专委会3个，有会员79人。全年成员发展数为2人，死亡1人。离退休会员29人，中共党员（双重身份）1人，具有高级技术职称36人，中级职称28人。成员界别分布为，成人教育3人，普通教育46人，科学技术4人，医药卫生1人，文化艺术（新闻出版）5人，公有制经济2人，非公有制经济2人，法律1人，政府机关11人，党派机关1人，团体3人。会员中担任政府部门（社团）正科级实职领导2人，副科级4人，区人大代表2人（市属单位会员），区政协委员12人（其中常委2人），区政协文史委特邀委员2人。兼任民进市委会副主委1人。区委会组织开展"归零翻篇"大讨论活动，专题讨论"民进宗旨与使命"，查找问题补短板，会员撰写关于如何发展地方传统文化等"大讨论"文章，提出相关建议。做好社会服务基地、蒲塘村、民族村等结对服务村及社区共建的各项服务工作，制定实施方案。

【学习制度建设】 2016年，区委会根据近年学习活动弱化趋势等会情实际，完善会议学习工作制度，以适应新常态新要求。开展支部"学习互助""会员谈心"活动，组织学习督查管理，落实学习实践活动责任制。制定落实"支部一活动一方案"，突出学习重点，丰富活动形式，提高学习活动实效。全年召开全委扩大会议5次，坚持逢会必学制度。2016年是莲都民进作为县级地方组织成立30周年，在2015年开展民进成立70周年会庆活动完成各项工作的基础上，通过举办庆祝活动、统战理论学习会、会史知识竞赛、论坛发言、撰写学习心得、"民进好故事"演讲等一系列活动。

【举办会员论坛】 区委会每年一度的"会员论坛"，2016年创新形式，在网上举行，并向小型化活动延伸，多层面开展。在莲都民进微信群、QQ群等网络平台，结合庆祝莲都民进（县级地方组织）成立30周年，宣传"民进好故事"，推出会史知识学习竞赛题，其中填空选择题百余道，近70名微信群会员参与答题与讨论。

【开展合作交流】 2016年11月，区委会与民进安吉县基层委员会举行工作交流和特色小镇建设课题调研活动，两区县民进组织班子成员、支部负责人及调研组人员40余人参加会议，两地主要负责人分别介绍区、县民进参政议政等工作，基层组织负责人交流党派组织活动工作经验，就特色小镇建设课题调研提出建议，近10人作交流发言。会议期间，到碧湖、大港头等地，开展相关课题联合调研。

【推进"人才强会"】 2016年，区委会推进"活力支部"建设。文教支部换届，会员活动正常化，工作呈现特色。天宁中学支部活动丰富，形式多样。梅山中学支部活动规范，坚持每月活动，参与率高，老会员热心会务工作。做好组织活动主题设计工作，推行"一活动一方案"，创新内容形式，重在落实。"人才强会"举措推进现有人才开发利用。坚持发展工作原则，落实培养工作责任制，完善干部联系制度。会员发展重在质量，把握界别控制，全年推荐入会2人。组队参加民进丽水市趣味运动会，莲都代表队两个单项分别取一、二名，夺得团体二等奖。老龄委开展庆祝老人节活动，组织离退休会员到丽水职业技术学院参观校园建设，了解学校情况，学习市直支部经验。

【履行职能建言献策】 2016年是民进参政议政主题年，区委会完善参政议政工作机制，召开会议探索会内外专家、区委会班子和专委会集体决策相结合的调研课题评审机制，社情民意线索广泛征集机制，与部门联合调研机制及参政议政工作培训、成果反馈和激励机制等，提高参政议政民主决策能力，做好集智聚力工作机制和参政议政人才队伍建设工作。在区政协十四届五次会议上，民进区委会向大会提交《关于挖掘通济堰历史文化助推“中国莲都”建设的提案》等4件党派集体提案及15件委员个人提案。区委会提交的《关于挖掘通济堰历史文化助推“中国莲都”建设的提案》，得到相关部门的重视，提案中的研究成果被采纳，形成共识，推动相关部门对通济堰历史文化及保护利用价值的再次调研。政协委员梅焕根代表区委会向大会作题为《让多彩文化融入主题村落的血脉》的发言被评为优秀大会发言。此外，张小平、叶小凤、潘正亮等政协委员的大会台上口头发言或台下即席发言均被评为优秀大会发言，受到大会表彰。赵创华委员就“归零翻篇开新局”主题大讨论活动以及找短板，补短板，推进丽水文化事业繁荣发展作专题发言，并接受电视台记者专访。区委会提案《关于依托科技创新发展生态旅游的建议》被评为2015年度优秀提案，赵创华被评为2015年度提案工作积极分子。

【“议政日”“献一策”】 2016年，区委会开展“议政日”活动民进梅山中学支部举行议政会议，就区委会委托召集教育界会员征集建议，对《莲都区教育局关于印发〈莲都区中小学校长职级评审认定工作实施办法〉的通知（讨论稿）》进行专题讨论，根据莲都中小学实际情况提出意见和建议。各支部“献一策”活动持续开展，带动一批新会员投入调研工作，提出多条“金点子”，内容涉及社会众多领域。

【开展课题申报】 2016年，区委会参政议政专委会课题组和民进界别政协委员活动组先后多次分别到碧湖、老竹、雅溪等乡镇街道以及相关部门单位，围绕生态环境、产业发展、城乡建设、文化教育、社会民生等方面，开展深入调研，形成具有一定深度、质量的调研报告并转化为提案等，提交市区。《提高政府PPP项目有效落地的研究》（谭雪梅、刘志）、《我市新一轮挥发性有机物整治后出现的新问题调查》（李美华、叶小郭）、《关于破除信息壁垒提高政府公共服务精准化水平的思考》（程聪梅、周连军）、《我市公办民营学校基本情况和发展状况研究》（陈华生）等课题被市委会立项，成果转化并被采用；区本级立项课题3个。邱旭平主委亲自调研推进教育现代化问题，并形成《关于我区教育体制改革的有关建议》的调研报告，为2017年政协大会发言做准备。

【反映社情民意】 2016年，区委会3次举行议政“沙龙”、座谈会等，动员会员积极参与，反映社情民意线索，每月定期编报《莲都民进信息》《借力生态农业 发展乡村旅游》《建议利用国有闲置资产发展莲都老年养老民宿》《山区农村生活污水治理应有别于平原地区建议出台差异化补助政策》等信息，围绕区政府工作提出建议。会员赵创华撰写的关于支持处州乱弹研究工作的建议，得到时任区长杨秀清的批示，要求相关部门予以研究，探索出适合莲都实际的保护传承思路。政协委员参与提案督办、视察及办理工作民主评议等活动，提出相关建议。区委会主要领导多次参加党委、政协、统战部举行的座谈会，就党政若干重大事项参与协商，提出意见建议，对基层协商民主发挥作用。

【打造科技服务和文化服务新品牌】 2016年，区委会打造科技服务和文化服务新品牌。发挥科技、教育、文化人才优势，开展多形式的“三下乡”服务活动。社会服务组坚持常年为蒲塘千亩休闲农业观光园区建设服务，组织服务活动10多次，服务内容涵盖园区土地流转政策落实调研、功能区块建设服务、火龙果基地宣传等。从2月下旬起，区委会为推进蒲塘千亩休闲农业观光园区旅游观光宣传，组织人员结对服务村碧湖镇蒲塘村调研新农村建设，针对园区产业发展快而旅游观光宣传滞后的状况，发挥文化智力优势，利用多种方式，助力拓宽宣传渠道。制作火龙果基地建设宣传片，助力文化单位拍摄制作园区建设专题片。调研服务组通过对园区火龙果、白枇杷、草莓、无花果、金橘、柠檬等水果基地实地视察调查，走访种植经营户和农户，举行座谈会，了解各类水果生态化种植和土地流转等情况，提出进一步发展水果基地建设，改善种植结构和产能，提高产业经济效益和功能区水果园观光效益，解决土地流转和集约发展瓶颈问题，推进蒲塘休闲农业观光园区协调发展的措施建议。

【处州乱弹艺术】 2016年，区委会开展、参与处州乱弹表演艺术传承活动，发起并与处州乱弹研究会等单位在联城小学建立首个处州乱弹艺术传承基地，参加市图书馆在该校主办的"戏曲之旅从阅读开始"为主题的读书节活动暨基地挂牌仪式，民进会员赵创华再次应邀为该校相关年级段400多名师生讲授处州乱弹知识。民进会员、该校音乐教师何旭霞担任基地培训教师，带训学生。赵创华编创《通济堰》（又名《白龙坝》，选场）、《七仙女赏桃花》等多个处州乱弹原创剧本及处州乱弹音乐，无偿提供处州乱弹研究会作为培训教材及剧团演出、基地教学使用。民进会员、注册会计师傅宫萍兼职处州乱弹研究会财务管理工作，坚持免费服务。

【开展送文化下乡活动】 2016年，区委会拨经费支持莲都处州乱弹剧团排演由民进会员改编的处州乱弹《三女抢牌》，2月16日到碧湖镇蒲塘村举行首场演出，为结对服务村正月闹新春增添欢乐。区委会还派出5名会员参与处州乱弹研究会10多场送戏下乡演出活动。区委会开展已坚持20年的写春联活动，服务农村群众，全国书法家协会会员李志根等5名民进会员书法家参加市区政协、民进等单位组织的文化下乡写春联活动。

【拓宽"微公益服务"】 2016年3月，民进区委会开展支持边远山区学校教学工作，向莲都区峰源学校赠送10台教学用电子琴，并慰问全体教师学生。区委会落实社区帮扶措施，开展社区文明创建活动。自2015年11月在全区统战系统中设立民进志愿服务组后，区委会各支部服务分组多次组织会员上街捡烟头，拾垃圾，文明劝导，同时开展"五个一"活动：结对一个社区、帮扶一个小区、认领一个路段、维护一块绿地、每月开展一次活动。区委会对5个支部志愿服务分组进行整编，每3～5人为一个小组，全会共设14个服务小组，确保每周有1个小组到结对社区帮扶小区认领路段捡烟头维护绿地，每月至少开展4次活动。区委会及支部班子成员带头行动，做好落实，各小组拍摄活动照片。民进区委会与白云街道三岩寺社区结对，帮扶莲花新村，认领三岩寺路，维护莲花新村（围墙外）绿化草地，并在三岩寺等周边社区延伸扩大服务项目。通过开展活动，以实际行动为打造"无烟头"城市品牌，推进文明城市创建贡献力量。

【召开七届四次会员大会】 2016年3月9日，民进区委会在莲都区永利商务酒店三楼多功能厅召开七届四次全体会员大会。会议学习贯彻中共十八届四中、五中全会精神和民进十三届四中全会精神，回顾总结民进区委会2015年工作并部署2016年的工作任务。市政协副主席、民进丽水市委会主委庄志清和中共莲都区委常委、区委统战部部长朱超模到会并讲话。民进市委会副主委、区委会主委邱旭平作题为《围绕"十三五"建言献策 服务"三美"竭智尽力 为助推"中国·莲都"建设作出新的贡献》的工作报告。大会表彰2015年度先进集体、优秀会员和先进基层组织负责人。省级社会服务工作先进基层组织民进莲都区综合支部等先进支部负责人就2015年支部工作开展情况及2016年工作打算作交流发言。

民进区委会副主委张小平主持大会。区委统战部副部长陆朝霞，区各兄弟民主党派、工商联驻会负责人及区文广新体局、区财政局、区市场监管局、区农办、区侨台办、区教育局、区农业局等对口联系部门及相关单位的负责人和民进会员近90人参加会议。

(赵创华)

农工党莲都区委会

【概　况】 中国农工民主党(简称农工党)是以医药卫生界高中级知识分子、环境保护和人口资源领域的代表性人士为主，由一部分社会主义劳动者、社会主义事业建设者和拥护社会主义的爱国者组成的政治联盟，是接受中国共产党领导、同中国共产党通力合作的亲密友党，是进步性与广泛性相统一、致力于中国特色社会主义事业的参政党。1984年农工党浙江省委会在丽水发展了第一批党员，1985年成立省委直属农工党丽水县支部委员会，1989年11月建立农工党丽水市委会，2000年7月，更名为农工党莲都区委会，2003年4月选举产生农工党莲都区第四届委员会，2008年9月选举产生农工党莲都区第五届委员会，2013年11月选举产生农工党莲都区第六届委员会。2016年，农工党下设3个支部，农工党员69人，离退休人员27人，高级技术职称15人，中级技术职称44人，主要分布在教育界23人，医药卫生界13人，其他33人。

【参政议政与民主监督】 2016年，区委会围绕莲都区经济建设中心，服务大局，开展重点课题调研活动，履行参政议政、民主监督职能。区委会共有12名党员担任市、区政协委员。3月24日—3月27日，朱爱琴、王燕芬、董威武、吴碧雅、陈陪娟、任迎春、王智勇、沈丽娟、李华芬、郑春玉、李伟霞等十一位党员出席区政协第十四届五次全体会议。区委会向大会提交集体提案4件，个人提案14件(不包括附议)，并作题为《旅游+中医药，打造莲都特色养生旅游品牌》被区政协评选为优秀大会发言，得到时任区委书记葛学斌的批示；李伟霞的即席发言《关于政府购买社会服务的建议》被大会选为优秀即席发言材料；董威武提交的《全民参与“五水共治”的建议》、沈丽娟提交的《关于切实加强垃圾分类长效管理的建议》、陈培娟和叶巧燕提交的《进一步扶持民办教育发展的建议》被列为重点提案。任迎春委员被评为社情民意信息工作积极分子。政协委员多次应邀参加市、区政协组织的专题调研或视察活动。全年共收到支部上报的社情民意26篇，被农工省委会采用2篇，被市政协采用4篇。主委郭巧燕撰写《加快破解农家乐民宿消防瓶颈》；陈可乐撰写《儿童充气堡安全事故频发，制定国标规范运营已刻不容缓》被联谊报和农工省委会采用；王燕芬撰写的《关于法官职业保障的几点建议》被省委会采用；任迎春撰写《加强危房管理刻不容缓》、《丽水高铁站片区急需解决的三个问题》《关于推荐“礼让斑马线我最美”榜样路口的建议》《农村低保政策执行中的问题与对策》《关于建造森林生物防火带的四点建议》分别被市、区政协采用；朱爱琴撰写的《关于出台农旅融合发展相关扶持政策的建议》；王智勇撰写的《关于加强我市危险工业固废综合处置能力建设的建议》；李伟霞、孙青云撰写的《将急救知识纳入学校课程的建议》；陈培娟、林海慧撰写的《鼓励内部停车场错时开放，积极缓解城区停车难问题》；李伟霞撰写的《关于加强丽水白云森林公园公共设施维护的建议》；陈可乐撰写的《关于推行政府机关ISO 9001质量体系认证，规范和促进政府公共服务，提升市民群众满意度的建议》；蓝炜虹撰写的《让遭遇“七年之痒”的“限塑令”持续发力》；陈可乐、黄晓丽被区政协聘任为政协社情民意信息员。

【自身建设】 2016年，区委会共组织5次理论学习中心组学习会，参加区委、区政府的各类通报会、政党协商会、征求意见会总计20次，各支部共组织了14次支部学习活动。办好区委会机关刊物《莲都农工》，及时传递信息，交流经验。建立信息与调研工作考核制度，将支持各支部的活动经费，通过信息与调研的实效挂钩，激励各支部党员参与社会调研和信息写作积极性，以提高调研和信息的质量。任迎春荣获农工党丽水市2016年度先进通讯员。先后出台《农工党丽水市莲都区基层组织考核制度》《农工党区委会各专门工作委员会工作制度》《农工党区委会基层组织工作考核评分标准》《参政议政工作制度》《参政议政沙龙制度》，印发各支部工作手册，开展“争创先进支部、争做优秀党员”活动。李伟霞、陈可乐、钟凤新、叶文红、兰炜虹六位党员被评为2016年度农工党丽水市优秀党员。共发展新党员4名，均大专文化程度以上。组织45名党员参加由农工党浙江省委会举办、农工党市委会牵头组织的坚持和发展中国特色社会主义学习实践活动报告会；区委会开展学党史专题活动，组织35名党员赴南京拜谒邓寅达烈士墓，缅怀农工党创始人邓寅达先生；直属支部组织党员到丽水市博物馆参观学习，共同回顾丽水4000多年的历史文明和丰厚文化遗产；邀请市委党校的陈敬东教授为党员们作题为《归零翻篇开新局，精准发力补短板》的专题讲座，遂昌县北界镇苏村发生山体滑坡的重大灾难，农工党区委会广大党员为灾区送上7000元的爱心捐款；区委会组织党员到老竹沙溪村开展“民宿体验行”活动；文教支部开展了“共庆母亲节，喜迎新成员”主题活动；文教支部组织党员赴厦门考察；直属支部组织党员赴福建考察。

【社会服务工作】 2016年，区委会联合社区整合市、区两级力量，走进社区开展“中国环境与健康宣传周”“国际科学与和平周”服务活动，在社区举办“国际科学与和平周”大型服务活动等服务群众300余人次；文教支部组织部分党员坚持到城中中学义务送教。

（王智勇）

九三学社莲都区委会

【概　况】 九三学社是以科学技术界高、中级知识分子为主的具有政治联盟特点的政党，是接受中国共产党领导、同中国共产党通力合作的亲密友党，是进步性与广泛性相统一、致力于中国特色社会主义的参政党。九三学社丽水市莲都区委员会是九三学社的一个地方组织。2016年。区委会下设农业、文教卫、综合3个支社，社员40人，其中在职社员27人，具有高级技术职称 9人，中级技术职称 23人，大专以上文化程度38人 。

【参政议政】 2016年区两会期间，社区委向区政协大会提交1篇大会发言，6篇团体提案，7篇个人提案，其中团体提案《让莲都地域文化之火亮彻华夏》《久久为功破解“烟头能不能成为形象品牌”命题的建议》及叶华飞委员的个人提案《关于切实加强垃圾分类长效管理的建议》分别被列为区政协主席谷江南跟踪督办中共莲都区委书记葛学斌领办、卢进副主席督办王世强副区长和潘新雄部长分别领办的重点提案，三件提案同时被区政协评为2016年度优秀提案。社区委通过组织社情民意信息沙龙等形式开展社情民意信息撰写培训活动，共上报信息23篇。其中徐君妙撰写的《“工伤保险先行支付”落实难的问题亟待解决》、何翠球撰写的《农村垃圾减量化资源化处理试点要因势利导、强化前瞻性的建议》《民宿市场信用体系亟需建立健全》、孔振撰写的《亟需补齐我省林业发展中的人才短板》等被社省委采用；蓝云仙撰写的《发展民宿应重视安全防范机制建设》被社省委及《团结报》采用，同时被浙江省总工会评为第五届浙江省安全生产合理化建议二等奖，撰写的《呼吁防控松材线虫病已刻不容缓》被社省委、浙江省委统战部采用。社区委被评为2016年度社情民意信息工作二等奖，同时被评为2016年度优秀履职单位。参与省政协2016年第395号提案《建议以新理念新机制推进小流域综合治理》及区政协2016年第26号、90号、120号重点提案办理协商座谈会，听取办理情况汇报，实事求是提出合理化意见和建议，共商研究解决问题。

【社会服务工作】 2016年，九三学社莲都区委员会联合莲都区人民医院于6月8日、9月18日分别在碧湖镇高溪卫生院、峰源乡卫生院开展医卫下乡义诊服务活动。5月19日，在第六个中国旅游日到来之际，九三学社莲都区委组织社员在丽水九龙湿地公园湿地旅游休闲区开展捡垃圾树文明活动，用实际行动向游客宣传爱护环境文明旅游；7月29日晚，在首个“丽水生态文明日”里，九三学社社员身着莲都“小荷”志愿者的服装，开展捡烟头文明劝导活动。10月29日，社区委专职副主委蓝云仙受到浙江省人民政府的表彰奖励，获“11·13”山体滑坡抢险救援先进个人，分别记个人二等功、三等功一次。社员刘娇英的课题成果《初中语文个性化学习的实践与研究》在浙江名师名校长培养工程专项课题首轮课题成果评比中获一等奖，王景弘的论文《生物防腐技术在传统酿造食物中的应用研究进展》在国家一级杂志《工程技术》上发表，叶雪梅的《科技教育校本课程的开发与实施研究》荣获丽水市教育局教育教学成果评比一等奖，赵丽珍自编自演自导的相声《相约九龙》获浙江省财税系统文艺调演三等奖，全年有42人次获省、市、区级表彰，其中获省级表彰的有6人次，获市、区级表彰的有36人次。是年，九三学社被浙江省委会评为社会服务工作先进集体，社员马齐铃获省级社会服务工作先进个人称号。

【组织建设】 2016年，九三学社莲都区委员会开展先进支社创建活动。2人参加省级不同干部主体班次培训学习，11人参加市级不同干部主体班次培训学习，2人参加莲都区中青年干部培训班学习。按照组织发展工作的原则及有关规定，严把质量关、入口关，有计划地发展组织工作。全年培养发展2名社员。每年社区委慰问老领导、老社员，了解他们的生活情况。

（蓝云仙）

人民团体

莲都区总工会

【概　况】 2016年，莲都区总工会共有职工业余学校、工人文化宫2个下属事业单位，有教育工会、财贸工会2个产业工会。全区共有乡镇（街道）工会14家，其中总工会5家，工会委员会9家。截至年底，全区共有基层工会371个，工会会员26000多人，其中外来务工人员14000多人。是年，区总工会在市总工会对各县（市、区）工会的考核中连续第五年成绩第一，在创建全国文明城市中获集体嘉奖

【宣传推介职工疗休养】 2016年，莲都区总工会委托10家旅行社承办疗休养并实行考核退出机制，确定184家农家乐（民宿）为承办单位，已建立市级劳动模范（职工）休养基地1个，9个市级劳动模范（职工）休养接待站，鱼跃酿造和百兴菇业两家企业首批试点“工业旅游——职工疗休养”。3月，在利山村召开了莲都区职工疗休养推介会，全市各县（市、区）工会主席、相关干部及市直部门工会主席160余人参加。与省总工会机关工会、省教育工会、省直机关工会及市内外县（市、区）总工会签订合作意向书，并赴福建宣传推介，诚邀市内外职工到莲都区疗养。5月19日，《浙江工人日报》头版头条报道莲都区职工疗休养及农家乐（民宿）工作。

【做好工会资产置换工作】 莲都区总工会迁建工程于2012年12月24日正式启动，原址位于中东路3号，新址位于庆春街666号，用地面积7847平方米，总建筑面积10830平方米，核定工程概算5738.88万元。2013年10月19日，迁建项目主体工程顺利结顶；2014年年底，迁建工程基本完成，已于2015年年初投入使用，并于8月3日正式揭牌。根据丽办抄〔2016〕34号文件精神，已于2016年8月11日正式将区总老办公楼的房产证、土地证移交给市人民医院；根据市政府要求及莲政办抄（〔2016〕51号）文件精神，已与市人民医院签订《原莲都区总工会房屋土地置换协议》，配合市人民医院办理房产证及土地证过户手续。

【做好基层工会经费收支管理】 根据区纪委（监察局）、省总工会要求组织开展基层工会经费收支自查自纠及“回头看”。重点审查了联城街道、碧湖镇、区交通局、区农业局、区教育局5家单位工会2014年以来工会经费收支情况。对白云街道机关工会、区教育局机关工会、区基层水利服务中心站工会、区丽云卫生院工会、雅溪镇机关工会5家基层工会2016年度经费使用情况进行检查，对工会经费使用不规范的相关单位及时进行现场指导，督促其做好整改清退。

【修订劳模管理办法】 2016年，莲都区总工会修改、制定《丽水市莲都区模范集体和劳动模范评选及管理办法》和《2012—2016年度莲都区劳动模范评选表彰方案》，以上两项已经区劳模评选委员会集体研究，报区委、区政府常务会议研究同意后发文。推荐评选燕京啤酒（丽水）有限公司包装车间副主任夏锦文、丽水市建设局莲都分局雅溪建设（规划）所原所长张春龙为市五一劳动奖章获得者，并授予“莲都区劳动模范”称号。

【职工医疗互助保障有新举措】 开展职工医疗互助保障工作是充分发挥工会组织群团优势、保护职工权益、促进社会和谐发展的重要举措。自2014年该项工作开展以来，莲都区与市里同政策、同流程、同城同待遇，极大方便了职工参保及报销。2016年，莲都区参保职工8899人，报销340人、399人次，报销总额463158.25元。自2014年启动该项工作以来，参保人数逐年增长。为适应全面放开二胎新形势，2016年11月起将女职工生育医疗纳入报销范围。

【基层组织建设工作】 规范工会会员会籍管理，为全区新、老会员发放更新会员证；开展基层评先，2016年共评选出区级先进基层工会5家、优秀工会工作者30名、优秀职工之友10名；打造精品职工文化家园，大拇指食品有限公司和百兴菇业被评为市级职工之家示范点；为五家规上企业“职工书屋”赠送价值3000元图书，为万邦鞋业等5家六有工会示范企业配备宣传框，丰富非公企业工会文化元素。2016年补助基层工会工作、活动经费26.5万元，回拨乡镇（街道）工会经费20.3万元，回拨教育工会经费26.5万元。

【帮扶救助工作】 会同区人力社保局成立了丽水市工会系统首家劳动人事仲裁派出庭，所做的调解协议具有法律效力，简化职工维权程序。2016年，开庭以来已审理劳动争议案件12件，其中裁决4件，调解6件，撤诉2件。深化“春送岗位、夏送清凉、金秋助学、冬送温暖”、“爱心透析”等工会帮扶品牌，莲都区已建档困难职工431户，其中困难外来务工人员251户，困难职工180户；困难职工医疗救助、金秋助学、临时救助帮扶268人次，共支出帮扶资金66万余元，帮扶救助金额逐年递增。

【技能提升工作】 区安监局孙黎明（劳模）创新工作室、丽水市鱼跃酿造食品有限公司旭日东升创新工作室被评为市2015年度优秀职工高技能人才创新工作室。联合区电商办、区卫计局举办了“勇安杯”莲都区第三届互联网创业创新大赛和基层卫生岗位练兵和技能竞赛。参加“建设美丽幸福新丽水”立功竞赛，瓯江治理丽水市大溪治理（莲都段）项目等5个项目被确认为2016年度参赛项目。区水利局被评为市立功竞赛先进集体，区交通局吴俊、区重点办朱文卿被评为市立功竞赛先进个人，莲都区建设发展有限公司工程部被评为先进班组。

【劳动保护工作】 做好工资集体协商续签，2016年，莲都区单建工会开展工资集体协商142家，行业性集体协商2份，涵盖84家，区域性集体协商19份，涵盖750家，总签订率达90%以上，鱼跃酿造食品有限公司被评为丽水市工资集体协商提质增效示范点。开展“查身边事故隐患，提合理化建议”活动，职工参与率85%以上，推选的4条安全生产合理化建议被评为2016年度全市优秀安全生产合理化建议。此外，普遍开展“送清凉”慰问、“安康杯”竞赛等活动。

【宣传教育工作】 2016年，莲都区总工会举办“当好主力军，建功十三五”新媒体演讲比赛，决赛共15名选手参加，130余名工会会员观赛。用将近半年的时间开展“职工好食堂”评比，通过“好环境”“好洁净”“好厨师”系列比赛提升非公企业食堂软硬件设施。面向基层持续开展送电影、送演出活动，共送电影9场，发放电影票1566张；在万邦鞋业有限公司举办“中国莲都美·工会劳动情”慰问演出，500余名企业职工到场观看；协助燕京啤酒（丽水）有限公司举办职工趣味运动会，在资金、人手等方面给予支持；举办养生讲座，提高职工自我保健意识。

（吴晓霞）

共青团莲都区委员会

【概　况】 2016年，全区有基层团（工）委30个，基层团（总）支部560个，专职团干部27人，团员14170人。团区委评出先进团委（团总支）13个，先进团支部34个，优秀团干48人，优秀团员90人。在高铁开通期间及元旦、“五一”、国庆等节假日，设立“莲都旅游微笑志愿服务站”，共开展31场次，动员志愿者635人次，服务游客37000多人次。开展“四关爱”志愿服务活动，在传统品牌之外，创新开展“益剪益拍公益行”“小小向阳花”项目，发动摄影师和理发师、社会热心人士前往莲都区各乡镇为空巢老人、残疾人、困难职工、留守儿童服务；开展“志愿服务广场”宣传活动，通过展板宣传、知识竞答、发放宣传品等多种形式开展宣传活动，累计开展志愿服务广场15次，组织志愿者参与1083人次，志愿服务总小时数2786小时。保障“古堰新韵”小镇音乐节，音乐节期间，共招募25名志愿者，接送嘉宾400多人次，全程服务18位大师及团队、60名青培学员、52名筑梦班学生，保障40多场演出，50多场排练。招募志愿者，保障全国青年电商嘉年华暨电商扶贫周、全国写生大会、全省旅游局长会议、第八届中国社会生态农业大会（CSA）、全省第一次特色小镇镇长会议等大型赛会志愿服务。

【创建全国文明城市】 2016年，共青团莲都区委员会以创建全国文明城市为目标，常态化、多形式开展志愿服务活动，助推全国文明城市创建。合力创建品牌，搭建志愿服务工作平台，推进志愿汇APP的运用。联合区文明办、区直机关党工委三家单位，开展“逢九”小荷志愿服务活动，做好“莲都区小荷志愿者”品牌工作，团区委先后结合开展“小荷捐赠微行动 爱心汇聚正能量”为白血病学生捐款活动、“小荷聚大爱 合力关爱困境儿童”“尊老敬老 欢度重阳 共创全国文明城市”“齐聚各界力量 共创文明城市 全力迎战国测”等主题活动。累计组织开展百人以上活动50次，发动志愿者109331人次，志愿服务总小时数330732小时；推进志愿服务实体化阵地建设，完成25个社区志愿服务站建设，设立志愿服务立牌、志愿服务宣传栏、志愿服务志站和社区志愿者之家等载体，提升硬件迎检水平。组织交通路口劝导、问卷调查等服务，对城区12个路口和斑马线文明劝导志愿者进行了发动和统筹安排，累计开展11天，志愿者参与1200余人次，志愿者开展活动1200多小时。

【共青团基层基础建设工程】 2016年，召开十九届二次全委（扩大）会议，全面回顾2015年全区共青团工作，分享“无烟头城市创建的青年担当”“里东大救援”等十个感动瞬间，表彰先进集体和个人。以“归零翻篇开新局”大讨论为契机，组织团干部从“组织服务意识”“服务能力”“维护青少年合法权益”“团干部队伍建设”等方面查找短板，提出建议，进一步做好团干部作风建设工作，完善基层组织建设。

【搭建青年交流平台】 2016年，共青团莲都区委员会推动团干部直接联系青年制度落实，运用好“1+100”系统，运用“线上”+“线下”模式，开展各类青年活动。组织开展“我的十四岁青春誓言”离队入团仪式、青春志愿服务系列活动、“我的青春宣言”线上活动、“情暖里东·共度六一”流动青少宫、“阅·享”读书分享会等主题的“我的中国梦·奋斗的青春最美丽”五四系列活动100多场次，参与人数8000多人次。在七夕情人节期间，为给单身青年提供相识、共同学习交流的平台，联合区创建办、区妇联，组织开展“文明牵手，走向未来”主题活动，累计参与单身青年1000多人次。

【农村电子商务工作】 2016年，共青团莲都区委员会联合电商办开展电商全面培训，围绕民宿创业、民宿互联网运用等，在机关、乡镇、农村、传统企业、社会青年等多个层次开展培训。组织全区青年团干和青年电商参加首届“中国青年电商群英会暨青年电商扶贫活动周”活动，为青年们搭建创业交流平台，使青年们深入了解“互联网+”发展机遇和近年来莲都电子商务发展取得的成果，参与培训2000多人次。联合举办第三届创业大赛，围绕青年电商创业，共有10支参赛团队入围了莲都区第三届互联网创业创新大赛终极路演，决出一等奖1个，二等奖2个和三等奖3个。组织队伍参加丽水市举办的“互联网+青春的力量”——民宿创业先锋评选暨“丽水山居”——青年民宿创业项目大赛，获优异成绩。组织开展“寻找青年民宿”创业典型活动，做好民宿、电商企业开展调研工作，对民宿利用互联网经营现状进行全面调研，累计挖掘青年民宿创业典型18个，形成《莲都区大港头及利山区域民宿调查报告》。12月4日—12月6日团中央等六大部委在丽水召开“中国青年电商群英会暨电商扶贫周”活动。莲都区以“莲都青年创客”为主题，全面展示莲都区近年来电子商务发展情况，团中央第一书记秦宜智到展区参观视察。

【关爱帮扶青少年】 2016年，共青团莲都区委员会以温暖的帮扶救助关爱青少年，开展爱心助学结对工作，完成暑期希望工程爱心助学活动，资助大学新生共计20名，共10万元。创新使用“亲青筹”公益平台，成功帮助2位助医青少年完成医疗救助资金筹集。对接解放军杭州海勤疗养，在雅溪举行对莲都区学生的爱心助学结对启动仪式，为10位学生发放了共15000元助学金，并与42位学生进行结对。开展“暖冬行动”，为山区留守儿童募集冬衣，累计参与志愿者500多人次，共收集各类衣物15000多件。开展“流动青少年宫”进西溪小学、雅里小学等活动13场次，受益青少年10000多人次。围绕青少年安全自护，针对五类重点青少年，持续开展暑期安全自护夏令营、队长学校、法制宣传、禁毒进校园等活动，参与人次达到862人次。各乡镇(街道)定期组织开展慰问走访等方式加强对重点青少年的帮扶，并要求及时录入帮扶信息。

【全团带队工作】 2016年，共青团莲都区委员会制定出台《丽水市莲都区青少年“十三五”规划》，明确未来5年青少年事业发展的总体目标和方向。做好少先队辅导员队伍建设工作，组织参与丽水市少先队辅导员技能争章大赛，参赛的四位辅导员分别获一等奖1个，二等奖2个，三等奖1个。组织开展“鼓号队比赛”“美德少年”事迹巡回展、青春仪式暨离队入团宣誓仪式、少先队建队节等活动。

【学校阵地建设】 2016年，共青团莲都区委员会开展“红领巾相约中国梦”“奋斗的青春最美丽”“双百双进”“红领巾喜迎G20”“弘扬垦荒精神，争做三有三热爱美德少年”展示活动暨丽水市少先队庆祝中国少年先锋队建队67周年等社会主义核心价值观主题教育活动500多场次，青少年参与9万多人次。创新工作方法，开展莲都区第五届未成年人道德文化节、全区中小学德育暨团队工作会议、莲都区美德少年评选等活动，全区共推选出“最美少年”10名，市级美德少年10名，市级十佳美德少年1名，成功推选省级美德少年1名，并在全区27所中小学内开展美德少年巡回宣传展示活动。全区共开展各类主题活动387场，参与活动的少先队员达到87427人次。

（蓝艺）

莲都区妇女联合会

【概　况】 2016年，莲都区有5个街道妇联，9个乡、镇妇联，34个机关妇委会、4个妇女小组，208个村妇代会，25个社区妇联。采取“单建、联建、挂靠”等模式，组建成立两新妇女组织192个，其中新经济组织建妇女组织174个，新社会组织建妇女组织18个。全区现有妇女之家233家，实现村社区全覆盖。“三八”期间，举办巾帼健身跑比赛，来自乡镇街道妇联、区直机关企事业妇委会的14支代表队参赛。“六一”期间，全区共慰问学校、幼儿园52所，捐款赠物折价总额12.5万元，助学结对32名贫困生，资助金额1.3万元。

【来料加工工作】 2016年，新出台《关于促进莲都区来料加工业持续发展的实施意见(2016–2018)》政策，对经纪人从电商化、规范化、基地化和扶贫重点村、品牌特色村建设等方面的发展进行奖励，评比表彰来料加工工作先进集体和先进个人、优秀经纪人、业务拓展能手、优秀加工户等成绩突出的单位和个人，共奖励资金15.01万元；开展来料加工走进农民增收示范村、走进农民新社区、走进偏远山村活动，新发展来料加工示范村：中岙村、刘西堂村、木后村、洪渡村、金东村，发放加工费12万余元；落实安全责任，由专业安全生产服务企业对来料加工点定期开展安全生产检查，开展消防安全知识培训。全年累计实现加工费发放2.173亿元，其中扶贫重点村加工费发放7048.63万元，培育一级经纪人190人，发动加工者2.39万人。

【妇女儿童关爱工作】 2016年10月正式发布《莲都区妇女儿童发展“十三五”规划》。成立区反家庭暴力委员会，建立《莲都区反家庭暴力联动工作机制》，莲都法院发出丽水市第一张“人身安全保护令”；以12338维权热线为载体，协调处理各类婚姻家庭纠纷，全年共接访65件，参与2起社区婚姻家庭纠纷调解；建立区政策法规性别平等咨询评估机制，引发莲都区政策法规性别平等咨询评估项目委托及意见反馈办法；开展农村“两癌”贫困妇女自助工作，共有15名“两癌”贫困妇女获省级自助资金；开展“恒爱行动—百万家庭亲情一线牵”公益活动，为新疆阿克苏市的贫困儿童送去冬日的温暖；在碧湖镇上赵村儿童快乐家园、雅溪镇雅里小学、长岗背村儿童之家开展留守儿童关爱活动。

【全国文明城市创建工作】 2016年，莲都区妇女联合会开展家长学校创建工作，举办社区家长学校负责人培训班，做好25个社区家长学校的创建指导检查工作；组织全区233个村（社区）2000多名监护人观看家庭教育讲座视频；举办“绿谷希望父母成长工程”—百场家庭教育知识下乡公益巡讲活动；截至年底，莲都区创省级示范社区家长学校2家，市级3家；举办“文明城市在创建最美家庭在身边”宣传咨询和暖冬衣物捐赠活动；举办“提升女性文明素养 争创六型文明户”培训班，开展文明礼仪、文明交通、树好家风好家训的专题培训；推选出全区“最美家庭”70户，省级最美家庭2户、第十届省文明家庭6户，省、市级绿色家庭各3户。

【传统品牌创建工作】 2016年，莲都区妇女联合会组织新创各级巾帼文明岗负责人赴温州学习创建先进经验，截至年底，全区创全国3家，省13家，市19家巾帼文明岗，有“妇”字号农民合作社30家，“妇”字号致富带头人2359人，“妇”字号农家乐90家，巾帼科技示范基地2个。

（区妇联办公室）

工商业联合会
（总商会）

【概　况】 2016年，区工商联做好名宿特色联系村工作，春节后组织干部到老竹镇沙溪村，开展植树活动。4月19—21日，由省工商联带队的杭州市江干区女企业家俱乐部到莲都区碧湖镇大吴山村开展精准扶贫结对工作，并做好有关协调、服务和对接工作。做好收入农户结对帮扶工作，先后4次组织干部赴老竹镇梁村村走访低收入农户，掌握情况、开展有效帮扶。5月，区工商联被中华全国工商业联合会评为2015年全国“五好”县级工商联，年底顺利通过省工商联“五优”县级工商联考核。

【做好非公人士政治思想教育工作】 2016年，区工商联开展“归零翻篇开新局”主题大讨论活动。3月23日，组织区工商联执委以上及工商联会员中的人大代表和政协委员，召开学习贯彻习近平总书记重要讲话精神“归零翻篇开新局”主题大讨论活动动员部署会暨银企座谈会，并在会上发放《坚持五大理念、发挥非公优势、再创莲商辉煌—致全体莲商倡议书》。4月15日，组织召开莲都区非公有制经济人士学习习近平总书记重要讲话精神座谈会，会议全文传达习总书记在全国政协十二届四次会议民建、工商联界委员联组会上的重要讲话精神，并为参会人员解读莲都区“十三五”规划，丽水工业园区、区经商局、区市场监管局等区直单位主要负责人和5位企业家代表在会上进行交流发言，时任市委常委、区委书记葛学斌出席会议并讲话。在春节期间，寄送省、市领导签名慰问信4500余份，其中在外创业莲商4000份，区本级莲商代表500份。通过短信、微信群等形式，向会员企业和莲商代表发送新春慰问短信共计2800多条，并在春节前后上门走访慰问浙商20余户。9月中旬，启动“最美莲商”评选表彰活动，通过推荐上报、初审提名、网络投票和组织评选四个阶段，评选出十名最美莲商，并于11月17日成功举办莲都区工商联成立60周年暨“最美莲商”颁奖晚会。按照中央、省、市的有关要求和文件精神，牵头做好工商联换届和两代表一委员中非公有制经济代表人士的综合评价工作，先后共有

276名非公有制经济代表人士参与综合评价工作。

【商会组织网络建设】 2016年3月4日，区工商联顺利召开区工商联九届三次执委会，回顾2015年工作，部署2016年工作，会议还增补选举区工商联副主席和区总商会副会长一名，顺利完成届中人事调整。先后组织干部赴台州、河南、富阳等地开展莲都籍在外创业人员情况走访调研，召开外出创业人员座谈会，听取大家对商会建设的意见和建议。年内先后成立区总商会台州分会、河南分会和杭州市富阳区莲都商会，并召开嘉兴分会和义乌分会年会，会员总数达到1708名。5月，成立区总商会陕西分会妇委会，组织干部与区妇联一起赴陕西，顺利筹建区总商会陕西分会妇委会。不断完善工商联机关系列规章制度，继续推进商会规范化建设，多次到岩泉街道商会、联城街道商会和区新生代企业家联合会走访调研，及时了解基层商会和社团组织的工作状况。11月，在杭州召开2016年度商会工作经验交流会，交流年度工作、部署工作要求，做好交流沟通。做好区工商联第十次会员代表大会的准备工作，制定换届工作方案，及时向区委和市工商联做好换届的请示工作，按照换届的有关要求，做好新一届工商联(总商会)班子成员的推荐和考察工作，做好有关文本的准备工作。

【多举措提升服务会员水平】 2016年，区工商联与中国银行、莲都农商银行开展合作，搭建银企对接平台，借助商会优势，采取商会建到哪里，银行服务跟到哪里的方式，开展银行与商会间的授信服务，为会员企业解决融资难题。截至2016年10月底，莲都农商银行与13家商会合作，商户贷款户数达750户，金额2.5亿元，有效缓解小微企业融资难问题。联合区委组织部、区农办和丽水职业技术学院等单位，赴河南、台州、宁波等莲都籍外出创业人员相对聚集的地区开展创业经营培训，参训学员共达到260多人。先后会同区招商、丽水工业园区管委会等部门在台州、河南、嘉兴、义乌等地举办招商引资推介会。并于4月9日组织非公经济人士参与丽新乡3月3活动及民宿发展专题招商推介会。成功引进招商引资项目一个，合同金额2000万元，实际到资1000万元。是年，发生多起丽水(莲都)籍在外创业超市因遭遇“以打假为名恶意敲诈”而引发的群体性事件，区工商联及时开展走访调研，收集有关信息，成功化解2起群体上访事件，并形成信息专报上报省工商联、市委市政府和区委区政府。“G20峰会”期间，配合区信访局，做好有关上访人员的思想工作，通过深入交谈，讲明利弊关系，打消上访人顾虑和上访念头，为维稳“G20峰会”做好服务。

【做好参政议政工作】 2016年两会期间，区工商联提交集体提案5篇，提交以区工商联会员中的人大代表和政协委员为领衔人的政协提案42件，人大议案建议23件。区工商联副主席叶小凤代表工商联在区十四届五次政协大会上作的题为《莲商回归 定能助力莲都经济发展》的大会发言并被评为大会优秀发言。4月，组织干部组织赴莲都区招商局、区旅委、老竹镇、丽水工业园区管委会等单位，围绕“经济新常态下，精准找出莲商回归的短板，整合部门理念，优化后续服务，让莲商回归成为推动莲都经济社会发展的重要力量”这个课题，开展专题调研，并撰写《发挥莲商优势，补齐招商短板》调研文章。5—6月，组织区政协工商经济组委员赴紫金街道、碧湖镇、雅溪镇、仙渡乡等地开展养殖污染专题调研活动，并对民主监督中活动中发现的问题、委员们的建议进行整理并形成专题汇报材料上报区政协。11月，组织干部赴岩泉街道枫树湾村开展“发挥乡贤经济助力莲都发展”专题走访调研活动，为撰写政协大会发言做好准备。按照区委统战部和区政协的有关要求，做好区政协工商联界别政协委员的推荐工作，将工商联会员中一批政治坚定、作风优良且具有较高参政议政意愿的人推荐为区政协委员。

侨务·台湾事务

华侨事务

【概　况】 2016年，“侨缘侨心医侨联心”品牌活动获全省侨联系统“十大最具影响力工作”之一；邱藏书被全国侨联授予“工作二十周年以上工作者”荣誉证书；林连明、吴永健、朱贤师、江佐南、金根木被市侨联评为最美“侨之友”；岩泉街道侨联、白云街道侨联、碧湖镇侨联、雅溪镇侨联被市侨联评为最美“侨之家”；区侨联获全市侨联系统最有影响力工作1项、最有创新性工作1项。

【华侨要素回流工程】 2016年，区侨办、侨联做好“浙商之春”走访慰问的侨商走访工作。组织华侨参加“丽水·诸暨”高峰论坛、侨商经贸交流大会等活动，主动对接丽水华侨国际幼儿园、众侨投资管理有限公司和碧湖幼儿园等涉侨项目的跟踪服务工作。叶芬当选莲都区首届最美“莲商”。

【参政议政工作】 2016年，侨界政协委员提的两个提案被区政协列入年度重点提案；组织侨界委员参加政协“畜禽养殖污染”民主监督活动；在新一届政协委员和人大代表推荐工作中，在推荐提名政协委员和人大代表时，严格按政策规定和程序办事，推选出政治素质高和有代表性的侨界候选人。

【联络联谊工作】 2016年，区侨办、侨联做好“侨缘侨心”品牌建设工作，组织侨胞侨眷近300人举办“侨缘侨心——暖侨”新春联谊会。做好与海外侨领的联络工作，注重情感交流和培养，做好与奥地利、南美等国家、地区重点华侨的联络交往工作，丰富侨务资源。接待国侨办、省侨办和嘉兴、松阳侨务部门到莲都调研考察。

【职能服务工作】 2016年，区侨办、侨联做好“三侨生”升学政策加分资格审查工作、华侨回国定居证办理和归侨证办理等日常性工作，共审核中、高考加分材料190份，办理华侨回国定居证、归侨证和华人华侨子女入学证明等191份。搭建“医侨心连心”活动平台，成立与市人民医院的“莲都区华侨健康服务联络处”和市中医院的“华侨健康养生服务中心”，争取到价值13万元的华侨免费健康体检券。依法维护广大归侨侨眷和海外侨胞的合法权益，处理来信来访3件。

【社会公益事业】 2016年，区侨办、侨联建军节开展“侨缘侨心——军侨心连心”活动，为人武部送上价值1.5万元的慰问品；引导侨团开展慈善活动，联系“哥伦比亚华商公益事业联合会”为碧湖贫困学生捐资4万元；意大利北部丽水同乡会为莲都儿童福利院送去价值1万元的食品物资；引导侨企献爱心，开展“向环卫工人致敬——请吃一碗面”等活动。引导华侨到老竹等乡镇为困难侨胞侨眷和孤寡老人送上物资和慰问金。海内外华侨捐助遂昌苏村山体滑坡23万元人民币。全年共送出物资和慰问金合计33万余元。

（张艳）

台湾事务

【概　况】 2016年，区台办开展春节、端午等重要节日前的慰问工作，做好台胞、台属服务工作。走访慰问台胞台属90余位，帮助协调解决台胞、台属子女就读、涉台婚姻、就医等方面的问题。开展对台服务月宣传活动，走访慰问台属企业，了解企业发展困难，宣传优惠政策，发放宣传册、宣传单、环保袋300余份。以“对口、对等、对心”的交流理念为引导，在两地同龄人之间用交流增进共识、以友谊化解偏见，引导他们参与到支持两岸关系和平发展的进程中来。

【民宿交流和经贸合作】 2016年，区台办抓住民宿交流和经贸合作两条基层对台工作主线。借鉴台湾等民宿业先行地区的经验，邀请亚洲规划学院学会会长夏铸九、台湾大学建筑与城乡研究所博士刘昭吟、台湾大学建筑与城乡研究所博士后林德福、刘宇扬建筑事务所创始人刘宇扬等10多位专家、学者，对全球化与生态文明、县域发展与地方建设、“旅游+”与美丽村镇等内容进行讲座。区四套班子、副科级以上干部、民宿代表、乡村旅游讲解员、民宿业主代表共700多人参加学习。通过学习交流，更好地促进莲台两地在民宿业、乡村旅游业中的互补发展。同时，依托莲都区旅游业的蓬勃发展，采取“请进来”的方式，多批次组织台商对莲都区丰富的自然人文资源、市区一家的区位条件、高铁时代带来的交通提速等方面的优势和未来经济发展趋势等方面进行系列考察，宣传莲都区的投资环境、产业政策、基础设施、产业配套和重点项目等情况，并把考察洽谈会变成联络台商的联谊会、旅游资源的推介会和吸引台资的招商会，为招引更多的台商企业到莲都区投资创业创造契机。

【开展对台宣传工作】 2016年，区台办充分发挥区台联会及台胞台属的积极作用，通过报告会、联谊会、座谈会、通报会等形式或组织台胞台属代表参观调研，为他们参政议政提供广阔平台，广泛征求意见和建议，有效开展对台宣传工作。整合力量，做好与旅台同乡会、莲都籍在台人员和台湾主流媒体的联系工作，激发他们在对台宣传的中介作用，做好对莲都的宣传和推介工作，使更多的台胞了解莲都，更多的台商关注莲都，扩大莲都在台湾岛内的知名度和影响力。

编制·人事·劳动·社保

机构编制

【概　况】 2016年，区编办制定出台《莲都区政府部门职责管理办法》，对区政府工作部门和派出机构所承担的职权和责任作重新梳理。明确由区编办负责区政府部门职责综合管理，并对各部门的职责管理工作进行业务指导。在雅溪镇试点建设综治工作、市场监管、综合执法、便民服务的四个平台，构建权责清晰、功能集成、扁平一体、运行高效、执行有力的乡镇管理体制机制，优化行政资源配置，提升基层社会管理和服务群众水平。在历年的"两张清单"工作基础上，继续推进政府治理体系和治理能力现代化。牵头梳理出乡镇（街道）和工业园区权力事项1577项、主要职责137项、具体工作790项，经区政府常务会议审定通过并在浙江政务服务网上公布，公开接受社会监督，实现乡镇（街道）和功能区"两张清单"全覆盖。开展权力清单比对规范工作，旅游和海洋渔业共比对出问题事项232条，具体修改建议297个。采取"集中时间、集中地点、集中办理"的上门服务方式，完成239个事业单位年度报告公示工作，办理事业单位法人设立登记4家，变更41家，注销3家。按照分类推进事业单位改革的要求，确定培红幼儿园和灯塔幼儿园等2家单位为莲都区事业单位法人治理结构建设试点单位，搭建"理事会—管理层—监事会"的治理架构，为转变政府职能、创新事业单位体制机制和实现"管办分离"探索新的途径。

【调整旅游体制和机构】 2016年，区编办分设区旅委和东西岩景区管委会，把生态休闲养生（养老）产业发展职责从发改局调整到旅委，做好旅委对全区旅游工作的管理工作。在重点旅游区域挂牌设立旅游巡回法庭、旅游工商大队、旅游警察（警务室）、旅游执法中队，与已完成"升格"的旅游发展委员会共同搭建起"1+4"的管理格局，整顿规范和维护市区旅游市场秩序。设立丽水高铁站综合管理办公室，做好高铁站区域综合管理工作。

【综合行政执法体制改革】 按照"总体设计、一次审批、分步实施"的原则，2016年，区编办在市容环境卫生等21个方面，分步集中行使相关部门依法行使的全部或部分行政处罚及与之相关的行政强制、行政监督检查职权，于2017年底前基本实施到位。截至年底，《莲都区综合行政执法工作实施方案》获省政府批准通过，正着手组建区综合行政执法局。

【不动产统一登记改革工作】 2016年，区编办将市、区有关部门分散承担的土地、房屋、林地等不动产登记职责进行整合，设立区不动产登记中心，负责中心城区和开发区以外的房屋、土地登记，以及莲都区范围内（开发区除外）的林权、农村土地承包经营权登记等职责，实现登记机构、登记簿册、登记依据和信息平台的"四统一"。自3月10日，市、区范围内的不动产登记正式启用不动产登记簿证。

【整合建成统一政务咨询投诉举报平台】 2016年，区编办与市本级共同建成较为完善的统一政务咨询投诉举报平台，整合接入浙江政务服务网，并推进统一政务咨询投诉举报平台与社会治理综合指挥平台、“110”社会应急联动平台等有效衔接。市区的“12345”政务咨询投诉举报服务中心除“110”“120”“119”等紧急类热线以外，整合市场监管、质监、价格、医疗卫生、人力社保、环境保护、文化、知识产权、建设、城市管理等领域涉及政务咨询、投诉举报等27条非紧急类政务服务热线。同时，分步整合了网上信箱、网民留言、政务微博、QQ和微信公众号等受理群众政务咨询、投诉举报的网络渠道。在区信访局增挂“统一政务咨询投诉举报平台管理办公室”牌子，承担接收、督办、评价等职责，并下设“12345”政务咨询投诉举报服务中心。

【“双随机”抽查监管工作】 2016年，区编办贯彻“放管服”改革的总体要求，在行政管理中推行随机抽取检查对象、随机选派执法检查人员的“双随机”机制。全年完成对全区各有关部门的工作部署，建立月报和季报制度，并逐步完善随机抽查事项清单、检查对象名录库和执法检查人员名录库、随机抽查工作细则的“一单、两库、一细则”，提高各部门市场监管执法事项和其他行政执法事项的抽查率。

【机构编制实名制管理】 2016年，区编办做好实名制动态管理机制工作，依据机构设置、编制调整、职务变动、人员流动等事项，对实名制数据库内容及时调整、更新补充，确保实名制数据库的准确性和完整性。将实名制系统端口开通到所有主管部门及部分人员编制较多的下属事业单位，合计开通账号138个，上传历史沿革文件280余份，实现出入编工作的“无纸化”办理。坚持年度用编计划申报制度，领导职数编制单列管理，编制使用按系统统筹平衡原则，满编单位先出后进，超编单位只出不进，空编相对较多的机关事业单位按比例使用计划。全年共审核审批编制使用计划145批次，进编登记401人次，出编登记474人次。

【控编减编工作】 在按照全省事业编制统一核减5%的要求，2016年，区编办完成控编减编任务的前提下，综合各事业单位实际情况和发展趋势，对职能弱化、长期空编、适合通过政府购买服务等事业单位酌情追加精简编制数，先后对8家职能弱化的单位进一步核减编制26名，并将生产经营类事业单位编制核减到实有人数，对交通工程设计室、农场等3家单位精简生产经营类事业编制23名。

【推出“一把手函告”和“监督检查联席会议”制度】 2016年，区编办结合换届工作，以《函告单》的形式告知部门和乡镇（街道）“一把手”单位三定方案、人员编制情况、机构编制管理政策资料汇编等事宜，便于新任“一把手”第一时间掌握情况。建立以纪委、组织部、编办、财政局、人力社保局、审计局等部门参与的机构编制实名制管理及监督检查联席会议制度，通过定期召开会议，加强协作、密切配合、互通信息、无缝衔接，共同推动形成机构编制管理科学化、规范化和法制化长效机制。

【民办事业单位登记工作】 以在丽水实施全省试点为契机，高度重视和全力配合市编办工作，探索将民办公益机构登记为事业单位。2016年4月底，为莲都丽阳小学颁发全省首张县级民办事业单位法人证书；6月初，花园幼儿园相继完成登记。有效促进民办公益机构的良性发展，破解制约民办学校公益机构发展的“引才难、留才难”问题。

【机关、群团统一社会信用代码赋码工作】 按照国务院关于“理顺代码管理体制机制，建立全覆盖的统一社会信用代码制度”的要求，原来由质监部门颁发的组织机构代码证和地税部门颁发的税务登记证将不再开展相关业务办理，统一改由区编办所属的事业单位登记管理局负责全区党政群团统一社会信用代码赋码工作，实现三证（事业单位法人证、组织机构代码证、税务登记证）合一。2016年，莲都区机关统一社会信用代码赋码49家；群团8家。

（全敏婷）

人力资源

【概　况】 2016年，莲都区人力资源和社会保障局在全市人力社保系统目标责任制考评中获第一，连续第八年在区委、区政府工作责任制考评中获社会管理类优胜奖。莲都区劳动监察大队连续七年获“浙江省劳动保障监察工作目标管理成绩突出单位”；莲都区人事劳动仲裁院连续十八年获“浙江省劳动争议案件处理工作先进单位”。

【公务员和事业单位工作人员队伍建设】 2016年考录公务员16名；组织全区事业单位公开招考，招聘84名工作人员（含教师）。面向全市选调公务员和选聘事业单位工作人员21人，调配公务员44人，事业单位工作人员286人次（含教育系统内部调动）。及时做好公务员登记工作，全年共登记23人。组织机关公务员、事业单位工作人员各项培训，共组织公务员初任培训37人，公务员更新知识培训1527人，事业单位专业技术人员继续教育培训4247人。是年，莲都区公务员选调和选聘工作进行相应的调整，加入考察分，占总分的20%，并将入围考察人员按照1:1进行考察的比例改为1:2，条款的修改将更有利于用人单位挑选到真正有才能的人才。

【完善人事管理体系】 2016年，区人力社保局会同区编委办、区财政局出台《关于进一步规范区属国资营运机构人员管理工作的通知》，明确人事管理办法和薪酬管理办法，规定国资营运机构定员实行总额控制，通过公开招聘方式聘用与本公司业务相关的工程类专业技术人员，聘用后签订劳动合同书，并实行实名制管理。同时，国资营运机构总经理、副总经理实行总额年薪制，其他工作人员薪酬待遇参照事业单位薪酬管理办法，按事业单位同类人员一定比例确定其薪酬待遇。根据省市相关要求，联合区委组织部拟制定《莲都区乡镇（街道）、机关公务员平时考核工作实施细则（试行）》。主要考核公务员完成日常工作、阶段工作目标和“急难险重”等重点工作情况，突出“岗位对责、绩效对账”。考核指标由共性指标和个性指标构成。共性指标主要包括政治品质、职业道德、工作作风、廉洁自律、出勤情况等方面。个性指标主要包括完成工作的数量、质量、效率以及成效和业务能力等方面。同时，细则中规定考核程序、方法及考核结果的运用。

【人事档案管理】 2016年，全年共接收大专以上毕业生档案596份、中专毕业生档案67份、村干部档案4份、企事业人员档案154份；转出大专以上毕业生档案205份、中专毕业生档案15份、村干部档案27份、企事业人员档案39份。年底档案在册7794份，集体户在册181人 。

【人才工作】 2016年，区人力社保局完成职业技能鉴定2118人，鉴定合格发证1992人，合格率达94.1%，工种涉及中式烹调师、育婴师、家政服务员、营养配餐员、茶艺师、美容师、足部按摩师等专业。培养高技能人才207人，宣传技能人才有关优惠政策，推荐企业参评“丽水市技能人才评价标准化体系建设基地”10家。开展2016年丽水市“五养”技能大师推荐，共申报推荐“五养”技能大师40人。申报2016年专业技术人员高级研修班项目1个，组织开展4场职业技能大赛，联合组织部举办莲都区首届乡村旅游讲解员培训班，共有来自莲都区各单位的79名学员参加培训。开展博士（博士后）工作站考核评估及“百名博士入百家企业人才引领计划”项目遴选申报工作，并上报单位一家并获批准；落实高层次人才各类优惠政策莲都区有11人申报丽水市高层次人才公寓并获批准，另有67家单位539人申报丽水市高层次人才体检，落实好市区高层次人才各类优惠政策，发放各项人才资金共764万元；开展高层次困难人员慰问2次，惠及24人。组织莲都区企业参加市本级人才交流会2次，组团外出参加异地人才招聘会10次，分别前往武汉、西安、成都、杭州等地招揽人才，全年共引进各类人才158人，其中硕士研究生15人。发布《2016年度莲都区紧缺急需人才需求目录》，为莲都区引才工作起导向作用。

【职称评聘】 2016年，区人力社保局完成大中专毕业生初定专业技术资格的申报审核并初定确认185人（中级17人）；推荐教育、卫生、工程、新闻、文化、经济、统计、农业、工艺美术、档案、会计等11个系列参评高级职称77人、中级424人、初级223人；发文公布新取得专业技术资格人员520人，其中副高职称55人、中级职称116人、初级职称349人，并发放相应专业技术资格证书。完成216个事业单位1426名专业技术人员岗位聘（任）用变动的材料审查及相应材料的补缺工作。

【工资、福利和退管】 2016年，区人力社保局制定出台农村任教教师特岗津贴政策及审批工作。调整全区机关事业单位在职工作人员工资标准6300余人次。调整全区机关事业单位离退休人员基本离退休费和生活补助3500多人次。调整机关事业单位工作人员死亡后遗属生活困难补助费标准、精减退职人员生活困难补助费标准和计划外长期临时工晚年生活补助费标准，共审批384余人。办理机关事业单位工作人员工资调动转移手续550多人次。审核审批机关事业单位2016年的工资正常晋升、职务、岗位变动等7770余人次。审核审批机关事业单位工作人员工龄97人。审核审批机关单位年终一次性奖金，共审批2100余人次，事业单位人员考核奖4300余人次，审核审批机关及事业工作人员应休未休年休假报酬6300余人次。核查部分精减退职人员中已享受养老保险待遇的270人，已有260余人多发生活困难补助退回到主管单位。做好工资软件的信息审核录入工作，完成全区机关事业单位数据导入270余家，完成信息核对。完成机关在职人员工资信息核对并申报2065人，事业在职人员工资信息核对并申报4300人，离退休人员信息核对3550人。11月起，工资系统已迈入正常申报、审批运转程序。办理退休审批173人，一次性抚恤费审批59人，遗属生活困难补助费审批14人。做好人大议案、政协提案的办理以及信访咨询人员的接待答复工作。接待上访（信访、电访）人员数百人次。

社会保障

【就业创业服务工作】 2016年，区人力社保局开展就业创业培训2860人，完成率143%，其中：职业培训2500人，完成率208.3%；创业培训568人，完成率142%；农村电商培训1437人，完成率205.3%；大学生创业培训98人，完成率171.9%；城镇新增就业2000人，完成率153.8%；引领大学生创业57人，完成率154.1%；实现创业8005人，完成率170.3%；创业带动就业13065人，完成率146.8%；扶持农村电商创业468人，完成率195%；农村电商创业带动就业2580人，完成率143.3%；失业人员再就业1180人，完成率143%，其中，困难人员再就业635人，完成率158%；净增失业保险参保559人，完成率133%；城镇登记失业率控制在2.84%以内。及时掌握39家企业就业失业动态监测情况，继续保持城镇“零就业家庭”基数归零、动态归零。2016年，制定出台《莲都区支持大众创业促进就业政策实施细则》，细化政策办理流程，确保各项就业创业政策全面落实；认定莲都区电子商务产业园为莲都区大学生创业孵化园，征集第二批创业项目11个，创业项目库共计入库项目41个，其中，10个优秀创业项目入选市级优秀创业项目库；认定就业困难人员417人，其中，征地农民“4050”人员50人。累计促进失业人员再就业555人，困难人员再就业290人。开展2016年“就业援助月”等专项服务活动，新增高校毕业生就业见习单位24家，就业见习岗位64个，实名登记2016届离校未就业高校毕业生121名，开展一对一就业帮扶，其中，53名人员已实现就业，56名人员安排就业见习，18名见习期满高校毕业生经考核优秀招聘至公益性岗位就业；受理28家企业稳岗补贴申请，补贴人数2330人，补贴金额63.66万元；新认定丽水市瓯微信息技术职业技能培训学校、丽水市讯唯电子商务职业技能培训学校等7家单位为莲都区职业技能培训基地；首次开展未继续升学高中毕业生就业技能培训，向市级各类创业精英人才培训示范班输送学员206人，累计输送达650人；全区共举行各类电商培训班34期，参与培训人数1828人。组织开展乡镇“百村千人”农村电商巡回培训，共开展14期，培训乡镇干部群众共850人；举办的九场招聘活动，共提供招聘企业245家，招聘岗位1600余个；“莲都就业网”访问量增至近170万人次，全网共收录4000余家招聘单位，发布32000余条招聘信息和4056份求职简历信息，“就业在莲都”微信公众号订阅人数增至3000多人，月平均阅读量超4万人次，年阅读量逾50万人次。

【全民参保登记】 2016年，区人力社保局以信息比对、入户调查、数据集中管理和动态更新等措施为抓手，全面启动“全民参保登记计划”工作，推进全民参保登记入户调查登记工作，至12月底全区参保登记率达到99.6%。

【机关事业单位养老保险】 2016年底，区人力社保局通过前期的基础数据整理、修改、审核，正式启动机关事业养老保险管理系统。12月，全区有机关事业单位养老保险参保人数9820人，其中享受养老保险待遇人数3386人。全年机关事业养老保险基金收入30036万元，支出30920万元，基金累计结余414万元。

【城乡居民社会养老保险】 2016年，发放一次性高龄奖励310人，共计35万元；新增参保人数2214人，全年城乡居民社会养老保险基金总收入为收入7656万元，支出7239万元。至12月底，全区参加城乡居民社会养老保险人数为参保人数107043人，其中享受养老待遇37047人，基金累计结余9897万元。

【城乡居民基本医疗保险】 2016年，区人力社保局继续完善医疗费用总额控制管理，并进行年度考核；及时执行上级文件，将原来在特殊病种诊疗过程中用到的吉非替尼、地西他滨等15种全自费的特殊药品，纳入大病保险支付范畴；启用社保卡代扣代缴社会保险费，参保人缴费更为便捷。全年城乡居民基本医疗保险基金收入27032万元，支出27195万元，享受城乡居民基本医疗保险门诊待遇120.87万人次、住院待遇3.95万人次，特殊病种门诊待遇10.16万人次。至12月底，参加城乡居民基本医疗保险人数为300603人，参保率达到99.6%，基金累计结余6062万元。

【被征地农民基本生活保障】 2016年，对被征地农民基本生活保障金标准进行调整，共690人，发放保障金254153.4元。至年底完成5975名被征地农民基本生活保障转职工养老保险相关业务。新增参保人数6253人，全年被征地农民基本生活保障资金收入33601万元，支出65535万元。至12月底，全区参加被征地农民基本生活保障的有7979人，其中享受养基本生活保障金611人，资金累计结余31717万元。

【企业退休人员社会化管理】 2016年，区人力社保局全面实行企业退休人员社区化管理，做好退休人员档案管理工作，实施企业退休人员网上生存认证。至12月底，市区有46416名企业退休人员进入社区管理。

【劳动监察工作】 2016年，莲都区劳动监察大队依据《中华人民共和国劳动法》和《劳动保障监察条例》等法律法规以构建和谐稳定劳动关系为主线，开展农民工工资支付情况、清理整顿人力资源市场秩序、用人单位遵守劳动用工和社会保险法律法规、整治非法用工打击违法犯罪等专项执法检查活动。开展劳动保障监察书面审查工作，并加强劳动保障日常巡查、服务用人单位。全年主动巡查用人单位725家，受理欠薪投诉案件69起，涉及595人，成功追薪529.85万元；办理行政处罚案件18件。

【劳动争议调处工作】 2016年，全区共受理劳动争议案件215件；涉及劳动者人数215人，涉案经济标的1134.34万元；接待来人来电法律援助咨询500多人次。办理结案208件，结案率97%；其中调解结案184件，调解率86%，共为劳动者追回经济损失899.34万元。法律援助工作站全年共接待农民工200人次，受理劳动争议法律援助案件84件，涉及劳动者人数84人。5月，启动"劳动保障政策进律所"活动，明晰劳动保障法律法规的细化规定，减少劳动争议案件处理过程中当事人申请劳动争议仲裁的盲目性及答辩的随意性；全面启用仲裁巡回庭审理疑难案件，做好仲裁院区域间交流指导工作，选取部分疑难案件，邀请全市仲裁系统经验丰富、业务熟练的专职仲裁员进行合议审理；9月23日，被省厅确定为全省首批示范仲裁庭，以及以便民服务为理念，上线莲都仲裁微信公众号，实现"掌上仲裁"，均系全市首个。

（罗斌）

法　治

政法委及综治

【概　况】 2016年，区委政法委实行反恐怖防范、信访维稳等重点工作常态化巡查，对重点人、重点物、重点事、重点行业、重点场所、重点部位、流动人口、出租私房和重点隐患等重点开展基础排查管控工作。落实全区在册和新增群体“四见面”制度[见人、见证(身份证)、见随身物品、见同行人员]，做好列管精神病人管控、散装汽油销售点管理、农家乐(民宿)住宿管理，建设寄递企业“寄E通”系统、汽车站旅客实名购票信息核查系统。通过全面找问题、堵漏洞、强整改，实现重点行业、重点领域、重点人群管控到位。定期开展“狩猎”“春雷”“清雷”等社会治安专项行动，开展安全生产“查隐患补短板”等活动，开展全区党政机关网站安全防范专项检查，及时发现单位网站安全漏洞并落实整改。开展液化气管理专项检查、食药安全专项督查、消防重点单位安防检查、在莲外国人非法用工检查等一系列行动，提升社会治理水平。坚持每月定期开展矛盾纠纷排查化解工作，及时排查化解各类涉稳案(事)件。化解信访积案，开展“区领导督百案”活动，从2014年至2016年底，成功成化解各类信访积案142件。结合上年护航G20峰会工作，构建万名志愿者参与文明平安大巡查机制，即针对广大社会群众建立“每旬逢九”、社区“每月3+2”、每月29日万名志愿者参与文明平安大巡查。据统计，全区共组建文明平安志愿者巡查队伍近4.1万人，在护航G20峰会期间累计开展平安巡查450余次。莲都区北郭桥社区基层治理工作得到省领导肯定，东银苑社区何琪琪被评为全省“十佳”网格员，老竹镇梁村周林翠、白云街道白云社区卢君红被评为全省优秀网格员。是年，区委政法委实现省级平安区“十一连冠”。

【构建工作机构】 2016年，区委政法委继续延用G20峰会维稳大会战指挥部架构，在各重点时段或重要节点，由区委政法委、区信访局、区委防范办、区应急办等组成信访维稳工作指挥部，实行实体化运作，做到信息传达畅通，机制运行顺畅，指挥调度高效。依托综治视联网，在社会治理综合指挥中心搭建指挥平台，通过开展技术调试、人员培训，全程保障区本级和各乡镇(街道)应急指挥系统正常运行，做到工作人员操作熟练，指挥体系高效畅通，视频会商上下贯通。同时，将公安天网系统纳入指挥体系，为应急联动和应急处突做好准备。

【完善指挥机制】 2016年，区委政法委建立健全指挥部及其办公室运作的各类规章制度，明确组织架构和各级部门、各级岗位职责，制定各项工作制度，各级岗位按照指挥部流程操作高效运作。区指挥部严格落实值班备勤制度，实行区领导带班，每日实行24小时值班制(全国两会、省党代会期间均已进行实战演练，十九大期间将继续推行)。同时，各乡镇(街道)细化落实值班备勤制度，由党政主要领导和班子领导带班，将责任落实到人，随时做好应急处突准备。针对重点涉稳问题，由区委领导亲自主持参与，以“5+X”模式[公安、信访、防范办、网信、政法委等常规部门+涉事的部门和相关乡镇（街道）]开展会商研判。

【维稳工作】 2016年，区委政法委在各重点时段，乡镇（街道）、重点部门每日上报涉稳动态信息，指挥部办公室及时收集汇总每日涉稳信息，随时掌握全区涉稳动态，及时上报市信访维稳部门，切实做到信息上下畅通。同时，坚持印发《信访维稳专报》，反映重点时段全区社会面的治安、信访、公共安全等情况，以及近期出现的各类不稳定问题和处置工作情况。对具体问题下发交办单，落实每一项稳控任务，并由相关区领导督办，督促指导相关部门和乡镇（街道）落实稳控责任。

【重点排查工作】 2016年，区委政法委做好排查梳理信访类重点人员工作，通过交办单等形式将任务交办给各乡镇（街道），要求在重点时段期间实行“一日三报”制度，确保不出现赴省进京上访。对非信访类重点人员，即涉恐、涉宗教、邪教、涉毒以及重性精神病人、社区服刑人员、刑满释放人员等重点人员，要求实现百分之百管控，确保不出现影响社会稳定事件，并要求在重点时段实行管控情况“一日一报”。区委政法委通过任务交办、区领导督办等形式，压实相关部门和乡镇（街道）党政主导领导责任，化解重大不稳定问题。尤其是对重大涉稳问题，要求全面推行三定一包制度（定时间、定人员、定责任、包化解），确保化解到位。

【宣传教育】 2016年，区委政法委以宣传教育为手段，专题制作打击非访宣传片，通过莲都新闻、莲都政府网、处州晚报莲都专版、宣传橱窗、手机短信等平台，营造非访防范和处置工作氛围。同时，注重集中宣传和日常滚动宣传相结合，做好平安宣传工作，提升“平安三率”（知晓率、参与率和群众安全感满意率）水平。

法治莲都建设

【概　况】 2016年，区政府常务会议3次专题听取和研究法治政府建设相关工作。制定《2016年莲都区法治政府建设工作要点》，明确了2016年度全区法治政府建设工作七大目标和四十项子任务。修订《莲都区2016年度法治政府建设（依法行政）工作考评内容标准细则》，重点突出政府当前急需解决的重难点问题。提升依法行政能力，政府领导3次在常务会议上集中学法；举办2016年度莲都区领导干部法治专题培训班，150多名乡镇（街道）和区政府直属有关单位分管领导及兼职法制人员参加了“现代法治思维与依法行政”“新行政诉讼法及行政强制业务知识”“浙江省行政程序办法”知识培训；邀请法学教授对全区500多名副科以上领导干部进行“宪法与依法治国”专题辅导；9次组织分管领导及经办人员进行业务培训。区政府、14个乡镇（街道）和26个区政府主要部门均聘任法律顾问，实现区、乡二级政府法律顾问全覆盖。参与审核或草拟政府重要事项或中心工作有关涉法文书（包括合同）73件，出具法律意见书36份，参与协调各类涉法事务150多次，全程参加区政府常务会86个审议议题；组织政府法律专家咨询组成员参与政府决策咨询活动共50多次，为“五水共治”“三改一拆”“民宿经济”“里东村山体滑坡灾害重建安置救助政策”“郎奇违法建筑处置”“南山互通至丽新公路建设工程PPP项目”等重点工作顺利推进提供法律保障。全年依法依规制定及修改行政规范性文件30件，内容涉及垦造水田后续耕种和地力培育、生态工业发展、危险房屋治理改造、食品安全、生活污水治理、责任医生签约服务等方面，审查部门报备41件，责令自行纠正备案审查中发现违法或不当行政规范性文件8件；开展行政规范性文件清理，修改执行11件，废止34件；推进执法规范化建设。启动综合行政执法体制工作，初步完成171项行政处罚权梳理对接工作。完成政务网行政处罚平台建设，基本实现省市区“一站式”网上运行。推行行政处罚结果公开，全区2648

件行政处罚结果在政务网上公开。抽查行政执法案卷164卷，书面反馈整改意见。建立莲都区特邀行政执法监督员制度，聘任15名特邀行政执法监督员。全区执法人员持证数1349本，持证率达74.7%。开展行政执法个案监督工作，共立案4起行政执法监督案件。预防和化解社会矛盾纠纷，全年接到行政复议23起，不予受理1件，立案受理15件（立案前化解7件）。经审理，维持6件，撤回复议申请5件，撤销2件，确认违法2件，纠错率60%；全年全区被提起行政诉讼案件共53件，经法院审理，驳回诉讼请求27件，驳回起诉12件，撤销1件，确认违法8件，申请撤诉3件，全年行政机关负责人出庭应诉率达91.7%。完成省、市交付的建立健全行政调解工作机制试点项目建设工作，顺利通过省综治办验收，并得到了省、市的肯定，全年各级行政机关共调解社会矛盾纠纷案件4703件，调解成功4511件，涉案金额1239.59万元，涉及当事人9184人，调解成功率95.92%。受理涉及合同标的金额100万元以上合同备案72件，标的金额为4.47亿元，审查由区政府常务会审议合同11件，涉及标的金额5亿多元。

【完成省多元化矛盾纠纷解决体系建设（建立健全行政调解工作机制）试点项目】 2015年6月，省综治办将莲都区列为多元化矛盾纠纷解决体系建设（建立健全行政调解工作机制）项目试点单位。根据试点要求，在2015年的基础上，制定《莲都区行政调解业务档案管理办法》《莲都区行政调解工作奖惩办法》，加强人民调解、社会力量联动，合力化解社会矛盾纠纷；实行全区行政调解人员统一动态管理制度。推行调解室资源共享。加强行政调解宣传，制作行政调解工作机制创新电视宣传片，编发莲都区行政调解制度汇编200多套，选编案例5个，宣传报道20次。圆满完成省、市交付的建立健全行政调解工作机制试点项目建设工作，顺利通过省综治办验收，并得到了省、市的肯定。

【行政复议应诉】 2016年，区法制办在行政复议方面，全面实行行政复议决定书网上公开。全年除涉及个人隐私和商业秘密外，所有的行政复议决定书上网公开。提高复议案件听证审理比例。为便于当事人各方沟通交流，查明案情，已结的行政复议案件均采用听证方式审理，听证率达100%；积极发挥复议监督指导功能。对复议案件中发现带有普遍性的问题，通过不同的方式向有关单位提出完善制度和改进行政执法的建议意见，并要求整改落实；注重案结事了，在办理复议案件过程中，针对案件特点，细致耐心说导，积极与申请、被申请人沟通。在行政应诉方面，继续做好“两降低一提高”工作。组织新行政诉讼法培训，完善行政执法文书，进一步规范执法行为；不定期与法院相互通报行政复议、行政审判情况，共同研讨解决行政执法过程中遇到的共性、疑难法律问题；提高行政负责人出庭应诉率、行政案件败诉率考核分值；做好行政机关出庭应诉督促指导。充分发挥与人民法院信息互动作用，及时督促行政机关做好应诉相关准备，并主动与法院、原告沟通和协调；加大行政诉讼案件协调化解力度。

【制度建设】 坚持行政规范性文件制定计划主导的制定体制。围绕区委区政府中心工作和经济社会发展主线，制定“2016年度规范性文件制定计划”，其中，新制定12项，内容涉及垦造水田、后续耕种和地力培育、商品有机肥生产与应用扶持、病死动物收集管理、农民专业合作社财务中介代理、养老服务补贴、农村土地承包经营权流转等；修订6项，内容涉及农民异地转移、社区专职工作者管理、计划生育公益金管理等，计划执行率达81.3%，促进规范性文件制定有序进行。全年依法依规制定政府规范性文件30件，内容涉及垦造水田后续耕种和地力培育、生态工业发展、危险房屋治理改造、食品安全、生活污水治理、责任医生签约服务等方面，合法率、报备率以及公开率均为100%。发挥法制主导作用，凡政府部门起草并提请政府审议下发的规范性文件一律经过法制“三把关”制度，确保区政府规范性文件合法性。开展规范性文件清理和备案审查，修改执行11件,废止34件,清理结果已按要求向社会公告。

(陈晶)

公 安

【概 况】 2016年,莲都区行政区域面积1502平方千米,户籍总人口40.68万人,登记流动人口22.03万人。区公安分局设有办公室等8个职能科室和国内安全保卫等8个直属大队,下辖12个派出所,共有民警397人、职工9人、协(辅)警600人。是年,共立刑事案件4744起,同比下降23.93%,破刑事案件2405起,破案率50.69%。其中,"两抢"案件破案率47.54%,盗窃案件破案率33.31%,命案、五类案件破案率均为100%;受理治安案件7972起,查处7972起,查处率100%。

是年,区公安分局被省公安厅评为"G20杭州峰会安保先进单位""全省百日维稳攻坚大会战先进集体";被市公安局评为"丽水市实有人口和实有房屋信息排查工作考核优胜单位""市公安信息调研工作先进单位""市治安系统打击整治黄赌违法犯罪专项行动工作优胜单位""市打击食药环犯罪专项行动工作优胜单位";被评为莲都区全区"六边三化三美"工作先进单位、"区安全生产工作优秀单位""区信访工作先进集体"等荣誉称号。年内,全局荣立集体一等功2个,集体三等功4个;1人次荣立个人一等功,4人次荣立个人二等功,33人次荣立个人三等功。干警李永胜、潘焱霏、祝远斌3人被评为"G20杭州峰会安保先进个人",梁文秀、叶勇伟被评为"莲都区社会治安综合治理工作先进个人"。

【安全保卫工作】 2016年,区公安分局先后出动警力26000余人次,重大警卫任务及大型活动会务安保任务270余场次。配合政府部门完成南山互通至丽新公路项目开工、苏埠村50省道旁违章建筑强拆等急难险重安保任务110余次。

【旅游警察大队挂牌成立】 2016年7月,分局下发《关于切实加强全域旅游服务工作的通知》,在治安大队增挂旅游警察大队和在各派出所增挂旅游警察分队的牌子,明确旅游警察协助景区开展秩序维护和巡逻防范,接受游客投诉,化解旅游纠纷,维护旅游秩序,为莲都推动全域旅游提供保障。

【维稳工作】 2016年,区公安分局共编报各类情报信息1196篇,入部库98篇,省厅采编299篇,市委市政府采用577篇,上报串联聚会和赴省进京上访活动信息42条,在特殊时点,针对特殊群体的特别重大情报信息搜集工作没有出现疏漏。有力掌控各类维权利益群体动态,并主动开展对群体"挑头"人员的专案经营,配合有关部门择机训诫震慑骨干人员充分运用法治思维,依法规范信访秩序,严厉打击恶意缠访、闹访行为,行政拘留违法人员5次,教育训诫19人,信访秩序可控趋好。对各类非法集聚讨薪、房闹、医闹、极端维权等问题,按照"谁闹事、处置谁""谁挑头、打击谁"原则,及时落实相关化解处置举措,2016年处置"4·13"出租车主打砸专车等群体类案事件136个。有序开展网络舆情的巡查导控,本地重大舆情出现即有效应对,网上传谣信息出现即落地查控,报送各类舆情信息200余条,参与舆情导控1890余条,落地23人,2名网上传谣人员被行政拘留。

【公安行政管理】 2016年,区公安分局共处罚旅馆412家、网吧78家,其中关停旅馆17家次,网吧30家次。收缴各类枪支共计326把,枪支零配件1200余套,废旧炮弹6枚、手榴弹4枚,子弹688发,管制刀具383把,过期炸药1528千克,雷管2716发,导爆管7200米,导爆索502.3米。12月7日,"旧机场"工地发现抗战期间日军投掷未爆炸的航空炸弹一枚(当量相当于3吨炸药),分局及时启动应急预案对工地周边进行封锁,并成功转移销毁,防止重大安全事故发生。全区监督检查单位1961家次,发现火灾隐患3468处,督促整改火灾隐患3444处,下发责令改正通知书1257份,行政处罚119起,临时查封单位28家,责令三停27家,并完成2016年度100家宾馆(酒店)安全生产社会化服务项目。

【基层基础工作】 2016年，区公安分局完成梅山、白云、东银苑、丽阳等四个标杆警务室建设任务，借力全国文明城市创建，解决了未建警务室社区的警务室办公用房及装修经费50万元，5个全新的警务室现已投入使用。建立社区警务工作清单和“日月季年”巡查工作机制。制定《基础信息排查采集目标》《社区警务配套考核办法》《峰会维稳安保重点任务工作清单》《进一步加强G20杭州峰会维稳安保工作的七项措施》等事关重点人、事、物排查管控的工作清单及巡查、考核制度，采用局领导集中督查、常态化考评和专门小组专项督导三种形式，对各单位工作进度和实效进行实打实、硬碰硬检验，并巩固工作成果。

【矛盾化解工作】 2016年，全局共调解各类矛盾纠纷5367件，成功率达99.31%；已稳妥处置非正常死亡93起、自杀事件15起，没有一例发酵或引发社会热点。落实信访案事件治旧控新机制，对老旧积案坚持不懈抓化解，对初信初访首办追责除源头，持之以恒开展“局领导集中下访”“重大信访案件领导包案”，成功化解长达十余年涉及14人的驻乡民警信访件，妥善处置省公安厅副厅长华远平接访的信访件和市公安局局长卫中强接访的信访件。全年，初信初访155件(初信199件，初访36件)，初信初访办结率、信访案件息诉率、查处反馈率分别达到97.97%、95.27%和100%，信访总量同比上年下降20.45%。未发生一例因处置不当而引发的群体性事件及信访案事件。

【社会防控体系建设】 2016年，区公安分局编制《出入城卡点设卡图册》，对现有6个出城卡点逐一明确卡点的设卡卫星图位置、设卡航拍图例、设卡示意图例及警力部署、装备配置要求，出城检查站设卡勤务进一步规范。完成城区首批11处“警银亭”基础建设及火车站、纳爱斯广场等8处亭体安放和4处警力派驻。完成135快速反应控制圈建设，警力、装备配置到位。居民小区内十个试点小区增加楼宇防盗对讲门426扇，增加监控探头108个。采购了应急指挥车、处突防爆车、水上巡逻艇和应急处突单警装备，建设完成了指挥中心、派出所综合指挥室等，反恐处突装备和城乡防控基础设施得到全面升级。推进天网三期建设，新建监控探头1508个，实现全区城乡区域全覆盖。启动电动车物联网防盗系统建设，现已安装完成侦测基站530个，电动车追踪芯片4.4万余辆。电动车被盗警情同比下降25.65%，安装有防盗系统的电动车被盗149辆，破案并追回87辆，抓获违法犯罪嫌疑人14人，破案追赃率较原有15%提升至58.39%。建成电子围栏14处、手机MAC数据采集点位120个、公共场所WiFi审计系统800余家。

【攻坚大要案工作】 2016年，区公安分局通过探索警种专业化建设，推行刑侦专业化改革，促成派出所保量增质和刑侦大队提质增量目标实现，使打击力量职能回归本位。做好网侦、技侦等专业技术手段建设工作，提升对重大恶性案件和团伙犯罪的整体打击能力，保持重特大案件全破的良好势头，“5·25”南明小学门口劫持学生案件一小时内得到处置，部督“9·10”特大网络非法买卖枪支枪案移送起诉30人，缴获枪支共计964把，枪支零配件1200余套；5月12日，破获被央视关注特大生产销售假药案件，涉案价值高达4000余万元，抓获33名犯罪嫌疑人；央视《焦点访谈》《社会与法》专程来丽制作专题片。11月9日，分局在市公安局统一指挥下，组织240余名警力，分赴长沙、武汉等8个地市，对“7·5”特大网络犯罪案件开展集中统一收网，其间，共抓获犯罪嫌疑人129名(其中：采取刑事强制措施85人，上网追逃2人)，直接查扣非法所得现金4717万元、黄金7.5公斤，冻结银行账户资金7159万元，查封房产18套，查扣涉案高档轿车11辆，缴获大量的服务器、电脑、手机、银行卡、U盾等作案工具。

【社会面治安整治】 2016年，区公安分局开展G20峰会护航扫毒专项行动期间，破获涉毒刑事案件29起，移送起诉77人，破获3～5人涉毒团伙1个，破获6人以上涉毒团伙2个，抓获吸毒违法人员393人次，其中强制隔离戒毒75人，社区戒毒128人，缴获毒品243.78克。抓获经营长达三个月之久的“3·30”重大贩毒团伙案，抓获涉毒嫌疑人27人，移送起诉12人，行政处罚15人，缴获毒品冰毒40余克。重拳整治华墩街、厦河商城等存在治安突出问题的重点区域，实行街面管控“零死角”、日常排摸“零遗漏”、从严管理“零放过”三零措施，在华墩街范围内查获赌博、贩毒团伙8个，采取刑事强制措施35人，行政处罚黄赌毒人员68人，小美容厅从原来的45家锐减到15家。在厦河商城共停业整顿宾馆3家，当场处罚场所206家次，打击违法犯罪嫌疑人员356人，教育训诫站街拉客人员120人，罚款总额21万元。7月8日，摧毁一个在厦河商城周边隐匿多年的组织介绍容留卖淫团伙，移送起诉22人、行政拘留43人。经后续持续整治，厦河商城区域治安面貌发生根本好转，在全区文明创建擂台赛城中村组别中夺得了9月第一名的流动红旗。

【打击刑事犯罪】 2016年，区公安分局共采取强制措施996人，起诉865人(其中侵财260人，黄赌食药犯罪182人)，七类严重刑事案件共立13起破13起，破案率为100%；刑事立案4744起，破刑事案件2405起，破案率50.69%；接处警总数为34413起(上年同期36302起，降低5.2%)，日接警量94.28起(上年同期99.46起，下降5起)。实行接案接访“三个第一”(做好第一次接待，落实第一人责任，抓好第一次回复)和“侦查、预警、证据”三个关口前移机制，做好涉众型经济犯罪打防工作，全年为群众挽回损失1.3亿多元。

【执法规范化建设】 2016年，区公安分局利用执法监督平台实时记载民警执法数量、执法质量、执法培训、考核结果、执法过错责任追究等情况，作为民警执法绩效考评的重要依据。坚持将执法考试作为提高民警执法能力、深入推进执法规范化建设的重要抓手，全局在职民警(除新警)均通过了基本级执法资格考试；中级通过313人，高级通过23人。2016年，应办案单位业务需求开展针对式教育培训10次受训人数500余人次，组织开展旁听庭审20次79人次。全年分局在各项执法工作中共刑拘766人，取保候审496人，监视居住15人。提请批准逮捕541人，批准逮捕497人，不捕58人；移送起诉846人，相对不诉64人，绝对不诉0人，退查29起。共查处违法单位或个人1554人，其中行政拘留1009人；强制隔离戒毒80人，社区戒毒133人。

【公安队伍建设】 2016年，区公安分局通过开展“戴党徽、亮身份”和手抄党章活动，举行升国旗重温入党誓词仪式，组织纪念红军长征胜利80周年徒步拉练，开设党建知识“微课堂”，组织全警进行党章知识手机在线测试，开展共产党员实践区、小荷志愿者等党员志愿服务活动，优化《民警日常违规行为记分办法》《局领导集中督察工作制度》等从严治警、规范执法的制度机制执行，开展深化廉政风险防控机制建设工作。全年分局纪委、警务督察共开展现场督察368次，出动督察警力1342人次，发现和纠正各类问题477个，提出各类整改建议238条，受理12389投诉36起。根据分局《记分办法》，全年对民警记分69人75次，协警记分51人56次，民警(领导)被连带记分126人次，发检查通报20期，受理信访48起，其中市、区效能办转发投诉件19起；受理上级纪委、监察转交举报、投诉件13起。全年提拔副科3个，正股3个，副股6个，内部交流正股岗位11个，副股岗位8个，其中90%的新提拔领导来自基层。

【宣传工作】 2016年，区公安分局在“莲都公安要闻”栏目编发信息486期，工作简报58期，被市局主页录用113篇，被省厅主页录用32篇。完成调研文章53篇，被市局主页录用42篇，被《丽水警学》录用4篇，被省厅录用4篇。在“平安浙江论坛”校局合作科研工作会议上，报送的4篇调研论文全部被录用编纂入册。在中央、省、市各级主流媒体发稿1022篇(条)，其中国家级21篇，省级102篇，市级999篇，连续九年获浙江省公安厅《平安时报》新闻宣传工作一等奖。

（傅陈健）

【消防工作】 2016年，莲都消防大队（简称“大队”），围绕“创人民满意消防队伍”总体目标，按照“保稳定、促全面、创亮点，开新局”的思路，坚持以基础信息化、警务实战化、执法规范化、队伍正规化为根本出发点和落脚点，励精图治谋发展，攻坚克难谋打赢，营造“重点工作亮点纷呈、部队作风气象一新”的局面。坚持问需于民、问计于民，全年共走访党政机关、乡镇街道56批次、执法服务对象186家，向社会单位发放意见建议征求表211份，回收158份，整理归纳意见建议7条。并通过采取“落实两人帮办、发放告知单、短信提醒、电话主动跟进、跟踪服务指导”等举措，缩短审批时限，提高审批时效。全年接警316起，出动338次（含增援），出动消防车600辆次（占全市20%），消防人员4079人次，抢救被困人员15人，疏散人员13人，抢救财产价值3150.2万元。推行例行性、制度性、常态化实战拉动演练，先后组织协调完成隧道突发事件应急救援演练、道路运输突发事件应急救援演练、燃气管道泄漏事故应急救援演练、大型油罐灾害事故实战演练等大型演练10余次，组织官兵对各类场所实地熟悉演练200余次，修订完善各类预案59份。提请区政府与各乡镇街道及15个行业主管部门签订消防工作目标责任书，重点针对农村老旧住宅、城区五大市场、小宾馆出租房等七大类场所消防隐患突出的现状开展分类整治。完成4386户“4600元以下”低收入农户的电气线路改造以及老旧小区消防设施改造，并按照每个50元的标准对民宿行业安装独立式感烟报警器进行专款补助，完成对棉布市场、处州商城等五大历史遗留、隐患突出商市场的消防整治。全年共组织各行业、系统从业人员宣传教育培训50余次，受训人数达4000余人，发放宣传资料4万余份，编发微博、微信2500余条次。“G20峰会安保”期间，大队主动协调安监、民政、文化等行业主管部门建立行业联合监管机制，先后开展人员密集场所、养老福利机构、农家乐民宿等系列专项检查，提请区政府开展农村消防和火灾隐患整治攻坚专项督导2次，并以区平安办、消安委办和农办等名义下发检查督办单。全年共监督检查社会单位2171家次，发现火灾隐患3669处，整改火灾隐患3636处，行政处罚119起，责令“三停”29家，临时查封34处，拘留3人，一家省级重大挂牌火灾隐患单位按时完成整改。G20峰会安保期间，大队被省消防总队授予“战时红旗党支部”荣誉称号，3名同志被荣记三等功，12名同志受到支队嘉奖；2名同志被总队评为A级安保之星，1名同志成功推荐入选“莲都好人”。全区专职消防队伍（含志愿消防队伍）共7支，其中雅溪、大港头、老竹政府专职消防队3支，共20人；黄村、太平、巨溪、峰源志愿消防队4支，共121人。在完成太平、仙渡、黄村、峰源、丽新五个建制乡的设备采购和首批20个超千人行政村志愿消防队伍的建设任务基础上，积极提请政府投入专项预算用于34个行政村及城区部分社区微型消防站的建设。是年，大队党委被大队评为“先进基层党组织”；3名官兵被评为“优秀共产党员”；1名同志被总队评为“优秀共产党员”。

检 察

【概 况】 2016年，区检察院以第十六次全省检察工作会议精神和汪瀚检察长在丽水调研期间讲话精神为指导，围绕“绿色司法服务绿色发展”做好三篇文章。做好理论研究工作，以绿色司法“怎么看、怎么变、怎么干”开展专题调研、主题大讨论、征文比赛等活动，厘清绿色司法服务绿色发展的目标定位、工作规划、路径方法等问题；做好实践创新工作，以“小院也要有大作为，打出自己的特色”为实践命题，结合莲都区情制定本土化、特色化的绿色司法措施，写好绿色司法的“莲都篇”，办理的关于捕后羁押必要性审查、服务非公企业和涉罪未成年人帮教等3起案件分别获评全省、全市检察机关践行“绿色司法”十大精品案事例。服务中心工作，服务G20峰会和世界互联网大会维稳安保、“全国文明城市创建”“六边三化三美”“五水共治”“三改一拆”等区委中心工作，为莲都经济社会持续健康发展保驾护航。按照中央、省委和省检察院的部署要求，推进检察改革，完成首批员额检察官的入额推荐等工作。坚持素质兴检，改善队伍知识结构和文化层次，全院现有硕士研究生9名，在读研究生7名，干警本科以上学历达85%。常态化开展业务竞赛和岗位练兵，集体7次、干警22人次获市级以上表彰，其中钟时剑同志获评浙江省第五届“优秀检察官”。做好检察理论研究工作，在省级、市级法学刊物上发表检察论文6篇，在中国法学会、省委宣传部等单位组织的优秀成果评奖中获奖3篇。是年，区检察院获评省级先进基层检察院、全国检察宣传先进单位。

【服务和保障非公企业】 2016年，区检察院按照省检察院服务非公企业“21条意见”和市检察院“一守两创”要求，以莲都实际，为非公企业营造绿色司法环境。一方面健全工作机制，出台《关于服务和保障“中国莲都·养生农业”健康发展的实施意见》《关于加强协作保障和促进我区非公有制经济健康发展的意见》等文件，获莲都区委、区政府主要领导的批示肯定。另一方面推行“绿色办案”，按照“轻拿轻放”和“两个慎重”的要求，慎重办理涉企相关案件，开展案后回访。其中一涉企职务侵占案件由检察长亲自出庭支持公诉，并组织案后回访，得到社会各界的点赞；由市检察院交办并指导办理的一丽水某重点企业负责人涉嫌行贿一案，获省检察院检察长汪瀚、丽水市委书记史济锡等多位领导的批示肯定。

【职能工作】 2016年，区检察院充分发挥检察职能作用，坚持依法从严打击原则，履行批捕起诉职能，坚决惩治盗伐滥伐林木、非法占用农用地、非法捕捞水产品、非法排放有毒有害污染物，生产销售有毒有害食品等多发性破坏生态环境和危害食品药品安全的刑事犯罪，依法批捕10人，起诉32人。全年共监督行政机关移送破坏环境资源和危害食品药品安全类案件9件10人，监督公安机关立案侦查6件6人。

【严惩严重刑事犯罪 】 2016年，区检察院共受理各类提请批捕案件395件651人，移送审查起诉案件879件1340人，依法批准或决定逮捕332件525人，提起公诉852件1236人。其中，对故意杀人、强奸、绑架等严重暴力犯罪，“两抢一盗”等多发性侵财犯罪以及电信诈骗、涉网络等新型犯罪依法批捕346件498人，起诉242件308人。对故意杀人、放火等重大复杂案件提前介入、引导侦查，依法从快从严批捕起诉。针对公安机关办理的一起涉案人数近百人、涉案金额上亿元的网络销售私彩案，专门成立办案组提前介入引导侦查，并依法批捕相关犯罪嫌疑人47人。

【妥善处理矛盾纷争】 2016年，区检察院在全市率先开展审查逮捕公开审查工作，完善“检调对接”机制，推进刑事和解、民行调处等工作，对符合条件的轻微刑事案件、未成年人刑事犯罪案件等依法不批捕97人，不起诉111人。妥善处理群众来信来访103件次，办理举报线索初核案件10件，其中移送反贪立案侦查3人，移送纪委处理11人。探索引进律师参与矛盾化解及代理申诉工作，成立法律援助工作站，成功化解3起信访案件。妥善解决“法度之外、情理之中”的问题，办理刑事被害人司法救助案件3件，发放司法救助金3万元。开展“举报宣传周”活动，发放宣传资料，现场接受群众咨询、举报。以平安护航G20峰会、平安夺金鼎、世界互联网大会维稳安保工作为重点，以点带面参与社会治安综合治理，营造安全稳定的法治环境。

【未成人帮教工作】 2016年，区检察院以“向社会传递司法温暖”为工作目标，探索适合未成年人的办案工作机制。对涉罪未成年人不捕18人，相对不起诉27人，存疑不起诉1人，附条件不起诉14人。在全市率先开展引入社会公益力量参与涉罪未成人帮教工作，以“检企携手”形式建立涉罪未成年人管护帮教基地6个。其中联合帮教企业对一涉嫌盗窃未成年人的成功帮教为全市首例，有效填补全市对无监护人、无固定住所、无经济来源的“三无”涉罪未成年人开展社会帮教工作的空白。联合区教育局、关工委等多部门开展法治进校园公益巡讲18场次，从源头上预防和减少未成年人违法犯罪，共织校园预防网。探索人性化帮教新模式，新设立未成年人检务服务窗口，筹划建设涉罪未成年人心理咨询室，进一步保护未成年人合法权益。

【反腐倡廉建设】 2016年，区检察院依法立案侦查贪污贿赂犯罪案件18件18人，其中10万元以上大案6件，科级以上要案4人(含本级现职正处级2人)。依法立案查办渎职侵权犯罪案件3件3人，均为涉案金额200万元以上大案，其中科级以上要案2人。办理的市经济开发区管委会原副主任李某受贿案、管委会建设规划局原局长徐某受贿案，推动开发区反腐倡廉建设。

【开展职务犯罪预防】 2016年，区检察院开展预防宣教活动，先后开展预防宣讲16场，受教育人数达1000余人。在丽水学院、区教育局、之江监狱、丽水工业园区、区扶贫办、市征收办等单位开展的专题警示教育讲座获好评，其中王小刚检察长为之江监狱领导班子所做的预防讲座入选省检察院优秀宣讲库。开展预防调查，4份调查报告被纳入省检察院优秀调查报告库，其中教育系统调查报告获区政府主要领导及分管领导的批示肯定，同时获评2016年全省优秀年度报告。报送的《工程建设领域行贿犯罪预防》微课堂获全省检察机关服务非公企业微课堂三等奖。

【刑事侦查审判监督】 2016年，区检察院以“稳定数量、提高质量、突出重点”为指导方针，把立案监督放在社会危险大、人民群众反映强烈、影响社会和谐稳定的案件上，对毒品犯罪等重刑案犯的监督，强化捕诉衔接，落实跟踪监督机制，探索立案监督有效途径，向公安机关发出《要求说明不立案理由通知书》12件13人，已判决案件中3人被判处3年以上有期徒刑，其中2人被判处10年以上有期徒刑。追捕2人，追诉14人，其中追诉的两案犯分别被判处有期徒刑十年和十五年。提起刑事抗诉案件6件8人，均获市检察院支持，提起刑事抗诉数创近年新高，已获得改判1件，发回重审2件，其中2015年的“抗重”的一件全市影响重大的交通肇事案获评全省刑事抗诉优秀案例。做好非法证据排除，落实保障人权机制，依法排除非法证据8件，书面纠正违法侦查行为3起。

【刑事执行活动监督】 2016年，区检察院履行刑事执行法律监督职能，维护刑罚执行活动公平公正，维护刑事被执行人合法权益，促进刑事执行机关依法、文明、规范执法。开展集中清理判处实刑罪犯未执行刑罚专项活动，做好与相关单位沟通联系，开展专项清理排查，了解实行犯执行情况，共清查出被判刑未执行罪犯3名并及时督促收监执行。捕后羁押必要性审查向公安机关发出捕后羁押必要性审查变更强制措施检察建议37件，监督收监社区矫正罪犯11人，监督法院执行财产刑53人，监督指定居所监视居住不当监管4件，均被采纳。发掘执行和监管活动中职务犯罪案件线索并立案3件，立案数创我院多年新高。

【民事行政检察职能】 2016年，区检察院学习贯彻修改后民事诉讼法、行政诉讼法规定，推进民事行政检察工作，灵活运用督促履职、支持起诉、检察建议等手段，维护群众切身利益。开展审判(执行)人员违法行为监督，开展对生效裁判结果的监督，依法提请市检察院抗诉1件。以事关国计民生、党委政府关注、群众反映强烈的食品药品安全、环境资源保护等领域存在的行政执法突出问题为重点，开展行政执法检察监督，办理的3起案件被省级媒体报道，扩大民行检察监督影响力。

【主动接受监督】 2016年，区检察院做好与人大代表、政协委员的沟通联系工作，通过邀请参加“检察开放日”，走访联系、召开座谈会、发布检察信息、赠阅检察报刊等多种形式接受监督，加强和改进检察工作。开展人民监督员工作，诚恳听取人民监督员意见、建议，主动邀请人民监督员对拟撤销、拟不起诉职务犯罪案件10件11人开展监督。

【检务公开】 2016年，区检察院以执法办案信息公开为重点，推动检务公开与依法履职深度融合，通过案件信息公开系统等平台发布案件程序性信息1555条，重要案件信息6条，法律文书896条，接待律师咨询330人次。开展审查逮捕案件公开审查试点工作，主动对2起案件开展公开审查和公开听证。完成检察服务大厅建设，拓宽便民利民服务渠道，构建检察服务群众“一站式”平台。探索应用“互联网+检务公开”新模式，新建“莲都检察案管办”微信平台，优化律师执业保障，促进检律良性互动；利用莲都检察门户网站、微信公众号、官方微博等新媒体优势，检察信息宣传工作，主动发布检察工作动态、预防职务犯罪知识、警示教育案例剖析、典型案件办理情况等，提升检务公开的透明度和影响力，获评全国检察宣传先进单位。

【基层基础建设】 2016年，区检察院继续推进科技强检项目建设和信息化技术保障，完成检察非涉密内网、远程提审系统、办案工作区讯问录音录像接入全省平台、高清视频会议室升级改造等工程的建设工作。充分发挥碧湖检察室作为化解基层社会矛盾、基层执法监督一线平台作用，主动对接辖区乡镇党委建立有关党员干部违法违纪问题相互通报制度，做好纪、检协作，在全市尚属首例。有效发挥检委会业务指导、决策、监督作用，审议各类议题92个，其中议事1项，议案90件121人。信息工作继续保持全市前列。

（何信英）

法院

【概　况】 2016年，区法院做好涉案款物管理工作，开展留存涉案款物专项清理活动，全年清理执行款、诉讼费7585万元。完善教育培训体系，与浙江师范大学法学院建立干警素质提升培训机制，建立每月集中夜学机制，有针对性地开展业务知识更新培训。完善青年法官导师制，实行“一对一”教学，做好“传帮带”。定期开展庭审观摩、岗位练兵、裁判文书评比、卷宗评查等活动，提升干警司法业务素质。做好理论调研工作，注重审判实务调研和成果转化，参与省级重点调研课题1个，市级调研课题3个，有15篇文章在国家、省、市级刊物上发表及获奖。高度重视党风廉政建设，完善《党风廉政建设“两个责任”清单》和《干预过问案件情况统计表》的月报告制度，确保主体责任和监督责任落到实处。结合“两学一做”学习教育和“队伍建设年”活动，开展廉洁司法教育，全年进行廉政谈话100余人次，并多次组织干警观看《郑义门》《做合格党员》等专题片。全年受理各类案件17460件，结案16339件（含旧存），同比分别上升25.09%和29.12%。是年，区法院实际执行率从上年度的全省基层法院排名末三位上升至全省第三。

【刑事审判】 2016年，区法院共审结刑事案件866件（含旧存），判处罪犯1279人，同比分别上升1.05%和8.02%。依法惩治危害人民群众生命财产安全的犯罪行为，审结故意伤害、聚众斗殴、强奸、绑架、抢劫等暴力犯罪案件85件163人，审结盗窃、抢夺、诈骗等侵财型犯罪案件239件335人，审结集资诈骗、非法吸收公众存款、非法传销等涉众型经济犯罪5件19人，审结涉“黄赌毒”犯罪案件123件260人。保持惩治腐败高压态势，审结贪污、贿赂、渎职等职务犯罪案件13件17人，其中处级4人，科级7人。坚持“宽严相济”刑事政策，在被判刑的1279人中，判处五年以上有期徒刑的有39人，重刑率为3.05%，判处3年以下有期徒刑、拘役、管制、单处罚金及免于刑事处罚的有603人，轻刑率为47.15%，其中适用缓刑的有490人，非监禁刑率为38.3%。落实人权保障制度，为219名经济困难、可能被判处三年以上有期徒刑的被告人通知法律援助律师出庭辩护。落实被告人不穿囚服出庭的规定，保障被告人人格尊严。

【民商事审判】 2016年，区法院审结民商事案件8191件，同比上升4.99%。做好诉调衔接工作，推动建立“大调解”工作体系，民事调撤率为41.99%。审结婚姻家庭、继承纠纷案件615件，妥处家庭矛盾。审结道路交通事故、医疗损害赔偿等侵权类纠纷343件，为受害者追索赔偿金5900余万元。审结买卖、承揽、服务等合同纠纷825件，维护市场正常交易秩序。审结房屋买卖、租赁、建设工程纠纷629件，促进房地产市场健康稳定。审结涉外、涉港澳台民商事案件16件，平等保护中外当事人合法权益。

【行政审判】 2016年，区法院共审结行政诉讼案件86件，同比下降19.63%（主要原因是辖区调整，缙云、松阳划出辖区）。推进落实行政机关负责人出庭应诉制度，出庭应诉率达87%。支持依法行政，共受理、审查非诉行政案件197件，裁定准予执行183件，其中，审查裁定准予执行国土非诉执行案件126件，落实历史积案清理活动。沉着应对新《中华人民共和国行政诉讼法》实施以来案件量激增、新类型案件大量涌现的现状，慎重裁判，化解矛盾，支持“三改一拆”“五水共治”等中心工作。

【执行工作】 2016年，区法院将执行工作纳入“班子工程”和“一把手工程”，并进行执行工作整改。全年新收各类执行案件7986件，执结6850件，同比分别上升了117.4%和 79.93%。实际执行率为65.14%，同比上升了43.62个百分点，从上年度的全省基层法院排名末三位上升至全省第三。在全市率先开展“零点行动”和“涉公职人员”专项执行行动，全年共集中开展专项行动8次，共传唤被执行人238人，执行到位标的金额4050.13万元，有效打击震慑规避执行行为；通过网上“点对点”查控系统查询被执行人存款35389人次，成功冻结账户8740个；通过网上布控机制查获被执行人138人；坚持24小时执行备勤，全天候开展执行工作。完善执行威慑机制，做好失信曝光工作，将356名失信被执行人通过户外电子屏、楼宇电视等多种途径进行曝光。同时，依托微信、微博网站等，打造“指尖上的曝光台”，提升曝光覆盖率。

【能动司法】 2016年，区法院把护航G20峰会和平安夺金鼎工作作为首要政治任务，组织领导，推进纠纷多元化解，确保峰会期间重大敏感案件零炒作、矛盾纠纷排查化解零死角、赴省进京零非访。围绕市区“五水共治”“三改一拆”“六边三化三美”以及“创建全国文明城市”等重点工作，发挥司法职能，保障重点工作依法推进。做好环境审判工作，整合资源延伸服务，提升市区生态文明建设水平。设立旅游巡回法庭，为莲都旅游提供更便利、更亲民的司法保障，助推莲都区全域旅游发展。高度重视涉企纠纷，运用法治思维和法治方式，完善对涉困企业差异化处置。帮扶有市场、有前景的企业脱困解难、转型升级，对“僵尸企业”，及时引入破产程序，盘活资产。做好涉金融债权案件审执工作，通过实现担保物权程序快速审结金融债权案件35件，结案标的额7685.69万元。专门成立涉金融案件执行组，全年共执结金融案件780件，执行到位标的额2.5亿元，保障莲都区金融环境的稳定。充分延伸审判职能，对审判执行中反映的经济发展、社会治理方面存在的问题进行调查研究，提出对策思路。全年共形成调研成果5项，其中2项获得省级奖项。落实未成年人轻罪犯罪记录封存制度，共对54名未成年被告人的犯罪记录进行封存。重视信访积案化解工作，落实涉诉信访改革要求，建立健全分级负责的“大信访”工作机制，全年共化解信访老案3件，甄别终结6件。

【司法为民】 2016年，区法院提升窗口职能，服务司法公开。建立健全“大立案、大服务、大调解”三大机制，推进一站式、立体化、综合性的新型诉讼服务中心建设。创新“互联网+”诉讼服务，开通网上立案、网上信访、律师服务平台、视频接访等跨区域诉讼事务，最高法院周强院长在第三届世界互联网大会期间远程连线区法院体验网上立案服务并给予充分肯定。落实跨区域（市内）远程电子诉讼档案查阅系统，方便当事人、律师就近查阅案卷以及开具生效法律文书证明。建立法律援助工作站和人民调解室，为当事人提供业务咨询和法律援助。落实立案登记制，对符合法律规定的立案申请，有案必立，有诉必理。落实民事诉讼立案调查令制度，签发立案调查令36份、协助调查函157份，缓解当事人因“取证难”而导致的“立案难”问题。坚持“公开网拍优先”原则，全年网拍成交201件，总成交额4.6亿元，平均溢价率53.51%，为当事人节省佣金1140.28万元。优化案款管理系统功能，实现法院审判信息管理系统和银行信息管理系统无缝对接，让当事人在家即能收取诉讼费退款，做到“安全、便捷、科技”。开展巡回审判和调解70余次。做好基层法庭建设工作，碧湖法庭新审判大楼全面落成，为当地群众诉讼提供便利条件。落实司法救助和法律援助等工作，对符合条件的22件案件当事人办理缓交诉讼费合计22.8147万元，为困难当事人办理司法救助合计41.06万元，其中残疾人司法救助金4万元。

【司法公开】 2016年，区法院落实庭审同步录音录像工作，全年庭审录音录像率达100%，实现法官办案全程留痕。文书上网率达89.98%。做好法院门户网站建设工作，及时公布法院便民信息、工作动态、诉讼流程等信息，同时依托新兴媒体扩大公开范围，利用官方微信、微博开展司法服务、普法宣传等，方便群众获取司法资讯。组织公众开放日活动46次，邀请5000余名社会各界人士“零距离”接触法院。开展“法制进乡村、进社区、进校园、进企业”活动23次，面向3000余名群众开展法制教育和普法宣传。做好信息公开工作，在各类媒体上发表新闻宣传稿件351篇次。专门召开涉公职人员专项执行新闻发布会，向社会各界通报区法院涉公职人员专项执行工作情况。

【司法改革】 2016年，区法院落实省、市法院的统一部署，结合自身工作实际，制定出台莲都区人民法院《司法体制改革实施方案》《首批法官入额工作实施方案》和《首批法官入额业绩考核实施办法》等司改制度，按照规定完成55名法官入额考核工作。院党组书记、院长李美顺带头自愿放弃首批入额，并带头做好干警的思想工作，全院干警思想状况平稳。在首批入额的38名法官中，助理审判员1人，35周岁及以下年轻法官10人。针对法官办案机制、办案责任制、审判委员会运行机制改革、人民陪审员制度改革、审判团队建立等各项工作，有序开展调研准备和试点工作，逐步推进改革各项举措落到实处。推进“以审判为中心”的诉讼制度改革，充分发挥庭审在查明事实、认定证据、保护诉权、公正裁判中的决定性作用。

司法行政

【概　况】 2016年，社区矫正执法监督共监督警告处罚41件，提请撤销缓刑建议13件，清理规范性文件1件，人民监督员履职活动6次，推选省级人民监督员1名，全年没有发生相关投诉案件。 区司法局顺利打赢“平安护航G20”维稳硬仗；莲都区获全国“六五”法治宣传教育先进区，区司法局被中共浙江省委、省政府授予“2011—2015年全省法治宣传教育先进单位”荣誉称号；全区新创省级民主法治示范村1个、市级民主法治示范村1个，新增市级“诚信守法企业”1家。

【“六五”普法总结表彰暨“七五”普法动员会】 2016年11月7日，召开全区“六五”普法总结表彰暨“七五”普法动员会，区普法领导小组成员单位负责人、受表彰的先进集体和先进个人代表及其他区直有关单位和乡镇(街道)分管领导等120余人参会。会议通报表彰“六五”普法期间工作突出的优秀集体和优秀个人，优秀集体代表和优秀个人代表分别进行发言，与会领导为莲都区普法讲师团代表办法聘书，就落实“七五”普法工作提出具体要求。

【普法依法治理工作】 2016年，区司法局开展普法依法治理工作，重点做好法律进机关(单位)、进村(社区)、进学校、进企业工作。针对人民群众在工作生活中遇到的热点、难点涉法问题，利用“三八”维权周、“3·15”消费者权益日、“安全生产月”、“综合治理宣传月”、“6·26”禁毒日、“12·4”全国法制宣传日等重要节点，开展有针对性的法治宣传教育活动。建立健全“民主法治村（社区）”创建标准和目标考核体系，做好对新申报省、市级民主法治村（社区）的创建业务指导工作。开展“诚信守法企业”创建活动。丽水万控电气有限公司被评为市级“诚信守法企业”；协同峰启文化公益社等社会力量，通过多种渠道多种方式，走访了解学校对法治宣传教育的需求问题，同时寻求公检法司部门供给侧资源，合力搭建互惠互利、合作双赢的公益平台。在全区中小学全面推开“禁毒和预防未成年人犯罪”“杜绝欺凌，共沐阳光”等讲座十余场，解决校园法治宣传教育短板问题。探索创新普法新形式，丰富活动内容和载体，7月15日，成功举办“七五”普法系列活动之特邀节目——青年旅美钢琴家吕颖上钢琴独奏音乐会。

【“12·4”国家宪法日宣传活动】 2016年12月4日，区司法局围绕“宪法走进你我”主题，联合市区检察院、法院、建设局、团市委等市区两级49家单位，在市青少年宫露天广场开展“12·4”国家宪法日宣传暨浙江电视台《流动大舞台》走进丽水莲都大型文艺演出活动，千余名观众观看演出，并参与法治宣传教育活动。演出内容包含近年丽水本地创作的经典节目《法治精神美名扬》《司法警察之歌》《畲乡情》《锦绣山河》等，反映出丽水莲都绿水青山的本土风情，共170余名演职人员参加。同时，各普法成员单位结合职能工作以普法图版展示、法律咨询服务、有奖竞答等多种形式开展宣传。共计悬挂宪法宣传展板25块、横幅6条，印制6000余份以“国家宪法日”“普法与文明”“法律援助应援尽援”等为内容的法制宣传手册、挂历、普法厨宝、环保袋等百姓日用品，以及以“创建全国文明城市”为内容的法制宣传资料，通过法律知识问答形式向群众发放。该场活动共发放各类法律宣传手册和相关资料约2万余份，解答法律咨询100人次。

【全区科级领导干部培训会】 2016年12月13日，区司法局举办“宪法宣讲莲都行”暨2016年度全区科级领导干部法治宣传教育培训讲座，全区400余名领导干部参加。本次宣讲邀请武汉大学中国中部发展研究院副研究员、法学博士张彪副教授，在莲都会议中心会堂做题为“宪法与依法治国”的专题报告。

【法律援助工作】 2016年，区司法局履行维护稳定和服务民生双重职能，开展法律援助工作，提升便民惠民效应。全年共办理案件778件，挽回经济损失565万元。健全便民服务网络，贯彻落实新修订的《浙江省法律援助条例》，结合莲都实际，做好赡养费抚养费、支付劳动报酬、医疗交通工伤事故赔偿等七大类法律援助事项的宣传和办理工作，稳步拓宽涉及劳动保障、婚姻家庭等与民生紧密相关的法律援助补充事项办理范围，满足困难群众的法律援助需求。运用多种维权手段，在咨询、受理、办理过程中，注重化解为先，诉讼、非诉讼手段相结合，做好援助律师诉前、诉中调解（和解）工作。做好法律援助信息化建设工作，注重法律援助质量评估，完善法律援助案件评查、“第三方”质量评估、群众满意度测评建设，及时发现并纠正管理和案件办理中存在的问题。落实新修订的《浙江省法律援助条例》刑事法律援助范围，保障当事人合法权益。做好未成年人刑事法律援助工作，在辩护中注重教育挽救，提升未成年人保护效果。

【律师管理工作】 2016年，全区现有律师事务所7家（其中2家合伙所，5家个人所），律师30名。通过律师服务G20峰会安保维稳、领导接访日陪同接访、担任政府部门法律顾问、定期在莲都区信访局及莲都区检察院援助工作站接访、加入人民调解律师团智库等维稳载体，形成律师主动服务中心大局参与维稳的常态化机制。截至2016年年底，区、乡二级政府法律顾问覆盖率达到100%，区农业局等26家区直单位聘请政府法律顾问。结合莲都实际采取"以所包片、结对乡镇、按需走访"的服务模式,定时定量地进行基层走访和开展法律服务。截至年底,担任法律顾问的律师事务所、基层法律服务所为基层提供法律咨询4959人次,开展法治宣传教育活动64次,开展村务"法律体检"207个,帮助修订、完善村规民约、合同、协议等143个,办理法律援助39件,为乡(镇)政府提供法律意见和建议97条,协助处理信访问题55起,调解矛盾纠纷66起,处理其他涉法事务70件。区属律师开展企业"法律体检"61次,进行专题法制讲座8次,发放宣传资料上百份,为顾问企业提供诉讼、非诉讼法律服务,取得一定的社会效果。

【G20峰会维稳】 2016年全区14个乡镇(街道)在册社区矫正人员432名,其中缓刑385名,假释34名,暂予监外执行13名;收监执行13名,治安处罚6名,受到司法局警告处分41人次,无重新犯罪。召开G20峰会安保工作动员部署会,按照四个阶段的工作任务,层层落实到科室所,确保社区矫正的安全。4月,各司法所分层次开展大排查大走访活动,排摸重点对象。7月,严控外出请假制度。首次开启社区矫正指挥中心,畅通省、市、区及各乡镇街道司法所信息,昼夜值班,电子腕带和手机定位及时配合到位。"互联网+"模式对矫正人员双管控的落实,确保社区服刑人员的监管安全。莲都区刑满释放人员在册共计1549人,在册人员中有7人列为重点帮教对象,13名在册人员重新违法犯罪,无严重刑事犯罪发生。围绕G20峰会安保工作,对有在杭经商、务工等经历,有重新违法犯罪苗头的刑释人员进行全面排查摸底,明确7名重点对象和10名在杭务工人员,及时落实稳控措施。落实在服刑人员信息核查制度,全年共收到监所寄发的刑释通知书120份;落实解矫人员档案衔接制度,对矫正期满的社区服刑人员,由监管乡镇街道司法所在矫正期满宣告日建立归正人员档案,并落实帮扶措施。做好安置帮教档案管理工作,做到底数清、情况明,一人一档。做好刑满释放人员信息管理软件应用工作,做好衔接登记、查找、统计等安置帮教工作。对经济困难和"三无"刑满释放人员竭尽所能予以过渡性补助,全年累计对24名生活困难的刑满释放人员开展困难救助。与区政法委、关工委等单位共同组成帮教团,到金华监狱开展莲都籍在服刑人员集体帮教;落实重点刑释人员接回制度,从监狱接回4名重点人员,并做好安置帮教工作,从源头上避免脱管漏管,消除社会不稳定因素。开展各级人民调解组织、全局司法行政干部和法律服务工作,开展"矛盾纠纷集中排查调处专项活动月"和"迎峰会疑难复杂纠纷调解攻坚大会战"活动,确保G20峰会安保维稳工作顺利进行。

【人民调解工作】 2016年,区司法局围绕莲都区"三改一拆""五水共治""六边三化三美"等中心工作和"两会"等重要时期,组织全区各级调委会深入开展矛盾纠纷排查化解,做到定期排查、分类化解、及时通报,抓早、抓小、抓苗头。截至年底,全区共建立各类人民调委会266家,共有调解人员923名,其中乡镇(街道)调委会14家,村(居、社区)调委会236家,企业调委会8家,行业性专业性调委会8家,自上而下形成区级人民调解指导中心(融和工作室)—乡镇(街道)调委会—村(居、社区)调委会三级调解组织网络。全区各级调委会共调处各类矛盾纠纷3049件,涉及当事人6683人,涉及金额3128.79万元。

【公共法律服务体系建设】 2016年,区司法局将"便民与平台"相结合,让城市与农村享受均等法律服务。以莲都区司法行政法律服务中心为枢纽,以14个司法所和28个村(社区)司法行政工作室为延伸点,按照"法律服务咨询、矛盾纠纷化解、困难群众维权"的功能定位,整合普法宣传、法律援助、律师、人民调解等法律服务资源,覆盖城区、乡镇(街道)和村(社区),布局合理、操作科学、便民利民的城乡基本公共法律服务体系正式运行,起到促进基本公共法律服务均等化的作用,让农村基层群众享受和城市居民相同的便捷法律服务。

【服务中心工作】 2016年，区司法局充分发挥司法行政职能优势，整合司法行政各项法律服务职能，整合各类法律工作者，充分发挥司法行政本职职能，开展优质高效的法律服务，为中心工作保驾护航。全年承担创建全国文明城市民主公正法治环境专项组牵头部门职责，以“区创建办”工作指导为核心，配合做好各项规定动作。落实台账、宣传栏、核心价值观等基本装备配备；清查各个薄弱环节，窗口、司法所规范化建设内容各就各位；以“补短板”为工作重点，层层推进，多措并举，助力文明城市成功创建。结合“法律进社区”活动，加强测评问卷的宣传，提高全民法律知识参与率；结合普法宣传，开展各种形式的以文明城市创建主题宣传活动，推进法治宣传教育全民知晓率，将全民宣传推向高潮。“五水共治”结对帮扶仙渡港、“六边三化三美”结对帮扶敏河村、路湾村，围绕 “三改一拆”“五水共治”“六边三化三美”和全区重点项目建设内容，提供优质法律服务和法律保障。

（叶丹青）

军 事

人民武装

【概 况】 2016年，莲都区人武部借助微信公众平台和微信群，每日推送优质理论文章，推动干部职工学习最新指示精神。开展“新体制、新职能、新使命”和“明职责、敢担当、有作为，做新一代国防动员人”大讨论，通过遂行G20峰会安保和苏村救援等任务。创新政治工作方式方法，开发“莲都兵情”手机App，开通莲都征兵办微信公众号，及时向社会推送政策消息。贯彻省军区“义乌会议”和军分区“四队”建设现场会精神，按照“基本+特色”的思路，组建人员搜救、水上救援、应急通信三支特色分队，补充更新器材装备，提升应急能力。先后组织武装拉练、专武干部和民兵连长集训、民兵尖子考核比武、“动中通”演训应急通信演练等演训活动，继续承办全市冲锋舟手集训，参加应急通信和水上救援综合演练。坚持实战检验锤炼，先后组织民兵参加G20峰会治安巡防、山林灭火、防汛抗洪等应急救援行动，跨区参加“9·28”遂昌苏村特大山体滑坡抢险救援。按照“应急连城区街道编、目标防卫分队就近编、专业分队行业系统编、任务分队围绕地域特点编”的方法，编实编强基干民兵队伍；采取“随机抽点、全区集中”的办法，集中组织全区基干民兵集结点验。展开潜力数据统计调查，摸清辖区国防潜力底数；主动协调陆军驻杭军代室总代表到莲都调研考察，为民企“参军”服务搭桥。首次走进高中校园组织兵役登记，进行国防征兵宣传。严格把握兵役登记、体格检查、政治考核、走访调查、廉洁征兵等各个环节，顺利完成年度新兵征集任务，大学生新兵比例达64.4%。开展财务整治及作风建设“五个领域”整治规范，清查财经秩序管理、工程建设和停止有偿服、物资集中采购等方面问题，及时限期整改，确保经费使用合情合理、合法合规。推动营院规范化建设，协调地方政府，落实维修经费150余万元，基本完成办公楼修缮改造。是年，莲都区人武部连续第5年被省军区评为“军事训练先进单位”。

【省军区司令员冯文平考察莲都区人武部】 2016年5月31日，省军区司令员冯文平率工作组一行到莲都区人武部检查指导工作。丽水市委书记史济锡，丽水军分区政委范金华、参谋长宣国民，莲都区委副书记、区长杨秀清陪同检查。冯司令员分别听取丽水市和莲都区地方经济社会发展、党管武装工作情况及区人武部全面建设工作汇报，冯司令员在充分肯定成绩的同时强调指出：要认真学习习主席系列重要讲话精神，强化看齐追随的政治意识；要努力转变思维理念和工作方式，统一思想，坚定拥护改革；要毫不松懈地抓好练兵备战，提升核心能力；要发动广大官兵和民兵预备役人员积极参与地方经济建设，当好地方党委政府的左膀右臂，为地方经济社会发展保驾护航。

（金威）

【召开区委武装工作暨区国动委第十三次全体（扩大）会议】 2016年4月15日，莲都区召开区委武装工作暨区国动委第十三次全体（扩大）会议，区委常委、区国动委及国教委全体委员、各乡镇(街道)党政主要领导、基层专武部长共130余人参加会议。会议由区长、区国动委主任杨秀清主持,区人武部政委王松龙同志宣读2015年度武装工作、国防动员工作先进单位和先进个人的表彰通报。区委常委、人武部部长、区国动委常务副主任潘新雄做工作报告,总结2015年党管武装和国防动员工作,部署2016年度工作任务。市委常委、区委书记、区国动委第一主任、区人武部党委第一书记葛学斌就进一步加强党管武装工作、推进国防动员建设发展问题讲话。

（王磊）

【民兵整组工作】 2016年3—4月,区人武部以省军区民兵整组工作实施意见为依据,在总结上年度军分区民兵整组检查验收和人武动员考评情况的基础上,做好调研摸底、组织整顿等各个环节。该项工作从年初即开始启动,春节前,区人武部组织人员深入基层一线调研,对民兵数质量情况进行调查摸底。3月4日,召开全区民兵整组工作部署会,分解明确任务、进行业务培训。4月底前完成基干民兵组织调整、政治考核、干部任命等工作。通过整组,全区基干民兵共编XX支分队XX人,出入队XX人,占总数8.6%;基干民兵干部XX人,普通民兵连连长XX人,农村民兵连长进村"两委"率100%。民兵组织建设基本达到规模适度、布局合理、结构优化、重点突出的要求。

【民兵拉动点验】 2016年4月29日,区人武部采取"随机抽点分队、全区集中点验"的办法,在丽水学院集中组织全区乡镇、街道基干民兵集结点验,重点抽查部分应急队伍和支援队伍。期间,组织队列训练和官兵相识,部机关严格对照花名册查"三证"问"三情",点验抽查11支分队403人,到点385人,到点率95.5%,点到率100%。随后召开点验大会,按照规范程序落实宣布干部任职、民兵宣誓等内容,部主官开展思想政治教育,区委常委、常务副区长胡献如到会并讲话,军分区司令员姜华到场指导并给予了充分肯定。7月6日,省军区副司令员周少锋率工作组到丽水对部分县(市)基干民兵队伍进行点验拉动,莲都区民兵应急连参加了点验和警棍盾牌术考核,到点率98.4%,点到率100%,考核成绩优秀。

【民兵"四队"兼备应急力量建设】 2016年,区人武部为推进后备力量建设创新发展,实现民兵应急力量向战斗队、工作队、宣传队、专业队"四队"兼备转型升级,根据省政府、省军区"义乌会议"精神和《丽水市民兵"四队"兼备应急力量建设规范(试行)》要求,11月,区人武部组建人员搜救、水上救援、应急通信三支民兵应急专业分队。分队人员主要依托丽水市蓝天救援队、丽水水上应急救援中心、丽水市无线电爱好者团体等社会专业力量抽组,吸收部分具备专业特长的专武干部及退伍军人参加,每队编组3个班,每班8至10人。分队平时主要担负战备值勤、反恐维稳、抢险救灾、专业救援、参建援建等任务,战时担负安全警戒、防奸反特、维护社会秩序等任务。12月2日,新组建的3支应急专业分队参加全市民兵"四队"建设现场会,展示专业装备,开展水上救援行动课目演练,展现初步建设成果。

【民兵尖子考核比武】 2016年6月6—8日,区人武部组织开展全区民兵尖子考核比武活动。考核比武以《民兵军事训练与考核大纲》为依据,以乡镇(街道)为参考单位,各选拔7名在册民兵组队参考,主要考核队列、56式冲锋枪精度射击、警棍盾牌术、手榴弹投掷和军事教学法等5项军事基础课目。各考核课目采取百分制评定,现场抽定出场顺序,现场打分、统计和公布成绩。经考核,南明山街道、岩泉街道、碧湖镇民兵综合成绩位列前三名,6名民兵被评为优秀"四会"教练员。通过本次考核比武,达到了以考促训、进一步挖掘、培养民兵训练骨干人才的预期目的。

【承办丽水市军地联合通信演练】 2016年9月23日,丽水市组织开展军地联合通信演练。此次演练由丽水军分区牵头举办,区人武部具体承办,市人防、经信、电信、移动、联通、电力等企业部门及莲都区民兵通信连参演。演练以平战体制转换为背景，综合运用野战综合终端、无人侦察机、全球眼系统、无线政务网等军地通信装备和手段，快速开设一体化信息指挥平台。通过演练，集中检验和提升丽水军地通信保障在服务作战和遂行非战争军事行动中的能力，为满足未来信息化条件下局部战争通信保障需要和平时遂行抢险救灾任务需要打下基础。军分区党委常委，丽水市副市长陈重，各县（市、区）人武部、国动委综合办、信动办等单位主要领导莅临现场观摩演练。

【民兵治安巡防】 根据护航G20杭州峰会需要和莲都区委、区政府决定，2016年8月20日至9月8日，区人武部每天安排100名精干民兵配合公安部门开展治安巡防工作。民兵巡防区域为城区4个街道及社区，巡防时段为每晚22时至次日凌晨3时，主要任务是收集社会治安信息，开展基础性的防火、防盗、防破坏、防治安灾害事故宣传检查工作，同时协助公安干警开展治安防控活动。民兵治安巡防期间，区内公安部门的接警数和出警数同比明显下降，社会治安状况更加良好。

【征兵工作】 2016年，莲都区征兵办围绕大学生征集这一核心指标，区人武部做好征兵准备、实施各环节工作。3月上旬，在辖区6所高中（职高）和2所高校建立兵役登记点，抽调专人进校开展兵役登记和征兵宣传。至6月，全区18周岁适龄青年全部参加网上兵役登记。8月，组织征兵初检、复检。经政治考核、走访调查和集体定兵，完成男兵征集任务。此外，征集直招士官1人、女兵4人。大学生士兵比例占征兵总数的64.4%。入营后因身体条件变化，非责任退兵4人。

【国防动员潜力调查】 2016年9月下旬至10月中旬，根据省、市国动委通知部署，莲都区国动委对区内国防动员潜力数据进行统计采集。这次采集主要依据中央军委国防动员部新启用的《国防动员潜力指标体系（试行）》（2016年版），统计采集包括综合、人民武装、经济动员、人民防空、交通战备、信息动员、政治动员等7个方面44类潜力资源的数据。这次统计采集工作由区国动委综合办负责牵头组织、综合协调，区国动委各专业办公室负责本级本领域相关潜力数据的采集、汇总。为确保数据采集工作高质量落实，区国动委组织业务培训和任务部署，印制《国防动员潜力统计调查手册》，为各乡镇、街道武装部统一订制工作专用电脑。同时，对照潜力指标体系中所列的调查对象、调查内容、调查指标，组织精干力量赴市、区相关单位和企业，逐条逐项采集核实，从严落实保密要求，按时保质完成数据采集工作，准确掌握辖区国防动员潜力资源，为战时动员决策提供信息支撑。

【专武干部队伍建设】 2016年，区人武部针对全区专武干部军事素质相对偏弱的实际，做好集训培训工作。2月，组织开展1次20千米全副武装负重拉练；4月上旬，组织1期专武干部集训；5—6月，先后选送9名专武干部参加冲锋手集训和跨区联训；结合民兵尖子考核，组织副部长教学法比武；10月，组织专武干部战斗拉练。利用乡镇换届之机，安排6名专武部长转岗，4名副部长提任部长，专武干部队伍结构更加优化。

（金威）

【"两学一做"学习教育】 区人武部开展"学党章党规、学系列讲话，做合格党员"学习教育。学习教育中，人武部党委认真研究制定方案计划，组织动员部署，落实组织生活制度，党员干部带头抄写党章、自查问题、宣诺践诺，用实际行动赢得群众认可，树好党员干部形象。同时结合长征胜利纪念活动开展系列主题党日活动，先后赴岱后村丽水县委旧址重温入党誓词，开展助民劳动，帮建民兵党支部；组织干部职工祭扫烈士陵园缅怀先烈；组织干部职工和全区专武干部赴龙泉、庆元开展战斗拉练，重走长征道路，感悟红色印迹；组织民兵参与文明创建等活动。

【党委中心组带机关理论学习暨主题教育活动】 2016年，按照省军区、军分区统一部署，区人武部完成4个季度24天的党委中心组带机关理论学习，同步开展改革强军主题教育活动。3月24—29日，组织第一季度理论学习暨改革强军主题教育活动，集中组织学习习主席改革强军战略思想，围绕“适应体制转隶新起点，提振干事创业新风貌”组织专题思想汇报。4月22—28日，同步参加省军区师团职领导干部理论培训，学习军委改革工作会议、军委扩大会议精神特别是习主席改革强军重大战略思想和“五个更加注重”战略指导，用党中央、中央军委和习主席决策部署统一思想，研究适应新体制、履行新职能、完成新使命的思路举措。9月12—15日，组织第三季度理论学习，学习习近平主席“七一”重要讲话精神和关于指挥体制改革的重要指示要求，建设“四铁”党委机关。12月20—23日，参加体制编制调整改革专题教育暨第四季度党委中心组带机关理论学习，学习习近平主席政治建军、改革强军、依法治军重大战略思想，开展“破除陈规陋习、培塑新风正气”大讨论。

【全民国防教育】 2016年，区人武部依据《浙江省国防教育条例》，做好学生军训、民兵整顿、基干民兵训练、新兵入伍等工作，进行国防教育，教育辐射面广。在征兵宣传期间，首次在市区高中设置宣传长廊，制作发放宣传画册，进行国防征兵宣传。9月，联合宣传、文化、民政等部门，开展国防教育周暨长征胜利80周年纪念系列活动。运用手机新媒体创新开展民兵教育和征兵宣传，开发完成“莲都兵情”APP，开通“莲都征兵”微信公众号，及时推送国防知识、民兵教育、征兵政策等信息。

（王磊）

【财经管理】 2016年，区人武部贯彻落实省军区、军分区《深入推进行业风气清理整治实施方案》，结合“两学一做”学习教育，按照“坚持方向引领、坚持问题导向、坚持遵循法规、坚持查纠并举”的原则，查找财经秩序管理、工程建设和停止有偿服、物资集中采购工作薄弱环节并督导整改，摸清经费开支和财经管理底数。在规范财经秩序、完善制度机制、依法管财上取得明显成效，确保上级决策指示和各项规章制度有效贯彻落实，进一步改进作风、纯正风气。

【基础设施建设】 2016年年初，区人武部投入10万余元对机关食堂进行修缮，购置厨房厨具、聘请厨师，有效的解决干部职工日常就餐问题。9月，经区发改局、区财政局、区机关事务管理局、区国资公司等相关部门人员现场勘察、讨论审议，由区政府投资150万元，对民兵训练楼进行修缮改造，进一步规范日常办公秩序。

（潘栋）

莲都武警

【概　况】 2016年，莲都武警中队作为总队树立的“标兵中队”、支队的“窗口中队”、莲都区安全保卫的“拳头”中队，完成“两会”安保及“3·14”“7·5”重点时期的城市武装巡逻和G20杭州峰会警卫安保和G20峰会期间的丽水城市武装巡逻、苏村救援等任务。是年，莲都武警中队被浙江省总队评为“基层建设先进中队”。

【思想政治建设】 2016年，莲都武警中队针对当前深化国防和军队改革和新形势下官兵思想复杂、追求多样性和战士中独生子较多等特点，坚持把改革强军主题教育作为政治教育重点内容，制订教育实施计划方案召开教育动员会，注重备课、教育等环节的落实，实现塑造人、培养人、教育人的目的。做好报考武警院校人员思想稳定工作，并提前做好考生思想稳定工作，及时做好落榜考生的思想工作。

【军事训练】 2016年，莲都武警中队结合年度训练计划，合理安排训练时间、科学施训。夯实官兵“当兵打仗、带兵打仗、练兵打仗”的素质基础，训练过程中遵循科学组训、因人施训、分层分训等方法，军事训练质量稳步提升。并定期开展体能、技能等科目的考核。

【双拥工作】 2016年，莲都武警中队健全领导机构，成立以中队长、指导员为组长，支部各委员为组员的双拥工作领导小组，制定专人负责具体事务性工作，并根据中队领导班子的变化情况，及时调整双拥工作领导小组。坚持把双拥工作摆上议事日程，与中队日常工作同部署、同计划、同实施，以区政府年初下达的工作指示为依据，在梳理年度工作思路时，把双拥工作纳入年度工作目标。完善制度措施，根据区双拥工作要点，制定中队双拥工作实施方案，明确工作责任和制度措施，做到“三个确保”，即无论业务工作再忙，也要确保双拥工作时间。派遣100余人次协助花园中学、丽水学院、丽水职业技术学院、莲都区公安分局等公建单位军训，参加执勤60余人次，社会活动安保150余人次，出动兵力680余人次配合市、区公安局进行武装巡逻，确保地方安全稳定。中队接待13500多人参观警营，其中包括地方企业、学生、幼儿园小朋友等。整理图书350余套和人民币5000余元资助联城小学贫困学生4名。与区公安分局、派出所开展联动执法行动，打击违法犯罪行为。开展警民共建活动，定期或不定期走访共建单位和困难户，力所能及解决一些实际问题。

【后勤保障】 2016年，莲都区武警中队结合“伙食管理精细年”活动，征求官兵对伙食的意见建议，合理调剂伙食，确保广大官兵的饮食营养需要。做好经费管理工作，落实重大经费开支报告、中队“双主官”签字等制度严格落实记价挂账、物资交接和检查评比等制度。贯彻落实总队卫生规范化管理工作规定，做好厨房、餐厅的卫生管理工作；落实各项卫生管理制度和伙食管理五项制度。

（徐宝学）

农村经济

综　述

【概　况】 2016年，全区实现农业总产值27.21亿元，增长4.1%。其中，种植业产值19.75亿元，增长2.2%；林业产值2.31亿元，增长7.9%；牧业产值4.15亿元，增长10.2%；渔业产值0.71亿元，增长7.6%；农林牧渔服务业产值0.30亿元，增长19.0%。继续推进农业“三区”建设，全区粮食播种面积9800公顷，总产量4.8万吨，新建粮食生产功能片区676.80公顷，新建高标准基本农田1513.33公顷。推广绿色防控技术面积946.67公顷，推广测土配方施肥面积，推广商品有机肥0.65万吨，实施农药减量控害技术5466.67公顷，推广农作物病虫害专业化统防统治2566.67公顷。累计创建省级生态循环农业示范区2个（碧湖、老竹），培育省级生态循环农业示范主体3家，区级生态循环农业示范主体11家。新增农产品质量安全追溯主体18家，累计建成可追溯主体145家，实现省级以上示范合作社、市级以上农业龙头企业可追溯点全覆盖。成功创成第一批省级农产品质量安全放心县，三年内无重大农产品安全质量事故发生，有效维护人民群众“舌尖上的安全”。成功举办以“中国智慧 养生农业”为主题的第八届中国社会生态农业（CSA）大会，吸引来自美国、联合国粮农组织、韩国以及国内从事生态农业专家、学者和社会生产经营主体700余人齐聚莲都共商社会生态农业发展大计。成立莲都区推进农产品旅游地商品转化工作领导小组，编制《莲都区加快推进农产品转化为旅游地商品实施方案》，筛选出26家旅游地商品生产经营主体，推选出梅峰茶叶、古方红糖、康玥皇菊等58个产品认定第一批旅游地商品，累计实现旅游地商品营销额2.19亿元。新认证无公害农产品8个，新增绿色、有机农产品9个，古方红糖、五谷杂粮、春牧土鸡蛋、东篱婆婆、润生苔藓、晓峰金鱼等一批具有莲都本土特色农产品声名鹊起。引导企业申请使用“丽水山耕”区域品牌，至年底全区有18家企业，26个产品使用“丽水山耕品牌”。打响“处州白莲”区域品牌，连续5年举办“处州白莲节”，使之成为具有莲都特色的农事节庆活动。莲都区连续11年被省委、省政府评为“新农村建设优秀单位”。

【农民创业增收】 2016年，区委区政府编制出台《莲都区促进农民增收三年（2016—2018年）行动计划》，各单位部门按照三年行动计划相继出台政策释放红利，比如低保扩面、民宿客房以奖代补、来料加工以奖代补、特色农业产业种植扶持等。在“老三宝”（种植业、养殖业、外出务工）持续发挥作用的同时，“新三宝”农村电子商务、来料加工、农家乐民宿的作用日益明显，村级电商服务点达260个，新增50个，农村电商销售额达16.8亿元，其中农特产品网上销售额6.64亿元；来料加工参与农民工达7000余人，实现年来料加工费达2.35亿元；全区民宿农家乐新增1800多张床位，接待游客270.87万人次，营业总收入达1.89亿元。开展千万农民素质提升工程，惠及农民11700多人次，提高农民创新创业和务工就业能力，增加农民工资性收入。为低收入农户开展异地搬迁、产业帮扶、教育扶贫、金融扶贫、兜底保障等“五个一批”的扶持，低收入农户人均可支配收入达9515元，增幅达19.5%。莲都区农村常住居民人均可支配收入21260元，同比增长10.0%，增幅排名全市第二。

【农村人居环境】 围绕“五水共治”，2016年重点实施建设40个村的农村生活污水治理工作，新增受益农户8014人。投入743万元用于建设乡镇垃圾中转站和配套垃圾压缩设备和车辆，新增4座压缩式垃圾中转站，压缩箱12只。在农村垃圾集中收集处理全覆盖的基础上，投入460万元完成7个垃圾资源化减量化试点建设，新建垃圾站房7座，新增厨余垃圾处理装备7套、垃圾车7辆，31个村首批纳入垃圾资源化减量化村，农村生活垃圾建制村分类减量处理率达17%。累计关停养殖场427家，治理提升285户，新建标准化规模养殖场27家，落实生态消纳地4600公顷。寻找畜牧业转型发展新路径，创新推进“养猪上楼”“赶鸭上岸”“三沼利用”等生态循环养殖。开展农药废弃包装物的回收处置，完成回收总量57吨，回收率达114.3%，处置量45吨，处置率达90.2%。通过一系列组合拳，农村人居环境发生翻天覆地的变化。

【农村社会事业】 2016年，区农办侧重改善农村薄弱学校的办学条件，优化并实现城乡间教育硬件的均衡，农村义务教育学校不再向学生收费，并建立特殊群体、困难群众的教育救助体系。全年发放营养餐及教育券资助款370.621万元，惠及贫困学生7504人次。发放民族教育券资助款18.016万元，资助少数民族学生2311人。153名贫困幼儿获得贫困学前教育资助，成功结对贫困中小学生833人次，发放贫困生资助资金19.58万元。全年共接收1300名符合条件的进城务工人员子女在城区公办学校就读。新建“天天乐”文体广场活动点16个，活动点共达478个，新建乡村戏苑5个，戏苑共达60个；新建文化礼堂18个，文化礼堂共达65个。规划设置村卫生室125个，现已完成改、新建80家。对完成改造无执业人员或未完成改造的村暂设巡回医疗点，人员由乡镇卫生院或邻近村卫生室承担，每月至少2次到相应村开展巡回医疗服务，实现20分钟医疗卫生服务圈全覆盖；80家村卫生室实施基本药物制度并实行紧密型一体化管理，占比达73.4%，11家村卫生室安装新农医即时即报系统，下步将逐步覆盖所有实施基本药物制度的村卫生室。投入33.13万元，补装更换农村居民剩余电流动作保护器10937只，其中补装584只，完成率达139.05%，进一步提升农村用电安全水平。按照“八有”（有组织、有计划、有信息服务站、有气象收发专用设施、有人员、有认证、有防雷设施、有科普活动）标准，推进村级气象防灾减灾标准化建设，黄村乡皂坑村、丽新乡黄弄村、联城街道张村街村、仙渡乡张山后村4个村申报省级气象防灾减灾标准化乡村。

【农村体制机制创新】 2016年，区农办推进“规范宅基地管理，破解农民建房难”行动，做好农村农民建房审批改革工作，将农民建房供地审批权委托下放给乡镇（街道），做好属地管理工作，优化审批流程，提高工作效率，对农村无房户、危房户建房用地应保尽保，无房户危房户建房用地保障已完成1832户。基本完成村经济合作社股份制改革归档工作。新发放土地流转经营权证100本，新增农村产权公开交易72宗；开展农村土地确权登记颁证，推进质量整改工作，完成率90%。成立“三位一体”改革工作领导小组，制定出台《莲都区构建“三位一体”农民合作经济组织体系实施方案》，乡镇（街道）农合联共吸纳会员398个，其中单位会员239个，个人会员159个。健全“民主法治示范村”创建标准体系，申报创建紫金街道黄泥井为省级民主法治村，累计创建省级民主法治村8个。

新农村和全面小康建设

【概　况】 2016年是农村生活污水治理工程的收官之年（污水

治理三年计划2014—2016年），区委区政府高度重视农村污水工程，坚决按高标准、严要求，集中攻坚，强势推进，农村治污完美收篇。经三年共实施农村生活污水治理村256个，新增受益农户43871户，受益率85.8%；管网建设118.5万米、终端站点557个、终端总容积1.49万立方米、人工湿地面积2.28万平方米，完成投资2.32亿元，投资完成率93.6%。完成农村生活垃圾资源化减量化无害化试点建设7个，31个村首批纳入垃圾资源化减量化无害化处理村。创成民宿特色村10个，整体开业的有堰头、利山、沙溪和港口村，老百姓受益明显。按照“保护、传承、利用”三融合原则，有序推进省级历史文化村落保护利用重点村2个、一般村16个，老竹镇沙溪村、峰源乡西坑村、碧湖镇古井村一期项目均已完工并通过验收，岩泉街道陈寮村、碧湖镇下叶村、黄村乡皂坑村、雅溪镇箬坑村已基本完成建设，其他村按进度完成建设，堰头村获国家经费补助400万元。着重做好碧湖镇区及区域内公路两侧可视范围综合整治工作；开展金丽温高铁、新50省道沿线的村庄“三化三美”提升工作，完成农业产业园区风景线的创建；做好各乡镇集镇所在村、民宿特色村、精品村的洁美环境打造，建成12个花样美村，抓好港口村、里河村、堰头村、白口村（下圳自然村）4个美丽乡村精品村及红圩村、叶平头村等9个新增民宿特色村的培育创建。区财政预算内资金用于“三农”支出15.4003亿元，同比增长9.43%。

【农民异地转移工程】 2016年投入资金1150万元，开展紫金街道开潭村、紫金街道水岭根村、老竹镇新屋村等安置小区建设。总投资3亿元、规划用地面积2.7公顷、总建筑面积5.4万平方米的联城城郊农民新社区三期开工，该安置小区是浙江省第一个开工建设的装配式建筑农民安置小区项目，2018年5月完工后能安置2013—2014年异地搬迁对象和里东山体滑坡对象400户。规划用地7.27公顷的碧湖安置小区已优化规划设计方案。完成异地搬迁412户1009人，其中整村搬迁175户334人。围绕实现异地搬迁农民“稳住富起”、安置点“变绿变美”的目标，联合妇联、电商等部门，为搬迁农民提供来料加工、电子商务等服务，并从25个安置小区（点）中选取了丽新乡畈岸、岩泉街道铺基下2个异地搬迁安置小区作为“美丽新家园”创建工作点，按照美丽乡村和“花样农家”建设要求，落实任务开展建设。

【扶贫开发工程】 2016年，区农办对原“4600元以下”低收入农户开展动态管理工作，安排38位区领导，555位科级干部和56位乡镇干部帮扶对象660户1023人，制订2016—2017年结对方案。开展政策兜底扶贫，完善最低生活保障制度，按照“应保尽保”原则，对符合最低生活保障条件的农户纳入低保、残保，实施保障帮扶；全区60周岁以上和18周岁以下的低收入农户，参加农村居民医疗保险费由政府全额补助；农村低保标准由2012年368元/月·人提高至680元/月·人，实现城乡统一标准。开展教育扶贫，低收入农户子女在校中、高等职业教育每年补助3000元/人，补助对象58人，发放补助资金17.4万元。开展健康扶贫，农村居民参加医疗保险30.6万人，参保率达99.6%，将低保边缘户纳入医疗救助范畴，将精神残疾人服用基本抗精神病药物门诊费用列入医疗救助，救助8316人次，支付救助资金2142.6万元，完成基层定点医疗机构城乡居民医保政策范围内门诊费用报销比例50%，门诊报销1147106人次，报销金额2246万元。开展金融扶贫，莲都区共有1家区级联合会和33家村级扶贫资金互助会，互助资金总额达到1017.6万元；参加互助会农户数1218户，其中低收入农户数218户，农户入股资金达164万元，累计借出互助资金1458.3万元。开展小额扶贫贴息贷款，扶贫贴息贷款总额达到3812万元。开展产业扶贫，对发展第三产业的低收入农户，根据种类、规模、标准等给予相应的补助，对268户发放补助总计14.87万元。全年莲都区低收入农户人均可支配收入达9515元,增幅达19.5%。

【农村劳动力素质培训】 2016年,区农办充分整合各部门资源,做好各项政策措施工作,按照"农办牵头、乡镇落实、部门实施"工作思路,建立农民学校、农民素质培训基地等培训平台,突出亮点,开展全区农村实用人才培训和"乡村能人"品牌建设工作,做好对民宿农家乐业主、养生农业业主、超市经营人才、农村电商、农村文艺人才、职业农民的培训工作,农村劳动力素质培训惠及农民达11700多人次,超额完成年度任务,获2016年度省级农民素质提升工程优秀奖。在省农民大学首办师资提升研修班,区直相关部门、各农民素质培训基地(机构)负责人和业务骨干52人参加学习提升。首届乡建创客培训班开班,322人参加培训,已有12位学员在莲都落地创业。推进特色培训常态化,依托莲都商会河南分会,组织在外创业85人完成异地超市创业培训,继续打响莲都超市品牌。依托区电商办开展15期1200 人的农村实用人才淘宝创业培训,涌现"嘟嘟爱""倪老腌""贝娜菲可""舞元素"等一批具有引领作用的本土电商精英。推进经济产业和社会事业同步发展,委托区文化馆开展5期250人的"天天乐"农村实用人才排舞培训,1期"处州乱弹"特色班培训,不断做好农村文艺队伍建设工作,提升农村文体活动水平。

【民宿农家乐乡村旅游发展】 2016年,区农办充分发挥莲都的生态优势和乡土文化优势,坚持创新、协调、绿色、开放、共享的发展理念,民间活力得到有效激发,隐居、联众、瓦坞、丽隐等十余知名民宿品牌争相落户莲都。整合"六边三化三美"、主题村落建设、古村落保护利用等涉农资金共计2亿元,重点扶持21个民宿特色村加快硬件设施完善。出台《民宿经济发展实施意见》,设立1000万元专项扶持资金用于民宿农家乐。引进大量人才,如大港头村老街上的多数是来至于外来文艺青年,引进联众产业、隐居集团不但引进了资金,也同时引进他们的经营理念。先后开展民宿创客培训班、消防安全和营销管理培训班、民宿农家乐上岗技能培训、茶艺茶道等培训班15期1337人次。通过参与外地推介活动、举办节庆活动、开展乡村烹饪大赛、对接旅行社、编写《莲都民宿农家乐旅游指南》《莲都民宿故事集》《乡村好滋味菜品烹饪大赛获奖菜品集》《主题村落"十个十"系列丛书》等开展民宿农家乐宣传。联合金融机构推出《三美融合民宿带信贷项目》,做好金融扶持工作,累计向80多户民宿业主发放贷款2000多万元。增设民宿综合审批服务窗口,提供上门培训、入户指导、现场受理、联合踏勘、联合验收、全天候代办和统一发证等服务,全区有200多家农户通过部门联合审批取得民宿营业执照。21个民宿特色村设立电动汽车分时租赁点,利山村等12个村已投入使用,改善市区旅游交通环境。184家民宿农家乐纳入工会疗休养承办单位;民宿农家乐纳入公安入住登记系统,莲都区民宿手机APP安装率达到100%;带有住宿功能的所有民宿农家乐均具备开发票的功能;根据民宿农家乐的软硬件标准,开展星级评定。是年,全区农家乐民宿经营户(点)441家,房间3038个,床位4981张,餐位数29260个,其中1—12月新增农家乐民宿经营户(点)157家,房间1425间,床位1855张。新增户数和新增床位数均位列全市第一。全年全区农家乐民宿接待游客270.87万人次,营业总收入1.89亿元,分别同比增长38.94%、42.46%。民宿农家乐休闲旅游获省优秀等级。

"六边三化三美"工作

【概　况】 2016年以来,全区"六边三化三美"行动始终坚持"政府主导、全民参与,因地制宜、城乡联动,综合治理、长效管理"的工作思路,做好落实、整治、业态工作,取得阶段性成效。"六边三化三美"工作考核全市第一。

【环境治理】 2016年,区农办制定出台《2016年度莲都区"六边三化三美"工作督查考核细则》《2016年度莲都区农村环境卫生治理工作督查考核细则》《莲都区2016年度农家乐民宿工作考核办法》等考核文件，执行“日提醒、周通报、月考核、年大考”工作推进机制。在全市首创并实施洁净村居红黄旗工作机制，根据“洁净村居”月考核及“全民保洁日”活动周检查成绩，每周、每月均评选出先进村和落后村，分别颁发流动红旗、黄旗，达到“四两拨千斤”的作用，各地掀起“夺红旗、拔黄旗”的活动高潮。坚持开展每周一“全民保洁日”活动和每月19日“综合整治大会战日”活动，推进省、市、区交办问题整改，至年底省交办的86个点位、市交办的279个点位全部完成整改，区级自查自纠问题点位3138个，共发出先进典型快赞系列115组，上传脏乱差等快曝系列1639组、反映问题8226个，整改率达100%。

【项目建设】 2016年，区农办总投资4.3亿元，以“一区，两线，多点”为重点，开展风景线沿线青山白化整治、农房立面改造、节点美化提升及美丽林相建设，串点成线、连线成片，打造一批各具特色的美丽乡村风景线。全年累计提升整治“六边”区域坟墓4160座，绿化覆盖或深埋1414座；完成重点沿线202处“赤膊房”点位的房美改造，累计改造外立面面积达45.1万平方米；53省道等3条通景公路绿色通道种植乌桕、光皮桦等珍贵树种38.9万株，完成绿化造林任务456.8公顷，完成率212.4%；对S33龙丽高速等5条线路沿线畲坑等30个村开展美丽村庄建设，推进港前线美丽公路创建工作和区块精品村创建工作。老竹镇至丽新乡段公路入选“浙江十大最美绿化县道”，金丽温高速莲都段入选“浙江十大最美绿化高速”。

（杨晓丽）

现代农业

【概　况】 2016年，莲都农业围绕“三美融合、主客共享”工作主线，以“农业增效、农民增收”为核心，发展生态精品养生农业，转变农业发展方式，推进农业供给侧结构性改革，取得较好成效。全年实现农业总产值27.21亿元，同比增长4%；农村常住居民人均可支配收入21260元，同比增长10%。

【农业龙头企业】 2016年，区农业局坚持“扶强、扶大、扶优”的原则，培育专业化、规模化、企业化和法人化的现代农业生产经营主体，提高农业产业化水平。至年底，全区累计培育农业龙头企业82家。推进农业标准化生产，实施农产品品牌战略。全年新增无公害9个，绿色食品1个，有机农产品2个，累计通过有机、绿色、无公害农产品认证的农产品132个。同时，开展生态精品现代农业示范创建，全区创建生态精品示范乡镇2个（太平乡、岩泉街道）、大学生创业典型6个、示范企业5家、示范合作社3家、示范家庭农场36家、生态精品农产品36个。

【农民合作经济】 至2016年年底，在农业局备案的农民专业合作社有418家，其中：省级以上示范性农民专业合作社有23家（国家级9家），市级示范性农民专业合作社15家，区级规范化农民专业合作社89家。区级规范化以上的共有127家。在农业局备案的家庭农场426家，其中：省级以上示范性家庭农场16家，市级示范性家庭农场8家，市级休闲性家庭农场2家，区级示范性家庭农场69家。区级示范性以上的共有95家。有效带动莲都区农村经济的发展，提高农民的收入水平。

【现代农业园区】 2016年，区农业局推进省级现代农业综合区建设，至年底，省级现代农业综合区已投入建设资金5.72亿元，建成面积2526.67公顷，成功创建绿色蔬菜主导产业区、食用菌主导产业区、稻菜轮作区，特色水果精品园、水生蔬菜精品园、中药材精品园、生猪生态养殖园等“三区四园”。其中，绿色蔬菜主导产业区356.67公顷、食用菌主导产业区70公顷、稻菜轮作区1477.33公顷、特色水果精品园73.33公顷、中药材精品园35.67公顷、水生蔬菜精品园70公顷、生猪生态养殖园2.4公顷。累计建成连栋温室大棚25.46公顷，普通大棚492.38公顷，喷滴灌设施560公顷，修建机耕路26.5千米，修建灌溉渠道

65.7千米，修建排水渠道6.6千米，新建泵站6座，新建沉井33座，整治池塘4座，产地认证2147公顷，三品认证54个，建成省级生态循环农业示范区1个，19家省、市级农业龙头企业，64家农民专业合作社参与园区建设。在碧湖、联城、仙渡新建粮食生产功能片区676.8公顷。至年底，全区在碧湖镇、老竹镇、雅溪镇、丽新乡、仙渡乡、联城街道累计建立粮食生产功能区2861.6公顷。

【粮食作物】 2016年，全区粮食播种面积9800公顷，比上年减少1.36%；产量4.8万吨，比上年减少0.62%。据统计，水稻播种面积4000公顷，蚕(豌)豆播种面积1433.33公顷，甜玉米种植面积1133公顷，大豆种植面积为1900公顷，与上年基本持平。油料生产持续稳定发展，油菜种植面积达593.33公顷，花生种植面积533.33公顷，比上年略微减少。

【蔬菜】 2016年，全区蔬菜面积12705.47公顷，产量35.16万吨，产值6.87亿元，产值比上年增加15.27%。莲都蔬菜产业已形成规模化、集约化、特色化的蔬菜重点产区，全区蔬菜生产的品种布局，种植模式已逐步稳定，从零散、粗放式生产走向规模化、集约化和特色化生产，形成了番茄、苦瓜、八棱瓜等具特色的基地和专业村。全年新发展的66.67多公顷养生蔬菜基地通过订单销售，销售总体价格高于市场收购价的2—3倍，总体效益较好。全区现有标准钢管大棚面积236.33公顷，推进设施化生产作业方式，将莲都区蔬菜产业做大做强，全区蔬菜种植效益明显提升，已成为全区种植业农民的最大收入来源。

【水果】 2016年，全区水果面积为12602公顷，较上年减少6.4%；产量12.0万吨，较上年减少9.5%；产值3.5亿元，与上年持平。面积、产量下滑首要原因是2016年1—3月的极端异常天气(最低温零下8度)，造成柑橘尤其椪柑严重冻害，冻死1334公顷，其他枇杷、桃等水果不同程度冻害，造成全年水果总产量下降。但枇杷、桃、杨梅等水果面积扩大，猕猴桃、蓝莓、覆盆子、桑葚、火龙果、樱桃、百香果、无花果等特色小水果也发展迅速(新增面积127公顷)，新增面积达467公顷。销售上，受大市场及减产等因素影响，柑橘价格较上年提升，价格为3.0元/公斤；桃因冻害减产19%(1.58万吨)，但价格依然保持高位，增幅13%左右；枇杷产量低(480吨)，减产60%，均价达50元/公斤；特色小水果由于产量较少、市场空当上市、果形奇特美观，市场需求量大，主要采取电商、自助采摘等销售模式，亩产值2万元以上，效益显著。此外，葡萄、枇杷、特色小水果等品种避雨栽培继续扩面，新增设施面积约20公顷。

【茶叶】 2016年，莲都区新发展茶叶33.3公顷，新发展茶园主要分布在大港头、丽新、乡黄村乡，品种以黄叶类茶为主。至年底，全区茶园总面积达到3267公顷，其中良种茶园基地面积达3000公顷，茶树良种覆盖率达92%。全年茶叶产量1972吨、产值2.03亿元。比上年增长1.1%、1%。春茶冻害严重，明显减产，夏秋茶雨水充沛气候宜茶，明显增长。其中：春茶产量995吨，产值1.35亿元，茶叶产量、产值分别比上年减少5.5%、5.1%。夏茶产量450吨，产值4590元；秋茶产量527吨，产值2210万元。夏秋茶产量和产值分别增长33%和45.5%。安装茶园防霜扇30台；茶园主干道硬化2200米，沟渠建设7000米；安装杀虫灯40盏；清洁化生产设施改造800平方米。进一步提升莲都区茶园基础设施建设和茶厂优化改造。

【食用菌】 2016年，莲都区食用菌生产总规模为5200万棒(袋或瓶)，产值1.91亿元。食用菌产业以香菇生产为主，香菇生产主要分布在雅溪、仙渡、峰源、碧湖、老竹等乡(镇)。香菇外运排场和异地制菇分布于全国30个省市100多个县(市、区)。全区食用菌产业品种结构调整加快，杏鲍菇、秀珍菇、蘑菇等菌类有少量种植。丽水百兴菇业有限公司投资的食用菌工厂化栽培基地生产杏鲍菇2200吨，产值5280万元；丽水市巾子峰食用菌专业合作社栽培秀珍菇70万袋，产值500多万元；全区共建成香菇集约化生产基地6个，代菇农生产菌棒600万袋，有效促进莲都区食用菌产业的转型升级。

【特色产业】 2016年，莲都区新发展处州白莲种植面积33公顷，新建设处州白莲精品园2个。至年底，全区共发展处州白莲353公顷，种植莲子的农业龙头企业、种莲专业合作社和种莲大户达到26家，莲产品加工企业5家，营销企业20多家，解决就业1000多人。丽水白枇杷产业扩大，依托太平枇杷产业集聚效应，重点开展太平下岙区域“丽水白枇杷第一村”建设。同时，延伸枇杷产业链（枇杷花茶），宣传枇杷花茶的“养生”功能，拓展礼品市场。结合自助型水果观光旅游线路，发展枇杷采摘游等休闲活动，宣传上发挥“中国十大名牌枇杷”荣誉效应，提升“丽水枇杷”品牌知名度，把丽水白枇杷打造成为效益极佳的“莲都养生第一果”。中药材产业迅速发展，全区中药材产业发展迅速，种植面积达1332.33公顷，比上年新增39公顷，同比增长3.0%，其中新发展铁皮石斛8.93公顷，皇菊8公顷。总产量4564吨，总产值6919万元，产量和去年同期相比基本持平，产值增加36.4%。

畜牧业

【概　况】 2016年，莲都区畜牧生产保持平稳。全年生猪年饲养量18.3万头，家禽年饲养量357万羽，全区畜牧总产值2.95亿元。其中规模养猪场119家，存栏数6.8万头（1000头以上8家，500～1000头11家，200～500头21家，50～200头79家），家禽规模场36家，存栏数99万只，其他规模场60家。

【发展生态畜牧业】 推进污染整治，实现生态化养殖。截至2016年年底，全区累计关停448家养殖场，推进农牧结合，实现生态化养殖。全面实施《莲都区设施农用地备案监管办法》，全年共新增审批畜牧用地9块，总面积达20.93万平方米；推进科学模式，实现高效化养殖。推广“非接触式发酵床养猪零排放”等新型养殖模式。至年底，莲都区已有浙江丽水意鑫牧业有限公司、丽水和丰苑农业科技有限公司等9家养殖场采用非接触式发酵模式。打造一批美丽生态牧场，推进畜牧产业转型升级，建立和完善产业布局生态、资源利用高效、生产清洁安全、产业功能拓展、环境持续改善的现代畜牧业产业体系和可持续发展的长效机制。

【动物疫病防控】 坚持动物防疫“预防为主”的方针，在督促好规模养殖场程序化免疫的基础上，及时开展散养畜禽的季节性集中免疫行动，并着重开展小反刍兽疫专项消灭行动，全年累计免疫家畜13.93万头、家禽147.65万羽。做好流通环节监管工作，严格产地检疫工作，做好省外调入动物备案审核工作，严防外来动物疫病传播。全年共产地检疫家畜4.99万头、家禽674.03万羽，省外备案审核调入动物1047批次。做好病死动物无害化处理工作，全区养殖环节共无害化处理生猪9451头，屠宰环节无害化处理生猪206头、不合格产品33.82吨。

【动物卫生监督】 2016年，区农业局做好检疫监管工作，明确动物检疫规程，规范动物检疫工作。印发《莲都区全面推进动物检疫电子出证工作方案》，对全区官方兽医和协检员进行培训，并全面实行电子出证。有序开展畜产品安全监测，对养殖环节和屠宰环节定期实行监督抽检发现不合格情况将及时溯源查处。全年共监督抽检生猪尿样3585份（瘦肉精定性检测），定量检测畜禽产品58份，全部检测合格。相继开展“家禽屠宰专项整治行动”“生猪屠宰扫雷专项行动”“瘦肉精专项整治行动”等专项整治行动9次，累计出动执法人员176人次、纠正不规范行为24起、立案查处11起，有效规范动物及动物产品经营行为。

农业机械

【概　况】 2016年，区农业局围绕农业“两区”建设，做好农机农艺（畜艺）融合工作，全面推进农业机械化科学发展。全区农业机械总动力达13.12万千瓦。主要农业机械中：农用小型拖拉机1186台、1.02万千瓦，配套农具1480台，微耕机3033台，运输型拖拉机647台、1.12万千瓦，联合收割机24台，农产品初加工机械动力9363千瓦，茶叶机械2010台，食用菌机械3214台，设施农业设备温室193万平方米。农业机械原值1.6017亿元。机耕作业面积9486.07公顷，植保机械作业面积18113.33公顷，机械收获作业面积1829公顷。国家继续对购置农业机械实行财政补贴，一般补贴额为购机款30%，农民共购置补贴农机具734台，享受财政补贴资金136.68万元；4家农业生产经营组织补贴建设连栋钢架大棚2.9472万平方米，获中央补贴资金68.8784万元，区配套补贴资金60.032万元。做好机耕路建设工作，突出农机化主推技术，推广温室大棚、冷藏保鲜、茶叶机械、食用菌机械、畜禽机械、喷滴灌等设施农业装备与技术。

【农机服务体系】 2016年，区农业局农机服务体系已初具规模，全区有农村维修网点14个，农机专业合作社7个，农机专业户708户，农机户5941户，乡村农机从业人员5434人。农机专业合作社开展机耕、机插、机收和统防统治等“五统一”的农机社会化服务，共实施水稻机插288公顷，病虫统防统治2566.7公顷。全区农机经营总收入0.94亿元。继续强化农民信箱农机综合信息服务平台建设工作，推进农机信息化建设。

【农机安全监理】 2016年，市、区、乡三级农机安全生产责任制签订率达100%。新建“平安农机”示范镇1个，示范村5个，示范合作社2个。组织开展农机行业农机安全生产“打非治违”专项行动、“农业安全生产月”活动、农机安全生产大检查等专项整治工作。以各乡镇（街道）警农联络室为依托，建立农机安全长效管理机制，做好农机安全生产大检查工作，重点开展以“春运”“五一”等节假日和春耕等农忙季节的农机安全检查，及时排查农机安全隐患。开展拖拉机报废补偿工作，共报废补偿拖拉机162台，补偿总金额33.5万元。严格按规定要求办理新购置的纯农田作业拖拉机、联合收割机的注册登记、核发牌证工作，注册登记联合收割机8台，纯农田作业拖拉机9台。推进插秧机等农业机械实地安全检验试点工作，结合农时季节组织做好23台插秧机的实地安全检验，检验率达到100%。全年共受理承办农机监理行政审批业务164件，其中拖拉机、联合收割机证书和牌照核发业务64件、拖拉机、联合收割机驾驶操作证核发业务100件。

农业执法

【概　况】 2016年，莲都区被列为农业部柑橘黄龙病防控补助试点区，区农业行政执法大队被评为全省农业行政执法绩效考核优胜单位，并成功入选“2017年度全国农业综合执法示范窗口”。连续13年被省重大农林植物疫情防控指挥部评为“重大农业植物疫情防控工作考核优秀单位”；获全省优秀处罚案卷1个，全区优秀处罚案卷1个。

【专项执法行动】 2016年，区农业局开展“农产品质量安全隐患大抽检大排查大整治严打击专项行动”“瘦肉精专项整治”“畜禽屠宰专项整治”和“绿剑执法”等专项行动，开展农业投入品专项整治行动，规范屠宰检疫。重点针对种子、农药、肥料、兽药、饲料和饲料添加剂等农业投入品市场进行检查整顿，累计出动执法人员699人次，检查农资经营店、农民专业合作社、生产基地、畜禽养殖场等经营单位378家次。依法共查处各类农业违法案件21起，其中，农药12起，肥料1起，种子2起，兽药1起，饲料1起，农产品4起，罚没款总额13.5118万元，其中罚款额度达5000元以上的农业行政处罚重大案件8起。共受理并处理种子质量投诉2起、农药药害投诉2起，挽回农民经济损失20余万元。

【农产品质量安全监管】 2016年，区农业局成功创建省级农产品质量安全放心县，顺利完成G20峰会质量安全保障工作。做好执法监管工作，开展追溯建设，推进绿色生产，提升莲都区农产品质量安全水平。

【重大动植物疫病防控】 2016年，区农业局推进重大动物疫病免疫工作，保障免疫密度和免疫质量，促进莲都区养殖业健康发展。开展以柑橘黄龙病、加拿大一枝黄花为主的重大农业植物疫情和外来有害生物的监测与防控工作，有效遏制疫情发生、扩散和蔓延。组建区级重大农业植物疫情扑灭队1个，各乡镇（街道）分别建立乡级疫情扑灭专业队共13个，做好重大植物疫情防控工作。全区共建立植物疫情监测点60个，区级防控示范区2个，面积125.07公顷；各乡镇（街道）建立乡级防控示范基地13个，面积158.37公顷。

（刘慧剑）

水　利

【概　况】 2016年，莲都区水利局找准六个立足点，研究新措施，做好水的文章，提升水利综合管理能力，主动融入莲都“三美融合、主客共享”的发展大局，完成投资1.9亿元。继续推进“点亮微心愿·共筑中国梦”主题活动，走访慰问老干部30余人次，组织离退休老党员、老干部集体座谈活动3次。及时搜集整理工作动态、成果，完成年度领导重点调研课题及综合材料10篇；在丽水日报、处州晚报、浙江在线等新闻报刊先后7次开展宣传报道活动；在丽水新闻、莲都播报等媒体播报水利新闻8次；是年，莲都区水利局获区人大代表建议承办工作先进单位、全市河湖库塘清淤（污）工作先进单位、“丽水香鱼”首届养生烹饪节能大赛优秀组织奖、“丽水香鱼”首届养生烹饪节能大赛优秀组织奖团体赛特金奖等荣誉。

【水利工程】 2016年，莲都区拟完成投资1.6亿元，实际完成固定资产投资1.9亿元，超额完成0.3万元，完成投资率118.75%。开展的10个项目，其中3个项目超额完成投资任务，其余7个项目全部完成年度建设任务。投资2760万元，完成河塘清淤整治55.48万立方米，超额完成投资66.96%。投资758万元，完成联城街道港口村水环境整治工程主体工程建设，超额完成投资14.5%。投资5139万元，实施莲都区碧湖第一水厂工程，超额完成投资2.6%。投资2566万元，完成瓯江治理丽水市大溪治理工程（莲都段）主体工程建设。投资2446万元，完成中小河流治理重点县综合整治及水系连通试点工程主体工程建设。投资2565万元，完成毛竹、净水岭脚和余庄等3座水库工程建设并验收，实施高溪、黄坛坑和枫树湾水库工程建设。投资600万元，完成联城街道章社山塘、岩泉街道八亩坑2座万立方米以上山塘和10座万立方米以下山塘综合整治主体工程建设。投资600万元，完成老竹镇梁村等20个村1万人口的饮用水提升主体工程建设。投资740万元，完成集水喷微灌工程176.67公顷。投资800万元，实施学坑口、双黄、蔡岱、库坑口等4座水电站的增效扩容改造工程。

【防汛防台抗旱】 2016年，全区累计平均降雨量1735.4毫米，其中最大降雨量站点为峰源乡大山峰站2294.5毫米，主要遭受“5·9”“6·15”两次局地强降雨和梅雨期强降雨，应对了1号台风“尼伯特”、14号台风“莫兰蒂”、17号台风“鲇鱼”、22号台风“海马”对我区造成的危害。全区洪涝灾害总经济损失10678万元，受灾人口3.63万人，倒塌房屋44间，共转移人口1507人。其中，农作物受灾面积3060公顷，损坏堤防17处3.43千米，损坏护岸53处，冲毁堰坝21处，损坏灌溉设施9处，机电泵站4处，水利直接经济损失2675万元。莲都区水利局高度重视防汛防台抗旱工作：开展汛前汛期检查，开展汛前检查1次，汛期检查4次，及时查找和消除安全隐患。及时调整责任人，完成水库、山塘巡查人员落实和防指成员单位的调整、增补工作，落实防汛防台抗旱各类重点责任人373人，并在媒体上公布。恰当处置汛情台情。在防御梅雨期强降雨及尼伯特、莫兰蒂、鲇鱼、海马等台风的工作中，及时预警，基层防汛组织第一时间到岗到位，全年未发生因处置不当造成人员伤亡和重大财产损失。

【水行政执法】 2016年，区水利局完成33千米的美丽河道建设、六个碧水映村示范点创建和10条河道经营权改革。完成《宣平溪莲都段、太平港河道划界》,对新治河、峰源溪、老竹溪进行划界地形图测量。开展不定期河道日常巡查,杜绝“违建违占”行为,做好占用水域执法工作,立案查处水事渔事违法案件11件,受理和及时制止35起涉河违法搭建、非法采砂和乱弃渣土行为,拆除涉水违章建筑17500平方米,清障河道17950立方米,有效保证河道防洪安全,改善河道水环境。实施河道管理范围内建设项目审查,办理10个涉河审批项目。规范取水许可审批制度,莲都区109家取水单位全部发证并实现网上录入登记管理。完成《莲都区水土保持规划》,向社会公布重点“两区”范围,完成官桥坑小流域水土保持综合治理工程。开展炸、毒、电鱼专项执法行动、南明湖各部门联合执法行动,制作安装完成全区各乡镇溪鱼保护公告牌160块。

【小水电开发建设】 2016年,区水利局完成农村水电站在安全生产标准化达标评审工作,有港口、溪上、蒲岸、平沙好溪、瑶溪、梨园、岭根三级、严溪等8座电站。各创建单位已完成达标自评工作,并通过莲都区水利局组织专家评审验收,其中港口、溪上、蒲岸、平沙好溪、瑶溪达到农村水电站安全生产标准化二级标准,梨园、岭根三级、严溪达到农村水电站安全生产标准化三级标准。帮助老电站做好更新改造工作,申报增效扩容项目,蔡岱、库坑口、学坑口、双黄四座电站开工建设,争取中央奖励资金150万元,完成年度投资800万元。全区1—11月小水电站累计发电量达到了2.26亿度,电费收入约1.05亿元,上缴税费约1000万元。

【渔业水产】 2016年,莲都区完成放养情况调查,基本掌握全区渔业养殖情况。全年举办三次养殖技术培训,发放资料300多份,培训人员300多人。投入资金50万元,完成莲都区徐旭伟泥鳅养殖基地,李伟军石蛙养殖工程,莲都区处州白莲与鲤鱼、甲鱼高效种养基地建设,莲都区处州白莲莲田套养田鱼四个基地项目建设。发展名、特、优、新水产品养殖,帮助养鱼户引进湘鲫鱼种40多万尾、军鱼鱼种10多万尾、鱼骨鱼种70万尾,青鱼种50万尾。投入41万元,共放流石斑鱼、鲫鱼、唇鱼骨、彩鲤、编鱼、甲鱼等苗种530万尾。开展水产品质量安全可追溯平台建设,全年组织抽检50个批次的初级水产品,合格率达100%。引导休闲渔业发展,完成鱼家乐建设任务,港口村被市里评为“香鱼一条街”单位。

【行政审批】 2016年,区水利局完成各类行政许可承诺件58项,即办件43项,年审等其他权力类事项 105件。进一步做好合同审核管理工作,共审查各类合同38份,对100万元以上的合同,及时向区法制办报备。严格实施建设项目招投标备案制度,全年备案建设项目22件。推进政务服务网建设相关工作,进行权力信息比对和动态调整修改完善工作,确保网上政务服务系统运行及时有效、互动顺畅。

(陈晓虹)

林　业

综　述

【概　况】 2016年，莲都区森林面积115636.5公顷，森林覆盖率为77.88%，比2015年度的77.53%，增加0.35个百分点。阔叶林及针阔混交林占森林面积比重为28.4%，比2015年的26.4%增加2个百分点。2016年度林木蓄积量为4458075立方米，比2015年度的4266183立方米，增加191892立方米，林木蓄积量的年增率为4.5%。全区林业总产值为363265万元，比2015年的319601万元增长13.66%。其中，第一产业产值123175万元，比上年的122543万元增长0.52%；第二产业产值42531万元，比上年的44490万元下降4.4%；第三产业产值197559万元，比上年的152568万元增长29.49%。2016年一、二、三产产值比重为33.9∶11.7∶54.4，与2015年的38.4∶13.9∶47.7相比，一产略有下降，二产下降明显，三产显著提高，其中三产比重已超过林业总产值的一半。是年，莲都区林业局被评为浙江省县级林业工作先进集体，丽水市林业工作一等奖；被浙江省人民政府评为丽水市莲都区“11·13”山体滑坡抢险救援集体三等功；被浙江省人民政府办公厅评为浙江省国有林场改革工作先进集体；被浙江省人民政府森林消防指挥部授予G20杭州峰会森林消防安保工作先进单位。参与的森林防火预警关键技术研究及系统应用被国家林业局、国家林学会评为梁希林业科学技术奖二等奖。《丽水市莲都区公益林结构与生态服务功能空间分布格局研究》项目获浙江省第十六届省科技兴林二等奖。大港头毛竹示范区（扩建）项目被丽水市人民政府办公室评为“丽水市第六届科技兴林奖三等奖”。

森林生态体系建设

【公益林建设管理】 2016年，区林业局改进集体公益林补偿资金拨付方式，由通过乡镇政府财政账户间接拨付，改为由相关银行直接拨付至各集体账户。全区省级以上公益林补偿面积6.6万公顷，每公顷补偿标准390元，共拨付重点公益林生态效益补偿资金2601.4万元。其中，农户34442户，补偿资金1831.9万元；集体账户193户，补偿资金769.5万元。公益林三项费用支出43万元，管理费用支出70.633万元，管护费用支出297.3705万元。对2004年以来中央、省、市、区各级下达的公益林补偿资金使用管理情况进行自查，自查11个单位，统一检查9个单位，未发现不合规之处。对2015年度公益林工程征占用面积共计0.67公顷进行变更调整，调整后全区公益林面积为68566.4公顷，其中国家级公益林7707.5公顷，省级60858.9公顷，全区公益林保有量保持平衡。完成县域间重叠矢量核对与处理，与松阳、云和、景宁、青田、缙云等5个县公益林重叠面积119.27公顷，其中国家级3.74公顷，省级115.53公顷，于2016年5月解决县域重叠问题，完成公益林矢量数据和属性数据库更新。建成公益林优质林分5.66万公顷，占公益林总面积的82.6%，其中新增优质林分0.233万公顷，完成年初计划

0.213万公顷的109.4%。优质林分中，阔叶林和阔叶树为主的针阔混交林面积达1.7514万公顷，占优质林分的30.9%。

【绿化造林工作】 2016年，区林业局完成绿化造林299.4公顷，是任务的224.6%。其中，荒山荒地造林56.6公顷，新封42.5公顷，平原绿化70.8公顷，迹地更新129.5公顷。退化林修复373.3公顷。共投入资金222.2万元，种植以乌桕、光皮桦、枫香、木荷、无患子、榉树为主的珍贵树种38.9万株；珍贵树种基地造林66.67公顷，补植培育372.5公顷，四旁植树12.1万株。赠送珍贵树苗木17.55万株，其中省厅赠送14.55万株，莲都区赠送3万株。完成珍贵树局长示范林建设4片，共97.2公顷；在高速公路、国道两侧的重点村庄完成珍贵树示范点建设4片，共栽植珍贵树50220株；完成珍贵树示范单位4个，分别是丽水学院、丽水职业技术学院、丽水中学、丽水白云生态森林公园，栽植珍贵树46935株。完成通道沿线林相改造662.87公顷，彩色健康森林完成668.33公顷。建设市级“绿化示范村”3个，分别为大港头镇大港头村、联城街道林宅口村、岩泉街道枫树湾村。建成“浙江省森林村庄”1个，为联城街道港口村。

【通景公路】 2016年，古堰画乡3条通景公路分别为53省道（南山高速出口—大港头）、50省道（碧湖至堰头）及新50省道城市连接线（联城段），是丽水城区通往“古堰画乡”景区的必经之路。该工程为莲都区本年度投资规模最大的绿化项目，总投资1086万元，惠及3个乡镇10个村庄，路段总长18.8公里，总绿化面积约16万平方米。其中，53省道南山至大港头定位为“香道”，栽植丹桂600余株，搭配银杏、杨梅、枇杷等乡土树种；新50省道联城段定位为“彩道”，栽植红豆树、黄山栾树、香樟、银杏、枫香、无患子等彩色珍贵树种500余株，搭配晚樱、紫薇、木芙蓉、红枫、茶花等；50省道碧湖至堰头村定位为“绿道”，栽植雷竹22000余株，搭配枇杷、香泡等常绿经济树种。

【森林抚育】 2016年，区林业局完成一般森林抚育4737.33公顷，全部为中幼林，其中割灌除草除藤1859.93公顷，间伐抚育2521.4公顷，珍贵树种补植、景观化改造等综合抚育356公顷。

【林政管理】 2016年，区林业局全年发放林木采伐许可证495份，合计采伐蓄积29032.54立方米，占限额总量46140立方米的62.9%。其中，商品林21168.99立方米，占商品林限额32780立方米的64.5%；生态公益林7863.55立方米，占生态公益林限额13360立方米的58.8%，主要用于松材线虫病枯死木清理，实际采伐量未突破省政府下达的各项限额指标。办理各类项目征收占用林地手续43起，面积88.67公顷，其中建设工程项目23起，面积69.87公顷，征收森林植被恢复费2126.3万元；林道路20起，面积18.8公顷。

【森林人家特色村】 2016年，莲都区利山村和堰头村被浙江省林业厅命名为第二批省级森林人家特色村，为莲都区首批获此殊荣的村。利山村现有林业用地671.67公顷，森林覆盖率达82.9%，民宿餐饮服务的总接待床位数近500张，总接待餐位数650多个，年接待游客超10万人次。堰头村有林业用地面积524.47公顷，森林覆盖率达77.2%，是中国摄影之乡的创作基地和古堰画乡景区的核心区块。民宿餐饮服务的总接待床位数近200张，总接待餐位数2000多个，年接待游客超10万人次。

【元宝枫基地签约】 2016年6月22日，江苏汝康食品商贸有限公司与莲都区签订万亩元宝枫基地项目，投资静态估算2.1450亿元，动态投资估算3. 02亿元人民币。莲都区人大常委会副主任江爱军主持签订仪式，莲都区林业局，老竹镇、丽新乡、黄村乡、农业局等相关单位领导参加仪式，丽水市莲都区委常委、常务副区长胡献如出席仪式并做重要讲话。江苏汝康食品商贸有限公司将在丽水市莲都区老竹畲族镇、莲都区丽新畲族乡等范围建立采用“公司+基地+农户”的方式建设1000公顷左右元宝枫药材林兼观赏林基地。至年底，已成立丽水汝康生态科技发展有限公司，实现合同利用市外内资21450万元，年内实际利用市外内资2800万元。

林业产业体系建设

【木本油茶产业】 2016年，木本油料产业投资579.08万元。实施油茶良种推广面积82公顷，油茶技术推广和生态与复合经营面积38.13公顷，油茶良种基地抚育378.53公顷。建设灌溉水池3个，晒场1700平方米，管理用房800平方米，累计培训145人次。引进市林科院主持的《薄壳山核桃推广与示范》科技项目，由丽水大地丰农专业合作社合作组织实施。在莲都区林场南山林区建设示范基地8公顷1400株，成活率达98%。

【林下经济】 2016年，区林业局推行“一亩山万元钱”林技推广模式。实施香榧高效生态栽培示范推广面积36.67公顷，林下套种三叶青43.33公顷，林下多花黄精复合经营10公顷，铁皮石斛仿生栽培16.33公顷，油茶林下间作山稻模式33.33公顷，速丰林下种植薄壳山核桃生态栽培模式8公顷，毛（雷）竹林早出覆盖13.33公顷。实施“三叶青林下高效培育技术示范推广”中央财政林业科技推广示范项目。完成板栗林下三叶青套种6.67公顷，建立育苗基地0.67公顷，繁育苗木50万株，辐射推广33.33公顷。

【林产品质量监管】 2016年，区林业局实施林产品检测101个批次，其中春笋10批次，鞭笋8批次，冬笋10批次，板栗40批次，油茶籽32批次，铁皮石斛1批次，土样2批次，检测内容为铅、镉等重金属残留，以及氧化乐果、敌敌畏等农药残留，检测结果合格率100%。

【集体林权制度改革】 2016年，区林业局完成林权抵押贷款余额7.45亿元，新增林权抵押贷款0.72亿元，全年未发生不良贷款。森林资源流转720公顷，办理林地经营权流转证登记8本212公顷，林地经营权流转证抵押贷款1300万元。受理林权登记47起，其中初始登记15起，变更登记32起。开展莲都区首例公益林收益权质押贷款发放业务，贷款农户2户，贷款总额25万元。

【林业经营主体培育】 2016年，区林业局新培育农转旅生产经营主体5家，转化农产品旅游地商品5个，旅游地商品销售收入达到2200万元。建成林业体验园1个，莲都区“森老大”板栗专业合作社休闲生产基地。创建碧湖镇堰头村为莲都区首个浙江省生态文化基地。创建生态精品示范合作社1家，生态精品家庭农场7家，生态精品农产品3个。培育2个林业专业合作社和4个家庭农场为莲都区示范化农民专业合作社和示范性家庭农场。

林业安全管理

【森林防火】 2016年，区政府与各乡、镇政府、街道办事处、莲都林场签订森林消防目标管理责任状15份。利用广播、电视、简报的形式宣传森林防火，发放入户宣传单8万份，设置常年禁火区告示牌80块，出动防火宣传车250台次，宣传行程10000余千米；召开森林防火工作专项会议25次；利用有线电视滚动播放森林防火公益广告和温馨提示，区森林消防指挥部下发森林消防动态三期135份。在梅山学区黄村和严鸟两个小学开展森林消防作文比赛1次。清明节和G20森林消防安保期间，两次颁布禁火令，在进山路口、主要坟区、重点区域设点检查，管住火源。新组建以林业局机关年轻干部为主的专业扑火队伍一支，计25人；在原有的4支以水灭火森林消防中队的基础上为3支森林消防队增配了高扬和高压接力水泵等以水灭火装备。至年底，全区有森林消防队伍19支，563人。其中区级队伍1支，大港头、碧湖、黄村、双黄、仙渡、老竹、丽新等7支为区直森林消防中队。由大港头、老竹两支中队联合成立了机降队伍，人数50人。全年共发生森林火灾2起，森林火灾受害率0.05‰，发生率1.8次/10万公顷，控制率2.75公顷/次，无人员伤亡事故,实现清明节和G20峰会期间零火情。是年,莲都区森林消防大队被国家林业局评为“全国森林消防先进集体”。

【林业有害生物调查监测】 2016年,区林业局开展松材线虫病疫情普查2次、松树枯死木零报告5次,植物检疫对象普查1次、常规病虫普查4次。全区共发生松褐天牛危害6749公顷、松茸毒蛾5482.67公顷、柳杉毛虫14.67公顷、卵圆蝽10公顷,松材线虫131.27公顷。年度预报有害生物发生面积12287.93公顷,实际发生12387.6公顷,测报准确率99.2%,好于省定88%指标。有害生物成灾面积131.27公顷,成灾率0.55‰,好于省定1.4‰指标。开展林业有害生物种类普查,出动调查人员120人次。采集并制作了1000多件标本,设立标准地50个,完成《莲都区林业有害生物名录》《莲都区林业有害生物种类调查研究技术报告》。

【森林病虫害防治】 2016年,区林业局组织林业有害生物防治队,选用安全药剂对重点区域森林进行无公害防治,合计防治作业面积1.7万公顷次,其中二期噻虫啉喷粉作业面积0.92万公顷次,卵圆蝽防治作业面积10公顷次,松茸毒蛾防治作业面积5482.67公顷次,柳杉毛虫防治作业面积37.4公顷次。采购树干注射保护药物10000瓶,对2000多株古松树以及在丽水城区周边、精品村周边山场第一山脊线内较大的松树进行保护和预防。全年无公害防治率100%,完成省定85%指标,好于省定85%指标。

【松材线虫防控】 2016年区财政安排防控专项资金150万元,保障工作开展。制订《松树枯死木清理工作方案》,清理枯死松木21386株,并统一运到定点企业安全加工利用,发生乡镇建立和落实疫木监管制度。全年安全利用枯死木155.57万公斤,烧毁121.28万公斤,疫木处理量与采伐量相符,除治期间未发现擅自违规调运疫木行为,辖区内木材加工厂无违规加工松材现象。

【植物检疫工作】 2016年开展6次“绿剑护林”检疫执法专项行动,共出动执法人员43人次,检查涉松经营加工企业71个,建筑工地16家,取样镜检样品20份,松材线虫核酸鉴定样品81份,发放各种宣传资料260份,杂木电缆盘及包装箱45个。全年立案查处检疫违规案件3起,办结3起,罚款900元,没收、烧毁疫木0.2立方米。调运检疫苗木41032株、木材2312.16立方米、除害处理木材200.3万千克,签发产地检疫合格证23份,植物检疫证书184份,其中省外34份,实施产地检疫种苗面积133.33公顷,应施产地检疫种苗面积133.33公顷,种苗产地检疫率100%,好于省定97%指标。

【林区治安】 2016年,办结行政处罚案件50起,办理刑事案件5起。其中,查处非法运输木材行政案件17起,行政处罚50人,罚没款38.52万元,刑事处罚5人。对全区142个木材经营加工企业进行检查,共检查木材3.93万立方米,作废木材有效证明2.96万立方米,没收木材48.8立方米。

【首张巨额罚单】 2016年,区林业局对一起超核准证范围从事野生动物经营利用活动案件进行查处。违法行为人从事野生动物经营,销售华南兔、野猪、小麂等省一般保护动物。区林业局核准其一年中允许经营小麂40只,在对其冰库进行检查时,发现小麂542只,超出核准数量502只,其行为违反《浙江省陆生野生动物保护条例》等有关法律法规的规定。莲都区林业局对其做出罚款人民币100400元的行政处罚,此为莲都区林业局开出的首张巨额罚单。

(丁波澜 孔振)

工业·经济·商贸

【概　况】 2016年，全区完成规上工业总产值62.81亿元，同比增长5.9%，全市排名第八；完成规上工业增加值12.63亿元，同比增长7.6%，全市排名第五；完成工业投资14.33亿元，同比下降15.8% ，全市排名第十；完成工业技改投资 7.70亿元，同比增长17.2%，全市排名第四；实现合同利用外资3762万美元，实际利用外资1431万美元，完成任务比例全市排名第二；实现自营进出口总额76822万元，同比下降17.0%，实现出口总额75742万元，同比下降17.5%；市区实现社会消费品零售总额184.62亿元，同比增长7.2%。是年，区经济商务局获全省经信工作优秀县市区、全市经信工作考核优秀单位、全市生态工业工作专项考核三等奖。

工业经济

【编制“十三五”生态工业发展规划】 2016年8月，《莲都区生态工业“十三五”发展规划》（莲发改规划2016〔16〕号）正式发文，对“十三五”期间莲都区生态工业发展方向和路径做出全面规划。

【出台扶工政策】 2016年6月，出台《莲都区加快生态工业发展的若干意见》（莲政发〔2016〕14号），从争先创优、扶强育小、盘活土地、技术创新、两化融合等方面着手，提高莲都区扶工政策的力度和精准度。

【开展“精准帮扶企业补短板”活动】 2016年6月，“精准帮扶企业补短板”活动在全区范围展开，新建领导干部一对一精准帮扶21家高成长型企业制度，全区11位副处以上领导干部结对12家企业，区经济商务局和丽水工业园区管委会9位班子成员结对9家企业，在走访调查的基础上，围绕企业反映的短板和需求，集中精干力量，创新服务方式，活动期间累计走访企业181次，帮助企业解决问题19个。

【兑现政策资金】 2016年，区经济商务局为莲都区工业企业兑现各类政策资金总计403.95万元。其中，兑现2015年度区级工业企业政策资金53.95万元；兑现符合要求的技术改造项目补助资金44万元；兑现2016年省工业循环经济节能项目财政补助63万元。

【开展工业企业争先创优评选】 2016年4月，区经济商务局开展工业企业争先创优评选工作，根据主营业务收入、产值、实际缴纳税金、亩均税收、产值增长速度、纳税增长速度等方面进行综合测评，全年共评出“功勋企业”10家、“明星企业”6家、“最佳效益企业”6家、“最具发展潜力小微企业”3家、“外贸优秀企业”6家，兑现奖励人民币127万元。

【培育规模企业】 2016年，全区新增规模工业企业4家，分别为浙江康骏机械有限公司、丽水市海卓科技有限公司、丽水鑫荣发不锈钢制品有限公司，浙江天润电力科技有限公司。

【开展工业企业绩效综合评价】 2016年8月，在全区44家规模以上制造业企业中开展企业绩效综合评价，实现亩均税收、亩均工业增加值、单位能耗工业增加值、单位排放工业增加值4个基本指标全覆盖，根据综合评价得分结果，评出A类企业——优先发展类30家，B类企业——鼓励提升类12家，C类企业——帮扶整治类1家，D类企业——淘汰关停类1家。

【化解资金风险】 2016年，区经济商务局为企业办理转贷66次，提供转贷资金3.44亿元。先后引进民间转贷融资机构4家，分别为丽水市勇安中小企业服务有限公司、浙江萤火虫金融信息服务有限公司、丽水市凯瑞投资管理有限公司、中贝国际投资有限公司丽水分公司。追加2016年莲都区小微企业金融帮扶推荐企业10家，全年该区9家企业获得总计2460万元的帮扶贷款。

【项目建设】 2016年全区列入市重点技术改造项目有13个，已全部开工，3个已投产，全年累计完成投资2.48亿元。全年实现技术改造投资7.70亿元，同比增长17.2%。建立预计开工项目库、在建统计项目库、工业技改摸底项目库，全面掌握全区工业项目进展情况。

【品牌建设】 2016年，高升科技、阿司米阀门入选国家高新技术企业；万控电气和乾麟缝制获评浙江省创新型示范中小企业；万控电气和欧意阀门获第三届莲都区政府质量奖；瓯宝安防的闭门器成为莲都区首项“浙江制造”标准项目；不知慢运动、欧意阀门、富来森集团三家工业企业共四项产品获“浙江名牌”称号。

【推进两化融合】 2016年，区经济商务局推进以重点企业为核心的企业“两化融合”工作，ERP系统在重点企业普遍应用，企业的决策效率得到提升；生产装备数控化步伐加快，区属4家企业申报丽水市“机器换人”示范项目库，全年实现总投资1350万元。丽水市百味农产品专业合作社的植物组培快繁中心智能化项目等6个省农业信息化示范项目全年共完成信息化投入400.96万元。

【淘汰落后产能】 2016年，淘汰浙江非王泵阀有限公司3台一段式煤气发生炉，关停7家小型砖窑，腾出用能空间560吨标准煤。整治提升“低小散”企业155家，拆除落后轮窑砖瓦企业1家，削减产能3000万块标砖。

【节能降耗】 2016年，实施节能技改项目5个，累计投入4120余万元。燕京啤酒节水型企业建设项目和非王泵阀复合型制壳及生物质燃烧系统改造项目申报省循环经济节能项目。浙江丽水恒大科技电气有限公司、浙江天润电气有限公司、浙江瑞新药业股份有限公司三家企业通过清洁生产审核验收。

附：

【2016莲都区重点用能单位名单】

浙江非王泵阀有限公司
浙江瑞益不锈钢有限公司
浙江申华水泥有限公司
燕京啤酒（浙江丽水）有限公司
浙江省丽水市浙南蓄电池隔板有限公司
瓯宝安防科技股份有限公司
丽水市五金有限责任公司
丽水中航混凝土有限公司
丽水宾迪实业有限公司
浙江依莱特纺织有限公司
浙江泉舜流体控制科技有限公司
浙江瑞新药业股份有限公司
丽水胜达金属品厂
丽水市中凯新型建材有限公司
丽水市处州混凝土有限公司
丽水程翔矿业有限公司

【安全生产】 2016年，区经济商务局贯彻落实各级安全生产文件精神，做好直属企业日常及假日期间的安全生产、消防安全大检查、大整改和各类安全生产专项检查工作。全年区直各生产经营单位没有发生安全生产事故，事故起数、死亡人数和直接经济损失三项指标均为零增长。

商贸

【建成莲都区电子商务产业园】 2016年3月16日，莲都区电子商务产业园正式开园。该园区坐落于丽水市绿谷信息产业园核心区块瓯微大厦内，是政府主导的电商创业平台，园区建筑面积2500多平方米，为电商企业提供电子商务运营、设计、管理、营销、战略规划等配套服务。截至年底，园区入驻率达94%，先后入驻电子商务创业企业23家，成功孵化电商企业2家。

【开展电子商务培训】 2016年，区电商办采用“百村千人”巡回班+基础班+提升班+精英班的金字塔式培训模式，先后举行乡镇“百村千人”农村电商巡回培训、民宿经营培训班、跨境电商培训班、传统企业电商转型培训班、电子商务知识精英培训班等各类培训40期，参与培训人数2025人。

【成品油监管】 2016年，区经济商务局成立“平安加油站”创建领导小组，联合安监、工商、质监、消防、环保等多个部门，开展各类针对加油站（点）突击、联合安全生产检查12次，净化我区成品油经营市场。

【签订“政府联保”协议】 2016年3月，区经济商务局与中国信用保险公司签订“政府联保”协议书，采用“企业参保、政府埋单”模式，为全区年出口规模500万美元以下的中小企业免费投保政策性出口信用保险。10月，莲都区恒诺阀门获出口信用保险理赔12万元，成为全市第一家政府联保受惠企业。

【兑现政策资金】 2016年，区经济商务局为莲都区50余家外贸企业争取到财政扶持资金1235.46万元。其中，兑现2015年度莲都区本级对外贸易稳定增长专项资金1218.28万元；兑现莲都区中小企业提升国际化经营能力专项资金17.18万元。

【利用外资】 2016年，区经济商务局围绕先进制造业、特色农业、生态旅游业等产业要求，筛选、精心准备一批与莲都区产业相配套、经济效益好项目，建立完备的外资招商项目库。完善外资项目快速审批通道，做好外资项目“保姆式”全程跟踪服务工作，协调相关审批部门，提高审批效率。

（朱碧影）

丽水工业园区建设

【概　况】 2016年，丽水工业园区管委会面对仍在深度调整的经济大环境，以集聚为先，以破求立，通过改变盲目求大求强的招商思想，综合考虑资源禀赋和区位条件，实现定位合理招商，开展产业转移趋势和区域合作动态分析，细化重点产业承接，用“项目—产业链—产业集群—产业基地”理念，探索“政府—协会（商会）共建分区”模式，提高招商工作针对性和实效性。全年实现税务总收入0.821亿元；实现工业总产值33.6元，同比增长10.2%，其中规上企业实现产值26.7亿元，同比增长9.4%；实现工业投资2.46亿元；实现合同引资3.82亿元，实际到资4.04亿元；全年引进项目10个；累计盘活闲置土地2.95公顷。

【工业园区平台开发与建设】 2016年，政府投资任务数0.81亿元，1—12月全年累计完成投资0.91亿元，完成全年任务数的112%。碧湖、南山区块完成投资0.08亿元。其中，南山区块新建消防通道及人行道面积5497平方米，修复道路面积696平方米，配套建设雨水管、污水管等附属工程，投资168.32万元；园区范围内通济堰沿岸及道路两侧绿化改造提升，绿化总面积约12000平方米，投资174万元；南山区块及碧湖产业北区块路灯亮化工程，完成投资476.89万元，已正式投入使用。高溪低丘缓坡区块完成投资0.83亿元，累计完成投资17.82亿元。其中，道路网一期0.69亿元、安置地0.14亿元。在道路网及配套基础设施工程上，项目总用地41.13万平方米，道路总长16693米，分四期建设。其中道路网一期共分三个标段，1-1标合同价3204万元，2015年5月开工，已完成95%工程量；1-2标合同价927万元，2016年3月开工，已完成98%工程量；1-3标合同价1443万元，2016年4月开工，已完成75%工程量。截至2016年年底，三个标段2016年完成投资6900万元。在安置小区项目建设上，竹溪安置地配套工程于2016年11月完成招投标，合同价622.6535万元，12月15日进场施工。黄塘窑安置地项目场地平整填方工程进场施工。

【工业园区安全生产与环保】 2016年，根据丽水工业园区管委会《落实安全生产领导和监管责任的规定》，做好领导干部安全生产"一岗双责";组织企业签订《安全生产责任状》《消防安全责任状》;继续实行工业园区企业风险抵押金考核机制,做好企业安全生产日常监管工作;开展安全生产专项整治,建立安全保障体系;推进企业安全标准化建设。完成标准化创建43家,占生产企业总数的29%,其中30家规上企业中完成26家创建工作。截至年底,工业园区安全生产事故总数、死亡人数和直接经济损失三项指标连续9年保持零增长。工业园区继续坚持二类以上工业用地的标准,把保护生态作为园区建设发展落脚点,引入企业准入要求和污染总量削减指标,对不符合产业政策、不符合规划、可能对区域环境造成影响的项目坚决不予入园;严格建设项目环境影响评价和"三同时"制度,规范"三同时"监管验收程序、日常监督检查机制,做好建设项目全过程管理工作,把审批前的指导、审批中的把关和审批后的监督有机结合起来。截至年底,工业园区已有78家企业通过环保"三同时"验收,占企业总数的72.2%,另有2家企业完成环保验收监测;低丘缓坡区块完善雨污管网建设,工业园区投资1084万元,新建雨污管网12587米;做好环境违法行为和事件的处理工作,组织人员对企业进行"地毯式"排查,制定"一厂一策",在企业治污方面,未出现严重环境污染问题。全年配合区环保分局处理信访投诉3起,查处非法排污企业2家。

【工业园区企业服务与帮扶】 2016年,工业园区通过闲置低效土地盘活的方式,引进丽水浩增金属有限公司,累计盘活闲置土地2.95公顷。工业园区继续为入园项目提供产前一站式、产中全方位、产后保姆式的服务,并不断优化投资服务环境。工业园区实行全体干部联系企业制度,每个干部与4~7家企业联系,走出办公室,走进企业厂房,生产一线,帮助协调解决企业发展面临的困难和问题。截至年底,依法处置破产闲置企业1家;企业帮扶小组协助企业累计申请转贷资金1.48亿元,成功帮助12家企业走出困境。

【工业园区科技创新与提升】 2016年,工业园区企业获67件专利授权数,其中发明专利4件,实用专利63件。新增技术研发中心4个、新增省级著名商标1个、新增市级名牌产品2家;获政府质量奖个人2名;通过ISO 14001认证企业10家,ISO 18001认证企业6家,清洁生产审核8家。工业园区新增2家国家高新技术企业(丽水市高升科技有限公司、阿司米阀门有限公司);新增14家省科技型企业(丽水万邦鞋业有限公司、浙江不知慢运动服饰有限公司、中仪电力科技有限公司、丽水科艺阀门有限公司、浙江正达环保设备有限公司等14家);新增4家莲都区企业技术中心(阿司米阀门有限公司、丽水科艺阀门有限公司、浙江不知慢运动服饰有限公司、丽水市海卓科技有限公司);浙江丽水恒大科技电气有限公司、浙江恒诺阀门制造有限公司的2个产品入选2016年丽水市名牌产品;丽水市鱼跃酿造食品有限公司获"鱼跃科普馆"授牌;浙江阀毕威有限公司职工周永饶入选"莲都好人"之敬业奉献好人。

(郑亚妮)

电力工业

【概 况】 丽水电力始于莲都,莲都电力始于1919年,至2016年已有96年历史。国网浙江丽水市莲都区供电公司担负着丽水市区(不含南城区块)和莲都区的供电服务及35千伏及以下配电网的规划、建设、运行和维护任务。2016年,全年累计完成电网建设投资1.48亿元;售电量10.96亿千瓦时、增长9.36%,全年最高用电负荷28.11万千瓦,供电可靠率99.94%,电压合格率99.86%。是年,国网浙江丽水市莲都区供电公司被授予"浙江省质量文化建设标杆单位""丽水市职工文化家园示范点"等荣誉称号。

【电网建设】 2016年,国网浙江丽水市莲都区供电公司依照市区两级政府城乡发展战略编制完成"莲都区配电网'十三五'专项规划"。完成电网建设"三年行动方案""一图一表"及示范区方案的编制工作。完成新建及改造10千伏及以下线路156千米，智能化开闭所46台，配变96台，总容量5.2万千伏安。完成城区、岩泉片区、联城片区新增城农网升级改造工程，行政二区、江滨商务区块10千伏配电网目标网架改造工程，新建110千伏碧湖变4条10千伏线路。同时开展老小区改造、城中村建设、城市亮化、安居房建设等一批重点民生工程。丽水市普明电力建设工程有限公司被中国质量协会评为“全国用户满意企业”。“新建110千伏白云变10千伏信息线工程”被国网浙江省电力公司评为2016年度配电网建设改造优质工程。

【电力服务】 2016年，国网浙江丽水市莲都区供电公司推广掌上电力APP、电E宝等电子服务渠道，简化申请手续、优化办电流程。探索“一型三化”新型营业厅建设，搭建“互联网+电力营销”互动展区，满足不同客户的个性化需求。推动“多表合一”在莲都的试点，完成1200户的推广安装任务。是年，国网丽水市莲都区供电公司抢修服务协调组（供抢中心）被评为“2016年全国质量信得过班组”“浙江省巾帼文明岗”“2016年浙江省质量信得过班组”；国网丽水市莲都区供电公司碧湖供电所和联城供电所雅溪供电服务站获“2016年浙江省用户满意”称号；联城供电所被评为丽水市“工人先锋号”。

【电能替代】 2016年，国网浙江丽水市莲都区供电公司推进“清洁厨房”建设，完成辖区内26所中小学及高校的燃煤锅炉改造，实现校园“电厨房”的全覆盖；完成莲都区餐饮行业、医院、事业单位食堂电厨房改造项目32项。电动汽车分时租赁项目取得实质性进展，投资、承建充电桩网点电源等相关电力设施，至年底，完成充电桩安装点位111个，其中91个点位已投运。公司全年共出动154人次，完成中国农业生态大会、莲都音乐节、全省特色小镇镇长论坛等52次重要活动的保供电任务。

【电力科技】 2016年，国网丽水市莲都区供电公司获实用新型专利6项，国家期刊发表科技论文6篇，获省级技术创新类荣誉8项，省公司科技、管理类创新荣誉5项，市公司科技、管理类创新荣誉15项。其中《提高配网线路接地故障排除时间效率》获2016年浙江省优秀QC成果一等奖；《解决配网自动化开闭所开关误动问题》获2016年浙江省优秀质量管理小组成果一等奖；《减少山区地形10kV配电线路故障停运数》获2016年第四届“省质协杯”QC成果一等奖。《加快居民用户电费回收效率》《解决多只塑壳单表箱并列安装时进线隔离开关易烧毁的问题》获2016年第四届“省质协杯”QC成果二等奖。《配电网应急指挥管理创新实践》获国网浙江省电力公司年度管理创新成果二等奖；《新型电缆集束器的研制》《10kV配网线路电缆接头及分接箱远程监控预警技术研究》获国网浙江省电力公司年度县级供电企业科技成果三等奖。国网丽水市莲都区供电公司“谢力劳模创新工作室”被评为“2016年国网浙江省电力公司劳模创新工作室”和“2016年莲都区优秀高技能人才（劳模）创新工作室”。

（方方）

供销合作社

【概　况】 丽水市莲都区供销合作社联合社（以下简称“区供销社”）成立于1949年10月25日。区供销社是区政府所属的正科级事业单位，参照公务员法管理，截至2016年年底，下辖3个全资企业，1个控股企业，4个参股企业，2个一类经营服务综合体，3家二类经营服务综合体，15个基层社，32家农民专业合作社，74家农村综合服务社。

【为农服务】 2016年，区供销社组织供应各种化肥36856吨，农药585吨，农膜89.5吨，充分发挥主渠道作用，满足全区农业生产之需，完成1800吨农资淡季储备任务，确保全年农资供应；农产品经纪人协会牵头落实举办年货节，丰富节日市场供应，搭建当地新特农产品的销售平台；选派农村工作指导员和农村第一书记各一名，结对帮扶一个贫困村，联系一个乡镇，共建一个社区、联系一个社区。

【体制改革】 2016年，全区组建12个乡镇街道农合联，1个资金互助会，1个区级农合联，各级农合联共吸纳281个单位会员，173个个人会员，初步构建起生产、供销、信用“三位一体”农民合作经济组织体系架构。

【项目建设】 2016年，古堰画乡文化产业基地项目，2、3号地块由区供销社控股的丽水市合力旅游开发有限公司建设，预算投资4.31亿元，属省重点工程。至年底，完成年内进度目标，2、3号地块主体工程基本完工。文化产业基地，有商业店面、普通住宅，高档住宅和画乡大酒店，销售工作形势好。画乡大酒店招商工作已开展，装修方案已委托中国美院设计，初稿已完成。

【安全生产】 2016年，区供销社开展安全检查140批次，参与检查343人次，累计检查生产经营单位611家，安全隐患排查整改及危房改造修理12处，投入整改资金10万元，确保系统生产经营安全无事故。

【信访维稳】 2016年，区供销社在G20峰会期间开展好信访的排查、化解、稳控工作。调处化解供销社综合商店翁雪兰退休待遇不落实和综合商店要求改制的信访案件。对系统340多位老干部政治上关心、生活中照顾，做好老干部的信访工作，及时化解矛盾，实现“三访”为零的工作目标。

旅 游

综 述

【概 况】 2016年，莲都区旅游委员会在原莲都区旅委的基础上，抽调工作人员，在全市首先成立国家级全域旅游示范区创建工作办公室（简称全旅办），推进全域旅游创建工作。出台《打造"零投诉"旅游城市实施方案》，开展莲都特色农家过大年等民俗文化活动及旅游节庆活动。全年共接待游客896.14万人次，同比增长25.73%；实现旅游收入59.42亿元，同比增长38.64%。是年，莲都获"同程旅游十大休闲目的地""浙江旅游总评榜之年度旅游发展十佳县（市、区）"等荣誉，生态旅游考核在全市排名第三，同类县（莲都、缙云、青田）中排名第一。

旅游营销

【举行"乘高铁·品莲都·过大年"主题生态旅游推介会】 2016年1月15日，莲都区开展以"乘高铁·品莲都·过大年"为主题的生态旅游推介活动，邀请一批国内主流新闻媒体记者来莲都区进行采风考察。来自人民网、中新社、《文汇报》、《浙江日报》等20家国内媒体记者到莲都区，开展为期两天的采风考察活动。

【与浙江隐居集团签订长期战略合作框架协议】 2016年4月19日，莲都区人民政府与浙江隐居集团股份有限公司签订长期战略合作框架协议，双方将通过联手，共同打造浙江新一代文化度假精品产品，推动莲都区高端度假酒店、乡村民宿、养生农业产业链开发等生态综合产业发展。

【"5·19"中国旅游日系列活动开幕】 2016年5月17日上午，由莲都区风景旅游局主办的"5·19"中国旅游日莲都会场系列活动在丽水市青少年宫广场上举行。活动集中展示东西岩风景区、古堰画乡景区、冒险岛水世界、石牛温泉、在水一方、诗画利山、廊桥遗梦汽车宾馆等知名旅游企业，宣传莲都区的旅游文化，并倡导市民及旅游业从业者文明旅游、文明出行，塑造莲都良好的旅游形象。区风景旅游局现场发放莲都旅游宣传资料及文明旅游宣传册共计1500余份，接受现场咨询100余人次。

【G20峰会莲都旅游的高铁驶进杭城】 2016年6月17日上午，由莲都区旅游委员会主办的"迎接G20峰会莲都旅游一路乐悠悠"莲都旅游主题推介会在杭州青年社区和东平社区成功举行。本次推介会区旅委还邀请区农业局、区农办、利山村、畲坑村、沙溪村、港口村莲都特色民宿协会负责人一起进杭城，为莲都旅游、莲都民宿宣传，让杭州市民能更多地了解莲都。

【丽水生态精品农博会杭州启幕】 2016年10月21日上午，2016丽水生态精品农博会暨中国长寿之乡养生名优产品博览会在浙江杭州启幕，共有170余家企业、1500余种农产品参展，并设置综合展示区、生态旅游推介专区、农业主体展示展销区及生态精品农产品展销区，通过各类宣传材料、互动游戏、多媒体以及VR技术体验等多种方式，集中展示莲都农旅融合发展成果。本次农博会上，莲都区旅委派出工作人员，推广莲都“旅游+养生农业”的发展模式，受到社会广泛关注。

规划建设

【诗画利山被评为国家AAA级旅游景区】 2016年1月6日，丽水市旅游区（点）质量等级评定委员会发布公告，同意批准莲都诗画利山景区为国家AAA级旅游景区，突破莲都没有AAA级景区的历史。

【丽水市最大旅游招商项目——“梦里水乡·欢乐谷”成功落地】 2016年1月15日上午，丽水市最大投资旅游招商项目——“梦里水乡·欢乐谷”项目（一）（二）地块近5.33公顷土地的土地使用权挂牌成功。“梦里水乡·欢乐谷”旅游项目地处莲都区东北角，严溪流域黄村乡境内，距离市区主城区14千米。项目规划定位为国家AAAA级旅游景区，规划范围188.1公顷，用地总面积34.63公顷（其中建设用地约17.07公顷），项目静态总投资约12亿元。

【“梦里水乡·欢乐谷”项目开工】 2016年1月27日上午，莲都区迄今为主投资额最大的旅游项目——“梦里水乡·欢乐谷”项目在黄村乡黄泥墩村隆重开工。丽水市瓯江景区管委会主任、莲都区委副书记周海忠讲话并宣布开工，莲都区副区长郭巧燕主持开工仪式。该项目建成后，将丰富莲都的旅游产品体系，促进周边区域的经济社会发展。同时，作为城东枢纽节点能有效产生辐射效应，带动天堂山、栝苍古道等周边旅游项目的开发，使市区东部形成旅游项目群，助力全区旅游产业发展。

【新添一家省级果蔬采摘旅游基地】 2016年11月2日，莲都区老竹畲族镇红桥村的“莲家故事”被命名为第二批省级果蔬采摘旅游基地，这是继2015年丽水市莲锦休闲农家乐餐馆成为首批省级果蔬采摘旅游基地后，莲都区新增的一家省级果蔬采摘旅游基地。此次成功创建，为推进莲都区“旅游 + 农业”融合发展提供经验，有利促进莲都区乡村旅游从观光游向休闲体验游转型。

行业管理

【正式出台《打造“零投诉”旅游城市实施方案》】 为适应莲都旅游发展新形势，2016年2月16日，莲都区正式出台《打造“零投诉”旅游城市实施方案》，方案对旅游从业人员素质、文明旅游氛围、微笑志愿者服务、旅游投诉统一受理机制、旅游纠纷与投诉应急处理预案等方面做详细的规划。同时，正式启用0578-2278319莲都区统一旅游投诉平台，各乡镇（街道）、各景区（点）、各民宿特色村也开通24小时旅游咨询投诉受理电话，为游客营造舒心、放心的旅游消费环境。

【打造“零投诉”旅游城市培训班开班】 2016年6月12日，莲都区打造“零投诉”旅游城市培训班正式开班，旅游“零投诉”领导小组成员单位分管领导、科室负责人，全区各个乡镇街道的分管领导，以及区内民宿（农家乐）特色村协会负责人或业主代表约60 人参加培训。此次培训为期四天，围绕如何开展旅游市场监管、如何补齐旅游服务质量短板等问题进行详细的阐述。

【迎接全省旅游质监执法交叉检查】 2016年6月21日，莲都旅游迎来全省旅游质监执法检查，检查组由省旅游局质监所副所长吕辉、质监所主任科员董丽红，及衢州、绍兴、义乌、丽水市旅游部门相关工作人员组成。在检查过程中，检查组认为景区内安全设施基本到位、秩序井然，对检查结果表示满意。

【成立全域旅游办公室】 2016年7月21日，莲都区成立全域旅游办公室，统筹领导全区全域旅游示范区创建工作。根据丽水市创建全域旅游示范区工作考核分工，全域旅游办公室将分成17各专项组，其中综合协调、项目推进、智慧旅游和体制改革四个专项工作组设在旅委，负责全域旅游创建专项工作的落实，及其他13个专项组的对口联系。

【古堰画乡景区登国家旅游局“十一”旅游“红榜”】 2016年10月9日，央视新闻客户端发布国家旅游局“十一”旅游“红黑榜”，古堰画乡景区喜登“红榜”。国家旅游局发布的“红黑榜”由各地旅游主管部门根据本地假日旅游市场秩序情况提供信息汇总而成。古堰画乡景区凭借爆满的人气、良好的秩序和安全的旅游消费环境强势登上“红榜”。

【获“2016同程旅游十大休闲旅游目的地”】 2016年11月17日，同程网公布广受旅游业关注的2016同程旅游风云榜榜单并进行颁奖典礼，莲都获“2016同程旅游十大休闲旅游目的地”，同时，古堰画乡获“2016同程旅游十大口碑好评旅游目的地”。“2016同程旅游风云榜”榜单是同程旅游根据用户出行数据、社区网站攻略真实点评和分享推出的，是一份真正源于游客，体现旅游目的地口碑、人气的最佳例证，也为国内外游客提供新的指向标。

乡村旅游

【“中国·莲都”世界水仙花博览园开业】 2016年3月12日上午，“中国·莲都”世界水仙花博览园在碧湖任村正式开业。博览园合计种植水仙花近13.33公顷，种植水仙花第1～13类品种、亚种、变种和栽培种1000余个，吸引成千上万名游客前来观赏，推动莲都区农业观光与乡村旅游的融合与互动。

【首批乡村旅游讲解员培训班开班】 2016年3月10日，莲都区乡村旅游讲解员培训班在丽水职业技术学院开班，这是莲都区首次举办乡村旅游讲解员培训班。培养乡村旅游讲解员是莲都区为适应旅游业快速发展的新形势，优化对外开放窗口，进一步提高莲都区旅游工作接待服务的新举措。据了解，此次培训班为期13天，培训内容丰富，涵盖普通话、声乐、茶文化、导游讲解等多个专业领域。

【召开莲都民宿样板房设计审查会】 2016年9月19日，区旅委召集区公安分局、区消防大队、区环保分局、区市场监管局、区卫计局等部门，第二批4个民宿特色村7个民宿样板房设计方案进行审查，并从方案的科学性、规范性、安全性等方面提出相关修改意见，要求设计单位根据修改意见对设计方案进行修改完善。

黄金周旅游

【春节黄金周】 据统计，2016年春节黄金周(7日至13日)，莲都区共接待海内外游客20.41万人次，比上年同期增长38.94%；旅游综合收入为1.41亿元，比上年同期增长43.26%。重点景区接待游客量创历史新高，整个春节长假，古堰画乡实现门票收入(含船票收入)约110.9万元(去年约47万元)，同比增长136.19%，其他景区游客量都有不同幅度的攀升。春节期间天气晴好，景区人流量较上年大有增长，未发生安全事故及重大旅游投诉。

【“十一”黄金周】 2016年，国庆七天长假，全区共接待游客96.36万人次，同比增长40.53%；旅游总收入59291.62万元，同比增长49.36%（其中：过夜游客30.85万人次，同比增长40.51%；一日游游客65.51万人次，同比增长40.48%）。各重点旅游景区接待情况良好，乡村旅游持续火爆，全区宾馆酒店及民宿客房平均入住率达到80%以上。

（李俊磊）

瓯江风情旅游度假区

【概　况】 2016年，浙江丽水瓯江风情旅游度假区完成建设项目投资10.5241亿元；共接待国内外游客163.11万人次；实现旅游总收入77900.00万元。其中国内旅游人数157.73万人次，入境旅游人数5.38万人次，境外游客占接待总人数的比例为3.3%。九龙湿地获得国家湿地公园称号。

【发展规划】 2016年，浙江丽水瓯江风情旅游度假区完成《古堰画乡控制性详细规划修编》《丽水古堰画乡特色小镇开发规划》《古堰画乡特色小镇产业发展策划》《古堰画乡创建国家5A级景区实施方案》《九龙湿地休闲区旅游项目专项策划设计及详细规划》《九龙湿地公园红圩村旅游开发详细规划及重要节点整改方案》编制，并委托中国美院设计团队编制《古堰画乡城市色彩详细规划设计》等方案，启动编制景区核心区内大港头村等5个村的整治方案。

【项目推进】　2016年，浙江丽水瓯江风情旅游度假区通过政府政策拉动、企业创新驱动、部门服务推动，全方位推进旅游综合大平台建设，实际投入建设资金10.5241亿元，其中政府财政资金投入5.0851亿元，各种社会主体投入项目建设资金5.439亿元，主要建设了中国江南巴比松、滨水花苑、风情商业街、大港头至碧湖污水处理厂污水管网工程、通济堰博物馆内部提升及馆藏项目、大港头镇区强弱电改造工程、景区停车场工程、坪地四季花海、古堰画乡游客中心、九龙湿地游客中心、九龙湿地科普馆布展工程、码头接待服务中心、石牛温泉酒店项目二期等。

【市场营销】　2016年，瓯江风情旅游度假区开展各类市场营销活动63项，合计费用1166.6万元，其中举办了两个大型活动："古堰新韵"小镇音乐节和中国写生大会，费用639万元；各类媒体合作宣传费265.5万元；宣传品制作费19.3万元；市场旅游政策宣传补助23.8万元；宣传册、专题片、歌曲等制作费57.5万元；活动策划、宣传推广费124万元；网站建设形象策划、微信平台运营、景区wifi覆盖费用9.3万元；创5A信息化项目建设咨询服务费13万元。

【行业管理】　2016年，组织各类教育培训活动19次，其中农家乐经营培训4次，消防安全培训2次，消防演练2次，礼仪培训、酒店营销、员工职业道德、服务心理学、导游讲解技巧与创新、旅游法规培训、服务质量提升、医疗救援、安全生产、安全员培训、素质拓展培训各1次。度假区成立了安全管理机构，安保人员齐备，制定了安全生产有关制度、台账、旅游突发公共事件应急预案和各种灾害事件的应急预案，碧湖镇、大港头镇和市经济开发区都设有专业的消防大队，古堰画乡景区、瓯江漂流乐园设有水上应急指挥部办公室，开展消防救援和水上24小时巡查救助。

（应一诺）

古堰画乡特色小镇

【概　况】　2016年，古堰画乡成功举办全省首届特色小镇"镇长"论坛，被列入全国深化城镇基础设施投融资模式创新试点镇、首批全省特色小镇文化建设示范点，获评全国最美乡愁艺术小镇、全省优秀特色小镇，大港头镇被列入中国首批特色小镇，景区获全国旅游安全保障最佳景区、2016浙江旅游总评榜之年度旅游景区人气奖、2016同程旅游十大口碑好评旅游目的地等荣誉。全年共接待国内外游客159.685万人次，同比增长：31.83%，门票收入同比增长：63.6%。

【旅游项目及招商工作】　2016年，古堰画乡共完成建设项目投资10.52亿元，其中，完成政府投资5.08亿元；各种社会主体投资5.43亿元。完成《古堰画乡控制性详细规划修编》《丽水古堰画乡特色小镇开发规划》《古堰画乡特色小镇产业发展策划》《古堰画乡创建国家5A级景区实施方案》编制，并委托中国美院设计团队编制《古堰画乡城市色彩详细规划设计》等方案，启动编制景区核心区内大港头村等5个村的整治方。玩摄影基地、隐居画乡（二期）项目完成招商，中国江南巴比松、风情商业街、滨水花苑项目进展顺利；坪地花海、大港头新村填方工程、大港头至碧湖污水处理厂管网提升工程（一标段）、新能源电动汽车租赁点设置项目完工；古堰画乡游客中心、停车场、大港头玉河路新建项目、大港头新村填方工程、大港头至碧湖镇污水处理厂主管网工程集中开工。

【创建国家AAAAA级旅游景区】　2016年5月29日，区委、区政府召开全域旅游暨古堰画乡创5A景区工作推进会，正式启动创建工作。7月，区委从区直单位抽调11名骨干到区创AAAAA办上班。建立信息、档案、督查等相关制度，创AAAAA工作全面展开。8—9月，制定《古堰画乡创建AAAAA及景区任务书》并以区委区府办名义下发文件，将创建任务分解成8个类别262项具体任务，明确任务内容、创建要求、完成时间，细化落实到全区85个责任单位及责任人。

【投融资体制创新】 2016年6月，国家发改委下达深化城镇基础设施投融资模式创新中央预算内投资计划，莲都区古堰画乡小镇作为浙江省唯一入选的全国深化城镇基础设施投融资模式创新试点镇。10月29日，在全省特色镇投融资体制创新座谈会上，古堰画乡小镇投融资体制创新工作在会上作交流发言。

【全省首届特色小镇“镇长”论坛】 2016年5月10日，全省首届特色小镇“镇长”论坛在莲都区古堰画乡小镇举行。围绕“特色、质量”主题，来自全省第一批、第二批省级创建的79个特色小镇“镇长”齐聚一堂，畅谈特色小镇建设成效、未来发展思路和方向，谋求高质量推进特色小镇规划建设。

【“古堰新韵”小镇音乐节】 2016年8月1日—8月14日，莲都区举办首届“古堰新韵”小镇音乐节，国内外5位艺术大师、15位著名音乐领军人物、130多位青年音乐家、60位音乐学子和筑梦班51位学生齐聚莲都，共举行14场音乐演出、26场“音乐与莲都不期而遇”主题活动以及青年音乐家培养计划系列活动。

【中国写生大会】 2016年11月18日—11月28日，古堰画乡举办以“对话　山水与风景”为题的首届中国写生大会。邀请法国美协主席Rémy Aron、西方现代艺术之父 保罗·塞尚的重孙女Marie Rauzy、意大利布雷拉美术学院绘画学院院长Academy、美术杂志社社长兼总编Gaetano Grillo、中国美院教授王赞、张捷等国内外顶级美术大师24人。由美术家、美术爱好者组成的旅行者约3.78万人次参与写生大会活动观摩。活动期间，艺术家们共创作110幅写生作品，其中24幅作品被古堰画乡巴比松油画馆收藏。

（应一诺）

交通·信息

公路建设

【概 况】 2016年,莲都区交通运输局完成《莲都区综合交通运输“十三五”发展规划》的编制和批复,推进政府投资项目建设。省重点工程南山互通至丽新公路项目,大大线项目前期,53省道至利山公路边坡防护工程,危桥加固改造工程,农村公路提升改造及联网公路工程,农村公路大中修和安保等一批在建和续建项目得到有序推进。经年终统计,截至2016年年底,全区境内公路里程达1351.60千米,其中:高速公路68.76千米,国道28.02千米,省道80.48千米,县道352.20千米,乡道69.69千米,专用道30.25千米,通村公路722.21千米。全年莲都区交通建设项目投资计划为17323万元,截至年底累计完成总投资18245万元,年度投资完成占下达计划的106%,超额完成年度计划。是年,区交通运输局被莲都区委、区政府评为安全生产先进示范单位,被市交通运输局评为安全生产考核优秀单位,获2016年度创建全国文明城市工作集体嘉奖,被莲都区人大常委会评为2016年度区人大代表建议承办工作先进单位。

【南山互通至丽新公路项目】 丽龙高速公路南山互通至丽新公路项目是莲都区至今最大的交通工程项目,也是2016年1月全省扩大有效投资重点项目集中开工的项目之一,项目起点位于S328省道(原53省道)K20+143处,终点位于高溪村东侧与S222省道(新50省道)平交,路线长5.29千米,采用一级公路标准建设,设计速度为 80 千米/小时,路基宽度为 24.5米。全线设九龙大桥622米/1座(桥宽27米)横跨大溪主跨140米的V形刚构建设,中桥298米/11座(桥宽24米),进出口增设减速车道拼宽桥98米/2座,初步设计概算投资3.49亿元。项目作为丽水市生态产业集聚区的交通基础设施配套工程,对完善丽水市生态产业集聚区公路建设网络,改善区域内路网的通行能力,促进沿线区域经济社会、少数民族文化和旅游事业的发展起到重要作用。项目全年完成投资13050万元,累计完成投资总额14050万元。

【农村公路提升改造工程及联网公路】 2016年,区交通运输局实施农村公路提升改造30千米,项目涉及紫金、岩泉、碧湖、大港头、老竹、太平和黄村等7个乡(镇)、街道的10条农村公路,截至年底各项目已完工,完成年度投资额1355万元。此外,还新增实施大港头镇53省道至利山公路边坡防护工程,对这条农村公路提升改造工程试点项目的沿线边坡进行安全防护治理,项目总投资340万元,至年底已基本完工。上述项目的完工,有效地弥补莲都区在农村公路基础建设方面存在的短板,拓宽原先狭窄的路面,改善沿线村庄群众的出行条件,带动农民增收,对提高农民生活质量起着积极作用。

【农村公路大中修工程】 2016年,区交通运输局高度重视农村公路大中修工程,完成项目13个,总投资 2140.50万元。完成县道港前线、武林线,乡道岩泉街道坑口至枫树湾,村道碧湖镇黄碧线至黄红、53省道至中溪，峰源乡郑地至毛山，太平乡样后至高田等大中修工程7个30.08千米，投资1743.80万元。完成村道紫金街道净水岭脚至杨梅岗、祝村至余庄，雅溪镇双源至岱后等村道安保工程（增设钢质护栏）3个13.53千米，投资396.7万元。

【美丽公路创建】 2016年，区交通运输局重点打造县道港周线（港口至周坦）为美丽公路，将绿道建设理念融入港周线，结合丽武公路“快进慢出”的设计理念，将港周线建设成为一条富有民族特色、休闲特色，展示莲都生态环境和人文环境的示范路。项目总预算300万元，实施总里程14.61千米，截至年底该工程已完工。同时，按照“除杂草、种新草”的理念，开展公路播撒三叶草工作，绿化养护出新招，播种种子100斤，播撒面积3万平方米。完成丽和线、石郎线、金牛线等多条县道公路绿化补植工作，绿化面积750平方米，以提升辖区内公路绿化环境。

【危桥改造工程及边坡处理项目】 2016年，为保障群众生命财产的安全，区交通运输局将危桥改建作为为民办实事项目，推动农村公路危桥改建工作。完成武林线武村桥，外靖线老竹桥、畎岸2#桥，港前线前桃后桥、徐坑口桥、吾赤口桥等6座危桥加固改造工程，投资227万元。以前的“危桥”变成现在的“幸福桥”“民生桥”。全年实施53省道至利山公路边坡防护工程，总投资340万元，实施丽雅公路林宅口段边坡处理，总投资165.7万元。

行业管理

【概　况】 2016年区交通运输局贯彻落实区委区政府、上级交通部门重大决策部署，落实职能工作，以公路建设和管养为先导，以党风廉政建设为保障，以行业安全监管为基础。通过在交通系统开展“两学一做”学习教育活动，使党员干部做到讲政治、有信念，讲规矩、有纪律，讲道德、有品行，讲奉献、有作为。通过做好行业管理工作，打造“环境优美、安全便捷、监管有力、服务一流”的路域通行环境。通过做好安全生产管理工作，把日常安全生产管理工作落到实处，为交通运输系统全年“零事故”奠定坚实的基础。

【农村公路管理养护工程】 2016年，区交通运输局下属事业单位公路管理局积极开展农村公路管养工作。根据县道和乡村道管养主体不同签订《目标考核责任书》24份。做好县道养护管理工作，全年发放养护经费54.38万元。做好乡村道养护行业管理工作，将养护经费与考核结果相挂钩，落实养护工作纳入区里对乡镇街道考核目标任务，把部门行为上升为政府行为，督促落实养护责任，确保农村公路养护质量。全年发放养护经费126.838万元。开展县道小修小补15处，投资80余万元，提升路况水平。落实养护资金，全年争取养护经费省补375万元，地方配套180万元。完成峰源乡省级乡镇规范化管理站，全区10个乡镇均成立农村公路养护管理站，乡镇重新发文明确机构人员，其中4个创成省级乡镇规范化管理站。

【“两学一做”学习教育】 2016年，区交通运输局成立以局长为组长，党组成员为副组长，各科室负责人为组员的“两学一做”学习教育领导小组，下设办公室，负责学习教育相关活动的开展。4月29日，召开交通运输系统“两学一做”学习教育工作动员大会，对全局“两学一做”学习教育进行动员部署，将各项工作任务进行分解细化，明确相应的责任科室和责任人，确保工作部署到位。推进学习教育活动，局党组还印发《中共莲都区交通运输局党组“学党章党规、系列讲话，做合格党员”学习教育实施方案》《莲都区交通运输局“两学一做”学习教育计划》，使学习教育活动开展的更加规范，更有效率。全年组织集中学习11次、交流读书心得33篇。

【安全生产管理】 2016年，区交通运输系统坚持“安全第一、预防为主、综合治理”的工作方针，围绕G20峰会维稳安保和平安夺金鼎两项中心工作，确保系统内全年无安全生产事故发生。

开展公路边坡稳定性排查，区公路局委托浙江佳途勘测设计有限公司对莲都区21条县乡道公路边坡现状开展调查，其中县道12条，乡道9条，合计里程225.53千米。共排查出有地质灾害隐患的边坡248处，对排查结果建立边坡隐患数据库；同时争取财政资金用于公路边坡安全隐患整治，根据边坡危险性等级，安排急需整治的12处边坡进行治理，其余边坡做好观察、警示工作。开展"打非治违"和"双超"整治行动，全年办理处行政处罚案件16件（其中联合治超案件14件，莲都路政大队单独办理2件，罚没款1000元），行政赔补偿13件，补偿款26990元；区质监站全年发放质量安全检查意见书73份，办理行政处罚案件11件，其中一般程序行政处罚1件，简易程序10件，罚没款23466元。

【创新公路管养模式】 2016年，区交通运输局借鉴城市道路保洁管理机制，首次引进保洁公司进入莲都公路养护市场工作，将丽武公路的保洁、绿化养护委托给专业的保洁公司进行管养，实现规范化、专业化、机械化养护。继续推广绿化养护市场化试点工作，将县道石郎线、丽和线、武林线通过招投标方式确定绿化公司进行养护，形成绿化专业长效管养机制。首次通过招投标方式确定专业机电管养单位，将隧道机电维护正式推向市场化，为隧道正常运营提供技术支持和专业保障。推动完成市经济开发区区域内公路上小线管养职责移交给市经济开发区，理顺莲都公路管理不顺问题。完成岩泉街道一条村道硬化，实现峰源乡一条乡道剥离，消除等外公路，完成数据库调整工作。

【研究编制交通运输"十三五"规划】 2016年，区交通运输局做好综合交通运输"十三五"规划编制工作，以融入大网、完善小网、提升服务发展指导思想，推进"莲都大环线"建设，打造"城乡半小时交通圈"，推进农村公路提升改造，实现"村村通班车"目标。规划编制单位深入调查研究，经过多轮对接，于7月5日召开莲都区综合交通运输"十三五"发展规划论证会。11月7日再次组织召开交通运输"十三五"发展规划座谈会，邀请省专家对规划进行深化。截至年底，莲都区综合交通运输"十三五"发展规划已编制完成，并完成审批。

【路域环境整治】 2016年，莲都区获丽水市2016年六边三化三美工作县（市、区）考评第一，区交通运输局为美丽公路建设专项组。推进公路边"三化"工作，共拆除违法建筑7260平方米，清理堆积物1850立方米，清理非公路标牌21块，莲都路政大队与市直属路政大队、330治超站、辖区各交警中队，多部门联合开展"超限超载"专项整治9次，出动执法人员100人次，检测车辆130辆，查处超限违法车辆16辆，卸载货物40.3吨。落实整改市、区六边办交办点位13个，开展岩泉街道余岭村结对帮扶共建工作，出动200余人次，清理垃圾5吨，做好丽水市全国文明城市创建工作。

（谢斌）

中国移动莲都分公司

【概　况】 2016年，中国移动通信集团浙江有限公司莲都分公司（以下简称"莲都分公司"）。莲都移动现有在册员工120人，12家营业厅、104多家社会代办点以及职工网点152多家，农村放心店95家，销售队伍123人。设有市场部、网络部、政企部、综合部和碧湖区域。全年累计运营收入2.3亿元，4G资费客户达12.49万户；手机营业厅客户端达31641户。

【4G网络建设】 2016年，移动莲都分公司新增开通4G基站305个。4G行政村覆盖率达到100%，AAA级以上景区覆盖率达到94.20%，AAA级以上景区道路覆盖率达到97.46%，省道覆盖率达到98.26%，龙浦、丽龙等高速实现100%连续覆盖。

【光纤宽带建设】 莲都作为丽水市唯一的市辖区。2016年，莲都移动完成宽带建设投资400多万（包括夏河片区协调费），行政村覆盖率达到96%。预计到年底整体行政村覆盖率将达到98%。莲都网络部覆盖LTE 4G

信号覆盖率98.36%，排名丽水全区前三。后续计划在2017年计划上报LTE规模235个，GSM规模70个。

【推进“提速降费”】 2016年，移动莲都分公司提升宽带接入能力，降低宽带资费，每兆带宽包年费用降幅超70%。至年底，莲都移动光宽带用户95%提速至12M，资费降至300元/年（两年起包），与提速降费前4M宽带398元/年对比，每兆带宽的包年费用降幅超过70%。实现“4G+高清语音”“4G网络加速”全面商用，4G下载速率可以达到每秒100M，同时全面下调4G流量资费，最高降幅达80%，推出流量不清零、流量共享等新模式。

【推进“互联网+”】 2016年，移动莲都分公司通过和对讲、警务通和司法矫正等移动端软件，实现行政执法信息电子化，提高行政执法效率和质量。建立4G无线宽带政务专网，并投资40余万元接入莲都区政务外网，为政府部门决策提供重要的信息参考，同时配合信息中心引入竞争机制，降低办公经费。为区政府机关事务管理局搭建公务用车系统，完成公务用车改革，做好公车管理工作，提高公车使用效率，降低用车经费。通过移动大数据，提高旅游公共突发事件预防预警、快速响应和及时处理，做好景区游客预测和安全监管工作。建设智慧旅游云平台，为旅委、景区、农家乐、民宿、特色小镇等信息化需求提供平台化服务。利用移动基站资源优势，建设火灾告警、瓯江水位、气象情况等互联网视频监控提供给相关部门试用，提高城市信息化管理水平，实现大范围监控，远程监管。运用物联网、大数据、云计算等科技手段，推广移动办公、移动教育、移动位置服务、移动支付等应用，为企业提供全方位的信息解决方案，促进企业生产、销售和服务等环节“规模性、流动性、安全性、稳定性”上的对接。

【社会责任】 2016年，移动莲都分公司响应市政府发展农村电子商务号召，开展“宽带提速降价 助推美丽乡村”活动，送光宽带到农村，探索与现有农村网点的合作，满足农村电商的上网需求。开展扶贫工作，1月组织志愿者前往仙渡乡芦村为三位结对贫困儿童送上助学金及物资；5月，志愿者们前往龙泉道太乡为贫困儿童送上夏衣。为处州中学患白血病学生刘欣开展爱心捐款，由客户经理亲自送到处州中学校长手中。莲都分公司与区慈善总会向峰源革命老区群众祈福送手机活动，活动当天共送出300台老人机。为了助力全国文明城市创建，莲都分公司组织成立以总经理为主要领导、综合办为主要负责部门的全员创建团队，全年共开展小荷志愿者等活动30余次，参与人员180余人次。

（廖余艳）

财政·税务·金融

财 政

【概　况】 2016年,莲都区实现财政总收入23.22亿元,增长8.4%(营改增后调整数据)。其中:一般公共预算收入13.58亿元,增长10.6 %,完成年度预算101.3 %。一般公共预算税收收入11.43亿元,同比增长5 %,完成年度预算98.4 %,一般公共预算收入占财政总收入的比重为84.2 %。实现一般公共预算支出30.64亿元,增长19.3 %,完成预算117.6 %,全年财政收支平衡。是年,莲都区财政局连续15年被评为目标责任制优胜单位。

【民生保障支出】 2016年,莲都区民生支出26.74亿元,占一般公共预算支出的87.3 %。农业方面,全年财政支农资金达7.14亿元,同比增长5%,其中争取上级支农资金扶持达3.51万元,区级财政预算安排3.63亿元。教育方面,落实对寄宿制学校按照寄宿生年生均200元标准增加公用经费补助,对家庭经济困难寄宿生补助生活费政策,小学补助标准1000元/年,初中补助标准1250元/年。社保方面,健全城乡低保动态调整机制,城乡低保标准每人每月统一提高到680元;建立残疾人"两项补贴",累计救助1858.2万元,解决困难残疾人和重度残疾人的基本生活和护理难题。推进基层医疗卫生机构补偿机制改革,做好"双下沉、两提升"工程工作,支持实施基层首诊分级诊疗;建立"建设发展靠政府,运行补偿靠服务"的莲都区人民医院运行补偿新机制;城乡居民基本公共卫生服务年人均补助和城乡居民基本医保财政补助标准分别提高到540元、45元。文化建设方面,健全基本公共文化服务体系经费保障,推进基本公共文化服务均等化,支持农村文化礼堂建设,落实公共文化设施和公共体育馆免费开放经费。全年共投入文明城市创建经费6293.66万元,主要用于文明氛围的宣传营造、垃圾分类、六乱环境整治、公共场所消防设施补修建、文化长廊建设等,助推全国文明城市创建。实施精准扶贫,浙江省同步全面消除"4600以下"贫困现象。促进再就业方面,近年新增高校毕业生创业补助。社会安全方面,完善政法经费保障机制,全年安排"平安"建设和综治工作经费2072.32万元。

【服务经济发展】 2016年,区财政局支持工业企业转型升级,全年兑现企业扶持资金2.6亿元,惠及工业企业122家。扶强育小,培育"小升规"企业,出台《莲都区加快生态工业发展的若干意见》,从19个方面对全区生态工业实行精准帮扶。扶持电子产业,每年安排1500万元资金奖励优秀电子商务示范企业、示范基地。支持生态旅游发展,与市生态产业基金签订投资协议,引入市生态产业基金投资2亿元,推动古堰画乡景区基础设施建设和文化旅游项目开发。落实强农惠农富民政策,完善农业信贷担保体系,安排89万元资金落实政策性农业保险。全区村级公益事业"一事一议"财政奖补政策投入资金4400万元,建成村级公益事业项目59个。推进养生农业促绿色可持续发展,推进农业转型升级。筹措建设资金,确保民宿经济、古堰画乡

AAAAA景区创建、五水共治、“六三三”、全国文明城市创建等重点项目顺利推进。

【财政监管工作】 2016年，区财政局对8个政府关心、民众关注的重点民生项目进行绩效评价，涉及财政资金1.98亿元。推进财政投资评审改革，实行事前、事中、事后动态监管，全年净核减财政性资金2.07亿元，净核减率为11.1%。构建“内控、内审”和“外控、外审”相结合的财政监督机制，建立“1+8”内部控制制度体系，推行“双随机”制度。做好国有资产监管工作，成立莲都区国有资产监督管理委员会，完成全区行政事业单位国有资产清查。落实中央八项规定，全区“三公”经费同比下降6.2%。开展各类专项检查，在全面自查的基础上，抽取25个重点单位开展经费支出监督检查，规范支出制度；对涉农资金进行专项检查，提高财政专项资金使用效率；对全区14个乡镇（街道）开展财政资金安全检查，查堵管理漏洞。做好政府性债务管理工作，全年共完成18亿元的地方政府债券置换存量债务任务，年节约利息支出7000多万元。

【推进财政改革】 2016年，区财政局建立县级涉农项目储备库，对所有涉农项目都通过储备库实现项目申报、筛选、信息维护以及信息查询，避免多头申报、重复申报。建立“横向到边、纵向到底”的公款竞争性存放管理长效机制，对全区超5亿元资金相继开展公款竞争性存放，增强财政资金保值增值能力。健全动态管理和定期清理机制，全年共清理盘活存量资金1.09亿元，统筹用于重点支出和预算平衡。争取到省级财政重大服务基础设施建设资金1亿元，“一事一议”助推美丽乡村建设资金2000万元。稳妥推动PPP项目落地实施，莲都“南山互通至丽新公路建设一期工程”和“天网三期”两个项目已签约实施，总投资3亿多元。创新公共服务供给模式，莲都在旅游宣传、建设规划、环卫保洁等多个领域开展政府向社会购买服务，涉及金额8148万元。推进政府融资平台转型，完善运行机制，整合资产做好莲都区国有投资有限公司和莲都区古堰画乡旅投公司，并推进企业化运作。

【队伍建设】 2016年，区财政局落实主体责任，签订目标责任书。组织开展各类专题培训、讲座，结合党员固定活动日制度和夜学制度，推进“两学一做”专题活动。结合丽水市全国文明城市创建工作，依托微电影、相声等文艺形式创新生态文明宣传，提升干部文明素养，推动财政文化建设，增强团队凝聚力。是年，区财政局被评为莲都区最美单位，自创微电影《星星之火》入围中国央视网2016年百部正能量音频。

（李张芬　赵丽珍）

金　融

【概　况】 2016年，莲都区有工、农、中、建四家国有银行，以及莲都农商银行、建信村镇银行、泰隆莲都支行共7家金融机构，2家小额贷款公司，1家民间融资服务中心，6家融资性担保公司和11家惠农担保互助社。截至2016年年底，莲都区工、农、中、建四家国有银行、莲都农商银行、建信村镇银行、泰隆莲都支行的本外币各项存款余额233.85亿元，比年初新增61.95亿元，同比增长36.04%；各项贷款余额183.61亿元，比年初新增47.01亿元，同比增长34.41%。其中：涉农贷款余额63.83亿元，比年初新增6.03亿元，同比增长10.44%。全区五级不良贷款余额为3.87亿元，不良贷款率为2.11%，比年初下降0.39个百分点。

【政银企对接】 2016年，政府主动统筹，制定扶持政策，通过建立行长联系重点企业制度，增强金融机构干部与企业之间的联系，以便了解和解决企业需求；通过对接民间资本为企业贷款周转提供服务，降低企业融资成本，同时与各金融机构进行合作，利用农行的小微企业融资帮扶基金、建行的小微企业助保贷，以政府增信、风险共担的模式切实帮助小微企业解决融资问题，通过加强银企对接，莲都区33家企业得到3.7亿元意向融资额度。

【推动企业上市与招商引资】 2016年，市金融办和浙商证券、财通证券多次受邀开展股改上市辅导，走访企业26家。加大对企业股改上市和挂牌新三板的政策扶持力度，推进区属企业对接多层次资本市场，加快企业股改上市步伐，拓宽企业直接融资渠道。完成新增股份公司2家，新三板签约2家，省股交中心挂牌4家。利用古堰画乡被列入全国深化城镇基础设施投融资模式创新试点镇的契机，利用特色小镇平台，将创业投资公司、股权投资类企业、产业投资基金等引入古堰画乡，打造特色金融小镇。

【农村金融改革】 2016年，"三权"抵押贷款余额13.19亿元，其中：林权抵押贷款3008户，贷款余额7.7047亿元，比上年新增8148万元，完成率123.46%；发放农房抵押贷款1441户，贷款余额4.8811亿元，比上年新增1.3359亿元，完成率102.76%；土地流转经营权抵押贷款96户，贷款余额6058万元，比上年新增1953万元，完成率162.75%。2016年，兑现各金融机构"三权"抵押贷款奖励资金84.69万元。在公益林收益权质押贷款试点的探索方面，莲都建信村镇银行12月14日首发"生态公益林未来收益权"质押贷款，拓宽了农村产权抵押物的范围。邮储银行创新"美丽乡村农房建设"贷款业务，使农户在建房前期通过完成相关审批手续即能办理按揭贷款。同时，绿色金融服务如民宿贷、光伏贷也对推进生态旅游提供了有力支持。全区共完成77个信用村复评和创建，完成率120.31%，完成601户新型农村经营组织的信息采集，完成率100%，共授信36.53亿元，授信农户9.1万户。全区6家涉农融资担保公司累计为"三农"提供融资担保8.6亿元，截至年底担保贷款余额9397.79万元。新成立一家村级担保互助社，全区11家农村担保互助社累计担保204笔，共计金额3800万元。农村金融支付服务得到了持续优化。完成1个电子支付应用示范村，25个农村金融服务示范站建设，农村金融服务站与电子商务服务点结合数93个。截至年底，农村金融服务站共办理小额取现业务5542.3万元，办理汇款业务731.7万元，办理代理缴费621.3万元。莲都农商银行新增自助银行4家，创建离行式自助银行1家，新增ATM机12台，布设便农自助终端36台，打造"村级网上支付示范区"1个。全年累计发放农村小额保证保险贷款648户1.31亿元。全年参加农村小额保险的3.5万户，实现保费收入151.87万元，有590户获得理赔121.8万元。

【不良贷款处置工作】 2016年，按照先易后难、先急后缓、依法依规、规范运作，集中化解和处置了一批不良贷款，最大限度降低银行不良贷款率，确保不发生区域性、系统性金融风险。全年市政府下达任务数14964万元，年底已收回交办不良资产处置任务8083.85万元，完成率54.02%，超额完成市政府交办的任务。

（翁菀翎）

中国农业银行股份有限公司丽水莲都支行

2016年，农行莲都支行拓展汽车分期、家装分期、现金分期等业务，拓宽增收渠道，推进中间业务发展。截至年底，实现中间业务收入1360万元，同比增加138万元。通过做好费用成本约束，控制好财务费用，做到"三保三压"，即保重点压一般、保基层压机关、保发展压消耗，全年业务费用同比下降169万元，降幅达19.96%。截至年底，全行各项存款余额23.17亿元，比年初增加24004万元；市场占比提高0.43个百分点，城区行第一，个人贵宾客户增加了364户，完成市行下达指标。

全年共发放贷款79558万元，由于退出、核销等原因收回贷款3670万元的基础上，各项贷款余额增加24384万元，列全市第三，增长率24.83%。其中法人贷款增加17119万元，完成率342%，个人贷款增加7265万元，完成率242%，存贷比增加5.6个百分比。农户贷款余额6081万元，较年初增加932万元，新增金融自治村1个，自治村农户贷款累计发放3700万余元，惠农卡发卡量595张，惠农通台均交易166笔，完成率104%，惠农通有效率100%，新增惠农通星级客户3户，家庭农场、专业大户新增15户。共建档村民信贷档案4477户，并产生预授信额度52笔，预授信额度1359.1万元，成功发放惠农网贷16笔，共计金额138万元，居全市第一。各项贷款余额122583万元，比年初增加24384万元；实现中间业务收入1430万元，同比增加208万元；实现拨备前利润3725万元，拨备后利润2714万元。全年起诉案件30个，金额618.67万元。通过诉讼等渠道清收个人不良贷款5户423万元，不良贷款余额733.6万元，信用卡不良478万元，不良合计1211.6万元，较年初下降530.54余万元。在"三化三铁"创建中，支行辖属5个网点，良好率达100%，"三铁"单位1个。农行莲都支行健全党风廉政建设组织架构，相继成立党风廉政建设及案防工作领导小组、案件防控及案件处置领导小组、惩防体系领导小组，专题研究落实党中央和上级行部署的党风廉政建设与反腐败工作。制定莲都支行2016年党风廉政建设责任制考核办法，明确行领导和职能部门党风廉政建设任务分工以及各级班子的主体责任和纪委的监督责任。全年新提任中层干部5人次。开展2次户外工会集体活动。开展技能大练兵，通过规定每周练习技能时间不少于2小时的技能大练兵。2016年农行莲都支行在全市农行第十六届业务技术操作比赛中获团体二等奖，吴丽华、周芬芳分别获机器点钞第二名和第四名；潘俏媛获多指多张点钞第二名；吴璐瑶获柜面知识综合测评第三名获新人奖。在开展各项文体活动中，农行莲都支行在浙江省农行健身操（舞）比赛中，吴璐瑶参加的丽水代表队获第二名；在全国农行健身操（舞）比赛中获三等奖。吴璐瑶还分获丽水市金融系统庆祝建党95周年演讲比赛一等奖、丽水市总工会举办的"当好主力军建功十三五"新媒体演讲大赛一等奖、丽水农行法制法规演讲比赛第一名等奖项。市分行组织客群营销故事展示大赛中，由吴璐瑶代表莲都支行获第一名。碧湖支行周芬芳，在全市《中华人民共和国反洗钱法》颁布实施十周年主题征文比赛中获三等奖，在丽水市银行业游泳选拔赛比赛获50米、100米蛙泳项目第一。支行营业室成功创建市级"敬老文明号"。是年，农行莲都支行获莲都区2016年度工作责任制综合优胜单位，获省分行运营管理先进单位。

中国银行股份有限公司丽水莲都支行

2016年中国银行莲都支行围绕省行"十五字方针"，落实市分行的"一二五五"工作要求，推进"开门红""6月会战""9月血拼""12月决战"等各阶段工作。莲都支行开展"清雷防险"回头看、"强内控、除隐患、补短板"专项行动、"两个遏制、两个加强"和反洗钱专项治理行动等活动，期间发现的问题均已整改到位。定期召开内控案例分析会，学习典型案例，提出风险点和防范措施，组织讨论，针对新50条由业务经理汇报并通报每期的差错和风险点最后得出正确操作方法和防控措施。落实员工异常行为排查制度，坚持员工家访制度，执行"双十禁""五严禁""四个必须"和《制度红线汇编》等制度，组织观看总行下发的《案例警示教育光盘》《受警醒、明底线、知敬畏》案例教育等书，部分客户经理参观监狱等警示教育。召开专题民主生活会，支部全体对照党员党章、党规、习近平总书记系列讲话及重要指示精神，进行自我剖析，并形成书面材料。开展批评与自我批评，同时按照个人自评、党员互评、民主测评的程序开展民主评议党员工作。做好党员日常管理工作，坚持党员教育制度。每月定期召开党员学习会，开展"两学一做"学习教育。截至年底，全行本外币各项存款余额10.37亿元，较上年新增1.07亿元，其中个人存款余额7.78亿元，较上年新增0.41亿元，公司存款余额2.44亿元，较上年新增0.52亿元，金融机构存款余额0.15亿元。本外币贷款余额17.57亿元（含银行卡），较年初负增6600万元，其中个人贷款新增1.64亿元，公司贷款负增2.08亿元，银行卡透支新增0.22亿元。实现营业收入实现营业收入为5455万元，拨备前利润为3936万元，全年净利润负2907万元。全年实现清收化解7894万元，其中公司清收6954万元，个金清收919万元，现金清收2586万元，表外清收87万元。

中国建设银行丽水莲城支行

2016年，建行丽水莲城支行跟踪做好古堰画乡特色小镇、人民医院东城院区建设、腊口污水处理、莲都供电电网改造、莲都城西小学及东港小学新建、莲都区交通南山互通等项目工作。成功为丽水市国有资产投资管理有限公司综合授信8亿元，为接下来的国资公司代建城区中山小学城西校区和大洋路小学长岗背校区的授信业务做好准备工作。开展各种专项营销活动，成功投放2.5亿元的莲都区水利建设发展有限公司其他应收款买断理财产品，成为市分行首笔第三方通道类业务，同时派生出全市分行首笔托管业务。丽水市莲都区农民新社区建设发展有限公司1.1亿元的委托贷款类理财产品授信已在审批补充材料中，预计2017年1月底前投放。搭建、巩固多样化平台，对接政府、工商、地税、工商联、行业协会等企业管理部门，分享政府和企业信息，开展对政府、市场、工业园区、楼盘等源头营销。做好对"三农"的投入工作，做好行内客户交叉挖掘资源共享、第三方合作工作等，批量化营销新客户，提升全量客户综合获取能力。坚持新客户拓展与存量客户保有并重，内联外拓批量发展新客户，全年个人有效户达164181户，新增17418户，计划完成率128%。8月以来，行长、分管行长带队走访房产中介、房产公司，并指定网点、客户经理对接和维护，全年合作二手房中介18家、合作楼盘9家。梳理代发工资优质单位名单，整合莲都区财政、事业单位资源，批量营销快贷业务，全年支行累计营销快贷867笔，贷款金额2629万元。全年发信用卡5084张，完成计划数的116%。担保购车分期完成1.14亿元，至年底，信用购车完成603万元，装修分期完成939万元、分期通完成836万元。建行丽水莲城支行通过与员工"谈心、家访"等形式，做好与员工的沟通交流，提高员工满意度，使员工以良好状态投入工作，注重员工综合素质的提升，注重学习型人才培育，重点做好管理人员、客户经理、柜面人员的培训。5—12月，举办多次献爱心活动。8月，开始举办每月一期的"莲城讲堂"培训活动，培训内容包含小微企业"五贷一透"的信贷产品，黄金和基金的个金销售产品，还有如何降低稽核差错率等方面。9月，支行制定《莲城支行"扩场景、拓商户"营销方案》，营销人员扫街串户走访农贸市场、街边商店、房产中介，拓展优质商户，全年支行新入网商户117户。开展消费者金融知识宣传服务月活动。参加以"烟头垃圾不落地，家园环境更美丽"为主题"小荷"志愿服务活动，全年共组织参加莲都区"捡烟头"活动15次，达300人次。12月，成功向莲都区九坑村"耕耘民宿"发放全市分行首笔"农乐贷"贷款，单笔授信金额为30万元。在2016年度莲都区"小荷"志愿服务优秀团队和优秀志愿者评选活动中，莲城支行被评为2016年度莲都区"小荷"志愿服务优秀团队，支行两名员工分别被评为2016年度莲都区"小荷"志愿服务优秀个人。支行营业部是市分行首家"浙江省银行业协会文明规范服务四星级单位"，是年，营业部获省分行2016年度"青年文明号"称号。建行丽水莲城支行在存款业务方面，本外币一般性存款时点余额36.6亿元，比年初新增9228万元，日均余额35.2亿元，日均新增2248万元，其中对公存款16.2亿元，比年初新增下降223万元，日均余额15.49亿元，比年初下降2116万元。个人存款余额20.4亿元，比年初新增9451万元，日均余额19.8亿元，日均新增4363万元。资产业务方面，各类贷款余额10.04亿元，比年初下降4.84亿元(市人民医院调整至分行机构部)，其中对公贷款余额3.1亿元，比年初下降6.73万元。个人贷款6.94亿元，比年初新增1.88亿元。中间业务收入方面，全年实现中间业务收入2418万元，其中对公中间业务收入503万元，对私中间业务收入1915万元。截至年底，支行不良贷款余额578.26万元，比年初下降915.8万元；不良贷款率0.57%，比年初下降0.77个百分点，其中对公全年处置化解不良贷款3805万元，不良贷款余额为零。个人不良贷款余额578.26万元，比年初增加223万元；个人不良贷款率0.83%，比年初上升0.13个百分点。

（莲城支行）

浙江泰隆商业银行股份有限公司丽水莲都支行

截至2016年11月底，支行存贷款含卡总额11.35亿元，较年初实际增1.4亿元。其中存款日均5.26亿元，较年初实际增6390万元，完成率101.7%；贷款日均4.96亿元，较年初实际增7700万元，卡垫款1.12亿元，较年初持平，资产完成率97.4%。FTP收入5846万元，完成率96.2%；FTP利润4176万元，完成率101.6%；费用985万元。逾期资产1730万元，逾期率2.03%，创新高。其中逾期贷款47笔1037万元；不良信用卡含随贷通卡59张486万元；欠息贷款90天11户207万元。另外重组15笔287万元。扩大授信村的授信面，开展存量二次授信5场。对峰源乡的授信和贷款推进23笔，实现支行农村综合社区的全覆盖。营销农村失地保险贷款，办理18笔分期贷款138万元，以及农村拆迁安置房分期贷款营销。平台搭建，对接政府电商办，电商户200多户，扶农下乡重点项目，争取以卡批量推进方式营销。狮子协会苏州东阳商会批量发放贷款13笔560万元。加强企事业和政府单位林业公安学校乡镇工薪族信用卡和消费贷款营销。推进有质量的大资产业务。

2016年，支行上半年共发放首笔贷款330笔，初审退回32笔，现场非现场检查、交叉查验笔数235笔、比例71%；建立相关台账《实地调查台账》《三查询登记表》1406份。做好征信查询4836份、影像上传、系统信息录入等。

2016年，支行实施柜员积分制表单管理和小组竞赛管理，包括服务评价、柜面差错、大堂履职、考试考证、竞赛比赛、训练演练、纪律文化、合格率等。提高柜面服务水平，实现零投诉、无重大差错。

2016年，支行开展新春财神送福、送姜茶绿豆汤，元宵、清明、端午、“六一”节日宣传和雏鹰计划，行庆送健康下乡、敬老院送温暖、趣味游园、客户健步行、家属答谢等系列品牌宣传活动。

（刘懿萱）

浙江丽水莲都农村商业银行股份有限公司

2016年，各项存款余额90.22亿元，比年初增加13.6亿元，增幅17.75%；各项贷款余额61.18亿元，比年初增加4.9亿元，增幅8.88%；四级不良余额20600万元，占比为3.71%；五级不良贷款余额19293万元，占比为3.43%。不良贷记卡本金157.03万元，本金不良率为1.17%。贷款拨备率为7.6%，不良贷款拨备覆盖率为222.92%。全年实现总收入5.91亿元，人均实际利润47.12万元。全年上缴税金8481万元，比上年增加406万元，增幅5%。参与莲都区“三位一体”农民合作经济组织体系建设，成为区农合联副理事长单位，争取到农合联和资金互助会账户7个，并提供综合授信8亿元，为全区农合联的运营提供强有力的金融支持。推进农村“三权”抵押贷款，林权抵押、流转土地承包经营权抵押、农房抵押贷款余额分别为6.49亿元、0.44亿元和3.48亿元，惠及农户3276户，总量突破10亿元。全年共支持小微企业贷款2135户、农户贷款9437户，发放1.16亿元贷款支持261户农民专业合作社、家庭农场、农家乐、农业龙头企业等新型农业经营主体；向碧湖镇郎奇村36户回购房户发放信用贷款2678万元；发放丰收爱心卡22635张，发放3812万元小额扶贫贷款支持578户低收入农户创业；与财政部门合作，开通财政公共支付平台业务；参与并成功中标财政资金账户15个，获得财政资金竞争性存放5.24亿元、行政事业单位公款存放3.08亿元。深化与税务部门合作，推出“税银贷”产品；顺利完成营改增备案、系统升级等上线衔接工作。深化与法院对接，率先全市农信系统上线法院新案款管理系统，共办理诉讼费、执行款等业务11617笔，金额10.16亿元。

2016年，组织开展两个阶段劳动竞赛活动。到年末，存款时点增加13.6亿元，日均增加了13.24亿元，创下历史最好成绩，成功打赢了存款组织工作的“翻身仗”。开展全员营销培训，紫金、万象两家支行现场导入培训项目，11家支行全面跟进，有效引导员工转变营销理念，提升营销技能，在全行营造了浓厚的营销氛围，进一步完善了“客户经理、大堂、柜面”三层营销机制。开展全员营销竞赛考核活动，涌现出一批优秀营销能手，全行ETC、电费、水费签约客户数在活动期间大幅增长，营销效果明显。在8—11月的4个月时间里，新增投放贷款3.54亿元，完成市、区政府下达的新增任务。

2016年，理财客户数新增2532户，总数9014户；ETC签约新增4041户，总数4258户；水费签约新增3920户，总数22552户；电费签约新增6514户，总数67078户；话费及有线电视费签约新增498户，总数3616户；四项基础代缴代扣业务共新增10932户，总数93246户。全行拥有4项产品的客户数新增5854户，总数47285户；拥有5项及以上产品的客户数新增14525户，总数40151户，各项业务黏合度进一步增强。到年末，全行存款客户数新增28364户，总数达54.74万户。二是渠道基础进一步巩固提升。完成1家网点搬迁、4家网点装修；自助银行优化调整5家，总数达35家；ATM机优化调整11台，总数达107台；探索推出6家“丰收驿站”，城乡物理渠道布局更趋合理。助农取款点业务交易量13.7万笔，较去年增加45.21%，POS机具新增134台，电话宝新增146台，业务交易量较去年翻了一番。线上渠道功能持续拓展，新增手机银行用户12132户，新增网银用户3967户；开通循环类贷款网上银行、手机银行和助农自助终端放款、还款功能，通过网银放款540笔、金额1.87亿元，手机银行放款465笔、金额1.47亿元，助农终端自助放款561笔、金额1.53亿元。同时，还开通了网上银行和手机银行便民缴费功能，进一步增强了离柜业务处理能力。智慧项目建设全面深化，食品安全溯源项目进驻9个菜场，安装溯源设备743套，发放安心卡17350张，卡内余额1.23亿元，发放经营户贷款40余户，金额3000多万元。同时，还探索了“智慧旅游”“智慧医疗”“智慧校园”等项目，已在古堰画乡售票处布设了智能POS，创建了大港头镇电子支付示范区，积极推进特色小镇、民宿特色村等全面建成电子化支付体系。

2016年，在普惠金融三年行动计划取得阶段性成果的基础上，启动了普惠金融提升工程五年行动计划（2016—2020年），着力健全普惠金融长效机制建设。连续第八年开展“走千访万”活动，普惠快车客户建档187821户，小微专车客户建档11022户；普惠金融客户信息录入数达到19.88万户。下沉服务重心，建立“银村合作”行政村151个，新增23个，扩大了普惠覆盖面；外延服务范围，建立“银商合作”异地商会13个，新增8个，为3102户在外创业人员发放贷款4.55亿元。持续深化行业战略合作，向莲都区电子商务公共服务中心授信1亿元，向莲都区餐饮业产业创新创业联盟授信2亿元。以市场需求为导向，深化金融产品创新，先后推出转贷通、物业贷、税银贷、光伏贷、茶农贷、汽车分期付款、福农卡·普惠宝等新产品，其中，税银贷发放4户、金额3066万元；光伏贷发放28户、金额165万元；民宿贷发放38户、金额1296万元；养老贷发放575户、金额1683万元；转贷通共办理21笔，金额1.95亿元，其中，他行转贷10笔、1.55亿元，我行转贷11笔、4043万元；汽车分期共办理1982笔，发放金额1.67亿元，总量排在全省第7位；福农卡共办理438笔，授信金额9565万元。同时，我行还积极申办了基金代理业务、公积金贷款业务等，外汇业务已经省银监局批复同意，产品体系更加丰富多元。

2016年，出台贷款管理责任追究制度，严格执行风险赔偿保证金制度，严肃落实贷款责任，加大对相关责任人的处罚力度，针对不良管理共追责38人，处罚金额48万元。

2016年，共组织实施审计项目34个，检查辖属网点227个次，提交风险提示10份，提出整改意见136条，发出审计处罚建议书4份，共问责262人次，处罚金额56.27万元；上年对18人给予行政处分，其中，降级1人，记过9人，警告8人；对36人进行诫勉谈话。

2016年，全面落实临柜人员对汇款实施“四必问一必签”制度，共成功堵截电信诈骗案件5起。

2016年，实现25个自助银行共81台ATM机的集中式加钞管理，其中离行式10个、附行式15个，比年初增加了23个自助银行、67台ATM机。

2016年，共发行“惠民”“莲宝”“喜悦”系列理财产品42期、募集资金11.85亿元，其中，封闭式理财产品41期，募集金额11.65亿元，开放式理财产品1期，募集金额2000万元；保本型理财产品25期，募集金额8.59亿元，非保本理财产品16期，募集金额3.46亿元。不断拓宽投融资渠道，按需对接同业投资产品，2月加入全国同业拆借市场，开展人民币同业拆借交易业务；5月加入中国银行间市场交易商协会，开办债券质押回购业务；6月取得大额存单发行主体资格，首发1期大额CD存单1000万元，已认购873万元；共发行同业存单3期、金额6亿元，运用定期存放21笔、同业理财90笔、委外业务8笔、信用拆借12笔、质押回购15笔，累计交易142.72亿元。全年金融机构往来收入和投资收益达到12532.28万元，较好弥补了传统利差缩窄带来的收入下降缺口，有效提升资金营运管理水平。

2016年，共调整管理岗位5个。加强专业队伍建设，设置专职风险经理3名，大堂助理扩充至29名，客户经理扩充至62名。加强后备梯队建设，启动“英才计划”，选拔50名员工进入“雏鹰计划”培训班、20名干部进入“雄鹰计划”培训班，分别开展了两期培训。加强教育培训，搭建了无线柜台、一线课堂、线上线下等内部学习交流平台，开展全员营销培训，按月举办“金融知识大讲堂”，全年共组织各类培训31期，参训人员7475人次。

2016年，微信公众号全年共推送各类信息82条。加强信息宣传工作，出版企业内刊12期，编印信息写作工作指引，加大征稿投稿力度，全年共被国家级、省级媒体录用34篇，被省联社录用77篇，信息考核取得历史最高分。

2016年，总行班子成员与老竹镇徐庄村低收入农户开展“一对一”帮扶脱贫；与雅溪镇泄川小学、西溪小学开展结对帮扶，发动员工筹集善款6.5万元，通过捐赠校服、学习用品等方式，对贫困留守学生进行爱心帮助；为全区500多名环卫工人赠送夏令防暑用品。全年，共组织开展各类志愿服务52次。

（叶欣）

浙江稠州商业银行丽水分行

2016年末，各项存款余额43.63亿元，比年初增长3.32亿元，增长8.24%；存款客户137423户，比年初增加26361户，增幅23.74%，其中个人存款客户133611户，比年初增加26105户，增幅24.28%。各项贷款余额39.75亿元，比年初增加4.92亿元，增长14.11%；存贷比91.11%。500万以下贷款余额26.94亿元，户数7018户，200万以下贷款余额21.27亿元，占比53.51%，比年初增加2.28亿元，户数6860户。全年发放以贷还贷129户，金额22947.2万；政府临时转贷资金转贷2户，共1820万。全年累计发放“三权”抵押贷款806笔、金额24917.77万元。针对农村电商行业共发放相关贷款21笔、金额1098万元。

（杨露）

上海浦东发展银行股份有限公司丽水支行

2016年，实现账面利润15448万元，同比增加4.3亿元(2016年亏损2.7亿元)；实现营业净收入16305万元，完成任务106.6%；实现考核EVA5925万元。

2016年，在系统内的综合考

核中得分95.6分,在14个经营机构考核排名中列第4名,比上年上升10个位次,创下开行以来的最好成绩。

2016年,全年处置化解不良资产38048.44万元,完成率达110%。其中:现金清收8913.96万元,创新打包26124万元,核销3014万元。已核销收回(含表外利息收回)1014.8万元,完成率达449%;受托清收2156万元,完成率达317%。

2016年,各项贷款余额33.25亿元,其中正常类贷款31.96亿元,占比96.1%,关注类贷款0.47亿元,占比1.41%,比年初下降0.96亿元,下降3.15个百分点;后三类不良贷款账面余额0.82亿元,比年初下降1.82亿元,不良率2.47%,比年初下降5.94个百分点,实现后三类不良贷款绝对额和不良率的大幅双下降。

2016年,对公营业收入达11940万元,其中存款净收入为4145万,贷款净收入为5326万元,金融市场净收入收入为1425万元,其他净收入(包括投行及交易银行)为1044万元。实现中间业务收入 3229万元,其中:对公中间业务收入达1043万元,与去年同期相比增长了123%。金融市场中间业务收入约为1294万元,交易银行中间业务收入945万元,投行中间业务收入80万元。金融市场业务的突破,成为今年对公业务非常重要的利润增长点,占到支行全年中间业务收入指标的40%。国内证福费廷业务累计发生额为2.28亿元,带来中间业务收入474万元;汇通利业务发生额为2942万元,带来中间业务收入34万元;国内保理业务金额5500万元,带来中收50万元;利率互换3400万元,带来中间业务收入54万元 ;新增票据池2户,带来中间业务收入74万元。委托资管规模达13.2亿元,带来中间业务收入1294万元;新增理财产品托管客户3户,托管规模5亿元,获得了总行同业存单200万元的利润奖励。存放同业规模发生额20亿元,利润收入约为50万元,同业存放规模发生额约为16亿元,余额为2.52亿元,利润收入约为18万元。零售业务亮点频现,其中:营业净收入4361万元,分行排名第一;个人中间业务净收入859万元,分行排名第一;信用卡营业净收入1096万元,分行排名第一;个人日均金融资产余额304778万元,增量20669万元,增量排名分行第一;零售贷款余额9.68亿元,新增0.83亿元,增量排名分行第三;白金以上客户3457户,新增715户,增量排名分行第三;全年新增信用卡合意账户3698户,荣获分行2016年度信用卡合意账户竞赛活动优胜机构第三名;全年新增房抵快贷余额1.1亿元,荣获分行2016年度房抵快贷123专项营销活动优胜机构第一名;净增五星客户1084户,完成率152%,2016年度金秋客户节竞赛活动优胜机构第三名。

2016年,各款存款余额31.38亿元,比年初增加1.57亿元。其中对公存款余额24.04亿元,比年初增加5.72亿元;储蓄存款余额7.34亿元,比年初减少4.15亿元。非存款类个人金融资产余额23.8亿元,比年初增加5.5亿元。

2016年,各项贷款余额33.25亿元,比年初增加1.86亿元,这是在处置化解3.8亿元不良贷款基础上出现的增长,应该意义非凡。其中公金贷款余额23.57亿元,比年初增加1.03亿元;个金贷款余额9.68亿元,比年初增加0.83亿元。

开展"两加强、两遏制""回头看"自查,配合银监检查,严格问责。2016年,处罚违规人员79人次、处罚金额60多万元。开展违规吸存、抵质押物、商品房预售资金监管账户等30多项检查,并强化检查整改有效性管理,对检查发现重要问题逐笔建库,实施重点跟踪、评价和检查。

2016年5月,成功实施架构改革,通过部门优化调整、负责人选聘、员工双向选择等方式,在优化岗位、整章建制、制度的执行与落实等方面做了大量的工作,完善经营机制和体制,提高全行的经营管理水平,员工队伍活力进一步提升。

2016年度,被市政府评为"支持地方经济建设三等奖",行长邱方伟、行长助理王勇军分别被市政府评为市级金融机构支持地方经济发展"先进个人"。

城建·城管·征迁·环保

规划与建设

【概　况】 2016年，莲都区建设分局共办理建设项目选址意见书20件、建设用地规划许可证62件、建设工程规划许可证60件、规划竣工验收69件、乡村建设规划许可证592件及施工许可59件，物业企业资质核准9件，房地产企业资质核准延续2家，商品房预售3件。区属房地产投资57.23亿元，同比增长5.1%，总量全市第一名。区属商品房销售面积86.53万平方米，同比增长92.3%。洪渡村、高铁站周边、高铁站广场16幢房屋整治及碧湖南山高速出口节点景观提升改造工程，累计投资2600余万元，改造面积38.5万平方米；启动高铁沿线和50省道房屋立面改造、高速沿线立面提升工作，完成336幢。完成2014年的沙溪村、莲房村建设任务并通过考核，2015年的官桥、西坑村分别完成建设任务的67.32%、95%，2016年新启动的洪渡村、大港头村、港口村、新屋村完成提升规划编制。成立小城镇环境综合整治领导小组，明确整治范围为4个建制镇和5个乡，起草《莲都区小城镇环境综合整治行动方案》并通过区政府审议，召开动员部署会，确定9个乡镇的设计单位，并组织开展规划编制工作。修订《莲都区农村困难家庭危旧房改造实施意见》，逐步规范救助机制，共完成农村困难家庭危旧房改造330户。督促指导市区41家物业企业，签订“三金一房”提取合同14个，收取物业专项维修资金3909.62万元，保修金2162.74万元，首次业主委员会筹备金48.29万元，及时拨付物业专项维修资金380.75万元；出台《丽水市区收费较低的物管小区创建专项补助资金实施方案》和《莲都区物业服务企业全国文明城市创建工作考核奖惩办法》，以考核补助和奖励方式提高物业企业积极性，对10个物管小区颁发了绿黄蓝牌，共发放补助资金40万元；通报1家违规申请使用物业专项维修资金物业企业，依规处理2家违规经营企业。重点对紫金豪庭、新湖国际二期、绿城南明园等新交付小区开展室内装饰装修执法检查，投诉举报案件322件，拆除违法装修56件。集中开展“打非治违”“模板系统、脚手架和起重机械”专项整治行动和隐患排查专项治理及“安全生产月”宣传活动，组织开展各类安全生产大检查、专项检查28次，日常检查165次，检查工地565个次，参加检查人员965人次，签发安全隐患整改通知书、现场检查记录81份，签发停工整改通知书5份，查出各类安全隐患854条并整改到位；对5家施工企业作出行政处罚，2名从业人员受到信用扣分。

【旧住宅区和城中村改造】 2016年，区建设分局启动34个旧住宅区和12个城中村改造项目。已完成旧住宅区改造8个，在建5个，完成投资8404万元。完成城中村改造5个，在建1个，完成投资4776万元，完成改造面积486.16万平方米，完成年度任务280.07%。新增停车位210个、绿地2.4万平方米，改造道路19.9万平方米，惠及居民1万余户。

【五水共治】 2016年，区建设分局履行区级丽阳坑河长制工作职责，开展专项检查12次，日常巡查198次，发现问题68个并全部完成整改；投资2637万元，新开工3个雨污混排生活区块。对主城区雨污合流、混排生活区块进行摸底，编制完成《丽水市主城区旧住宅区雨污分流改造计划》，五水共治各项考核指标均超额完成年度目标任务；制定《2014年项目初验工程质量验收业主单位资料和监理单位资料示范文本》，推进农村生活污水治理，牵头对214个村进行资料审查，对210个村进行工程质量初验；制定出台《莲都区农村生活污水治理设施运行维护管理办法（试行）》《莲都区农村生活污水治理设施运行维护管理工作考核办法（试行）》《关于推进莲都区农村生活污水治理设施运行维护管理工作的实施方案》，为下阶段农村生活污水治理设施运维管理工作打好基础；完成第三方运维管理机构招投标工作，采取分类推进方式加快实现农村生活污水处理设施运维管理，运维率100%；全力推进镇区供排水项目实施，2016年镇区共实施供排水项目6个，已开工5个，项目前期1个。

【公用设施】 2016年，区建设分局完成第一期89个开放式小区和丽水大厦消防设施修补工程，为57条背街小巷修补及8个开放式物管小区安装246扇防盗门；括苍路、中山街、丽阳路、丽青路、大众街等5条街道7个路段的154个店招牌进行整改提升，修缮括苍路536号破旧房屋。

【城乡规划编制】 2016年，区建设分局完成《碧湖大港头分区（2015—2030）》规划修编，编制《莲都区区域乡村建设规划》《莲都区老竹镇城镇总体规划（2016—2030年）》；完成2个详细规划及24个村庄规划编制；审查建筑设计方案28个，审核建设项目规划83个。

【推进危房治理改造】 2016年，区建设分局制定出台《莲都区城镇危险住宅房屋治理改造三年行动专项实施计划(2015—2017)》《莲都区危险房屋治理改造实施办法》。做好危房日常巡查力度和网格化检测监控工作。11月底，完成危房治理改造213幢超额完成年度目标任务的114.5%（其中实际完成治理解危的总计116幢，采用检测监控处置的C级危房97幢），未出现因危房倒塌造成的人员伤亡事故。

【建筑产业】 2016年，区建设分局开展文明标化工地、行业龙头等政策扶持奖励申请，核准补助资金226.49万元；推动建筑产业现代化，确定联城城郊农民新社区三期采取装配式方式建设，完成施工许可证办理并正式开工，全年区属建筑业产值26.66亿元。

【党风廉政建设】 2016年，区建设分局开展各类集中学习20余次，落实“三重一大”决策、公车管理等制度，全力配合市区纪委党风廉政专项督查及案件查办，开展各类专项自查5次，按要求及时进行说明或整改；以来信来访为线索，查找建设领域党风廉政风险点，局领导对照廉政风险点对相关科室负责人进行廉政约谈共17次。

城市管理

·处州·

【概　况】 2016年，城管处州分局共计查处各类案件85166件（平均每个工作日查处322件），其中自查案件62702件，96310举报案件2713件，投诉案件得到及时办理；数字城管案件19751件，及时结案率为98.1%；受理信访件569件，办结率达100%。办理简易程序案件39213件，处罚金额489.84万元；办理一般程序案件477件，处罚金额842.9万元。上交罚没款和收费共计1981.41万元（其中上交区财政1088.11万元 ，上交市财政893.3万元）。劝导流动摊贩34186起、处罚1756起，劝导跨门经营15898(家)次、处罚580起。共处罚乱扔烟头垃圾1000余起，金额20230元，劝导拾捡烟头垃圾半小时222人次；捕(捉)杀流浪犬1002开展22条主次街道和重点区域的整治，采取严管重罚、联合执法的形式，对电动车、花店、水果店、夜排档等重点行为占道经营，以及府前酱园弄周边、丽青支路、汽车东站、厦河小区、接官亭二期小区、天宁寺小区等环境秩序进行集中整治。同时，推进店招牌、牛皮癣、餐饮油烟、汽车类占道经营等专项整治工作。完善考核管理办法，实行

"周查、月考、季通报、年终算总账"的考核机制，全年共督查23次，问责处理个人达11人次、单位1次。

【"三改一拆"工作】 2016年，城管处州分局累计拆违79.16万平方米。对绿谷庄园架空层违建进行全面摸底调查和处置，冻结违建260户，圆满拆除水南停车场、城西大棚两处新发违建。拆除苏埠村14户16幢连片违建、路湾石材场、水东排档城、厦河、天宁寺、接官亭二期、水东村等违建，以及《今日聚焦》曝光的青林村、白云海鲜城等一大批影响大、矛盾复杂的连片违建及大型违法建筑。排查处级领导干部违建，其中需要立案处罚的87起均已处罚完毕。妥善处置绿城2、4、9幢违建。全年共计处置违建705户，面积2.58万平方米，收缴罚没款844.67万元。在重点项目大会战违建处置工作期间，出动执法人员2783人次，受理违建案件数547起，走访调查取证554户，制作调查笔录392份，发放拆除通知书245份，认定及处置"两违"案件524件，拆除违法建筑13.84万平方米。成功处置遗留14年之久的枫树岗地块以及遗留5年之久的飞机场5户钉子户等违法建筑。

【重点整治点工作】 2016年，城管处州分局以城市出入口为重点，对违法广告进行了集中清理，成功取缔芦埠村沿线二手车占道经营行为，配合帮扶结对村芦埠村推进常态化的"六乱"整治工作。拆除清理店招广告、灯箱、横幅等1666处（条），面积8522.97平方米，清理牛皮癣425.6万张。在中、高考绿色护考行动期间，出动执法人员662人次，处置各类噪声污染行为289起。开展首届半程马拉松赛、全国龙舟、亚洲青少年轮滑锦标赛等赛事期间的市容专项整治，维持市容秩序，保障各项赛事顺利举行。

【许可审批事项和公共停车管理】 2016年，城管处州分局以城市广告设置规划为审批依据，严把广告、店招设置和占道审批"关口"，全年共审批大型户外广告9处，许可店招牌349处。完成府前菜场周边72家店招牌改造提升工作。按照城市发展和创建全国文明城市要求，对城区范围内公益广告发布情况进行排查，及时更改、增加公益广告内容达16处。按时完成东方、文昌、高岭、同乐、锦绣等5个合同到期的停车场的经营权拍租工作，做好高铁站停车场管理交接工作，接收管理并改造纳爱斯地下停车场，规范府前周边停车秩序，确保市民正常停车不受影响。公共停车场实施严格的日常监督考核，咪表停车管理。从原来的服务外包方式改为招标招租。

【依法行政执法工作】 2016年，城管处州分局严格执行重大案件集体讨论制，通过召开案件讨论会集体审议违法案件，形成统一意见以后再作处理决定，全年共安排召开12次案审会，审议各类违法案件80余件。举办《擅自占用房屋立面内独立空间规划案件办理培训》《一般程序案件办理培训》《"零陈述"案件办理培训》为内容的三次专案办理培训活动，组织全体干部参加学法用法建档考试和部分执法人员的执法证换证考试。

（江涛）

·莲都·

【概　况】 2016年，城管莲都分局对乡镇开展动态巡查108次、实地指导办案30次，派出执法人员巡查7428人次，发现制止"两违"案件608件、11.56万平方米，发放停工通知书462份，限期整改通知书173份。开展了"拆违整治红五月""彩钢棚整治蓝六月""护航G20，冲刺火七月""争先进位金九月""冲刺年终11月"五大专项行动；全年共开展全区性的集中"大会战"10次。省委巡视组反馈的郎奇违建群、《今日聚焦》曝光的青林村违建和白云海鲜城等一批重点难点问题均得到妥善处置。

【两违处置】 2016年，共拆除各类违法建筑151.9万平方米，拆违总量列全市第一，完成省市下达任务的159.9%。在"蓝色行动"中，71个省、市两级点位已全部完成整改，612个区级点位完成整改498个，完成率87.11%。311处（23.56万平方米）缓拆点位整治284处,其中拆除18.67万平方米,处罚和没收4.12万平方米。累计治旧测量9280户,面积233.74万平方米,已处置2604户,收缴罚金3696.68万元。

【无违建区创建】 2016年,雅溪、峰源、黄村、丽新创成“无违建乡镇(街道)”太平、仙渡、老竹创成“基本无违建乡镇(街道)”,大港头、白云、万象被评为“无违建创建先进乡镇(街道)”。全区233个村(社区)中有161个已通过“无违建村(社区)”验收,完成率69.10%。

【卫片执法】 2016年,城管莲都分局对涉及莲都区9个乡镇的12个疑似违法用地图斑进行核查,立案查处7宗,面积0.79公顷,耕地面积0.67公顷;移送或其他部门处理5宗,面积0.5公顷,耕地面积0.41公顷。违法用地占用耕地面积占新增建设用地占用耕地面积比例为3.6 %。

【依法行政】 2016年,城管莲都分局组织全局性的执法人员综合素质培训1次,受众30多人,组织10名正式干部参加浙江省行政执法证培训和考试,组织2名基层执法中队负责人参加全省国土执法监察证培训和考试。全年共安排召开4次案审会,审理案件70件,其中做出处罚67件,只建议给予党纪处分的2件,责令限期补办备案手续的1件,移交其他部门7个违法案件。重点处理碧湖镇郎奇村非本村村民违法占用集体土地建住宅的历史遗留问题。

【信访工作】 2016年,城管莲都分局设置24小时信访举报热线,对投诉举报案件快速予以调查核实,全年受理、转办各类信访件90件,反馈率达到100%,无因“两违”问题造成的越级上访和重大上访事件。

(蓝俊)

征收工作

【概　况】 2016年,市区共计下达政策处理任务110个,需征收土地439.13公顷,拆迁房屋25万平方米。在5月20日—8月31日的市区重点项目政策处理大会战取得阶段性成果的基础上,10月31日,集合市区有关部门、业主单位、市区征收部门、乡镇(街道)启动攻坚战。共完成项目政策处理104个,完成率达94.5% ,累计征收房屋758户,腾空拆除22.8万平方米,清场交地面积348.87公顷。

【开展市、区重点项目政策处理攻坚活动】 2016年,市区重点项目政策处理大会战分两个阶段开展,第一阶段自5月20日—8月31日,第二阶段攻坚战自10月31日持续到年底。指挥部抽调市区相关职能部门业务骨干,设立综合协调、宣传报道、政策指导、违建处置、司法保障、依法裁决等6个专项组,整合市区相关部门职能全力推进,确保攻坚机制通畅。各有政策处理任务的乡镇街道分别建立攻坚组,主要领导亲自挂帅,做到“全面、全员、全勤”参与政策处理攻坚,“市、区、乡、村”四级参加人员达900人,共出动执法力量2383人次,拆除各类违法建筑77938.2平方米。

【阳光征收】 2016年,市政府专门发布《市区房屋征收签约腾空奖励办法》,将原有的奖励制度化、规范化,为阳光征收提供了政策保障;各乡镇街道、拆迁公司严格执行相关政策,做到“一把尺子量到底”,不让“钉子户、难缠户”得利,完善阳光征收体系建设,开发丽水市区建立房屋“阳光征收”信息系统,并在白云街道成功试点;编制下发《房屋征收公示事项表》,对“阳光征收”具体操作程序及公示事项进行了明确,得到拆迁户的认可。

【市区重点政策处理项目】 2016年,共完成市区重点政策处理项目104个,分别是莲都消防大队迁建和市消防部队战备公寓、中梁地产出让地块、金丽温天然气输气管道工程岩泉段、金龙玫瑰家园东侧道路、望城岭公寓、丽水盆地易涝区防洪排涝好溪堰水系整治二阶段工程、市场1#路北延伸段、丽水盆地易涝区防洪排涝好溪堰水系整治三阶段工程、城北路东段、东地路北段、长虹路、好溪路二期、关下路道路及管网工程、天宁公交首末站、东港菜市场、丽水市工人文化宫新建、寿元路(紫金路——寿尔福路——开发路）、丽水市人民医院东城院区、丽阳街东段道路改造工程（开发路——环城东路）、市场1#路南延伸段、南明湖休闲养生港（11）号（12）号地块、丽水市图书馆新馆、城东公交枢纽站、行政中心北侧公共设施用地、寿元路北侧出让地块、宝马4S店北侧出让地块、市场2号路南延伸段（寿元路——好溪路）、330国道改建工程丽水市区岩泉段拼宽工程增设污水干管、丽水二中项目、和平路、水东地块（排档周边）、金丽温天然气输气管道工程紫金段、丽水火车站新建站房高架平台及匝道、东升公寓、前村路、广场南路延伸段、好溪东路南段道路及污水管网工程、丽水市中心医院后勤楼及停车楼、桐岭路（北三路——溪口大桥）、江滨城市综合体1#~3#万象地块、大学生创业园、金桥路（中山街——括苍路）、白云街道社区卫生服务中心新建工程、北环路职高段北侧地块、桃源山庄北侧地块（出让）、丽阳溪水系综合整治工程一期、丽森木材公司桃山点搬迁点、城西安置房、学院路道路及延伸段污水干管工程、华东药用植物园（丽水植物园）白云区块、北互通至主城区段绕城西线改造提升（迎宾大道）、教工路北延伸段、花街路、联城路道路及管网工程（一期）、联城城郊农民新社区（三期）、联城公交首末站、联城街道坑口村安置项目、金丽温高速公路丽水北互通工程、市GNSS地震监测台站、金周垃圾中转站、联花路（花街路-绕城路）、武平路西段、联平路东段、花街安置地、官桥出让地块、华东药用植物园（丽水植物园）联城区块、绕城西线污水干管工程（花街路-联城路）、联城过江污水干管、北互通至主城区段绕城西线改造提升（迎宾大道）、纬五路、务岭根垃圾填埋场项目、50省道安置地、碧湖万人下山脱贫安置小区、大溪治理工程碧湖段尾留政策处理、白桥农家乐综合体、郎奇白桥低丘缓坡开发区块、碧湖幼儿园新建工程、莲都区碧湖镇2016〔29〕号地块（朗奇白桥）、丽水市工业固体废物综合处置场、碧湖镇中心幼儿园迁建项目、大港头盘活地块、大港头派出所、玉河路东段污水处理厂、河边新村用地、东央芋5D动画馆、大港头新村及安置地块基础设施工程（一期）、金港小区A地块安置房及基础设施配套工程、大港头林技用房迁建工程、大港头镇镇区停车场、在水一方二期、大港头2016新增收储地块、大港头零星项目（派出所、陈钦贵、高地区块）、渡南工业区停车场、大港头2015新增收储地块、坪地半岛搬迁、雅溪镇区收储地块。未完成项目6个，分别是大洋路小学长岗背校区、江滨城市综合体、丽水学院扩建项目、绿谷信息产业园、瓯江大溪治理工程丽水市大溪治理工程、水南公寓。

【安置工作】 2016年，组织和实施国有和集体土地上房屋安置房分配，保障无房户住房困难户的分配，2013年、2014年、2015年无房户（住房困难户）均已安置完毕；2016年，无房户（住房困难户）抽签工作于11月30日完成。

（叶欣）

环境保护

【概　况】 2016年，区环保分局完成《莲都区（市）环境功能区规划》《莲都区环境保护“十三五”规划》《莲都区断面水质保持（稳定）方案》规划编制工作。完成莲都区2家企业初始排污权核定，15家新建企业排污权交易。累计已有10个乡镇获得国家生态乡镇命名，莲都区生态环境满意度位居全省第十。区域水、气环境质量得到改善，全区县级以上集中式饮用水水源地水质达标率100%；跨行政区域河流交接断面水质达标率为100%，获得优秀；地表水环境功能区水质达标率为93.3%；市区PM2.5年均值浓度为33微克/立方米，全省排名第二，较2015年下降了13.2%，首次达到二级功能区水平；市区全年空气质量优良率达到95.4%，全国排名第七，全省排名第一，其中达到优良水平天数为349天，较2015年增加22天，一级优天数增加40天，全年未出现重度污染。城市区域环境噪声低于55分贝。

【项目审批】 2016年，区环保分局落实执行“局长代办制”“月报制”“联席制”等建设项目审批制度和建设项目“三同时”验收制度，全年共审批建设项目160个，完成“三同时”验收14个，否决项目15个。全年共审批危险废物转移计划179件，其中省内跨市转移20件，市内转移159件，转移联单备案共281份。

【污染减排】 2016年，区环保分局明确莲都区减排目标为化学需氧量（COD）、氨氮（NH_3—N）、二氧化硫（SO_2）和氮氧化物（NO_X）排放量比2015年分别下降0.5%、0.5%、0.2%和0.2%，制定《2016年莲都区减排计划》分解到各相关部门和乡镇（街道），实行过程性指导与阶段、年度考核相结合的方式，推进莲都区减排工作落实。至年底组织重点减排项目上报，其中水项目3个，气项目2个。

【环境执法】 2016年，区环保分局共组织开展“亮剑一号”、工业园区企业污染整治、百日环保执法、G20峰会环境质量保障、违法违规建设项目清理以及畜禽养殖行业、木制品行业、汽修行业、干洗行业等各类专项整治行动共20次，累计出动执法监察人员2500人次，检查企业536家次，其中，汽修行业企业86家，干洗行业企业39家，加油站20家。立案查处100起，处罚了94起，其中，实施按日计罚案件1起，移交公安案件3起（涉刑案件1起，行政拘留案件2起），均被省厅作为典型案例进行正面宣传。开展了危废“存量清零”大检查行动，结合第三轮固体废物污染防治“一地一策”盘点行动，对全区存在贮存危险废物1年及以上、存在危险废物贮存“涨库”情况的企业进行了全面检查。对全区1家放射源企业、5家射线装置应用单位和4家熔炼企业开展了辐射安全专项执法检查。

【体系建设】 2016年，区环保分局建立莲都区网格化环境监管体系，莲都区政府于5月印发《莲都区环境监管网格化管理实施方案》，完成乡镇一级网格化建设，组织乡镇一级网格员进行环保监察岗位技能培训；健全联合执法机制做好对属地乡镇街道的督促、检查和指导工作，推动属地网格化职责的落实。建立莲都区环境监察制度体系，首次出台“双随机”抽查制度，执法人员和检查对象实现“双随机”抽查模式；落实移动执法实时办案制度，采用航拍执法模式，确保环境监管无死角；建立断面水质常态化巡查机制，每月对考核监测断面沿线进行巡查，确保全区15个断面水质稳定达标。

【环境宣教】 2016年，区环保分局建立起业务培训、主题活动、新媒体传播“三位一体”的环保宣教模式，在FM106.9交通音乐频率开设《环保之声》专栏，在丽水环保微信矩阵平台开通“莲都环保”微信公众号。开展“保护水源，你我同行”主题活动、“6·5”世界环境日主题活动、“7·29”生态文明日环保骑行活动、“倡导环境保护、共建生态文明”、“生态环境保护”宣传教育等系列主题宣传活动。开展环保宣教“六进”（机关、企业、学校、社区、家庭和农村）活动；城区25个社区的生态环保知识宣教活动全覆盖。发放新《中华人民共和国环境保护法》和《电磁辐射环保科普知识》等宣传资料7500份、小礼品7500份、环保袋7500个；举办环保有关业务培训10次，开展环保工作技术指导服务20次。

（富静）

环境卫生

【概　况】 2016年，莲都区环境卫生管理局有环卫一线清扫保洁、垃圾清运等工作人员1509人，其中环卫局118人，保洁公司1391人。城区道路保洁总面积为443.6万平方米，机械清扫保洁面积384.4万平方米，城市道路机械化清扫率达到86.7%。配备由22辆大、小吨位高压清洗车、护栏清洗车组成的专门道路清洗队伍，其中机扫作业车辆7辆，洒水车8辆，高压清洗车7辆，将市区道路、护栏、社区（城中村）的主要通道纳入常态化清洗保洁。是年，区环卫局被浙江省总工会评为浙江省五一劳动奖状集体，被莲都区委、区人民政府评为年度工作责任制考评工作创新奖，被丽水市创建全国文明城市领导小组评为全市创建全国文明城市工作优秀单位。

【“双十标准”保洁】 2016年4月开始，在重点路段组织实施每平方米粉尘不多于10克、垃圾停留时间不超过10分钟的“双十标准”，使城区环境卫生保洁模式由粗放型向精细化管理转变，提升道路保洁精细化作业的标准和水平。同时，增加道路清洗频次，组织市区四个主街道保洁企业开展了道路清洗精细化作业，部分道路清洗作业从每月一次提升为每周一次。组织开展道路喷雾降尘降温作业。每日从早上6点至夜间22点分三班次对开发路、丽阳街等市区部分街道进行喷雾降尘降温作业，有效地缓解和净化空气质量。完成对新增路段和点位全面实行常态化保洁。全年新增东港路、市场2号路等8条街道，道路保洁总面积154050平方米，于 9月全部纳入保洁范围，采用分时段保洁的方式纳入常规保洁范畴。

【保洁管理考核】 2016年 8月底开始，区环卫局探索开展保洁企业自查自纠和管理层强化考核双管齐下的管理考核模式，各保洁企业变“考核找茬逼整改”为“自己找茬比整改”，每日分时段通过微信组图反馈巡查问题、整治情况，发送前后对比图。查找问题以及整改情况作为月考核的加分项目。促进企业管理的主动性和作业的规范性。

【垃圾分类】 2016年，区环卫局共向全城区投放用于回收废旧衣物的熊猫桶60余只，垃圾袋约1300万只，分类垃圾桶3500余只，垃圾桶贴纸5000余张，对1500余只分类标识喷漆模糊的果壳箱进行补喷，并针对幼儿园的垃圾分类工作特别发放了20只定制的卡通分类垃圾桶。制作丽水市区生活垃圾分类宣教视频和市区生活垃圾分类宣讲培训PPT，并将宣教视频剪接成30秒在电视台连续滚动播放；刻录了500张光盘的宣教视频，发布垃圾分类滚动宣传灯箱141个、建造固定垃圾宣传亭100个，在34个小区点投放垃圾分类道闸广告；以广告编印《垃圾分类知识宣传手册》、垃圾分类操作指导折页、《垃圾分类倡议书》等方式，实现在全社会的轰炸式宣传效果。新增分类清运车辆专线8台6条，清运车辆标志统一率达到100%，并结合分类清运的需求，11月初完成对市区北苑路等中转站进行厨余垃圾清运中转点改造，实现源头分类、分类宣传、分类清运、分类处置同步推进。全区55座垃圾中转站的垃圾清运工作均实现日产日清。全年共修理车辆大小故障1100余次，中转设备排除故障1210余次，乡镇集装箱修补35余次。日均中转清运445余吨垃圾，全年共处理生活垃圾6461车次 25556.36 吨，处理渗滤液88567立方米，垃圾无害化处理率达到了100%。组建垃圾中转站清洗队，致力于打造“最清洁垃圾中转站”。组织高压清洗车辆对辖区9座垃圾中转站进行大清洗，并对站内设施进行统一检修和更换，确保中转站环境整洁、设备完好。

【市场化招投标工作】 2016年，区环卫局通过一线走访保洁工人和相关企业，了解市场情况，人员配置和工资情况；与各街道办事处做好对接，进行实地核对，初步完成城区道路保洁新一轮市场化招标以及公厕招标的前期数据收集、汇总、经费测算和招标门槛、标准的设置工作。高铁站保洁区域作为试点的招投标已经完成。9月20日，浙江波普环境服务有限公司与丽水市红花物业服务有限公司正式交接，高铁区域正式进入市场化保洁。

【更新环卫设施】 2016年，区环卫局开展“一街一品”果壳箱更换活动，城区更换成新式果壳箱共500多只，修理果壳箱1000多次。对市区69座公厕进行了一次全面的排查、对公厕设施损坏的进行及时更换修理。

【六边三化三美】 2016年，区环卫局开展“五水共治”和“六三三”专项整治、“全民保洁日”、党员文明创建实践区常态化巡查、逢“9”小荷志愿者服务活动等。从1月至12月，区环卫局共整治9000处，出动整治人数14547人次，共清理垃圾4280.78吨。

【数字城管平台】 2016年1—12月，共收到交办件2340件，接到市110中心和群众电话热线110个，确保第一时间处置，交办件处理率和电话答复率达100%。

（陈婷）

经济管理

经济发展与规划管理

【概　况】 2016年，莲都区实现生产总值303.80亿元（初步核算），按可比价计算，比上年增长5.6%；实现固定资产投资161.92亿元，增长10.5%。重点建设项目建设列入市重点建设项目有16个，全年累计完成投资14.07亿元，完成年度计划投资的122.3%，超额完成年度目标任务。

【规划编制和管理】 2016年，完成"十三五"规划纲要编制，经区十五届人大五次会议审议通过。将"十三五"规划纲要分解成30项指标任务和31个重点工作任务，落实到具体责任单位；指导相关部门做好与上级规划的衔接，特别是与省、市专项规划中的重大项目的对接，全年共有24个专项规划通过评审论证；编制完成《"十三五"生态服务业发展规划》。谋划服务业强县培育工作，全年完成服务业投资139.87亿元，同比增长14.8%，超额完成年度目标；同时先后完成古堰画乡旅游发展策划、特色小镇产业发展策划、创建国家AAAAA级景区实施方案等一批规划编制。

【国民经济和社会发展】 做好2016年全区主要经济指标完成情况汇总上报工作，提出2017年主要经济指标预期安排建议。起草完成《莲都区2016年国民经济和社会发展计划执行情况与2017年国民经济和社会发展计划草案的报告》，并在区人代会通过。起草完成《莲都区2016年上半年国民经济和社会发展计划草案的报告》，并经区人大常委会通过。做好经济运行分析和预测监测工作，分季度提出全区经济运行分析报告。完成《莲都区2017年主要经济社会发展指标分析预测》《莲都区2016年经济形势回顾与2017年展望》等报告。

【固定资产投资】 2016年，完成区属固定资产投资161.92亿元，增长10.5%。按三次产业分：第一产业完成投资5.45亿元，增长95.3%，占固定资产投资的3.37%；第二产业完成投资16.60亿元，下降24.4%，占固定资产投资的10.25%；第三产业完成投资139.87亿元，增长14.8%，占固定资产投资的86.38%。主要特点是：基础设施投资平稳增长。全年完成基础设施类项目投资58.36亿元，同比增长19.2%，占固定资产投资的36.0%。在市区大型基础设施项目陆续开工以及区本级金丽温天然气管道工程莲都段、丽龙高速公路南山互通至丽新公路建设工程等项目带动下成为拉动投资的重要力量；工业投资持续回落。全年完成投资14.33亿元，增幅-15.8%。随着1000千伏浙北——福州特高压变电工程莲都区联城变电站项目和金丽温天然气管道工程莲都段等项目投资量的报结，自9月份开始出现负增长，工业投资形势堪忧；房地产投资整体下滑。全年房地产投资完成62.35亿元，同比仅增长2.1%，占固定资产投资比重的38.5%，2016年新开发项目仅6个，新出让地块也仅2块；民间投资增长乏力。全年实现民间投资78.21亿元，同比仅增长2.4%，占固定资产投资比重的48.3%。

【重点项目推进】 2016年，安排区重点项目26个，区重点项目完成投资19.95亿元，占固定资产投资的40%；莲都区列入市重点建设项目16个，完成投资14.07亿元，完成年度任务的122.26%；列入区重大项目前期30个，完成年度目标任务的75%；列入市重大项目前期11个，完成年度目标任务的98%。

价格管理

【价格监审】 2016年完成花园中学、莲都外国语学校、丽阳小学、育英小学的成本监审、调查和调价工作。

【行政事业性收费】 2016年，按时完成全区行政事业性收费年度材料的征集、汇总和上报工作。规范行政事业性收费，动态调整全区《行政事业性收费目录清单》和《涉企行政事业性收费目录清单》，并在门户网站向社会公布。

【贯彻落实电价政策】 自2016年1月1日起，降低"一般工商业及其他用电"的销售价格，每千瓦时降低4.47分钱。莲都区各企事业年节约电费支出1770万元。2016年6月1日起，降低"大工业用电"和"一般工商业及其他用电"的销售价格，每千瓦时降低1分钱，年节约电费支出600万元。

价格监督检查与认证

【价格监督检查】 2016年共查处价格违法案件1件，查处违法所得54800元，退还消费者54800元，罚款5480元。开展教育收费专项检查，重点检查了民办学校；开展涉农涉企收费专项检查；开展了药品市场价格专项检查；开展打造"零投诉"旅游城市活动月工作，对古堰画乡景区购物店明码标价情况进行专项整治；开展商品房销售明码标价专项检查。

【市场监管】 2016年，开展节日市场价格检查，节假日期间，对主要集镇的主要超市、农贸市场、旅游景点门票和停车服务等进行检查；强化应急监管，在严重雨雪冰冻天气期间，加强市场监管，及时处置异常情况。

【价格服务】 2016年，开展价格服务进企业、进社区、进重点项目工程活动。全年共收到举报件14件，已全部办理，办结率100%。开展"3·15"消费者权益保护日和《中华人民共和国价格法》颁布实施十六周年系列宣传活动。

【价格认证】 2016年，区价格认证中心以涉纪涉案财物认定工作为中心，服务于深化法治莲都建设、党风廉政建设和反腐败大局，坚持高质量、高效率，严谨务实、客观公正地做好涉纪、涉案财物价格认定工作，为纪检监察、司法机关、行政执法机关查办案件、依法履职提供价格依据。全年办理价格认定案件227件，认定涉案财物标的金额329万元。其中：盗窃案件186起认定涉案财物金额247万元，损毁案件30起认定涉案财物金额21万元，诈骗案件6起认定涉案财物金额55万元，抢劫案件5起涉案标的6万元。

国土资源管理工作

【概　况】 2016年，全区供应各类具体建设用地22宗，总面积23.23公顷，收取出让金5080万元。收储项目10个，收储面积106.67公顷，支付土地收储补偿费1.61亿元。审核办理2352人被征地农民基本生活保障。审批私人建房用地1162户，面积15.84公顷。完成不动产统一登记发证5350本；办理抵押433宗，抵押金额87211.11万元；完成注销44宗。收到各类群众来信36件，按要求应报结8件，已报结8件，报结率100%。接待群众来访45批/130人次，见面座谈10批/32人次。全年未发生重大涉土涉矿群体性事件，未出现到省以上集体访事件。

【耕地保护】 2016年，采取"数据库执行更新"模式，退出基本农田1466.67公顷，划定永久基本农田12267公顷，其中永久基本农田示范区3613.33公顷；制定并印发《莲都区耕地（基本农田）保护补偿机制实施方案（试行）》，确定莲都区耕地保护补偿标准为：一般耕地30元/亩·年，永久基本农田60元/亩·年，并在全区范围开展基本农田保护补偿；受理建设项目用地预审24个，土地总面积26.83公顷，其中农用地6.70公顷，建设用地20公顷，未利用地0.13公顷；完成旱地垦造项目12个，其中6个项目已通过验收，实际新增耕地面积96公顷。实施水田垦造项目23个，实际新增水田面积56.93公顷；实施表土剥离项目6个，实施表土剥离21.53公顷，剥离方量82033立方米。

【建设用地保障】 2016年，26个建设项目纳入土地利用总体规划局部修改范围，涉及用地面积13.37公顷；下发征地告知书项目12个，完成草签征地协议签订项目8个，面积25.90公顷。全区供应各类具体建设用地22宗，总面积23.23公顷，其中划拨供地15宗，面积13.90公顷；批准使用集体土地4宗，总面积0.54公顷；出让土地3宗，面积8.86公顷，收取出让金5080万元。同时，根据土地市场需求，借助招商引资力度，按计划开展土地收储工作，开展收储项目10个，收储面积106.67公顷，支付土地收储补偿费1.61亿元。

【地质灾害防治】 2016年，利用"5·12"防灾日、6月安全生产月、"6·25"土地日，以上街、进村、走进课堂等形式开展地质灾害宣传工作，增加群众防灾识灾主动避险能力，共参与2000余人次，发放宣传资料1200余份。开展全区地质灾害隐患大排查工作，从3月开始，分局邀请浙江省第七地质大队对全区地质灾害隐患点进行汛前检查，确定莲都区地质灾害隐患点36个，其中A类点2个，C类点34个，威胁人口993户2377人，涉及12个乡镇街道，34个行政村。全年累计安排专业排查450组次1950人次，排查已知隐患和群众举报疑似隐患共60余处，落实隐患整改落实工作，督促相关责任人开展排险治理工作，并对其中5处隐患点安排资金进行排险治理。印发《莲都区2016年地质灾害防治方案》，并拟定《莲都区地质灾害综合治理三年行动计划》。安排地质灾害排险项目6个，安排资金80万元，实现减灾人口230余人；完成避让搬迁人数124户265人。雅溪里东治理工作已完成坡顶削方和三级坡以上锚护工程，完成清运土石方13万方，抗滑桩浇筑2根，预计2017年汛前完成主体治理工程施工。主体工程完工后，将开展河道整治、县道公路恢复建设及边坡绿化施工，预计2017年7月全面完成综合治理工程。

审计监督

【概　况】 2016年，莲都区审计局被评为全省审计系统考核优秀单位和全市审计系统综合考核优秀单位。全年共组织开展审计项目215个，其中：审计署、审计厅、市局同步项目10个，组织部委托的经济责任审计项目8个，区人大交办项目2个，区政府交办项目2个，区委巡视组交办项目1个，自定项目1个，组织投资审计125个，组织内审项目66个，查出管理不规范金额79493万元，核减工程造价4475万元，提出审计建议105条，完成审计公告55个。

2016年，完成区本级财政预算执行和其他财政收支情况审计、财政存量资金审计、公务支出公款消费专项审计、岩泉街道办事处、黄村乡、民政局和水利局的财政决算审计、黄村乡自然资源资产责任试点审计、碧湖镇郎奇村财务收支和"三资"管理情况专项审计、天宁寺专项工作组财务收支审计、创建全国文明城市经费管理使用情况审计。完成学前教育政策落实情况专项审计调查、医疗废物处置管理情况专项审计调查、联城镇青岗水库除险加固工程竣工决算审计、老竹溪小流域堤防加固(一期)工程竣工决算审计。

【财政审计】 2016年，区审计局推进财政局对农业综合开发工程资金5000多万元、社保资金及单位住房维修基金1.875亿元进行了招投标竞争性存放，实现了财政资金保值增值。

【民本审计】 2016年，区审计局推进教育局促使东方明珠、蔚蓝水岸、香蜜园、新湖国际、联城农民新社区等5个小区配套幼儿园相继建成并投入使用，并解决了天宁寺村幼儿园、丽华小区幼儿园闲置多年问题，加快项目实施，增加学前教育资源供给。推进教育局出台《莲都区学校幼儿园食堂财务管理暂行办法》，加强幼儿园的监管，将食堂经费管理情况列入民办幼儿园考核内容。推进莲都环保分局出台加强莲都区医疗废物监督管理制度和2016年莲都区重点监控企业监督性检测工作制度，完善莲都区医疗废物管理联合执法与信息通报工作机制，发挥环保职能，加强污水检测，加强制度建设，建立协作机制，抓好医疗废物处置管理。

【经济责任审计】 2016年，区审计局协助区委组织部开展区委统战部等5位副处级领导的离任交接工作。出台全区党政部门主要领导干部经济责任审计操作办法，规范党政部门主要领导干部经济责任审计工作。组织实施黄村乡自然资源资产的试点工作，撰写的莲都区乡镇自然资源资产评价体系课题入围省厅一般课题。经济责任审计知识首次进纪委课堂，加强纪检监察机关与审计合作促进经济责任审计的结果运用。撰写《专家评审费列支亟待规范》审计要情，建议区里出台制度，规范专家评审工作。撰写《原丽水市渔种场巨额资产管理应予重视》审计要情，防范国有资产流失。

【审计整改】 2016年，区审计局上报《郎奇村"违建别墅"应尽快处置》等5篇审计专报，得到了区委和区政府主要领导批示，要求区分管领导进行研究处理，纪委、国土、公安、农业、市场监管、乡镇等有关单位进行查办，牵头落实并加以整改规范。审计局以回访检查促整改。每个审计报告提交被审单位后，都进行跟踪回访。对以前审计过的单位再审时，将前次审计整改情况列入审计范围，并在审计报告中进行披露。

【内部审计】 2016年，区审计局启动第二轮"三年一轮审"项目，组织完成66个内审项目的审计。审计局编印《内部审计法规制度汇编》，方便内审人员业务学习和实务操作，提升内部审计项目质量。加强对乡镇内部审计人员开展村居领导干部经济责任内部审计和村级财务收支审计指导，开展交叉审计，提升内部审计工作质量。组织内审人员参加业务培训，抽调内审人员参加国家项目审计，提升业务技能。

（胡颖丽）

统计工作

【概　况】 2016年在全市统计系统综合考核评比为优秀单位。初步核算，全年莲都区生产总值303.80亿元，按可比价计算，比上年增长5.6%。其中，第一产业实现增加值18.07亿元，增长2.5%；第二产业实现增加值 111.75亿元，增长5.7%；第三产业实现增加值173.98亿元，增长5.9%。三大产业结构由上年的6.1∶37.2∶56.7调整为5.9∶36.8∶57.3。按常住人口计算人均生产总值64570元（9721美元），增长4.3%。编印《统计快报》《统计卡片》《莲都统计信息》各12期，发布数据类信息100余条。提供统计分析55篇，统计专报13篇，其中3篇专报获区政府主要领导批示。撰写了《对莲都统计基层基础建设的思考》《莲都区现代农业及养生农业发展状况研究及思考》等多篇课题文章。

【名录库更新维护工作】 2016年共获批上规单位34家，其中工业企业2家，建筑企业1家，零售企业1家，住宿企业2家，房地产企业3家，其他服务业1家，投资企业24家；在4—6月开展了关停并转单位大核查，共核查单位1400余家，在汇总分析基础上及时对名录库进行了更新维护。

【开展全国第三次农业普查】 2016年，区统计局制定全区三农普工作计划，建立区、乡、村三级普查机构，组建普查队伍；通过开通宣传彩铃、社区设台宣传、更新农普网站、发放宣传用品与制作展板等多种形式强力开展农普宣传；组织全区15个乡镇（街道）普查办业务人员深入丽新畲族乡咸宜村开展三农普试点，经过业务培训、分组分工、入户登记、经验总结等阶段工作，为12月底的正式登记奠定良好基础。

【统计法制建设】 2016年对全区60家调查单位的统计工作进行了稽查，下发责令改正通知书6家，当场警告7家，有效维护了统计法制工作秩序。

【农业】 2016年莲都区实现农林牧渔业总产值27.21亿元，增长4.1%。其中，种植业产值19.75亿元，增长2.2%；林业产值2.31亿元，增长7.9%；牧业产值4.15亿元，增长10.2%；渔业产值0.71亿元，增长7.6%；农林牧渔服务业产值0.30亿元，增长19.0%。全年粮食播种面积略有下降。根据粮食生产统计监测调查数据推算，莲都区粮食播种面积8860公顷，下降2.2%，粮食播种面积略有下降，粮食产量4.05万吨，下降4.8%。油菜籽播种面积937公顷，下降6.2%，总产量1928吨，增长1.0%。水果产业受冻严重，形势严峻。全区水果种植面积7694公顷，下降6.9%，总产量13.24万吨，下降27.8%，水果产业产值3.59亿元，下降14.4%。蔬菜产业效益提升明显。蔬菜播种面积1.04万公顷，下降1.9%，产量35.81万吨，增长1.8%，实现产值7.96亿元，增长13.9%。畜牧业生产转型升级，形势好转。全区生猪存栏6.33万头，下降20.0%；全年生猪出栏11.91万头，下降10.1%。家禽存栏108.3万羽，增长15.9%；全年出栏量306.34万羽，增长15.7%。羊存栏1.01万头，增长16.1%；全年羊出栏0.86万头，增长28.4%。受猪价大幅拉升影响，畜牧业实现产值4.15亿元，增长10.2%。年末拥有机械总动力13.12万千瓦，全年化肥施用量（折纯）1.09万吨。农村用电量4478万千瓦时。农田有效灌溉面积达到13133.33公顷，其中旱涝保收面积9013.33公顷。

2016年主要农产品产量

表20　　　　单位：吨

产品名称	绝对数	比上年增长%
粮 食	40513	-4.8
油 料	33t70	-2.4
其中：油菜籽	1928	-1.0
食用菌	10454	-3.6
其中：香菇	6812	-9.5
蔬 菜	358098	1.8
茶 叶	1838	5.8
水 果	132445	-27.8
其中：柑橘	44590	-50.4
肉 类	15432	-7.1
其中：猪肉	10576	-14.1
禽 蛋	3460	3.2

【工业】 2016年，区属规模以上工业实现产值62.81亿元，同比增长5.9%，完成销售产值60.42亿元，增长5.5%，产品销售率为96.19%。五大行业引领规上工业增长。区属电气机械及器材制造业；电力、热力生产和供应业；通用设备制造业；非金属矿物制品业和农副食品加工业完成工业产值42.61亿元，占规模以上工业总产值的67.8%，对规模以上工业总产值增长拉动了4.9个百分点。园区工业增幅平稳增长。园区规模以上工业实现产值26.67亿元，同比增长6.4%。其中，占园区规模以上工业比重较大的通用设备制造业和电气机械和器材制造业产值较去年同期分别增长8.8%和5.1%，对规模以上工业总产值增长拉动了2.0个百分点。私营企业发展活力进一步增强。规模以上企业中私营工业企业产值达到47.84亿元，同比增长6.5%，占规模以上工业产值的比重为76.2%，对规模以上工业的增长贡献率达84.0%。小型企业实现产值43.81亿元，同比增长5.3%，小型企业产值占规模以上工业产值的比重为69.8%，对规模以上工业的增长贡献率达63.6%。出口交货值增势良好。实现出口交货值6.94万元，增长13.1%，高于销售产值增幅7.6个百分点。其中皮革、毛皮、羽毛及其制品业；农副食品加工业和电气机械和器材制造业分别比去年同期增长28.5%、27.7%和1.6%。莲都区完成规模以上工业总产值397.14亿元，同比增长7.1%；规上工业增加值97.51亿元，增长7.2%；产销率为96.8%。

2016年区属主要工业产品产量

（规模以上工业企业）

表21

名 称	单位	绝对值	比上年增长(%)
皮革鞋靴	万双	470	16.6
商品混凝土	立方米	940394	-1.5
阀门	吨	46464	14.2
啤 酒	千升	30019	-6.9
钢 材	吨	30910	3.2

【固定资产投资】 2016年莲都区属完成固定资产投资161.92亿元，增长10.5%。其中：实现基础设施投资58.36亿元，增长19.2%；房地产投资62.35亿元，增长2.1%；工业投资14.33亿元，下降15.8%；工业技改投资7.70亿元，增长17.2%；制造业投资4.72亿元，下降40.4%；民间投资78.21亿元，增长2.4%，民间投资占全部投资比重为48.3%。项目投资快速增长。固定资产投资主要由房地产投资和项目投资两块组成。从项目投资完成情况看，近2年项目投资增长均在15%以上，而房地产投资2015年和2016年分别增长0.1%和2.1%，表明近2年区属固定资产投资增长主要由项目投资拉动。第三产业投资占比大。2016年区属固定资产投资中第三产业完成投资139.87亿元，增长14.8%，增幅比2015年提高2.8个百分点。第三产业投资在区属投资结构中占绝对优势，占全部投资比重的86.4%，拉动投资增长12.3个百分点。2015年莲都区完成固定资产投资196.83亿元，增长4.6%。其中房地产投资完成74.59亿元，下降1.5%；工业投资完成38.36亿元，下降1.4%；基础设施投资完成59.54亿元，增长9.7%。

【内外贸易】 2016年，全年实现社会消费品零售总额184.62亿元，增长7.2%，增速较2015年回升3.3个百分点。与全市平均增速的差距从最大时的12个百分点缩小至3.8个百分点。从增速看，限额以下消费品零售额增速快于限额以上。2016年，限额以上消费品零售额96.75亿元，同比增长2.8%，比2015年回升6.6个百分点，限额以下消费品零售额87.87亿元，增长12.6%，比2015年回落3.2个百分点。从消费形态看，餐饮收入增长明显快于商品零售。2016年，莲都区实现商品零售额165.54亿元，增长6.5%，实现餐饮收入19.08亿元，增长14.4%。商品零售和餐饮收入增速分别比2015年回升3.4个和2.0个百分点。从销售单位所在地看，乡村明显快于城镇。2016年城镇实现社会消费品零售额159.14亿元，增长6.2%，增速比2015年回升3.8个百分点。乡村实现社会消费品零售额24.93亿元，同比增长14.1%，增速比2015年高0.1个百分点。新动能发力，网络零售增长迅猛。2016年，莲都区限额以上批发零售业网络零售额5.15亿元，增长三倍多，成为拉动消费品市场的最大动力，经测算，限额以上批发零售业网络零售额拉动限额以上消费品零售额增长4.2个百分点。重要商品零售额降幅收窄，下行压力部分缓解。2016年，莲都区限额以上汽车、石油制品类零售额分别为37.24亿元和27.67亿元，两类商品合计占限额以上消费品零售额67.1%，2016年全年汽车类零售额下降4.1%，石油制品类下降3.5%，增速分别比2015年收窄0.4和16个百分点。2016年下半年，两类商品增速开始由负转正，7-12月，汽车、石油制品类分别增长了4.4%和2.5%。莲都区全年进出口总额537016万元，增长35.3%。其中，出口479622万元，增长33.7%。全年实际利用外资7549万美元。

【交通运输、邮电和旅游】 2016年，莲都区实现交通运输、仓储和邮政业增加值12.08亿元，比上年增长6.5%。全年铁路客运量293.33万人，是上年的4.5倍，铁路货运量77.14万吨，下降9.5%。全社会公路、水路货物周转量471474万吨公里，增长8.2%；旅客周转量61168万人千米，下降42.6%。全年邮电业务总量7.23亿元，增长8.1%。年末固定电话用户（含小灵通）11.38万户，其中，城市电话用户8.87万户，农村电话用户0.70万户。年末移动电话用户82.97万户，互联网用户（固定互联网宽带）19.16万户。全年实现旅游收入135.48亿元，增长23.7%。其中：实现国内旅游收入133.06亿元，增长23.78%；入境旅游者2.74万人次；入境旅游外汇收入3646.73万美元。

2016年公路、水路运输完成运输量

表22

指标	计量单位	绝对数	比上年增长(%)
货物周转量	万吨千米	471474	8.2
公路	万吨千米	471474	8.2

续表22

水路	万吨千米	0	—
旅客周转量	万人千米	61168	-42.6
公路	万人千米	60717	-42.9
水路	万人千米	451	89.5

【金融和保险】 2016年,莲都区年末金融系统本外币存款余额639.83亿元,比上年末增长5.0%。其中,人民币存款余额621.34亿元,增长5.3%。金融系统本外币贷款余额572.78亿元,比上年末增长2.5%,其中人民币贷款余额572.10亿元,增长3.0%。莲都区全年保险业实现保费收入19.10亿元,增长29.5%。其中,财产险保费收入6.87亿元,增长7.3%;人身险保费收入12.23亿元,增长46.6%。支付各类赔款及给付7.69亿元,增长44.3%,其中:财产险业务赔款及给付3.98亿元,增长10.1%;人身险业务赔款及给付3.71亿元,增长116.5%。

【教育和科学技术】 2016年,莲都区拥有高等学校3所,在校学生36724人;中等职业学校5所,在校学生6376人;普通高中5所,在校学生7271人;普通初中17所,在校学生15252人;小学18所,在校学生36107人。小学和初中入学率、巩固率均为100%。初中毕业升高中段的比例为98.93%。莲都区拥有幼儿园97所,在园幼儿18461人。莲都区全年获省、市级政府奖24项,其中省级7项。争取到省级以上科技项目52项。2016年,高新技术企业71家。

【文化、卫生和体育】 莲都区年末共有文化馆2个,文化站15个,公共图书馆2个,博物馆5个。组织开展送戏下乡352场,送书下乡22814册,送电影下乡4213场,文化走亲21场。有线广播电视传输干线网络总长1450千米,年末有线广播电视用户达到90000户,广播、电视人口覆盖率均达到100%。全年莲都区共有卫生机构52个(不含诊所、村卫生室),其中医院15个、卫生院19个、社区卫生服务中心9个。卫生技术人员6175人,其中医生(执业医师和执业助理医师)2424人。卫生机构拥有床位4873张。实施城乡居民医疗保险制度,参保人员达30.06万人,共筹资27032万元,支出27195万元。莲都区运动员在航海模型、轮滑等非奥项目中获得世界冠军1个、亚洲冠军4个、全国冠军16个,在田径、体操、小轮车、篮球等奥运项目中获得全国冠军3个。全民健身活动蓬勃开展。莲都区第二届全民运动会设乒乓球、足球、气排球、门球、围棋、中国象棋、太极拳和广场赛等8个比赛项目,共吸引我区各行各业2000多名运动员参与其中,充分展现出我区良好的全民健身氛围。此外,成功举办了2016全国围棋甲级联赛丽水莲都专场、莲都区"鱼跃杯"第三届残疾人运动会、2016"文明伴我行"健身跑等多场重要赛事,协助丽水市体育局成功举办2016丽水半程马拉松比赛和2016"丽水·清韵杯"全国业余围棋公开赛。体育创强争先工作取得新成绩。截至2016年年底,莲都区已成功创建14个省级体育强乡镇,12个省级体育先进社区,各类省级体育俱乐部46个,3个省级中心村体育休闲公园,1个星级体育职工俱乐部,实现了小康体育村的全覆盖。

【人口、就业、人民生活和社会保障】 2016年,莲都区公安户籍人口405580人,比上年末增长1.0%。其中,男性人口203941人,女性人口201639人。全年出生人口5057人,出生率12.53‰;死亡人口1808人,死亡率为4.48‰;全年净增人口3249人,自然增长率为8.05‰。据全省5‰人口抽样调查推算,年末莲都区常住人口47.43万人,比上年末增加0.76万人。城镇化率为73.2%,比上年提高1.2个百分点。根据城乡一体化住户调查,全年莲都区全体居民人均可支配收入33055元,比上年名义增长10.0%。其中,城镇居民人均可支配收入38507元,农村居民人均可支配收入21260元,名义增长分别为9.9%和10.0%。全年失业职工再就业人数为1266人,年末城镇登记失业率2.84%。年末参加基本养老保险人数为19.53万人,比上年末净增1.6万人。其中,参保职工14.17万人,参保的离退休人员5.36万人。参加失业保险的人数为8.77万人。参加职工基本医疗保险的人数为15.05万人。参加工伤、生育保险参保职工分别为22.67万人和9.65万人。全年各类收养性社会福利机构14家，拥有床位2227张，收养各类人员1493人。支出医疗救助资金2142万元，救助8316人，人均救助额度为2576元。基本实现农村五保和城镇“三无”对象集中供养，农村五保和城镇“三无”集中供养率分别达到92.0%和93.2%，有460名农村五保和城镇“三无”对象得到了集中供养，完成城乡居家养老服务照料中心建设221个。

【环境和社会安全】 2016年，市区PM2.5浓度平均为33微克/立方米，首次达到二级功能区水平。全年空气质量优良的天数达到349天。全区范围内共发生各类生产安全事故6起、死亡5人。事故死亡人数占全年控制指标的33.3%。其中：工矿商贸企业事故5起，死亡5人；经营性火灾事故1起，死亡0人。全年未发生水上交通、渔业船舶和职业卫生事故。

注：(1)本公报所列各项数据为年度初步统计数据。

(2)生产总值和各产业增加值绝对数按现行价格计算，增长速度按可比价格计算。

(3)人均生产总值按年平均常住人口口径计算。

(4)本公报莲都区(市区)包括区属、市本级、开发区范围。

（吴广英）

市场监督管理

【概　况】 2016年，共办理各类行政审批事项3万余件，其中新设各类市场主体6686户，其中企业1250户，个体工商户5391户，农民专业合作社45户(全区在册各类市场主体35891户，同比增加8%，其中企业6767户，农民专业合作社846户，个体户28278户)。办理食品经营许可3157件，药品医疗器械类许可359件，备案300余件，GSP认证55件，执业药师注册253件。办理“个转企”119家，发放健康证15000多本。新增七大产业小微企业812家，个转企134户，其中转为公司制占比94%；新增科技型小微企业26家，淘汰落后产能企业155家；组织专场培训32家，开展“双对接”活动193家；在省股权交易中心、新三板、主板、中小板及创业板等地上市和挂牌的小微企业5家，推荐17家小微企业成功申报2016年度科技型企业；向小微企业发放贷款2460万元，帮助8家企业完成授信贷款额度达3850万元，6家电商企业获得低息免担保贷款200万元；办理动产抵押登记份数7份，抵押登记金额5258.47万元。2016年12月，以民宿创业论坛的方式开启了2016民企“双对接”活动，论坛邀请了中国民宿行业的创业精英、全省各地的民宿专家和学者等200多位人士参加。全年共受理投诉举报咨询1900余件，其中受理消费投诉近1000件，处理率达100%，调解成功率达91%，为消费者挽回经济损失约132万元；受理举报近600件，其中诉转案15件，罚没款约16万元。截至2016年年底，莲都区登记在册的各类市场主体35000户，其中企业6500余户，农民专业合作社800余户，个体户28000余户，食品生产经营单位近8000家，食品流通主体3500余户，餐饮主体2500余户，涉药单位400余户，城乡农贸市场、临时市场、疏导点及专业市场19个。

·工商行政管理·

【品牌培育】 2016年，莲都区累计拥有注册商标6982件，其中驰名商标3件，省著名商标22件，市著名商标29件，地理标志证明商标1件。莲都区新增注册商标520件，2件商标被认定为2016年度浙江省著名商标，4件商标被认定为2016年度丽水市著名商标。

2016年度新认定浙江省著名商标名单

表23

序号	认定商标	企业名称	类别	核定使用商品
1	航星	浙江航星电机有限公司	7	马达和引擎启动器
2	CHEERING	浙江乾麟缝制设备有限公司	7	缝纫机马达，电动裁剪机，缝纫机

2016年度新认定丽水市著名商标名单

表24

序号	认定商标	企业名称	类别	商标使用范围
1		丽水市生生堂国药有限公司	44	医疗诊所、理疗
2	绿谷麗水	浙江丽水绿谷生态食品有限公司	31	植物、鲜食用菌、鲜水果
3	本润	胡理滨	31	新鲜水果、树木
4		浙江省丽水市蓝天制笔有限公司	16	钢笔

【信用建设】 2016年，区市场监管局综合运用书面检查、实地核查等手段开展对2013、2014年未年报企业的监管，构建登记制度改革后的“宽进严管”制度。开展信用管理示范企业的申报工作，引导5家企业主动申报。加强企业经营异常名录管理，做好经营异常名录的列入和移出工作，并依法进行对外公示，目前我局列入并公示经营异常企业912家，其中列入未移出企业909家，列入已移出企业3家。继续实施食品安全“红黑榜”制度，今年共发布“食品安全信用红榜”名单一期，共计11家，发布“食品安全信用黑榜”名单一期，共计4家，深入实施食安全金融联手信用工程，定期向市人行报送食品生产经营个人(企业)违法失信等17条不良信息。

【打击传销】 2016年1月7日，市、区两级市场监管、公安部门联合开展“1040阳光工程”传销团伙统一收网行动，出动执法人员600余人，清查传销窝点67个，一举抓获160余人，执法人员连续36小时开展不间断作战，积极体现文明执法行为，对上当受骗、陷入迷途的137名传销参与人员进行教育劝导后，通过火车、汽车进行遣送，13名传销团伙骨干人员获刑。为有效遏制传销活动，从2014年起指导全区14个乡镇(街道)开展“无传销乡镇(街道)、社区(村)”创建工作。目前莲都“无传销区”创建工作已经省打传办验收。

【广告整治】 2016年，区市场监管局牵头开展六边区域违法广告整治工作，累计拆除违法广告牌254块，清理小广告、牛皮癣8500处，面积约85平方米。开展护航G20通景公路沿线违法广告整治大会战，以碧湖镇九龙湿地公园、大港头镇古堰画乡、老竹镇东西岩的通景公路沿线为重点，开展拉网式清理，共清理落地灯箱广告36处，违法广告牌2处，牛皮癣75处，组织开展重点领域虚假违法广告内容检查，未发现户外广告中涉及G20峰会虚假宣传及擅自使用G20峰会标志的违法广告等行为。

·食品药品监督管理·

【“三大一严”行动】 根据省、市、区统一部署，精心组织全区食品安全大抽检、大排查、大整治和严打击专项行动，重点狠抓食品生产、食品流通、餐饮服务三个环节，共开展竹笋、农产品质量安全隐患整治、油炸面制品餐饮服务单位滥用含铝膨松剂专项整治等，开展各类联合执法25次，全区共出动执法人员3800人次，检查生产经营单位2258家次，发放通告1万余份。开展定量检测1008批次，合格率98%(484批次)。在种养殖、生产加工、经营流通、餐饮服务等环节梳理出农产品、油炸煎制食品等3个风险隐患，约谈违规企业24家，查办各类食品案件44起，移送公安2起。

【食品基层监管网络】 2016年，制定《乡镇(街道)食安办和村(社区)食品安全工作站规范化建设实施方案》，进一步厘清乡镇(街道)食安办职责，建立健全与相关部门基层站所(院)的协作机制。按照“十有”标准大力推进乡镇(街道)食安办和村居(社区)食品安全工作站规范化建设，深化基层责任网络建设，发挥乡镇(街道)食安办统筹协调作用，强化属地管理责任，凝聚相关部门合力，共保基层食品安全。开展7个乡镇(街道)食安办规范化建设，18个村(社区)食品安全规范化工作站建设，统一制作食品安全网格图、网格管理示意图和五大职责制度牌，完善丽水市食品安全协同管理平台数据库，制定《莲都区基层食品安全协管员(信息员)考核奖惩办法》，做好各乡镇街道食品安全协管员(信息员)的管理工作,发挥食品安全协管员(信息员)的作用。加强基层监管队伍建设,调整协管员、信息员队伍,由原来的362人增加到现在的413人。

【行业协会】 2016年,指导联盟出台《联盟会员食品安全自律约定》,组织会员单位开展定期检查指导,发现问题及时整改;公开承诺守法经营保障食品安全,接受社会监督;建成“放心食用油”统一采购平台,保障进货渠道油品质量。指导成立乡村厨师协会。指导乡村厨师协会对各村的乡村厨师开展食品安全教育、体检,健全大型聚餐的申报管理制度,保障农村大型聚餐食品安全工作。编制莲都特色美食指南《知味莲都》,开展“寻味莲都·乡村好滋味”菜品烹饪大赛等形式,探索创新创造本土特色“莲都厨娘”餐饮品牌。

【食品监管】 2016年,开展食品安全抽检工作,流通领域开展监督抽检434批次,其中检测结果合格427批次,不合格7批次;餐饮领域抽检19个大类共452批次样品,其中定量抽检332批次,不合格3批次;定性抽检120批次,不合格15批次。抽检不合格的单位均予以立案处罚。加大食品安全电子监管工作的力度,安装食品安全电子监管软件111台,共上传进货台账60余万条,销货台账50余万条。每月15日定期开展“亮亮你的后厨—洁净厨房大比拼”,动员社会各方力量,参与食品安全监管,截至年底,开展6期大比拼活动,共计检查单位57家,曝光后厨较差的餐饮单位16家,出具当场处罚决定书24份。

【药品监管】 2016年,辖区生产企业监管覆盖率达到100%,配合省局对小容量注射剂飞行检查、对固体制剂GMP认证进行专项检查。对辖区内61家药店开展GSP跟踪检查。对辖区所有医院类医疗机构及血站、疾控的药械使用质量进行飞行检查,其中公立医院2家,民营医院12家,血站1家,疾控1家。检查共发放责令整改通知书16份。全面完成医疗器械经营企业分类分级工作。先后开展原料药专项检查、义齿生产企业专项检查等专项检查及整治行动。

（胡迪）

质量技术监督

【概　况】 2016年,新增浙江名牌产品2个、丽水名牌产品3个,申报5个市级地方标准规范修订项目计划;推荐6家企业申报市级农业标准化示范项目。规模以上企业主导产品采用国际标准和国外先进标准比率达66%;兑付企业品牌创建与质量建设财政奖励113万元。瓯宝安防科技股份有限公司的《闭门器》被浙江制造品牌促进会列入2016年第三批“浙江制造”标准制修订计划,这是莲都区首项“浙江制造”标准。借力“互联网+”推进特种设备智慧监管系统的功能完善和运用普及,智慧质监系统已成功上线应用各类特种设备3167台,上线设备量全市第一,占全市特种设备18.96%。全年产品质量监督抽查116批次,合格114批次,合格率98.3%。后处理复查6批次,加大不合格产品的立案查处,查处案件4起。全年出动稽查执法人员329余人次,检查企业310余家次,立案12起,结案12起,被区政府评为优秀案卷1例,罚没款数27.8万元,受理投诉举报3起,处理率100%。是年,区质监局被丽水市质监局评为年度考核“优秀单位”;局党支部连续三年被莲都区委评为“先进基层党组织”。

【质量强区建设】 2016年,制定出台《质量与标准化“十三五”发展规划》《2016年度莲都区质量行动计划》《莲都区中小企业质量提升活动方案》。召开质量强区工作会议,与各乡镇(街道)、部门签订《2016质量工作年度目标责任书》;全区有2家企业、3位个人获评莲都区政府质量奖;指导1家企业申报QC成果展示,并获得二等奖;发挥先进质量管理孵化基地作用,推动新增4家企业导入卓越绩效模式等先进质量管理办法。

【品牌强区建设】 2016年,印发《莲都区浙江制造品牌培育三年计划》,建立了浙江制造品牌培育库。参与了《莲都区精准帮扶工业企业发展的若干意见》制定,首次将“浙江制造”品牌创建纳入奖励范畴;瓯宝公司已纳入省第三批“浙江制造”标准制修订计划。新增浙江名牌产品2个、丽水名牌产品3个;激励引导,联合区财政兑现11家企业2015年度质量与品牌创建奖励资金113万元。

2016年新增浙江名牌产品

表25

序号	企业名称	产品名称
1	浙江不知慢运动服饰有限公司	针织内衣
2	丽水欧意阀门有限公司	阀门

2016年新增丽水名牌产品

表26

序号	企业名称	产品名称
1	丽水恒大科技有限公司	避雷器
2	丽水恒诺阀门有限公司	阀门
3	丽水正翔笔业有限公司	自来水笔

【标准强区建设】 2016年,全区规上企业主导产品采标率达到66%;鼓励企业积极在企业产品标准信息公共服务平台上对企业标准进行自我声明,2016年共有208项企业产品标准公开声明,比上年度提高了343%。申报5个市级地方标准规范修订项目计划;推荐6家企业申报市级农业标准化示范项目,为历年最多。《掌叶覆盆子栽培技术规程》项目被列入浙江省第二批地方标准制修订计划,属莲都列入计划的首个省地方标准。以区政府名义向省局申报《浙江省美丽经济标准化试点项目》,确定了重点将围绕标准化+农村生态环境、生态养生农业、生态旅游三大领域开展美丽经济标准化试点工作,积极推动莲都区“美丽经济”建设。瓯宝安防科技股份有限公司的《闭门器》被浙江制造品牌促进会列入2016年第三批“浙江制造”标准制修订计划,这是莲都区首项“浙江制造”标准,标志着“浙江制造”品牌建设实现零突破。

【特种设备安全监察】 2016年,印发《区质监局G20峰会特种设备安全保障工作方案》和《区质监局G20峰会特种设备安全专项应急预案》,召开莲都区G20峰会特种设备安保工作会议,圆满完成G20峰会和互联网大会的安保任务;借力“互联网+”推进特种设备智慧监管系统的功能完善和运用普及,全区共有在用特种设备3474台,约占丽水全市总量1/5(其中电梯2153台,占全市1/3)。智慧质监系统已成功上线应用各类特种设备3167台,上线设备量全市第一,占全市特种设备18.96%。开展住宅小区电梯安全专项检查,对669台电梯进行安全检查,消除隐患229起,查封问题电梯32台。开展安全宣传检查进学校、小区。组织专业人员走进实验小学、囿山小学课堂讲课,讲解电梯构造、安全使用、应急处置等内容,利用展板、发放宣传单、现场讲解等方式宣传电梯安全。

【产品质量监督】 2016年,产品质量监督抽查116批次,合格114批次,合格率98.3%。后处理复查6批次,加大不合格产品的立案查处,查处案件4起。对淘宝村(水东村)现有19家电商企业(店),开展产业情况的调查帮扶,收集企业产品质量基础信息,促进企业产品质量提升。对辖区内救济纤维制品、学生服及学生用床上用品和纤维制品生产企业进行了检查。共检查生产加工企业及学生服使用单位32家次,纤维制品300余件,共抽取棉胎、床单、被套等床上用品5批次,不合格产品后处理1批次,严格监管保证纤维制品质量。开展质量信用体系建设,实施诚信“红黑名单”制度,督促企业落实主体责任,加强社会监督。

【稽查打假治劣】 2016年,开展“蓝剑”“质监利剑”等系列专项行动,对酒店、药房、水产、建材、特种设备、检测机构、10类重点消费品、44类无线电发射设备、能效标识等领域进行检查,共检查企业178家次。开展“质监进校园”活动。组织600名学生参观质量教育基地,进学校开展质监知识宣传,给学生上质量安全课,抽取棉胎、学生服等检测,对辖区内学生用笔生产企业进行专项检查,共抽查辖区内6家企业包括钢笔、自来水笔、铅笔和记号笔等在内的6个批次产品。5个批次合格，1个批次产品因标识标注不规范被判不合格，已责令企业落实整改并通过复检。取缔1个无证生产洗洁精黑窝点，现场扣押无证生产的洗洁精1.25吨，查封搅拌设备一台。对打假整治行动中没收的假冒伪劣产品共计4.6吨进行集中销毁。全年共出动稽查执法人员329余人次，检查企业310余家次，立案12起，被区政府评为优秀案卷1例，罚没款数27.8万元，无行政复议、诉讼败诉案件。12365接群众电话举报3起，均答复完毕。

【计量监管工作】 2016年，率先在全市9个县（市、区）建立计量监督管理联席会议制度，印发了《关于建立莲都区计量监督管理工作联席会议制度的通知》；建立计量微信群探索医疗计量器具管理新模式，40余家医疗机构“入群”，网上开展医疗计量器具政策法规宣传、专项活动部署、监管情况通报。制定《莲都区质监局2016年“计量惠民”工作实施方案》。强检各类计量器具4000余台次，强检计量器具按期检定率94%，医疗强检计量器具检定率达到95%；重点污染排放企业环境监测计量器受检率达99%。开展“民用三表”专项计量监督检查，共抽查水表152只、燃气表47只，检定率和合格率均为100%。民用三大表到期更换率分别达到99%、70.7%和83.8%。

（吴淑莲）

安全生产监督管理

【概　况】 2016年，全区范围内共发生各类生产安全事故6起、死亡5人，事故死亡人数占全年控制指标的33.3%。其中，工矿商贸企业事故5起，死亡5人；经营性火灾事故1起，死亡0人，同比下降93.3%。全年未发生水上交通、渔业船舶和职业卫生事故。全区安全生产事故起数、死亡人数、单位生产经营活动死亡率三项指标连续11年都控制在市下达指标之内，未发生重特大生产安全事故，安全生产形势基本可控。是年，莲都区被评为丽水市安全生产工作优秀单位。区安监局被区委、区政府评为2016年度安全生产工作优秀单位、法治政府建设（依法行政）工作优秀单位、创建全国文明城市集体嘉奖等。

【安全生产责任落实】 2016年，区安监局做好4次全区安全生产工作会议的筹备工作，提请区政府常务会议和区委常委会议听取安全生产工作汇报5次、专题听取安全生产工作汇报2次。修订完善安全生产目标管理责任制，对22个重点部门和乡镇街道单独设定考核版本，全区79家单位纳入安全生产综合考评。实施并完善督查督办、警示通报和诫勉谈话等制度。突出燃气管道安全、旅游景区（民宿）、重点项目建设工程、交通建设项目及公路安保设施、水利工程及小水电运行安全、建设工程施工项目、电力工程项目、人员密集场所等重点行业领域督查。

【安全生产基层基础建设】 2016年，区安监局重视基层队伍建设，加大安全投入，完善考核机制，专门划拨专项经费65.34万元，对全区14个乡镇、街道和233个行政村（社区）安监员和村居协管员发放考核奖金。

【重点行业整治】 2016年，区安监局编制安全生产“十三五”规划，明确工作职责，突出烟花爆竹安全监管，旺季烟花爆竹安全监管工作，通过“禁限放”等措施实现自我加压，提升烟花爆竹经营准入门槛。烟花爆竹旺季经营期间，联合公安、市场监管、质监、城管及街道集中统一办公，各部门各司其职、齐抓共管。2016年春节期间，发生烟花爆竹火灾起数4起，经济损失1.5万余元，燃放受伤就医人数1人，同期相比均有减少。开展平安护航G20峰会安全生产综合整治大行动，建立“平安夺金鼎”每周研判机制，公安、建设、交通、水利等20余个重点部门和乡镇街道分管领导参加，重点对打好攻坚战、排雷战、歼灭战、保卫战四大战役进行部署，坚决遏制影响平安考核“一票否决”的安全生产事故，解决水利行业大型设备运输问题，取缔了工业园区非法生产经营点和碧湖老布纤厂172个抛光工位。开展“三场所两企业”（有限空间作业场所、涉及可燃爆粉尘作业场所、喷涂作业场所、冶金企业、涉氨制冷企业)专项整治,完成浙江百山食品有限公司九里厂区制冷系统和新华铸钢厂的拆除工作,及时处置碧湖镇广福寺新村1号锌件抛光厂无照经营情况。健全督查督办、警示办法、暗访暗查机制,突出燃气管道安全、旅游景区(民宿)、重点项目建设工程、交通建设项目及公路安保设施、水利工程及小水电运行安全、建设工程施工项目、电力工程项目、人员密集场所等重点行业领域督查,建立隐患分级分类监管制度。全面开展职业安全健康监管,借力中介机构摸清全区存在职业病危害因素的生产经营单位401家,对33家职业病危害风险较重和严重的企业补助资金16.1万元。

【执法检查安全生产】 2016年,区安监局结合安全生产"护航G20·平安夺金鼎""查隐患·补短板""奋战100天·平安保金鼎"等行动,重点对消防、建设施工、危险化学品、烟花爆竹、非煤矿山、"三场所两企业"、油气管道输送等行业领域开展专项整治。全年共组织检查人员12340人次,检查生产经营单位5555家,共排查各类事故隐患12746个,已全部整改到位。同时,对重大隐患实施挂牌督办,分别排查出市、区级挂牌重大安全隐患单位各3家,全部整改到位。加大对安全生产非事故案件处罚力度,累计共查处454家生产经营单位,罚款48.608万元,行政拘留5人。严肃事故责任追究,对丽水兴龙竹木制品厂"2·21"一般高处坠落事故的责任单位和责任人进行行政处罚,到位罚没款2.088万元。

【提升安全生产服务水平】 2016年,区安监局投入资金80万元,构建莲都区安全生产隐患排查治理信息系统平台,即"智安监控平台"。开展安全生产社会化服务工作,全区开展安全生产社会化服务企业共计1731家,合同签订金额共计305.05万元,为全市完成数量最多,且超额完成市下达的任务指标;同时强化技术性指导,对中介机构服务质量出台奖惩办法,已补助3.12万元。新增三级安全生产标准化达标企业10家,全区共有65家企业通过三级安全生产标准化达标。全面开展智慧用电推广工作,全区共安装设备30套。

【安全生产宣传教育】 2016年,区安监局开展第十五个"安全生产月""职业病防治周"宣传活动。在电视、报刊、社区电子显示屏等各类媒介播出各类安全生产公益广告标语。发放各类宣传资料共7000多份。编制完成的《道路交通安全漫画》,经国家公安部、省交通局认证。开展安监队伍业务培训3期,培训800人次。督促生产经营单位负责人、安管人员和特种作业人员参训,中介机构共举办各类培训班6期,培训1450人次。

(蓝婧)

国有资产经营管理

【概　况】 2016年9月,区编办对公司人事编制重新进行核定,人员由国资服务中心事业编5名、区重点建设和重大前期工作办公室事业编3名、国企编5名构成,设董事长兼总经理1名、副总经理2名。

【资产运营管理工作】 2016年,拍租资产9批次,成交35个标的,签订合同40份,成交总价236.262万元,全年租金收入1321万元。其中首次成功授权拍卖高铁站前广场临时停车场经营权实现年收益78万元。完成投资和资产处置收益5629.57万元,其中玉溪电站2015年度分红117万元、金温铁分红收益41.7万元、赶街农村电子商务收益8.5万元、股票处置收益239.12万元,闲置住宅资产处置收益572.8万元、火车站站房拆迁补偿收益4650.45万元(现金156.14万元、挂账4494.31万元)。完成处州中学4套245.47平方米房屋资产、梅山中学4套244.28平方米房屋资产、莲都区卫计局11套538.93平方米房屋资产、莲都区文广新体局8套426.63平方米资产、丽水高铁站前广场临时停车场经营权、莲都区人力社保局1套35.2平方米资产的接收工作;完成对泥木、砖木等结构为主的固定资产保险工作。参保房屋145处,建筑面积共34256.61平方米。总投保金额1563.33万元。总保费

18765元。共投入30多万元资金，排险抢修，中山街335号房屋墙边水管漏水修缮工作；原油泵厂北面围墙及50幢边围墙倒塌修缮加固；碧湖人民路212号隔壁住宅土墙倒塌抢修；原油泵厂9#宿舍楼抢险修缮工程；丽青路106、109号及碧湖种子站房屋漏水修缮工程，确保房屋安全使用。

【政府融资工作】 2016年，为碧湖镇城镇建设发展有限公司贷款提供担保1亿元（质押500万元），到12月底共计担保余额10.01亿元；完成28个政府扶持经济薄弱村共计1792万元投资工作；配合财政完成第一期4800万元投资人股市金控公司，完成市产业基金对区旅投公司增资2亿元投资协议审查和相关手续办理。

【代建项目建设和重大项目前期工作】 2016年，区总工会迁建工程全面完成投入使用，项目档案资料归档并移交，开展工程结算审计。配合教育部门编制教育基础设施建设三年攻坚行动方案，中山小学城西校区、大洋路小学长岗背校区项目前期工作，已顺利完成包括项目联系单的批复、项目规划选址、可研审查、用地预审、环评、水保、设计方案送审等各项；完成区人武部民兵训练用房修缮工程施工图设计、工程预算编制及送财审等工作。

（莲都区国资公司）

教 育

综 述

2016年，莲都区现有幼儿园81所，在园幼儿13959人，幼儿教师997人，其中事业单位编制教师209人；有中小学26所（初中12所，小学14所），在校学生数40536人，中小学在编教职工1991人；有成人教育培训中心1所，区域成技校6所。

2016年，莲都教育以“与全省同步实现教育现代化”为总目标，不断深化教育改革，加快人才队伍建设，全面提升学校办学水平，努力提高教育教学质量。初三学业考试成绩连续13年名列全市第一，连续14年荣获丽水市中小学生田径运动会总分第一。区教育局被中央文明委授予“全国未成年人思想道德建设工作先进单位”称号，被省关工委评为关心下一代工作先进单位。有53个教育科研成果获市级奖，5个教育科研成果获省级奖。

学前教育

【概　况】 2016年，莲都区共有幼儿园81所，其中公办16所，民办65所；城区56所，乡镇25所。在园幼儿13959人，学前三年入园率为97.5%。幼儿教师999名，其中事业编制教师209名，占总数的20.9%；持有幼儿教师资格证的有837人，占总数的83.8%。全区等级幼儿园72所，等级幼儿园招生覆盖率89.1%。9个乡镇建有公办幼儿园11所，乡镇中心园创等级建园率达100%。创建“市学前教育示范乡镇”4个、“市学前教育达标乡镇”5个，市学前达标乡镇创建率达100%。

【扩容提质工程】 2016年，学前教育坚持扩容改薄，扩大优质园覆盖面。盘活闲置多年的天宁寺村、丽华小区幼儿园，蓓蕾丽青幼儿园、厦河新村华侨国际幼儿园投入使用。实施“一园一策”整改提升计划，整改薄弱园3所，取缔无证园（含教学点）5个，停办南明幼儿园、七色花幼儿园；取消幼儿园办学机构并过渡为教学点4所。准办园升为等级园7所，复评等级园20所。

【学前教育第二轮三年行动计划】 2016年，区教育局实施《莲都区发展学前教育第二轮三年行动计划（2015—2017 年）》，贯彻落实《3～6岁儿童学习与发展指南》，以《浙江省幼儿园等级评定实施办法》《浙江省幼儿园等级评定标准》为抓手，实施三年新评等级园和等级园复评计划。出台《莲都区普惠性幼儿园认定及实施办法》，继续实施幼儿园等级、教师持证和学历进修等补助。加强“一园一品、一园一特色”内涵建设，实施公民办师资扶持交流制度，公民办幼儿园互派支教教师14名。

义务教育

【概　况】 2016年，莲都区有中小学26所，其中初中12所，小学14所，在校学生数40536人，中小学在编教职工1991人。全区有国家级、省级现代教育技术实验学校5所，国家级、省级实验基地学校6所，省文明学校（单位）6个，省、市级示范学校17所，省、市级校本教研示范学校8所，省义务教育标准化学校20所，国家级绿色学校1所，省、市级绿色学校32所，省级教育强乡(镇)11个。

【外来务工子女教育】 2016年，区教育局整合城区公办教育资源，并通过统筹安排，招收1300多名符合条件进城务工人员子女，录取率超过90%，保障进城务工人员随迁子女享受与城区户籍学生同等的教育政策。

【学生抚困助学】 2016年，发放中小学各类贫困生补助381.87万元，其中学生营养餐补助367.2万元，教育券3.421万元，困难家庭寄宿生生活补助11.25万元，惠及贫困学生7693人；发放民族教育券资助款18.016万元，资助少数民族学生2311人。

【“美德少年”评选】 2016年，莲都区开展美德少年评选，全区中小学共评选区级“美德少年”100名，“最美少年”10名；市级美德少年10名，市级十佳美德少年1名；中山小学陈奕瑞被评为2016年浙江省美德少年，莲都小学的《莲声诗韵》德育品牌活动被市文明办评为丽水市第四届未成年人道德文化节最喜爱活动奖。

【传承好家风好家训活动】 2016年，在丽水市中小学“传承好家风好家训”书信书画比赛中，获一等奖5人，二等奖6人，三等奖11人。组织开展区级讲家风故事和筑梦路上演讲比赛，莲都小学学生代表参加市级演讲比赛获一等奖。辅导员和少先队员团队获得丽水市第七届少先队技能争章比赛团体一等奖和优秀组织奖，获丽水市少先队微队课比赛团体一等奖；2项课题获市级少先队研究课题一等奖。

【参加省、市体育比赛】 2016年，组队参加丽水市中小学田径运动会，连续第14年获团体总分第一；组队参加浙江省第十三届少年儿童田径冠军赛，荣获甲组团体第十二名，甲乙组综合排名第十三名；组队参加丽水市青少年篮球（甲乙女队）、足球（乙组）、羽毛球、游泳锦标赛，均获得第一名。

【艺术特色教育】 2016年，举办第六届“莲都之春·文艺”“莲都之秋·美术”比赛，10个节目获“绿谷之春·文艺”赛现场赛一等奖；创办古堰画乡艺术学校，成立莲都区小学生弹拨乐团和打击乐团；开展婺剧进校园、高雅艺术进校园等活动，举办第三届婺剧进校园优秀节目展演。参加2016年浙江省中小学生艺术节，花园中学、大洋路小学的合唱，中山小学的合奏获一等奖；天宁中学、花园中学的合奏分别获二等奖。在丽水市第三届中小学“绿谷之光”科技大赛中，括苍中学、花园中学、中山小学分别获团体总分一等奖。

成人教育与民办教育

【概　况】 2016年，全区有成人教育培训中心1所，区域成技校6所。完成高中“双证制”教育培训114人；以“一对一”结对、集中办班及分类指导三“结合”模式完成扫盲教育2090人，完成文盲率控制在2%以内的目标任务。

【新增省级标准化成人文化艺术学校】 2016年，太平区域中心成技校成功创建省级“现代化成人学校”，城西区域中心成技校的“国学进社区”教育培训项目被评为浙江省成教品牌项目。

【“一校一品”发展模式】 2016年，构建成技校“一校一品”发展模式，开发培训品牌，打造培训特色，全年共创建家庭养生烹饪培训室2个，家政培训室、书画培训室、茶艺室各1个。开展各类培训班近500期次，培训内容涉及28个类别，参加培训人次达到89208人次，取得职业资格证485名；接受社区教育培训学习的老年居民20919人，占莲都区60岁以上人口的30%以上。

【丽阳小学成为事业单位的民办学校】 2016年，丽阳小学被纳入丽水市民办教育事业单位统一登记管理试点，成为丽水市第一家登记为事业单位的民办学校。

【黎明中学停止招生】 莲都区教育局决定停止黎明中学招生资格，自2016年8月至2018年8月过渡期间，把原黎明中学委托给丽水市文元中学代为管理。

办学条件

【概　况】 2016年，莲都区教育局多渠道筹措教育经费，增加教育投入，全年经费总投入91139.3万元。安排基建项目、维修改造项目经费5037.2万元，中小学（幼儿园）设备费659.66万元，营养餐贫困生补助381.87万元，支付免费教科书1276万元，支付学生安全放心车360万元。拨付民办幼儿园发展和幼儿教师发展扶持政策兑现资金623.78万元，民办中小学扶持资金361.1万元，民办中小学公用经费822.44万元。农村生均公用经费标准小学742元、初中1046元，高于省定标准。对农村小规模学校，学生数低于300人的，按300人计算公用经费，保障小规模学校的正常运转。同时按每生每年200元标准增加寄宿制学校公用经费。公办幼儿园的生均公用经费由生均每年245元提高到285元，小规模幼儿园，幼儿人数低于300人的，按300人计算公用经费。

【教育项目建设】 2016年，教育建设项目政府投资12个，其中新建项目2个，续建项目5个，维修加固改造项目3个，塑胶跑道改造1项，全年完成政府项目建设投资约6700万元，新建校舍面积约9200平方米，维修改造校舍面积约5300平方米，塑胶跑道及硅PU球场改造面积约32000平方米。企业投资项目2个，完成投资约4500万元，新建校舍面积约39800平方米。完成处州中学体艺馆、大港头学校教学楼和门卫室，老竹民族学校2幢教师宿舍楼，水东小学风雨操场、公共教学用房和塑胶运动场，雅溪学校宿舍楼5个续建工程；把原高溪小学校舍改造为高溪幼儿园；完成黄村幼儿园、碧湖镇中心幼儿园新合分园教学楼加固改造和大洋路小学、人民路小学、天宁中学、老竹民族学校等塑胶跑道及球场改造；完成高溪小学迁建、白云小学新建、厦河幼儿园新建工程并投入使用；开工建设梅山中学二期、碧湖中学二期工程；启动城西小学、长岗背小学新建及碧湖镇中心幼儿园迁建等工程前期工作。

【教育装备】 2016年，莲都区投入436万元用于更新电子白板47套，新建电脑房4个，新配教师办公电脑109台，新增标准化音乐专用教室16个、标准化实验室3个；投入35万元建设中心机房服务器、网络实名认证系统、机房维护等，投入15万建成教育公共服务平台督导考核系统、选课系统；省书香工程共为学校增加图书30050册，投入255353.97元，区书香工程共为学校新增加图书7381册，合计11万元；投入10万元更新实验室器材，投入38万元升级改造部分学校音响系统及广播、网络等基础环境。

【省财政教育补助】 2016年，全区争取省级各类装备的补助经费137万元。其中78.5万元建成13个教室679个移动学习终端；18.6万元建设括苍中学、处州中学、中山小学创新实验室；24.9万元完成83个教室灯光改造；15万元为薄弱民办学校新建计算机教室2个。

师资队伍

【概　况】 2016年，莲都区有中小学专任教师2434人，幼儿专任教师997人。现有省特级教师5名，省教坛新秀8名，市级名师23名，市级学科带头人54名，区级学科带头人183名，市区级教坛新秀、德育新秀221人。通过外引内培，现有硕士研究生等高学位学历教师36人，其中外部引进29人，提升教师队伍学历层次。鼓励教师申报市、区各级人才培养工程，入选市138人才培养工程11人，其中第一层次2人，第二层次4人，第三层次5人；入选区级拔尖人才9人。

【师资队伍建设的投入】 2016年，师资队伍建设共投入资金1772.97万元。其中，名师工作专项经费76.1万元，用于市区学科带头人、市教学名师名校长、省特级教师的年度考核奖励；人事工作经费28万元，用于教师招聘、教职工调配、评优评先、职称评审工作等；教育教学质量590万元，评优促教，激励调动学校教师和管理人员工作积极性；教师培训经费1078.87万元，用于校长岗位培训，学科骨干教师培训，班主任培训和教科研培训等各项专项培训。

【教师队伍入口管理】 2016年，区教育局做好教师编制管理工作，执行新出台的中小学教职工编制标准和管理规定，按生师比与班师比相结合确定中小学教职工编制；完善“国标、省考、县聘、校用”的中小学（幼儿园）教师职业准入和管理制度，严把教师入口，提升教师队伍质量。招聘录用中小学教师27人，其中研究生学历4人，本科学历23人；人才引进研究生学历教师1人；招聘录用幼儿教师2人；招聘录用中小学会计2人。

【教师职称制度改革】 2016年，结合莲都区实际起草《莲都区关于推行中小学“县管校聘”管理改革实施意见》，按省市区文件要求完成职称改革过渡，推进评聘结合。评定一级教师19人，推荐高级教师和副研究员共9人，推荐正高级教师2人。主动与人事部门沟通对接，争取岗位聘任指标，新聘高级教师36人，一级教师39人，完成历年评聘分离遗留的已评未聘人员的聘任工作，全区在聘高级教师389人，一级教师1103人，二级教师645人，三级教师20人，未定级教师338人。

【教师专业发展培训】 2016年，莲都区教师进修学校修订完善《莲都区中小学教师专业发展培训实施细则（讨论稿）》，以五年为周期，对全区中小学在职专任教师和校长进行360学分的全员培训，对新分配教师、骨干教师、骨干校长进行专项培训。莲都区100%学校参加自主选课，共3647名教师参加自主选课，自选221729学时，占总体课时数304808学时的72.74%，各项指标均超额完成省、市有关要求。完成教师人均81.07学时的培训工作，超过72学时的要求；全年教师参训率为97.46%，超过省规定92%的要求；组织教师参加国培、省培及市里培训参训率为100%，符合培训规定。参训教师对莲都区开设的培训项目质量的总体评价平均满意率为99.92%。

【师资均衡配置】 2016年，区教育局根据教师个人意向和学校编制、学科需求情况，在177名符合交流条件的校长教师中确定51名流对象进行交流，其中骨干教师10人；校（园）长任职交流13人，其中交流到农村2人；另有竞聘交流39人，主动要求交流46人，新教师留城锻炼期满下乡24人，校长教师交流人数达到173人，有效促进了师资的均衡配置，增强了教师队伍活力。

（谢建新）

科学技术

科技管理与科技成果

【概　况】 2016年共下达区本级科技项目13项，补助经费103.9万元，其中：事后项目8项，经费91万元；事先项目3项，经费6.9万元，通过验收项目2项，经费6万元。引导企业投入研发经费374万元，引进和示范推广农业科技成果（新品种、新技术）4项，建立农业科技示范基地150多亩，引进和开发工业新产品、新技术4项，新增产值723万元。扶持申报认定工作共申报33个项目，经审核有32个项目符合申报条件，扶持金额210.336万元。其中创新载体项目10项、科技合作项目2项、省级新品种1项、上级科技项目配套2项、专利示范企业9家、科技成果登记2项、高新技术企业3项、省级新产品2项、科学技术奖项目1项。

2016年向上申报项目19个，其中省科技重大项目1个（“26县绿色技术应用专项”循环农业关键技术集成研究与示范项目），经费补助100万元；科技特派员项目12个（团队特派员项目1个，省个人特派员7个，市个人特派员4个），经费补助61万元；省级产品试制计划项目6项（穿刺型防雷绝缘子项目、新型隔离开关项目、新型避雷器项目、LNG使用超低温固定球阀项目、超强密封性能高压双活塞球阀项目、管道易安装易维修上装式固定球阀项目）。

2016年，获省专利优秀奖1家（浙江乾麟缝制设备有限公司），新增市级知识产权示范企业1家（浙江上工阀门有限公司）、区级专利示范企业3家（浙江不知慢运动服饰有限公司、阿司米阀门有限公司和丽水科艺阀门有限公司）。

2016年，发放专利补助187项，共计89.6万元。

【科技特派员】 2016年，省派个人科技特派员项目7项，获得经费支持35万元；市派个人科技特派员项目4项，获得经费支持16万元，团队科技特派员10万元。5月12日，区科技局组织召开省科技特派员项目验收会议，专家组对2014年、2015年立项的已完成的10个省科技特派员项目进行验收。莲都2014年度、2015年度省科技项目共14项，实施期为一年，省科技厅补助经费70万元，建立示范基地15个，面积1067亩，引进新品种55个，推广新技术15项，农民增收268万元，培训人员1550余人次，经济效益和社会效益明显，为带动当地农业生态产业转型升级和农民致富。

【科技合作与交流】 2016年，新增企业技术难题信息12条，提供技术研发经费321万元，组织企业参与了省科技厅举办的2016年春季科技成果拍卖会。完成科技合作签约项目6项，合同成交金额1593万元。

【科技富民强县项目通过验收】 2016年，莲都区国家科技富民强县项目“莲都区蔬菜产业提质增效技术集成与示范推广”项目顺利通过省科技厅专家组验收。完成科技富民强县专项莲都区水果产业提质增效技术集成与示范推广后续项目子项目验收工作。落实科技富民强县专项莲都区蔬菜产业提质增效技术集成与示范推广后续项目3个,其中2个事先项目,1个事后项目。项目建设7000多平方米单体大棚,2500多平方米连栋大棚,900立方米冷库,50亩微喷微灌,蔬菜检测仪器2套;着手引进、选择适宜高山种植特色瓜果蔬菜品种,建成观赏长廊1条,建设温室大棚,建立观光示范基地1个。

【新农村建设科技示范项目】 2016年,大港头镇北村、利山村承担与实施的“莲都区第三轮省新农村建设科技示范”项目,省财政补助经费50万元。项目由莲都区大港头镇北埠村经济合作社承担的茶叶生态高效种植及清洁化生产技术集成示范项目、名优特色红茶加工技术研究与示范项目和莲都区大港头镇利山村经济合作社承担的利山村乡村旅游观光莲鱼套养科技示范基地建设项目等三个分项目组成。项目实际投资1539754.50元,其中:省财政科技经费50万元(其中:莲都区大港头镇北埠村经济合作社18.50万元、丽水莲湖农产品有限公司9万元、莲都区大港头镇利山村经济合作社20万元、莲都区科技局2.50万元);地方配套经费34万元(其中:莲都区大港头镇北埠村经济合作社10.50万元、莲都区大港头镇利山村经济合作社6万元、丽水莲湖农产品有限公司15万元、莲都区科技局2.50万元);自筹经费以支代筹到位699754.50元。完成项目经费审计、技术总结和工作总结。等待省科技厅项目验收。

【科技惠民】 2016年,区科技局继续推进由丽水市中心医院承担的浙江省十大科技惠民项目——《丽水市城镇社区心脑血管病的综合防治》。该项目已在白云、万象、联城三个街道所辖社区(村)开展全人群干预策略及心脑血管病高危人群管理策略,对2781名脑卒中、冠心病、心力衰竭心脑血管病患病人群进行建档及随访干预工作(高血压、糖尿病根据省规范要求进行随访)、完成5937名社区人群心脑血管病危险因素基线调查;2015年—2016年免费为16048名参加的农民健康体检的社区居民增加心脑血管疾病专项检查(如尿微量白蛋白、叶酸、同型半光氨酸、糖化血红蛋白),项目承担单位丽水市中心医院还每周四下午派出高年资医师赴3个项目点坐诊,建设“丽水市心脑血管病防治”网站,初步建立起适合丽水市城镇社区人群心脑血管综合防治的干预措施和模式。开展国防科技动员潜力统计调查,重组莲都区工程装备维修分队和车辆维修分队,更新维修分队装备库并添置装备,12月初组织参加科技动员演练活动,组织车辆维修分队 35人,工程装备维修分队10人,参加人武部组织的实地演练等。国防科技动员经费列入财政预算。

【科技宣传】 2016年,区科技局做好科技工作宣传,及时报道莲都科技动态。1—11月,被省、市、区录用科技信息90条,其中省级10条,市级37条,县级50条。调研文章1篇,《归零开新局,翻篇创新业》。全年共主动公开政府信息92条,莲都区科技信息网发布信息70条,莲都区科技局微博公开信息360条,网上技术市场新增动态信息29条,专家信息8条,企业技术难题信息12条。历时一年的莲都科技志编写工作已于6月完成付印。莲都区科技“十三五”规划由发改局牵头组织论证,已于8月发文。

【防震减灾工作】 2016年5月,区科技局在天宁小学开展全体师生防震减灾逃生疏散应急演练。在城区四个街道机关、社区,部分农村和城区中小学校开展防震减灾科普展板巡展,普及防震减灾、逃生自救知识。5月中旬,在丽阳门社区开展科技周活动。通过宣传图片展板,过街横幅、发放宣传质量、现场咨询等多种形式向市民进行宣传,在城区4个街道、部分乡镇和区教育局等部门,通过宣传图片展板,过街横幅、发放宣传资料、现场咨询等多种形式向市民进行宣传,共发放宣传单3000多份,防震减灾宣传读本200余册。在丽阳门社区建设百米防震减灾科普宣传长廊。该项目已于5月通过验收。11月下旬,在太平乡开展莲都区首次乡镇防震减灾桌面推演并开展科技系统的防震减灾演练。

【创新科技券发放】 2016年3月7日,区科技局修订出台《莲都区创新券实施管理办法》,并于5月18日发布莲都区科技创新券兑现通知。全年莲都区有26家企业申请科技创新券,申请额度121万,经区科技创新券办公室审核,领导小组研究,对符合条件的13家企业发放科技创新券61万元,使用创新券35.69万元,兑现创新券19.562万元。

科技团体

【举办区青少年科技创新大赛】 2016年11月,举办莲都区青少年科技创新大赛。全区共700余件作品参加,优秀作品在送选全市科技创新大赛中获得佳绩。其中科技创新成果一等奖获得4项,全市占比33.33%;少儿科幻画一等奖5项,全市占比33.33%;科技实践活动一等奖1项,全市占比33.33%;优秀组织单位奖1项,优秀科技辅导员奖2项。

【举办柑橘产业转型发展工作研讨会】 2016年9月22日,莲都区召开柑橘产业转型发展工作研讨会。市、区农业专家和乡镇街道负责人30余人参加研讨会。研讨会就如何统一思想、科学规划、更新观念、选好品种、改变种植模式、扶持引导产业等形成共识。

【乡镇、社区科普阵地建设】 2016年年底，9个乡镇建成科普活动室和宣传栏;城区25个社区全部建起长度达10米以上的科普长廊;建成丽水市鱼跃酿造食品有限公司、丽水百兴菇业有限公司两家特色科普馆。

（王怡）

文　化

综　述

【概　况】 2016年，区文化馆被评为国家一级馆，全区25个社区100平方米以上的社区文体活动中心已达到全覆盖。新建“天天乐”文体广场活动点16个、乡村戏苑5个、文化礼堂15个。举办各类文化活动823场，配合区委区政府中心工作开展各类主题的送戏下乡487场，送书下乡17378册，送电影下乡2810场。根据动态填报指标，莲都区公共文化在全省的排名从88位推进到48位。继续做好《八百里瓯江赋莲都》课题，举办首届“古堰新韵”小镇音乐节、开展中国写生大会，启动通济堰渠道（石函至开拓概段）文物修缮工程前期工作和堰头村古民居之懋德勤学、光荣南极、玉叶流芳修缮项目，开展通济堰古水利工程测绘和数字化技术研究项目。设立丽水鼓词场，在古堰画乡和东西岩景区分别创建了莲都丽水鼓词展示体验点和莲都畲族织彩带展示体验点。全年共出动执法人员2965人次，检查各类场所8059家次。投入600多万全面完成应急广播项目建设，建成上下贯通、统一联动、覆盖广泛、安全可控、反应敏捷的应急广播系统。莲都新闻积极做好《莲都聚焦》《莲都故事》《阳光连线》三大板块，被丽水新闻播出310条，有4条稿件被浙江新闻联播录用。成功创建2个省级体育强乡镇、4个浙江省村级体育俱乐部、2个浙江省社区体育俱乐部、2个浙江省老年体育活动中心（俱乐部），3个省级体育强乡镇通过复评。创建1个精品运动休闲旅游基地、2条配套完善的登山线路、1条徒步穿越线路、2个以上具有县域品牌特色的乡村趣味体育活动。在年终区委、区政府对乡镇、街道、区直单位工作责任制考核中获得优胜奖。

（邹乐）

公共文化服务

【基础设施建设】 2016年，莲都区文化馆被评为国家一级馆。区数字文化馆在4月中旬建成。投资300多万将大港头老电影院改造成丽水巴比松美术馆，为各类美术作品提供交流展示平台。维修古堰画乡景区中的“懋德勤学”等3幢古民居改建成区非遗展示馆。莲都区公共图书馆项目争取在2017年10月建成。先后建成老竹畲族镇文化活动中心、万象、雅溪、峰源、太平、丽新乡镇综合文化站。全区25个社区100平方米以上的社区文体活动中心已达到全覆盖。新建“天天乐”文体广场活动点16个，共计478个，新建乡村戏苑5个，共计60个，新建文化礼堂15个，共62个。

【文化惠民活动】 2016年，成功举办“灵猴献瑞闹新春”“古堰新韵”小镇音乐节、第二十三届“新桥竹柳”三月三畲族文艺演出、莲都区畲汉民俗村晚等大型群众文化活动119场；承办莲都区首届少数民族书法展、“美丽浙江”浙江省第二届群众声乐大赛、第八届中国社会生态农业大会文艺演出、2016莲都区“欢乐莲城”第七届乡村文化艺术节等。积极开展文化展示交流。完成文化会亲17场，组织开展送戏下乡487场。

【文化队伍建设】 2016年，共培训500多场次，培训人数达2万人。举办乡镇（街道）文体干部文艺作品加工会、莲都区农村文化礼堂培训、莲都区农村文化礼堂礼仪活动业务培训、2016年莲都区文化馆(站)业务干部培训等。2016年,在国家、省、市各级发表的原创作品共计30余件,其中国家级奖项2件,省级奖项15件,市级奖项19件。

【农家书屋建设】 2016年,共借阅图书38826册,图书阅览46782人,电子阅览12524人。组织开展农家书屋读书、送书、演讲等相关活动267次,有26516人次参加。全年赠送书架66个,派送书籍16856册,报刊2431份,各类音像制品百余种2010册,完成了每个农家书屋每年更新图书不少于60册、音像制品不少于10种,报刊不少于20种的建设任务。组织开展管理员培训,5位农家书屋管理员荣获2016 年度丽水市五星级农家书屋优秀管理员称号。

(李薇)

公共图书馆工作

【概 况】 2016年,送书到文化礼堂、社区(村)文化活动室、乡镇学校、派出所等共计17378册。建成图书分馆1个,社区书屋1个,流动书屋1个,图书流通点1个。2016年,新增5台电子借阅机。建成手机移动图书馆并开始上线运行。建成VPN专网,实现全区14个乡镇(街道)文化信息共享工程全覆盖及城区25个社区文化服务中心均建成文化信息共享工程,并联合丽水市图书馆对乡镇级基层共享工程服务点工作人员进行有效的管理和辅导、培训,新增馆藏图书8000余册。

【送书下乡工程】 2016年,莲都区公共图书馆共投入20万元,全年共送书下乡17378册。新增5台电子书借阅机,为读者免费提供正版电子图书下载阅读服务,涵盖健康生活、文学名著、小说传记、少儿教育等11类共3000本图书。

【图书分馆建设工程】 2016年,先后建成莲都区图书馆白云街道城市书屋、联城小学分馆,林场老年电视大学图书流通点、万象派出所图书流通点。

【移动图书馆建成】 2016年,通过和北京超星数图信息技术有限公司合作,采取共享资源方式,建成莲都区图书馆移动图书馆。该移动图书馆是以移动无线通信网络为支撑,以图书馆集成管理系统平台和基于元数据的信息资源整合为基础,以适应移动终端一站式信息搜索应用为核心,以云共享服务为保障,通过手机、iPad等手持移动终端设备,为图书馆用户提供搜索和阅读数字信息资源,自助查询和完成借阅业务,帮助用户建立随时随地获得全面信息服务的现代图书馆移动服务平台,真正实现数字图书馆最初的“5A梦想 ”:任何人、在任何时间、任何地点获取所需要的任何知识。

【图书宣传服务活动】 2016年,新增馆藏图书8000余册。举办“书香莲都。全民阅读”系列活动,莲都区公共图书馆选送的2组家庭参加“4·23”全民阅读日“图书馆之夜——丽水市书香家庭经典诵读总决赛”,均入选丽水市十大书香家庭;选送的3名选手参加全市“我喜爱的一本书”读书演讲比赛决赛,均获丽水市读书演讲家称号。举办“百名回乡教授”走进文化礼堂活动,邀请了丽水学院教授、宁波大学硕士生导师邱云美教授,在联城街道苏埠处文化礼堂进行题为《活化乡村资源,建设美丽乡村》主题讲座;和温州鹿城区图书馆联合举办“金秋华章——莲都。鹿城油画展”,分别在温州市工人文化宫和丽水市莲都区文化馆展出,拓展馆际之间交流。

(武振红)

“扫黄打非”和文化市场管理

【概 况】 2016年,全区文化经营场所401家,网吧104家,电子游戏厅34家,歌舞厅26家,文艺表演团体15家,演出场所5家,包装装潢和其他印刷品经营单位58家,打字复印经营单位76家,出版物经营单位77家,影院6家。全年网吧现场指导累计达40余次,全区已转型升级网吧达40家。组织召开网吧项目听证会1次，共受理办结各类审批服务事项117件，共核验印刷企业、出版物经营单位109家，行政审批受理办结率100%，零投诉群众满意率100%。制定并下发《莲都区深入推进“扫黄打非”进基层工作实施方案》，确定工作目标，明确相关成员单位的工作任务。全区14个乡镇（街道）成立“扫黄打非”工作联络站、确定了联络员，239个村（社区）建立了信息员队伍，确保基层扫黄打非工作有人抓、有人管。

（胡叶莉）

【文化市场工作】 2016年，围绕文化市场监管和“扫黄打非”工作重点，坚持联合执法与集中行动相结合，日常巡查与错时突查相结合，做好查处工作。开展“扫黄打非”“护苗2016”“清源2016”“净网2016”“秋风2016”专项整治行动，加大校园周边环境整治。抓好“两会”“G20杭州峰会”等重大活动期间文化市场安全检查。全年，共出动执法检查2965人次，检查各类场所8059家次，收缴非法音像制品3186张（盒），移动硬盘1个，非法出版物1741本（册），办结案件40件，其中一般程序34件，简易程序6件，停业整顿场所7家，吊销1家，罚款10.437万元。

（胡叶莉）

广播电视

【概　况】 2016年，建成广电管道14条，总计管道长15千米；新建光缆线路10条，共计88.5千米，其中，主干光缆线路53千米；新开通有线电视小区或村庄16个，共计覆盖用户5074余户；完成双向网络改造23个村，网络覆盖用户3570余户；完成线路迁改14条。对核心机房，水阁、联城、大港头、碧湖4个汇聚机房的交换设备升级扩容和光链路实现双路由备份设计工作。制定《莲都区广播电视安全播出重点保障工作实施方案》《莲都区G20广播电视安全播出紧急情况处置预案》。开展“平安护航G20”利山村、黄弄村1+3安全播出应急演练和骨干光缆应急抢修演练工作。完成“G20峰会”等重要保障期安全播出任务。

【广电低保工程建设】 2016年，农村低保户免费看上有线电视或直播卫星电视覆盖率达到95%以上，免费服务低保用户3775户；建立广电低保工程动态管理数据库，每月更新一次，确保信息数据的准确性。

【农村电影公益放映】 2016年，实施五项电影放映制度，组建6支农村数字电影放映队，购置农村数字电影35部，放映农村公益性数字电影有效场次2810场，观众64万余人次，完成全年省里下达任务2200场的128%。结合文化礼堂建设和民宿村建设，建成10个行政村农村室内电影固定放映点。

（程凯娅）

新闻宣传

【概　况】 2016年，莲都区新闻中心紧紧围绕区委、区政府中心工作，主要围绕莲都区高铁经济、民宿发展、“五水共治”、“六边三化三美”、归零开篇开新局主题大讨论、两学一做等重点工作展开重点报道。开设了14个专栏助力全区重点工作，深层次解读区委区政府的重要决策，播出后收到良好的社会效果，为全区各项工作的开展做好了舆论宣传。莲都新闻网在原有的良好基础上进行更新改版，并通过“文化莲都”公众平台实现新闻网与公众平台的无缝对接；新演播制作厅的投入使用，大大改善了《莲都新闻》的整体形象，提升了节目的播出质量。多篇电视、广播喜获佳绩。

【专题栏目宣传】 2016年，广播、电视《莲都新闻》栏目相继推出了《岱后村变迁记》《纳爱斯翻一番　莲都企业怎么干》《百姓喜爱好支书》《文明风采之优秀志愿者》《莲都科技创新》等13个系列报道，与莲都区农办合作，在广播专栏《绿谷乡情》中新开设了《洁净乡村、美丽村居》小栏目，用丽水方言向全区广播听众宣传农村环境卫生治理工作相关动态和环境卫生科普知识，让栏目报道更接地气。

【新媒体协同发展】 2016年，莲都新闻网站相关图文信息在浙江在线北方网后台的基础上，对页面的排版以及色调进行全新设计，视频新闻实现了自主审核、即时发布的目标。通过微博、微信公众平台等大型的公共互动平台做好自身的推广。5月，莲都新闻网通过“文化莲都”这一微信公众平台，将《莲都新闻》的每天重点新闻进行及时推送，达到时效性强于新闻节目，实现新闻网与微信公众平台数据的无缝链接。

【新演播厅投入使用】 2016年，电视《莲都新闻》演播制作厅进行了整体搬迁和技术设备升级，全新设计的《莲都新闻》log和节目包装，优化演播方式，重塑主持人形象，新演播制作厅的投入使用，大大改善《莲都新闻》的整体形象，提升节目的播出质量。

【新闻作品获奖】 电视作品《丽水“村晚”为什么这么火》获2016年浙江卫视新闻协作系列奖之“最佳调查报道奖”。以下作品分获2016年度丽水市广播电视政府奖：系列片《古堰新韵小镇音乐节》获品牌活动、纪录片、服务类节目、广播电视报刊和专稿稿件三等奖；新闻特写《寒冬送暖 里东不冷》获电视新闻三等奖；连续报道《岱后村变形记》、连续（系列）报道《生态精品农业的生力军》获广播新闻三等奖。电视作品《莲都咸宜坑：河道治水有成效 猪栏化身农家乐》获2016年“百名记者巡百河”大型新闻采访活动二等奖。

（陈雅萍）

体育工作

【概　况】 2016年，举办大型活动10场。为莲都区农村、社区配送健身路径378件、室内乒乓球桌6张、室外乒乓球桌25张，投入专项资金达69.29万元。雅溪镇雅里村、联城街道武村村、仙渡乡葛畈村、碧湖镇碧一村、老竹镇老竹村、岩泉街道天宁寺村成功创建省级老年体育活动中心。下拨补助资金47万元提升民宿村体育设施。截至10月底，全区共有各类体育场地面积81.35万平方米（2013年底六普数据为64.09万平方米），按15年底常住人口46.67万计，人均体育场地面积为1.74平方米。

【体育创强工作】 2016年创建2个省级体育强乡镇、4个浙江省村级体育俱乐部、2个浙江省社区体育俱乐部、2个浙江省老年体育活动中心（俱乐部），3个省级体育强乡镇顺利通过复评。

【群众体育赛事】 2016年，组织举办莲都区第二届全民运动会，设乒乓球、足球、气排球、门球、围棋、中国象棋、太极拳和广场赛等8个比赛项目，时间从5月持续到11月，全区各行各业2000多名运动员参与比赛。同时组织举办2016“丽水·清韵杯”全国业余围棋公开赛、2016全国围棋甲级联赛丽水莲都专场、首届莲都区幼儿园围棋普及汇报赛、2016莲都区体育系统运动会、莲都区“鱼跃杯”第三届残疾人运动会、莲都区宣传系统气排球邀请赛等重要赛事。

【体旅融合助推乡村旅游】 2016年，成功创建1个精品运动休闲旅游基地（东西岩景区）、2条配套完善的登山线路（白云山步云岭、栝苍古道莲都段）、1条徒步穿越线路（峰源乡猕猴峡）、2个以上具有县域品牌特色的乡村趣味体育活动（老竹镇沙溪村畲族传统体育活动、黄村乡黄泥墩村水上运动会）；重视在景区和民宿村开展体育比赛活动。

（潘晶）

文化遗产保护工作

【概　况】 加大文化遗产保护力度，紧紧围绕莲都区创建国家全域旅游示范区和古堰画乡创AAAAA级景区建设，做好文旅融合文章，积极开展文化遗产的抢救保护和管理利用等工作。

【文物保护工程】 2016年，国保通济堰龙庙、省保花门楼修缮工程完工。堰头村古民居“玉叶流芳”“光荣南级”“懋德勤学”修缮工程通过发改立项，进入预算审核、招投标等环节；启动国保通济堰渠道文物修缮工程方案设计编制工作；省保西溪乡土建筑群之“与德为邻”“温慈惠和”“沛国旧家”“奎壁联辉”修缮工程已完成60%；开展省保沈家邸维修工程，与住户签订维修期间的腾空搬迁协议；市保沈氏宗祠维修工程，已通过公开招标落实了施工单位，进行了现场技术交底。

【碧湖镇被公布为省级历史文化名镇】 2013年开始，丽水市启动申报省级历史文化名城工作，并将碧湖镇纳入“一城一镇三街区”的范围内。莲都区于2013年5月开始组织专业人员对碧湖镇开展了为期两个半月全面细致的调查工作，最终形成申报文本提交审核。浙江省建设厅总规划师顾浩，浙江省文物局副局长吴志强，浙江省建设部名城委员会、中国城市设计规划研究院设计高级规划师赵中枢等领导和专家组成的考核组进行了实地考核评估。2016年7月，由浙江省人民政府正式批准碧湖镇为第五批历史文化名镇。

【通济堰古水利工程测绘和数字化项目入选浙江省文化厅科技创新项目】 2016年4月启动通济堰古水利工程测绘和数字化项目，运用三维图形图像技术、计算机网络技术、360度实景拍摄等技术，通过互联网+的形式，实现生动形象的展示效果，超越时空的界限，吸引全世界的人了解通济堰、关注通济堰，推动古代文化遗产的保护和利用。

【第六批省级文保单位“四有”档案编制工作】 2016年，根据浙江省文物局的统一部署，对丽水市莲都区第六批浙江省省级文物保护单位的4处文物保护单位，共13个点进行现场调查、图纸测绘、档案编制等工作，查阅《丽水市志》《丽水县志》《宣平县志》《莲都古韵》《千年西溪》等书籍资料20余本，研究学习修缮方案6套，扫描各类文件100余份，编写文字15.5万余字，委托测绘图纸200多张，拍摄照片1400余张。根据“四有”档案编制规范，完成归档立卷工作，并通过省级专家审查验收。

【“非遗”项目申报】 2016年6月22日，《雅里庙会》《鱼跃酒传统酿造技艺》《丽水（莲都）根雕》《莲都畲族叙事歌》《上黄村民间台阁表演》等8个项目，被丽水市人民政府公布为第六批丽水市级非遗名录，在全市各县（市、区）入选项目数中最多。12月30日，《陈十四信俗》《翻龙泉》2个项目被浙江省人民政府公布为第五批浙江省非物质文化遗产代表性项目名录，实现莲都区自2012年以来省遗、国遗项目申报与入选率100%“三连冠”。12月19日，丽水市文广新局分布莲都丽水鼓词非遗展示体验点和莲都畲族彩带编织技艺展示体验点，为丽水市首批非物质文化遗产展示体验点。修改完善黄景农申报第五批国家级非遗代表性传承人的申报书、录像片等有关材料，已通过省文化厅的评审，上报文化部审核中。

【非遗传承活动】 2016年，举办非遗传承专场演出9场，观众4.6万人次；举办民俗活动6次，1.3万人次参与；举办非遗保护展览6次；举办培训班（讲座）7次，培训学徒190人；开展传承人培训班11次，培训175人次；巩固完善了6个非遗传承基地；组织开展“服务传承人月”、“文化遗产日”等非遗展览、展演系列活动10次。

【“非遗”保护传承】 2016年，撰写出版《括苍蕴玉——莲都非遗大观》图文并茂书籍，依托丽水市二频道《绿谷采风》《处州晚报》等新闻媒体对莲都根雕等市区级优秀非遗项目开展专题采访宣传活动；复排《蔡文德下山》《百花公主》《杨宗保招亲》等折子戏，推动全区学校“处州乱弹”拓展性课程项目的开展，使青少年从小接触传统戏剧的熏陶，保护继承优秀非遗项目。

（陈芳红、徐金莲）

文联工作

【概　况】 2016年，莲都区文学艺术界联合会（以下简称区文联）团结引导全区文艺工作者深入生活，潜心创作，用优秀的文艺作品反映时代呼唤，唱响主旋律，讴歌伟大“中国梦”。全区文学爱好者在各级刊物上刊登上千篇作品，吴勇霞的《第十个县——第八排丽水市援疆指挥部工作纪实》、张一成的《从不马虎的缝叶莺》被丽水市委宣传部选为文艺精品创作。娄卫高《山水客》组诗获“大好河山”中华全国诗文“联赋暨徐霞客文学奖诗歌”特等奖。书法作品多人次入展：李志根获第四届中国书坛兰亭雅集“兰亭七子”称号，杨忠伟获“沙孟海奖”第九届全浙书法大展三等奖,李志根、雷斌、叶庆游作品入展。陈英俊、杨忠伟、雷伟林、李志根四人入展浙江省第四届"温泉杯"书法大赛。

【举办"对话山水·中国写生学术研讨会"】 2016年11月27日,在中国写生大会期间,区文联领衔主办了中国写生学术研讨会。研讨会上,来自法国、意大利和全国各大高等美术院校、艺术机构的艺术家、理论家50余人,就写生和艺术相关问题展开激烈地讨论。这是莲都区文联首次举办"国"字头大会。区文联克服人手不足等实际困难,通盘考虑会场布置、会议接待等细节问题,特别是会议过程中会务组对与会者发言的现场速录、整理及分发,为大会的成功举办提供了有力保障。

【举办文艺走亲惠民演出】 2016年11月16—17日,区文联与绍兴柯桥文联联合举办文艺走亲惠民演出,并进行艺术交流活动。在11月16日的文艺演出中,国家一级演员、戏曲梅花奖得主吴素英、国家一级演员潘家富及绍兴小百花艺术团为莲都观众献上了艺术大餐,莲都艺术家也充分展示了自己看家本领,这次演出促进了两地文艺交流,丰富群众文化生活。17日,应莲都文联邀请,绍兴文联及艺术团成员对莲都进行了考察访问。参观了莲都的文化场馆,游览了市容景区,并与本地艺术家举行座谈,就艺术创作和推进文化的繁荣发展进行了深入探讨,为促进莲都区与绍兴柯桥两个城市之间在文化艺术领域的友好交流与合作打下坚实的基础。

【协会换届】 2016年 4月,区文联集中开展"工作大调研、人才大盘点"调研活动,先后到所属的12个协会调研,约谈了30名协会负责人及文艺骨干,了解各协会现状。11—12月,文联有7个协会进行换届选举,选出了一批专业强、素质高、有能力的新生力量进入各协会理事。

【开张与上海《故事会》合作】 2016年,区文联与上海故事会文化传媒有限公司达成开辟"好山好水好故事"专栏,举办"中国莲都,中国好家风"征文活动;编辑"封面故事"(优美景观图片)凸显莲都山水美学;撰文在《旅游天地》系列展示莲都时尚旅游;选送反映莲都人民生活故事和机智人物故事,在《故事会》"好山好水好故事"专栏刊登等合作事宜。

【"送文化下乡"活动】 2016年,区文联在元旦和春节期间组织处州乱弹剧团到老竹镇、碧湖镇等5个乡镇、7个行政村演出,观众3000人;组织书法家深入乡镇农村开展写春联送福字活动,现场书写并送对联5000余对,福字5000余幅。

(区文联)

卫　生

综　述

【概　况】 2016年，全区医疗卫生机构159家，其中县级综合医院1家，乡镇卫生院17家，社区卫生服务中心5家，社区卫生服务站4家，村卫生室109家，民营医院2家，个体诊所21家。全区执业（助理）医师440人；注册护士328人；注册乡村医生116人，实际在岗116人。核定住院床位505张，其中区人民医院200张、丽水南山法朝骨伤医院99张、莲都南山法敏骨伤医院99张、乡镇卫生院107张。“20分钟医疗卫生服务圈”覆盖率100%；建制乡镇卫生院（社区卫生服务中心）标准化率100%。

2016年，门诊11.8万人次，出院4869人次，手术人次550例，全年医疗业务总收入4600余万元，新开设无痛分娩、腹腔镜等新技术项目10余项；通过省新华医院专科结对帮扶，区人民医院2016年门诊人次、住院人次实现双增长，开展手术例数不断提高，医院核心竞争力稳步提升；区人民医院与基层卫生院（社区卫生服务中心）对口支援实现全覆盖，通过建立区域医疗资源共享中心和对口支援帮扶，逐步建立“基层首诊，双向转诊”工作机制。

2016年，全区共出生上报4956人，其中计划内4827人，计生率97.40%；全年性别比为111.14；其他各项指标均符合省、市要求，计划生育工作深入推进。全区全面两孩政策平稳实施。

2016年，区卫生和计划生育局获浙江省严重精神障碍管理与治疗工作先进集体、创建国家卫生城市工作集体三等功、里东“11·13”集体三等功、丽水市2016年度卫生综合目标考核优胜单位、计划生育工作创新奖、无偿献血三等奖。

【计生特殊家庭志愿者服务站成立】 2016年12月，成立莲都区计生特殊家庭志愿者服务站，组织医疗、法律、心理等专业志愿者对计生特殊家庭开展心理疏导和精神慰藉。全年享受奖扶人数1803人，特扶183人，共计发放金额302.59万元；为全区计生特殊家庭共计290人开展包括意外伤害险、重大疾病险和住院定额给付医疗保险在内的系列保险共计3.19万元，特殊家庭养老医疗保险补助2.05万元，发放失独家庭辅助再生育补助8496元；计生公益金27.45万元、助学金6万元。

【基层卫生业务用房建设】 2016年，全区基层卫生业务用房建设项目4个，包括雅溪中心卫生院拆扩建项目、岩泉街道社区卫生服务中心新建项目、白云社区卫生服务中心新建项目、巨溪卫生院迁建项目，其中巨溪卫生院已完工，雅溪中心卫生院、岩泉街道社区卫生服务中心、白云社区卫生服务中心三个项目建设施工中，共完成投资2888万元。

【全科医生签约服务】 2016年，出台《莲都区全科医生签约服务实施意见》，各基层医疗机构均开展了全科医生签约服务，签约机构覆盖率100%。至2016年年底，全区共建立70个责任医生签约服务团队，签约机构覆盖率达100%，规范签约率21.06%，重点人群占规范签约总数的71.16%，重点人群签约覆盖率54.89%。

莲都区人民医院与22家基层医疗卫生机构签订对口支援协议，开展诊疗、健康体检、会诊及疑难病例讨论、接受进修、组织业务培训等工作。

【中医药服务】 2016年，创成“中医药参与社区卫生服务市级示范单位”9家。7家基层医疗机构开展中医馆建设项目，所有医疗机构均开展了老年人中医体质辨识和儿童中医药健康管理，已累计为19034位老年人进行中医体质辨识，为4782名儿童进行中医健康管理，管理率分别为58.1%和45.7%。

【推进基本公共卫生服务项目】 通过“莲都宣传”“健康莲都”公众号、莲都新闻网、丽水日报、城区公交车视频滚动播放等多形式开展基本公共卫生服务项目宣传，提高居民项目知晓率。截至2016年年底，全区共建立居民电子健康档案33.05万份，建档率达90.01%。2016年，全区高血压、糖尿病和严重精神障碍患者规范管理率分别达到62.53%、62.64%和72.08%，孕产妇和儿童系统管理率分别达到了96.11%和95.58%，均达省市要求。

【疾病控制】 2016年，共报告法定传染病5163例，无甲类传染病报告。顺利完成脊灰疫苗免疫策略调整。全区0～6周岁儿童国家免疫规划疫苗平均接种率达到90%以上。全区22家基层医疗机构全部建成艾滋病检测点，建设率100%。结合G20杭州峰会维稳安保工作，开展严重精神障碍患者线索调查和患者随访管理。完成2015学年窝沟封闭、龋齿充填工作，窝沟封闭2164，窝沟封闭率92.76%，龋齿充填3829人，龋齿充填率95.01%。开展食品污染物及有害因素监测采样、食源性疾病病例监测，完成食品中污染物监测样品共计805份，达到辖区每千人口2.19件；食源性监测定义病例396例。

【卫生应急】 2015年，成功申报省级卫生应急示范区试点。2016年初制定《莲都区创建省级卫生应急工作示范区实施方案》。着手修编《突发公共卫生事件应急预案》《突发公共事件医疗救援工作方案》及操作手册。组织登革热疫情应急处置培训和演练；积极参加区政府组织的安全生产事故应急响应演练并获满分。各基层医疗机构开展了生物安全、消防、重大交通事故医疗救援等方面的应急培训和演练。为全区重点工作推进提供全方位的医疗保障服务。2016年，累计开展医疗保障服务140次，派出救护车41次，医护人员328人次。12月底，14个乡镇全部通过市级卫生应急示范乡镇(街道)创建。

【爱国卫生】 2016年，通过“六边三化三美”洁化考核、每周全民洁净日、逢九整治日、红黄旗机制等活动载体，全年开展活动45次，累计发动党员干部群众参与14.23万人次，清理垃圾4465吨；国家卫生城市巩固工作在全省11个地级市国卫暗访考核中位居前列。开展无烟单位和健康促进学校创建，新增省级无烟单位5家；老竹民族学校、城北小学创成浙江省健康促进银牌学校，人民路小学创成浙江省健康促进铜牌学校。农村生活饮用水总共检测水样981份，合格616份，水样合格率62.8%；检测指标10409个，合格指标10308个，指标合格为99%；全年完成农村改厕数据录入4122户，无害化卫生厕所普及率89.64 %，卫生厕所普及率达到95.80%。

【依法行政】 2016年，办理完成公共场所卫生许可172件，医疗机构许可165件，执业医师许可89件，执业护士许可53件，执业护士53件，同期处罚案件立案28件，结案28件，其中一般程序14件(其中移送案件1件)，简易程序14件，共计罚没款13423元。区卫生监督所被确立为省2016年民宿卫生监管试点单位，2016年正式启用卫生监督协管信息系统，先后开展医疗机构依法执业、传染病防治监督抽检、口腔诊疗机构专项整治、打击非法行医、打击“两非”工作，加强重点公共场所日常监督及抽检，2016年共抽检重点公共场所42家，其中7家生活美容场所、3家沐浴场所均合格，住宿场所30家合格，对于不合格单位均出具卫生监督意见书，限期整改。

社会生活

民政工作

【概　况】 2016年，区民政局出台《关于进一步规范社会救助工作的通知》，低保实行限时审批，从提出申请到审批完成，限时26天。最低生活保障标准实现城乡统一，提高到每人每月680元，低保占比达到3.1%；对避灾场所进行全面排查，撤销不符合要求的避灾中心15个；郑榴娟第二养老服务中心和老竹敬老院实行改造升级，双黄、幸福、雅溪三个敬老院因消防不符合要求，及时予以关停，供养人员就近进行分流。启动“省老年友好城市”创建工作；新增星湖、佳和、娄丰堰3个社区，全区城市社区达到28个。96345市民服务中心日均话务量、日最高话务量、年总话务量纷纷创历史新高，分别达到469个、4500个、17.1万个；联合11个部门出台《关于进一步深化殡葬改革 全面推进节地生态安葬的实施意见》，实施骨灰跟踪管理，对节地生态安葬实施奖补，2016年，骨灰跟踪管理率达100%，共发放节地奖励资金2.8万元。

（潘丽芬）

【城市社区】 2016年，新增星湖、佳和、娄丰堰3个社区，全区城市社区达到28个。解决梅山、星湖、东银苑、娄丰堰、厦河门等5个社区服务用房问题。25个社区建立了不少于100平米的文化活动室。累计举办邻里节活动150多场，2万多人参加活动，年底开展“最喜爱的邻里节”评选活动，实行活动经费奖补。实行“自下而上”的审报评估机制，开展星级幸福社区创建，全年有9个社区被创成“星级幸福社区”。推进社区、社会组织、社会工作“三社联动”工作，共服务7800多人次。12人取得社工师资格证书，全区累计取得社工师资格证书61人，中级24人，初级27人。“96345”市民服务中心服务水平不断提升。2016年的日均话务量、日最高话务量、年总话务量纷纷创历史新高，分别达到469个、4500个、17.1万个，从开通至今总话务量达101.5万个。

（吴君霞）

【农村社区】 2016年，完成老竹镇榴溪社区服务中心，黄村乡和垟社区服务中心、天堂村便民服务中心，仙渡乡张山后社区服务中心，紫金街道开潭社区服务中心、万象街道水南村便民服务中心联城街道苏港社区服务中心等10个村的农村社区服务中心完善提升工程。开展村级便民服务中心标准化建设对标达标活动，通过健全完善相关制度，规范优化办事程序，强化考核监督，努力打造窗口一站式、服务事项全面、服务设施完善、服务机制健全的示范型村级便民服务中心。开展城乡社区建设对口见学活动，2016年完成90%城乡社区见学任务。

【基层政权建设】 2016年，贯彻宣传“一法两办法”，强化民主管理和村务公开，开展“阳光工程”，建立健全村党组织领导的充满活力的村民自治机制，推行村级重大事务村民（社员）代表会议票决制，全区村务公开和民主管理工作的基本实现了制度化、规范化和程序化。创新基层协商、基层治理新模式，推广雅溪镇村民自治联合会经验，在全区各乡镇全面推行以村民自治为基础、以协商治理为切入点的基层治理新模式。

（项赵洁）

【防灾减灾】 2016年“5·12防灾减灾日”，开展由市区民政牵头，区发改、区卫计等14个单位参与的突发公共事件人员基本生活应急保障桌面演练。提高突发公共事件人员基本生活应急保障能力，加强部门协同配合，明确工作职责，确保突发公共事件发生时，受灾群众有饭吃、有衣穿、有地方住、有干净水喝、有伤有病能得到及时医治，维护社会稳定。2016年，建成村(社区)级避灾安置场所27个。截至2016年年底，全区共建成避灾场所139个，标识牌和指示牌设置率达到98%。白云、丽阳、后庆、永辉、丽阳门、天宁、东银苑、朝阳社区等8个社区被国家减灾委、民政部评为“全国综合减灾示范社区”称号，大水门、厦河门社区被评为“省级综合减灾示范社区”。

【重大节日走访慰问困难群众】 2016年，开展春节困难群众的慰问和救助。走访慰问五保对象、困难户近1000多户，1800多人次，发放慰问金48.4万元，被子1000多床，大米 3100多公斤，油1300多升，确保了节日期间困难群众生活得到明显改善。下拨冬春和应急救灾救济款共259万元。积极吸引社会资金参与慈善助学，筹措助学金63.31万元，资助孤儿、困难学生326名，帮助解决了困难学子入学难的问题。

【城乡最低生活保障制度】 2016年，全区共有最低生活保障对象8952户，11371人，新增低保对象3990人，共核拨低保金3207.5万元；资助低保对象参加城乡居民医疗保险新型农村合作医疗。2016年，实现了城乡居民低保统一标准，为每人每月680元，低保工作做到“应保尽保，应退尽退”的动态管理机制。

【城乡困难居民医疗救助】 完善大病医疗救助政策，将市直单位困难职工列入医疗救助范围。2016年，共医疗救助8644人次，支出医疗救助资金2346.8万元，全年人均享受救助2715元，医疗救助人均筹资51.56元，全市最高。民政持证对象推行医疗救助即时结报“一站式”服务，方便困难群众，有效缓解困难群众看不起病的问题。

【“救急难”临时救助】 2016年，根据《莲都区“救急难”工作实施意见》要求，实行救助关口前移，“急难”救助1000元以下的委托乡镇(街道)实施，全区共救助各类困难群众4000多人，发放救助金415.6万元，切实发挥了托底线、保基本、救急难的重要作用。

【孤儿和困境儿童保障】 坚持孤儿和困境儿童生活费与当地上年度城镇居民家庭人均消费性支出挂钩，执行自然增长机制。2016年，机构养育孤儿从每人每月1369元提高到1470元，散居养育孤儿每人每月822元提高到882元。截至12月底，全区共救助172人，发放孤儿和困境儿童生活费211万元。

【落实支宁人员政策】 根据《丽水市支宁返丽人员固定生活补助政策实施办法》文件要求，2016年，对118名支宁返丽人员及时按月发放困难生活定期补助，全年共发放补助金34.4万元。

【精减、三老人员定期补助】 2016年，完成精减退职人员和三老人员的生活补贴发放工作。根据文件要求及时调整定期补助标准，做到按月及时发放，重大节日安排慰问，订阅报纸等活动，全年发放定期补助158万元。

（徐必勇）

【婚姻与收养管理】 2016年，办理登记结婚2815对，离婚1108对，补发结婚证1929本，依法办理合格率达100%。共办理收养登记20件，其中社会福利机构抚养的弃婴(儿童)件18，三代以内血亲2件。解除收养关系1件。

（王春光）

【拥军优属、拥政爱民】 2016年，制订活动计划，落实活动经费，组织开展重大节日期间的走访慰问活动，营造浓厚的拥军氛围。元旦、春节，建军节期间，区委、区人大、区政府、区政协组成拥军优属慰问组先后对驻莲部队、军队离退休干部休养所、大港头96164部队86分队。进行走访和慰问，并送上20万元的慰问金及价值15万元的慰问品，表达全区45万乡亲父老对驻区部队官兵的深情厚谊。截至2月15日，区四大班子37名领导带头上门走访慰问重点优抚对象、困难复退军人111户，送去价值2.22万元的慰问品、慰问金是11.1万元；乡镇（街道）自行走访慰问620户，慰问金31万元；区双拥办走访慰问32户、送去价值0.64万元的慰问品，慰问金1.92万元；发放临时补助金15.38万元，户数154户（烈士遗属、残疾军人、在乡老复员军人、困难的退伍军人、参战人员进行慰问），共发放917户，慰问金 59.4万元、送去价值2.86万元的慰问品。9月，组织35名重点优抚对象赴浙江省嘉兴市（荣军医院）进行为期6天的疗养活动。全年为16位军休干部和二位无军籍职工庆贺生日，并送上生日蛋糕。

【退役士兵安置】 2016年，依据丽水市人民政府办公室《关于调整自主就业退役士兵一次性经济补助标准的通知》为促使尽快走上新的城乡退役士兵一体化自主择业的道路，提高自主择业的吸引力，提高经济补偿标准，自主就业的退役士兵（服役2年），城镇户口补助标准（基数）为38000元；农村户口补助标准（基数）在2015年的14000元提高为19400元。每增服役1年增发1500元。2015年秋冬季退役士兵151人，共发放一次性经济补助金377.09万元。完成全区共接收2015年秋冬季退役士兵151人，其中城镇居民35人，农村居民116人；5月省厅移交市区转业士官11人（区级单位安置任务4人），共计155人。经审核，符合城乡统一自主就业经济补助政策的退役士兵151人，发放资金377.09万元（莲民〔2016〕56号文件），符合政府安排工作条件的士官11人（区级单位安置任务4人），由区政府指令性安置，安置到岩泉街道社会事业服务中心单位1人、莲都区环卫局1人，莲都区民政局下属事业单位1人、碧湖镇下属事业单位1人。

【专场就业招聘会】 2016年11月2日，退役士兵专场招聘会在国际大酒店三楼会议室举行。24家用人企业和培训机构提供80个就业岗位，招聘需求200人，涵盖协警、安保、汽车驾驶、管理、电力等多个行业，吸引了115名退伍军人进场应聘，经过一个上午的互相推介，共有97人选择技能培训，46个职数达成初步就业意向。

【纪念先烈】 2016年，清明节、烈士纪念日期间，全区共有101个单位，10231人次前往万象山革命烈士墓敬献花圈，祭奠革命烈士。

【优抚工作】 2016年，完成提高优抚金和残疾军人1～4级护理费标准自然增长机制（调整标准），及时足额发放抚恤补助金，通过金融机构直补到户。同时做好新增残疾军人1人、带病回乡5人、60周岁以上退伍军人134人的生活补贴审核发放等工作。2016年1—4季度共发放抚恤补助费13052636.5元；1—4季度病故对象丧葬补助共发放199695元，办理病故军人一次性抚恤金2起，共发放一次抚恤金597363.9元。2016年根据《浙江省民政厅关于发放烈士遗属、因公牺牲军人遗属和病故军人遗属优待证的通知》（浙民优〔2015〕229号）和《浙江省民政厅办公室关于规范“三属”优待证发放与年检工作的通知》（浙民办〔2015〕优47号）精神，共发放遗属优待证117本，其中烈士53本，因公牺牲军人8本，病故军人56本。

【优抚对象医疗补助】 实行重点优抚对象医疗补助一站式服务，不断提高医疗补助标准及待遇。2015年10月至2016年9月部分优抚对象门诊治疗实施医疗补助，全区门诊补助对象875人，共发放门诊补助金为899477元；2016年优抚对象医院“一站式”结报医疗补助383人次，结报金额761728.49元；1—4季度优抚对象住院人工结报医疗补助59人次，结报金额173716.9元。

【义务兵优待金】 2016年度现役义务兵353人，共发放优待金7682675元（进疆义务兵的家属优待金标准按1.5倍发放：

29932.5元)。2016年度义务兵及其家属优待金标准调整为:非农户口和农业户口义务兵及其家属优待金按年人均2015年标准17275元调整为19955元。

【现役军人奖励金】 奖励2015年度立功受奖现役军人149人,奖励金6.35万元(包括驻莲部队),已于2016年6月底前全部发放到位。

【职业技能教育和培训】 按照政府扶持、个人自愿的原则,积极组织退役士兵在退役后一年内免费参加相关的职业技能教育培训,提高就业创业能力。区退役士兵职业技能教育培训工作领导小组办公室组织民政、财政、劳动保障、物价等相关部门深入对接、认真考察,对培训专业及政府补贴标准等一一进行了确定。区民政局通过发送技能培训指南、公开信、打电话等各种宣传方式确保2016年度151名退役士兵对该项工作的知晓率达到100%。参加区组织免费培训人员74人(4人是年度参加统考的),其中参加2016年度汽车驾驶类培训70人(参加汽车驾驶C1的 66人和B2 的4人)和在浙江省旅游职业学院1人、警官职业学院1人、金融职业学院2人等各学院学习的政府补贴4人共计189550元予以发放。

(邹丽勇)

【民间组织管理】 2016年,注册登记的全区性社会团体122家,其中行业性社团20家,专业性社团48家,学术性社团16家,联合性社团38家;区本级民办非企单位139家,其中教育类92家,卫生类7家,科研类15家,劳动类15家,民政类11家。86家社会团体和113家民办非企业单位应参加年度检查,年检率100%,合格率100%。

(王春光)

【推行节地生态安葬】 2016年6月,区民政、国土、建设、林业、财政等11个部门联合发文,出台《关于进一步深化殡葬改革 全面推行节地生态安葬的实施意见》,7月4日正式启动骨灰跟踪管理。莲都区行政区域内常住人员逝世实行遗体火化的、外来人员在本区逝世实行遗体火化后需要在莲都区行政区域内安葬骨灰的,丧主或死者生前所在单位必须凭骨灰安放证明向殡仪馆领取骨灰,未能提供证明的,骨灰暂时由殡仪馆寄存保管。莲都区户籍居民逝世火化后,实行节地生态安葬的给予奖励:实行不保留骨灰的,亲属可享受3000元现金奖励;实行树葬、花坛(草坪)葬安葬骨灰的,亲属可享受1000元现金奖励,对殡葬服务单位每例给予800元资金补贴;在乡村公益性公墓(骨灰存放室)格位存放骨灰或使用小型卧碑墓穴安葬骨灰的,亲属可享受800元资金补贴。全年骨灰跟踪管理率达100%,共发放节地奖励资金2.8万元。

(张平)

移民工作

【概　况】 2016年,莲都区实有紧水滩水库、石塘水库、滩坑水库等30座大中型水库移民10820人,占全区总人口的2.4%,涉及14个乡镇、街道183个行政村(居委)。全区还有小型水库43 座,移民688人,涉及10个乡镇、街道33个行政村。全区移民人均可支配收入19958元,比2015年增长15.2%。做好移民遗留问题处理工作,全年共调处各类信访案件10处,21人次,比2015年下降24.8%。区本级举办移民创业致富技能培训班5期,培训移民513人次,新增移民就业72人次。

【移民遗留积案处理】 2016年区移民办共排查出11个信访维稳问题,逐个得到解决;接待来信来访移民群众10批次21人次,解决历年信访遗留积案2起。

【移民项目工作】 2016年,累计下达移民项目67个,计划补助移民资金1423.2万元。其中,省级移民资金下达项目53个,计划补助1096万元;市级移民资金下达项目9个,计划补助220万元;历年紧水滩、石塘电站移民盘活资金项目下达5个,计划补助107.2万元。省级移民资金包括大中型水库移民后期扶持结余资金下达项目32个,计划补助713万元;大中型水库移民创业致富资金下达项目6个,计划补助150万元;大中型水库库区基金项目下达3个，计划补助50万元；大中型水库移民后期扶持基金项目下达2个，计划补助6万元；小型水库移民扶助基金项目下达10个，计划补助177万元。市级移民资金包括滩坑水电站移民调概专项其他经费项目下达7个，计划补助200万元；市本级大中型水库移民创业致富资金项目下达2个，计划补助20万元。截至12月底，共完工项目71个，拨付移民项目资金889.2万元，项目完成率88%，资金拨付率86%。

【移民后期扶持工作】 2016年共投入专项资金120万元，用于移民生态经济发展，鼓励移民自主培育和发展特色产业，探索适合的专业合作经营模式，建立起移民产业项目长效发展机制，辐射带动移民增产增收。6月完成《莲都区大中型水库移民后期扶持“十三五”规划》编制工作。五年共规划205个移民项目，计划补助水库移民资金3250万元。“十二五”期间（2011年至2015年），全区累计实施了306个移民项目，补助移民资金1436.98万元。

【深化移民创业贷款贴息工作】 区移民办于2015年5月与财政、农商银行联合下发了《关于开展大中型水库移民创业贷款贴息的通知》，明确以户为单位，对移民生产开发和生产经营的贷款额在10万元以内的贷款项目按照年利率3%予以补助。2016年，共印发5000份莲都区大中型水库移民创业贷款贴息宣传手册，发放到183个移民安置村（居），做到家喻户晓。截至2016年12月底，已有147户办理了相关手续，贴息33.97万元，全区移民创业贷款余额6732万元。通过开展贷款贴息补助活动，间接增加了移民的收入，1户10万元的贷款，减少了3000元的利息支出，也将相应增加了3000元的收入。

（潘瑞冰）

残疾人事业

【概　况】 2016年，全区有各类持证残疾人10113人，出台《关于推进残疾人全面小康进程的实施意见》《关于全面建立困难残疾人生活补贴和重度残疾人护理补贴制度的实施意见》《关于促进残疾人按比例就业的实施办法》《关于进一步推进残疾人辅助性就业的实施意见》《莲都区扶持残疾人电商创业实施办法》等扶残新政策，制定了《丽水市莲都区残疾人事业发展“十三五”规划》《莲都区残疾人照料服务绩效评估规范》，推进残疾人社会保障和服务体系建设，完成各项工作任务指标，在全市残联系统年度考核中列九个县（市、区）第一名。

【残疾人社会保障】 2016年，为符合条件的残疾人发放生活补贴4651人，发放护理补贴3847人，每月发放补贴总额达180万元，应补尽补；5143名残疾人享受低保政策，其中2573名重度残疾人单独施保，享受全额低保，实现应保尽保；为289名个体就业和灵活就业残疾人缴纳职工基本养老保险补助共50.93万元；为888名残疾人缴纳城乡居民基本养老保险共8.95万元，为8087名残疾人缴纳城乡居民基本医疗保险共183.9万元，以商业补充险为推手提高残疾人社会保障水平，为8655名残疾人缴纳意外伤害险共15.07万元，为10400名残疾人缴纳大病保险共30.36万元，为托养机构233名残疾人缴纳综合责任险共2.42万元。2016年，莲都区残疾人各商业险理赔总人数为128人，理赔金额达97.16万元。

【残疾人康复工程】 2016年对0～6岁残疾儿童和发育滞后、发育障碍的儿童和身体条件需要缓学超龄（6～8周岁）的儿童，及时落实康复服务和补贴。全面完成儿童康复服务64人，超额45.45%。完成助行助明助听工程451例，对56户贫困残疾人家庭实施无障碍改造。同时，结合创建全国文明城市，对全区260余个重点点位的无障碍设施建设情况进行检查，发放交办单11份，督促整改点位56个。落实精神残疾人门诊服用基本抗精神病药物费用全额保障政策，每季度支付药费22万余元。

【残疾人扶持救助】 鼓励残疾人从事种养业或加工业，给予创业初期有困难的残疾人2000元的资金扶持,达到扶贫基地标准的给予15000的一次性扶持。2016年新增省级扶贫基地1个,市级扶贫基地2个,区级扶贫基地6个,种养户30户,扶持资金达29万元。帮助从事个体经营和自谋职业(灵活就业)的289名残疾人缴纳基本养老保险给予补助50.93万元。对从事个体经营的41名残疾人进行一次性的资金补助,对残疾人贷款开展生产或种养业进行贴息共56.31万元。开展临时生活困难救助,全年慰问残疾人450人次,慰问金额共22.5万元;临时救助残疾人470人次,救助金额共23.5万元。

【残疾人教育就业】 2016年,配合地税部门依法足额征收残保金共685.33万元。全区新增按比例就业21人,新增集中就业7人,其他类型就业23人,均超额完成年度任务。14个残疾人专职委员在全市率先招考聘用,整顿规范12家已建的残疾人庇护机构,344名残疾人得到就业安置。开展残疾人职业技能培训。全年职业技能培训194人,组织残疾人参加电商培训99人,培训残疾人来料加工60人,召开残疾人专场招聘会2场,帮助贫困残疾学生和贫困残疾人家庭子女完成各类学历教育,全年残疾学生和残疾人家庭子女助学共244人,补助金额共65.5万元。

【残疾人文体活动】 2016年,区残联举办莲都区第三届残疾人运动会、“放飞爱心 与爱同行”文艺演出、全民健身周等系列活动,组织全体干部职工参加丽水市残联组织的“与爱同行 共享小康”《自强之歌》合唱比赛并获得三等奖。国际残疾人日期间,举办第25个“国际残疾人日”文艺演出暨莲都区残疾人书画摄影比赛颁奖晚会,举办文化艺术周将书画摄影获奖作品进行展示。全年印发《莲都残联》简报12期,积极开展政务信息、新闻报道工作,在各级各类媒体上刊登莲都区残联各类工作信息260余篇。

【蔡余庆燕当选区政协委员、市人大代表】 莲都区涌现出一批残疾人优秀人才。2016年,曾获亚残运会冠军的蔡余庆燕分别当选莲都区政协委员、丽水市人大代表。

(谭洁平)

民族工作

【概　况】 2016年,莲都区少数民族人口26858人,占全区总人口的6.59%。其中畲族全市第一位有2.52万人,人口绝对数列全省第二位。辖区内有老竹、丽新两个畲族乡镇,少数民族人口在1000人以上的乡镇(街道)10个,分别是岩泉街道、紫金街道、白云街道、万象街道、联城街道、碧湖镇、大港头镇、老竹畲族镇、丽新畲族乡、南明山街道。全区少数民族农村居民人均可支配收入18795元,比上年增长11%。全区96.6%的少数民族农户家庭人均可支配收入达到6000元以上,没有4600元以下低收入少数民族群众。民族村集体经济不断壮大,城西村、沙溪村等10个民族村集体收入超过10万元。老竹畲族镇少数民族农民人均可支配收入16576元,比上年增长10%;丽新畲族乡少数民族农民人均可支配收入17025元,比上年增长14.2%。两个民族乡镇工农业总产值39415万元,其中工业总产值12856万元,农业总产值26559万元。

【推进少数民族和民族乡村经济社会发展】 2016年,共争取中央、省、市各级资金和结对帮扶资金1246.85万元,其中:中央少数民族发展资金155万元,省补助资金180万元,市级少数民族资金75万元,市领导联系民族乡镇扶持资金30万元。对接落实省新一轮少数民族低收入群众增收帮扶计划项目9个,资金61.85万元。对接落实五水共治、五教同行宗教结对老竹镇沙溪村饮用水提升项目30万元。协调落实省政府98号文件精神,落实老竹、丽新两个民族乡镇一般转移支付资金各200万元。省建设厅结对落实老竹镇学甫小区一期道路工程和镇区截污纳管工程项目140万元,桐乡市结对落实老竹镇新屋村基础设施建设项目50万元。省体育局结对落实老竹镇体育设施建设项目资金20万元。省农业厅结对落实丽新乡绿洲肉羊标准化规模养殖小区建设项目50万元。平湖市结对落实丽新乡黄弄村文化活动中心项目55万元。

【民族团结进步创建活动】 落实少数民族优惠政策和社会服务工作，做好少数民族中高考学生民族成分的审核服务工作，2016年依法为7名符合条件的公民办理民族成分变更手续，落实少数民族教育券补助政策。结合省、市民宗部门开展春节等节日慰问，共向51户少数民族群众发放慰问品和慰问金，共计4.95万元。搭建少数民族流动人口服务管理平台，引导少数民族流动人员依法经营、依法维权。建立少数民族流动人口服务管理体系，做好与政法、综治、公安、工商、城管等部门的工作联系工作，信息互通，形成齐抓共管的工作机制。完善提升丽阳门社区少数民族“四微”服务示范点，做好穆斯林斋月前和斋月期间的各项维稳工作，确保民族团结稳定。重视少数民族干部和实用人才培养、培训。全年共组织推荐少数民族群众参加省、市民宗部门举办的培训班3批次，培训少数民族干部群众22人次。

【民族文化活动】 2016年，区民宗局协助做好全区民族工作会议相关工作，协助指导丽新乡完成浙江省第三届畲族风情旅游文化节分会场暨“新桥竹柳”三月三畲族歌会活动的举办，结合文化旅游推广，吸引了5000多名游客到现场观看表演、参与互动，吸引了许多有意向的企业家到现场考察。推荐利山村和沙溪村参加省民宗委组织的浙江省十佳特色村寨评选；协助完成省民宗委和浙江经视联合主办的《美丽乡村浙江行》在利山村和沙溪村的拍摄，并在浙江经视专题播出。举办暑期畲语免费培训班；与教育部门、丽新畲族乡等协作，在丽新民族学校举办了首届民族体育文化节，开展8期畲族体育项目教学活动，传承高脚马、摇锅、采柿子、接龙凤等畲族特色体育活动。

（李飞）

老龄工作

【概　况】 2016年，全区60周岁以上老年人口78648人，占总人口19.38%，增长率5.5%。其中90岁以上长寿老人1685人，百岁老人20人。全年完成主城区21个老小区的基础设施改造，推出既建居住小区加装电梯政策，改造无障碍坡道坡化路口2040个，坡化改造率达91%。此外，积极落实五保“三无”对象供养政策，集中供养率≥92%。莲都区社保中心、农商银行、区人民法院、96345市民服务中心、老竹敬老院获得省级“敬老文明号”称号；紫金街道卫生院、莲都审批中心、双黄敬老院获得市级“敬老文明号”称号。此外，完成浙江省“特殊困难老人社会服务示范项目”试点建设工作。该项目通过开展个案服务，社会调查问卷，团体督导，撰写个案案例等工作方式，探索具有浙江省本土特色为老服务的社会工作服务模式。

【惠老政策落实工作】 2016年，对全区439名高龄困难老人进行慰问，发放慰问金16.56万元，发放大米、面条、食用油500余份，看望慰问百岁老人20人，发放慰问金2万元。通过系列慰问活动展现出“暖人心，敬老情”的工作理念，表达对老龄特困老人的关爱。完成90岁高龄老人一次性奖励金发放工作，共计发放37.9万。此外，以发放“居家养老服务卡”为主要形式，依托“96345”便民服务热线、城乡社区居家养老服务照料中心，为莲都区534位80岁以上特殊困难老人以及90岁以上老人购买服务。

【老年教育建设工作】 2016年，莲都区开展老年协会规范化建设以及深化老年电大办学成效。开展送课送辅导下乡活动，丰富第二课堂、第三课堂教学活动。社区老年协会建会率达100%，全区老年电视大学学员人数达5356人，25个社区建立了电大教学点，建设率达100%。

【孝亲敬老模范人物评选】 2016年，开展莲都区“孝亲敬老”模范人物评选工作，选出了10位“孝亲敬老”模范人物。其中，程火发获为全国“孝亲敬老模范人物”提名奖；管有庭获全国首届千名“优秀敬老志愿者”；吴菊英入选“浙江好人榜”。开展“孝亲敬老”面对面宣讲活动，成立由5名专家学者组成的“孝文化”宣讲团，到莲都各文化礼堂，开展“宣讲”活动。

（范伊卉）

【养老服务】 2016年，处州养老服务中心开始运营，新增床位340张。郑榴娟第二养老服务中心（碧湖养老服务中心）二期改扩建项目进入内部装修，热水工程、附属工程动工建设。推进日间照料中心建设。全年建成73个，累计建成227个。建立护理员岗位津贴制度，组织护理员和照料中心管理员开展业务培训，提高服务水平。完善养老服务补贴制度。草拟《莲都区养老服务补贴实施意见》。全年对159名低保家庭中失能失智老人发放养老服务补贴94万元。

关心下一代工作

【概　况】 2016年，全区共有基层关工委277个，其中乡镇14个，村208个，社区25个，学校30个。参加关工委组织的“五老”人员共有1300余人，其中区本级80人。围绕“中国梦”主题教育活动，区关工委联合文明办、教育局等部门，开展了以“践行核心价值观，争当美德好少年”为主题的第五届未成年人道德文化节，引导学生践行中华民族传统美德。以万象国学书院为阵地，与市关工委联合成立了公民道德教育基地。通过招收未成年人国学班、家长班和成人国学班，进行公益教学。全年累计举办家庭教育、传统文化、健康教育等公益讲堂52场，传承中华传统文化，弘扬核心价值观。区关心下一代讲师团先后与社区学校、人文小讲堂合作，分赴学校、社区、农村开展社会主义核心价值观教育宣讲活动。累计开展了《弘扬民族传统文化，构建和谐家庭》《弘扬传统家教文化，做现代智慧家长》《了解孩子心理，助孩子健康成长》等传统国学经典文化、家庭教育、心理健康等讲座273场，受益群众达5.5万人次。开展“杜绝欺凌共沐阳光”公益巡讲、“禁毒和预防犯罪”“女童保护”等主题宣讲活动29场次，发放资料8000多份，受教育青少年达8000余人。组织学生参与15场的典型案例开庭观摩，受教育青少年2155人。全年区关工委共资助贫困大学新生81名，发放助学金31.5万元。资助贫困中小学生33名，发放助学金和物资共3.5万元。

【百名老科技专家联百村活动】 2016年，区关工委科技组将白枇杷引种选育、白猕猴桃试种、茶叶机械化操作试点、野绿豆以草制草推广等10个项目、15个联系点为年度重点帮扶项目，对碧湖蒲塘千亩休闲农业观光园、大港头毛田村万亩茶叶基地、雅里村千亩桃基地、丽新咸宜村千亩良种油茶基地进行重点联村联点指导。

【开展失足青少年教育感化工作】 2016年，区关工委参与未成年人刑事案件社会调查、以合适成年人到场参与未成年人案件诉讼累计10人次，参与未成年人犯罪刑事案件讯（询）问、谈话20余人次。配合区人民检察院参与了对10位附条件不起诉未成年人的教育感化工作，其中有9位未成年人通过六个月的考察矫正，成功挽救了濒临犯罪边缘的青少年。

【区关工委成立25周年活动】 2016年11月10日，在区会议中心莲都厅召开莲都区关工委成立25周年活动的纪念座谈会，时任莲都区委书记葛学斌到会祝贺，座谈会上还发送《莲都区关工委成立25周年纪念画册》。

（周华敏）

乡镇·街道

岩泉街道

【概　况】 2016年，岩泉街道辖18个村，5个社区，户籍人口41494人，常住人口62596人。有耕地面积578.33公顷，山林面积5373.47公顷。实现工业总产值26.15亿元；企业增加值3.7亿元；税收收入2310万元；实现农业总产值1.95亿元，同比增长3.5%；农民人均收入21818元，同比增长12.1%。招商合同签约丽水盆地易涝区防洪排涝好溪堰水系整治三阶段ppp项目2.887444亿元，福景华府酒店项目2亿元。实际合同到位资金：福景华府酒店5491万元，艾莱依项目8962万元，万丰医院项目8100万元，丽水盆地易涝区防洪排涝好溪堰水系整治三阶段ppp项目1.2亿元。通过开展每周一的“全民洁净日”和每月19日的“六边”区域环境综合整治大会战行动，大力清乱拆违，合计完成六边办交办整治点位158处，拆除违章面积12200平方米。城区5个街道位居第一。调整安全生产工作领导小组，与辖区内生产经营单位签订责任书2438份，对企业基本情况进行摸底并发放全员培训书籍2021册。街道出资5万元，为辖区企业做好服务工作，开展社会化服务企业200家。开展春、夏拉网式的安全生产大检查活动，重点对危险化学品、锅炉压力容器、食品卫生、特种设备、娱乐场所等生产经营单位进行了全面细致的检查。共检查企业125家，查找隐患171处，明确整改限期。开展粉尘专项摸底行动，共排查出包括林产品、农副产品、金属粉尘隐患企业13家。完成25家企业安全生产标准化达标挂牌工作。街道成立创建工作领导小组，落实责任创建基层食品安全工作站3个，配合上级部门执法巡查16次，二维码巡查10230次，完成寿尔福路省级食品安全示范街创建工作。有XX个村民兵连进行重新编组整合。基干民兵整组点验到点率100%，点到率100%。走访慰问从军家属、困难军属20余次。“八一”期间组织人员到驻军单位进行慰问，慰问驻军单位5家，送上慰问品及慰问金19500元。新征入伍新兵17名，超额完成征兵工作任务。民兵应急连，前后派出民兵25名两次参加苏村大救援工作。全年共上报出生516人，其中计划内出生502人，计划外出生14人，计生率97.29%。

【全国文明城市创建】 2016年，岩泉街道列入文明城市创建有5个社区9个城中村，面积16.5平方千米。按照网格化管理要求，各村、社区持续整治不间断，设立“岩泉创建快曝”曝光台，按照国策标准，对街道创建涉及的5个社区、9个城中村六乱点位进行全面曝光、督促整改。各社区组建一支由楼道长、热心居民、物业负责人组织的文明城市创建宣传队，开展入户宣传。在10月由各社区、城中村组织志愿者和部分居民挨家挨户入户进店发放，全年共发放问卷10000余份。11月底开始，各社区、城中村组织200多位问卷调查志愿服务队成员，利用晚上和周末时间，采取地毯式走遍一个个楼道、进入一户户人家，发放市创建办印发的《市民文明手册》以及其他创建宣传材料，发放率达92%。针对社区“三防”完善工程，经居民完全同意，共安装43个楼道防盗门，完成各社区、城中村背街小巷详细零星修补点位的数据统计工作。截至年底，5个社区、9个城中村正在开展破损路面修补工作，大部分社区（城中村）的修补工作已完成，无物管的老旧开放小区全部保洁到位。

【项目征迁工作】 2016年5月，市区重点项目政策处理大会战期间，下达岩泉街道项目33个，占全区总项目数的32%，其中以市行政中心北侧、市图书馆新馆、开发路北延伸段等一批“老大难”项目为典型。自5月20日大会战启动以来，街道全体参战干部及时全面贯彻落实大会战指挥部的各项决策部署，发扬“5+2”“白+黑”精神，实现政策处理对象从不谈、不签、不配合到主动签约的逆转，市委下派干部实现了“从跟班到代班到领班”的提升。全年街道重点项目政策处理任务总共40个，截至12月31日，已全面完成政策处理项目36个，完成房屋征收114户，面积20785.01平方米，完成征地52.43公顷。

【农村公路提升工程】 2016年，岩泉街道争取上级补助资金，总投资980余万元，沈村至雨伞岗联网公路工程完工，完成330复线至杉黄线农村公路提升改造工程、秋塘至贾坑农村公路提升改造、330复线至老鸦矿农村公路提升改造。坑口至枫树湾大中修3个项目正在施工建设。完成瑄头村山区小流域农业生态工程项目总投资469.9万元。

【民宿特色村培育创建】 2016年，岩泉街道推进余岭、枫树湾和叶平头3个民宿特色村培育创建工作。其中余岭民宿已有23户、123个房间、182张床位。枫树湾村已装修好19户、112个房间、175个床位。叶平头村已装修好5户，23个房间、35个床位。全年接待上海、杭州等客人1000人次，营业收入60多万元。

【获市级电子商务示范乡镇（街道）】 2016年11月，岩泉街道新建农村电商服务点8个，累计建设28个；新建社区智能投递终端35个，累计建设56个；23家以上农业主体触网，触网率96%；举办“百村千人”培训1期87人，全年累计组织村民参加培训电子商务培训150人；九里村获评省级电子商务专业村，辖区内累计拥有省级电子商务专业村1个，省级电子商务示范企业1家，市级电子商务示范村（社区）1个，市级电子商务示范企业2家，区级电子商务示范企业7家，街道本级是全区唯一一个获市级电子商务示范乡镇（街道）。

【社会保险救助】 2016年，岩泉街道完成农村劳动力转移就业125人，完成率107%；完成公益性岗位18人，完成率100%。开展社会保险工作，截至12月20日，16813人参加城乡居民医疗保险，新增64人参加城乡居民社会养老保险，开展企业退休人员社会化管理工作。办理低保申请114人，申请办理临时救助93人，发放救助资金81800元。申请并办理医疗救助189人，发放各类救助存折129人。发放失能失智老人养老服务补贴21次人共58500元。

岩泉街道村情

表27

村名	面积（平方千米）	户数（户）	人口（人）	农村经济总收入（万元）	农村经济总费用（万元）
天宁寺	0.5915	1189	2693	253.57	238.73
后甫	0.0606	610	1470	116.06	168.24
九里	0.7041	790	1759	212.28	136.50
岩泉	2.3621	707	1471	123.98	134.42
青林	2.7141	852	1776	208.25	98.37
长岗背	1.6685	501	1116	181.96	242.60
关下	0.7564	483	771	132.24	160.46
社后	0.4485	303	477	28.86	42.21
凉塘	0.3296	231	535	186.69	78.18

续表27

村名	面积（平方千米）	户数（户）	人口（人）	农村经济总收入（万元）	农村经济总费用（万元）
秋塘	6.5506	447	981	44.85	28.76
冷水	7.0626	437	982	106.12	23.50
枫树湾	12.1947	825	1772	50.96	33.40
余岭	4.5109	430	989	12.58	32.24
黄畈	6.9262	503	1277	22.47	22.67
里佳源	6.6198	657	1482	85.5	19.13
雨伞岗	9.0245	657	1493	39.96	51.50
瑄头	8.7113	670	1517	48.37	53.11
下后弄	6.8868	489	1171	4.65	19.96

紫金街道

【概　况】 2016年，紫金街道辖19个行政村，辖7个社区。全街道总人口104000人，其中，城镇人口53622人，农业人口13345人，流动人口37033人。耕地面积92公顷，山林面积5046公顷。全年完成工业总产值13.14亿元，同比增长10.7%。

紫金街道行政村基本情况

表28

乡村名称	一、农村人口与从业人员			
	农村户数	农村人口	农村劳动力资源数	农村从业人员
		合计	合计	合计
	户	人	人	人
紫金街道	5154	12690	9878	3496
大众村	216	419	368	—
海潮村	430	1053	835	—
新建村	139	330	288	—
厦河村	296	817	1149	—
城东村	188	408	285	—
古城村	242	462	298	—
水东村	577	1326	956	596
芦埠村	293	1053	920	287
塔下村	120	250	225	125
黄泥墩村	126	275	191	—
河村村	142	344	231	201
祝庄村	209	681	523	310
开潭村	340	614	436	198
瀑泉村	257	743	515	251
风化村	340	844	560	357
湾岙村	227	469	291	447
杨坑村	350	1005	712	444
金东村	206	538	365	—
水岭根村	456	1059	730	280

【创建全国文明城市】 2016年，紫金街道累计出动18650人次推进区域六乱集中整治，清理各类垃圾4243吨，拆除各类乱搭建225处，整治乱堆放12300处，整治毁绿种菜2660处，清理牛皮癣和乱张贴21200处；在各社区、城中村的背街小巷主要出入口墙面上新增设2100块公益宣传牌；已排摸基础设施维护修缮点位74处，并完成全部修缮工作；全年累计入户发放市民文明手册近30000份，入户调查问卷20000份。

【推进重点工程项目】 2016年，紫金街道重点项目有8个(其中遗留项目4个，新增项目4个)，涉及征收土地308亩，征收房屋3.79万平方米。在好溪东路南段道路及污水管网工程征收项目中，仅用时12天就完成了全部63户签约，签约率100%，征地面积130.5亩，拆迁面积15000平方米。全年完成重点项目7个。

【三改一拆】 2016年，按照区委、区政府统一行动安排，深入推进"无违建"创建工作，强化部署、明确目标、落实责任，采取多项举措，有计划、有方案、保进度地推进无违创建。结合"五水共治""六边三化三美"重点解决存量违法建筑，拆除违法建筑面积建筑面积179511.03平方米，违法建筑处置30户，1302.84平方米。蓝色屋面专项整治完成45个点位，整治面积64925平方米，信访交办关于违法建筑举报59件，已完成回复59件，完成率100%。

白云街道

【概　况】 2016年，白云街道辖有6个社区、4个村委会，总人口49779人，其中村常住人口12352人，社区常住人口37427人；户籍人口31086人，其中农业户籍6436人，社区户籍24650人。耕地面积12.3公顷。全年实现工业产值1.32亿元，工业增加值1980万元，来料加工1770万元。实现农业总产值5232万元，农民人均可支配收入由2015年的23517元提升至26103元，实现了两位数的增长。全年招商引资4.5亿元，完成年度任务的200%。实现税收157万元。完成电子商务企业摸底63家，电子商务企业销售额达1.38亿元。新增农民失地保险500人，新增养老保险参保人数11人，任务完成率为92%；医疗保险共参保7742人，指标完成率101%；农村政策性住房保险1456户，参保率100%。新增人数低保38人，发放民政资金(含低保金、孤困境儿童、五保三无人员、定期优抚、自然灾害等)162万余元，骨灰跟踪管理23例，发放宣传公告300张。办理困难残疾人生活补贴168人112148元，重度残疾人护理补贴194人117398元，完成对街道256位工作年龄内的残疾人就业调查工作。切实加大计生监管服务力度，计划生育率98.35%，育龄妇女"三查"率98.89%，当年社会抚养费征收率34.29%。

【市委书记点赞重点项目征迁攻坚组】 丽阳溪水系综合整治工程是2016年市区重点项目政策处理大会战的重点难点项目，需整治河道8930米，绿化两岸16万平方米，涉及拆迁量11000平方米。街道将该项目一期征迁视为重点项目政策处理大会战的第一场硬仗，组成有街道干部、市管后备干部、村双委干部、拆迁公司等层面人员，参与的征迁攻坚小组，责任及期限明确落实到人，形成人人争做攻坚工作排头兵的攻坚氛围，大家发扬"5+2""白+黑""四皮"精神，白天走访，夜晚约谈，子夜签约。经过共同努力，6月7日，攻坚组率先完成丽阳溪水系一期共15户签约任务。6月14日，《丽水日报》作专题报道，得到市委书记史济锡高度重视做出："向白云攻坚组致敬!"的批示。

【拍摄微电影《丽水，我的乡愁》】 2016年，在重点工程征迁工作进行中发生了许多动人故事，白云街道根据这些事迹创作，微电影《丽水，我的乡愁》，并成功动员了项目征迁户邓月龙全家本色出演。这部微电影以征迁视角，反映本街道征迁工作的正能量。从7月2日开始拍摄，7月15日结束，7月28日晚在"浙江新闻"客户端全省头条首发，当晚即获4万余点击，网络视频网站点击量达200万次。

【丰富治水文化】 2016年，全年组织4次大规模的河道清理，组建保洁、护鱼、巡查等多支党员志愿服务队伍，开展以治水护鱼为主题的集中活动10次，参与人数1500人次。丽阳溪水系（白云段）水质标准已达三类。在巩固治水成果的同时，街道注重丰富治水文化。灯塔新村丽阳坑旁“尚水书屋”4月正式开放，这是丽水市区首家城市书屋，由居民自愿无偿提供场所、街道出资装修、区图书馆提供2000册图书建成，并由志愿者进行维护管理。投资132万的“水”文化公园于9月初完成验收。

【三改一拆】 2016年，完成灯塔、城西、丽光、城北4个城中村改造。本着“防违控新、递减存量”和“和谐拆违”的理念和法治思维，以每月19日综合整治大会战活动为契机，全年累计完成拆违面积78085.2平方米，完成率141.97%；完成蓝色屋面专项整治各级交办点位47个，完成率84.68%。配合市区相关部门对城西村钢构球形大棚、白云海鲜城等违章建筑进行拆除，组织对教工路沿线、接官亭二区、灯塔三村、城北新村等多处违法建筑和铁皮棚拆除和治理，清除多年“顽疾”。

【六边三化三美】 2016年，重点围绕四个城中村的整治工作，加大对50省道、环城北路、教工路等重点路段的整治力度。高度重视并发挥村级干部的作用，带领村民延伸整治范围延长保洁时间，形成辖区整治全覆盖。全年开展全民保洁日45次，发动人员2031人次，累计完成六边快曝51组，225个点位，清理垃圾160.2吨，整治乱堆放、广告、牛皮癣1639处，其中城北村荣获城中村洁净红旗第一村。

【全国文明城市创建工作】 2016年，开展“微笑邻里”“我们的节日”、趣味运动会等文体活动。国庆期间，街道联合丽水职业技术学院开展了“我们创文明 我们享生活”创建全国文明城市国庆系列活动，举办音乐会、亲子互动、“欢乐颂 创文明”文艺会演等专场活动，延伸文明创建的影响力，受到市民高度认可。完成文明楼道99条、文化长廊7条和文明小巷3条，创建展板、文明提示牌、楼层贴等在辖区内随处可见。从7月底持续开展“六乱”整治，前后共出动人员1万多人次，清理乱堆放7540处，清运垃圾3000余吨，处置完成僵尸车240辆，完成村（居）停车位画线938个。在创建擂台赛中，北郭桥社区、白云社区、城西村先后获得月考核周考核红旗。白云社区开展的垃圾分类工作受到省领导充分肯定。

【平安建设】 2016年，共受理初信初访件5件，比上年下降40%。完善“大调解”体系，落实“一岗双责”“领导包案”等制度，全年调处矛盾纠纷619件，成功率100%。组织开展安全生产、消防安全、食品安全大检查18次，共有117人次参加检查，共检查企业460家，共发放整改通知书55份，当场35个，限期整改的20家。对辖区内的灯塔、培禾和欣星等三家存在消防隐患且未整改到位的幼儿园，进行责任关停。开展暑期非法宗教活动场所的专项清查行动，取缔2处封建迷信场所。举办法治讲座13场次、法治宣传活动15场次，宣传标语236条，刊出墙报43期，发放资料8761份。

【劝退（除名）不符合党员条件的6名党员】 2016年，街道党工委坚决贯彻党要管党，从严治党的方针，结合“两学一做”学习教育在辖区内组织各村（居）党员开展轮训会和“好人好故事”报告会，组织四个城中村党员赴岱后参观学习接受党性洗礼。街道49个党组织先后开展“两学一做”部署会12场次，参加党员人数1031，参与率97.2%。抓好软弱落后党支部整顿转化，对6名长期不参加组织生活，不符合党员条件，党员给予劝退（除名）处置。严把党员入口关，全年新发展党员8名，转正党员15名，培养入党积极分子9名。

白云街道办事处村情

表29

村名	面积（平方千米）	户数（户）	人口（人）
合 计	14.52	2666	6436
丽光村	0.02	571	1220
城北村	0.9	508	1289
城西村	9.7	525	1293
灯塔村	3.9	1062	2634

白云街道办事处社情

表30

名称（个）	人口（人）	党（总）支部书记 居委会主任
白云社区	4154	卢君红 黄激芬
北郭桥社区	6456	黄士祥 黄俊燕
后庆社区	3770	吴杨琳 翁丽霞
灯塔社区	3087	赵丽霞 刘慧芬
三岩寺社区	3729	陈朝霞 陈苏芳
接官亭社区	3454	管伟红 杨初春

（黄俏超）

万象街道

【概 况】 2016年，万象街道辖有7个社区4个城中村，总户籍人口5.4万。完成工业产值6337万元，完成年度任务数的112%。在建及洽谈项目丽水国宾体检中心项目已完成投资近4000万元；处州府城项目完成投资2000万元；东方宾馆扩建项目已完成投资2000余万元；打造户外婚纱摄影基地的蝴蝶谷项目总投资约2000万元；华侨城·圆梦园、欧陆风情园二期等2个项目正在洽谈中。全年完成市中心医院停车场、江滨城市综合体、桐岭路等3个项目的政策处理任务，征收集体土地357亩，拆迁房屋143户4万余平方米，水南公寓、瓯江大溪治理等2个项目也正在商讨相关政策和进入依法裁决阶段。完成省级点位蓝色屋面整治4个，市级交办点位9个、区级交办点位70个、六边快曝点位205个。拆除各类违建9.05万平方米；11个社区（村）均已完成无违建申报工作，其中丽华村和厦河门社区通过了区级验收。接到数字城管案件案卷4392件，总结案率为100%。及时结案数为4387件，及时结案率达99.89%。全年城乡居民基本医疗保险缴费人数为8197人，完成率达101%，新增养老参保人员51人。全年计生率98.81%。全年享受奖扶、特扶对象补助资金25000元；发放关爱计划生育特殊家庭系列保险，共惠及41人，慰问计生特殊家庭26户。完成年度征兵任务，共为部队输送13名优秀青年，其中大学生8人，占总数的61%，组织基层民兵26人参加“9·28”遂昌县苏村山体滑坡的救援行动，组织200多名民兵参加护航G20峰会活动和文明创建活动。全年新增低保对象57人，续保55人。调查完成政府购买居家养老服务136人，新增3个行政村的居家养老中心建设。全年为61名残疾人新办残疾证，共有326名残疾人享受护理补贴，228名残疾人享受政府发放的生活补贴，257名重度残疾人纳入最低生活保障。

【老小区安全工程】 2016年共投入2301万元，完成区政府东侧及城北小学区块的老小区改造。组织有关部门、检测机构对太保庙弄5幢楼房进行重新鉴定危房等级，街道对辖区内160幢危旧房加强日常管理，采取定期和不定期相结合的巡查方式，实时掌握危旧房情况，同时适时、稳步、分批推进符合条件的危旧房进行改造。免费为老小区安装防盗门。根据上级统一安排，左渠门和丽阳门作为安装防盗门的试点社区，完成190幢的防盗门安装。

【创建全国文明城市】 2016年，万象街道始终将创建工作作为首要工作来抓，主要领导亲自抓，并且在制度、人力、财力安排上予以充分保障。完成16条背街小巷改造，打造4条文化长廊和90个文明楼道。完成1条防震减灾科普知识长廊以及3条思想文化长廊、10条文明特色小巷建设工作。街道下辖11个社区（村）已累计开展各类宣传活动500余次，发放文明创建邀请函和调查问卷6万余份；组织人员1852人次，清理乱堆放783处，清运垃圾233吨，整治乱搭乱建128处，整治乱张贴、乱拉乱挂1569处。举办万象街道第四届全民体育节、老年运动会暨清莲文化进社区活动，开展志愿者服务、关心未成年教育、“我们的节日”系列传统节日活动，助推全国文明城市创建，营造浓厚创建氛围。街道文明创建工作在全区同类单位中排名第一。

【水南花海建成】 南明湖南岸籽播花卉工程位于南明湖南岸的水南村地块，与应星楼、滨水公园等防洪堤景观带隔水相望。该地块面积9.7万平方米。2016年8月初开工播下波斯菊、硫华菊、向日葵和百日草四种花卉籽，10月国庆期间向市民游客免费开放，成为南明湖沿岸一处新景观。

万象街道办事处村情

表31

村名	面积（平方千米）	户数（户）	人口（人）
合 计	15.98	2392	5524
丽华村	2.11	1220	2661
城南村	4.0	505	1350
水南村	3.62	302	723
丽南村	6.25	365	790

万象街道办事处社情

表32

名称（个）	人口（人）	党（总）支部书记	居委会主任
凤凰社区	6107	陈清其	朱竹娅
大水门社区	6364	程巧俐	陈 霞
左渠门社区	6300	应松贤	朱春芽
丽阳门社区	8589	邵敬屏	南丽丽
梅山社区	7025	林 彤	金淑芳
厦河门社区	6651	周丽珍	刘巧玲
府前社区	7876	吴淑芬	蓝 儿

联城街道

【概 况】 2016年，联城街道辖21个行政村，总人口17553人，拥有耕地7600公顷，山林7866.67公顷。承接17个市区重点工程政策处理项目，涉及11个村，征地面积超过100公顷，其中有多达9个项目涉及路网、污水管网等民生工程，需拆迁房屋106户，35524平方米。按照区委区政府要求的时间节点、进度、标准已经完成，取得全区前三名的好成绩。全年街道举办重阳敬老礼仪活动和春晚等大型活动12场。是年，林宅口村文化礼堂建成，武村村老年协会被评为省级老年人活动示范点。全年出生241人，计划安排239人，计划生育率99.17%，三查率96.31%，征收社会抚养费164627元。10名新兵应征入伍，青年中，大学生占70%。

联城街道各行政村基本情况

表33

村名	耕地面积	户数	人口
合 计	12101	7821	17793
张村街	599	435	965
下 林	840	479	1049
坛 峡	906	394	884
莲 景	1033	453	938
苏 港	1158	320	1100
竹 道	636	214	460
青 岗	588	510	1015
花 街	68	268	568
金 周	291	415	1083
路 湾	421	410	829
敏 河	145	243	478
武 村	516	453	947
白 前	191	302	603
常 宅	105	137	274
林宅口	364	307	696
凤 鸣	502	560	1438
官 桥	507	303	602
坑 口	308	305	645
苏 埠	1047	670	1278
港 口	367	252	624
瑶 畈	1509	391	1317

【六边三化三美】 2016年，联城街道共完成市、区交办点位351组，解决交办问题494个；获得六边快赞9次；完成六边快曝164组，831个点位，完成率100%；整治乱堆放1456处、清理违法广告、牛皮癣256处，清运各类生活垃圾1694.6吨，建设垃圾10000多吨。启动莲都区“六边三化三美”官桥村美丽村庄景观改造工程、联城街道路湾村美丽乡村风景线节点改造工程、联城街道瑶畈汝河村六门城北门建设项目、莲都区联城街道九坑村村庄节点改造项目等村庄美化项目。启动官桥、下林九坑、瑶畈黄村“花样农家”建设。完成2015年实施的港口、凤鸣、敏河、林宅口四个村村边美化项目的验收审计工作。

【美丽乡村建设】 2016年，联城街道共清理河道19千米、清理各类垃圾100多吨、清淤100多方，河道清理覆盖率100%；组织人员对辖区内的畜禽养殖场进行排摸。25家污染环境的养殖场已全部拆除，面积达15000平方米。通过对污水的集中收集处理，生活污水净化处理率达到100%，22个农村生活污水集污纳管项目，完成初验项目18个，完成终验项目17个。全年共拆除违建点位161个，共计225577.95平方米。

【社会保障事业】 2016年，联城街道城乡居民基本医疗保险参保人数达12121人，发放社会保障卡2500余张，基本实现应保尽保。办理低保150人，走访慰问480户贫困家庭，发放慰问补助金15万元，临时救助金72000元。开展双拥慰问，全年慰问复退军人52人次，慰问金2万元，发放救灾救济款11万余元。

【信访、维稳工作】 2016年,共接待群众328人次,处理各类信访件44起(其中进行书面答复16起,重复件不予受理3起,答复网上投诉1起,来电件答复24起),办理省长信箱信访件1起,化解积案1件,共排查和调处各类矛盾纠纷66件,调解成功率100%。连续9年未发生赴省进京上访事件。

(练杨蓉)

南明山街道

【概 况】 2016年,南明山街道辖35个行政村,农村户籍人口3.33万人,外来人口8.17万余人。开发区实现生产总值(GDP)59.75亿元,增长3.4%;9.32亿元,同比增长3.5%,其中一般公共预算收入5.98亿元,同比增长11.1%,一般公共预算支出2.8亿元,同比下降1.9%。村级集体经济总收入735.1万元,增长8%;农民人均收入13966元,增长15%。以"双十工程"和区街村三级联动办百件实事为工作载体,推进民生各项事业全面发展,全年完成年度村级实事164件。综合运用微信公众号、短信平台等各类媒介,发布墙体广告约3万平方米,发送创建短信50万多条。新增林权抵押贷款2643万元,完成超任务数的377.6%。投入经费140万元,完成枯死木清理工作,清理枯死松木302万斤,防治面积4200公顷。完成中堂村、叶村山体彩化13.33公顷。全年上报出生490人,计划生育率为97.96%,人口自然增长率为10.75‰,比上年同期增长7.06。全区流入、流出已婚育龄妇女登记管理率达90%以上。落实四项手术50例,办理发放生殖健康服务证及再生育证共495件;发放计划生育奖扶金、特扶金共计14.6万元;免费赠送计划生育妇幼幸福意外伤害保险412份;为辖区近4000名户籍已婚育龄妇女提供了免费生殖健康检查,免费发放了价值12万元的妇科用药,赠送奶粉40余万元,受惠家庭达1300多户;慰问计生困难户84户,发放生育关怀基金5.9万元;开展各项服务、培训15次。全年全区人口计生工作经费投入240多万元。便民服务中心全年办理1万余件,实现零投诉,生育登记卡、婚育情况证明、城乡居民养老保险查询办理等11项公共服务事项率先在全市实现了网上审批办理,被评为市级"巾帼文明岗"。

南明山街道各行政村基本情况

表34

村名	户数(户)	人口(人)
水阁村	737	1544
张村村	728	1592
叶岙村	299	677
旭光村	1198	2537
白岩村	564	1138
垟店村	609	1323
吴垵村	599	1231
桐岭村	382	822
余庄前村	544	1134
七百秧村	464	1018
龙石村	205	441
岑山村	190	411
丽沙村	480	1023
上沙溪村	202	378
大源村	353	712
下章村	143	283
松坑圩村	238	442
丽周村	155	287
山根村	221	447
陈店村	350	712
里坑村	372	801
章巷村	206	412
潘田村	183	407
金山村	104	260
大门楼村	143	317
小木溪村	249	554
中堂村	434	866
叶村村	600	1286
大坑口村	744	1588
张垵村	720	1530
下仓村	530	1151
陶庄村	531	1141
富岭村	910	1928
前垟村	608	1365
下张村	270	528
合计	16975	32286

【美丽城乡建设】 2016年,南明山街道启动1条精品线(富岭迎宾大道)、1个民族特色村(山根村)、2个新农村(丽周村、大源村)的培育建设。完成了前垟、中堂、垟店、大坑口4个村花样村庄建设。安排六三三项目16个,投入资金1000余万元。完成富岭迎宾大道沿线农业景观带建设和6个村花样村庄建设提升;改造高速沿线房屋外立面6.55万平方米;街道投资400余万元完成了富岭迎宾大道两侧山体彩化。新增荷花460亩将迎宾大

道沿线7个村的1000亩荷花连线成片，形成“十里荷花长廊”景观区，分批次、分种类种植前垟花海面积165亩，安排专项资金2万元用于农业面源污染治理，清除田间垃圾9.3吨。

【五水共治】 2016年，南明山街道以助力全市夺取“大禹鼎”为目标，推进“五水共治”攻坚战。开展生活污水治理、截污纳管工程、畜禽养殖整治和“清三河”防反弹等专项行动，完成了17个村生活污水治理项目、水阁渠沿线4个城中村截污纳管工程，关停养殖场54家、腾空15家，水质明显改善。组织党员干部群众定期开展水阁溪清淤，严格考核体系，完善区内河道保洁。完成大源，下章，山根等11个村的农村饮用水项目；小山塘除险加固12个。是年，南明山街道被评为全省“五水共治”先进集体。

【三改一拆】 2016年，南明山街道拆除违法建筑完成7.32万平方米，完成任务104.62 %；城中村改造11.05万平方米，完成任务110.50%；旧厂区改造28.99万平方米，完成任务144.95%；完成蓝色屋面全部省级点位15处37895平方米、市级点位39处3740平方米、其他点位32处33240平方米的拆除整改工作；完成全市第十二批“十先拆”典型案件拆除工作。

【征收安置】 2016年，南明山街道完成丽沙、岑山、龙石、桐岭路、维康二期等项目房屋征收240户，其中需安置225户，面积5.2万平方米，支付补偿款5344.11万元（未包含临时安置补助费）；累计完成房屋征收4834户，征收面积121.74万平方米，其中需安置4763户。迁建安置完成了292户540间安置房的建设工作，启动建房974间，停发临时安置补助费1000万元，安置工作进展顺利。

【平安建设】 2016年，南明山街道通过省、市级平安综治考核，市级考核实现零扣分。峰会期间，街、村全体实时参与巡防的力量近360人，巡防期间共化解20余起安全隐患，确保G20峰会期间巡防无盲区、不断档。落实信访维稳责任，化解10余起信访事件，确保辖区内未出现非访等行为。全年共接来信、来访案件217件，办结208件，办结率达95.8%；成功化解了省挂牌信访积案8件，市挂牌信访积案2件等一批沉积案、骨头案、钉子案。处置群体访92起，受理拖欠农民工工资案件158起，涉及人数868人，涉及金额2465.55万元，已全部办结。完成了开发区国家“六五”普法验收，创建了法治宣传教育示范点3个，开展各类法治宣传活动50余场，提供法律咨询300余次。

【社会保障】 2016年，村级综合性照料中心共计27家，其中新建3家。享受居家养老服务补贴131人，其中，享受机构养老补贴32人。爱孝家园和南城综合福利院入住老人172人。享受残疾人两项补贴609人，131.5万元。其中，生活补贴256人，88.8万元；护理补贴353人，42.7万元。建成旭光村和大坑村2个老年人综合服务中心示范点，积极参与全省老年友好城市建设和“文明号”创建工作，南明山街道办事处荣获丽水市“十二五”时期残疾人工作先进集体。全年救助困难群众837人，救助金额370.7万元。其中，临时救助288人，救助金额35.1万元；医疗救助549人，救助金额335.6万元；完成冬令春荒救灾360人，共计金额15万元；年终老龄、优抚、民政、开发区慰问共111人，慰问金额10.3万元；市慈善总会慰问村困难群众、企业困难职工80人，共计金额8万元。

【新农村建设】 2016年，南明山街道完成总投资2200余万元，涉及农业农村、633、水利和移民项目等51个项目，并基本完成项目验收工作。完成大源、山根村的外立面改造工程、大门楼马岙枇杷山机耕路、大源新村二期室外配套工程、丽周下山脱贫小区场地平整、山根村新农村建设路面硬化和小区绿化以及松坑圩老年照料中心等项目建设工作。加快推进三产留地指标建设村集体综合楼项目，张村、吴垵、水阁、白岩村集体招待所项目建设基本完成，垟店职工集体宿舍、龙石村、岑山村综合楼等村集体项目正在建设中。

碧湖镇

【概 况】 2016年,碧湖镇辖43个行政村、3个居民组、611个村民小组。全镇总户数29474户,其中,农业户27487户;总人口61778人,其中,农业人口58801人。人口自然增长率1.6‰。林业用地面积212388亩(其中有林地171444亩),耕地面积约3666.67公顷。

全年实现农业总产值8.3亿元,同比增长8%;实现工业总产值46.7亿元,(镇属企业13.7亿元,工业园区33亿元),同比增长6.9%。其中,规上工业产值29.4亿元,规下工业产值17.3亿元;全镇旅游收入8.7亿元,增长30%;全镇农家乐接待游客数55万人次,营业额收入1858万元。全年完成实际利用内资1.1亿元。实现公共财政预算税收收入约2511万元。全镇农村集体经济总收入840万元,同比增长7.8%;农民人均收入1.93元,同比增长12%。工农商旅产业协调均衡发展,生态经济发展指标占据显著比例,绿色发展、科学发展成为发展主动力。

全年共有重点项目12个。其中,实施类项目4个,前期类项目5个,企业类项目3个。完成政府投资项目6889万元,完成率110%。碧湖镇第一水厂、碧湖镇城区给排水管网改造(二期)、振兴街拍卖地块配套工程、污水处理厂提标改造等项目顺利推进。启动碧湖镇城区给排水管网改造(三期)、环北路延伸路段道路工程、人民路延伸段道路工程前期工作。

完成区里下达的粮食播种面积和粮食总产目标,在魏村建设浙江省唯一一个国家级水稻品种区域试验试点。新培育省级示范家庭农场2个,市级示范专业合作社和家庭农场3个,创建养生农业基地5个,养生农业村1个。丽水碧湖绿源长豇豆专业合作社、丽水郎奇农家乐农产品专业合作社、镇农业农村综合服务中心参与完成的莲都区蔬菜产业提质增效集成技术与示范推广项目获丽水市科学技术进步奖二等奖。建设火龙果、百香果、处州白莲、白枇杷、花卉、铁皮石斛、中草药等农业基地近53.33公顷。新建立无公害杨梅基地66.67公顷,茶园53.33公顷。

成功举办南山杨梅节、十里花海等节庆活动,扩大休闲观光农业影响力。堰头村畲坑养心谷开业运营,一期开发全村21栋新房子,73间客房,108个床位,二期投资工作全面推进。松坑口上县头民宿建设完成装修房间数93间,床位数134个。下南山“欢庭下南山原生态度假村”项目2016年10月27日正式开工,第一期将于2017年6月试营业,预计一年半内完成项目整体投资并正式营业。

小学、初中适龄儿童少年入学率、巩固率均达100%。成功举办碧湖镇内汤街第三届邻里艺术节、碧湖镇庆三八“舞动人生、魅力西乡”排舞大赛、碧湖镇堰头村第三届春龙节、“游千年古堰、宿畲坑民宿”畲坑民宿开业庆典文艺晚会、“清洁六月、美化家园”碧湖镇中小学生演讲比赛、第四届瓯江涌春新莲都人文艺晚会等大中型文化活动6场。组织碧湖镇排舞队代表莲都区参加浙江省排舞大赛,原创排舞《相约千年古堰》获新创组银奖。

全年共发放困难补助、医疗救助等各类民生保障资金905.9万元,新增城乡居民社会养老保险参保人员118人,全镇参保群众达35411人。建成了村级居家养老服务照料中心17个,完成残疾人“无障碍进家庭”设施改造10户。图书馆、农家书屋新增配送图书4400余册,新建乡村健身器材98件。

是年,碧湖镇被评为莲都区2016年度工作责任制考评综合优胜单位,并获得2016年创建全国文明城市集体嘉奖。

碧湖镇各行政村基本情况

表35

村名	面积(平方千米)	户数(户)	人口(人)	农村集体经济总收入(万元)	农村集体经济总费用(万元)	农村集体经济净收入(万元)
合计	214.26	25276	63177	840.9868	1480.1716	-639.1848
高溪	5.43	834	1867	16.2025	28.7685	-12.5660

续表35

村名	面积（平方千米）	户数（户）	人口（人）	农村集体经济总收入（万元）	农村集体经济总费用（万元）	农村集体经济净收入（万元）
竹溪	5.92	743	1597	31.6023	28.7476	2.8547
南坑	20.59	663	1395	4.7097	11.9455	−7.2358
龙岩	20.77	506	1026	5.1597	12.7184	−7.5587
大吴山	21.75	508	1097	10.7657	18.8029	−8.0372
缸窑	6.17	1012	2193	22.1074	32.8595	−10.7521
红南	3.54	543	1185	69.7750	49.6437	20.1313
联济	6.06	425	870	4.0300	11.5000	−7.4700
中岙	8.49	479	1004	4.1122	23.9600	−19.8478
南山	6.48	625	1429	61.3600	73.0150	−11.6550
中溪	13.45	763	1704	9.1500	19.7700	−10.6200
松坑口	11.84	772	1538	21.1500	16.3327	4.8173
魏村	3.30	765	1645	16.1000	28.9378	−12.8378
概头	1.55	643	1348	10.3000	19.6718	−9.3718
保定	4.81	813	1705	10.0475	27.9767	−17.9292
岩头	2.87	309	714	5.1630	18.5055	−13.3425
三峰	1.57	643	1381	13.5621	42.7091	−29.1470
周巷	5.68	943	2042	14.9143	38.7688	−23.8545
堰头	15.29	836	1849	13.7000	32.4533	−18.7533
大陈	1.10	408	892	10.1000	15.8000	−5.7000
红圩	1.35	640	1283	42.2600	128.9000	−86.6400
里河	1.43	506	1020	10.3599	84.0000	−73.6401
上阁	1.56	476	1102	10.6000	28.1204	−17.5204
九龙	4.31	1247	2619	69.5000	80.8000	−11.3000
章塘	2.03	798	1765	14.2200	15.7504	−1.5304
下叶	2.24	549	1241	10.3600	47.4000	−37.0400
同心	2.15	646	1380	10.9600	44.1000	−33.1400
郎奇	8.84	886	1905	39.2600	35.0000	4.2600
蒲塘	2.33	811	1889	7.7600	12.0000	−4.2400
白桥	4.46	610	1411	12.6000	64.7000	−52.1000
下赵	0.85	346	789	10.4600	36.9400	−26.4800
泉庄	0.78	318	744	10.6200	38.4688	−27.8488
石牛	2.23	918	2093	89.9951	96.1237	−6.1286
白口	3.82	886	1884	10.1040	29.8400	−19.7360
河口	1.96	432	906	12.9464	14.4374	−1.4910
上街	0.86	585	1044	18.2535	18.4993	−.2458
古井	0.64	533	1088	17.7676	21.0269	−3.2593
行口	1.24	550	1070	10.5500	10.5642	−.0142
下街	0.55	403	756	24.4900	31.8115	−7.3215
碧一	0.83	779	1436	21.3905	19.2345	2.1560
上赵	1.40	499	1049	10.9784	27.8677	−16.8893
河东	0.77	335	711	11.4300	20.3800	−8.9500
沙岸	1.00	501	1135	10.1100	21.3200	−11.2100

【六边三化三美】 2016年，碧湖镇完成点位整改707个，占全区完成点位四分之一。完成外立面改造70幢，面积2万平方米。箬溪口、里河村、下圳村等6处美丽村庄节点景观改造项目全面开工。全民保洁日、洁净村居工作在全区综合考评中8次获得A类单位，获得18面“流动红旗”，其中南山村和松坑口村连续8周被评为“红旗”村。

【五水共治】 2016年，碧湖镇完成辖区内所有河道的垃圾清理任务，累计完成通济堰清淤137.2千米，拆除养殖场175家，拆除面积达92126.7平方米，累计清淤池塘34口，清运淤泥6.87万方。启动农村生活污水治理工程五批次60个村（完工49个，通过终验35个），镇区截污纳管、水厂扩容、农村饮用水建设等治水工作有序推进。

【三改一拆】 2016年，碧湖镇累计拆除违法建筑约107.4万平方米。于7月率先完成年度“三改一拆”目标任务，累计处罚1459户，占全区50%。处罚金额1582.6万元，占全区42.8%。处罚面积50.2万平方米，占全区75.9%，三项指标排名均为全区第一。

【创建全国文明城市和小城镇环境综合整治】 2016年，碧湖镇成立创建工作领导小组，全年共出动3180人次，清除小广告等牛皮癣610处，规范乱停车287次，整改乱拉乱挂71处，清运垃圾180多吨。其中，开展大规模专项整治行动五次，对街道商贩占道经营、乱摆乱放、线乱拉现象进行整治，并向小摊小贩、店家发放文明倡议书2000余份，整治占道经营户260余家。

【农村产权制度改革】 2016年，碧湖镇完成图纸审核34个村，610个村民小组（其中完成图纸审核405个），完成率80%。土地承包经营权流转面积累计1500亩，完成110%。发放林权抵押贷款总额1.812亿元。在魏村建设浙江省唯一一个国家级水稻品种区域试验试点。

【提升便民中心服务水平】 2016年，碧湖镇建立健全首问责任制、一次性告知制、限时办结制、责任追究制等系列保障制度，提升便民中心服务水平。碧湖镇便民中心增设计生服务到企、现场法律咨询、档案管理、行政执法等服务窗口，方便群众办事。行政审批中心每月平均办理3000件以上。其中，户籍管理窗口日均70多件，社保窗口日均办理40多件。

（徐颖萍）

大港头镇

【概　况】 2016年，大港头镇辖10个行政村、1个居委会、140个村民小组。全镇总户数5499户，总人口12087人。人口自然增长率2.4‰。山林面积7118.6公顷；耕地面积540.2公顷。

全年实现财政收入2601万元，年均增长23.8%，固定资产投资10.66亿元，同比增长72.8%，农业总产值2.26亿元，同比增长10.3%。

大港头镇各行政村基本情况

表36

村名	组数	户数（户）	人口（人）	耕地面积（公顷）	有林地（公顷）	茶叶面积（公顷）	村级集体经济收入（万元）
合计	140	5499	12087	540.2	7118.6	1339.1	65.7
大港头村	18	856	1698	34.5	743.7	46	12.5
河边村	13	618	1299	8.6	425	3	1.5
石侯村	6	277	632	17.2	284	6.6	9
利山村	13	420	835	49	637.8	48.1	7
西黄村	8	278	774	53.3	480	10	2.1
小井村	6	300	656	46.7	570.6	17.5	1.8
西坑口村	14	499	1038	90.5	626.7	84	1.9
小山村	12	408	1023	78.4	851	90.6	3

续表36

村 名	组数	户数(户)	人口(人)	耕地面积(公顷)	有林地(公顷)	茶叶面积(公顷)	村级集体经济收入(万元)
均溪村	16	605	1419	55	251.8	187.3	11.9
北埠村	34	1238	2713	107	2248	846	15

古堰画乡景区共接待游客159.7万人次(2015年121.1万人次),同比增长31.8%,门票收入1802.5万元(2015年923万元)万元,同比增长95.3%。全年有低保户560人,共发放低保金147万,同时为低保户、重度残疾人员投保农村小额意外保险。全年发放医疗救助金60余万元,140名群众得到医疗救助;发放临时救济款14.8万元,148名群众得到临时救助。全年为171户残疾人办理困难残疾人生活补贴,为141户残疾人办理护理补贴,97名重度残疾人享受了每月680元的最低生活保障金。是年,古堰画乡小镇先后被评为全省首批特色小镇、全省首批服务业特色小镇创新试点镇、中国第一批特色小镇。获最美乡愁艺术小镇奖,被省文化厅确定为"首批浙江省特色小镇文化建设示范点"。成功举办"古堰新韵"小镇音乐节、首届中国写生大会和第八届中国社会生态农业大会。

【项目征迁】 2016年,完成古堰画乡文化产业园区、古堰画乡游客接待中心、大港头自来水厂、大花蕙兰基地、大港头学校、森工站出让地块、大溪防洪堤等项目的清偿交地,黄头庄工程开工。市区重点建设项目政策处理攻坚大会战中,征用土地面积56.07公顷,腾空拆除房屋1.55万平方米。

【六边三化三美】 2016年,完成省级交办点位4个,市级交办点位34个,区级交办点位395个,完成率100%。自全区"全民保洁日""六边大会战日"等活动开展以来,利山村、栋村、小山村、连河村、石侯村、北埠村、河边金村、西坑口村、西黄村先后获得"洁净村居周检查红旗村"称号。完成大港头村、利山村、均溪村、石侯村及北埠村五个村的村边美化项目的审计,利山栋村、河边村景观绿化工程、北埠茶文化广场项目及均溪村样板房工程完成验收,北埠村区块精品村节点改造项目已完成80%。

【三改一拆】 2016年拆除违法建筑11.46万平方米,处置既有违建457户14万平方米,"蓝色屋面"区级点位完成15处10000平方米。在决战年终专项行动中获得全区第一。

【五水共治】 2016年,全面清理不当施肥和施用农药现象,提高农作物秸秆综合利用率。大港头至碧湖污水处理厂污水主管工程主管网一期正在施工,二期正在审批初步设计。2014年、2015年,农村生活污水治理项目已有12个村通过终验,终验率100%。2016年新增上井和上庄自然村项目完成,新增受益农户92户。落实河长巡查、督查指导等机制,确保镇、村两级河长"管、治、保"职责履行到位。

(赵金森)

峰源乡

【概　况】 2016年,峰源乡辖8个行政村,42个自然村,107个村民小组。全乡总户数3523户,总人口8479人。山林面积12666.7公顷,耕地面积1346.1公顷,植被覆盖率93%。全乡实现工农业总产值23800万元,比上年增长7.9%。其中实现工业总产值6929万元,比上年增长6.5%。农业总产值16870.7万元,比上年度增长8.5%。农民纯收入14891.6元,比上年度增长9.2%。

立足生态优势,发展生态农业和乡村旅游产业。开展生态蔬菜走社区、换烟头、送温暖,举办农事节庆、乡村休闲农业体验游、线上营销等活动,挖掘峰源生态农业的故事,撰写宣传文章,多渠道多形式展开峰源生态农业和乡村旅游的营销宣传,助力市场销售,促进农民增收。尤源、小上垟等村发展生态农业,全年收入达120万余元,户均增收较往年增长2~4倍;小上垟、库坑、庞山等村发展民宿,平均每户增收2万元。依托院地合作，推进高山放心菜工程，生态农业效益不断显现。高山蔬菜等种植面积达466.67公顷，产量1.8万余吨，产值0.76亿元；建成高山放心菜核心示范基地5个，创建示范家庭农场3家、生态精品农产品4家；高山茭白、茄子、四季豆通过无公害农产品认证，成功注册“庞山源”“秀地峰”等品牌商标。乡中心校分别通过市教育强乡、省教育强乡的验收，还被评为“爱心营养餐先进集体”“平安校园”“校园安全优秀单位”“校本培训先进集体”“浙江省三级幼儿园”等荣誉称号。完成低保386户502人，共计发放低保金109.7万元。落实医疗救助政策，审核上报困难居民医疗救助14批次，累计发放救助金65.5万元。及时有效开展救灾救济工作，共发放困难群众临时救济5批次，累计发放救助金6.55万元，下发自然灾害生活补助资金17万元。做好残联工作，全乡共有残疾人400人，其中低保户183人，重度残疾人全额享受低保补助金每月680元；重度残疾人托（安）养97人，发放金额27.4万元。

【乡村旅游】 2016年，依托高山小气候及特色旅游资源，着力推动峰源乡村旅游发展。成功举办“不期而遇、匠遇良材”小镇音乐节、峰源养生稻谷开镰节等活动，展示峰源乡特有的自然景观、民俗文化、原生态食材、特色民居等旅游资源优势，提升峰源生态旅游的知名度和美誉度。小上垟、库坑、庞山等村发展民宿床位230余个，接待游客1.5万余人次，带来的收入使民宿经营户平均每户增加收益约2万元以上，“农耕源”民宿开业一个月，营业收入即突破5万元。

【六边三化三美】 2016年，峰源乡组织“六边区域集中拆违大整治专项行动”，拆除郑地、库坑、夏庄、赛源等沿线210多个点位，总计11220余平方米的违章搭建及有碍观瞻的违章建筑。全年拆除违章面积16715平方米，完成年度目标任务的167.15%。推进“五水共治”，严格落实河长制，基本完成农村生活污水治理工程，认真开展畜禽养殖污染源专项排查。

【美丽乡村建设】 2016年，峰源乡推进古村落保护，实施西坑村省级“美丽宜居”示范村建设，西坑村、赛坑村省级历史文化村落保护项目。实施“魅力夏庄·长寿福地”新村建设一期工程，完成一期工程主体结构建设。毛山至郑地公路路面大中修项目、新砀山区小流域生态工程、正岙门水田垦造项目；郑地村、夏庄村小上垟自然村美丽村庄节点改造项目正在实施；完成八丘山塘治理项目；引进电动汽车分时租赁项目。

峰源乡村情

表37

村名	面积（平方千米）	户数（户）	人口（人）
庞山村	16.2	625	1551
夏庄村	19.9	619	1327
赛源村	43.7	442	1066
库坑垟村	25.5	543	1365
郑地村	6.8	261	677
正岙门村	9.3	369	878
毛山村	8.6	240	633
新砀村	21.1	424	982
合计	151.1	3523	8479

（蒋洪勇）

太平乡

【概　况】 2016年，太平乡辖19个行政村、203个村民小组。全乡总户数9959户，其中，农业户9318户；总人口23140人。人口自然增长率5.7‰。山林面积8818公顷；耕地面积666公顷，其中，水田11公顷。全年财政总收入467.17万元，增长12.44%，其中，地方财政收入272.97万元，减少1.4%。村级集体经济总收入200.85万元，增长40.3%；农民人均收入12560元，增长11.0%。新发展白枇杷种植面积20公顷，累计达180公顷，投资30多万元新建白枇杷温控智能大棚，面积达2000多平方米，完成投资200万元的高田至留畈桥、投资360余万元的竹舟至下土夭桥、投资1000万元的吾古防洪堤和投资80万元的横岗康庄公路拓宽等项目，投资2000多万元的巨溪小流域环境综合治理一标段。完成巨溪三岩寺红军洞的修缮工程，成功举办横岗首届桃花节，吸引上万名游客前来观光游玩，提升横岗民宿村的知名度。青年创业者傅程丽开创“佬切婆”微商品牌，通过微信平台销售彰口塘桃子、桃干等2万余公斤，销售额达30余万元。全乡经纪人总数累计达38人，带动2797名妇女从事来料加工，实现加工费2044.44万元，其中发展重点扶贫村农户从事来料加工人数2323人，加工费用达422.26万元。城乡居民社会养老保险新增120人，完成目标任务116人的103.4%；城乡居民社会医疗保险参保15689人，完成目标任务16200人的96.8%。农村住房保险参保7260户，参保率107.07%。农村劳动力转移165人，全面完成年度目标任务。规范临时救助工作，全年共救助困难群众194人次，发放救助金16.7万多元。建成13间日间照料中心，及时慰问全乡90岁以上老人。全乡出生207人，其中计划内196人，计划外11人，计生率94.69%；应查环1468人，已查环1403人，查环率95.57%；共计征收社会抚养费35.89万余元；三优教育、计生政策等知识宣传覆盖面达80%以上；流动人口管理率85%，完成计生考核指标。新建长濑村、横岗村两个文化礼堂，并充分利用已建成的下土夭村、小安村和大畈村文化礼堂载体，开展每月的文化娱乐活动，丰富村民业余生活。组织矛盾纠纷“大排查、大调处、大化解”活动5次，成功调处矛盾纠纷35起。全年累计接收上级转办信访件10件，重复1件，已办理、回复8件，接待来访群众约100人次。是年，太平乡被评为2016年度丽水市“无违建”乡镇，区计生工作一等奖。

太平乡各行政村基本情况

表38

村 名	面积(平方千米)	户数(户)	人口(人)	农村集体经济总收入(万元)	农村集体经济总费用(万元)
合 计	105.34	9959	23140	200.85	228.24
吾 古	5.09	453	1042	12.76	17.30
太 平	14.25	727	1756	15.00	19.56
竹 舟	3.34	313	793	12.76	14.43
下土夭	6.47	992	2440	12.67	15.95
长 濑	3.02	291	681	12.74	10.50
小 安	9.69	791	2035	14.65	19.40
城 头	3.13	508	1199	12.16	12.80
大 畈	3.16	432	975	12.22	12.91
朱 弄	2.95	443	967	12.32	12.15

续表38

村 名	面积(平方千米)	户数(户)	人口(人)	农村集体经济总收入(万元)	农村集体经济总费用(万元)
大 河	5.25	428	929	11.74	16.03
吴 弄	3.20	321	822	10.79	8.90
长 乐	5.77	371	912	3.17	7.14
横 岗	4.21	586	1327	11.72	9.88
戴 彰	2.46	595	1323	3.48	6.77
巨 溪	3.12	698	1474	3.79	8.17
玉 田	3.98	473	1061	3.50	3.88
留 龙	4.59	493	1107	11.85	10.60
富 源	11.5	617	1354	11.09	9.37
富山头	6.03	427	943	12.41	12.50

【六边三化三美】 2016年,太平乡以“党建+特色小乡镇”统领发展方向,确立太平乡发展坐标和定位,打农旅牌,走山水路,坚持绿色先行,着力改善人居环境,打造美丽乡村精品线路,推进我乡从“一处美”迈向“一片美”,从“一时美”迈向“持久美”,增强乡村的吸引力和承载力,着力建设环境整洁有序、公共管理到位、群众生活和美的特色小乡镇。对G25及丽雅公路沿线坟墓进行树木补植,搭建具有太平特色的绿色天然屏障,为“绿色生态银行”储绿,全年来已种树650棵。针对区六边办交办的253个点位进行整改,按时完成,整改率达100%;六边快曝156张,803个点位,已全部按时完成整改,整改率达100%。每周一开展“全民洁净日”活动,组织人员对各行政村的洁净日活动开展情况进行检查,对落实不到位、发动不全面、范围不够广、清理不到位的村和相关驻村干部进行通报批评,好的予以表扬和推广。健全、完善保洁队伍管理制度,实现“定人、定岗、定责、定标、定报酬”,确保农村保洁工作常态化、规范化,实行保洁员绩效工资和竞争上岗制度,把慵懒散的保洁员清退出队伍。邀请区六边办对保洁员进行培训,全乡参与人数共8449人,清理垃圾197.335吨,实现了太平乡丽雅公路段行政村(吾古、太平、竹舟、长濑、小安)红旗满堂红。

【三改一拆】 2016年3月,太平乡启动难度较大的朱君太养猪场的拆除工作。拆除过程中两名暴力抗法人员事后分别被处以刑事和行政拘留,通过后期宣传造势,达到“震慑一方、教育一片”的社会效果。全乡共拆除、处罚违法建筑74141.55平方米,完成率达164.76%,其中按74号文件累计处罚面积30907.47平方米,处罚金额达238.13万元。完成“蓝色屋面”区级点位21处,完成率达100%,完成“无违建村”的创建工作,通过“无违建乡镇”的市级验收。

【垦造水田旱地工程】 2016年,完成竹舟村、下夭村、吾古村、横岗村、大河村、小安村和大畈村7个垦造水田项目,面积达54.33公顷,完成率为135.8%,位居全区各乡镇第一;完成图纸设计并通过评审,计划于2017年实施的垦造水田项目5个,总面积约66.67公顷;完成图纸设计并通过评审,计划于2017年实施的垦造旱地项目2个,总面积约17.93公顷;2016年申请并已立项建设用地复垦项目1个,即太平乡小安村建设用地复垦项目,规划复垦总面积0.28公顷,规划新增水田总面积0.28公顷。

(金双凤)

雅溪镇

【概　况】 2016年,雅溪镇辖19个行政村、200个村民小组。全镇总户数9061户,总人口21673人,人口自然增长率2.3‰。土地总面积为13899.13公顷，其中耕地541.87公顷，园地223.07公顷，林地12667.27公顷，其他29.90公顷。全年共流转耕地面积20.33公顷，实现粮食作物播种面积232.73公顷，同时在金竹村建立和推广粮食高产示范基地，基地面积40.23公顷，实行集中育秧和统防统治管理，全镇全年粮食作物播种面积638公顷，粮食总产量达3405吨。全年共出生260人，其中一孩123人，二孩131人，多孩6人，计划生育率为96.1%，人口出生性别比为100:102，控制在正常值范围，无"两非"案件发生。进行计划生育政策法规和生殖健康知识的宣传教育，强化宣传氛围，发放入户宣传资料5000余份，刷写小标语100条，宣传挂图100套，引导人民群众树立科学、文明的生育观念。

严格执行"一岗双责"责任制，逐步、逐层、逐人落实责任，与10个辖区部门，19个村订立《社会管理综合治理目标管理责任书》，全年共通过信访系统办理信访事件36起，其中16件为里东的信访件，做到每起信访件都按信访程序走。共排查出各类矛盾纠纷32起，调处32起，调处率达100%，无民转刑案件发生。开展法制宣传，全年共挂宣传海报160多张，展板信访维稳集中宣传1次，发放各种宣传资料4000多份、各类宣传品600余份。全年完成镇区污水处理站建设项目，铺设污水管网10.26千米，完成投资852万元。完成拆违量79045平方米，累计处罚53户，面积11325.08平方米。

雅溪镇各行政村基本情况

表39

村名	面积（平方千米）	户数（户）	人口（人）	农村经济总收入（万元）	农民人均纯收入（元）
合 计	156.65	9061	21673	41245	13021
双溪村	11.15	1066	2263	5395	10712
洪渡村	8.04	488	1319	3592	10707
上黄村	3.75	311	797	2251	9699
莲房村	14.03	1010	2185	3907	8784
周村村	2.64	338	801	1674	8759
季岭根村	2.42	230	650	1221	8767
西溪村	9.30	645	1633	3211	9624
雅里村	10.22	747	1603	2794	8991
里东村	12.13	727	1572	2661	8924
上陈村	3.64	245	691	1163	8883
潘百村	6.21	339	912	1498	9117
岩蒙村	5.47	351	834	1133	8692
雅义村	18.73	615	1302	1445	7894
库川村	13.78	678	1681	3204	9374
金竹村	4.39	346	948	1723	8988
双源村	6.79	227	578	1030	9328
岱后村	7.09	291	836	1476	8985
上金竹村	8.08	140	410	637	9214
泄下村	8.79	267	658	1230	8867

【招商引资项目】 2016年,雅溪镇引进莲商回乡投资漂流项目,协议投资1.29亿,已完成方案设计;引进飞宇矿业公司,将筛洗点选址落户雅溪镇库川村;引进幸福谷文化教育项目,完成项目投资3080万;引进南京汇通达网络科技公司创办丽水汇诚网络科技公司。

【生态农业】 2016年,雅溪镇发展本地特色种植业,共发展树莓23.33公顷、中药材20公顷、香榧33.33公顷、桃树103.33公顷、梨23.67公顷、杨梅22.8公顷,建立红豆杉等绿化苗木基地13.33公顷。有专业合作社19家,家庭农场20家。其中区级规范性合作社2家,区级规范性家庭农场6家,新增4家。是年,本润覆盆子被评为绿色食品。雅溪镇兴茂食品厂通过带动村民种植甘蔗,通过土地流转方式,采用不施化肥和农业的种植方式种植甘蔗70余亩,通过传承的古法红糖技艺生产古法红糖,进一步提高了红糖的品质,并通过农旅结合,工旅结合的方式带动了雅溪镇的经济发展,通过循序渐进的产业发展模式,该企业全年实现销售额150多万元,被丽水市养生办评为丽水市养生农产品示范单位。

【"晨钟暮鼓·日日保洁"纳入村规民约】 为聚力打造美丽和谐新雅溪,推进洁净村居工作,2016年5月,决定在全镇开展"晨钟暮鼓·日日保洁"运行活动,并将其纳入村规民约,作为一项长期工作。晨钟,即每天上午7点晨钟声响,全体村民开始对自己房前屋后的卫生打扫一遍;保洁员对公共场所,如道路、广场进行保洁。暮鼓,即每天下午5时村内擂鼓督促村民将一天的垃圾清扫干净,完成一天的保洁任务。该活动以西溪村为试点运行一段时间后,在全镇推开。

【社会保障】 2016年,城乡养老保险已享受领取养老金人员3760人,净增指标为120人,完成新增人数94人。实际缴费人数达到6212人。全年城乡居民基本医疗保险参保人数15088人,完成目标的96.7%。接受各类企业退休人员409名。发放企业退休人员生日、重病住院、死亡慰问金20450元。双溪村,共办理失地保险28人。全镇最低生活保障对象 985户、1216人,其中重度残疾人 258 人,困境儿童11人,五保、三无对象84人,低保人口占比达到4%,全年发放低保补助金3784704元,重度残疾人和困境儿童全额享受低保标准。共救助困难群众106户,发放救助资金85600元。建成农村社区居家养老服务照料中心14个,实施养老服务补贴制度,为10位低保家庭中失能失智老人发放养老服务补贴6万元。

仙渡乡

【概　况】 2016年,仙渡乡辖11个村委会、130个村民小组,2015年年末全乡4387户,总人口11663人。全年实现工农业总产值 19762 万元,同比增长6.08%。其中:工业总产值1205万元,同比增长6.64%农业总产值18557万元,同比增6.04% ;财政总收入 3450万元,同比增长23.2%。农民收入稳中有升,农民人均收入达到18649元,同比增长10.7%。全年全乡粮食播种面积506.67公顷,总产量2480吨,耕地地力保护补贴面积739.4公顷。全面落实粮食生产扶持政策,开展粮食功能区建设,葛畈、张山后、何金富等8村水稻产业提升项目,稳定粮食播种面积。提高农田复种指数达210%、粮食作物复种指数达105%、良种覆盖率达到90%以上。全乡现有水果面积731.87公顷,其中桃园面积608.67公顷,年产桃达一万多吨,产值近7000万元。种植覆盆子、蓝莓等7.33公顷;发展种植新品种红美人2公顷;推进葡萄精品园建设,共有葡萄26.67公顷,年产葡萄约80万公斤,产值近800多万元;引进软枣猕猴桃和中华猕猴桃新品种2个,新发展猕猴桃6.67公顷。张山后吴里村、董弄鲍店村被列入区级养生农业示范点、示范基地创建计划,分别成立专业合作社,现有社员87人,共养殖土鸡850多羽,牛、羊73头,种植养生水稻1.33公顷,西瓜、桃、猕猴桃、生姜等6.8公顷。整合筹措资金70多万元,完成滴水岩、皂树、仙里、张山后等村仿古小城墙建设。投入资金100万元完成便民服务中心、老年活动中心、道路硬化、路灯等项目，完善基础设施建设。引进生态养殖场项目和食用菌项目合同资金3600万元，总实际到位资金2756万元，完成实到资金任务的110.24%。林业采伐迹地更新5.53公顷；葛畈村森林抚育5.53公顷通过验收；林权抵押贷款2500万元，抵押登记87户；根竹园至太山4.6千米林道路通过验收；公益林补偿面积2333.33公顷，发放补偿金91.5万元。全年投资60万元，完成皂树、芦村防洪堤修复；葛畈村修复2座拦水坝，新建梅田、岭头饮用水水池、拦水坝一座。投入580万元实施仙渡溪山洪沟治理工程。全年共出生135人，计划内132人，计划外3人，计生率为97.78%。全年流入流出已婚育龄妇女登记管理率达90%以上，优生检测检测率为82.56%。

【三改一拆】 2016年，共完成拆违面积32677平方米，完成45个蓝色铁皮棚点位整治，整治面积12875平方米，整治率达100%，落实推进无违建乡创建工作，截至年底，11个行政村已有9个村通过“无违建村”验收。

【五水共治】 2016年，境内43条河道严格实行“河长制”管理网格，河长定期巡查河道；对仙渡港、南源坑建立“一河一策”制度，落实专人对每条河道进行日常保洁，实现河道管理常态化。投资1236万元对原15个行政村实施生活污水项目建设，完成2014—2015年12个村的农村生活污水治理项目，董弄、鲍店、何金富的农村生活污水项目已基本完成工程建设。

【六边三化三美】 2016年，仙渡乡以“实干+苦干”的作风，依托“党员固定活动日”和“全民保洁日”两大载体实现村庄保洁常态化，开展集中式环境卫生大整治，累计完成交办点位613个，清理违法广告960多处，清运各类垃圾475吨，整理乱堆放、乱拉挂等近千处，全乡11个村均荣获“洁净村居周检查先进村”称号，全年投入43万元对滴水岩和葛畈村的垃圾中转站完成改建或新建，生活垃圾实现资源化减量化处理。

【扶贫帮困】 2016年，新农医参合率达96.67%。农村居民养老保险新参保人数68人，完成区级指标170%。做好普通低保634户，重残低保182人的常态化管理，为291名残疾人申请了困难补助。开展走访慰问困难家庭、失学儿童、残疾人家庭10余户，送去慰问金、物品等价值2.5万元。先后审核上报了11批次的困难居民医疗救助，累计救助金额52.8万元，及时发放火灾、大病救助救济款共计6.49万元。完成张山后、根竹园、梅田3个村的居家养老服务照料中心建设。全乡现有现役军人25名，民政定补的老复退军人62名。开展重大节日走访慰问军烈属、复退困难军人35人共计1.2万元，同时，及时下发义务兵家属优待金15户计37.9万元。

【维稳工作】 2016年初与11个村、3个驻乡单位分别签订了目标管理责任书，落实了责任。开展禁毒、司法、平安创建等宣传活动300多次，发放宣传资料6000多份，重新制作了3200份《村规民约》下发到户。在全区率先超额完成平安浙江手机app下载，达到总人口的10.67%。安全生产、食品安全等领域严格实行“一岗双责”工作制度。全年，未发生重大安全生产事故。在“两会”、G20峰会、中共十八届六中全会、第三届世界互联网大会乌镇峰会期间和重点时段，加强重点人员稳控，努力做到不出事，不闹事。成立居民自治联合会，收到来电来信17件，均已办结。加强矛盾排查，全力化解历史遗留问题，全年调处各类矛盾纠纷16起，息访重点信访户3批5人次，投入各项资金15万余元。全年发生侵财刑案3起，其他刑案5起，破案5起，行政案件12起，刑事案件较去年有所下降，社会治安形势良好。

【创全国文明城市】 2016年，仙渡乡推进全国文明城市创建和迎国测工作。集中针对乡政府大院和葛畈、滴水岩、皂树等村进行氛围营造。安装、更新宣传栏4个，安装公益广告牌100多处，发送宣传标语200余条，宣传资料300度份，对葛畈村、乡政府大院、办公楼、便民服务中心、食堂等环境卫生进行了全面彻底的清理。落实乡文化站、卫生院等乡属部门的创建工作。

【归零翻篇开新局】 2016年，乡、村两级先后以“2016纳爱斯翻一番，我们仙渡怎么干”为主题开展大讨论，共组织专题讨论6场。以找短板、抓短板为切入点，组成调研组，从农民最关注的问题出发，确立《养生农业在董弄村的实践》《民宿经济发展》等8个课题，通过座谈会、实地走访等形式深入问诊，精准发力。其间，共召开座谈会7次，累计220余人参加，共走30访人，征求到意见建议31条，解决问题16个。经汇总梳理后查找到短板19条。

【高床发酵模式解决养猪排泄物污染难题】 2016年，丽水意鑫牧业有限公司位于仙渡乡葛畈村的生猪养殖基地，占地3.33公顷，建有各类猪舍4500平方米，是全市第一个建设高床发酵生态养殖栏舍的标准化养殖基地，真正达到排泄物零排放，实现经济、社会和环境保护三赢。11月中央电视台7套科技苑栏目对意鑫牧业高床发酵模式进行了专题报道。全年畜牧产值达2800万元。

仙渡乡村情

表40

村名（村）	人口（人）	耕地（公顷）	自然村	支部书记	村民主任
仙 里	1392	66	4	周志东	翁国勇
何金富	1191	32	5	刘育国	刘立祖
葛 畈	973	30	3	周内文	李廷勇
张山后	1085	58	5	沈 静	周小丁
根竹园	703	37	1	周益龙	周晓娟
梅 田	818	36	2	周仓勇	周军勇
皂 树	1207	64	4	张君武	张小明
南 源	859	43	1	周丽君	刘勇和
滴水岩	1150	45	3	尚林法	陈建慧
芦 村	1389	59	5	朱小华	许理君
董 弄	910	32	2	梅金仙	武春法
合 计	11663	504	35	—	—

老竹畲族镇

【概 况】 2016年，老竹畲族镇辖12个行政村，74个自然村，7190户，16094人，其中榴溪、沙溪、后坑、郑丰、赤坑五个村为民族村，畲族人口3380人，占总人口的21%。2016年，全镇工农业生产总值21151.3万元。其中，农业总产值13431.3万元；工业总产值7720万元，财政收入2585万元，农民人均收入完成增长10%的任务。争取少数民族发展资金200万元，省建设厅出资帮扶资金300万元、省体育局出资帮扶资金20万元和桐乡市出资帮扶资金50万元，共计570万元，五个民族村发展都得到了有效的提升。省级民族特色村沙溪村建设已初见成效，村内基础设施逐步完善，被评为省级美丽宜居示范村；完成沙溪村通景公路拓宽、新屋村南乡革命纪念馆、后坑文化礼堂、高畔村机耕路建设、榴溪村办公楼和农贸市场建设。投资432万元的镇区建设（截污纳管）工程已经开工。开展党政领导干部走村为低收入农户“建档立卡”和结对帮扶，通过产业帮扶、纳入低保、子女督孝等方式，全面消除了年人均收入5500元以下的农户67户，108人。是年，老竹畲族镇成功创建省级森林城镇、市级旅游强镇、市级文化强镇、市级卫生强镇。

【六边三化三美】 落实“交办单问题销号”“村两长和保洁员考核奖惩”制度。2016年，老竹畲族镇累计完成督办点位整改251个，完成率98%。全镇各村累计清理牛皮癣、乱堆放780多处。将每月12日的洁净日活动，同每周一的“全民保洁日”活动结合。发动党员、干部群众志愿参加环境保洁活动，调动全民参与的积极性，并形成了常态化。全镇有10个村荣获周洁净红旗，梁村获季红旗。同时，沙溪在省级美丽宜居示范村中考核优秀，并送评市级美丽经济示范村；新屋送评市级美丽乡村精品村。全年完成清三河任务，畜禽养殖整治关停24家，农村生活污水处理4个村已通过初验。

【三改一拆】 2016年，老竹畲族镇建立“日巡查”和“党员干部违章申报”工作机制。全年累计拆违面积49619.37平方米，既有违法处置7户，罚款123406.3元。完成“基本无违建乡镇”创建任务，并出台了“农房建房管理责任承诺”办法，在放样审批前先签订承诺书（即：不违章、不乱倒建筑垃圾、按规划设计施工），已签订60余份，缴纳押金90余万元。

【创业成功人士返乡投资创业】 2016年，老竹畲族镇召开外出创业成功人士座谈会，听取他们针对老竹镇发展上存在的问题和短板的意见建议，引导他们回家乡投资创业。金龙集团王岳成回家乡梁村投资2.2亿，建设渥川古民居群；外出开超市的何志东在陶村建设“陶湾底”集装箱山居民宿，总投资3000余万元。

【发展旅游产业】 2016年，老竹畲族镇培育申屠利尧、处州蜂业、晓锋溪鱼、清水小龙虾等农旅示范点，确定新屋、丁公、沙溪为农旅示范村。通过示范效应带动周边500多户农民增收；处州蜂业迎来全省畜牧业现场会并被评为全省“美丽牧场”、全国成熟蜜示范基地，市委史济锡书记调研后称之为“这是眼前一亮”的“农旅融合”的产业示范点；六江源白莲基地生态循环种植基地成为全国生态农业大会分会场。将东西岩风景区、沙溪、新屋、周坦三个主题村落、十里荷花长廊、生态农业形成经济发展的产业链，在链条上可享受吃、住、游、玩一条龙服务，同时，发挥“互联网+”效应，全镇15家电商企业，营销白莲等农副产品以及民宿预定，让游客走的进来、住的下来，游得起来。沙溪村18家民宿农家乐接待的各类游客已达10000多人次，经济收入约280多万元。被市委列入第二批史政教育基地的新屋村南乡革命纪念馆试开馆，已经接待5000人次，新屋南乡食堂接待游客3000余人，直接收入20余万元。打造畲族文化、红色文化、古民居文化、耕读文化。围绕畲族文化，建设特色农家乐综合体，健全18碗等畲族菜系，建设新屋、曳岭脚、梁村的古民居修缮和南乡革命纪念馆、建成老竹文化站新馆。

【项目建设】 2016年，老竹畲族镇完成老竹镇通景公路俞店段拓宽工程、镇前街中段等4条道路改造工程，下山脱贫小区基础设施建设。完成学甫小区一期道路，江滨步行街完成验收。开工实施投入85万元的小城镇环境综合治理，镇区截污纳管项目。徐庄、梁村、新屋3个村高标田提升工程开工建设，已完成工程量的90%。

【村级综合治理网格管理平台建立】 2016年，老竹畲族镇建立12个行政村综合治理网格平台，以200人为一个网格。全年共调解各类矛盾纠纷184起，调解率100%；派出所抓获犯罪嫌疑人20名，破获各类刑事案件21起，治安案件23起；查处违法人员47人，查处治安案件23起。

老竹畲族镇各行政村基本情况

表41

村别	总户数(户)	总人口(人)	村民小组(个)	耕地面积(公顷)	水田(公顷)	旱地(公顷)	林地面积(公顷)	山林面积(公顷)	村集体经济收入(万元)	村双委成员(人)	党员数(人)
曳岭脚	672	1683	14	117.7	81.0	36.7	526.7	525.1	2.2	9	64
榴溪	565	1316	14	103.4	66.1	37.3	482.5	465.7	0	7	49
新陶	669	1431	14	112.2	72.5	39.7	695.6	653.3	0	9	72
沙溪	312	720	6	37.5	29.7	7.8	232.1	225.5	3.8	6	34
老竹	808	2165	13	91.5	74.3	17.1	194.6	192.0	216.4	9	78
后坑	472	1089	9	80.4	62.6	17.8	413.9	406.3	3.5	8	57
周坦	671	1606	10	131.1	110.1	21.0	620.2	583.3	1.1	7	64
郑丰	246	516	8	37.5	33.1	4.5	576.7	559.5	0.4	6	19
梁村	546	1339	9	100.3	61.0	39.3	448.5	437.5	0	8	36
徐庄	1044	2319	20	99.3	77.4	21.9	911.3	891.7	0.5	10	90
丁公	331	760	6	37.2	29.5	7.7	211.3	197.9	0	6	36
赤坑	539	1138	16	59.8	46.5	13.3	1012.4	968.8	0	8	56
工办	—	—	—	10.7	—	10.7	—	—	—	—	5
非农	357	447	0	0.0	0.0	0.0	0.0	0.0	—	0	141
合计	7195	16537	139	1018.6	743.7	274.9	6325.7	6106.6	225.90	93	801

丽新畲族乡

【概　况】 2016年，丽新畲族乡辖9个行政村、68个自然村，106个村民小组。全乡总户数4411户，总人口10458人，有外出人口4646人。人口自然增长率3.23‰。2016年，全乡山林面积6818.8公顷；耕地面积582.45公顷；粮食播种面积0.08万公顷，总产量0.4183万吨，同比增长7%，农业总产值增长8.2%。工业总产值5020万元，完成年度考核目标的106.8%；实现工业增加值985万元，完成考核目标的110.7%。财政总收入3520.65万元，增长11%，其中，地方财政收入67.85万元，农民人均纯收入增长13.1%。

丽新畲族乡各行政村基本情况

表42

名称(村)	村域面积(公顷)	户数(户)	人口(人)	农村经济总收入(万元)	农村经济总费用(万元)	农村经济净收入(万元)	农民人均纯收入(元)
上塘畈	342.22	405	992	92264.71	193867.36	-101602.65	16982
黄弄	546.58	616	1439	784160.14	219790.22	564369.92	17963
咸宜	460.95	608	1490	778282.05	66665.90	711616.15	18021
畎岸	633.90	810	1950	176830.69	572053.98	-395223.29	18954
黄岭上	1307.69	535	1253	220706.07	145906.63	76799.44	17831
山村	695.83	256	643	143020.23	195041.91	-52021.68	16548
马村	335.66	310	725	127730.64	250058.75	-122328.11	18016
白岸口	1527.10	489	1133	92595.51	185617.43	-93021.92	17573

续表42

名 称 （村）	村域面积 （公顷）	户数 （户）	人口 （人）	农村经济总收入 （万元）	农村经济总费用 （万元）	农村经济净收入 （万元）	农民人均纯收入 （元）
吾赤口	2049.65	382	833	182436.64	212036.68	-29600.04	17692
合计	7899.58	4411	10458	2598026.68	2041038.86	558987.82	17802

2016年，全乡有上塘畈、山村、咸宜3个民族村，畲族人口主要分布在上塘畈、山村、咸宜、黄岭上、白岸口等6个行政村的18个自然村，其中上塘畈村共有畲族人口占全村总人口的95%，称为“浙江畲族第一村”。

2016年，丽新畲族乡成功引进汝康生态科技有限公司的元宝枫项目，实到资金2800万元，超额完成任务；完成丽隐集团的“半山·镜泊”高端民宿旅游综合体项目规划设计；完成安邦护卫生态农业基地前期土地流转13.33公顷，实现土地租赁费用16万元。丽新畲族乡主要产业有粮油、水果、竹笋两用林。共有粮食播种面积830.67公顷，粮食产量3901吨，茶叶面积278.13公顷，全年实现茶叶产量125吨，实现年产值1500万元。大豆面积283.27公顷，柑橘产量1958吨，实施推广油茶新品种种植项目26.67公顷。开展粮食功能区建设，顺利完成咸宜、上塘畈、山村、畎岸、马村、黄弄6个村水稻产业提升项目，项目金额达196.7万。建成畎岸百果自主采摘精品园、黄弄葡萄精品园、黄弄蓝梅基地、山村和黄岭上精品椪柑基地、吾赤口上山头猕猴桃基地等，种植总面积86.67公顷，年生产优质水果860吨。全乡共存栏母猪172头，出栏生猪1285头，出栏肉鸡2141羽，免疫率达96%。电子商务涵盖水果、药材、大米等多个领域，涉及中国邮政“邮乐购”、微信网上商城、微店、淘宝等多个渠道，仅农特产品年销售额就超过100万元，带动周边100余名群众就业。

【村级综合治理实施网格化管理】 2016年，丽新畲族乡推进村级便民服务中心规范化管理，做好月度和重大政治活动期间信访信息排查和重点人员稳控工作，完善基层社会管理综合信息系统数据，采集录入重点人员193人，重点场所4处，并落实专人定期走访调查，及时掌握重点场所和重点人员动态。全乡9个村划分为23个网格，乡级层面建立服务管理团队7个，村级层面建立服务团队27个，实施“网格化管理、组团式服务”。结合“G20峰会”和十八届六中全会等重要节点，建立不稳定因素定期排查上报制度。2016年，全乡到区、市上访事件明显减少，未发生去省进京上访事件，全年共受理群众来信来访11件，办结11件，办结率达100%。

【扶贫救济工作】 2016年，丽新畲族乡做好新型农村合作医疗保险、城乡居民社会养老保险、农村政策性住房保险等参保缴费工作，做好社会保障卡信息采集和换卡工作。关注弱势群体，结合“两消除”工作，针对87户134人农村困难家庭，采取机关干部“一对一”结对帮扶。产业帮扶，鼓励“困难农户”发展各类增收产业。根据不同农户的基础条件和发展意愿，由结对帮扶村干部帮助与其共同确定发展项目，全年落实产业帮扶的58户，共支出帮扶资金30580元。低保扩面帮扶，对因残、因病、年老体弱等无劳动能力，或劳动能力弱通过一般性帮扶无效果，符合低保条件的“特困农户”，做到“应保尽保”，全年共增加低保88人。通过金融贴息帮扶、社会救助帮扶等，确保全乡各困难农户家庭年人均收入在4600元以上，全面消除农村家庭人均纯收入4600元以下贫困现象。

【五水共治】 2016年，丽新畲族乡落实河长包干河道管、治、保“三位一体”职责，围绕“管理、巡查、协调、督办、报告”等基本任务开展治水工作。对河段综合情况开展“拉网式”排查，排摸排污入河口42个，并进行全面登记、拍照存档，设公示牌、掌握对河道影响情况。全年组织党员志愿者近500人次对全乡36条总长90公里的河道开展了全面河道保洁整治，共清理保洁盲点及乱堆乱放点位150余处，清理河道及村道垃圾25吨，拆除涉水违法违章建筑300多平方米。全年关停并拆除5家养殖场，完成1家养殖场整治并通过验收，同时，建立乡、村监管网格，落实了监管责任，通过不定期抽查，确保排污措施落实到位。同步推进农村生活污水治理项目，全乡共有10个农村生活污水治理项目村，2014—2015年建设任务为8个村，全部按要求在年底前完成终验。2016年完成黄岭上、畈岸两个村项目。

【三改一拆】 2016年，共发现和接到电话举报违建行为45次，及时制止29起，没有发生新增违章现象；全年共组织开展“集中拆违”大行动13次，出动人员800人次，拆除违法建筑72处，面积24740.94平方米；违章处置8326.96平方米，收取罚金465010.82元。

【六边三化三美】 2016年，全年开展集中整治行动48次，出动党员志愿者5100人次，清理六边区域垃圾339吨，累计投入资金63.85万元；全年通过短信、微信、宣传单、公开栏等方式，共上报信息54篇，被区级以上专题网站录用24篇。全年共收到六边办快曝112件，568个点位；督查交办单11件，199点位；均已整改到位。红黄旗制度实施以来，全年15次排位进A档，7次排名A档第一；乡属九个行政村全部获得红旗，全区首个实现先进村红旗全覆盖。

【举办第二十三届“新桥竹柳”三月三畲族歌会】 2016年3月24日，由莲都区丽新畲族乡、老竹畲族镇、松阳县板桥畲族乡、武义县柳城畲族镇联合举办的第二十三届“新桥竹柳”畲族歌会在丽新畲族乡隆重举行。丽新畲族乡作为东道主，除办好歌会等大型活动外，还利用微信宣传平台，先后制作并发布《画家君、摄影君、文骚君、发呆君……快到丽新来巡山》《山水丽新，乡愁半山》《“绿富美”丽新乡邀您三月三共享“最炫民族风”》《我的天哪，你没来丽新看三月三》等图文信息和H5作品共8篇，全方位多渠道宣传丽新的民族特色和生态环境。莲都区畲族三月三传统节日被浙江省文化厅列为省级民族传统节日保护基地。

黄村乡

【概　况】 2016年，黄村乡辖11个行政村、62个自然村、142个村民小组。全乡总户数5501户，总人口11845人，其中，农业人口，11607人、非农人口206人，外来人口32人。人口自然增长率4.62‰。耕地面积440公顷，其中水田面积204.4公顷；山林面积9001公顷。全乡实现工业销售产值2339万元，比上年增长20%；农业总产值6908万元，增长4.1%。财政总收入2445.85万元，财政总支出2093.03万元。上缴国税、地税530.61万元。农村农民人均可支配收入17853元，增长10.5%。乡所属工业企业共有14家，其中大部分为小水电；新增一家土面加工企业，开创农产品转换旅游产品新模式，探索电商销售新渠道。全乡企业职工共有79人，工业总产值2339万元，比2015年增长20%。全年粮食播种面积212.53公顷，粮食总产量937.9吨；承包耕地面积369.27公顷，其中流转面积136公顷。农民专业合作社8个，成员数420户，家庭农场3家。完成人工造林2公顷，中幼林抚育333.33公顷，开展义务植树5000株；年出栏生猪、牛、羊813头、家禽4170羽。全年动物防疫0.4万头次、家禽免疫1万羽，免疫率100%。黄泥墩“梦里水乡。欢乐谷”旅游开发项目正式动工；皂坑古民居修缮工作基本完成；黄泥墩小处村发展民宿示范村，推进村庄环境大整治，拆除危旧房、违章建筑1000多平方米，开展沿线环境整治，民房墙体立面改造，景观点修葺等。中小流域方溪段治理项目投资1200万元，整治河道长22.72千米，项目主体已完工。上郑石竹山塘和天堂村灌区高效节水工程动工，完成黄泥墩、小处、彭头、岩头等村的饮用水改造提升工程。黄村、严溪、李村等15个村的污水工程完成验收工作，天堂、黄泥墩两个村生活污水建设完工。争取一事一议项目资金，实施磨石坑新村道路硬化工程。全年参加城乡居民基本医疗参保8120人，参保率90.9%。开展困难群众帮扶工作，帮扶低保户300户615人，发放低保金30余万元，重度残疾户118户118人，发放低保金50万余元。积极开展医疗救助活动，全年共对108名因患大病、重病的对象进行了救助，共发放医疗救助款76余万元。安排各类救灾救济金和慰问金共计12万元，上报临时救助46人，发放临时救助6万元。

是年，黄村乡获莲都区2016年度工作责任制考评综合优胜单位。

黄村乡各行政村基本情况

表43

村名	面积（平方千米）	户数（户）	人口（人）	农民人均可支配收入（元）
合 计	103.47	5501	11845	17853
黄村村	19.3787	1326	2646	—
黄泥墩村	8.5124	T512	1120	—
戈刮村	7.7509	516	1067	—
和垟村	5.3625	302	662	—
天堂村	7.9629	274	659	—
池岭村	4.7367	287	707	—
郑村村	7.2274	287	679	—
严鸟村	18.4639	755	1680	—
汇村村	7.7821	585	1207	—
皂坑村	9.0528	321	665	—
金鸟村	3.482	336	753	—

【六边三化三美】 2016年，黄村乡出台《黄村乡“六边三化三美”工作考核办法》和《黄村乡“六边三化三美”工作经费使用管理办法》，明确制度管理，建立长效管理办法。党员干部积极带头全员发动，开展拆除乱搭建、整理乱堆放、清洁河道、美化田原、清除旱厕、整治坟墓等行动。组织全民保洁和大会战活动52次、6420人次参加，清理各类垃圾1200多吨，清理乱堆放656处，完成上级交办点位480个。

【三改一拆】 2016年，黄村乡共拆除各类违章建筑3万多平方米，拆后利用率达到80%以上；“既有违建”处置测量222户约6万平方米，现已处罚93户17916.93平方米，收罚金779859.60元。出台《关于黄村乡加强农村建房管理有关规定》文件，进一步明确村干部和驻村干部的职责，每周巡查并上报本村违建情况，及时掌握违建动态。创新节点管控新方式，做到执法干部基础放样到场、基础浇筑到场、楼层结顶到场，严控新违建情况的发生。

【养生农业发展】 2016年，黄村乡新创办家庭农场3家，发展生态农业种植10公顷。推进池岭村高山蔬菜、和垟茭白、郑村白茶等一批特色养生农业基地的发展，引导农民开展自制有机肥料种植，减少农药化肥的使用，提高农产品质量。利用微信、微博、网络、媒体等平台开展养生农产品宣传，通过举办郑村白茶节、和垟茭白节等活动，扩大养生农产品知名度。为农户联系电商、宾馆、专营店等销售平台，分别与“菜篮子”、“绿盒”、莲城宾馆等商家签约订单销售，拓宽农产品销售渠道。

（姜建水）

文 件 选 编

中共丽水市莲都区委
关于制定莲都区国民经济和社会发展
第十三个五年规划的建议

（2016年2月1日中国共产党丽水市莲都区第十三届委员会第九次全体会议通过）

莲委发〔2016〕1号

中国共产党丽水市莲都区第十三届委员会第九次全体会议，认真学习贯彻党的十八届五中全会、省委十三届八次全会和市委三届十次全会精神，紧密结合莲都实际，研究了“十三五”时期我区发展的一系列重大问题，就制定“十三五”规划提出以下建议。

一、坚持“两山”战略思想，向更高水平小康社会迈进

（一）深刻领会“两山”战略思想的科学内涵。2006年7月29日，时任浙江省委书记习近平同志到丽水调研时，留下了“绿水青山就是金山银山，对丽水来说尤为如此”的论断，告诫丽水“守住了这方净土，就守住了‘金饭碗’”。十年来，“两山”战略思想深度改变浙江，深刻影响中国，已经成为习近平总书记治国理政思想的重要组成部分。“两山”战略思想体现了习总书记“山水林田湖是一个生命共同体”的系统思维，是当代中国马克思主义发展理论的重要创新成果；体现了发展理念、发展方式的深刻变革，是走向社会主义生态文明新时代的重要遵循；体现了总书记心系群众、为民造福的伟大情怀，回应了人民群众对美好生活的热切期盼，是生态富集地区加快发展的根本指引。

（二）认真总结“十二五”时期的生动实践。“十二五”以来，区委始终坚持“两山”战略思想不动摇，相继提出一系列决策部署，努力将“绿水青山就是金山银山”化为生动现实。2013年，区委十三届三次全会认真贯彻生态优先、绿色发展方略，提出构建内生型的绿色发展体系、加快建设美丽莲都的发展目标。2014年，区委十三届六次全会研究部署在更高起点上推进绿色生态发展各项工作，作出了建设美丽莲都、创造美好生活的决定。2015年，区委十三届八次全会提出把美丽环境、美丽经济、美好生活“三美融合、主客共享”作为工作主线，奋力推动“绿水青山就是金山银山”在莲都的新实践。从“美丽莲都”到“两美莲都”，再到“三美融合”，生态战略的持续接力，让“两山”战略思想转化成为干部群众的共同意愿和自觉行动。

特别是党的十八大以来，我们认真学习贯彻习近平总书记系列重要讲话精神，坚定不移走“绿水青山就是金山银山”绿色生态发展之路，主动适应、积极引领经济新常态，较好完成了“十二五”规划确定的目标任务。综合实力稳步提高，2015年实现地区生产总值283.19亿元，增长6.5%；一般公共预算收入12.47亿元，增长10.4%；区属固定资产投资146.56亿元，增长16.4%；旅游总收入42.86亿元，增长30.0%。产业升级步伐加快，以旅游业为龙头的生态服务业快速发展，瓯江风情旅游度假区成为全市首家省级旅游度假区，古堰画乡成功创建国家AAAA级旅游景区、入选全国首批旅游创客示范基地、全省首批特色小镇，我区成为全省首批休闲农业与乡村旅游示范县。城乡建设卓有成效，成功创建国家卫生城市、省示范文明城区、省美丽乡村先进区，连续9年获得浙江省社会主义新农村建设优秀单位。民生保障持续改善，2015年城乡居民人均可支配收入分别达到35038元和19327元，被评为丽水市“最具幸福感城市”。生态建设强力推进，生态环境质量连续10年在全省设区市的市区中排名第一，生态环境优势有效凸显。改革开放持续深化，“平安莲都”“法治莲都”建设不断加强，全面从严治党深入推进，政治文明和精神文明建设同步提升。经过五年努力奋斗，莲都站在了新的历史起点上，为“十三五”乃至更长时期的发展奠定了扎实基础。

（三）*科学研判“十三五”发展面临的机遇和挑战*。在经济发展进入新常态的大背景下，“十三五”莲都发展既面临十分难得的历史机遇，也面临诸多的风险挑战。生态文明建设成为国家重大发展战略，绿色化成为新的发展趋势，为我区发挥生态优势、发展生态经济带来了难得机遇。全国生态文明先行示范区、农村金融改革等重大改革试点，以及“互联网+”“旅游+”“党建+”全面渗透和大众创业、万众创新的机遇，为我区转型跨越发展注入了持续动力。“一带一路”战略和长江经济带等国家战略的实施，以及高铁时代的到来，为我区城镇化和生态旅游业发展提供了良好的外部环境。“十二五”时期积累的建设成果和不断完善的发展环境，以及莲都将迎来改革创新和绿色发展的重要机遇期，进入到区域开放合作、城乡统筹发展、民生加快改善的关键阶段，为莲都实现新一轮的绿色生态发展提供了前所未有的发展机遇和发展空间。

同时，必须清醒看到，当前国际国内发展环境发生了深刻变化，区域发展将更多依靠内生动力、转型升级和创新驱动。我区经济总量还不大，企业自主创新能力不强，产业低、小、散、弱状况尚未根本改变，资金、人才等要素制约有待进一步破解，资源环境约束趋紧，制约发展的体制机制障碍仍然存在。在传统增长动力减弱的情况下，仍处于由投资驱动向创新驱动转换的艰难转型阶段。社会发展中还存在一些突出矛盾和问题，特别是加强基本公共服务供给、补足民生领域短板任务还很艰巨，法治莲都建设任重道远，各级党员干部的作风建设有待进一步加强。

“十三五”时期，我们必须坚定不移地以“两山”战略为指引，紧紧抓住和用好我国经济发展新常态的重要战略机遇期，增强大局意识、忧患意识、责任意识，增强发展自信，破解发展难题，厚植发展优势，不断增强发展的全面性、协调性、可持续性，在新的起点上实现更高水平、更高质量的发展。

（四）*“十三五”时期发展的总体要求*。高举中国特色社会主义伟大旗帜，以马克思列宁主义、毛泽东思想、邓小平理论、“三个代表”重要思想、科学发展观为指导，深入贯彻习近平总书记系列重要讲话精神，以“四个全面”战略布局为统领，以“八八战略”为总纲，以“绿水青山就是金山银山”为指引，以美丽环境、美丽经济、美好生活“三美融合、主客共享”为工作主线，深入落实创新、协调、绿色、开放、共享五大发展理念，坚守生态环境保护第一底线和生态经济发展第一底速，加快完善新常态下生态文明体制机制和发展方式，大力弘扬里东大救援精神，全面建设“中国莲都”，与全省同步高水平全面建成小康社会。

坚持生态保护的底线不动摇。树立尊重自然、顺应自然、保护自然的理念，强化“源头严控”“过程严管”“恶果严惩”的生态保护建设体制机制，让生态系统休养生息。深入实施主体功能区战略，形成科学合理的生产空间、生活空间和生态空间，建设天蓝、水清、地净的美好家园。

坚持示范引领的定位不动摇。着力增强在全市、在26个加快发展县中“示范引领、争创一流”的使命感和责任感，保持战略定力，深化底线思维，努力追求更大作为。突出城区的“领头雁”作用，强化“中国莲都”引领作用，主动融入市区，服务市区，发展自我，努力成为“绿水青山就是金山银山”的实践样板。

坚持绿色发展的路径不动摇。坚定不移奔着“绿水青山就是金山银山”的路子走下去，让“绿水青山”源源不断流出“金山银山”。打好转型升级系列“组合拳”，加快建立绿色产业体系，构建绿色发展方式和生活方式，推动形成人与自然和谐发展的现代化建设新格局。

坚持创新创业的动力不动摇。聚焦改革着力点和突破口，统筹推进生态文明建设、农村金融、扶贫开发等各领域改革，着力推动制度创新、科技创新、文化创新、产业创新、业态创新、管理创新等各方面创新，让创意、创新、创业和谐共生，使大众创业、万众创新在莲都蔚然成风。

坚持共享发展的目的不动摇。全面落实“人民至上”理念，解决好人民群众关心的社会民生问题，确保打赢扶贫攻坚战。推进经济富裕地区与生态富集地区接轨、农民与市场接轨、农村与工商资本接轨，推进区域开放协作，依靠主与客、城与乡双向发力，努力在“三美”打造、城乡融合中实现宾主相宜和主客共享。

二、坚持“三美融合、主客共享”，全面建设“中国莲都”

（一）牢牢把握“三美融合、主客共享”工作主线。以美丽环境、美丽经济、美好生活为基本内涵的“三美融合、主客共享”工作主线，是对莲都当前和今后一个时期发展方向的科学概括，符合党的十八届五中全会精神，符合“五大发展理念”。其中，“三美”彰显绿色的理念，“融合”体现协调的内在要求，“主客”体现了内外互动开放发展，“共享”是发展的落点、可持续的动力源泉，整个工作主线则体现了一种创新。我们必须立足于莲都正处于农耕文明、工业文明和生态文明交织演进的过程，处于扩量与提质、成型与转型、补课与赶趟阶段，把“三美融合、主客共享”工作主线贯彻落实到位。

（二）认清全面建设“中国莲都”的基础条件。

地名优势：莲名称标识鲜明。莲都因“莲”而名、因“莲”而兴，古称莲城，今称莲都，“众山环簇，形如莲花”，城市莲形象十分鲜明。撤地设市时，在200多个候选区名中，最终选取“莲都”作为区名。2012年起，已连续举办“处州白莲节”。

文化基础：莲文化底蕴深厚。莲文化是中华民族灿烂文明的重要组成部分。据《处州府志》记载，“自萧梁詹司马疏导水利”，莲都就开始种植荷莲，迄今已有1500年历史。历代名家在莲都留下许多赞美莲的诗词佳句，如南宋处州推官王孝岩“菰蒲满路荷花香”，明代刘基“池中芰荷香欲滴”，汤显祖“一郡绕莲花”“莲花绕郡还堪赏”，清丽水县学训导陈遇春“芙蓉开遍花重叠”等。许多建筑的命名都与“莲”有关。

民风基础：廉之风世代传承。“莲”通“廉”，自古就以莲“出淤泥而不染”象征“清正廉洁”。莲都人民不仅爱种莲，更因其独有品格而喜欢赏莲，清廉之风长盛不衰，形成了“敦礼让，重廉耻”的风尚。廉政文化教育基地“却金馆”，便因温州知府何文渊回乡途中“却金”而美名相传。

生态条件：莲生态环境优越。莲都山水形胜，钟灵毓秀，是镶嵌在瓯江中游的一颗明珠，又如一朵莲花盛开在瓯江之滨，是“中国生态环境第一市”所在地，被冠以“国际生态休闲养生旅游城市”“中国长寿之乡”“中国气候养生之乡”。丰厚的历史积淀与秀美山水相融共生，铸就了莲都独特的城市气质。

产业条件：莲农业声名鹊起。莲都现有莲花种植面积3000余亩，有莲都园1个、精品园6个。每年莲花绽放之时，“江南可采莲，莲叶何田田”的如画美景，吸引众多游客前来赏莲品莲。所产“处州白莲”，与湘莲、建莲合称我国三大名莲，清嘉庆六年被列为贡莲，2009年取得国家地理标志证明商标、获“中国农博会粮交会金奖”，处州莲蕊获得第二届中国农业博览会金奖。

（三）明确“中国莲都”发展目标。到2020年，在高水平全面建成小康社会的基础上，努力实现六个方面的具体目标：

——区域品牌更鲜明。莲的农业价值、养生价值、旅游价值、文化价值、社会价值显著提高，“中国赏莲品莲胜地”印象基本成型。“莲”成为莲都“天真、质朴、秀美、生态”“美丽环境”之“名片”，成为“自信、包容、创新、进取”“美丽经济”之“缩影”，成为“崇德、向善、友爱、和谐”“美好生活”之“内核”，“中国莲都”区域品牌形象引领未来发展的功能显著增强。

——经济实力更雄厚。经济保持中高速增长，到2020年生产总值、人均生产总值、城乡居民收入均比2010年翻一番。美丽经济产业体系基本建立，民宿经济、养生农业、生态旅游等产业发展质量和效益稳步提升，新产业、新业态引领作用明显增强。

——城乡发展更协调。中心城市功能明显提升，美丽乡村建设水平进一步提高，旅游名城、特色小镇、主题村落建设卓有成效。城乡之间居民收入水平、基础设施通达水平、基本公共服务均等化水平、人民生活水平等方面差距进一步缩小。

——生态环境更优美。生产、生活、生态三类空间更加明晰，国土空间进一步优化。生态空间得到有效保护，生态红线制度基本建立，以水、大气、土壤和森林绿化美化为主要标志的生态系统继续保持良性循环。生态环境质量显著改善，莲都的天更蓝、地更净、水更清、山更绿。

——人民生活更幸福。中国梦和社会主义核心价值观深入人心，公民文明素质和社会文明程度显著提高。群众收入持续快速增长，低保水平逐步提高，生活水平普遍提高。社会保障体系更加健全，基本公共服务均等化水平进一步提升，人民群众幸福感、获得感更强。

——治理体系更完善。重要领域和关键环节改革取得决定性成果，治理法治化、制度化、规范化、程序化、信息化水平不断提高。人民民主更加健全，法治政府基本建成，司法公信力明显提高，社会治理更高效。党的建设制度化水平显著提高。

三、全面建设“中国莲都”的主要任务

（一）依托三大平台。生态旅游名城、特色小镇、大健康主题村落“三大平台”，是全面建设“中国莲都”的重要载体和可靠支撑。

1. 主动融入城乡富美、旅游富强、生活富足的生态旅游名城建设。强化市区一家、市区共建的理念，把莲都建设成为市域发展的重要主体和浙西南旅游的集散中心，不断拓展生态旅游名城的内涵和外延。

塑造以莲元素为主题的市域形象。全面启动城市视觉形象系统（VI）建设，精心设计建筑格局、景观标识、交通工具、雕塑小品、广场街道、公园绿地等，提升城市景观，推进莲元素全方位覆盖与渗透，举办以“莲”为主题的文化活动，营造浓郁的莲文化环境氛围。规划建设莲文化展示馆，展示丰富的莲资源、悠久的莲历史、璀璨的莲文化。

提升中心城区功能。围绕“北居、中闲、南工”格局，推进“城在景中，景在城中”全域景区化建设。推进特色商业街区和城市旅游综合体建设，发展休闲娱乐、旅游购物、观光度假、商务会展、养生医疗、健康管理产业。依托高铁枢纽站场，多层次布局旅游住宿设施，建设综合性旅游集散中心，搭建智慧旅游服务平台。加强城市建设、服务和管理，加大交通治堵和地下空间开发利用工作力度。积极打造

"一个捡不到烟头的城市""一个不会吃到地沟油的城市""一个零投诉的旅游城市",实现城市形象的"凤凰涅槃"。2020年创成全国文明城市。

突出瓯江板块建设。以"生态旅游、休闲养生、文化创意"为导向,打造瓯江风情旅游度假区、山水康养产业区、环瓯江人文艺术产业区,通过串点成线、江城联动,美化沿岸河堤湿地景观,串联沿岸自然村庄,丰富特色旅游交通体系,拓展生态旅游、休闲养生、文化创意功能,成为塑造全区"山水田城""山环水绕"生态城乡格局的主动脉。

挖掘处州历史文化底蕴。巩固省级历史文化名城创建成果,推进处州府城建设,加强老建筑、老遗址的保护和利用力度,着力保护历史老街区传统生活风貌和社区人文环境。深入挖掘处州历史建筑特色内涵,建设瓯江文苑民间博物馆、美术馆、会展中心等一批集中展示瓯江文化的特色场馆,打造处州历史文化特色风貌,有效提升中心城市的文化环境品质。

大力发展城市经济。按照"研发在中心城市、制造在周边区域,孵化在中心城市、转化在周边区域"的城市经济发展思路,加快众创空间、创客孵化园等创新平台建设,发展高技术产业、科技服务业、现代金融服务、商贸服务业和总部经济。鼓励丽水所辖市县的大型民营企业在莲都设立企业总部,吸引省内外大企业集团设立浙西南区域运营总部。着力提升楼宇集聚度,聚合高端消费、聚焦高端产业,形成配套齐全、设施先进的楼宇经济聚集区。引导整合"莲都人"经济,探索设立在外莲都人统一的超市品牌。充分开发利用华侨资源。

2. 建设产业、文化、旅游相融、充满创业活力的特色小镇。深刻理解特色小镇的独特内涵和内在本质,坚持山水塑形、人文立魂、特色扬名、规划引领,推进小镇"文态、生态、业态"融合发展。

积极打造古堰画乡小镇。深入挖掘通济堰农耕文化底蕴,打造大通济堰农耕文化景区。按照"古堰农耕文化中心、油画创作生产中心、生态养老度假中心"发展定位,积极开展通济堰渠道修缮工程,恢复"古堰渠、老码头、古航道"古迹风貌。推进保定圩大自然营地、江滨休闲街区、文化产业基地、轿马郑度假乡村、5D梦幻油画馆、乡村旅游创客示范基地、游客接待中心等项目建设,加强"新田园、新画乡、新农耕"新村建设,发展艺术品交易、主题民宿、营地拓展特色产业。力争古堰画乡3年创成AAAAA级景区,5年建成特色小镇。辐射带动利山村、小山村等周边民宿旅游村集群化快速发展。

建设水墨田园小镇。推动碧湖小城市培育工作,突出近郊滨水田园型休闲旅游主题,将碧湖打造成为农耕文化底蕴深厚、产业发展特色鲜明、城乡风貌宜居宜人的现代化小城市和丽水近郊旅游副中心。以建设特色旅游副中心为带动,推进一批旅游集散、医疗培训、城镇综合体项目、较大规模的安置小区建设,提升休闲商贸、旅游集散、休闲娱乐等服务能级,谋划建设华东绿谷养生养老城,打造近郊滨水田园休闲养生基地。

培育畲乡风情小镇。联动老竹、丽新畲乡镇和东西岩风景名胜区,融合"畲族风情民俗体验、农业观光旅游、丹霞地貌科考"功能,发展畲乡体验、山地旅游、农事体验特色产业。推进东西岩AAAA景区提升、畲乡风情街、中草药养生养老园、梁村古民居养生园、锦绣绿谷风情农家乐等一批综合旅游项目建设,打造畲族风情旅游的重要展示窗口。积极谋划"中国畲族风情园"建设,促进"竹柳新桥"区域协同发展。

培育红色文旅小镇。整合雅溪镇、太平乡、仙渡乡红色旅游资源,加强岱后中共丽水县委旧址、西溪村省级历史文化街区、巨溪三岩寺、老竹南乡革命纪念馆等重点旅游资源保护,以雅溪镇为主导,深入发展香菇茶叶、古民居文化、红色旅游、避暑休闲特色产业,成为展示莲都红色文化旅游的重要窗口。

谋划高溪台地小镇。积极发挥高溪台地地形特色鲜明以及临近中心城区、周边山水环境较好、农耕文化底蕴深厚的优势,开展养生养老、运动健身、通用航空、教育培训、生态工业以及集聚小区等项目建设的可行性研究。创新强化区域合作和招商引资，适当“留白”，带动区块有序开发和特色发展。

以莲为媒力推小镇联动发展。打造老竹为核心的“莲博园”，勾连畲乡风情小镇、古堰画乡小镇、水墨田园小镇、高溪台地小镇、红色文旅小镇，相互烘托，联动发展。

3. 推进有故事、有内涵、能富民的大健康主题村落提质升级。按照植入一个主题、导入一个工商资本、建立一个盈利模式、形成一个共享机制、健全一个服务体系“五个一”要求，尊重自然、传承文脉，更加注重人与自然和谐发展的文化渊源，推动传统村落向大健康主题村落升级。

保护传统农耕文化景观。依托各类现代农业观光园、历史文化村落、风景旅游景区节点，通过“不拆房、不砍树、不填塘”的逆向环境整治，整理保留各类古民居、古祠堂、古书院、古堰、古庙、古桥、古塔、古井、古道等农耕文化景观、历史遗存和空间肌理，美化乡村自然环境，优化旅游标识系统。积极推进乡村社区的组织建设改革，强化原有村落产权、使用效益、传统文脉和社区精神的延续。

发展以莲体验为代表的“花语乡村”主题村落体系。以不同品种莲花的花语来对应、代表、象征不同主题定位的村落序列，形成“花语乡村”的概念体系。以村落“村花”种植为重点，“村村有花海，处处有花带”，四季衔接，打造以莲花为主、其他花卉为辅的“五彩花都”。做好“活态体验”文章，通过举办乡村大地文化艺术节等，体验泛舟采莲、农耕乐趣和农家生活。选取地理区位良好、自然景观优越、历史积淀丰厚的村落，发展一批农产品加工型、农业休闲型、历史文化型、生态度假型、服务接待型主题村落。推进峰源避暑养生主题村落、黄村水乡主题村落、西溪明清古街主题村落、吕步坑青瓷窑主题村落、天堂养生主题村落建设。“十三五”时期，在原有精品村基础上争取升级创建50个主题村落。

建设精品主题村落旅游线路。以中心村、行政村为集聚中心，带动高山远山自然村组团协同发展，推进农村新社区和美丽宜居示范村建设，加快乡村环境整治和中心村服务功能提升，建设各类农家乐民宿综合体。坚持串点成线、由线带面，深入挖掘古道文化，不断丰富山区乡村徒步游线，构建“养眼、养心、养生”的新农村服务功能体系。“十三五”时期，重点打造“宿风情东西”主题休闲游、“宿唯美画乡”处州文化游、“宿古道山村”古道寻踪游、“宿生态河谷”库坑福地游等精品主题村落旅游线路。

（二）落实五大行动。全面建设“中国莲都”，必须脚踏实地、精准发力、深处着力，充分发挥“中国莲都”引领未来发展的功能，实现集成消费、城乡融合、主客共享，推进莲都科学发展、可持续发展、包容性发展。

1. 以生态保护为首要。生态是永续发展的必要条件和人民对美好生活追求的重要体现。统筹考虑生态环境保护、修复、建设各项工作，推进生产生活绿色循环化，实现蓝天常在、青山常在、绿水常在，让人民群众共享生态红利。

推进绿色低碳循环发展。加强资源节约和高效利用，强化约束性指标管理，实行能源、水资源消耗、建设用地等总量和强度双控行动。推进生活方式绿色化，实施全民节能行动计划，开展重点用能单位节能低碳行动，推行绿色出行活动，提高城乡公共自行车、电动汽车覆盖面。抓好城镇低效用地再开发，加大土地开发整理和闲置土地清理力度，提高土地产出强度和产出效率。大力发展循环经济，从直线生产方式转变到循环生产方式，提高清洁生产技术开发水平和创新能力。

加强环境治理和生态保护。持续深化“五水共治”，实现城镇截污纳管和农村生活污水处理全覆盖，全面提高水环境质量。推进工业废气、车船尾气、餐饮油烟、秸秆焚烧和建筑扬尘“五气共治”，进一步改善大气环境质量。建立土壤环境质量监测网，重点对耕地和集中式饮用水水源地土壤环境开展监测。加大垃圾分类和农业面源污染治理力度。加强丽水工业园区工业固体废弃物管理。加强瓯江及其支流的生态敏感区、脆弱区、天然林保护区为重点的生态保护和建设，推进以“大森林”为重点的生态屏障建设。坚持保护优先、自然恢复为主，实施山水林田湖生态保护和修复工程。统筹推进生态公益林建设、林相改造及森林资源保护工作，加快平原绿化和森林扩面提质。加强野生动植物、古树名木、濒危物种保护和耕地保护，建设华东药用植物园（丽水植物园），创建猕猴峡自然保护区。

完善生态文明制度供给。完善生态文明绩效考核机制，加大资源消耗、环境损害、生态效益等指标考核权重和生态经济考核力度，实施绿色GDP核算和考核。加快实施主体功能区战略，建立生态环境空间管理制度。推进自然资源负债表研究编制，探索建立生态环境损害责任终身追究责任制、生态损害第三方独立鉴定评估机制。开展自然资源资产离任审计。完善生态保护预警监管机制、生态环境执法联动机制。完善生态补偿机制，推动建立瓯江源头地区水资源保护专项资金，探索研究公益林分类补偿和分级管理机制，积极争取和做大“环境年金”份额。

积极发展生态工业。以“生态低碳、提质增效”为导向，推进供给侧改革，实施“工业强基”工程，着力培育先进装备制造、健康制造、农林产品加工、信息经济四大生态工业。推进“四换三名”和园区循环化改造，以机器换人促进减员增效，以腾笼换鸟淘汰落后产能，以空间换地节约集约土地，以电商换市换取市场活力，加快推动传统制造业转型升级，着力培育一批名企、名品、名家。完善企业帮扶长效机制，合力帮扶企业排忧解难。加大科技创新扶持力度，努力引进成长潜力大、资源消耗少、技术含量高、综合效益好的新兴产业。

2.以养生农业为基础。养生农业体现了人与自然的和谐，是文化创意产业的重要平台。以请上门体验、送上门消费为目标，深入实施生态精品养生农业三年行动计划，加快发展体现莲都特色、符合时代潮流的养生农业。

全域推进养生农业发展。按照“优质、安全、高产、高效”要求，推进农业产业结构调整，提升水果、蔬菜、食用菌、畜牧、油茶等传统产业，大力发展处州白莲、白枇杷、皇菊、铁皮石斛、娃娃鱼、红豆杉、高山放心菜、特色中药材等特色产业，培育一批高品质、高效益、高知名度的拳头产品。加快畜牧业转型发展。发挥国家农业综合开发现代农业园区的辐射效应，优化园区生产、投资环境，推进土地流转和适度规模经营。

着力推动农耕文化复兴。深入汲取《四千年农夫》文化精髓，倡导不使用农药化肥，逐步恢复传统农耕生产方式，回归东方农耕智慧。加强农产品质量安全追溯体系建设，创建省级农产品质量安全放心示范区。引导鼓励农业企业参加各类农博会、展销会，支持有条件的农企申报各级名牌产品、原产地保护和地理标志证明商标，持续放大“中国莲都·养生农业”品牌效应。积极推动农旅结合、农商结合，延伸农业产业链，加快发展休闲民宿、养生乡村、创意农业、休闲观光农业。谋划把碧湖平原打造成为国家农业公园。

打造“中国赏莲品莲胜地”。依托1500多年的白莲种植历史，深挖爱莲、品莲、吟莲的传统文化，高起点推进莲旅游主题设计、概念品牌打造、时尚动漫推广、莲博园建设、莲工艺品艺术品开发，集聚人气，扩大影响。加大莲花种植新模式的试验与推广，探索多元化套养轮作模式，提高综合经济效益。以打造莲都国际赏莲节为核心，以莲花小镇、莲花博览园、莲花精品园、莲主题民宿等为落点，让游客“望得见绿、看得见花、进得了塘、拍得到美”，达到“迈入莲都，身化莲花”的情感体验，把莲都打造成为“中国赏莲品莲胜地”。

3.以文化创意旅游产业为重点。文化是旅游的灵魂，旅游是文化的载体。围绕培育千亿生态旅游第一支柱产业的战略部署，主动融入“浙皖闽赣国家东部生态文明旅游区”“省级旅游综合改革试验区”创建工作，推动文化创意旅游业大发展。

创新发展生态旅游。紧抓“高铁时代”机遇，深入实施“旅游+”战略举措，构建养生养老游、乡村休闲游、体育休闲游、摄影文化游、品莲爱莲游等特色旅游产品体系。以瓯江风情省级旅游度假区建设为龙头，以南明湖、古堰画乡、东西岩、石牛温泉等景区为核心，加快打造一批精品景区景点。积极推进智慧旅游，建立“中国莲都”发布品牌，积极推广“旅游护照”，推动旅游企业协同打造涉及食、住、行、购、娱、游和公共服务等领域O2O旅游电商平台。加快完善旅游基础设施网络，重点突破通景交通瓶颈，推动电动汽车分时租赁提质扩面。理顺旅游发展体制机制，适时成立莲都区旅游发展公司，整合全区旅游资源。

坚定发展民宿经济。抓住大健康主题村落建设机遇，凸显传统村落的特色与资源，提升村庄的整体环境和品质，打造浙江首个最具文化故事、主题情景的乡村休闲度假旅游目的地，把民宿经济培育成新的生态经济增长点。创新主题民宿类型，以“慢生活”“乡土味”“家服务”为卖点，创新发展高山避暑型、养生养老型、休闲农庄型、乡村体验型等特色民宿形式，实现主题民宿差异化发展。注重民宿建设的品位和内涵，融入独特创意、融入真挚情感、融入艺术风格和个性追求，合理控制床位规模，实现主题民宿量质并举。积极拓展民宿经济发展外延，配套发展城郊型家庭农场、生态牧场、开放式儿童主题乐园、汽车露营地等多元项目，提升游客“获得感”。坚持资本获利与农民受益“双轮驱动”，推动民宿经济健康持续发展。加强民宿业主培训，扎实做好民宿消防、治安、交通安全工作。

打造浙闽赣皖国家生态文明旅游示范区门户。联动周边三清山、龙虎山、江郎山、武夷山、黄山等高品质旅游资源，按照“国际生态旅游名城”建设要求，将莲都区打造成为浙闽赣皖国家东部生态文明旅游区的服务中心。依托国家农业公园、瓯江风情旅游度假区、华东绿谷养生养老城、大健康主题村落等重大旅游平台建设，发挥莲文化的品牌效应，把莲都打造成为面向长三角的四省首选旅游目的地。加强旅游集散功能建设，无缝对接对外交通网、市域交通网、城市交通网络体系，实现旅游线路整合，旅游产品组合，旅游服务融合。

4.以改革创新为动力。坚定不移地把改革创新作为第一动力，进一步释放改革红利，增强创新驱动力，带动提升区域经济实力。

全面强化改革推动。优化市区职能职权配置。完善区级管理体制。深化行政审批制度改革，推进市区行政审批层级一体化，推行投资项目审批“全天候代办”服务和民宿项目“组团服务、流动办证”联审联批。全面实行企业“零地”投资项目政府不再审批、企业独立选址项目高效审批，积极探索企业非独立选址项目市场化供给要素机制和政府不再审批办法。全面建立以“亩产效益”为导向的资源要素差别化配置机制。依托丽水市产权交易中心等平台，推进工业用地、用能、水权、排污权等资源要素自由交易。推进户籍制度改革，逐步建立城乡统一的户口登记制度。积极促进农业转移人口市民化，探索建立健全政府、企业、个人共同参与的成本分担机制。深化农村产权制度改革，深化集体资产股份制改革，鼓励农民以土地股份合作形式流转土地承包经营权，探索普通农民平等参与、公平分享的农业现代化体制机制。深化农村金融改革，拓展农村地区抵押物范围，加大涉农信贷产品创新力度。建立城乡统一的建设用地市场。推进投融资体制改革，探索建立民间融资备案管理制度和民间融资利率指数，加强民间融资动态跟踪和风险预警。鼓励社会资本以独资、PPP等形式进入基础设施、社会事业等领域。出台莲产业发展专项政策。

大力实施创新驱动。强化企业创新的主体作用，实施创新型领军企业培育计划、科技型初创企业培育计划、科技型中小企业成长计划，着力培育创新型企业发展雁形梯队，推动企业成为推动莲都创新发展的真正主体。深化“基地+市场+企业”等模式，构筑低成本、便利化、全要素、开放式“众创空间”，推广众包、众扶、众筹空间等新型孵化模式，为初创企业提供全链条创业要素供给与服务。完善公共技术服务平台体系，有针对性的打造设计研发、工艺制造、检测检验、标准化、综合服务等公共技术服务平台。强化重点领域引才，围绕民宿经济、养生农业、生态旅游、特种养殖等重点领域，引进一批高层次人才，逐步形成“引进人才、培育企业、带动产业”的链式效益。完善人才培育体系，加大创业教育力度，选派好科技特派员、农村指导员。优化人才发展环境，完善人力资本激励机制，坚持事业留人、感情留人、待遇留人，营造勇于创新、鼓励成功、宽容失败的社会氛围。有效发挥税收优惠、股权激励等人才政策杠杆，扫除人才流动、使用中的体制机制障碍。完善知识产权保护机制，完善企业登记管理制度，优化创办科技型和创新型企业的注册办理手续，加快营造一流创业创新环境。

加快推进开放联动。深化推进区域合作共建，推动与瓯江上下游区域的产业协作、设施互联、生态共保。强化瓯江生态旅游精品线路的共同打造，优化旅游集散功能。积极参与瓯江生态经济带联动发展，加强同温州市区的协作联动。深化与义乌市山海协作关系，提高共建、共推、共管、共招水平，借助“义新欧”等对外通道，不断深化在旅游、农业产品、对外贸易、电子商务等领域的推广合作。谋划推进与青田腊口组团化发展。提高外向型经济发展水平，加强外贸出口主体和出口品牌建设。继续实施“浙商回归”工程，坚持招大引强选优，探索多样化招商模式，主动引进优势企业集团。

促进互联网与产业创新融合发展。充分发挥互联网在生产要素配置中的优化和集成作用，强化区电商办服务功能，推动互联网业态与实体经济互促共进、新一代信息技术与三次产业的融合创新，加快培育发展一批“互联网+”示范平台、特色小镇和领军企业，增创发展新优势，推动经济社会转型发展。

5. 以增进民生福祉为目的。立足“人民至上”，千方百计提高公共服务供给数量和质量，努力创造更优质普惠的民生环境，带领人民在共建中共享，构筑群众向往的“美好生活”。

做好居民就业和社会保障工作。实施更加积极的就业政策，优化公共就业管理与服务。支持创业带动高质量就业，加大对灵活就业和新型就业的支持。积极维护劳动者合法权益。实施全民参保计划，扩大各类社会保险参保率和覆盖面。推进莲都与省内其他地市实现基本医保异地即时结算。完善社会福利和新型社会救助体系，在乡镇街道建立社会救助申请“一门受理、协同办理”机制。以最低生活保障为核心，全面实施城乡居民大病医疗救助和临时救助制度。加强“五保”“三无”对象、困难老人、孤残儿童和重度残疾人的保障工作。推进养老服务体系建设，确保托底型养老，扩大普惠型养老，支持社会化养老，加强医疗机构与养老服务机构合作，推进“医养结合”。建立以公共租赁房和农村危旧房改造为主的城乡住房保障体系。

促进城乡居民持续普遍增收。完善收入分配制度和劳动报酬增长机制，努力实现居民收入增长高于经济增长，农村居民收入增长高于城镇居民增长。健全资本、知识、技术、管理等要素市场决定的报酬制度，多渠道增加居民财产性收入。完善强农惠农富农政策，在巩固好种养业、种植业、外出务工“老三宝”基础上，全力支持发展来料加工、农村电子商务、农家乐民宿等“新三宝”产业，千方百计促进农民增收。实施脱贫攻坚工程，创新扶贫开发工作机制，推进分类施策、精准扶贫，提高扶贫实效，确保低收入群体收入增长快于全区平均增长。实施万人下山脱贫计划，推进联城、碧湖等农民安置小区建设。

提高城乡基础设施建设水平。完善综合交通网，以高铁站区为依托，实施一批重大交通工程和农村公路提升改造工程，实现城乡客运一体化和高铁、公路与公共交通的无缝对接。提升水利设施网，强化“五水共治”项目建设，加强农田水利设施建设，提高农村人口的饮水安全。提升改造能源保障网，加快新能源开发，实施城镇天然气管网工程和新一轮农村电网改造提升工程，保障能源安全可靠供应。优化信息平台网，推进公共服务信息平台建设，积极推进电信网、广播电视网和互联网“三网”融合发展，打造“无线城市”。打造防灾减灾网，完善防灾减灾救灾体制机制，到2020年实现避灾安置场所全覆盖。加强村庄基础设施和社区办公用房建设。

全面实现教育现代化。高标准普及15年基础教育。深入推进第二轮学前教育发展三年行动计划，加大普惠性幼儿园建设，推动学前教育内涵提升。巩固国家义务教育均衡发展区创建成果，优化教育资源布局，加大义务教育投入，加快义务教育学校标准化建设，推进城乡义务教育优质均衡发展。加快教育改革力度，深化义务教育课程改革，推进中小学素质教育，实施名师名校长名班主任培育工程，全面加强教师队伍特别是农村教师队伍建设。鼓励和扶持民办教育发展。以省市两级数字化示范学校创建为载体，加快推进“三通两平台”应用。到2020年，与全省同步全面实现教育现代化。

推进“健康莲都”建设。积极创建国家慢性病防治示范区和省级卫生强区。推行全科医生签约服务，逐步建立基层首诊、双向转诊、急慢分治、上下联动的分级诊疗制度。深化医药卫生体制改革，坚持医疗、医保、医药“三医联动”，建立现代医院管理制度和法人治理结构。全面加强精神卫生、应急救治等专业公共卫生服务机构的能力建设，构筑有效维护公众健康的安全屏障。促进人口均衡发展，坚持计划生育基本国策，稳妥实施全面两孩政策，实施出生缺陷三级干预，提高出生人口素质。建立健全农村留守儿童、妇女、老人关爱服务体系，完善残疾人扶助政策，切实保护特殊人群权益。深入实施全民健身计划，拓展公共体育设施和学校体育场地设施免费开放覆盖面。实施心理卫生健康工程，加强人群心理干预和健康指导。

构建“一品清莲”文化体系。深入推进中国特色社会主义理论学习、宣传和教育，特别要加强习近平总书记系列重要讲话精神理论武装工作，用中国梦和社会主义核心价值观凝聚共识、汇聚力量。以莲花“出淤泥而不染”高贵品质为核心，加强思想道德建设和社会诚信建设，深化“最美莲都人”主题实践活动，传播“莲都好故事”，扩大“清廉之都”社会效益。推进以莲文化为核心的区域文化建设工程，做好“莲+”民俗、文学、学术、艺术、节庆、养生、新媒体、体育赛事、畲族文化、廉政文化等10篇文章。制定基本公共文化服务标准化均等化五年行动计划，打造城市生态文化公园、生态文化长廊，推进区文化馆、区公共图书馆、区青少年活动中心、乡镇文化站、农村文化礼堂建设。推进数字文化惠民工程，创新公共文化服务形式，提升文化服务供给能力。到2020年，形成环城文化休闲健身带、市区“10分钟文体圈”和乡村“30分钟文体圈”。深化文化体制改革，提升文化执法效能，营造宽松有序的文化发展氛围。完善政府向社会购买公共文化服务管理办法，积极鼓励民营资本发展文化产业。

四、加强和改善党的领导，为实现“十三五”规划提供坚强保证

（一）完善党委领导经济社会发展工作体制机制。坚持党总揽全局、协调各方，充分发挥党委（党组）领导核心作用，加强制度化建设，改进工作体制机制和方式方法，强化全委会决策和监督作用，进一步形成党委领导下的人大、政府、政协各司其职、团结奋进的工作格局。提高决策科学化水平，完善党委研究经济社会发展战略、定期分析经济社会形势、研究重大政策举措的工作机制，健全决策咨询机制。全面加强基层党组织和基层政权建设，提升基层党组织创造力凝聚力战斗力。坚持党要管党，全面从严治党，增强党章意识，严明党的纪律和规矩。落实党风廉政建设主体责任和监督责任，强化权力运行制约和监督，扎实推进改进作风常态化长效化建设，巩固深化正风反腐成果。支持和保障人大及其常委会依法履行职权，支持人民政协围绕团结和民主两大主题履行职能，巩固和壮大最广泛爱国统一战线，更好地发挥工青妇等社会团体的桥梁纽带作用，切实做好新形势下民族、宗教、侨务和对台工作，调动一切积极因素，把“十三五”目标任务和政策举措转化为广大干部群众的生动实践。

（二）运用法治思维和法治方式推动发展。提高各级领导和党员干部法治思维和依法办事能力，加强法治政府建设，健

全行政决策机制和程序，深化行政执法体制改革，进一步规范行政执法行为。稳妥推进司法体制改革，进一步优化司法职权配置，健全科学的司法权力运行机制，切实推进公正司法。全面推进公共法律服务体系建设，深入开展普法活动，加强社会信用体系建设。不断推进基层民主政治建设，健全完善村(社区)依法自治、村(社区)事务准入等制度。全面推进公共法律服务体系建设，大力发展法律服务业，加强法治宣传教育，在全社会形成良好的法治氛围和法治习惯。

(三)在新的起点上深化作风建设。作风决定事业成败。持续巩固党的群众路线教育活动成果，深化“三严三实”教育，继续开展“不严不实”典型案例大讨论活动，让党员干部进一步担当起来。强化正风肃纪，全面落实中央八项规定精神，加强干部“生活圈”“社交圈”监督，严查“酒局”“牌局”，推动正风肃纪高压态势常态化。拓宽做群众工作的方法和路径，在深入群众、组织群众、发动群众、富裕群众、文明群众上下功夫，切实打通联系服务群众“最后一纳米”。加强各级领导班子建设，深入治理“为官不为”，推进干部能上能下，让想干事的人有机会、干成事的人有舞台、不干事的人让位置，大力营造崇尚实干、敢于担当、风清气正的良好政治生态。

(四)加强和创新社会治理。完善党委领导、政府主导、社会协同、公众参与、法治保障的社会治理体制，推进社会治理精细化，构建全民共建共享社会治理格局。以乡镇(街道)社会服务管理中心和区级有关工作平台为基础，扎实推进区乡两级社会治理综合指挥平台建设，深化平安建设信息系统与“网格化管理、组团式服务”两网融合。加强基层群众自治组织建设，实现政府治理和社区服务、居民自治良性互动。积极探索多元主体参与治理模式，推进社区建设、社会组织建设和社会工作“三社联动”，加强社会专业人才队伍建设。动员和鼓励群团组织参与社会治理。完善风险排查化解管控工作体系，实行社会风险隐患清单式管理，动员社会力量参与风险排查化解管控工作，形成政府和社会共同防范、化解、管控风险的良好局面。完善矛盾纠纷多元化解工作体系，落实重大决策社会稳定风险评估机制，深化信访工作制度改革。完善立体化社会治安防控体系，依法严密防范和严厉打击敌对势力渗透颠覆破坏活动、暴力恐怖活动、民族分裂活动、极端宗教活动等各类违法犯罪活动，加强禁毒工作，扎实推进公共交通安保、重点场所安全防范、特殊人群和流动人口管理服务、网络舆情应对、突发事件应急处置等机制建设，加强公共安全视频监控网络建设和联网应用。全力抓好安全生产，加大安全生产监管执法力度，推进安全生产责任体系向基层延伸落实。推进食品和餐饮安全治理体制机制创新，强化从田头到餐桌的全过程监管。

(五)确保“十三五”规划建议的目标任务落到实处。制定“十三五”规划纲要和专项规划，要坚决贯彻党中央、省委、市委、区委的决策部署，落实本建议确定的发展指引、工作主线、重点任务、重大举措。各级各类规划要增加明确反映创新、协调、绿色、开放、共享发展理念的指标，增加美丽环境、美丽经济、美好生活的指标，增加履行职责的约束性指标，把区委全会确定的各项决策部署落到实处。

实现“十三五”时期跨越发展，使命光荣，任务艰巨。全区党员干部群众要更加紧密地团结在以习近平同志为总书记的党中央周围，抢抓新常态下的新机遇，励精图治，开拓进取，为全面建设“中国莲都”、与全省同步高水平全面建成小康社会而努力奋斗！

中共丽水市莲都区委办公室
印发《关于在全区党员中开展“学党章党规、学系列讲话，做合格党员”学习教育的实施方案》的通知

莲委办发〔2016〕21号

古堰画乡小镇党工委，各乡镇党委，各街道党工委，区直各单位党委（党组）：

《关于在全区党员中开展“学党章党规、学系列讲话，做合格党员”学习教育的实施方案》已经区委同意，现印发给你们，请认真贯彻执行。

各单位党委（党组）要根据本实施方案要求，结合实际制定具体方案。开展学习教育的情况要及时报告区委。

中共丽水市莲都区委办公室

2016年5月7日

关于在全区党员中开展“学党章党规、学系列讲话，做合格党员”学习教育的实施方案

党中央决定，2016年在全体党员中开展“学党章党规、学系列讲话，做合格党员”学习教育（以下简称“两学一做”学习教育），这是落实党章关于加强党员教育管理要求、面向全体党员深化党内教育的重要实践，是推动党内教育从“关键少数”向广大党员拓展、从集中性教育向经常性教育延伸的重要举措，是加强党的思想政治建设的重要部署。现根据中央统一部署和省委、市委安排，结合我区实际，提出如下实施方案。

一、总体要求

“两学一做”学习教育不是一次活动，要突出正常教育，区分层次，有针对性地解决问题，用心用力，抓细抓实，真正把党的思想政治建设抓在日常、严在经常。

（一）明确目标任务。开展“两学一做”学习教育，基础在学，关键在做。要把党的思想建设放在首位，以尊崇党章、遵守党规为基本要求，以用习近平总书记系列重要讲话精神武装全党为根本任务，教育引导广大党员自觉按照党员标准规范言行，进一步坚定理想信念，提高党性觉悟；进一步增强政治意识、大局意识、核心意识、看齐意识，坚定正确政治方向；进一步树立清风正气，严守政治纪律政治规矩；进一步强化宗旨观念，勇于担当作为，在生产、工作、学习和社会生活中起先锋模范作用，为党在思想上政治上行动上的团结统一夯实基础，为协调推进“四个全面”战略布局，贯彻落实五大发展理念，全面推进“中国莲都”建设提供坚强组织保证。

（二）聚焦突出问题。开展“两学一做”学习教育，“学”要带着问题学，“做”要针对问题改，切实增强针对性和实效性。通过学习教育，着力解决一些党员理想信念模糊动摇，对共产主义缺乏信仰，对中国特色社会主义缺乏信心，精神空虚，推崇西方价值观念，热衷于组织、参加封建迷信活动等问题；着力解决一些党员党的意识和党员意识淡化，看齐意识不强，不守政治纪律政治规矩，在党不言党、不爱党、不护党、不为党，组织纪律散漫，不按规定参加党的组织生活、不按时交纳党费、不完成党组织分配的任务、不按党的组织原则办事以及带头违建、妨碍公务和抗拒执法等问题；着力解决一些党员宗旨观念淡薄，利己主义严重，漠视群众疾苦、与民争利、执法不公、吃拿卡要、假公济私、损害群众利益，在人民群众生命财产安全受到威胁时临危退缩以及以权谋私、徇私枉法等问题；着力解决一些党员精神萎靡不振，工作消极懈怠，不作为、不会为、不善为、乱作为，不担当、逃避责任，不起先锋模范作用等问题；着力解决一些党员践行社会主义核心价值观不力，律己不严、知行脱节，讲奉献、讲公德、讲诚信不够，甚至价值取向扭曲、道德行为失范，情趣低俗、贪图享乐等问题。

（三）把握基本原则。开展“两学一做”学习教育，要坚持严在经常，务求实效。具体把握“五个坚持”：一是坚持正面教育，科学理论武装头脑；二是坚持学用结合，知行合一；三是坚持问题导向，注重实效；四是坚持领导带头，以上率下；五是坚持从实际出发，分类指导。要以党支部为基本单位，以“三会一课”等党的组织生活为基本形式，以落实党员教育管理制度为基本依托，针对党员干部、普通干部的不同情况作出安排。各基层党支部要充分发挥自我净化、自我提高的主动性，充分利用各种阵地设施和资源手段，提升学习教育的实际效果。

（四）着眼服务大局。开展

“两学一做”学习教育，要着力围绕中心、服务大局。坚持与推进“十三五”规划开局起步、服务保障G20峰会等紧密结合，与“五水共治”“三改一拆”“浙商回归”、特色小镇、美丽乡村、农民增收、平安建设和文明城市创建等重点工作紧密结合，与完成本地本单位重点任务紧密结合，着力锻造党员过硬作风和能力，提振精气神、展示新作为，始终保持昂扬向上的干劲韧劲，增强攻坚克难的意志品质，在加快转型升级中作出新贡献、在全面深化改革中展现新担当、在保障和改善民生中创造新业绩，交出发展、生态、民生、平安、党建等方面群众满意的答卷。

二、主要内容

“两学一做”学习教育基础在学，要把学习党章党规与学习系列讲话有机统一，在学习系列讲话中加深对党章党规的理解，在学习党章党规中深刻领悟系列讲话的基本精神和实践要求。“两学一做”学习教育关键在做，要正确把握好学和做的辩证关系，真正做到以知促行、知行合一。

（一）学党章党规。全区党员要逐条逐句通读熟读《中国共产党章程》，深入领会党的性质、宗旨、指导思想、奋斗目标、组织原则、优良作风，深刻领会党员条件、义务、权利并牢记入党誓词，明确做合格党员的标准。要通读熟读《中国共产党廉洁自律准则》《中国共产党纪律处分条例》《中国共产党党员权利保障条例》、八项规定和省、市、区委关于作风建设的要求等规章制度，明确为人、做事的基准和底线。要学习党的历史，用红色教育资源弘扬激发党的优良传统作风，增强广大党员的精神动力。要联系广大党员的思想和工作实际，以先进典型为镜，见贤思齐，以周永康、薄熙来等违法违纪案件以及身边查处的典型案例为戒，促使广大党员见不贤而自省。

副科以上党员领导干部还要重点掌握党章总纲、党员和党的组织制度、党的各级组织、党的干部和党的纪律等内容，深刻把握民主集中制的精神实质，进一步明确“四个服从”的要求，掌握党的领导干部必须具备的六项基本条件，掌握党纪处分工作原则以及各类违纪行为的情形和处分规定，掌握党的地方委员会和党组的职责、组织原则、运行机制，掌握党政领导干部选拔任用原则、条件、要求等，提高做好领导工作所必需的政治素养和政策水平。

（二）学系列讲话。全区党员都要认真、及时跟进学习领会习近平总书记系列重要讲话，通读熟读《习近平总书记系列重要讲话读本（2016年版）》《之江新语》，掌握系列讲话的基本精神和党中央治国理政新理念新思想新战略的基本内容，掌握与增强党性修养、践行宗旨观念、涵养道德品格等相关的基本要求，进一步坚定理想信念，补好精神之“钙”，坚定中国特色社会主义道路自信、理论自信、制度自信，自觉按照五大发展理念做好本职工作。

副科以上党员领导干部还要认真研读《习近平谈治国理政》《习近平总书记重要讲话文章选编（领导干部读本）》《干在实处走在前列》等书目。要把学习系列讲话同学习马克思列宁主义、毛泽东思想和中国特色社会主义理论体系结合起来，深刻领会关于改革发展稳定、内政外交国防、治党治国治军的重要论述，领会贯穿其中的马克思主义立场观点方法，领会贯穿其中的坚定信仰追求、历史担当意识、真挚为民情怀、务实思想作风。

各单位党委（党组）要把毛泽东同志的《党委会的工作方法》纳入学习内容，通过理论学习中心组、党委（党组）班子会议进行学习研讨。各基层党组织要把习近平总书记8次到丽水指导工作时的重要指示作为学习教育的重要内容，进一步统一全区上下绿色生态发展的思想行动，增强广大党员的自豪感、责任感和使命感，深化“归零翻篇开新局”大讨论活动，自觉谋求新定位、实现新作为，不断开创“绿水青山就是金山银山”绿色生态发展之路的新境界、新局面。

（三）做合格党员。全区党员都要以“讲政治、有信念，讲规矩、有纪律，讲道德、有品行，讲奉献、有作为”的标准来衡量、检视自己，着重解决在坚定理想信念、树立党的意识和党员意识、强化宗旨观念、践行社会主义核心价值观、在推动改革发展稳定实践中建功立业等方面存在的突出问题，坚持立说立行，立行立改，切实增强政治意识、大局意识、核心意识、看齐意识。引导党员坚定自觉地在思想上政治上行动上同以习近平同志为总书记的党中央保持高度一致，经常主动向党中央看齐；践行党的宗旨，密切联系服务群众；加强党性锻炼和道德修养，树立良好的家风家规，筑牢拒腐防变的防线；始终保持干事创业、开拓进取的精气神，为与全省同步高水平全面建成小康社会，全面推进 “中国莲都”建设作出贡献。

副科以上党员领导干部还要围绕“带头坚定理想信念、带头严守政治纪律和政治规矩、带头树立和落实新发展理念、带头攻坚克难敢于担当、带头落实全面从严治党责任”等方面查摆自身短板，按照习总书记提出的“铁一般信仰、铁一般信念、铁一般纪律、铁一般担当”的要求，对照“七个有之”“五个必须”等重要论述，带头爱党护党，带头担当作为，带头干净干事，做心中有党、心中有民、心中有责、心中有戒的表率。

各单位党委（党组）要结合各自改革发展的实际、基层党组织建设状况和党员队伍现状，指导基层党组织开展“合格党员标准”讨论，从具体的问题和事件，分析梳理合格党员的具体标准和不合格党员的具体表现，引导党员对标检视，增强政治属性的内生动力。

三、方法措施

（一）抓好学习培训和专题研讨。开展“万名党员抄党章”活动，组织全区党员手抄党章，撰写感言体会，促使党章条文入脑入心。各单位党委（党组）和基层党组织都要对学习培训和专题研讨作出具体安排，把各项学习内容全面融入到中心组学习和“三会一课”、固定活动日、民主评议、述职考核等计划中。要做到基本教材全覆盖，把规定的必读书目发放到每一名党员，提出自学要求，进行必要的检查和评估，没有达到自学要求的，及时责成补课。要将“学党章党规、学系列讲话”纳入主体班次课程，对基层党组织书记开展集中轮训。深入开展“时刻牢记优秀革命传统，提升党员干部担当精神”活动，组织党员到中共丽水县委旧址（岱后）开展学习革命先烈、重温革命历史、牢记使命、争当模范活动。党支部或党小组要结合每月党员固定活动日，组织党员紧密联系个人思想工作生活实际，围绕在新任务新考验面前能否坚守共产党人信仰信念宗旨，能否正确处理公与私、义与利、个人与组织、个人与群众的关系，能否努力追求高尚道德、带头践行社会主义核心价值观、保持积极健康生活方式，能否自觉做到党规党纪面前知敬畏守规矩，能否保持良好精神状态、积极为党的事业担当作为等“五个能否”开展学习讨论，每名党员都进行交流发言。党支部每个季度组织一次党员大会，分别围绕坚定信仰信念，保持党员本色；强化看齐意识，严守纪律规矩；勇于担当作为，发挥党员作用等三个专题开展学习研讨，安排中心发言和重点发言，交流学习成果。上级党组织根据实际情况派员点评指导，其中农村、社区、两新党组织每次学习研讨都要派员参加，确保专题研讨调子不偏、秩序不乱。建立党员参加“两学一做”学习教育情况登记表，纳入党员个人档案。

（二）组织开展好专题党课。开展“千名书记上党课”活动，“两学一做”学习教育部署动员时，各单位党委（党组）书记要带头上党课，传达学习习近平总书记关于“两学一做”学习教育的重要讲话精神，深入分析学习教育的重要意义和党员队伍、基层党组织建设存在的具体问题和现实表现，明确抓好学习教育的要求。“七一”前后，每个基层党支部都要集中安排一次党课，区级党员领导干部和区直单位党委（党组）书记要到所在党支部、联系单位和村（社区）上党课，乡镇（街道）党（工）委书记要采取灵活多样的形式上党课，基层党组织书记、住村党员干部、农村第一书记要在所在支部或基层上党课，鼓励普通党员联系实际上党课。组织部门和宣传部门要密切配合，组织党校骨干、讲师团成员、先进模范等到基层开展巡回宣讲。要突出党课党的属性，突出主题，聚焦问题，不能庸俗化、娱乐化和随意化。

（三）挖掘宣传党建好故事。开展“百名典型讲故事”活动，组织挖掘一批服务发展、服务群众、推进工作的先进典型，用正面典型教育引导身边的同志，增强党员看齐意识。对省、市“好支书、好党员”的事迹进行挖掘和宣传，组织巡回宣讲，大力传颂基层干部和党员的好故事。每个村（社区）支部都要挖掘一个以上好故事，每个乡镇（街道）汇编一本好故事材料，作为学习教育的辅导材料，由支部组织学习。在建党95周年之际，评比和表彰一批先进基层党组织、优秀共产党员和优秀党务工作者。

（四）召开高质量的专题组织生活会。年底前，党支部召开专题组织生活会。会前，采取“点、帮、提”的方式征求意见和沟通思想，党委（党组）负责同志要与班子成员和支部书记、支委班子成员要与党员逐个谈心交心，点出问题，指导完善谈话对象个人问题清单。党员和党员之间互相开展谈心帮助，充分沟通问题短板，形成共识。基层党组织要面向党员和群众广泛征求意见。支部召开组织生活会必须准备充分、条件成熟，并报上级党组织批准同意。会上，要严肃认真开展批评与自我批评，支部班子和班子成员进行党性分析，查摆存在问题，针对突出问题和薄弱环节提出整改措施。党员开展“党性体检、民主评议”，党支部结合党员日常表现，进行先锋指数考评，确定评议等次。对优秀的党员予以表扬，对有不合格表现的，区分情况，稳妥慎重地给予组织处置。人数较多的支部，可以分党小组召开专题组织生活会。

（五）把解决问题贯穿学习教育始终。每位党员要围绕“像不像党员、在不在组织、重不重学习、起不起作用、守不守规矩”和党性观念存在的突出问题，进行深刻反思，列出问题清单，把合格的标尺立起来。基层党组织要根据“整乡推进、整县提升”要求，围绕“党内政治生活严不严肃、组织管理到不到位”等问题，开展分析讨论，进一步完善“归零翻篇大讨论”活动查找的短板清单、整改清单和责任清单，着力抓好软弱落后基层党组织整顿转化、完善政治生活和组织管理等制度。要同抓好党的群众路线教育实践活动、“三严三实”专题教育、“学党章、守纪律、讲规矩”主题教育的问题整改结合起来，与查补“归零翻篇开新局”大讨论查找出来的短板问题结合起来，与省委巡视组反馈意见整改工作相结合，深化推进“为官不为”专项整治，全面开展基层干部损害群众利益问题专项整治和作风巡查，联动开展“百千万”信访督查专项整治。持续开展正风肃纪专项行动，对党章党规党纪执行情况、“八项规定”“28条办法”“六项禁令”和区乡换届“九个严禁”等落实情况等进行明察暗访，始终保持高压态势。

（六）实施“看齐创优、双先双创当先锋”行动计划。农村、社区重点深化党员承诺践诺和设岗定责工作，国有企业和非公有制企业重点抓好党员示范岗和党员责任区落实工作，社会组织、窗口单位和服务行业重点抓好党员挂牌上岗、亮明身份工作，机关事业单位重点引导党员履职尽责、服务和谐社区创建工作，学校重点推动党员立德树人、自觉爱党护党为党。各党支部都要根据各自工作重点，以“岗位争先创业绩、服务领先创满意”为引领，落实好具体活动和任务要求，推动广大党员在自身岗位、具体事务、重点工作中发挥先锋模范作用，并广泛开展党员志愿服务活动。组织开展“佩党徽、亮身份、作表率”活动，要求在职党员上班时间、全体党员参加党内活动时佩戴党徽。

（七）健全严格严肃党员日常教育管理长效机制。全面实行党员固定活动日制度，严格严肃落实“三会一课”制度，严格执行“四个不”规矩，即会前不喝酒、开会不迟到、会上不抽烟，会后不非议。推行党员干部日志式管理，鼓励普通党员记好联系群众日志，与先锋指数考评、党员记实管理结合起来，作为评优评先、处置不合格党员的参考依据。深化乡镇（街道）干部住村联心、组团夜访和手绘民情地图做法，推动“走村不漏户、户户见干部”要求落到实处。全面落实农村党员干部“四必到、四必访”

要求，抓好“联系不漏户、党群心贴心”工作，每名村干部和党员联系到户到人。继续深化在职党员志愿服务和党组织认领“文明创建实践区”活动，着力抓好“点亮微心愿·共筑中国梦”工作，认领微心愿和参加志愿服务情况作为年度考核的重要依据。探索流动党员从严管理模式，流动党员一年内必须回乡参加至少两次支部活动，每次回乡必须向支部书记报到。严格落实“十条红线”管理，健全完善不合格党员退出机制。建立完善党内激励、关怀、帮扶机制，为党员过政治生日，给入党50周年以上党员授予荣誉牌匾等，激发党员的政治荣誉感。

四、组织领导

（一）落实责任，加强指导。各单位党委（党组）要把抓好学习教育作为一项重要政治任务，切实履行主体责任，周密安排、精心组织。各单位党委（党组）都要制定具体的实施方案，加强督促指导，安排专门力量，负责学习教育工作。各单位党委（党组）书记和基层党组织书记分别承担起第一责任人和直接责任人职责，要吃透政策原则，解决关键问题，并发挥示范作用。当前，要全面开展党员组织关系排查，进一步理顺党员组织关系，努力使每位党员都纳入党组织的有效管理并参加学习教育。今年的基层党建述职评议考核，把组织开展学习教育情况作为首要内容，对组织不力、问题较多的党组织，要采取批评教育、补课整顿的组织措施。区委建立定期点评通报制度，派出督导组开展巡回督导。

（二）领导带头，以上率下。党员领导干部要学在前、做在前，先学一步、深学一层，以身作则、示范带动，推动形成上行下效、整体联动的总体效应。严格执行双重组织生活制度，年度民主生活会要以“两学一做”为主题，领导班子和领导干部要把自己摆进去，认真开展批评和自我批评，剖析的问题及整改的措施，要在一定范围内公示，接受监督；党员领导干部还要以普通党员的身份，参加所在支部专题组织生活会，与党员一起学习讨论、一起查摆解决问题、一起接受教育、一起参加民主评议。

（三）抓好结合，统筹推进。各基层党组织和党员要善于把“两学一做”学习教育激发的政治自觉转化为深化“归零翻篇开新局”大讨论活动的动力，扎实补好经济发展、民生保障、社会治理、体制机制等方面的短板，以改革发展的成效，检验学习教育的成果。要善于把“两学一做”学习教育的成果体现到区乡换届和村级组织换届的相关工作上，通过学习教育，增强党组织的凝聚力、战斗力和执行力，选出忠诚干净担当、能够“一张蓝图绘到底”、善于抓落实的好干部，配出结构优功能强的好班子，换出心齐气顺劲足的好面貌。要善于把“两学一做”学习教育形成的从严管党治党氛围作为开展基层党建“整乡推进、整县提升”的有利契机，以“两学一做”为主线，高标准落实农村基层党建“浙江20条”，并创造性地落实好推进计划和提升任务。

（四）把握特点，讲究方法。各基层党组织要在坚持“两学一做”学习教育总体要求的同时，综合考虑行业领域、文化程度、健康状况等因素的区别，有针对性地提出具体要求。对年老体弱、行动不便的党员，党组织可采取送教上门、重点指导的方式；对文化程度较低的党员，要采取党员干部一对一、一对多的方式进行帮学、助学；对离退休干部职工党员，要以适当的方式分类组织学习教育；对流动党员的学习教育，要按照流入地与流出地共同负责的原则组织学习教育。对党员人数少的党组织，可与邻近支部联合或依托区域化党员服务中心开展学习教育；两新领域要根据党组织的实际情况，采取园区党员服务中心统一集中和支部自主安排相结合的方式进行学习教育。

（五）抓好宣传，营造氛围。充分运用报刊、广播、电视等媒体，大力宣传中央精神和省、市、区委部署要求，及时反映“两学一做”学习教育进展和成效，总结推广各地各单位的好经验好做法，宣传各行业各领域的优秀党员和学习教育中涌现出来的先进典型。重视发挥网站、微信、微博等新媒体的作用，加强正面宣传和舆论引导，为“两学一做”学习教育营造良好氛围。

中共丽水市莲都区委办公室
丽水市莲都区人民政府办公室
关于印发《莲都区促进农民增收三年（2016—2018）行动计划》的通知

莲委办发〔2016〕43号

古堰画乡小镇党工委、指挥部，各乡镇党委、政府，各街道党工委、办事处，区直各单位：

《莲都区促进农民增收三年（2016—2018）行动计划》已经区委、区政府同意，现印发给你们，请认真贯彻落实。

中共丽水市莲都区委办公室

丽水市莲都区人民政府办公室

2016年7月14日

莲都区促进农民增收三年(2016—2018)行动计划

为认真贯彻落实《中共中央国务院关于落实发展新理念加快农业现代化实现全面小康目标的若干意见》(中发〔2016〕1号)、《中共浙江省委关于补短板的若干意见》、《关于落实发展新理念、加快建设美丽乡村培育美丽经济的若干意见》(丽委发〔2016〕1号)等文件精神,确保我区农村居民人均可支配收入实现每年两位数以上增长。结合莲都实际,特制定本行动计划。

一、指导思想

深入贯彻习近平总书记系列重要讲话精神,坚持"四个全面"战略布局,坚持创新、协调、绿色、开放、共享"五大"发展理念,坚持围绕"三美融合、主客共享"工作主线,坚持以农民增收为核心目标,以特色小镇和主题村落建设为全区农村经济发展的主平台、主载体、主阵地,以养生农业、民宿业、来料加工、农村电子商务为主抓手,打通"绿水青山就是金山银山"的现实通道,努力形成以家庭生产经营收入为基础、劳务工资性收入为重点、财产资本性收入和政策转移性收入比重稳步提高的农民收入快速增长长效机制。

二、总体目标和预期指标

按照省委"补齐低收入农户增收致富短板"的工作要求,坚持"多予、少取、放活"原则,深入破解农民增收难题,寻找农村经济新的增长点,加快农民增收步伐,努力让农业成为有奔头的产业,让农民成为体面的职业,让农村成为安居乐业的美丽家园,加快实现我区村美民富的"强农梦"。2016—2018年,全区实现农村居民人均可支配收入每年保持两位数以上增长,示范村农村居民人均年可支配收入实现16%以上增长,示范户人均年可支配收入实现20%以上增长。

三、工作重点

(一)着眼于深化改革破题,激发活力富民。

1.加快农村产权制度改革。全面深化农村产权制度改革,稳定农村承包关系,落实集体所有权,稳定农户承包权,放活土地经营权,创新农村集体土地"三权分置"有效实现形式,至2016年底,基本完成全区农村土地承包经营权确权登记颁证工作。有序引导农村土地承包经营权流转,进一步完善区、乡镇、村三级农村产权交易平台,实现与不动产登记管理信息互通,增强农业农村发展活力。积极创新村股份经济合作社经营体制机制,让村集体组织成员长期分享资产收益。积极培育新型林业经营主体,引进工商资本发展林业生产,加快林农山林经营权流转。未来通过三年时间,力争新颁土地经营权流转颁证180宗,不动产发证2000宗,林地流转3万亩。【责任部门:区农业局(产权办),区建设分局,区国土分局,区林业局】

2.加快农村金融改革。积极做好农村"三权"抵押贷款增量扩面工作,创新金融产品和服务,加强村级担保互助组织建设,拓展农村融资渠道,为农民增收提供金融保障。继续开展农村小额贷款保证保险和农村小额保险试点工作,创新保险产品和服务,探索发展地方特色农业保险,提升农户的抗风险能力和自我发展能力。2016年至2018年年均实现"三权"抵押贷款增长10%,农村小额保证保险增长10%。【责任部门:区金融办,区林业局,区农办,区国土分局】

3.加快农业生产经营管理体制改革。构建生产、供销、信用"三位一体"农民合作经济组织体系。通过2-3年努力,联动推进农业经营、农村金融、涉农管理体制改革,全面构建区、乡两级农民合作经济组织体系,建立完善的运行机制,形成以农户家庭经营为基础、合作联合为纽带、农业社会化服务体系为支撑的立体复合型现代经营体系,促进农业现代化和城乡发展一体化。【责任部门:区供销社,区农

办，区农业局，区金融办】

（二）着眼于生态优势厚植，促进产业富民。

1.大力发展民宿经济。按照植入一个主题、导入一个工商资本、建立一个盈利模式、形成一个共享机制、健全一个服务体系“五个一”发展要求，强化主题村落和民宿业主的主体意识；创新载体，灵活选择不同的盈利支撑点；积极实践资产入股、本金入股、劳动力入股等不同层次、不同内容的共享机制，搭建社会资本与村民互惠互利、创业增收的桥梁，扎实建设一批有故事、有内涵、能富民的主题村落（民宿特色村），不断壮大民宿经济。到2018年，投资10亿元以上，创建主题村落（民宿特色村）30个以上；全区农家乐（民宿）床位达到1.3万张，餐位数5万张，接待游客数和旅游总收入年分别递增20%和30%以上，使农家乐民宿真正成为农民增收的重要法宝。【责任部门：区农办，区旅委】

2.大力发展养生农业。实施“生态精品养生农业发展三年行动计划”，挖掘传统农耕传承的价值，积极推进农业供给侧结构性改革，按照自成体系、自建标准、自找渠道的要求，搭建养生农业+社区门店、养生农业+旅游、养生农业+互联网三大平台，重点实施养生农业“八大工程”，加快构建具有莲都特色的自建渠道、自创品牌、自定标准“三自”体系，让莲都好农产品卖出好价钱，打响“中国莲都·养生农业”品牌，努力打造全国养生农业发展先行区。到2018年，建成养生农业示范乡镇5个，养生农业示范村50个，养生农业示范基地（示范农庄）50个，养生农产品100个。【责任部门：区农业局，区林业局，区水利局，区旅委，区电商办】

3.大力发展来料加工。坚持“外输内转结合，创业就业并举，培训服务齐抓”的原则，综合运用宣传培训、市场对接、政策扶持、考核激励等有效手段，积极创建来料加工示范基地，培育来料加工示范经纪人，促进来料加工业持续健康发展，带动农村妇女等闲散劳动力在家门口就业增收。到2018年，实现来料加工年加工费2.5亿元。【责任部门：区妇联】

4.大力发展农村电子商务。以信息化促进产业发展为方向，以农村青年、大学毕业生等群体为重点，以拓宽莲都区农特产品网络销售渠道为目标，坚持企业主体、政府引导、市场导向，加快农村电子商务支撑保障体系建设，培育和壮大农村电子商务经营主体，发挥农村电子商务在促进农产品销售、提高溢价空间等方面的积极作用。到2018年，全区涉农电子商务应用达到1000家，农村电子商务销售额达到15亿元。【责任部门：区电商办，区农办，区农业局，区林业局，区水利局，区旅委】

（三）着眼于人文素质提升，推进就业富民。

1.抓好新农人培训。主动掌握农民培训需求，围绕农业主导产业、地方特色产业和农村新型产业发展实际，有针对性地设计新农人培训项目，不断改进培训内容和方式，邀请业内知名专家、成功人士，重点开展民宿主人、民宿创客、农场新农人、林业实用技术、异地超市、电子商务、农民工岗位技能、来料加工经纪人等培训，让更多的农民熟练掌握一门增收技能。到2018年，培训民宿业主1000人次以上；培训莲都新农人5000人以上，认定莲都新农人300人以上。【责任部门：区农办，区农业局，区林业局，区水利局，区电商办，区妇联，区人力社保局】

2.拓宽就业渠道。出台《大众创业促进就业的实施细则》等文件，鼓励用人单位申报公益性岗位，对农村就业困难人员予以政策扶持；积极开展农村就业困难群体摸底调查，组织召开公益性岗位对接会，通过多种渠道及时、准确、全面地提供就业信息服务，促进农村就业困难人员就地就近就业增收。【责任部门：区人力社保局，区经济商务局，区农办】

3.推进创业扶持。完善创业扶持政策，不断加大创业扶持力度，引导和鼓励农民积极开展创业生产活动。营造农民创业氛围，开展创业大赛培育和引进科技项目，促进创业载体提档升级。建立创业富民工作例会制度,及时了解创业富民工作进度,研究解决工作推进中的突出问题。鼓励组建村级扶贫资金互助会,充分发挥互助资金使用绩效最大化,破解农户尤其是低收入农户生产和创业发展资金短缺难题。到2018年,新建成村级扶贫资金互助会15个。【责任部门:区农办,区人力社保局】

(四)着眼于公共服务建设,拉动项目富民。

1. 加快美丽环境打造。以"六边三化三美"行动为载体,充分发挥农村党员、干部、村民的主体作用,持续开展"全民保洁日""六边区域综合环境整治大会战"活动,深入推进美丽村庄、美丽民居、美丽公路、美丽铁路、美丽河道、美丽林相、美丽景区、美丽城镇、美丽矿山、美丽业态"十美工程"建设,切实改善农村综合人居环境。至2018年,努力创建成为全省农村生态建设样板区。【责任部门:区农办(六边办),区农业局,区林业局,区水利局,区建设分局等】

2. 加大公共财政投入。整合"三农"资金,重点推进民宿特色村、美丽宜居示范村、现代农业园区、中小河流治理重点县综合整治及水利工程项目投资、农民饮用水提升工程、农村污水治理、林业基础设施等建设项目,有效提升农村基础设施水平,为农村社会经济事业发展提供综合保障。2016年至2018年,全区"三农"领域公共投入累计超过20亿元。【责任部门:区财政局,区农办,区农业局,区林业局,区水利局,区发改局,区建设分局,区人力社保局】

3. 加强社会资本招徕。紧抓高铁时代历史机遇,加大全区低收入农户集中区域乡村休闲旅游项目的包装开发,强力推出一批适合企业投资的乡建项目,鼓励浙商(莲商)回乡投资发展特色养生农业、休闲旅游业,带动当地农民致富。同时,依托新一轮浙江山海协作工程,拓宽与经济强县(市、区)的合作领域,鼓励山海协作企业到我区农业农村领域投资创业,创造更多的农民就业机会。【责任部门:区经合办,莲都-义乌山海协作产业园】

(五)着眼于异地搬迁扶贫,创新搬迁富民。

1. 注重群众引导。以"农民下山奔小康,市民上山找健康"为导向,大力实施"万人异地搬迁安置工程"。坚持"政府引导、农民自愿,整体规划、分步实施,分类安置、确保稳定"的原则,引导农民从高山远山搬迁到平原地区,从地质灾害隐患点搬迁到安全地区,从自然村搬迁到中心村,改善生产生活条件。2016—2018年,计划搬迁30个自然村、1600户、6000人。【责任部门:区农办,区财政局,区国土分局,区建设分局】

2. 建设安置小区(点)。坚持集中安置与分散安置相结合,以集中安置为主、分散安置为辅,通过在联城、碧湖、老竹、大港头等集镇建设下山转移安置小区,承接高山远山农民和地质灾害隐患点农民的安置需求。2016—2018年,计划投资4亿(含基础设施建设900万元),建设联城城郊农民新社区三期、碧湖安置小区、大港头安置小区、开潭安置点、新桃安置点等8个安置小区(点),安置1500户3000多人,加快推进农民下山脱贫致富。【责任部门:区农办,区财政局,区国土分局,区建设分局】

(六)着眼于社会帮扶营造,共建结对富民。

1. 以结对帮扶为纽带。把结对帮扶活动作为检验和磨砺干部作风的"试金石"。深化"个十百千万"活动,落实住村联心制度,完善党员领导干部结对帮扶机制,打通联系服务群众"最后一纳米",通过结对帮扶帮助困难群众解决实际问题,改善生产生活状况,增强"造血"能力。2016—2018年,落实结对帮扶资金3600万元,促进扶贫重点村的发展和低收入农户增收。【责任部门:区农办,区财政局】

2. 以全民帮困为手段。创新载体,加大"扶危济困"传统美德的宣传,开启扶贫金点子收集,浓厚全社会关爱帮扶群众增收的氛围。主动对接,切实提高农民生态补偿、困难救助、低保养老等转移性收入。大力发展慈善、红十字、志愿者等事业,深入实施"万人志愿者""微心愿"等活动,发动社会志愿者力量参

与。【责任部门：区民政局，区农办，团区委，区慈善总会等】

3. 以社会保障为兜底。坚持底线思维，强化政策兜底。继续完善最低生活保障制度，对符合最低生活保障条件的农户“应保尽保”。完善社会福利和新型社会救助体系，全面实施城乡居民大病保险、应急救助、临时救助制度和残疾人“两项补贴”政策，健全“五保”“三无”对象、失独老人、留守儿童、重度残疾人关爱服务体系。2016—2018年，实现城乡低保标准年同比提高10%以上，城乡居民医疗保险参保率达到99.5%以上，城乡居民医疗保险（县域内）政策范围内住院费用报销比例达到75%以上。【责任部门：区民政局，区残联，区人力社保局】

四、保障措施

（一）建立强有力组织保障。各乡镇（街道）要高度重视，把农民收入增收工作作为全面建设小康社会的首要任务，加强组织领导，精心组织实施。要建立相应的领导机构，层层抓好落实，党政主要负责人亲自抓，分管领导具体抓，制定措施，明确工作责任，分解目标任务，确保农民增收工作有序推进。各相关部门要根据职责分工，加强协调配合，形成工作合力，把农民增收工作落到实处。

（二）有效提高干部执行能力。“一分部署，九分落实”。要将党委政府的政策落实到每一个村庄、每一户困难群众，切实解决服务群众“最后一公里”问题。积极落实各项强农惠农补贴政策，整合涉农专项资金，定期对资金使用情况进行督查复查，委托第三方对低收入农户进行明察暗访，以此作为检验班子队伍建设成效和干部执行力情况的一项重要标准。

（三）积极营造良好增收氛围。充分发挥各类媒体的宣传主阵地作用，通过报纸、电视、广播、网络等多种形式，并开设相应专栏，及时宣传报道各地促进农民增收的新思路、新举措、新成效，强化典型示范引导，发挥好科技特派员的技术扶持与示范引领作用，进行农村产业提升，营造全社会关心支持农民增收的良好氛围，带动农民积极主动参与到增收工作中来。

（四）建立目标责任考核体系。区委区政府将农民增收工作作为对各乡镇（街道）、区直部门领导班子和领导干部考核的重要指标。区农办牵头建立健全促进农民增收工作责任制，加大农民人均可支配收入指标的考核分值，完善促进农民增收的长效机制。区统计部门要强化对全区农民收入的监测，各乡镇（街道）要做好配合，不断增强统计工作的准确性、科学性。区纪检监察、审计等部门要加强督查，确保把促进农民增收各项措施落到实处。

附件：

1. 莲都区农民增收三年行动计划工作重点任务分解表（2016—2018年）

2. 莲都区农民增收工程示范村项目分解表

附件1

莲都区农民增收三年行动计划工作重点任务分解表(2016—2018年)

单位:万元

主要责任单位	项目名称	主要建设内容	2016年		2017年		2018年	
			主要目标	财政投入	主要目标	财政投入	主要目标	财政投入
区农办、区旅委	民宿主题村落	按照“五个一”发展要求,扎实建设一批有故事、有内涵、能富民的主题村落(民宿特色村)。到2018年投资10亿元以上,创建30个以上主题村落(民宿特色村)	新增床位3000张,床位数达到6000张	10000	新增床位4000张,床位数达到1万张	11000	新增床位3000张,床位数达到1.3万张	10000
区农业局	养生农业基地培育工程	组建技术团队试验并编制主打(明星)养生农产品标准化生产技术规程,实现养生农产品标准化生产。开展环境检测,建立档案。推广使用生物、物理防治技术,完善病虫害绿色防控体系。建立乡镇村户示范工作体系	建成养生农业示范乡镇2个,示范村20个,示范基地(农庄)20个,示范农产品50个。制定主打养生农产品标准化生产技术规程5个	245	建成养生农业示范乡镇2个,示范村15个,示范基地(农庄)15个,示范农产品30个。制定主打养生农产品标准化生产技术规程5个	195	建成养生农业示范乡镇1个,示范村15个,示范基地(农庄)15个,示范农产品20个。制定主打养生农产品标准化生产技术规程5个,形成一套具有莲都特色主要养生农业产品技术规程(规程标准)	170
区农业局	新农人培养工程	依托清华大学等知名学府开设田间课堂,实现理论与实践无缝对接,打造“莲都新农人讲坛”品牌,示范带领莲都养生农业可持续发展	出台莲都区新农人培养工程实施意见,制定莲都新农人(人才)认定标准。编制培训计划、课程、课件。举办首届中国莲都养生农业大会,举办莲都新农人讲坛4期。普通培训12期。开设田间课堂2个。培训新农人500人次。认定莲都新农人100名	95	举办新农人讲坛4期,普通培训12期。设立田间课堂2个。现场观摩会2次。培育新农人500人次,认定莲都新农人100名	50	举办新农人讲坛4期,普通培训12期。设立田间课堂2个。现场观摩会2次。培育新农人500人次,认定莲都新农人100名	50
区农办、区国土分局、区建设分局	农民异地转移安置工程	建设安置小区,引导农民从高山远山搬迁到平原地区,从地质灾害隐患点搬迁到安全地区,从自然村搬迁到中心村,改善他们的生产生活条件	搬迁400户1000人,建设安置小区(点)3个	6500	搬迁600户1500人,建设安置小区(点)3个	21500	搬迁600户1500人,建设安置小区(点)3个;安置900户1800多人	16500

主要责任单位	项目名称	主要建设内容	2016年		2017年		2018年	
			主要目标	财政投入	主要目标	财政投入	主要目标	财政投入
区妇联	来料加工	年加工费(来料加工三年行动计划另行发布)	完成年加工费2.35亿元	70	完成年加工费2.4亿元	80	完成年加工费2.5亿元	80
区旅委	乡村旅游总收入增幅	1.整合包装农旅养生精品旅游线路5条 2.乡村旅游产品推介与营销	1.乡村旅游总收入增幅:25% 2.整合包装3条农旅养生精品旅游线路	以全域旅游实施方案为准	1.乡村旅游总收入增幅:26% 2.优化设计原有农旅养生精品旅游线路,增设农旅养生精品旅游线路一条,总数达到4条	以全域旅游实施方案为准	1.乡村旅游总收入增幅:27% 2.优化设计完善原有农旅养生精品旅游线路,增设农旅养生精品旅游线路一条,总数达到5条	以全域旅游实施方案为准
区供销社	“三位一体”改革	构建“三位一体”农民合作经济组织体系	搭建好全区农合联组织框架,组建5个乡级农合联,1个区级农合联,1个农民资金互助会	以“三位一体”改革具体方案为准	完成全部乡镇(街道)农合联组建;按政策性融资担保公司的要求,对农信担保公司进行改造重组,争取纳入全省农业信贷担保体系建设	以“三位一体”改革具体方案为准	稳步推进涉农部门职能划转,建立完善的农合联运行机制	以“三位一体”改革具体方案为准
区金融办	三权抵押贷款;村级担保互助社;农村小额保证保险	深化农村金融改革,做好农村“三权”抵押贷款增量扩面工作,创新金融产品和服务,加强村级担保互助组织建设,拓展农村融资渠道,为农民增收提供金融保障。继续开展农村小额贷款保证保险和农村小额保险试点工作,创新保险产品和服务,探索发展地方特色农业保险,提升农户的抗风险能力和自我发展能力	三权抵押贷款增长10%;村级担保互助社新增2-3家;农村小额保证保险增长10%	180	三权抵押贷款增长10%;村级担保互助社新增2~3家;农村小额保证保险增长10%	180	三权抵押贷款增长10%;村级担保互助社新增2~3家;农村小额保证保险增长10%	180
区林业局	山林经营权流转,林业基础设施建设,林业人才培训	加快林农山林经营权流转,加强林业基础设施建设,开展林业实用技术培训	林地流转1万亩,培训500人次,林道路100公里	600	林地流转1万亩,培训500人次,林道路100公里	600	林地流转1万亩,培训500人次,林道路100公里	600

附件2

莲都区农民增收工程示范村项目分解表

乡镇(街道)	村名	联系领导	联系部门	乡镇(街道)联系领导	项目名称	项目内容	项目预期目标	责任单位	类别
碧湖镇	下南山村	葛学斌	区农办、区旅委	叶祖平	生态公益林项目	目前下南山村生态公益林192余亩,按照2015年26元/亩测算,一年约补助5000元	通过该项补助,增加村民收入	区林业局	政策转移类
					最低生活保障兜底	南山村低保年补助陈巧进、郑雪娇、苏润等21户,总计69048元;困难残疾人生活补贴郑建新、叶苏萍、郑树火等10户,总计16560元,重度残疾人护理郑志荣、叶苏萍、徐竹梅等补贴8户,总计22500;以上各项补助总计108108元	通过低保应保尽保,使符合低保政策的村民提高收入,达成农民增收的目的	区民政局	政策转移类
					新建杨梅市场	因南山民宿经济发展,现有杨梅文化广场已被租用。希望新建2000平方米的杨梅市场以满足杨梅交易需求。总投资90万,面积3000平方米	预期2017年5月底完成	区农业局	基础设施类
					村庄亮化工程	下南山新村需安装路灯预计25盏。同时,路灯日常维修经费以及路灯电费因村无集体经济来源难以承担,希望能够纳入城市电网,减轻负担	预计2016年底完成路灯安装	区农办、国网丽水市莲都区供电公司	基础设施类
					村庄绿化管理	现下南山新村道路边、花坛都种有树木、花草,但缺乏专门管理,花草凌乱,影响村容。需整治资金3万元	资金落实后,实现专门管理	区农办	基础设施类
碧湖镇	下南山村	葛学斌	区农办、区旅委	叶祖平	二石机耕路工程	修建二石机耕路,建成长约1公里,宽4米,道路硬化20公分机耕路。根据莲都区交通工程设计室报价,总计:112.4908万元。其中路基工程造价68.6973万元,路面工程造价43.7935万元	预期在2016年年底完成机耕路建设	区农办	基础设施类
					南山村民宿经济计划	结合下南山村古民居资源,由联众集团开发古民居办民宿。租金用于农户分配约12万,按35户与下南山553人算有两个口径,预计三年后建成,可为下南山额外年增收2000万元。并由古民居带动南山村整体民宿发展,形成规模	2016年建成80张床位,2017年150张床位	区农办	产业提升类
					"互联网+杨梅"计划	为推广南山杨梅,增加村民收入,南山村与电商企业合作,由南山村农户提供杨梅,电商企业进行推广销售。初步拟定与绿盒电商合作,先由部分农户提供杨梅进行试推广	2016年6月计划提供2000斤杨梅进行试推广	区电商办	产业提升类

乡镇(街道)	村名	联系领导	联系部门	乡镇(街道)联系领导	项目名称	项目内容	项目预期目标	责任单位	类别
					内河河道修复工程	河道单侧新建4米高浆砌块石挡墙300米；河道内清淤200米，清淤后采用大块石铺底，所需资金92万元	计划2017年完成改造	区水利局	规划计划类（区水利局年度暂无资金安排）
					杨梅深加工项目	将杨梅进行深加工，制做杨梅酒、杨梅蜜饯、杨梅汁等杨梅衍生品，拉长产业链，增加收入。先由农户自行加工，通过微信、淘宝等平台自产自销	计划三年内形成规模	区科技局	规划计划类
雅溪镇	洪渡村	杨秀清 李美顺	区建设分局、区供销社	孙海波	生态公益林项目	洪渡村共有生态公益林5832亩，按照2015年26元/亩测算，可享受补助金额约15.2万元	通过政策转移，增加农民收入	区林业局	政策转移类
					最低生活保障兜底	洪渡村现有低保户24户、27人，其中重残8人。每月享受国家补助资金7132元，全年共计85584元	通过低保应保尽保，使符合低保政策的村民提高收入，达成农民增收的目的	区民政局	政策转移类
					农产品种植基地道路建设项目	需要建设一条村内到张涧坑蔬菜基地长约1.5公里的道路，需投资40万元	通过道路建设，改善销售途径，增加收入	区农办、区农业局	基础设施类
					美丽宜居示范村	开展美丽宜居示范村建设，开展房美改造和公共空间打造，提升村庄品味。需投入资金约200万元	美化环境，提升村级格局，推进乡村旅游发展	区建设分局	基础设施类
					增加来料加工项目	洪渡村现有1名来料加工经纪人，加工类型为平车加工，不适合年龄偏大的农村妇女，计划增加1个类型简单的来料加工项目，增加收入，减轻家庭负担	年龄偏大的妇女增加收入，减轻家庭负担，丰富生活。	区妇联	产业提升类
					木本油料提升项目—油茶良种更新改造	洪渡村400亩油茶更新改造，挖掉三分之二，留三分之一，每亩种植55株新良种。可享受林业局每亩1500元补助的收益	通过良种改造，更加产量，从而提高收益，适当补助可以降低成本，增加农民收入	区林业局	2017年产业提升类
					建设开放式精品民宿村	洪渡村地处北边交通枢纽，自然环境优美，计划发展150张以上床位，村级环境，设施需整体规划、政策支持和培训	通过发展民宿，提升村级环境，增加农民收入，发展乡村旅游	区农办 区旅委	产业提升类

乡镇(街道)	村名	联系领导	联系部门	乡镇(街道)联系领导	项目名称	项目内容	项目预期目标	责任单位	类别
					河道提升娱乐建设项目	太平港河段计划建设拦水坝2条、生态河堤2000米,投放溪鱼供游人垂钓,完善河道垂钓等娱乐基础设施,预计投资200万元	通过河道娱乐设施建设,达到发展乡村旅游经济	区水利局	规划计划类(区水利局年度暂无资金安排)
碧湖镇	中岙村	陈元龙	区国土分局、区环卫局、区经合办	华官丽	耕地地力保护补贴	中岙村耕地地力保护补贴141户,面积74.74亩,补贴金额4007.36元	通过补贴实现农民增收目的	区财政局区农业局	政策转移类
					最低生活保障兜底	中岙村低保年补助涉及林千如、刘锦友、吕金德等19户,年补助共计88017元,困难残疾人生活补贴涉及汤贞琴、吕开伟、吕培兴等13户,年补助21528元,重度残疾人护理补贴33000元,涉及吕瑞荣、吕正桃等13户,支援宁夏人员年补助1户,年补助共计2760元。以上所有项目总计:13.7997万元	通过低保应保尽保,使符合低保政策的村民提高收入,达成农民增收的目的	区民政局	政策转移类
					基本农田有偿保护项目	中岙村有基本农田1300亩,根据区文件要求,按60元/亩补助计算,中岙村种植水稻等作物计划600亩~800亩,约补助资金4万元	通过补助使部分村民受益,达到农民增收目的	区国土分局	政策转移类
					高标准农田	中岙村基本农田1046亩,以1000元/亩计算,计划总共需要补助100万	通过高标准农田改造提升达到增产目的,实现农民增收目的	区国土分局	政策转移类
					中岙村道路硬化工程项目	加强道路硬化工程,项目涉及杨赛、大岙、后珠、张岙等四个自然村,起点为松坑口大坑自然村(少数民族自然村),途径杨赛自然村、大岙自然村(少数民族自然村)、后珠自然村(少数民族自然村)至张岙,全长约5.8公里,3米宽,涉及项目资金约140万,项目资金由区民宗、区农办、中岙村三方共同解决	方便杨梅、桃子、油茶等农产品运出外面市场,有利于发展旅游实现农民增收目标	区民宗局、区农办	基础设施类
					中岙村康庄公路提升改造计划	松坑口至中岙约5.3公里,松坑口至中岙(二期)约5.1公里,公路局部改善,估算投资约350万元,建设资金由省补7.2万/公里,区财政配套与村自筹资金组成。项目业主为碧湖镇政府,政策处理由镇、村负责	方便杨梅、桃子、油茶等农产品运出外面市场,有利于发展旅游实现农民增收目标	区交通运输局	基础设施类

乡镇(街道)	村名	联系领导	联系部门	乡镇(街道)联系领导	项目名称	项目内容	项目预期目标	责任单位	类别
碧湖镇	中岙村	陈元龙	区国土分局、区环卫局、区经合办	华官丽	林道路建设项目	松坑自然村村口至大辽山零道路建设，涉及5公里，每公里补助5万元，总投资25万	通过道路建设，方便市场交易，达到农民增收目的	区林业局	2017年基础设施类
					农家乐、民宿项目	发展2家民宿，1家农家乐项目，以村民自主发动的形式，涉及20张床位，50个餐位数，个人投资30万	通过发展农家乐、民宿达到农民增收目的	区农办	产业提升类
					油茶基地抚育—木本油料提升项目	结合山区优势、发展油茶抚育产业。现有7000亩油茶规模产业，按照上级文件要求，400亩/元基地抚育，进行基地抚育，计划抚育300亩。位于松坑自然村内，共计补助12万	通过补助，发展油茶基地，实行农民增收	区林业局	2017年产业提升类
					杨梅、桃子推广计划	确定村内5户示范户，开展杨梅、油桃提质项目，涉及面积700亩，加工提升各3000斤左右。希望电商办帮助其宣传包装杨梅产品，发展杨梅干红、杨梅蜜饯、杨梅汁等杨梅衍生品促进其增收。请农业部门水果专家来村进行指导种植	把杨梅等水果产业提升产量、提高知名度增加农民收入	区电商办、区农办、区农业局、	产业提升类
					中岙松坑自然村到中心村道路提升计划	建一条松坑自然村到中心村的水泥路，约3公里长、4米宽，12000平方米，需资金40万	方便杨梅、桃子、油茶等农产品运出外面市场，有利于发展旅游实现农民增收目标	区农办、区民宗局	规划计划类
					中岙村发展旅游基础设施提升计划	大片至张岙自然村增设游步道、停车场、青田古道等基础设施，游步道4.5公里，需资金50万元。停车场涉及4亩田，共2640平方米，按照80平方米/亩计算，需20万元	打造成一个旅游观光与一体的养生休闲农业度假区，实现农民增收目标	区旅委、区农办、区水利局、区农业局	规划计划类
碧湖镇	中岙村	陈元龙	区国土分局、区环卫局、区经合办	华官丽	中岙村瀑布、山后梯田改造美化提升项目	瀑布、山后梯田改造美化提升项目，涉及土地60亩，改造费用需200万	通过改造提升美化，发展乡村旅游，实现农民增收	区旅委、区农办、区水利局、区农业局	规划计划类
					中岙村通往青田古道道路提升计划	恢复中岙村通往青田古道，涉及2.5公里，需要资金30万	方便杨梅、桃子、油茶等农产品运出外面市场，有利于发展旅游实现农民增收目标	区农办、区民宗局	规划计划类

乡镇(街道)	村名	联系领导	联系部门	乡镇(街道)联系领导	项目名称	项目内容	项目预期目标	责任单位	类别
					中岙村防洪堤项目建设计划	张岙至大片自然村河道(单侧)新建3米高干砌块石挡墙1800米,所需资金179万元。松坑自然村河道两岸新建3米高干砌块石挡墙共计1600米,所需资金约160万元	通过建设防洪堤,发展乡村旅游,达到农民增收目的	区水利局	规划计划类
					种植"白莲"项目计划	中岙松坑自然村与利山村的地理位置十分相似,中间闲置的农田可以种植白莲。请农业等相关部门进行指导。种植白莲涉及8亩土地,白莲涉及租赁等相关费用,需资金20万	通过补助,增加农民收入,达到农民增收目的	区农业局、区农办	规划计划类
					村庄文化设施提升计划	建设文化礼堂,加强村里文化队伍建设。大会堂装修地点选在村口,共投资80万元,面积500平方米,共投资80万,其中,10万由村内自筹	为老百姓提供文化休闲娱乐场所	区委宣传部	规划计划类
					水口堤坝建设项目	水口需要建造水坝,中岙松坑自然村水口新建拦水坝15米,高2米,拦水坝坝体采用m7.5浆砌块石填充,表面采用m10浆砌块石护面;水口两岸新建干砌块石挡墙120米,两项共计所需要资金35万(自筹资金5万)	通过堤坝建设灌溉农田,达到农民增收目的	区水利局	规划计划类(区水利局年度暂无资金安排)
雅溪镇	金竹村	张继芳	区委组织部、区农业局	徐 清	基本农田有偿保护项目	全村基本农田种植粮食作物面积达338亩,按每亩每年60元补助,合计全年补助约2万元	通过补助,增加收入,达到农民增收的目的	区国土分局	政策转移类
					生态公益林项目	金竹村公益林面积5248亩,其中村集体2619.2亩,按照2015年26元/亩测算,约补助金额6.8万元,村民个人183户,2628.8亩,约补助金额6.8万元,合计约13.6万元	通过公益林补助项目,促进农民增收	区林业局	政策转移类
					最低生活保障兜底	李杏妹等低保23人,进行低保兜底,全年共计发放低保金10.1万元	通过低保应保尽保,使符合低保政策的村民提高收入,达成农民增收的目的	区民政局	政策转移类
					山羊养殖基地项目	该项目由陈观华负责,地点在金竹,15年养殖面积0.5亩,养殖数量180只,16年预计养殖数量300只,总投资30万元。(其中自筹30万元)	通过山羊养殖基地,促进农民增收,预计收入10万元	区农业局	产业提升类

乡镇(街道)	村名	联系领导	联系部门	乡镇(街道)联系领导	项目名称	项目内容	项目预期目标	责任单位	类别
					水稻管理模式创新项目	该项目由傅朝林负责，地点在金竹，15年种植面积300亩，16年预计种植面积350亩，总投资28万元，预计收入3000元每亩每年（其中自筹24.675万元，上级补助统防统治50元/亩，集中供育秧50元/亩，合计3.325万元）	通过该项目，促进农民增收，预计收入105万元	区农业局	产业提升类
					“北竹大米”包装提升项目	该项目由傅朝林负责，地点在金竹，涉及水稻成品的包装和提升，预计总投资3万元（其中自筹3万元），预计收入5万元，收益2万元	通过该项目，提高“北竹大米”价格，促进农民增收，预计收益2万元	区农业局	产业提升类
雅溪镇	金竹村	张继芳	区委组织部、区农业局	徐 清	毛芋种植基地项目	该项目由陈元生负责，地点在金竹，15年种植面积45亩，收益3000元每亩每年，16年预计种植面积50亩，预计4000元每亩每年，总投资7.5元（其中自筹7.5万元）	通过该项目，促进农民增收，预计收入20万元	区农业局	产业提升类
					番薯种植基地项目	该项目由傅朝林负责，地点在金竹，15年种植面积40亩，16年计划种植面积50亩，农民预计收入5万，总投资1万元（其中自筹1万元）	通过该项目，促进农民增收，预计收入5万元	区农业局	产业提升类
					茶叶生产基地项目	该项目由李天宝带动村民种植，种植面积35亩，在2015年使本村增加收入4元，16增加收入9万元，总投资2万元（其中自筹2万元）	通过该项目，促进农民增收，增加收入9万元	区农业局	产业提升类
					农产品网络销售	积极对接优质农产品电商，对金竹村优质农产品开展线上线下网络同步销售，拓宽销售渠道，促进农业产业发展，带动农民增收	实现30%优质农产品开通网络销售渠道	区电商办	产业提升类
太平乡	木后村	叶建利	区公安分局、区金融办	徐伟乐	种养殖基地	引进专业合作社，土地流转200亩，形成规模化种养殖基地。总投资100万元，资金自筹	通过收租金，增加农民收入	丽水市万富农林牧专业合作社	政策转移
					最低生活保障兜底	木后村共有低保户15户21人，其中重度残疾5人，全年发放低保金58608元	通过低保应保尽保，使符合低保政策的村民提高收入，达成农民增收的目的	区民政局	政策转移类

乡镇(街道)	村名	联系领导	联系部门	乡镇(街道)联系领导	项目名称	项目内容	项目预期目标	责任单位	类别
					林作道修建	建一条通往种植基地的林间道，约长3.5公里。总投资50万元。其中省级补助10.5万，其余自筹	方便农民种植，节约劳动力成本	区林业局	基础设施
太平乡	木后村	叶建利	区公安分局、区金融办	徐伟乐	木本油料提升—油茶良种新造林项目	改种油茶，面积700亩。初始投入91万，其中省级补助每亩1000元共70万	通过补助降低成本，通过加工销售	区林业局	2017年产业提升
					土鸡养殖	养生农业发展，共84户准备从事土鸡养殖，每户养殖10至20只不等，共1000羽。初始投入15000元。资金自筹	通过养殖出售，增加收入，全村增收10万元	太平乡太平村	产业提升
丽新畲族乡	黄弄村	赵加慧	区委统战部、区水利局	徐根发	最低生活保障兜底	目前，黄弄村有重度残疾9人；低保户21户22人，全年共发放低保金74880元。根据本村的实际情况，拟新增潘红龙等10户10人	通过低保应保尽保，使符合低保政策的村民提高收入，达成农民增收的目的	区民政局	政策转移类
					基本农田有偿保护	目前，黄弄村现有种植粮食作物的基本农田610亩，按文件规定每亩可补助60元，共能补助约3.6万元	通过种植粮食作物，达到农民增收的目的	区国土分局	政策转移类
					粮食功能区建设	机耕路硬化770米，共投资27.5万元，(2015年中央财政第二批水稻产业提升项目)	通过设施，使农民引水洪涝功能提升，达到农民粮食产量提高	区农业局	政策转移类
					大岗村内道路硬化	黄弄村投资10万元对大岗村内道路进行硬化，该路段长1000米、宽1.5米，投资10万元	项目建成后，将进一步改变村容村貌，方便农民出行	区民宗局	基础设施类
					元宝枫科技示范园	协助元宝枫科技项目在黄弄村山地流转租赁(40年)相关政策处理工作，可流转山林约900亩，协助做好采用“公司+合作社+农户”的方式在黄弄村的创建基地，并协助做好技术推广、产品收购协议签订等服务工作。该项目投资7500万元	项目实施后，预计可实现农民人均增收2000元	丽新畲族乡黄弄村	产业提升类

乡镇(街道)	村名	联系领导	联系部门	乡镇(街道)联系领导	项目名称	项目内容	项目预期目标	责任单位	类别
丽新畲族乡	黄弄村	赵加慧	区委统战部、区水利局	徐根发	精品特色水果基地	围绕精品特色水果发展思路，充分发挥黄弄村的自然条件和区位优势，通过土地流转，积极培育新兴产业。力争到2018年，黄弄村双委在范村殿山建成铁皮石斛活树栽培基地50亩，在后畈建成葡萄精品园120亩、蓝莓基地150亩、优质桃基地300亩	该基地建成后，到2018年，亩均增收4000元，人均增收3000元	丽新畲族乡黄弄村	产业提升类
					半山村高端民宿	依托东西岩景区和流坑水库的自然资源优势，以库区为轴心，以景区为依托，以项目为载体，建设大型游泳池和垂钓养生区，引进工商资本1000万元，把半山村建设成为集观光、休闲、度假、农家乐为一体的旅游景区，实现旅游产业的新突破	民宿建成后，到2018年，将带动农民人均增收5000元	区农办	规划计划类
					农村公路提升改造	黄弄至黄兰公路5.8公里，提升至路基6.5米，路基6米的双车道公路，估算投资约350万元，建设资金由省补7.2万/公里，区财政配套与村自筹资金组成。项目业主为丽新乡政府，政策处理乡、村里负责	能进一步提升整村道路环境，带动村内旅游，以达到农民增收致富的目的	区交通运输局黄弄村	规划计划类
					安邦公司养生农业	协助丽水安邦护卫公司在黄弄村流转土地500亩，建成集观光、休闲、度假、农家乐为一体的养生农业项目。该项目计划投资1000万元	项目实施后，预计可实现农民人均增收2000元	丽新畲族乡黄弄村	规划计划类
仙渡乡	张山后村	潘新雄	区人武部、区林业局	郭跃伟	生态公益林项目	张山后村共有公益林3380亩，其中集体643.8亩，个人253户，2736.2亩，按照2015年26元/亩测算，约补助资金约8.7万元	通过补助，增加收入，达到农民增收的目的	区林业局	政策转移类
					最低生活保障兜底	张山后村现有低保户37户，42人。其中重残低保15户，17人；普通低保22户，25人。区民政局每月总救助金额10814元。为符合低保办理的条件的村民及时纳入低保。如村民付福寿，目前低保已进入审批程序	通过低保应保尽保，使符合低保政策的村民提高收入，达成农民增收的目的	区民政局	政策转移类
					高标准农田建设项目	新建高标准农田523亩，水渠1789米，总投资约44万元	建成现代农业生产和经营相适应的农业基础设施	区国土分局	政策转移类
					基本农田有偿保护	张山后村目前有种植粮食作物的基本农田1289亩，按文件规定可以每亩补助60元，约补助7.7万元	通过补助，增加收入，达到农民增收的目的	区国土分局	政策转移类

乡镇(街道)	村名	联系领导	联系部门	乡镇(街道)联系领导	项目名称	项目内容	项目预期目标	责任单位	类别
					张山后太山自然村至根竹园村林道路	根竹园至太山林道路全长5.5公里，项目总投资27.5余万元。现公路路基已开挖完成	惠及太山自然村农户60余户，为果农产销带来极大的便利	区林业局	基础设施类
					张山后竹笋两用林抚育项目	张山后吴里自然村有毛竹500亩，项目申报实施后每亩补贴50元	增加农民收入	区林业局	产业提升类
					太山自然村白猕猴桃基地	张山后太山自然村建立白猕猴桃基地一期种植规模38亩	果树成熟以后每株产值能达到3000元以上，预计亩产值将超过12万元	区农业局	产业提升类
仙渡乡	张山后村	潘新雄	区人武部、区林业局	郭跃伟	张山后吴里自然村土鸡合作社	合作社现饲养土鸡650只，牛16头，羊47头。合作社现已经成立。项目主体：吴里村农产品产销合作社	土鸡鸡苗价格每只15元，成熟后出售每只可获利170元左右。成年牛预期获利10000元/头，羊700元/头	仙渡乡	产业提升类
					太山农家乐	太山农家乐业主叶宣友今年计划新增6张床位，将农家乐打造成集农家乐和民宿于一体的新型模式	白云山至太山林道路建成后，游客可以从白云山直接驾车到达太山自然村，农家乐将吸引更多游客	区农办	产业提升类
					张山后里半村新建道路一公里	道路全长1公里，投资60万，横穿粮食功能区	方便张山后里半村交通，同时为粮食功能区生产带来便利	区农业局	规划计划类
					张山后村粮食功能区道路硬化工程	项目将现有功能区内机耕路进行硬化，全长5公里，总投资130万元	道路连接张山后村粮食产区400多亩，方便农业生产	区农业局	规划计划类

乡镇(街道)	村名	联系领导	联系部门	乡镇(街道)联系领导	项目名称	项目内容	项目预期目标	责任单位	类别
					张山后村办公楼一事一议项目	办公楼占地面积165平方米，包括村办公室，老年活动室。办公楼主体已完工，外立面尚未粉刷，内部装修未完成，区财政配套资金已落实，自筹资金缺口40万	为张山后村提供办公场所，丰富老年人文化生活，壮大村集体经济	区财政局、区农业局	规划计划类
紫金街道	金东村	蔡通友	城管处州分局、区移民办、区电商办	陶旭峰	移民补助资金	从2006年开始，区移民办对每位移民给予每年600元的补助资金。但是2006年以后新增的人口不享受该项政策。目前，享受该政策的全村共有511人，全年补助资金达30.66万元	通过对移民的直补，增加了移民的收入，提高了移民的生活水平	区移民办	政策转移类
					生态公益林项目	目前金东有生态公益林2143亩，按照2015年26元/亩测算，共补助金额约为5.6万元	通过公益林补助，增加农民收入，达到农民增收的目的	区林业局	政策转移类
					最低生活保障兜底	目前，金东村有重度残疾张兰爱等4户4人，低保户金子明等7户11人，合计每年低保金收入为44232元	通过低保应保尽保，使符合低保政策的村民提高收入，达成农民增收的目的	区民政局	政策转移类
					道路绿化	村道路两旁绿化未完成，还需种植100多株绿化树，地点就在村内道路。所需资金10万	项目完工后，可以使村庄更加美丽洁净	区移民办、区林业局	2017年基础设施类
					电商创业	发动村里有文化、懂电脑、有意愿的年轻人从事电商创业。通过电商实用技能人才免费培训，初步建立电商人才队伍，孵化电商创业项目	通过电商技能培训，开展电商创业，带动农民增加收入	区电商办	产业提升类
					来料加工	发展来料加工业务，通过宣传、培训，建立一支加工者队伍，组织妇女老人从事来料加工业务	通过来料加工，让在家的妇女老人有事可做，以增加农民收入	区妇联	产业提升类
					综合楼建设	村老人会还有两间半用地，村里老人一直没有活动场所，希望能盖村综合大楼，用于老人的活动、办公场地。所需资金150万	综合大楼完成后，可以丰富群众、老人的生活，使老人老有所养、老有所乐	区建设分局、区移民办等部门	规划计划类

乡镇(街道)	村名	联系领导	联系部门	乡镇(街道)联系领导	项目名称	项目内容	项目预期目标	责任单位	类别
丽新乡	上塘畈村	陈萍	区教育局、区科技局	蓝军伟	居家养老日常照料中心	该项目由蓝明尧、蓝全英负责，地点在村委会，由村集体大家建方式建造，总投资11万元，民政局补助5万元	通过实施，可以为村民解除后顾之忧，达到农民增收的目的	区民政局	政策转移类
					生态公益林项目	目前上塘畈有生态公益林1054亩，按照2015年26元/亩测算，补助资金约为2.7万元	通过补助，增加收入，达到农民增收的目的	区林业局	政策转移类
					基本农田有偿保护	上塘畈目前有种植粮食作物的基本农田973亩，按文件规定可以每亩补助60元，共补助约5.8万元	通过补助，增加收入，达到农民增收的目的	区国土局	政策转移类
					粮食功能区建设	水渠建设2580米，共投资35.9万元(2015年中央财政第二批水稻产业提升项目)	通过设施，使农民引水洪涝功能提升，达到农民粮食产量提高	区农业局	政策转移类
					道路设施	上塘畈村牌至村委会段共300米，将路边两侧进行畲族特色的美化工程，总投资需18万元左右，民宗局将给予补助15万元(已在2015年安排项目资金)	通过建设，达到美化环境效果	区民宗局	政策转移类
					最低生活保障兜底	目前，上塘畈村有重度残疾11户11人；低保户10户12人。根据本村的实际情况，拟新增钟明水等11户11人，合计32户34人，每年低保金收入为11万元	通过低保应保尽保，使符合低保政策的村民提高收入，达成农民增收的目的	区民政局	政策转移类
					池塘清淤及改造	上塘畈由于本村的房子都是土房子，万一失火，取水就比较困难。目前有5个鱼塘，原来是具有防火功能的，年久失修大多被废弃了。如果把池塘进行改造，既可能具有防火功能，也可以进行休闲和垂钓。5个池塘共占地3亩，需投资20万元进行改造	通过改造，达到农民生活质量的提高及达到农民增收的目的	区水利局	基础设施类
丽新乡	上塘畈村	陈萍	区教育局、区科技局	蓝军伟	村委会公厕	采取村集体大家建的方式建设共投资12万元，由第一书记牵头，收到华电浙江下沙热电有限公司捐赠5万元	通过建设，达到美化环境效果	丽新畲族乡上塘畈村	基础设计类

乡镇(街道)	村名	联系领导	联系部门	乡镇(街道)联系领导	项目名称	项目内容	项目预期目标	责任单位	类别
					机耕路路面硬化	上塘畈黄家弄自然村有桃基地，约100多亩，因为原来的路基被2014年820水灾冲毁严重，致使农民采摘下来的桃子无法运下来，影响了收成。该路段系黄家弄至老虎邱至水路，共900米，路面3.5米宽，厚度为16厘米，需投资29万元左右	通过机耕路路面硬化，达到农民水果销售量提高的目的	区农办	基础设施类
					养生土鸡养殖基地	今年农业局放在上塘畈做试点，共在上塘畈42户村民中试养，共1160只（公鸡581只，母鸡579只），总投入为17.4万元，按协议价收购：公鸡63元/每斤，母鸡50元/每斤	通过养殖，达到农民增收的目的	区农业局	产业提升类
					种植小茎竹	今年能种植100亩小茎竹，按文件规定一亩可以补助300元，共能补助3万元	通过种植，达到农民增收的目的	区林业局	产业提升类
					种植白莲	30亩白莲已经种植成功，按文件规定一亩可以补助800元，共能补助2.4万元	通过种植，达到农民增收的目的	区农业局	产业提升类
					村公厕	上塘畈7个自然村只有村委会有1个公厕，无法满足村民的需求，要求上级能帮助解决黄家弄、上塘畈、上塘、田岗背4个自然村的公厕，1个公厕大概投资7万元，总投资为28万元	通过新建公厕，达到美化环境效果	区农办	规划计划类
丽新乡	上塘畈村	陈萍	区教育局、区科技局	蓝军伟	农村公路提升改造	黄弄至上塘畈、上塘畈至山村公路提升改造，约2.5公里，提升至路基5.5米，路面5米，估算投资约150万元，建设资金由省补7.2万/公里，区财政配套与村自筹资金组成。项目业主为丽新乡政府，政策处理由乡、村负责	通过建设，达到农民生活质量的提高	区交通运输局	规划计划类
					特色村寨	上塘畈有浙江畲族第一村美誉，拟结合《浙江省民宗委关于规范特色畲寨建设的指导意见》总体要求，邀请专家指导，编制村庄发展规划和项目实施计划，推进畲族特色村寨建设，提升发展具有民族特色的农旅产业基础	通过建设，达到农民增收的目的	丽新畲族乡 区民宗局 上塘畈村	规划计划类
					畲族特色文化旅游产品开发	利用浙江畲族第一村的优势，开展畲族特色的文化旅游产品的开发，借助平台进行网上销售	通过开发，达到农民增收的目的	区妇联 区电商办	规划计划类

乡镇(街道)	村名	联系领导	联系部门	乡镇(街道)联系领导	项目名称	项目内容	项目预期目标	责任单位	类别
					大型畲族传统民俗文化表演	上塘畈有祭仪式和婚嫁仪式，看相当有特色，可以依托东西岩景区，开展表演。仪式的表演人数可以根据旅游团的人数进行随时增减	通过表演，达到农民增收的目的	区旅委上塘畈村	规划计划类
					道路硬化	田岗背到黄岗邱有白莲基地，共480米，路面3.5米宽，厚度为16厘米，需要投资17万元	通过机耕路路面硬化，达到农民水果销售量提高的目的	区农办	规划计划类
					饮用水工程提升	上塘畈村遇到夏天就缺乏饮用水，计划从黄弄流坑水库取水，至上塘畈村共5公里，需投资55万元，受益农户达到361户1028人	通过饮用水工程提升，解决村民饮水困难问题，提高生活质量	区水利局	规划计划类
黄村乡	刘西堂村	徐旭卿	区民政局、区妇联	魏 俊	最低生活保障兜底	对刘西堂蔡子香、杜秀琳等8人，进行低保兜底，2016年共计发放低保金21816元。要求对该村低保进行扩面，需新增徐仕灿、卢长松、杜初军、徐仙菊4人	通过低保应保尽保，使符合低保政策的村民提高收入，达成农民增收的目的	区民政局	政策转移类
					基本农田保护有偿项目	刘西堂村目前有种植粮食作物的基本农田179亩，按文件规定可以每亩补助60元，约补助1万元	通过补助，增加收入，达到农民增收的目的	区国土分局	政策转移类
					生态公益林项目	目前刘西堂村有生态公益林2918亩，按照2015年26元/亩测算，可享受政策补助金额为约为7.6万元	通过补助，增加收入，达到农民增收的目的	区林业局	政策转移类
					番薯产业项目	项目含刘西堂、严溪、黄坑三个村种植共计约30亩，其中刘西堂村约8亩。需农业部门帮助优选品种和后期种植技术辅导	通过规模种植形成地方产业，达到增收目标	区农业局	产业提升类
					茶叶项目	项目含刘西堂、严溪、黄坑三个村共抚育和新发展茶叶125亩，其中刘西堂村25亩。需农业部门帮助优选品种和后期种植技术辅导以及帮助联系销路	通过抚育提高茶叶品质，帮助联系销路，达到增收目标	区农业局	产业提升类
					发展来料加工项目	项目含刘西堂、严溪村约50户农户，其中刘西堂村约15户农户。如陈美翠、陈旭丹、章林葱，加工产品需选取对劳动力技能要求较低的产品，地点在刘西堂村和严溪村	充分利用闲置劳动力使农民增加收入	区妇联	产业提升类
					电商扶持项目	帮助拓展严乌三个村笋干、土面、番薯、山粉、茶油等农产品销售渠道，增加农民收入	利用电商平台提高农产品销售价格	区电商办	产业提升类

中共丽水市莲都区委办公室
丽水市莲都区人民政府办公室
关于印发莲都区小城镇环境综合整治行动实施方案的通知

莲委办发〔2016〕90号

古堰画乡小镇党工委、指挥部，各乡镇党委、政府，各街道党工委、办事处，区直各单位：

《莲都区小城镇环境综合整治行动实施方案》已经区委、区政府同意，现在印发给你们，请认真组织实施。

中共丽水市莲都区委办公室

丽水市莲都区人民政府办公室

2016年12月13日

莲都区小城镇环境综合整治行动实施方案

为积极贯彻落实省委城市工作会议精神，坚持走绿色生态发展之路，补齐生态环境短板，加快经济转型升级，提升城乡发展质量，推进基层治理现代化，切实增强群众幸福感和获得感，根据《浙江省小城镇环境综合整治行动实施方案》（浙委办发〔2016〕70号）文件，结合莲都区实际，现就全区开展小城镇环境综合整治行动制定如下实施方案。

一、总体要求

（一）指导思想。认真贯彻落实党的十八大和十八届三中、四中、五中、六中全会精神，全面落实中央、省委城市工作会议和市委三届九次全会精神，坚持以人民为中心，以五大发展理念为引领，以“八八战略”为总纲，深入实施新型城市化战略，全面开展小城镇环境综合整治行动。围绕习近平总书记“绿水青山就是金山银山，对丽水来说尤为如此”的科学论断，坚持硬环境整治与软环境改善两手一起抓，加强规划设计引领，通过整治环境卫生、城镇秩序、乡容镇貌，着力解决小城镇存在的规划不合理、设施不齐全、特色不突出、管理不到位等问题，高质量统筹城乡发展，决不把“脏乱差”带入全面小康社会，全面提升小城镇生产、生活和生态环境质量。

（二）主要目标。按照《浙江省小城镇环境综合整治技术导则》的要求，以乡镇政府驻地建成区为主要对象，兼顾驻地行政村的行政区域范围，打造“135”城乡统筹发展体系，即一个省级中心镇（碧湖镇），三个一般镇（大港头镇、老竹镇、雅溪镇），五个乡政府（太平乡、丽新乡、仙渡乡、峰源乡、黄村乡）。打好“三改一拆”“五水共治”“六边三化三美”“全国文明城市创建”“创建国家AAAAA级旅游景区”“创建国家全域旅游示范区”“特色小镇建设”“乡村建设转型综合试点”等系列组合拳，全面实施以“一加强三整治”（即加强规划设计引领，整治环境卫生、整治城镇秩序、整治乡容镇貌）为主要内容的小城镇环境综合整治行动。力争用3年左右时间，完成特色化建设、科学化规划、项目化推进、标准化治理、责任化落实，使全区所有乡镇环境质量全面改善、服务功能持续增强、管理水平显著提高、乡容镇貌大为改观、乡风民风更加文明、社会公认度不断提升，使小城镇成为人们向往的幸福家园。

根据市级统一部署，从2016年11月份开始，以莲都区9个乡镇政府驻地建成区为主要对象进行整治，争取到2017年底，完成30%左右的乡镇环境综合整治；到2018年底，完成80%左右的乡镇环境综合整治；到2019年底，全面完成各乡镇环境综合整治。

（三）工作要求。小城镇环境综合整治行动时间紧、任务重，涉及面广、系统性强、技术要求高，各乡镇、部门要迅速行动，全员参与，环环相扣，形成合力，协同推进，迅速掀起小城镇环境综合整治的热潮。积极落实“以人为本，尊重民意”、“因地制宜，分类指导”、“量力而行，循序渐进”、“长短结合，标本兼治”、“内外同修，齐头并进”的总体要求，坚持高标准、严要求、重落实，牢牢把握洁净底线，着力彰显传统特色。以中心镇为示范引领，突出重点，以点带面，层层推进。

二、主要任务

（一）加强规划设计引领

1. 编制环境综合整治规划。根据《浙江省小城镇环境综合整治技术导则》，以乡镇为编制主体，按照“先规划、后许可、再建设”的原则，科学编制环境综合整治规划。到2017年3月底前，完成所有乡镇整治规划编制任务，建立综合整治项目库。每个集镇要以“6+X”项目为推进整治工作的重要抓手，“6”即打造6个基本项目：一个景观出入口、一条示范街区、一个示范村居、一个农贸市场、一个停车系统、一套乡镇生活污水治理系统，“X”是指根据乡镇自身情况，选择性建设一批以基础设施为主的自选项目，如休闲公园、文化礼堂、便民服务中心、地下管网系统等。通过项目建设，强短板、补漏洞，突出景观效果、易识别特性和服务导向，力争做到基本项目到位，自选项目出彩，全面夯实乡镇功能的设施基础。

2.强化乡镇规划管控。充分重视乡镇规划管控工作，将“治旧控新”作为规划落地的基本保障。2016年12月底前，各乡镇要制定违法建设行为联合巡查制度，形成属地乡镇牵头、有关部门参与、所在村双委为主体的定期巡查长效管理机制。结合“无违建创建”工作，要对各乡镇整治范围现有违法建筑的情况进行调查并归类统计，制定违法建筑处置计划，2017年底完成全部违法建筑的处置工作。同时，宣传部门要做好宣传教育工作，营造针对违法建筑的高压态势，为综合整治规划落地提供良好的舆论导向和氛围。加强规划设计监督检查，健全项目选址到场、基础放样到场、基槽检验到场、施工过程到场、竣工验收到场“五到场”制度。

3.抓好示范乡镇建设。发挥示范带动效应，以碧湖镇、大港头镇、丽新乡作为我区小城镇环境综合整治工作的示范乡镇，由镇主要领导直接抓落实，争取率先完成整治任务，打造小城镇环境综合整治精品镇、特色镇、示范镇，通过示范引领，带动全域整治。

（二）整治环境卫生

1.加强地面保洁。全面消除“脏乱差”现象，切实改善城乡环境面貌，健全地面保洁机制建设，认真清理处置农村沿路沿河、房前屋后暴露的垃圾，全面消灭村庄积存垃圾、卫生死角、污水坑、臭水沟，改善乡容镇貌。全面清理卫生死角和乱搭乱建，有效消灭影响环境的“脏乱差”现象，卫生保洁有责任主体、有专人负责、有经费保障、有相应设施，洁化水平明显提高，城乡环境卫生长效管理机制进一步完善。

2.保持水体清洁。结合“五水共治”工作，划定公共水域整治范围、制定整治措施、明确责任主体，彻底清理各类水域的留存垃圾，制定公共水域长效保洁机制。全面加快污水管网建设，提升集镇生活污水收集处理率。推进污水处理设施升级，提升处理水平，实现稳定运行、达标排放。

3.争创卫生乡镇。贯彻落实国家相关法律法规和省卫生乡镇建设标准，加强病媒生物防治和环境保护，促进绿色发展。保障食品安全和生活饮用水卫生，争创国家级和省级、市级卫生乡镇。

（三）整治城镇秩序

1.治理道乱占、摊乱摆。加大乡镇集贸市场改造提升力度，优化街道摊贩设置点布局，整治与疏导相结合，消灭占道停车、“僵尸车”、占道经营、乱设摊点、游商游贩等现象。规范集贸市场环境秩序，全面整治违法堆物、违法施工和违法建筑等，严禁擅自增设平交道口、敷设管线、占用或挖掘各类道路。

2.治理车乱停、车乱开。按照主干道严禁、次干道严控、小街巷规范的要求，改善道路功能，合理规划设置停车场及路边停车位。加强道路交通违法行为查处，重点整治车辆不按规定停放、车辆和行人不按交通信号灯规定通行、车辆逆向行驶、机动车占用非机动车道行驶、车辆违反规定载人、酒后驾驶机动车、无证驾驶机动车、驾驶无牌无证机动车、骑乘摩托车不按规定戴头盔以及机动车非法运营和出租车拒载等行为。加大查处力度，基本杜绝燃油助力车上路行驶。

3.治理房乱建。大力推进危旧房改造工作，在确保群众居住安全的基础上不断完善设施配套、不断优化住宅功能布局。整治范围内的村庄要通过村民大会或村民代表大会的形式，确定一至两种农民建房的建筑风格，抓好处州民居通用图集的设计落地工作。全面查处违法违章建筑，网格化推进房屋确权确违。加大对违法建筑的查处和整治力度，坚决遏止和打击违法建设行为。建立健全批后监管巡查处置机制，不仅要对建筑面积、用地面积、建筑层次、建筑高度等硬性指标进行严格把控,还要对立面风格、建筑色彩、建筑造型等设计要求进行从严监督。结合“三改一拆”“六边三化三美”等工作,消除“赤膊墙”和“蓝色屋面”。

4. 治理线乱拉。规范户外缆线架设,按照强弱分设、入管入盒、标识清晰、牢固安全、整齐有序、美观协调的要求,清理整治户外违章架空线缆、归并整理杂乱无序线缆、消除低垂松垮线缆、整治美化线缆形态。在古堰画乡及东西岩景区周边及主要道路,实施架空线缆下地改造。线缆整治改造过程中要统筹考虑电力、通信、光电、给排水等各种需求及集镇未来发展需要,改造方案要有前瞻性,防止基础设施重复建设。

(四)整治乡容镇貌

1. 加强沿街立面整治。对乡镇主次干道、旅游景区景点、历史文化保护街区等重要节点沿街立面进行整体设计、改造和清洁,保持沿街建筑物的风格色彩协调和整体形态完整。严格按照《导则》的要求,对防盗窗、空调室外机、遮阳檐蓬、广告灯饰、老式卷闸门等附加物进行掩蔽、整理和更换,做到材料、选型、规格统一协调,做到新装防盗窗不出墙、遮阳檐蓬进深不超道路红线等硬性指标。有条件的乡镇可完善监控设施,拆除已装防盗窗。规范店招店牌大小样式,分节点、分路段、分区块整治广告、横幅乱涂乱拉问题,优化美化街头景观绿化。

2. 推进可再生能源建筑一体化。大力推进太阳能建筑一体化,积极采用整体改造、推广分离式太阳能光热技术和空气源热泵技术等方法,改造有碍景观的屋顶整体式太阳能热水器装置,逐步将主要街道既有建筑的屋面太阳能热水系统改造为水箱与集热装置分离式系统,新建太阳能屋顶逐步推广使用分离式技术。

3. 治理低小散块状行业。深化“腾笼换鸟”,继续淘汰落后产能,深入实施低小散块状行业整治提升“十百千万”计划,全面排查整治安全生产、环境保护、生产质量、节能降耗不达标以及其他违法生产的低小散、“脏乱差”企业(作坊)。以专项整治为抓手,抓好“个转企”,鼓励“小升规”,推动块状行业集聚集约、依法规范和提质增效升级发展。加强小微企业园、小微企业集聚点和标准厂房的规范建设与管理。

4. 完善配套设施。进一步完善环卫站、垃圾中转站、垃圾箱、公厕等环卫设施配置。合理设置垃圾分类设施,加快推进“分类投放、分类收集、分类运输、分类处理”的小城镇生活垃圾处理体系,提高减量化、无害化、资源化处理水平。加快截污纳管,加强污水收集处理和设施运行维护管理,完善污水收集系统,稳步提高生活污水的收集处理率、运行负荷率和出水达标率。优化道路交通网络,改善交通拥堵点,提高路网整体水平。结合实际需求打通“断头路”增设停车场位,修补破损路,整治低洼路,进一步完善各类交通安全设施。

5. 提升园林绿化。大力实施植树增绿、见缝插绿、拆违补绿、拆墙透绿行动,提升园林绿化水平和绿化景观,加快建设城乡绿道网、景观森林,基本实现无裸露闲置地块。合理运用乡土树种,突出树木的季节变化和地方特色,提升庭院绿化、道路绿化、公园绿化和养护水平,建设高品质的园林绿化和景观小品,加快构建开放、便民的公园绿地系统。

6. 提高管理水平。建立健全小城镇环境综合整治长效管理机制,加强环卫、道路交通和乡容镇貌管理力量配备,引导群众广泛参与。把基层综合行政执法工作纳入基层公共管理体系,推进综合行政执法向乡镇延伸。积极开展智慧城镇建设,建设标准统一、资源共享、适应不同乡镇管理要求的“数字城管”体系。

7. 加强传统村落保护。全面开展区域范围内有保护价值的传统村落(民居)的普查,并做好登记、建档等工作。加强对传统民居的白蚁防治、防火等保护及修缮工作。具备条件的传统村落,在保护的前提下,结合民宿等方式做好发展文章。

8. 加快农村危旧房治理改

造。全面消除房屋安全隐患，根据省、市、区“除隐患、保安全、促转型”治危拆违攻坚战行动的要求，对全区农村房屋开展全面排查、治理改造，做到边排查、边建档、边腾空、边治理，2017年2月底全面完成排查、录入、鉴定工作。2017年12月前完成所有自住D级危房和涉及公共安全的C级、D级危房治理改造，2018年底前全面完成治理改造，从根本上消除各类房屋隐，改善农村房屋使用安全状况。

三、实施步骤

（一）动员部署阶段(2016年10月)。各乡镇成立相应的组织机构，制定实施方案、行动计划，明确工作目标、工作标准、完成期限。

（二）整治规划编制阶段(2016年12月至2017年3月)。2016年12月前，各专项组完成专项行动实施计划的制定工作；2017年3月前完成所有乡镇整治规划编制任务。

（三）全面整治阶段(2016年11月至2019年12月)。按照实施方案和整治规划，全面实施整治行动。

2017年：大港头镇、丽新乡、黄村乡。

要求：全面完成整治项目、任务，迎捡考核。

2018年：老竹畲族镇、雅溪镇、太平乡、峰源乡。

要求：编制整治规划和制定整治计划方案，建设周期长的提升整治项目在2017年7—9月开工建设。2018年迎检考核。

2019年：碧湖镇、仙渡乡。

要求：编制整治规划和制定整治计划方案，涉及面广、整治任务集中的区域、街区，建设周期长的提升整治项目在2017年开工建设，2018年底基本完成。2019年迎检考核。

（四）巩固迎检阶段(2017年7月至2020年1月)。根据《浙江省小城镇环境综合整治行动考核验收暂行办法》，实行省对市、县(市、区)和乡镇考核验收；市对县(市、区)和乡镇核查验收；县(市、区)对乡镇自查验收的形式。考核验收按三年实施计划分批进行，验收时间原则上暂定为每年的7—8月、12月至次年1月，即：第一批：2017年7—8月、2017年12月—2018年1月；第二批：2018年7—8月、2018年12月—2019年1月；第三批：2019年7—8月、2019年12月—2020年1月。全区各级各有关部门、乡镇要着力巩固整治成果，全面做好迎检准备。

四、保障措施

（一）成立专门机构，组建专项工作组。成立莲都区小城镇环境综合整治行动领导小组，下设办公室，从各相关单位抽调业务骨干，办公室要集中办公，实体化运作，统筹协调推进全区小城镇环境综合整治工作。分别成立规划设计引领组（牵头单位为区建设分局）、农村危房治理专项组（牵头单位为区建设分局）、“道乱占”治理专项组（牵头单位为城管莲都分局）、“房乱建”治理专项组（牵头单位为城管莲都分局）、环境卫生专项组（牵头单位为区农办）、“低小散”块状行业治理组（牵头单位为区经济商务局）、“车乱开”治理专项组（牵头单位为区公安分局）、“线乱拉”治理组（牵头单位为区文广新体局）、卫生乡镇创建组（牵头单位为区卫计局）、市场整治建设专项组（牵头单位为区市场监管局）等10个专项组。各专项组要落实一名分管领导主抓各专项工作，编制整治行动方案和年度计划目标，深入开展治理行动。

（二）明确职能分工，形成助推合力。区整治办负责牵头组织全区小城镇环境综合整治行动，做好政策制定、计划安排、督查指导、考核验收、组织协调等工作。

区建设分局负责组织和指导各乡镇编制小城镇环境综合整治专项规划；负责牵头组织实施规划设计引领专项行动，负责牵头抓好小城镇环境综合整治行动中“整治沿街立面”“推进可再生能源建筑一体化”“完善配套设施”“提升园林绿化”“加强传统村落保护”“加快农村危旧房治理改造”等工作，参与“保持水体清洁”“治理房乱建”“强化乡镇规划管控”等工作。

区农办负责牵头组织实施环境卫生专项行动，抓好民宿经济发展、农村生活垃圾处理、生活污水治理等工作，参与“加强立面整治”“保持水体清洁”“争创卫生乡镇”等工作。

城管莲都分局负责牵头组织实施“房乱建”治理专项行动和“道乱占”治理专项行动，抓好小城镇环境综合整治行动中“强化乡镇规划管控”“提高管理水平”等工作，参与“治理车乱开”“治理线乱拉”等工作。

区经济商务局负责牵头组织实施“低小散块状行业治理”专项行动，协调市通信发展办公室、各通讯运营商整顿规范小城镇各类通信管线架设。

区公安分局负责牵头组织实施“车乱开”治理专项行动，协调市公安局交通警察支队做好维护小城镇道路交通安全、交通秩序工作，加强道路交通违法行为查处；负责小城镇环境综合整治行动中执法保障工作。

区文广新体局负责牵头组织实施“线乱拉”治理专项行动，指导体育健身场地及设施建设和管理，开展面向小城镇居民的群众性体育活动。

区卫计局负责牵头组织实施卫生乡镇创建专项行动，参与“加强地面保洁”等工作。

区交通运输局负责牵头开展小城镇道路路域环境综合治理；参与小城镇环境综合整治行动中“强化整治项目设计引导”“完善规划设计实施制度”“治理车乱开”“完善配套设施”等具体任务落实。

区发改局参与抓好小城镇环境综合整治行动中“推进可再生能源建筑一体化”等工作。

区教育局负责开展以交通安全为主题的“小手牵大手”宣传教育活动；参与抓好小城镇环境综合整治行动中“治理车乱开”等工作。

区财政局负责保障小城镇环境综合整治行动资金落实到位；加强对资金使用的指导、监督和管理，及时开展绩效评价，提高资金使用效益；引导相关资金整合，形成政策合力。

区国土分局负责制定和落实加强小城镇环境综合整治行动用地保障的政策措施；负责牵头小城镇环境综合整治规划与相关土地利用规划的有机衔接；参与抓好小城镇环境综合整治行动中“治理房乱建”等工作。

区环保分局负责牵头各乡镇抓好小城镇环境综合整治行动中涉及的环境保护工作；参与抓好小城镇环境综合整治行动中“保持水体清洁”“争创卫生乡镇”“治理低小散块状行业”等工作。

区环卫局负责牵头各乡镇做好小城镇环境综合整治行动中涉及环卫基础设施的建设工作，参与抓好小城镇环境综合整治行动中“加强地面保洁”“保持水体清洁”“争创卫生乡镇”等工作。

区治水办负责牵头各乡镇做好小城镇环境综合整治行动中“保持水体清洁”以及其他五水共治工作。

区水利局负责牵头各乡镇加强小城镇防汛防台、防洪排涝等水利设施建设，开展河湖库塘清淤疏浚；参与抓好小城镇环境综合整治行动中“保持水体清洁”等工作。

区农业局负责牵头各乡镇深入开展“打造整洁田园、建设美丽农业”行动，加快改善小城镇周边区域田园面貌。

区林业局负责加强对各乡镇开展小城镇绿化规划和植树增绿、提质增效的技术指导；加强对古树名木等森林景观资源保护管理和湿地保护修复的业务指导；参与抓好小城镇环境综合整治行动中“提升园林绿化”等工作。

区市场监管局负责牵头组织实施市场整治建设专项行动，抓好乡镇农贸市场提升改造工作；参与抓好小城镇环境综合整治行动中 “整治沿街立面”“治理低小散块状行业”等具体任务落实。

区金融办负责协调各金融机构研究制订和落实支持小城镇环境综合整治行动的金融政策，引导金融机构创新金融产品，优化信贷服务。

区供电公司负责整顿规范小城镇电力管线架设，建立适应小城镇环境综合整治要求的供电设施建设和管理机制；配合有关部门抓好“线乱拉治理”专项行动。

区文明办负责牵头各乡镇加强小城镇环境综合整治行动的精神文明建设，不断提升小城镇居民的文明素养和乡风民风；参与指导各乡镇抓好小城镇环境综合整治行动中“争创卫生乡镇”“治理车乱开”等具体任务落实。

各乡镇是小城镇环境综合整治行动的责任主体和实施主体，要按照各专项组制定的工作计划和要求，认真落实工作责任，出台工作举措，全面全力推进小城镇环境综合整治行动。

（三）加强要素保障，筑牢发展基础。把小城镇环境综合整治行动资金纳入年度地方财政预算，将上级转移支付资金更多向小城镇环境综合整治工作倾斜；积极创新投融资机制，加大对小城镇环境综合整治项目的投入；积极引导和吸纳社会资本参与小城镇环境综合整治建设，加快形成多层次、多渠道、多元化的投融资格局；要积极开展农村土地综合整治，盘活存量建设用地，优先保障小城镇环境综合整治建设必需的用地指标。符合条件的“三改一拆”拆后土地纳入城镇低效用地再开发或农村土地综合整治项目。

（四）强化监督检查，务求工作实效。把小城镇环境综合整治纳入各乡镇党委、政府及相关部门的目标责任考核，把小城镇环境综合整治行动成效作为考核领导干部工作实绩的重要内容。区整治办要分年度明确工作目标，排出三年作战图、时间表、任务书，研究制定考核验收办法。建立区领导联席会议制度和区领导联系乡镇制度，指导整治工作有效推进。对各责任部门和涉及的乡镇进行每月通报、点评、排名，形成你追我赶、比学赶超的浓厚氛围。

（五）做好服务指导，形成整体合力。区整治办要根据《浙江省小城镇环境综合整治行动技术导则》，做好分类指导工作；建立对口联系机制，落实工作责任，加强组织协调和督促指导；建立技术帮扶机制，积极组织专家团队和专业技术人员开展送技术下乡活动，加强跟踪服务；加强对乡镇（街道）负责同志、基层工作人员的教育培训，着力提高认识水平和实践能力。

（六）广泛宣传发动，营造工作氛围。充分利用广播、电视、报刊、网络等载体，开辟专栏、专题，全面及时反映行动的好做法、好经验、好典型，积极开展小城镇环境综合整治行动宣传，充分调动基层干部和居民群众的积极性、主动性和创造性，加快形成全民共建、全民共享的良好氛围。把提升居民文明素养摆到重要位置，引导城镇居民增强规则意见、法治意识和公德意识，养成良好的生活方式和行为习惯。及时总结经验，充分发挥典型示范作用，通过现场会等形式，大力推广各地的好经验、好做法，加强交流学习，不断巩固提升综合整治成效和管理水平。

丽水市莲都区人民政府
关于印发丽水市莲都区国民经济和社会发展
第十三个五年规划纲要的通知

莲政发〔2016〕13号

古堰画乡小镇指挥部，各乡镇人民政府，各街道办事处，区政府直属各单位：

《丽水市莲都区国民经济和社会发展第十三个五年规划纲要》已经区十五届人大五次会议审查批准，现印发给你们，请认真贯彻落实。

丽水市莲都区人民政府

2016年5月16日

（此件公开发布）

目　录

丽水市莲都区国民经济和社会发展第十三个五年（2016—2020年）规划纲要，根据《中共莲都区委关于制定莲都区国民经济和社会发展第十三个五年规划的建议》编制，是贯彻落实习近平总书记系列重要讲话精神和“四个全面”战略布局，推动“绿水青山就是金山银山”在莲都新实践的总体规划，是指导全区未来五年发展的纲领性文件。

一、新使命：打造“中国莲都”，实现自我跨越

（一）发展背景。

“十二五”时期，是我区发展历史上不平凡的五年。面对错综复杂的宏观环境和艰巨繁重的改革发展稳定任务，我们坚定不移走“绿水青山就是金山银山”绿色生态发展之路，顽强拼搏、开拓创新，经济平稳健康发展，社会保持和谐稳定，“十二五”规划目标基本实现。综合实力稳步提高。2015年，地区生产总值达283.19亿元，总量在全市9个县（市、区）中保持第一。人均地区生产总值突破60000元。固定资产投资总额从66.32亿元增长到146.56亿元，年均增长16.8%；社会消费品零售总额从100.22亿元增长到176.68亿元，年均增长13.1%；一般公共预算收入从5.34亿元增长到12.47亿元，年均增长17.7%。产业升级步伐加快。“处州白莲”获得国家地理证明商标，梅峰茶叶、本润覆盆子获得国家生态原产地保护产品称号，“两白一皇一草”等特色产业发展态势良好。“四换三名”等工作有效推进，新培育10家国家高新技术企业，工业转型升级步伐逐步加快；古堰画乡成功创建国家AAAA级旅游景区，古堰画乡小镇入选全国首批旅游创客示范基地、全省首批特色小镇，我区成为全省首批休闲农业与乡村旅游示范县。城乡建设卓有成效。“六边三化三美”行动和历史文化村落保护利用等工作统筹推进，国家卫生城市等成功创建。美丽乡村建设“点上出彩、面上美丽”，成为省级“美丽乡村”先进县。社会民生持续改善。城乡居民收入稳步提高，2015年城乡居民人均可支配收入分别达到35038元和19327元，分别年均增长10.0%和13.5%。医疗、教育、就业、社会保障等各项民生事业发展迅速，城乡统筹水平全市领先。生态环境优势明显。生态环境质量连续11年在全省设区市的市区中排名第一，特别是居民关心的空气质量优势更加明显。森林资源有效增加，森林生态系统的整体功能和森林碳汇储量进一步提升。体制改革成效初现。市区权责关系不断理顺，政府职能转变和机构改革持续深化，食品药品监管体制稳步推进，新组建区市场监管局、区卫计局、区经合办。“四张清单一张网”改革深入推进。扩权强镇力度进一步加大，区级30项部门管理权限下放到中心镇。

未来五年，在经济进入新常态的大背景下，莲都发展的外部环境也更加复杂。从国际上看，世界经济在深度调整中曲折复苏，新一轮科技革命和产业变革蓄势待发，全球治理体系深刻变革，机遇和挑战相互交织。从国内看，认识新常态、适应新常态、引领新常态，成为当前和今后一个时期我国经济发展的大逻辑，在注重消费、投资、出口“三驾马车”拉动作用的同时，更需强化改革、创新、开放三大发展新动力，“互联网+”“旅游+”全面渗透。从区域和省内看，国家“一带一路”“长江经济带”等战略相继实施，省内县域经济加快向都市区经济转型，更大范围、更高层次推进开放合作成为区域发展必然趋势。从市域发展看，生态发展理念深入人心，全市走“绿水青山就是金山银山”绿色生态发展道路是唯一选择。更重要的是铁路、机场、瓯江航道建设提升等步伐将加快，随着立体综合交通网不断构筑，区域综合交通环境将会有极大的改善，为我区城镇化和生态旅游业加快发展提供了良好外部环境，“中国莲都”品牌建设基础条件初步具备。

专栏1 “中国莲都”区域品牌建设基础和内涵

“中国莲都”建设基础：一是莲都因“莲”而名、因“莲”而兴，古称莲城，今称莲都，“众山环簇，形如莲花”，城市莲形象十分鲜明。二是莲文化底蕴深厚。莲文化是中华民族灿烂文明的重要组成部分。据《处州府志》记载，“自萧梁詹司马疏导水利”，莲都就开始种植荷莲，迄今已有1500年历史。许多建筑的命名都与“莲”有关。三是廉之风世代传承。“莲”通“廉”，自古就以莲“出淤泥而不染”象征“清正廉洁”。莲都人民不仅爱种莲，更因其独有品格而喜欢赏莲，清廉之风长盛不衰，形成了“敦礼让，重廉耻”的风尚。廉政文化教育基地“却金馆”，便因温州知府何文渊回乡途中“却金”而美名相传。三是莲生态环境优越。莲都山水形胜，钟灵毓秀，是镶嵌在瓯江中游的一颗明珠，又如一朵莲花盛开在瓯江之滨，是“中国生态环境第一市”所在地。丰厚的历史积淀与秀美山水相融共生，铸就了莲都独特的城市气质。四是莲农业声名鹊起。莲都现有莲花种植面积5000余亩，有莲都园1个、精品园6个。所产“处州白莲”，与湘莲、建莲、赣莲合称我国四大名莲，清嘉庆六年被列为贡莲，2009年取得国家地理标志证明商标、获“中国农博会粮交会金奖”，处州莲蕊获得第二届中国农业博览会金奖。

“中国莲都”建设内涵：由于莲都具有的独特区位、地名优势、生态条件及产业基础，为此，区委在十三届九次全会上首次提出打造“中国莲都”区域品牌，“十三五”期间，我区将坚持生态保护、示范引领、绿色发展、创新创业、共享发展等的引导，按照经济生态优越、自然生态优美、社会生态和谐、政治生态清明的要求，归零翻篇、开拓进取、奋发图强，积极推进生态环境保护和生态经济发展双示范区建设，从而实现区域品牌更鲜明、经济实力更雄厚、城乡发展更协调、生态环境更优美、人民生活更幸福、治理体系更完善的美好远景，使“中国莲都”品牌形象成为与全省同步高水平全面建设小康社会的莲都生动实践。

同时，必须清醒地认识到，莲都经济社会发展仍然存在诸多不足：经济总量还不大，企业自主创新能力不强，产业低、小、散、弱状况尚未根本改变；城乡差距依然明显，土地、资金、人才等要素制约有待进一步破解，资源环境约束趋紧；结构性改革仍需突破，社会民生事业欠账较多，绿水青山转化为金山银山的通道还未完全打开，加快转型发展任重道远。

综合判断，“十三五”时期，莲都将迎来改革创新和绿色生态发展的重要机遇期，进入到区域开放合作、城乡统筹发展、民生加快改善的关键阶段，提出打造“中国莲都”区域品牌形象，既是顺势而为，更是乘势而上，全面建成“中国莲都”，已成为我区“十三五”期间的重大任务。我们必须切实增强大局意识、忧患意识、责任意识，保持战略定力，以实际行动绘就“绿水青山就是金山银山”的美丽画卷，不断增强发展的全面性、协调性、可持续性，在新起点上实现更高水平、更高质量的发展。让建成“中国莲都”品牌成为全区上下共同的追求，让全面建成“中国莲都”成为共同的期盼。

“十二五”规划主要指标完成情况表

指标	单位	2010年	“十二五”完成		“十二五”目标	
			2015年	年均增长(%)	目标	年均增长(%)
地区生产总值*	亿元	176.89	283.19	7.7	280	11
人均生产总值*	元	39693	60928	6.8	65000	—
三次产业结构*	—	6.9:41.4:51.7	6.2:36.4:57.4	—	5:43:52	—
工业总产值	亿元	41.70	94.09	15.2	100以上	20
固定资产投资	亿元	16.27	170(累计)	16.8	100(累计)以上	>10
一般公共预算收入	亿元	5.34	12.47	17.7	9.41	12
社会消费品零售总额*	亿元	100.22	176.68	13.1	190	15
旅游总收入	亿元	9.30	42.86	33.9	25	25
外贸出口总额	万美元	4804	14847	24.8	6000	15
城镇居民人均可支配收入*	元	21712	35038	10.0	36300	>10
农村居民人均可支配收入*	元	10278	19327	13.5	14200	>12
城镇登记失业率	%	3.99	2.90	—	<4	—
新型农村合作医疗覆盖面	%	95	此项已与城镇居民合并	—	100	—
企业职工基本养老保险参保人数	人	23340	此职能已到市社保	—	26000	—
新增城镇就业人数	人	1314	10190	—	4000(累计)	—
转移农村劳动力	人	5723	12285	—	15000(累计)	—

指标	单 位	2010年	“十二五”完成		“十二五”目标	
			2015年	年均增长(%)	目标	年均增长(%)
人口自然增长率*	‰	4	4.02	—	<7	—
单位生产总值能耗下降率*	%	—	预计完成	—	16(累计)	—
单位生产总值二氧化碳排放量*	吨/万元	完成	预计完成	—	上级下达指标	—
主要污染物总量*	万吨	完成	预计完成	—	上级下达指标	—
城市化水平*	%	65.12	72	—	60	2．0
森林覆盖率*	%	80	76.9★	—	80	—

注:*为市区指标,其余为区属指标。(1)生产总值、人均生产总值绝对数按现价计算,增长速度按可比价格计算;居民收入增幅为名义增长速度;(2)2014年起,城乡居民收入统计口径变化,城镇居民人均可支配收入、农村居民人均纯收入分别调整为城镇常住居民人均可支配收入和农村常住居民人均可支配收入。(3)主要污染物包括化学需氧量、二氧化硫、氨氮和氮氧化物。(4)因2015年实绩数尚未出全,打“★”数据为预计数,最终将以2015年实绩数为准。

(二)指导思想。

“十三五”时期我区经济社会发展的指导思想是:高举中国特色社会主义伟大旗帜,以马克思列宁主义、毛泽东思想、邓小平理论、“三个代表”重要思想、科学发展观为指导,深入贯彻习近平总书记系列重要讲话精神,以“四个全面”战略布局为统领,以创新、协调、绿色、开放、共享五大发展理念为引领,以“八八战略”为总纲,践行“绿水青山就是金山银山”的发展理念,大力弘扬里东大救援精神,坚持美丽环境、美丽经济、美好生活“三美融合、主客共享”的工作主线,加快完善新常态下生态文明体制机制和发展方式,全面建设“中国莲都”,与全省同步高水平全面建成小康社会。

专栏2　里东大救援精神

2015年11月13日22时50分许,雅溪镇里东村发生山体滑坡。山体滑坡塌方量30余万立方米,导致27户房屋被埋,21户房屋进水。灾情发生以后,在党中央国务院、省委省政府、市委市政府、军队和社会各界的大力支持下,全区广大党员干部第一时间响应上级及区委、区政府的号召,各部门迅速组织人员向里东村集聚,奔赴救援现场,举全区之力组织抢险救援工作。经过6天6夜、130小时的全力搜救,39位被埋人员全部找到,其中一人生还,创造了一个奇迹。面对突如其来的重大灾害,第一时间组成工作组,结对帮扶受灾群众,化解各类矛盾,取得了社会稳定、受灾户满意、广大群众好评的良好效果。抢险救援工作取得完胜,灾后重建工作有序推进,彰显了浙江大家庭温暖。省委夏宝龙书记高度肯定“11·13”里东山体滑坡抢险救援中涌现出的宝贵精神,并在省委全会上予以概括总结,具体为:各级党委政府执政为民、情系人民的高度负责精神;基层党组织和党员干部身先士卒、舍我其谁的担当精神;部队官兵攻无不克、战无不胜的战斗精神;浙江军民心手相连、鱼水情深的团结精神;社会各界一方有难、八方支援的最美精神。里东大救援精神既是伟大的中国共产党领导下的社会主义制度优越性的集中体现,又是全区上下共同的精神财富,更是莲都广大干部群众践行“三严三实”的重大考验,也是推进莲都经济转型升级的强大动力。为此,我们一定要大力弘扬里东大救援精神,努力做到内化于心,外化于行,扎实抓好今年各项工作任务的落实,努力做出经得起实践、人民、历史检验的实绩。

根据上述指导思想，我区经济社会发展必须牢牢把握“五个坚持”：

坚持生态保护的底线不动摇。树立尊重自然、顺应自然、保护自然的理念，把生态文明建设放在突出地位，融入到经济建设、政治建设、文化建设、社会建设各方面和全过程。深入实施主体功能区战略，牢牢守住生态保护“第一底线”，着力推进城乡建设协同、经济发展和生态保护协调、物质文明和精神文明并重，建设天蓝、水清、地净的美好家园。

坚持示范引领的定位不动摇。努力肩负示范引领、争创一流的新使命，突出城区在区域经济发展中的“领头雁”作用，强化“中国莲都”、“八百里瓯江”品牌的引领作用，加快培育都市经济，加快提升城区经济带动能力、服务辐射能力，加快开放联动发展，引领丽水摘帽“欠发达”、变为“绿富美”，努力成为“绿水青山就是金山银山”的实践样板。

坚持绿色发展的路径不动摇。以“三美融合、主客共享”作为莲都工作的主线，奔着“绿水青山就是金山银山”绿色生态发展之路坚定不移走下去，让“绿水青山”源源不断流出“金山银山”。通过坚定不移打好转型升级系列“组合拳”，加快建立绿色产业体系，构建绿色发展方式和生活方式，推动形成人与自然和谐发展的现代化建设新格局。

坚持创新创业的动力不动摇。聚焦改革着力点和突破口，统筹推进生态文明建设、农村金融、扶贫开发等各领域改革，着力推动制度创新、科技创新、文化创新、产业创新、业态创新、管理创新等各方面创新，让创意、创新、创业和谐共生，使大众创业、万众创新在莲都蔚然成风，成为建设“中国莲都”的不竭动力。

坚持共享发展的目的不动摇。以保障和改善民生为根本出发点和落脚点，全面解决好人民群众关心的社会民生问题，确保打赢扶贫攻坚战。推进经济富裕地区与生态富集地区接轨、农民与市场接轨、农村与工商资本接轨，推进区域开放协作，依靠主与客、城与乡双向发力，努力在“三美”打造、城乡融合中实现宾主相宜和主客共享。

（三）总体目标。

“十三五”时期，全力实施“1135”莲都领跑行动，确保与全省同步高水平全面建成小康社会，初步树立“中国莲都”区域品牌形象。

专栏3 “1135”莲都领跑行动

“1”：即围绕一个目标，初步树立“中国莲都”区域形象。

“1”：即突出一条主线，把“三美融合、主客共享”作为各项工作的主线，贯穿于经济社会发展全过程。

“3”：即打造三大载体，包括生态旅游名城、特色小镇和大健康主题村落。

“5”：即实现五个领先。

——生态指数超一流，领先全国；

——GDP超过四百亿，领先全市；

——有效投资超千亿，领先全市；

——民宿经济超百亿，领先全市；

——居民收入超五万，领先全市。

莲都区“十三五”经济社会发展目标为：

——区域品牌更鲜明。莲的农业价值、养生价值、旅游价值、文化价值、社会价值显著提高，“中国赏莲品莲胜地”印象基本成型，“莲”成为莲都“天真、质朴、秀美、生态”之“美丽环境”的“名片”，成为“自信、包容、创新、进取”之“美丽经济”的“缩影”，成为“崇德、向善、友爱、和谐”之“美好生活”的“内核”。“中国莲都”区域品牌形象引领未来发展的功能显著增强。

——经济实力更雄厚。经济保持中高速增长，到2020年，地区生产总值、人均生产总值、城乡居民收入均比2010年翻一番，固定资产投资（区属）五年累计超1000亿元。美丽经济产业体系基本建立，生态旅游、民宿经济、养生农业等产业发展质量和效益稳步提升，新产业新业态引领作用显著增强，生态工业和城区经济初具规模，“大众创业、万众创新”格局基本形成。

——城乡发展更协调。中心城市功能明显提升，美丽乡村建设水平进一步提高，旅游名城、特色小镇、主题村落建设卓有成效。城乡之间居民收入水平、基础设施通达水平、基本公共服务均等化水平、人民生活水平等方面差距进一步缩小。城市化的质量和水平进一步提高，城乡基础设施更加完善，城市化率提高到75%。

——生态环境更优美。生产、生活、生态三类空间更加明晰，国土空间得到优化。生态空间得到有效保护，生态红线制度基本建立，以水、大气、土壤和森林绿化美化为主要标志的生态系统继续保持良性循环。全区河流Ⅰ~Ⅲ类水质断面比例达100%，空气质量指数（AQI）达到优良天数比率达90%，实现天蓝、水清、地净，为莲都百姓创造良好的人居环境。

——人民生活更幸福。中国梦和社会主义核心价值观深入人心，公民文明素质和社会文明程度显著提高。城乡居民生活水平稳步提高，城镇常住居民人均可支配收入和农村常住居民人均可支配收入年均增长7.5%和10%。社会保障体系更加健全，基本公共服务均等化水平进一步提升，人民群众幸福感、获得感更强。

——治理体系更完善。重要领域和关键环节改革取得决定性成果，治理法治化、制度化、规范化、程序化、信息化水平不断提高。人民民主更加健全，法治政府基本建成，司法公信力明显提高，社会治理更高效。政府自身建设制度化水平显著提高。

“十三五”时期经济社会发展主要指标

类别		指标名称	单位	2015年实绩（基数）	2020年目标	年均增长（%）	指标属性
经济发展	1	地区生产总值	亿元	283.19	400	7.5	预期性
	2	人均GDP	元	60928	83000	7.3	预期性
	3	固定资产投资	亿元	【529.18】	【1000】	10	预期性
	4	一般公共预算收入	亿元	12.47	18	7.5	预期性
	5	社会消费品零售总额	亿元	176.68	260	8	预期性
	6	规上工业增加值	亿元	12.28	16.5	6	预期性
	7	农业增加值	亿元	17.48	21	3.5	预期性
结构优化	8	旅游总收入	亿元	42.86	131	25	预期性
	9	服务业增加值占生产总值比重	%	57.4	62.4	【5】	预期性
	10	装备制造业增加值占规上工业比重	%	26.7	30	【3.3】	预期性
	11	研究与实验发展经费占GDP比重	%	—	2	—	预期性
	12	发明专利授权量	项	79	110	7	预期性
	13	互联网普及率	%	50★	70	【20】	预期性
	14	全员劳动生产率	万元/人	—	12.5	—	预期性
	15	城市化率	%	72	75	【3】	预期性

类 别	指标名称			单位	2015年实绩(基数)	2020年目标	年均增长(%)	指标属性
资源环境	16	耕地保有量		万亩	26.24★	上级下达	—	约束性
	17	单位GDP能耗降低		吨标煤/万元	—	上级下达	—	约束性
	18	单位GDP水耗降低		%	—	上级下达	—	约束性
	19	非化石能源占一次能源消费比		%	56★	60	【4】	约束性
	20	主要污染物总量控制		%	预计完成	上级下达	—	约束性
	21	生态环境状况指数(EI)		-	≥96★	≥96	—	预期性
	22	森林增长	森林覆盖率	%	76.9★	≥76	—	约束性
			林木蓄积量	万立方米	446★	›500	—	约束性
	23	空气质量	空气质量指数(AQI)达到优良天数比率	%	90以上★	90	—	约束性
			PM2.5浓度	微克每立方米	38	上级下达	—	约束性
	24	全区河流Ⅰ~Ⅲ类水质断面比例		%	93.3	100	【6.7】	约束性
民生共享	25	城乡居民人均可支配收入	城镇居民人均可支配收入	元	35038	50000	7.5	预期性
			农村居民人均可支配收入		19327	32000	10	
	26	城镇登记失业率		%	2.90	4	—	预期性
	27	新增城镇就业人数		人	【10190】	【7000】	—	约束性
	28	每千名老年人拥有养老床位数		张	31.7	50以上	9.5	预期性
	29	义务教育标准化学校创建率		%	86.2	95	【8.8】	约束性
	30	人均期望寿命		年	79.3	79.8	【0.5】	预期性

注:(1)因2015年实绩尚未全全,打“★”数据为预计数,最终将以2015年实绩数为准。(2)【】内数据为五年累计数。(3)地区生产总值、人均地区生产总值、规上工业增加值、农业增加值增速为可比速度;城乡居民人均可支配收入为名义增速。(4)人均生产总值、城市化率为常住人口口径。

二、新任务：推进三美融合，实现主客共享

（一）更加优化空间结构。

坚持协调发展，按照“核心带动、突出主题、特色发展”要求，精心谋划好产、城、人、文融合的文章，凸显特色小镇对城镇和区域发展的辐射带动和集聚作用，打造以中心城区生态旅游名城为核心，以特色小镇和主题村落为支点的“一核、两支点”新型城乡空间格局。

1.提升发展中心城区

优化“生态旅游名城”服务核心功能。围绕“北居、中闲、南工”一体化格局，有效推进“城在景中，景在城中”全域景区化建设。积极推进特色商业街区和城市旅游综合体建设，优化整合市区休闲旅游资源，发展休闲娱乐、旅游购物、观光度假、商务会展、养生医疗、健康管理等产业，提高都市经济发展水平。加快提升城市景观，将莲文化融入到城市建设。依托高铁枢纽站场、机场，打造综合性旅游集散中心，搭建智慧旅游咨询与信息服务平台。推进“一个捡不到烟头的城市”“一个不会吃到地沟油的城市”“一个‘零投诉’的旅游城市”品牌打造，不断提升城市管理精细化、法治化、智慧化、人文化水平，实现城市形象的根本提升。

专栏4 “三无”城市品牌

1.一个捡不到烟头的城市：围绕“烟头垃圾不落地、家园环境更美丽”，通过增强保洁队伍力量、组织干部夜间巡查、志愿者上街劝导、部门联合执法等多项举措，寻找“消除烟头”的有效方式，探索建立“后创卫时代”市容卫生保洁长效机制，深化“一个捡不到烟头的城市”品牌。

2.一个不会吃到地沟油的城市：通过开展食用油质量安全“433”专项整治行动，加强行业自律、加强餐厨废弃物管理和加强社会监督“三个加强”，力争打造“一个不会吃到地沟油的城市”。

3.一个“零投诉”的旅游城市：以优化旅游发展环境为目标，全面强化旅游咨询、旅游投诉等一站式服务，进一步完善涉旅部门联动旅游投诉机制，对游客的求助、咨询、举报等做到第一时间反应、第一时间处理，为旅游者创造一个温馨、舒适、放心的旅游大环境，树立起旅游服务至诚的新形象，全力打造“一个‘零投诉’的旅游城市”品牌。

做美瓯江旅游风情带。以“生态旅游、休闲养生（养老）、文化创意”为导向，以南明湖、古城岛、欧洲风情小镇等为节点，通过串点成线、江城联动，美化沿岸河堤湿地景观，串联沿岸自然村庄，丰富特色旅游体系，拓展生态旅游、休闲养生（养老）、文化创意功能，成为塑造全区“山水田城”“山环水绕”生态城乡格局的主动脉。

挖掘处州历史文化底蕴。以创建省级历史文化名城为动力，积极推进处州府城建设，加强老建筑、老遗址的保护和利用力度，注重发挥本地居民的积极性和主动性，强化公众参与，着力保护历史老街区传统生活风貌和社区人文环境。深入挖掘处州历史建筑特色内涵，加快推进瓯江文苑民间博物馆、美术馆、会展中心等一批集中展示瓯江文化的特色场馆建设，打造处州历史文化特色风貌，有效提升中心城市的文化环境品质。

2.积极打造五大特色小镇

做美古堰画乡小镇。按照“古堰农耕文化中心、油画创作生产中心、生态养老度假中心”的定位，深入挖掘通济堰农耕文化底蕴及水利文化、绘画艺术、民俗文化等特色资源，恢复“古堰渠、老码头、古航道”古迹风貌。推进乡愁艺术广场、江滨休闲街区、文化产业基地、轿马郑度假乡村、5D梦幻油画馆、玩摄影基地、乡村旅游创客示范基地、游客接待中心等项目建设。力争5年内将古堰画乡建成特色小镇，使其成为全省首个5A级景区特色小镇。

打造水墨田园小镇。按照丽水中心城市特色旅游副中心的定位，围绕建设“新田园、新农耕”的主题，突出近郊滨水田园型休闲旅游养生特色，推进一批旅游集散、医疗培训、城镇综合体、较大规模的安置小区建设。

提升休闲商贸、旅游集散、休闲娱乐等服务能级，将碧湖打造成为农耕文化底蕴深厚、产业发展特色鲜明、城乡风貌宜居宜人的水墨田园小镇。

建设畲乡风情小镇。联动老竹、丽新区块，以东西岩景区为核心，以宣平溪流域为轴线，融合“畲族风情民俗体验、农业观光旅游、丹霞地貌科考”功能，发展畲乡体验、山地旅游、农事体验特色产业，加快推进东西岩4A景区提升改造、畲乡风情商业街、中草药养生养老园、梁村古民居养生园等一批综合旅游服务项目建设，打造畲族风情旅游区。

培育红色文旅小镇。整合雅溪镇、太平乡、仙渡乡红色旅游资源，加强中共岱后县委旧址、西溪村省级历史文化街区等重点旅游资源保护，以雅溪镇为主导，重点发展茶叶、特色水果、古民居文化、红色旅游、避暑休闲等特色产业，成为展示莲都红色文化旅游的重要窗口。

谋划高溪台地小镇。科学谋划宝贵空间资源的开发利用，发挥高溪台地地形特色鲜明以及临近中心城区、周边山水环境较好、农耕文化底蕴深厚的优势，开展养生养老、运动健身、生态工业等项目建设的可行性研究，稳妥推进土地填方平整、水资源供给、功能方案布局等前期工作，强化区域合作和招商引资，带动区块有序开发和特色发展。

3. 培育发展大健康主题村落

保护传统农耕文化景观。整合乡村旅游资源，深挖生态元素、乡愁元素和民俗特色，依托现代农业观光园、历史文化村落、风景旅游景区等节点，通过“不拆房、不砍树、不填塘”的环境整治，注重各类古民居、古祠堂、古书院、古堰、古庙、古桥、古塔、古井等农耕文化景观、历史遗存和空间肌理的保护和传承，突出主题定位，积极推进乡村社区的组织建设改革，强化原有村落产权、使用效益、传统文脉和社区精神的延续。

加快建设各具特色的主题村落。以植入一个主题、导入一个工商资本、建立一个盈利模式、形成一个共享机制、健全一个服务体系“五个一”要求，植入民宿等新型业态。以主题打造为核心，以文化内涵挖掘为依托，尊重自然、传承文脉，按照“一村一品”的发展方向，形成各具特色的有故事、有内涵、能富民的大健康主题村落。培育和引进创意研发人才与团队，“借智”打造特色，提升品位。继续推进周坦、新屋、余岭等首批主题村落建设，积极推进峰源避暑、黄村水乡、西溪明清古街、吕步坑青瓷窑、天堂养生主题村落等建设，争取创建30个以上主题村落。

开辟精品主题村落旅游线路。按照“串点成线，由线带面”发展思路，加强农旅融合，培育休闲养生“莲都乡村生活”模式，重点打造“宿风情东西”莲主题休闲游、“宿唯美画乡”处州文化游、“宿古道山村”古道寻踪游、“宿生态河谷”高山福地游四大精品主题村落旅游线路。

专栏5　四大精品主题村落旅游线路

线路一：“宿风情东西”莲主题休闲游：下林—瑶畈—周坦—新屋—沙溪

线路二：“宿唯美画乡”处州文化游：古堰画乡—松坑口—九龙湿地—里河—港口

线路三：“宿古道山村”古道寻踪游：梅田—岭头—余岭—枫树湾—叶平头—梦里水乡

线路四：“宿生态河谷”高山福地游：猕猴峡—赛坑—库坑—观音庙—西坑口

（二）持续发展美丽经济。

积极对接全省七大万亿产业、历史经典产业和全市“195”生态产业新体系，聚力做强生态旅游、民宿经济、养生农业三大优势产业，积极打造生态工业、都市经济两大支撑性产业，提升美丽经济新能级，着力形成“3+2”生态产业体系。

1. 聚力做强三大优势产业

做大做好生态旅游。紧抓“高铁时代”发展机遇，借助“旅游+”，围绕莲都成为全国知名养生养老目的地、长三角知名休养目的地、山村暑期体验和避暑目的地的目标，开展国家全域旅游示范区创建工作。实施生态旅游发展工程，着力构建以古堰画乡AAAAA级景区为龙头，以东西岩等5个AAAA级景区为支撑，以利山、沙溪等30个主题村落为基础，以养生养老游、乡村休闲游、品莲赏莲游等为特色的多样性旅游产品体系，把生态旅游打造为莲都第一战略支柱产业。重点加快梦里水乡欢乐谷、麻雀湾等重点项目建设。推进天堂山、大山峰、猕猴峡、莳垟湖、水牛坪等资源的开发。推进旅游与工业、农业、文化等产业的融合发展，形成全域化、多层次的旅游发展格局。大力发展智慧旅游，建立"莲都发布"品牌，积极推广"旅游护照"，推动旅游企业协同打造O2O旅游电商平台。完善旅游公共设施服务体系，重点突破通景交通瓶颈。壮大旅游发展公司实力，力争浙江丽水古堰画乡旅游投资有限公司在新三板挂牌上市。推进旅游诚信体系建设，努力成为一个"零投诉"的旅游城市，大力塑造"中国莲都"品牌。

专栏6　生态旅游发展工程

创建一个AAAAA级旅游景区、累计建成5个AAAA级旅游景区、8个AAA级旅游景区(相关主题村落)，旅游总收入年均增长25%以上，游客接待人数年均增长20%以上。

专栏7　国家全域旅游综合改革试验区

全域旅游是将特定区域作为完整旅游目的地进行整体规划布局、综合统筹管理、一体化营销推广，促进旅游业全区域、全要素、全产业链发展，实现旅游业全域共建、全域共融、全域共享的发展模式。发展全域旅游，是贯彻落实新的发展理念、适应旅游业发展新形势、遵循旅游业发展内在规律的客观需要，是转变旅游发展方式、实现由门票经济向产业经济转变的内在要求，是优化旅游空间配置、开辟旅游业发展新空间的有效途径。开展国家全域旅游示范区创建工作，通过试点示范和引领带动，充分调动我区各方力量、整合资源、优化配置，形成开放包容、共建共享的旅游发展新生态，开创大旅游发展新格局。到"十三五"末期，基本实现旅游+农业、旅游+工业、旅游+文化等多产业融合的旅游产品体系建设，完成旅游+互联网的全域旅游智慧化服务体系、旅游+新能源的交通便捷服务体系、旅游行政服务体系等，建立全社会协同，公益性原则和市场化运作相结合的可持续发展的体制机制。

做精做特民宿经济。围绕"旅游全域化、乡村景区化"的目标，按照舒心、贴心、放心、开心、养心的"五心"民宿标准，以"慢生活""乡土味""趣体验""家服务"为卖点，创新发展农业观光、文化体验、古村民俗、温泉亲水、科普教育、运动休闲、生态美食等为特色的民宿业态，实现主题民宿差异化发展，不断提升主题民宿品质。积极拓展民宿产业发展外延，配套发展城郊型家庭农场、生态牧场、开放式儿童主题乐园、汽车露营地等多元项目，提升游客"获得感"，打响有主人、有山水、有业态、有乡愁、有创意、有体验、有故事、有主题、有智慧、有口碑"十有"民宿品牌。协调好资本获利与环境保护及农民受益的关系，既要留住一方乡愁，又要富裕一方群众。到"十三五"期末床位数达到1万张以上，民宿产业培育成莲都新的生态经济增长点。

做优做强养生农业。积极复兴传统农耕文化，深入汲取《四千年农夫》文化精髓，倡导不使用农药化肥，逐步恢复传统农耕生产方式，回归东方农耕智慧。全力实施养生农业"1238"战略，努力打造全国养生农业发展先行区。全区建成养生农业示范乡镇5个，养生农业示范村50个，养生农业示范基地(示范农庄)50个，培育中国莲都养生农业区域品牌1个。积极推进养生农业业态创新，推动养生农业+文化创意、休闲旅游。建设一批休闲农业园区、生态农庄，争创全国休闲农业与乡村旅游示范区。集成推进农业产业集聚区、农产品加工园区、特色农业强镇、国家农业公园建设，打造现代农业园区升级版。完成省级农产品质量安全放心区和省级生态循环农业示范区创建，新增省级农业龙头企业2家、省级示范性专业合作社8家、省名牌农产品2个、"三品一标"认证农产品50个以上。

专栏8　养生农业“1238”战略

打响一个品牌。培育中国莲都养生农业区域品牌，打造全国养生农业发展先行区和农旅养生目的地。

围绕两个目标。围绕“请上门体验、送上门消费”两门农业目标和好产品卖出好价钱“两好”目标。

依托三大载体。推进养生农业+社区、养生农业+旅游、养生农业+互联网三大平台建设。

实施八大工程。即实施新农人培养工程、农产品质量安全工程、土壤培育工程、养生农业基地培育工程、养生农产品价值提升工程、“三原”产品挖掘保护工程、市场营销保障工程、农业旅游融合工程。

2.积极打造两大支撑性产业

发展生态工业。以“生态低碳、提质增效”为中心，着力推进供给侧改革，着力培育先进装备制造、健康制造、农林产品加工三大主导产业。实施传统制造业转型“四大行动计划”，打好互联网+、四换三名、科技领航、金融护航等转型升级组合拳，实现从传统的生产能力提升转向控制能力提升的转变。加快出台个性化扶持政策，集中资源重点培育一批行业龙头骨干企业，依靠重点企业引领行业发展，培育储备一批名企、名品、名家等生态工业品牌。清理整治僵尸企业，盘活闲置低效土地和闲置厂房。采取切实有效措施，确保出让地块早投入、早产出、早达效。鼓励重点企业通过技术改造、兼并重组、收购等方式就地“换鸟”，推动科技型中小企业加强创业创新实现“育鸟孵鸟”，加强大项目招商实现精准“引鸟”。力争到2020年技改投资占工业投资比重达到80%，装备制造业增加值占规上工业比重达到30%，工业园区规上企业亩均税收达到10万元/亩，规上工业劳动生产率达到12.5万元/人。

专栏9　三大主导生态工业发展导向

先进装备制造。以丽水工业园区为重点发展平台，发挥莲都义乌山海协作产业园优势，立足现有泵阀、电气等装备制造业基础，大力引进相关配套生产企业，完善产业链，积极发展节能环保设备制造等领域。

健康制造产业。依托莲都生态优势，大力发展健康制造业，积极引进健康食品、生物科技、医疗器械与保健用品制造等，让健康制造业成为莲都生态工业发展新的引擎。

农林产品加工业。以绿色生态、精深加工、品牌塑造、产地标志为发展方向，全力构筑“原料生态、加工绿色、成品有机”的产业化、科技化、品牌化产业链，打造本地生态农业相互衔接、与市场导向相适应的特色农林产品加工体系。

专栏10　传统制造业转型“四大行动计划”

“互联网+”行动计划。大力推进“互联网＋”与工业经济深度融合，带动机械制造等传统制造产业加快转型。大力发展工业互联网，培育发展工业“4.0”，推动重点行业分期分批开展智能制造试点示范创建。

“四换三名”行动计划。打好“四换三名”引领拳，以机器换人促进减员增效、以电商换市换取市场活力、以腾笼换鸟淘汰落后产能、以空间换地实现集约发展。全面实施知名企业、知名品牌、知名企业家培育工程，大力实施龙头企业培育发展计划，实施治理促转型行动，加快破除低端制造的传统生产模式和路径依赖，提升产业附加值。

“科技领航”行动计划。坚持创新发展理念，加快建设一批创业苗圃、孵化器、加速器，鼓励建立产业技术创新联盟，支持企业建立研究院、研发中心和技术中心。重点支持小微企业强化科技研发，建设一批公共研究平台，鼓励中小企业走“专、精、特、新、优”发展之路。

“金融护航”行动计划。积极推动企业上市融资，着力培育一批大企业、龙头企业。发挥丽水民间金融优势，设立中小企业成长基金，帮助发展前景好、资金短暂困难的中小企业度过难关。同时，积极推动企业兼并重组，加快淘汰落后产能、过剩产能，坚决淘汰僵尸企业。

提升都市经济。按照“研发在中心城市、制造在周边区域，孵化在中心城市、转化在周边区域”的都市经济发展思路，加快技术转移转化、科技孵化、科技中介等公共创新平台和载体建设，大力发展高新技术产业、科技服务业、现代金融服务业、商贸服务业和总部经济。依托中山街商业中心、万地商圈、浙西南滨江商务中心，鼓励丽水所辖市县的大型民营企业在莲都设立企业总部，吸引省内外大企业集团设立浙西南区域运营总部，力争实现以楼宇经济为主题的立体现代商业文化。通过楼宇招商、腾笼换鸟，不断提升楼宇经济的税收产出对当地财政的贡献度。着力提升楼宇集聚度，聚合高端消费、聚焦高端产业，形成配套齐全、设施先进的楼宇经济聚集区。引导整合“莲都人”经济，形成统一的莲都超市标识形象设计，提升“中国莲都”区域品牌影响力。

3.推动产业融合提升发展

促进三次产业融合发展。促进旅游与农业、旅游与制造业等的融合发展，构建产业政策健全清晰、管理体制合理高效、配套体系基本健全、公共服务平台基本完备的产业发展生态圈。

壮大电商整体实力。推进“互联网+农业”“互联网+制造业”“互联网+旅游”“互联网+传统商贸”等产业深度融合发展。培育100家年销售额500万元以上骨干电子商务企业，全区电子商务交易额力争突破60亿元。优化电商产业空间布局。推进电商产业集聚发展，建设区电子商务产业园、区电子商务创业园等。深入实施电子商务品牌化、标准化建设，建设一批富有莲都特色的自主品牌，提升莲都区电子商务影响力。

加大力度培育一批市场主体。按照龙头、骨干、成长、两创(小微)、新生五个梯队层面抓好分类指导，加快形成“既有参天大树、又有满园春色”的发展格局。大力实施龙头企业培育发展计划，加快实施中小企业成长计划，成为行业“小型巨人”和“单打冠军”。积极培育壮大农业经营主体，大力发展农民专业合作社、家庭农场，大力培养新型职业农民，引导鼓励农户依法采取转包、出租、股份合作等形式流转承包土地，加快引进工商资本，加强农业招商引资，推动农业专业化、规模化经营。

(三)努力创造美丽环境。

坚持绿色发展，围绕创建国家级生态文明示范区，加大生态保护和修复力度，努力让莲都天更蓝、水更清、山更绿、空气更清新，实现 “三个确保”和“三个提升”。

1.加大生态保护和修复力度

强化生态保护与修复。严格划定永久基本农田保护红线，切实保障粮食安全。继续深入开展六边区域绿化工作，实施平原绿化与村庄绿化工程，加大力度治理青山白化，积极创建省级森林城镇、森林小镇、森林村庄。加强东西岩、古堰画乡、九龙湿地公园等景区周边的绿化，形成集绿化、美化、防护、旅游观光于一体的综合绿化体系。加快全区小流域、坡耕地及林地水土流失综合治理，强化河流湖泊的自然形态保护。加强生物多样性保护。

加强森林生态体系建设。坚持保护优先、自然恢复为主，构建全市“山水林田湖生命共同体”。科学划定生态保护红线，实行最严格的生态保护制度。积极推进以“大森林”为重点的生态屏障建设，推进重点公益林、彩色健康林和通道景观林建设，深入开展“珍贵树种进百村”活动，到2020年，森林覆盖率保持在76%以上，森林蓄积量达到500万立方米以上。建立科学、有效的公益林管护机制，完善生态公益林补偿机制，增强公益林生态屏障功能。建设生态林业和森林碳汇基地。加强生物多样性保护工作，加快建设华东药用植物园(丽水植物园)，积极筹建猕猴峡自然保护区。

专栏11　森林生态体系建设四大工程

公益林建设工程。强化生态公益林的保护管理，推进国家、省级重点公益林建设。采取封山育林、补植补造、抚育等措施，逐步调整树种结构、提高林分质量、完善生态功能。"十三五"末，完成省级以上公益林建设面积稳定在100万亩以上的建设任务；建成林分平均郁闭度达到0.7、阔叶林混交林比重达到50%以上的省级以上优质林分公益林面积80万亩以上；增强森林生态服务功能，森林固碳和生态承载能力明显提升，实现森林生态系统涵养水源量2亿吨/年，固定碳量96万吨/年，生态服务价值达到50亿元/年。

彩色健康森林建设工程。按照"一县一条景观带、一镇一片示范林、一村一片护村林"的要求，开展珍贵彩色健康森林建设。根据不同地貌、林分特点和不同建设类型，在全区规划营建珍贵森林、彩色森林、健康森林等"三片林"。"十三五"期间，珍贵树种及大径材储备基地达6.1万亩，彩色健康森林达17.2万亩，固定碳汇量32万吨。

野生动植物保护工程。开展我区珍稀濒危野生动植物分布区、具有特殊保护价值的天然林区、重要湿地区域的森林资源状况的调查工作，在此基础上，建设珍稀濒危野生动植物保护工程，规划建设猕猴峡自然保护区、推动极小种群野生动植物保护与区野生动物保护协会建设工作。

湿地生态保护与恢复工程。到2020年，完成全区湿地普查工作，实施湿地恢复、污染控制及其生物多样性保护工程，构建以九龙湿地公园为主体的湿地保护体系。积极开展湿地监测与保护研究工作，加强湿地生态监测(特别是九龙湿地与候鸟监测)、宣传教育、科学研究和管理体系等方面的能力建设。

2.强化区域环境综合治理

全面提升环境质量。全面贯彻落实"811"美丽浙江建设行动方案，严格实施环境功能区划。持续深化"五水共治"，实现城镇截污纳管全覆盖，完善"河长制"等长效治理机制，全面提高水环境质量。加快构建土壤环境监测体系，加强对耕地和集中式饮用水源地土壤环境的监测。全面开展土壤污染防治行动和土壤修复工程，开展农业重点区域土壤环境调查，强化农业面源污染防治。推进工业废气、机动车尾气、餐饮油烟、秸秆焚烧和建筑扬尘"五气共治"，进一步改善大气环境质量。加强重污染天气监测预警和应急处置，强化大气污染区域联防联控联治。以丽水工业园区为重点，加强工业固体废弃物管理，突出抓好危废处置管理。

推动城乡人居环境全面改善。统筹推进"五水共治""三改一拆""六边三化三美""洁净村居"等工作，全面提升城乡人居环境，进一步彰显旅游名城、特色小镇、主题村落的魅力。全面完成34个旧住宅区、12个城中村改造，推进96条背街小巷改造，实现居住环境有机更新。实施通古堰画乡、东西岩风景区休闲慢行绿道建设，优化城乡人居环境。深入推进美丽乡村成片连线，积极建设"处州民居""美丽宜居示范村"，每年要打造1至2条美丽乡村风景线，通过示范乡镇、示范村、五美农户等三级联创活动，争创省级"美丽乡村示范县"。

统筹城乡环境基础设施建设。进一步完善环境监测体系，加强区域环境监测。全面推行城乡垃圾分类工作，继续加强城乡居民生活垃圾收集转运体系。完善城镇供排水设施，推进城镇供水、污水处理设施及管网建设和改造，加强农村生活污水处理设施运营维护与管理。重点推进雅溪镇自来水厂、老竹镇自来水厂、碧湖污水处理厂1级A提标改造、丽水市餐厨废弃物处理中心等项目建设。

专栏12 生态环境治理和保护五大行动

“三改一拆”行动。保持控违、拆违高压态势，加快推动历史遗留“两违”问题依法处置步伐，完成无违建区创建。加强规划引导和控制，简化建房审批流程，确保城乡建设秩序稳定好转。全面完成34个旧住宅区、12个城中村改造，有计划推进96条背街小巷改造推进海绵城市建设。

治水清污行动。深化“五水共治”行动，落实“水十条”，长效推进垃圾和黑臭河治理，完善河道长效保洁机制，巩固丽阳坑、好溪堰治水成果，加快实施城镇截污纳管工程和农村生活污水治理工程，消除劣Ⅴ类水质点，城市污水处理率达到93%，农村生活污水有效治理建制村基本覆盖，规模化畜禽养殖场整治达标率达到90%，集中式饮用水源地水质达标率、地表水交接断面水质达标率均达到100%。

治气除霾行动。全面淘汰10蒸吨/小时以下燃煤锅炉，推进老旧车淘汰、油品升级和新能源汽车推广，加大餐饮油烟、建筑扬尘、秸秆焚烧等污染治理力度，健全重污染天气监测、预警和应急响应体系，确保PM2.5浓度在35毫克/每立方米以下，空气质量指数（AQI）达到优良天数比率达90%以上。

治固净土行动。完善敏感区域土壤环境质量监测体系，落实国家“土十条”，积极推广测土配方施肥和减量增效技术，减少农业面源污染。加快城乡生活垃圾“减量化、无害化、资源化”，普及农村生活垃圾分类处理。加强工业危废物、医疗危废物、污泥的规范化处理，城乡垃圾无害化处理率90%以上，城市垃圾分类准确率60%以上。推进丽水市餐厨垃圾处理厂等项目。

治山护绿行动。统筹推进平原绿化、森林扩面提质、林相改造等项目，森林覆盖率稳定在76%以上，平原林木覆盖率保持在24%以上。实施山水林田湖生态保护和修复工程，湿地保有量4.7万亩以上。加强野生动植物、古树名木、濒危物种保护和耕地保护，建设华东药用植物园(丽水植物园)，积极创建猕猴峡自然保护区。

3.加快推动绿色低碳循环发展

全面强化节能减排。实施重污染高耗能行业整治提升行动计划，推进单位生产总值能耗和能源消费总量双控工作，严格落实节能减排年度任务。严格执行生态工业项目负面清单，实行空间、总量、项目“三位一体”环境准入制度，严格控制高耗能、高污染行业增长。强化重点用能单位节能管理，加快淘汰落后产能，推进燃煤小锅炉等高耗能特种设备的能效监控和节能改造。全面推行排污许可证制度，继续实施二氧化硫、化学需氧量、氨氮和氮氧化物等主要污染物的总量减排制度。全面实施清洁生产，抓好工业园区各企业的节能、降耗、减污、增效，推动园区循环化改造。

推进资源节约与综合利用。实行最严格的耕地保护制度，划定永久基本农田及其示范区，全面落实“占一补一、占水补水、占优补优”的耕地占补平衡新要求。大力推进土地整治工程，落实保护补偿机制。加大农村空闲、闲置和低效用地整治，推进城镇低效用地再开发，提升建设用地利用效率。建立节约集约用地评价考核制度，加强建设用地审批后监管，完善退出机制。确立用水效率“控制红线”，加强节水制度建设，抓好规模用水户取水计量和实时监测工作。加强废弃物资源化利用，实现各类垃圾无害化、减量化、资源化处理。

（四）积极创建美好生活。

坚持共享发展，以不断扩大公共服务有效供给为重点，加快推进社会治理创新，多渠道促进居民增收，有效提升居民对社会发展的获得感和对社会治理的参与感，努力创造美好生活。

1.积极推进就业和社会保障

有效稳定和扩大就业。坚持就业优先战略，推动大众创业、万众创新，不断丰富“大就业”体系。积极搭建信息、培训、招聘、援助和创业“五大平台”，全面优化公共就业管理与服务。完善就业援助机制，确保零就业家庭动态清零。强化与企业、就业人员联系，积极举办“菜单式”创业就业培训。落实高校毕业生就业促进和创业引领计划，带动青年就业创业。综合运用社会保险补贴、税收优惠、贷款贴息等方式，促进用人单位吸纳就业。积极维护劳动者合法权益，构建和谐劳动关系。

深入推进“大社保”体系建设。继续深化“五保合一”大社保体系和社保基金运行“三位一体”机制。全面实施全民参保登记计划，继续扩大社会保险覆盖面。建立并完善机关事业单位工作人员基本养老保险制度。加快健全城乡居民社会养老保险和医疗保险参保缴费激励机制，稳步提高社会保险待遇，及时调整企业退休人员养老金、城乡居民基础养老金和机关事业养老金标准。围绕医保付费方式改革，推进医疗费用总额控制结算。以城乡最低生活保障制度为核心，完善医疗救助、住房救助、教育救助、就业救助、临时救助等分类救助体系。积极发展社会福利和慈善事业，鼓励发展商业保险。

加快完善养老服务体系。积极应对人口老龄化，提速推进养老服务业发展，重点发展居家养老服务，实现城乡社区居家养老服务照料中心全覆盖。坚持“政府主导、社会参与”原则，加快养老机构建设步伐，推进大港头、碧湖、黄村、太平、峰源等乡镇级养老机构建设，加快推进护理型养老院的建设，到2020年，新增养老床位1500张，每千名老年人拥有养老床位数50张以上。完善养老服务补贴制度，扩大政府购买养老服务覆盖面。建设居家养老服务信息系统，拓展养老服务功能，基本形成“9643”养老服务总体格局。

加强妇女儿童和残疾人保护。实施生殖健康促进计划，提高出生人口素质。完善计划生育奖特扶和公益金制度，扎实推进流动人口公共服务均等化，全面落实提高家庭发展能力的政策措施。大力发展妇女儿童和残疾人事业，建立健全农村留守儿童和妇女、老人关爱服务体系，切实保护特殊人群权益。

专栏13　就业和社会保障四大工程

创业带动就业工程。鼓励大众创业万众创新促进更高质量就业，大力扶持农村电商创业，到“十三五”期末，完成新增城镇就业7000人；扶持创业1000人，失业人员实现再就业4000人，城镇登记失业率控制在4%以内。

社会保障服务提升工程。实施“全民参保计划”，保持全区城乡居民医疗保险覆盖率在96%以上；拓展社保卡社会应用功能，提高社会保险待遇，强化社保基金使用管理；推进基层信息一体化建设和窗口服务标准化建设，提升退休人员社会化管理水平。

和谐劳动关系建设工程。推进“双爱”活动，强化劳动保障监察执法；实施劳动合同制度，实现合同备案率100%，劳动合同签订率达到96%以上；提升仲裁办案能力，力争劳动争议仲裁结案率达到97%以上。

养老服务体系建设工程。加大养老机构建设力度，推进碧湖、太平养老服务中心等一批项目，到2020年，养老机构新增床位1500张左右，争取每千名老年人拥有养老床位数50张以上。在中心城区四个街道建立集日托照料、休闲活动、卫生保健、家政服务等服务为一体的街道居家养老服务中心，实现城乡社区居家养老服务照料中心全覆盖。

2.促进城乡居民增收

精准推进扶贫开发。进一步创新扶贫开发工作机制、加大扶贫力度，推进扶贫开发建档立卡与信息化建设，做到因村制宜、因户施策、因人帮扶。动态掌握全区低收入农户的底数，为扶贫政策提供科学依据，提高扶贫精准性和有效性。通过“产业开发一批、金融服务一批、培训就业一批、异地搬迁一批”，精准施策、精准扶持，加快促进低收入农户增收。大力推进联城、碧湖异地搬迁安置小区等人口集聚平台建设，实施万人异地搬迁计划，完成坑口、松坑口和联城农民城郊新社区三期安置小区建设。加大大中型水库移民后期工作，确保移民收入达到全区平均水平。

专栏14　万人异地搬迁计划

围绕"进城奔小康、进山找健康"，通过分年实施搬迁扶贫，盘活城乡资源，联动推进休闲健康、养生养老产业发展。

"进城奔小康"：加快联城、碧湖等农民安置小区建设，通过整村搬迁等模式，分批推进高山远山、地质灾害隐患点困难群众异地集中安置，加快产业发展和就业岗位开发，实现搬迁农民收入提升，确保与全区同步实现高水平小康。

"进山找健康"：盘活空心村、山林等资源，推动资源环境条件较好的村落"二次创业"，积极打造城镇居民第二居所，发展休闲健康、养生养老等产业。

不断增加城乡居民收入。启动实施农民增收三年行动计划，统筹做好产业富民、改革富民、就业富民工作，大力支持农民在生态精品农业、民宿产业、来料加工业、农村电子商务业等领域创业就业。支持和鼓励农民创业，实施"农民素质提升工程"，加强农民技能培训，大力发展农村电子商务、来料加工、农村旅游业，促进农民增收。完善城乡产权制度，发挥金融资产和产权在城乡居民增收中的作用。深化收入分配制度改革，进一步缩小城乡居民收入差距。

3.全面实现教育现代化

加快发展学前教育。完善政府主导、社会参与、公办民办并举的办园体制，完善以普惠性幼儿园为主体的学前教育公共服务体系，推动学前教育上等级，推进学前教育优质普惠发展。优化学前教育实施布局，加快完成厦河小区幼儿园、玫瑰花园小区幼儿园、绿谷庄园小区幼儿园、天金碧水佳苑幼儿园、高溪幼儿园、黄村乡中心幼儿园等续扩建工程。加快推进秀丽春江小区幼儿园、碧湖幼儿园、碧湖镇中心幼儿园、括州水城幼儿园、"八一"宾馆幼儿园等新建工程。到2020年，全区适龄儿童学前三年毛入园率达到98%以上，等级幼儿园比例达到90%以上，公办幼儿园招生覆盖面达30%以上，普惠性幼儿园覆盖面达到80%以上，专任教师持证上岗率达到90%以上。

促进城乡义务教育优质均衡发展。巩固国家义务教育均衡发展区创建成果，到2017年，基本达到省教育现代化区水平。因校制宜推进新优质学校建设、标准化学校建设和薄弱学校改造，进一步深化城乡教育共同体，着力推进农村小班化教育工作和非紧密型小学教育联盟建设。实施"美丽学校"建设工程，推进中小学校内涵化发展。积极优化教育资源布局，有效降低城区小学班额。实施标准化学校建设计划，做到2017年全部义务教育学校中标准化学校比例达到90%。继续加大义务教育投入，加快完成梅山中学、碧湖中学、水东小学、处州中学、老竹民族学校等续扩建工程；加快推进东港小学、城西小学、城东小学等新建工程。

大力推进终身教育。完善以社区学院为龙头、乡镇街道社区学校骨干、村社区教学点为基础的三级教育培训网络，全面推进社区教育。建立实体的莲都社区学院，发挥社区学院的引领作用；整合全区社区教育资源，高起点谋划、高标准建设社区教育数字化学习平台和社区教育网站，搭建终身学习"立交桥"；通过学习型家庭、学习型社区的评建活动，使莲都城区的各项主要指标达到欧洲学习型城市的中等以上水平；到2020年全区社区居民学习参与率达50%以上；力争创建"国家级社区教育示范区"。

着力提升办学水平。加强教育理念创新，着力推进"学为中心"课堂教学改革，推进中小学素质教育。实施教师优先战略，全面加强教师队伍特别是农村教师队伍建设。努力提升教师学历层次，到2020年，幼儿园教师大学专科及以上学历达到85%，小学教师大学专科及以上学历达到97%。建立教师校长流动的长效机制，每年骨干教师交流达到符合交流骨干教师总数的15%以上。鼓励和扶持民办教育发展，积极引优扶强，努力提升全区民办教育的管理水平。

4.全力打造健康莲都

强化医疗卫生服务体系建设。全面加强疾病预防控制、妇幼保健、应急救治等专业公共卫生服务机构能力建设，构筑有效维护公众健康的安全屏障；推进人口健康信息化和基层医疗机构标准化建设，建立区影像、心电、检验、病理等诊断中心；完成区人民医院改扩建，进一步优化乡镇卫生院和村卫生室的布局，完成区公共卫生中心、白云街道社区卫生服务中心、水东卫生院新建，丽云中心卫生院、联城街道社区卫生服务中心迁建等项目；努力创成省级卫生强区、国家慢性病综合防控示范区。

持续深化医药卫生体制改革。协调推进医疗、医保、医药“三医联动”。加大“双下沉、两提升”工作力度，深化医联体等省、市、县医院合作，鼓励社会力量创办特色化、规模化、高端化医疗机构；全面落实国家基本公共卫生服务项目和重大公共卫生项目；实施中医药服务能力提升工程；加强全科医生签约制度和双向转诊平台建设，建立健全基层首诊、双向转诊、分级诊疗的就医制度。

促进人口均衡发展。坚持计划生育基本国策，全面实施一对夫妇可生育两个孩子政策，促进人口长期均衡发展；实施出生缺陷三级干预，加强出生人口性别比综合治理工作；切实保障计划生育家庭合法权益，继续实行各项奖励扶助政策；加强流动人口服务管理，推进流动人口信息共享和基本公共服务均等化。

加强爱国卫生工作。深化城乡环境卫生整洁行动，推进国家、省级卫生乡镇创建，加大农村改水改厕力度，科学防控病媒生物；深入推进全民健康素养促进行动，提升居民健康素养，努力创造促进健康的良好环境。

专栏15 “十三五”时期莲都区卫生计生工作主线

“十三五”时期，围绕“一项改革、两大创建、两个提升”，推动卫生计生事业全面发展。

一项改革：深化医药卫生体制改革。

两大创建：创建省级卫生强区、创建国家慢性病综合防控示范区

两个提升：提升医疗卫生服务能力、提升计划生育服务水平

5.全面提升文化莲都内涵

积极打造“莲”文化品牌。以莲为核心，积极挖掘莲文化，深做莲文章，实施“中国赏莲品莲胜地提升工程”、打造“中国·莲都”文化品牌。深挖爱莲、品莲、吟莲的传统文化，通过莲标识、莲舞蹈、莲音乐、莲书画、莲文学、莲摄影、莲雕塑等载体，打造莲艺术、莲旅游、全莲宴等可看、可玩、可品的新业态。结合“欢乐莲城”“中国莲都·处州白莲文化节”等文化活动，通过新媒体和传统媒体的传播，提升“中国·莲都”品牌的知名度和美誉度。加快推进“中国·莲都”博物馆、万莲园和非遗展示馆建设。

专栏16 “中国赏莲品莲胜地”提升工程

依托1500多年的白莲种植历史，深挖爱莲、品莲、吟莲的传统文化，发展莲书画、莲文学、莲艺术等现代文化，以莲旅游、莲摄影、全莲宴等可看、可吃新业态集聚人气、扩大影响。以老竹、丽新区块为重点，推动“莲”的全产业链发展。实施良种工程，推进莲精品园建设，让游客“望得见绿、看得见花、进得了塘、拍得到美”，达到“迈入莲都，身化莲花”的情感体验，把莲都打造成为“中国赏莲品莲胜地”。联动做好以下工作：

提升1个品牌：国家地理标志证明商标——处州白莲。

办好1个节庆：中国莲都·处州白莲文化节。

建设10个精品园区：在现有6个精品园基础上，“十三五”力争再培育4个精品园，保持莲种植面积稳定在5000亩以上。

推进公共文化体育阵地建设。坚持标准化、均等化、社会化、效能化、数字化，构建现代公共文化服务体系。通过体育强区复评，实现体育强乡镇全覆盖，积极开展体育现代化乡镇和体育特色乡镇创建。建成部颁二级标准公共图书馆，人均藏书1册以上。推进纳爱斯广场及体育馆（府前）修缮改造。新建、改建万象、联城、太平、丽新、峰源等文化站和碧湖镇体育中心。实施莲都区委党校迁建工程。加快双向化网络建设，有线电视联网率达100%，农村有线数字电视入户率达90%以上。探索建设文化公园，丰富“天天乐”文体广场活动内涵，到2020年，形成环城文化休闲健身带、市区“10分钟文体圈”和乡村“30分钟文体圈”。

加强公共文化服务供给和文化产业发展。实施“文化惠民”工程，实施数字文化馆国家试点，统筹推进数字博物馆、数字图书馆、文化信息资源共享和数字电视服务等项目。组建莲城文化服务中心，莲城剧场每年举办公益性演出不少于24场。鼓励婺剧、越剧、处州乱弹等地方戏曲的理论研究和推广演出。推行文化事业法人治理和政府购买公共文化服务改革，探索开展公共文化设施社会化运营试点，鼓励和引导民间资本通过多种方式参与公共文化服务。推进古堰画乡文化产业园区、瓯江根艺石艺文化产业园区建设。凸显“中国·莲都”、括苍和瓯江的地理性标志，丰富区域特色文化内涵。弘扬畲族文化、古堰文化、红色文化、摄影文化等。加强文物保护，落实通济堰干渠、堰头村等古民居、碧湖沈家邸和西溪村等乡土建筑保护修缮。挖掘鱼跃酒醋酱酿造记忆等“非遗”项目，传承“丽水鼓词”、处州乱弹、跑马灯等“非遗”文化。积极探索并打造国际乡村音乐之城，启动实施“国际乡村音乐夏令营”行动计划。

6.加快推进社会治理创新

积极推进精神文明建设。持续深化以“中国梦”为主题的中国特色社会主义宣传教育，培育和践行社会主义核心价值观。以打造“一个捡不到烟头的城市”等为载体，进一步提升市民文明素养，积极创建国家文明城市。全面开展“争做最美莲都好人”“莲都道德讲堂”等活动，加强社会道德建设。积极发扬志愿者精神，广泛开展志愿者服务。提升志愿服务组织化、社会化、常态化、专业化发展水平。加大公共场所禁烟力度，鼓励居民绿色出行。

全面加强法治莲都建设。全面强化法治思维，进一步加大简政放权力度，深化推进政府各项事权规范化、法律化。落实重大行政决策法定程序，完善政府法律顾问制度，建立健全依法决策机制。构建覆盖城乡、惠及全民的公共法律服务体系，推进“一站式”法律服务，完善法律援助制度。推进行政执法流程网上管理，建立行政执法全过程记录和结果公开制度。推动落实“谁执法谁普法”的普法责任制，建立社会“大普法”工作格局。加强社会诚信建设，构建社会信用评价体系。

持续深化“平安莲都”建设。深化社会稳定“三色”预警，推进社会稳定风险评估工作，完善多元化矛盾纠纷解决机制，积极预防和化解社会矛盾。深化一中心三站（室）建设，打造区、乡两级综合指挥平台，加大平安通和平安浙江APP推广力度，提升基层社会治理信息化水平。深化隐蔽战线斗争，落实反恐防爆和应急处置措施。实施食品安全战略，强力推进食品安全示范县和农产品质量安全放心县创建工作。加快食品药品安全溯源体系建设，健全食品药品综合协调机制，打造一个不会吃到地沟油的城市。加强突发公共事件应急管理，健全安全生产管理体制，完善立体化社会治安防控体系。推进基层平安和系列平安创建，实现平安建设“冲顶摘金”目标。贯彻军民融合发展战略，依法加强国防动员和后备力量建设，扎实抓好全民国防教育、双拥、优抚工作，稳步推进我区国防建设和经济建设良性互动、协调发展。

推动和扩大社会参与。积极推动民主监督和基层自治，创新社会治理模式。全面深化“和谐社区”、“民主法治村（社区）”等创建活动，不断创新基层民主载体。加快推进“三社联动”步伐，优化社会组织发展环境，加快社工人才队伍建设。到2020

年，社会工作师人数占专职社工队伍的40%以上。积极推广雅溪镇“居民自治联合会”经验和“居民议事厅”议事制度，建立城乡社区协商机制。探索建立社区公共服务“准入制”，推动社区工作“减负增效”，增强社区自治和服务功能。完成96345社会公共服务信息平台的联网建设，拓展服务功能，推动社区服务从民政领域走向民生领域。

（五）不断完善基础设施。

着力推进综合交通、水利设施、能源保障、信息平台、防灾减灾等基础设施建设，加快构建功能完善、适度超前、结构优化的现代化基础设施网络，为莲都经济社会发展提供有力支撑。

1.完善综合交通网

加快推进“莲都大环线”建设，全力打造“城乡半小时交通圈”，力争实现村村通班车目标。着力完成丽龙高速公路南山互通至丽新公路建设工程，启动实施大大线莲都区段改建工程，谋划金丽温高速公路洪渡出口至黄村公路，协作推进丽水机场、衢丽铁路、瓯江航道整治工程、330国道莲都至缙云段改建工程、丽水市生态产业集聚区水阁至腊口公路、330国道水东至腊口段改建工程和50省道碧湖至松阳段公路改建等项目建设；实施农村公路提升改造工程和美丽公路建设，着力提升公路通行质量，打造“美丽乡村风景线”。“十三五”期间完成农村公路提升改造200公里，实现安保工程全覆盖。积极倡导电动汽车分时租赁、公共自行车等绿色出行方式，加快建设“一核、双圈+放射网络”的绿道网，构建绿色交通体系。以高铁站区为依托，实现城乡客运一体化，推动高铁、公路与公共交通的无缝对接。

专栏17　莲都区美丽公路建设行动

“十三五”期间，莲都区将紧密结合“三改一拆”、“五水共治”、美丽乡村建设等重点工作，通过深化公路环境综合整治，进一步提升公路区域环境视觉效果，实现“六边三化三美”县道公路全域覆盖，打造一批美丽公路“三化”示范路段，努力实现环境优美、路容整洁、物畅其流、人畅其行的公路交通环境。行动共分为两个阶段。

第一阶段：2016至2017年。全面清理和拆除县道公路沿线堆积物、垃圾、违法建筑、非法废品收购点和无序非公路标志标牌；县道公路两侧宜林地段绿化率达到 50%以上；以洁化、绿化带动美化，实现公路沿线整洁美观、绿化梯次分布、花卉四季常开、环境优美协调。

第二阶段：2018至2020年。进一步拆除县道公路沿线违法建筑；县道公路两侧宜林地段绿化率达到70%以上；通过加强公路沿线整体景观设计，提升公路沿线美化程度，打造美丽公路。

专栏18　莲都区“一核、双圈+放射网络”的绿道网格局

“十三五”时期，新增建设70公里绿道。

“一核”：为丽水主城区，是市区绿道网的核心区域，同时也是放射网络的核心；

“双圈”：为市区郊野生态休闲外圈和近郊城乡生态联系内圈。

“放射网络”：以市区为核心，以大溪、松阴溪、宣平溪、小安溪、好溪为依托，形成四周放射的滨水对外联系通道。

2.提升水利设施网

以安全水利、资源水利、生态水利为重点，加快构建现代水利体系。全面加强农田水利设施建设，实施高效节水灌溉和节水改造提升工程，完成碧湖平原及宣平溪流域综合治理工程，提升区域水系连通和水生态环境；完成太平港、严溪流域综合治理，继续开展农村河道综合治理和河湖库塘清（污）淤净水工程，努力实现“河畅、水清、鱼游、岸绿、景美、民富”目标；完成高溪等8座水库的除险加固和110座山塘的整治，进一步完善基层防汛体系和防汛信息体系建设，提高防洪减灾保障能力；继续实施农村饮水安全提升工程，确保农村人口饮水安全；启动白岸口水库前期研究。

3.构筑能源保障网

围绕构建安全、稳定、经济、清洁的绿色能源保障体系，推进能源清洁高效利用。加强电网供电能力建设，推进天堂山风电场、100兆瓦农光互补电站、20MWP分布式并网光伏发电等项目建设，实施新一轮农村电网改造提升工程，逐步形成安全可靠、完善合理的智能电网。进一步梳理配电网网架，重点建设配电自动化、充电站及充电桩等项目，推动电动汽车广泛使用。加快新能源开发，大力推进生物质能、太阳能、沼气、风能等可再生能源的开发利用，构建安全、可靠、清洁、高效的能源保障体系。加快推进天然气利用，实施城镇天然气管网工程，加快铺设完善建制镇天然气管道网络。

4.建设智慧信息网

强化“光纤网、互联网、移动通信网络”三大网络基础设施建设投入，推进信息基础设施向农村延伸。加快主城区WIFI无线站点布设，实现主城区无线宽带信号全覆盖，打造“无线城市”。积极推进电信网、广播电视网和互联网“三网”融合发展，构建互动的综合多媒体视讯信息网络。推进“互联网+”行动，提升公共服务智慧化水平。推进公共服务信息平台建设，全面建设城乡应用服务体系，构建覆盖各行业、各领域、各区域的城市运营信息服务体系，建设智慧政务、智慧旅游、智慧交通等公共信息服务平台。

专栏19　公共服务信息平台建设

教育信息平台。推进教育应用系统和教学信息资源库、各类学校信息资源库和数据中心的建设，探索构建全区统一共享的“教育云平台”。

人口健康信息平台。推进人口健康信息化项目建设，实现公共卫生、计划生育、医疗服务、医疗保障、药品管理、综合管理等业务信息化，建设公众健康服务门户，发展预约诊疗、分级医疗与远程医疗等新型服务。

养老服务信息平台。着力推进居家养老服务信息平台建设，城市社区依托96345社区服务信息平台，对接老年人服务需求和各类社会主体服务供给，扩大“一键通”等电子呼叫设备覆盖范围。

劳动保障信息平台。全力推进“金保工程”建设，完善城乡统一的劳动保障信息系统，为劳动者及时提供就业信息与参保服务。

档案管理信息平台。推动数字档案馆，数字档案室建设，提升档案信息化水平。

5.打造防灾减灾网

加快健全救灾应急体系，完善地质灾害群策群防机制，到2020年完成1500人地质灾害避让搬迁，实现避灾安置场所全覆盖。加强救灾应急队伍建设，提高救灾应急处置能力。区级建有不低于800平方米的避灾仓储中心，每个乡镇（街道）建有1～2个容量不小于100人的乡级避灾中心，每个村（社区）建有1个容量不小于50人的村级避灾点。

三、新动力：释放改革红利，实现示范引领

（一）大力实施创新驱动。

把人力资本投资摆在优先位置，加快打造一批留得住人才、用得好人才、出得了成果的创新平台，加快形成一流的创业创新环境，主动借力互联网+，培育发展新技术、新产品、新业态、新商业模式等四新经济，为莲都“示范引领、争创一流”提供有力支撑。

1.加强多层次人才的培育和引进

强化重点领域引才。围绕莲都生态旅游、民宿经济、养生农业、互联网、特种养殖等重点领域，引进一批懂科技、有才能、善经营的管理人才和高技能人才，逐步形成“引进人才、培育企业、带动产业”的链式效益。发挥院士工作站、博士工作站等平台作用，着力引进一批海内外高层次人才及一流创新团队，到2020年，确保引进浙江省“千人计划”专家评选对象5人、丽水市“绿谷精英”创业创新团队申报对象5个，引进或培养硕士以上研究生80人。大力推进紧缺急需人才集聚计划，实施高技能人才“金蓝领”开发计划，到2020年，完成1000名的高技能人才培养任务。积极推进“柔性”引才，鼓励通过公开招标引才、“星期六工程师”等方式引进利用高端人才。

完善人才培育体系。建立教育培训、实践锻炼、帮扶指导“三位一体”的人才培养教育体系。围绕人才需求，推动企业和大专院校合作，为企业量身定制“适销对路”的高技能人才。加强职业技术教育，大力培养创新型、技能型、实用型人才。加大创业教育力度，建立“创业导师”制度，为毕业回乡创业的大学生提供创业培训、创业指导。重视本土人才和地方特色人才队伍的培养，提升“拔尖人才”的选育和管理工作。深化“乡村能人”评选，提升打造“莲都能人”品牌。加强乡村旅游人才队伍建设，到2020年，培养出10名优秀旅游经营人才、100名优秀旅游技能人才和1000名旅游实用人才。办好办活“田间课堂”“农家课堂”，培育一批科技特派员、农村指导员。

优化人才发展环境。坚持事业留人、感情留人、待遇留人，形成尊重人才、善待人才的良好氛围。不断完善现有的各项人才政策，制定一批适应形势和人才发展实际的新的人才优惠政策并积极兑现。充分发挥“莲都人才之家”“研究生联谊会”等人才服务平台的作用，积极开展“高层次人才服务团”活动及走访慰问、健康体检等工作，帮助解决高层次人才就医、子女教育、配偶就业等问题，免除高层次人才的后顾之忧。完善人力资本激励机制，有效发挥税收优惠、股权激励等人才政策杠杆，扫除人才流动、使用中的体制机制障碍。深化干部人事制度改革，健全以品德、能力和业绩为重点的人才评价、选拔任用和激励保障机制。

2. 加快打造一批特色创业创新平台

强化企业创新的主体作用。实施创新型领军企业培育计划、科技型初创企业培育计划、科技型中小企业成长计划，着力培育创新型企业“雁形梯队”，推动企业成为莲都创新发展的真正主体。加快以企业为主体的各类研发机构建设，鼓励企业建立重点实验室、工程（技术）研究中心。支持企业、行业与大专院校、科研院所共建实验室和试验基地等科技创新载体。落实和完善研发费用加计扣除、研发设备加速折旧、高新技术企业认定、政府采购等政策。

加强创业创新平台建设。按照政府投入与社会力量相结合，深化“基地+市场+企业”等模式，建设一批创业苗圃、孵化器、加速器，构筑低成本、便利化、全要素、开放式“众创空间”，推广众包、众扶、众筹空间等新型孵化模式，为初创企业提供全链条创业要素供给与服务。完善公共技术服务平台体系，面向企业需求，有针对性的打造设计研发、工艺制造、检测检验、标准化、综合服务等公共技术服务平台。

3. 加快营造一流创业创新环境

改善知识产权保护机制。鼓励企业和个人申请专利，引导企业创建专利示范企业。推进专利技术产业化，专利技术优先立项。加大知识产权保护力度，完善知识产权快速维权与维权援助机制，及时查处违法侵权行为。积极推进知识产权交易，适时建立知识产权运营公共服务平台。助推知识产权保护示范试点工作。

完善创业创新体制机制。深化行政审批制度和资源要素市场化改革，完善企业登记管理制度，优化创办科技型和创新型企业的注册办理手续。进一步完善财政科技投入稳定增长机制，设立创业投资引导基金，支持和引导民间资金创立各类风险投资基金。鼓励金融机构设立科技信贷服务专属部门，争取设立科技银行。建立有利于创新成果本地化和产业化的机制，加快建立“展示、交易、共享、服务、交流”五位一体的科技大市场。积极对接省内外创业创新先行区域，扩大创新成果交流渠道。

提升创业创新的社会氛围。探索建立鼓励创新、宽容失败、允许试错、责任豁免的“容错”机制，增强科研人员和专业技术人员的创业激情。鼓励大学生、高校教师、企事业单位各类人才积极投身创新创业。要培育一批创新型企业家，打破自我封闭、小富即安的心态，形成勇于进取、敢于冒险的意识。积极丰富创新文化,通过竞赛、培训会、读书会、俱乐部、创客咖啡、乡村创客会等活动形式,形成“大众创业、万众创新”的社会氛围。

(二)加快推进开放联动。

坚持开放发展,积极对接国家“一带一路”战略,深化长三角经济圈、海西经济区的区域合作,构筑全方位、宽领域、多层次的开放合作新格局。

1. 打造国家东部生态文明旅游区门户

放大门户的旅游集散功能。联动周边三清山、龙虎山、江郎山、武夷山、黄山等高品质旅游资源,按照“生态旅游名城”建设要求,将莲都区打造成为国家东部生态文明旅游区的服务中心。强化旅游目的地建设,依托国家农业公园、瓯江风情旅游度假区(争创国家级旅游度假区)、大健康主题村落等重大旅游平台建设,发挥“中国莲都”的品牌效应,打造成为面向长三角游客的四省首选旅游目的地。加强旅游集散功能建设,依托高铁枢纽站点,建设浙西南旅游集散中心。无缝对接对外交通网、市域交通网、城市交通网络体系,实现旅游线路整合,旅游产品组合,旅游服务融合。

优化提升交通区位条件。把交通区位条件的改善,作为奠定浙闽赣皖国家生态文明旅游区门户地位的重中之重来抓,通过市区一体协同推进,不断提高长三角居民的旅游可达性。积极推进丽水机场前期工作,加快金台铁路、温武铁路、龙浦、龙丽温高速、瓯江干流航运开发项目及一批国省道和重要县道项目建设努力实现丽水至杭州1小时、至上海1.5小时,至海西核心区2小时,至武汉都市圈、长江中游城镇群2.5小时。进一步加快莲都区融入长三角、海西区步伐,放大莲都区作为浙西南地区门户和综合交通枢纽的节点效应,有力提高中心城区首位能级,不断强化对周边县区的吸引力和带动作用。

建设瓯江生态经济带增长极。借力丽水市力争“瓯江生态经济带”上升省级战略的契机,推动同上下游区域的产业协作、设施互联、生态共保。强化瓯江生态旅游精品线路的共同打造,突出“莲都区”重要旅游目的地的地位,优化旅游集散功能。重点创新都市经济、养生农业、民宿经济、主题村落、“莲文化”等特色体验式业态设计,形成差异化的生态经济业态。积极参与瓯江生态经济带联动发展机制的建设与完善,协同丽水各县市,加强同温州市区的协作联动。

深化与义乌市山海协作关系。积极对接义乌融入国家“一带一路”战略,借助“义新欧”对外通道,不断深化在旅游、农业产品、对外贸易、电子商务等领域的推广合作,推动莲都品牌向沿线海外市场拓展。以莲都-义乌山海协作产业园建设为平台载体,深化两地在园区共建、共推、共管、共招上体制机制创新,努力打造山海协作升级版。

2. 提高外向型经济发展水平

加强外贸出口主体和出口品牌建设,积极培育省级出口名牌产品和国家级出口名牌产品,打造出口产品基地。加大外贸进出口产品的结构调整力度,积极发展加工贸易,鼓励高科技产品、机电产品和农产品出口。鼓励企业“走出去”发展境外承包、境外融资,开拓新产品、新市场、新主体。按照“招大、引强、选优”的思路,积极发挥丽水独特的华侨资源优势,发展“华侨经济”,不断提高利用外资水平。继续实施“浙商回归”工程,探索多样化招商模式,主动引进优势企业集团。

(三)全面强化改革推动。

坚定不移地把改革创新作为第一动力,全面释放改革红利,为莲都加快发展营造良好环境。

1. 加快政府职能转变

更好发挥政府作用。深化改革,切实转变政府职能,强化市场在资源配置中的决定性作用,更好发挥政府作用,正确处理好政府与市场、政府与社会、政府层级间的关系,推动政府职能向创造良好发展环境、提供优质公共服务和维护社会公平正义转变,切实提高政府管理科学化水平。

服务市、区共建共享大局。坚持“市区一家、共建共享”理念，主动参与谋划事关市区未来发展的重大领域改革，积极争取进一步优化市、区分工管理的边界，进一步完善市区财政体制，形成合理的土地出让金分配机制。通过合理的职能职权配置，提高服务市区两级协同的发展积极性和能动性，进一步提升市、区管理体制的整体效能。

优化区级管理体制。推进综合行政执法体制改革，科学界定莲都区在城市管理中的地位、性质和功能，组建区综合行政执法局和城市管理局，合理承接市级部门职能转移。继续推进扩权强镇改革。充分发挥街道、社区、城中村在城市管理中的主体作用，完善满足群众诉求的村（社区）、乡镇（街道）、职能部门、区领导“四级响应机制”，健全督查考核机制，推动党员干部深入群众、服务群众。

2. 深化区域经济体制综合改革

全面建立以“亩产效益”为导向的资源要素差别化配置机制。坚持“亩产论英雄”“能耗论英雄”“环境论英雄”，完善土地、能源、环境容量等要素价格形成机制。建立健全矿产资源补偿费制度、用水阶梯价格制度、差别电价制度及天然气市场化定价机制，推行生活垃圾处理和城镇生活污水处理收费制度。依托丽水市产权交易中心等平台，推进工业用地、用能、水权、排污权等资源要素自由交易，推行环境污染第三方治理制度。

推进城乡一体化改革。推进户籍制度改革，逐步建立城乡统一的户口登记制度。积极促进农业转移人口市民化，探索建立健全政府、企业、个人共同参与的成本分担机制。深化农村产权制度改革，全面推进“三权到人（户）、权跟人（户）走”，重点在农村住房财产权规范流转等方面先行先试。推进政府向经营性服务组织购买农业公益服务机制创新试点，深化集体资产股份制改革，组建土地股份合作社，鼓励农民以土地股份合作形式流转土地承包经营权，探索普通农民平等参与、公平分享的农业现代化体制机制。深化农村金融改革，进一步拓展农村地区抵押物范围，加大涉农信贷产品创新力度。建立城乡统一的建设用地市场，在符合规划和用途管制前提下，推进农村集体经营性建设用地流转改革。

推进投融资体制改革。开展民间融资监管试点工作，探索建立民间融资备案管理制度。探索建立民间融资利率指数，加强民间融资动态跟踪和风险预警。鼓励引进、培育民营银行，积极提升金融机构管理水平和服务质量，降低企业融资成本。健全企业金融风险防范化解机制，严厉打击非法民间借贷、逃废债等行为，优化金融生态环境。通过特许经营权、合理定价、财政补贴等事先公开的收益约定模式，鼓励社会资本以独资、PPP等形式进入基础设施、社会事业等领域。全面放开竞争性行业和垄断行业竞争性业务，切实消除民间资本进入的隐性壁垒。

3. 完善审批制度改革

促进审批提质增效。推动市区行政审批一体化建设。大力推进互联网+政务向基层延伸，建立市、区、乡三级联通的审批服务系统，实现受理、审批网上一条龙服务。创新投资项目审批方式，开展“一窗式联办”审批。全面实行企业“零土地”技改投资项目政府不再审批、企业独立选址项目高效审批。进一步提高审批服务水平，完善投资项目审批代办服务制，全面开展全程帮办代办服务。整合房屋、土地、林业、农业等不动产登记职责，全面实施不动产统一登记发证。

切实加强审批事后监管。进一步提高审批服务水平，完善投资项目审批代办制。完善代办员工作制度，落实全程帮办代办服务。在经营许可、政府采购等领域，建立健全跨部门联动响应和失信惩戒机制，探索建立“宽进严出”的诚信监管体系。

四、新支撑：着力规划落实，实现宏伟蓝图

坚定不移地把改革创新作为第一动力，加快政府职能转变，深化区域经济体制综合改革，完善审批制度改革全面释放改革红利，为莲都加快发展营造良好环境。

(一)强化党的领导核心。

坚持区委总揽全局、协调各方,发挥各级党委(党组)在经济社会发展工作中的领导核心作用,为实现"十三五"规划提供坚强保证。发挥基层党组织战斗堡垒作用和党员先锋模范作用,更好带领群众全面建成小康社会。加强政府自身建设,转变政府职能,切实改变工作作风,不断推进政府管理创新,着力建设创新政府、务实政府和法治政府。

(二)打造一批重大平台。

把重大平台建设,作为莲都产业转型升级、城市提质发展、创业创新活力迸发、美好生活建设的重要支撑来抓,在生态旅游、城市化、创新创业、养生农业、生态工业等重点领域打造一批大平台。强化生态旅游平台建设,集聚高端旅游项目、优质旅游资源、主客共享便利化旅游设施,助力莲都市区一体协同打造浙闽赣皖国家东部生态文明旅游区门户。强化城市化平台建设,在中心城区、中心镇、中心村,建设一批农民异地搬迁安置小区,完善公共服务配套,探索山区特色的城市化道路。强化创新创业平台建设,建设一批创业苗圃、孵化器、加速器,集聚研发设计、文化创意、科技金融、中介服务、法律咨询等资源,完善创业创新生态圈,打造浙西南创业创新高地。强化养生农业平台建设。积极推进生态工业平台建设,推动先进制造、信息经济等产业加快发展。

专栏20　重大平台建设工程

重大生态旅游平台。古堰画乡景区(争创AAAAA级景区)、东西岩景区(AAAA提升)、九龙国家湿地公园(创AAAA)、华东绿谷养生养老城、5个特色小镇、30个以上主题村落、4条主题村落精品游线。

重大城市化平台。中心城区、碧湖和老竹中心镇、万人异地搬迁安置小区(规划)。

重大创业创新平台。电子商务产业园(依托绿谷信息产业园)、乡村旅游创客示范基地、一批工程(技术)研究中心、院士工作站等。

重大养生农业平台。国家农业公园、农业产业集聚区、农产品加工园区、特色农业强镇创建,养生农业示范乡镇、村、基地建设。

重大生态工业平台。丽水工业园区,发展先进装备制造、健康制造、农林产品加工。莲都—义乌山海协作产业园,着力推进先进装备制造、健康(制造)产业和绿色能源产业集聚化发展。

(三)实施一批重大工程。

充分发挥重大工程对扩大有效投资、做强实体经济、推动转型升级、保障社会民生等方面的重要作用,围绕经济实力强化、城乡人居环境优化和生活品质提升,谋划一批引导产业转型、完善服务功能、增强社会包容度、提升居民生活幸福感、发展带动力强的工程。"十三五"时期,着力推进产业转型升级、基础设施完善、城乡功能统筹、生态环境保护、公共服务提升等五大重大工程,区本级实施类项目规划总投资480.4亿元,其中"十三五"计划投资约342.6亿元,预备类项目规划总投资338.4亿元,其中"十三五"计划投资约125.9亿元。

"十三五"重大工程项目规划(实施类)

单位:亿元

序号	项目名称	项目个数	规划总投资	到2015年完成投资	"十三五"计划投资
	合计	166	480.393	92.658	342.555
一	产业转型升级工程	38	142.01	50.96	82.05
(一)	生态工业	8	6.11	0.86	5.25
(二)	生态服务业	15	66.37	5.54	51.83

序号	项目名称	项目个数	规划总投资	到2015年完成投资	“十三五”计划投资
（三）	生态农业	12	11.38	3.36	8.02
（四）	产业发展平台	3	58.15	41.2	16.95
二	基础设施完善工程	21	90.91	2.598	79.312
（一）	交通设施	5	53.73	0.58	44.15
（二）	能源设施	6	31.3	1.8	29.5
（三）	水利设施	6	3.45	0.2	3.25
（四）	信息设施	4	2.43	0.018	2.412
三	城乡功能统筹工程	34	176.953	22.79	129.663
（一）	城市功能提升	22	21.103	4.07	17.033
（二）	小城市、中心镇培育	2	11.7	0	8.7
（三）	特色小镇	4	113	14	79
（四）	新农村建设	6	31.15	4.72	24.93
四	生态环境保护工程	22	28.45	6.75	21.7
一）	治水治土治气	8	17.9	6	11.9
二）	生态保护修复	2	1.1	0.65	0.45
）	绿色低碳循环	12	9.45	0.1	9.35
[illegible]	公共服务提升工程	51	42.07	9.56	29.83
[illegible]	基本公共服务均等化	43	20.97	1.86	16.43
（二）	公共安全	8	21.1	7.7	13.4

“十三五”重大工程项目规划（预备类）

单位:亿元

序号	项目名称	项目个数	规划总投资	到2015年完成投资	“十三五”计划投资
	合计	61	338.39	—	125.89
一	产业转型升级工程	20	141.03	—	64.53
（一）	生态工业	1	1.53	—	1.53
（二）	生态服务业	18	129.5	—	53
（三）	生态农业	1	10	—	10
二	基础设施完善工程	4	5.31	—	4.11
（一）	交通设施	3	5.2	—	4
（二）	能源设施	1	0.11	—	0.11
三	城乡功能统筹工程	16	178.63	—	47.83
（一）	城市功能提升	11	27.24	—	16.44
（二）	小城市、中心镇培育	2	51	—	21
（三）	特色小镇	1	100	—	10
（四）	新农村建设	2	0.39	—	0.39
四	公共服务提升工程	21	13.42	—	9.42
（一）	基本公共服务均等化	21	13.42	—	9.42

（四）全面推进规划实施。

为确保“十三五”规划顺利实施，在区委领导下，充分发挥市场配置资源的基础性作用，正确履行政府职责，调控引导社会资源，建立责任明确、分类指导、高效协调的规划实施机制。做好城市建设总体规划、土地利用总体规划及相关区域规划与本规划的相互衔接。依据本规划编制和落实好各专项规划，合理引导生产力布局和要素流向，为规划的顺利实施提供有力支撑。做好规划的分解落实工作，按照五年规划总体目标，提出年度计划工作任务，确保规划目标的顺利实现。做好规划及相关信息的公开工作，大力加强规划宣传，不断提高公众规划意识，让更多的社会公众通过法定程序和渠道参与规划的实施和监督。

“十三五”规划是推动“绿水青山就是金山银山”在莲都新实践的总体规划。让我们紧密团结在以习近平同志为总书记的党中央的党中央周围，在区委的坚强领导下，在“四个全面”战略布局的引领下，全面贯彻落实“创新、协调、绿色、开放、共享”五大发展理念，坚持“三美融合、主客共享”工作主线，加快推进“绿色发展、生态富民、科学赶超”，抢抓新常态、新形势下的新机遇，归零翻篇开新局，齐心合力补短板，励精图治，开拓进取，为全面建设“中国莲都”、与全省同步高水平全面建成小康社会而努力奋斗！

名词解释

1.四个全面：党的十八大以来，以习近平为总书记的党中央从坚持和发展中国特色社会主义全局出发，提出并形成了全面建成小康社会、全面深化改革、全面依法治国、全面从严治党的战略布局。"四个全面"是在不同高层会议场合逐步提出的。2012年11月十八大提出全面建成小康社会；2013年11月十八届三中全会提出全面深化改革；2014年10月十八届四中全会提出全面依法治国；2014年10月8日在群众路线教育实践活动总结大会上提出全面从严治党。

2.八八战略：2003年7月，中共浙江省委第十一届四次全体（扩大）会议上，全面总结浙江省发展的八个优势，提出了面向未来发展的八项举措，简称为"八八战略"。具体内容为：进一步发挥浙江的体制机制优势，大力推动以公有制为主体的多种所有制经济共同发展，不断完善社会主义市场经济体制；进一步发挥浙江的区位优势，主动接轨上海、积极参与长江三角洲地区交流与合作，不断提高对内对外开放水平；进一步发挥浙江的块状特色产业优势，加快先进制造业基地建设，走新型工业化道路；进一步发挥浙江的城乡协调发展优势，统筹城乡经济社会发展，加快推进城乡一体化；进一步发挥浙江的生态优势，创建生态省，打造"绿色浙江"；进一步发挥浙江的山海资源优势，大力发展海洋经济，推动欠发达地区跨越式发展，努力使海洋经济和欠发达地区的发展成为我省经济新的增长点；进一步发挥浙江的环境优势，积极推进基础设施建设，切实加强法治建设、信用建设和机关效能建设；进一步发挥浙江的人文优势，积极推进科教兴省、人才强省，加快建设文化大省。

3.四换三名：全面推进腾笼换鸟、机器换人、空间换地、电商换市和培育名企名品名家。

4.特色小镇：2015年李强省长的政府工作报告提出，按照企业主体、资源整合、项目组合、产业融合原则，在全省建设一批聚焦七大产业、兼顾丝绸黄酒等历史经典产业、具有独特文化内涵和旅游功能的特色小镇，以新理念、新机制、新载体推进产业集聚、产业创新和产业升级。

5.六边三化三美：我市在落实省委、省政府"四边三化"行动要求的基础上，提出进一步整治环境的重大举措，以加快公路边、铁路边、水边、山边、城边、村边等区域的洁化、绿化和美化，实现城美、村美、房美。

6.四张清单一张网：指行政权力清单、部门责任清单、财政专项资金管理清单、企业投资负面清单和浙江政务服务网。分别从限制政府权力、强化政府责任、减少微观干预、赋予市场自由、打造阳光政务等五个方面，搭建政府全面履职的制度框架。

7.一带一路：是指"丝绸之路经济带"和"21世纪海上丝绸之路"的简称。旨在借用古代"丝绸之路"的历史符号，高举和平发展的旗帜，主动地发展与沿线国家的经济合作伙伴关系，共同打造政治互信、经济融合、文化包容的利益共同体、命运共同体和责任共同体。

8.梦里水乡·欢乐谷：项目选址严溪流域黄村乡境内，距离莲都主城区14公里，由浙江盛景旅游开发有限公司投资开发，计划建设集滨水、休闲、养生、度假为一体的国家4A级旅游景区。

9.养生农业示范基地：指采用生态种养殖方式，不使用人工合成的化肥农药、兽药、饲料添加剂等，农产品达到生态、安全、放心标准，产品质量可追溯的示范性基地。

10.三品一标：三品指无公害农产品、绿色食品、有机农产品，一标指农产品地理标志。

11.僵尸企业：由经济学家彼得·科伊提出的一个经济学概念，指那些无望恢复生气，但由于获得放贷者或政府的支持而免于倒闭的负债企业。僵尸企业不同于因问题资产陷入困境的问题企业，能很快起死回生，僵尸企业的特点是"吸血"的长期性、依赖性，而放弃对僵尸企业的救助，社会局面可能更糟，因此具有绑架勒索性的特征。

12.三个确保：确保国家级生态文明示范区创建成功、确保污染减排任务全面完成、确保区域生态环境安全。

13.三个提升：污染治理能力明显提升、环境监管应急能力明显提升、生态环境质量明显提升。

14.“无违建”创建：2014年，我省在深化“三改一拆”行动的基础上，开展“无违建县（市、区）”创建活动。“无违建”标准包括无既有违法建筑、无新增违法建筑、无规划盲区、无管理死角、无非法“一户多宅”等内容。

15.五水共治：治污水、防洪水、排涝水、保供水、抓节水。

16.平原绿化：指在平原地区开展的绿化植树活动。包括建立由农田防护林、片林和四旁树构成的平原绿化网。

17.三改一拆：省委提出的开展旧住宅区、旧厂区、城中村改造和拆除违法建筑活动。

18.“811”美丽浙江建设行动方案：我省深化生态建设工作的重要举措。“8”指实现生态经济、节能减排、环境质量、污染防治、生态保护与修复、环境安全保障能力建设、生态文化建设、生态文明制度建设等8方面目标；“11”指开展节能减排、循环经济、绿色城镇、美丽乡村、清洁水源、清洁空气、清洁土壤、森林浙江、蓝色屏障、防灾减灾、绿色创建等11个专项行动。

19.省七大万亿产业：“十三五”时期，我省重点发展信息、环保、健康、旅游、时尚、金融、高端装备制造等七大万亿级产业。

20.“五保合一”大社保体系：社会养老保险、医疗保险、新农合、最低生活保障、社会救助“五保合一”的社保体系。

21.“9643”养老服务：即96%的老年人可以享受居家养老服务，不少于4%的老年人享受机构养老服务，不少于3%的老年人享受政府提供的养老服务补贴。

22.“双下沉、两提升”工程：我省为破解医疗卫生资源分布不均衡现状，以“人才下沉、资源下沉”为手段，促进基层医疗卫生机构“服务能力提升、服务效率提升”的重要举措。

23.基层首诊、分级诊疗、双向转诊制度：为统筹区域医疗卫生体系发展，合理利用卫生资源，推进合理有序就医，促进医疗资源有效利用，我市出台《丽水市分级诊疗试点工作实施方案》，要求逐步建立基层首诊、分级诊疗、双向转诊的就医诊疗制度，为居民提供安全、有效、方便、价廉的基本医疗服务。

24.丽水鼓词：在我区及周边地区流传的汉族说唱艺术，用丽水方言演唱，源于唐朝，在清代嘉道年间已极盛行。曲辞以七言居多，常以四二拍子的平稳节奏用于叙事或代言，激昂悲愤时即有一拍子的快板、慢板出现，字多腔少。

25.社会稳定“三色”预警：2013年，我区出台《莲都区社会稳定工作“三色”预警评价体系实施意见（试行）》（莲委办发〔2013〕116号）。意见规定：社会稳定工作“三色”预警评价体系采用多指标综合评价方法，主要由社会治安、信访、安全生产、社区矫正和归正、防处邪教等五部分构成。乡镇（街道）实施“分级预警”，社会稳定形势平稳，划分为稳定（绿色）级；社会稳定形势趋于严峻，划分为警示（黄色）级；社会稳定形势严峻，划分为危险（红色）级。

26.国家东部生态文明旅游区：由《中共浙江省委关于制定浙江省国民经济和社会发展第十三个五年规划的建议建议》暂定该名称，各省称呼也不相同，曾用“浙皖闽赣国家东部生态旅游实验区”等名称。目前正在积极争取上升为国家战略，目的在于发挥浙闽赣皖四省九市生态环境、旅游资源、区位交通等优势，推动协同协作发展，实现区域绿色崛起。

27.“义新欧”对外通道：义新欧列车于2014年11月18日从中国义乌出发，经新疆阿拉山口口岸出境，途经哈萨克斯坦、俄罗斯、白俄罗斯、波兰、德国、法国，历时21天，最终抵达西班牙马德里。这条铁路线全长13000多公里，是目前所有中欧班列中最长的一条。

28.“零土地”技改投资项目：工业企业在不新增建设用地前提下，实施的技术改造类建设项目。

29.企业独立选址项目：能源、交通、水利、流域环境治理等需在土地利用总体规划确定的城市、集镇和村庄建设用地规模范围外选址建设的企业项目。

30. 众创空间：把握互联网环境下创新创业的特点和需求，顺应用户创新、大众创新、开放创新趋势，通过市场化机制、专业化服务和资本化途径构建的低成本、便利化、全要素、开放式的新型创业服务平台的统称。

31. 众包：借助互联网等手段，将传统由特定企业和机构完成的任务，向自愿参与的所有企业和个人进行分包，最大限度利用大众力量，以更高的效率、更低的成本满足生产及生活服务需求。

32. 众扶：通过政府和公益机构支持、企业帮扶援助、个人互助互扶等多种方式，共助小微企业和创业者成长，构建创业创新发展的良好生态。

33. 众筹：通过互联网平台向社会募集资金，灵活高效满足产品开发、企业成长和个人创业的融资需求，有效拓展了创业创新的投融资新渠道。

34.PPP："Public- Private-Partnership"的缩写，即公私合作模式，是公共基础设施中的一种项目融资模式。在该模式下，鼓励私营企业、民营资本与政府进行合作，参与公共基础设施的建设。

丽水市莲都区人民政府 关于印发《莲都区养生农业发展三年行动计划（2016—2018）》的通知

莲政发〔2016〕17号

古堰画乡小镇指挥部，各乡镇人民政府，各街道办事处，区政府直属各单位：

《莲都区养生农业发展三年行动计划（2016—2018）》已经区政府同意，现印发给你们，请结合实际，认真贯彻落实。

丽水市莲都区人民政府

2016年7月25日

（此件公开发布）

莲都区养生农业发展三年行动计划

（2016—2018年）

养生农业是依托优良的自然生态环境，以农业永续发展为目标，遵循自然农法，尊重科学技术，生产“遵循规律、绿色安全、健康养生”的农（林、水）产品，实现生态、生产、生活和谐的新型农业发展模式。养生农业是一种国际潮流，是城乡元素的有效互动，是人与自然和谐共生状态的有序回归。现根据莲都区十五届人大五次会议《关于加快养生农业发展的决定》精神，特制定本行动计划。

一、指导思想

深入贯彻习近平总书记系列重要讲话精神，以“四个全面”战略布局为统领，以创新、协调、绿色、开放、共享理念为引领，坚定不移走“绿水青山就是金山银山”绿色生态发展之路，按照区委、区政府“三美融合、主客共享”决策部署，全力实施养生农业“1238”战略，即：紧扣“中国莲都·养生农业”这一主题，围绕“请上门体验、送上门消费”两门农业、“好产品卖出好价钱”两好目标，搭建“养生农业+社区门店、养生农业+旅游、养生农业+互联网”三大平台、重点实施养生农业“八大工程”，努力打造全国养生农业发展先行区，长三角和海西地区重要的养生农产品生产供应基地和乡村休闲旅游目的地。

二、基本要求

——崇尚自然，三生三宜。遵循“法自然、享淳真”，在回归传统、超越传统中倡导农业根植养生文化、传承农耕文明，力促生态、生产、生活“三生”共融，形成宜业、宜养、宜居“三宜”业态。

——生态循环，安全放心。坚持产、管齐抓，推进产业生态、产品优质、环境优化，着力构建循环有力的养生农业发展体系和可追溯的养生农产品质量安全体系，着力打造莲都生态精品农业升级版。

——市场导向，全链开发。依托生态资源禀赋和比较优势，优化市场化配置，加大莲都新农人培育，突出典型引领、示范带动，引导农业产业融合、全链开发，着力增强农业市场竞争力和风险承受力。

——城乡互动，共享发展。大力引导“资本回乡、游客下乡、农业进城市、消费送社区”，逐步实现乡村传统乡愁与城市现代文明和谐共进，努力增强城乡居民在共建共享养生农业发展中的获得感。

——深化改革，驱动创新。强化农业供给侧改革，围绕莲都新农人创新创业、社区支持养生农业发展、农旅融合、示范基地创建培育、配套政策支持等方面，探索建立适应养生农业发展的体制机制。

三、工作目标

2016年：创建养生农业示范乡镇1个、养生农业示范村20个、养生农业示范基地（农庄）20个、养生农产品50个、建立社区支持农业点5个。创建成功省级农产品质量安全县。出台《莲都区新农人培养工程实施意见》，设立莲都新农人讲坛，举办莲都新农人讲坛4期，培育莲都新农人100人。举办首届中国莲都养生农业大会。制定养生农产品标准化生产技术规程5个。开展区域公共品牌创意及体系构建设计，开展养生农业系列产品文创包装的设计；开展莲都十佳养生农产品、十佳营养套餐组合、十佳明星菜品评选活动。在互联网上创建中国莲都养生馆，在中国莲都养生农业微信平台设立养生农业一周一品，宣传推广莲都养生农业及养生农产品。开展莲都原物种原产地原口味资源调查工作，建立调查数据库，提出培育和保护计划。建立5个原物种原产地品种种养殖示范基地。

2017年：创建养生农业示范乡镇2个、养生农业示范村15个、养生农业示范基地（农庄）15个、养生农产品30个。培育莲都新农人100人，建立社区支持农业点7个。举办第二届中国莲都养生农业大会。制定养生农产品标准化生产技术规程5个。开展区域公共品牌宣传推荐；建立5个原物种原产地品种种养殖示范基地。借助携程、同程、阿里旅行等平台宣传推荐莲都养生旅游精品路线。

2018年：创建养生农业示范乡镇2个、养生农业示范村15个、养生农业示范基地（农庄）15个、养生农产品20个；建立社区支持农业点8个；培育莲都新农人100人；举办第三届中国莲都养生农业大会；集成一套适合莲都养生农业产业发展的生产标准体系；培育5条成熟的农旅养生精品路线。

通过三年努力，全区共建成养生农业示范乡镇5个，养生农业示范村50个，养生农业示范基地（示范农庄）50个，养生农产品100个，社区支持农业点（市民农园）15个。培育中国莲都养生农业区域品牌1个，打造莲都十佳养生农产品、十佳养生营养组合、十佳养生菜品。形成5条农旅养生精品旅游路线。打响莲都新农人讲坛品牌，培养一批有情怀、讲诚信、敢创新、能坚守、善经营的莲都新农人。集成一套适合莲都养生农业发展的生产标准体系，养生基地农产品全部达到生态、安全、放心，实现示范基地种养殖效益翻番。

四、主要平台

（一）养生农业+社区门店。

以养生农产品为载体，以社区渠道为纽带，向杭州、上海等大中城市消费者传达和浸润莲都生态优势、养生农业优势，扩大“中国莲都养生农业”区域品牌知名度和美誉度。在生产方，由政府牵头，建立关于农产品生态标准的三级背书，实现农产品的高标准、可信任。在经营方，设立实体店、农产品展示点、O2O集散点，开展食品安全、社区营造、自然教育、文化传承、煮妇厨房、旅游目的地的联合推广等消费者培育活动。探索建立“城市社区+养生村落”的“1+1”新模式。

（二）养生农业+旅游。

按照旅游全域化的发展理念，深入贯彻落实国务院办公厅《关于推进农村一二三产业融合发展的指导意见》，坚持“多条腿”走路，以农旅结合为主线，突出一个“农”字，贯穿一个“莲”字，落脚一个“养”字，结合乡愁经济打造“第六产业”，争创全国休闲农业与乡村旅游示范县。编制《国家农业公园建设规划》《莲都区休闲农业与乡村旅游发展规划》；重点实施好《关于加快莲都区旅游农业产业发展的实施意见》。在整合资金的基础上，延伸农业产业链，拓宽农业多种功能，着力建设5-10个花卉、水果、中药材等特色产业基地、休闲农业园区、生态农庄（农家乐园）以及养生农业示范点，推出一批“美丽田园+美丽乡村+美味农产品”的精品休闲养生农业旅游线路，打造小而精、精而美、美而特的高品位、高品质农业旅游生活产品，进一步打响“中国莲都”区域旅游品牌，让莲都乡村旅游成为时尚。

（三）养生农业+互联网。

以“互联网+”思维，构建“莲都农产品上行”体系，实施“中国·莲都”养生农业品牌化、标准化、电商化，激发农业主体、乡村青年的电商创业意识，引导“三农”生产、生活及销售方式转型升级，实现莲都乡村与长三角城市群的充分信息对称。加强养生农业重点“爆款”电商单品的培育和打造，形成一批代表莲都特色的“互联网地标”明星产品，有效提高产品溢价能力，让莲都的好产品卖出好价钱。建立百家旅行社资源库，重点开展农旅结合的“线下体验、线上购买”的场景体验推介，增加莲都生态民宿旅游的客单价和粘着度，实现旅游游客资源的持续消费、客流共享，真正打响“中国·莲都”区域品牌。

五、重点工程

（一）新农人培养工程。实施“莲都新农人”培育计划，制定莲都区新农人培养工程三年实施方案，提出莲都新农人认定标准，编制莲都新农人培育课程、课件，最终形成一套具有莲都特色的可复制与可定制的新农人培训与课程体系；举办中国莲都养生农业大会，创建莲都养生农业论坛，定期开展莲都新农人培训，开设新农人田间课堂，掀起发展养生农业“头脑风暴”，培育一批视野开阔、专业性强的莲都新农人，示范带领莲都养生农业可持续发展。（责任单位：区农办、区农业局、区林业局、区水利局、区电商办、团区委。）

（二）农产品质量放心工程。建立农产品质量安全责任体系，以“守信激励、失信惩戒”的原则，完善监管制度，深入开展“四个一”行动（即开展一次全区农资市场清理大行动，一次全区清洁田园大行动，一次养生农业示范点剩余农药化肥清理回购大行动，一次养生农业主体向社会公开承诺“不使用农药化肥”大行动），层层落实生产经营主体监管责任。完善农产品质量安全追溯体系，应用物联网技术全程监控生产过程，完善生产档案；探索设立养生农业基地准入标准，培育一批示范性市民农园；以上海等城市社区门店为试点，推进社区互助农业和社会参与式保障体系落地。健全农产品质量安全信用体系，实行农产品质量黑名单制度，将各生产主体的信用情况与项目申报和企业评优评先进行挂钩，进一步发挥业主信用和自律作用。（责任单位：区农业局、区质监局、区市场监管局、区供销社、区林业局、区水利局）

（三）土壤培育工程。开展养生农业创建点土壤调查，重点调查耕作土壤的种类，土壤养分现状、农业生产性状，特别是影响高产稳产的土壤障碍因素，如土壤PH等，按照普查结果，绘制养生农业示范乡镇土壤现状图，提供科学实肥方案。开展土壤培育，根据土壤调查结果，有针对性选择施用微生物菌肥、有机肥、沼液、种植绿肥和水旱轮作、休耕轮作、合理灌溉等用地养地措施，提高土壤有益微生物种群，改善土壤生态结构，提高土壤肥力，保护土壤地力。（责任单位：区农业局、区林业局、区环保分局、区国土分局。）

（四）养生农业基地培育工程。科学布局养生农业基地，选择生态条件良好的山区或半山区、远离各类污染源的平原片区，筛选并创建一批生态环境符合养生农业发展要求的基地，建立一套相对完整的养生农业基地环境档案。综合运用农业、物理以及生物等防治措施，创造不利于病虫草害孳生和有利于各类天敌繁衍的环境条件，保持养生农业基地生态系统平衡和生物多样化，形成一套适合莲都区养生农业发展的病虫害绿色防控体系。探索和建立粮油、蔬菜、水果、茶叶、林产品、食用菌、水产、畜禽等八大养生农业产业标准体系。规范养生农业示范基地标准化生产，加大养生农产品地理标志农产品、有机食品认证。（责任单位：区农业局、区林业局、区水利局、区科技局、区质监分局、区环保分局、区供销社、各乡镇人民政府、各街道办事处。）

（五）农产品价值提升工程。在“中国莲都”品牌规划体系下，重点构建“山水莲都”子区域品牌体系。加强“山水莲都”牌养生农业系列产品文创包装设计，让养生农产品发出好听的声音，让养生农产品讲出自己的故事，提高莲都养生农产品的美誉度和忠诚度。打造莲都养生农产品重点品类，培育一批具有莲都属性的养生农产品重点单品和养生食材；在互联网上创建中国莲都养生馆，在中国莲都养生农业微信平台设立养生农业一周一品，宣传推广莲都养生农业及养生农产品，提升公众对莲都养生农业及产品的认可度。加强养生农产品和服务的品牌监管，维护养生农业的品牌价值，谋求更大的品牌溢价空间。（责任单位：区农业局、区质监分局、区市场监管局、区文广新体局、区林业局、区水利局、区电商办、团区委。）

（六）三原挖掘保护工程。保育原物种，对具有莲都本地特色的原生动植物品种和种质资源进行普查，挖掘、培育和保护一批原产地农业种质资源，力争认定省种质资源保护品种1个，中国重要农业产业文化遗产1个。保护原产地，对莲都境内的饮用水源保护区、森林保护区、风景名胜核心区、自然湿地等农业生态功能保障区，依法实现强制性保护，确保绿色安全种养环境。保持原口味，挖掘、继承和发展莲都乡土历史文化、民俗风情、自然景观，就地取材和开发原汁原味的食材手艺和文化展示，升级具有莲都特色的食材加工制作工艺，形成原口味的莲都菜品，让消费者体验地道的莲都文化和精心的休闲服务。(责任单位：区农业局、区林业局、区水利局。)

(七)市场营销保障工程。搭建市场营销平台，完善养生农产品线上线下供应链建设，形成从养生农产品基地→配送中心→生(冷)鲜农产品加工处理中心→物流→消费者(社区)绿色畅通供应链。以"养生农业+旅游"为核心，吸引游客在农家乐综合体、民宿和高铁站直接品尝和购买养生农产品，实现地产地销、农旅产销的良性互动，形成一三产业联动，延长产业链，形成"吃农家饭、住农家屋、游农家景、干农家活、购农家物、享农家福"的全平台。探索发展新型营销平台，开展"养生农业+互联网"的试点工作，加快推进养生农产品和服务的电商化，借力电商平台建设"线上营销、线下宅配"的生鲜配送和专供模式。围绕高铁3小时经济圈，以城市社区体验店为载体探索社区互助农业(CSA)的创新模式，将优质的养生农产品送上门；开辟养生农业展示专区，吸引城市消费者来莲都互动体验民宿，实现养生产品销售和养生旅游共赢。(责任单位：区电商办、区文广新体局、区农业局、区林业局、区水利局、区农办、区旅委、区市场监管局。)

(八)农业旅游融合工程。打造农旅养生目的地，践行养生农业"顺天养地、宜物宜人、和谐共生"的核心理念，加强规划建设指导，重点支持养生农庄、养生农业综合体的道路、标识系统、停车场、接待中心、卫生间、垃圾污水处理等公共服务设施建设，有机融合养生农业的环保、生产、文化、旅游等功能，培育形成一批较为成熟、在国内有一定知名度的田园生态型、民俗风情型、乡村度假型、科普教育型、农事农耕体验型等农旅养生目的地。开发农旅养生产品，重点发挥"莲"的养生、旅游、文化、社会等四大属性，扩大"莲+"农作物新模式，推进莲产业全链式开发，将"莲"元素深度植入到农旅养生产品开发当中，贯穿到布景、餐饮、体验、观光、小憩等各个环节，充分体现乡村旅游的"莲都烙印"，打造"中国赏莲品莲第一目的地"。培育农旅养生精品线路，重点打造碧湖"水墨田园"、老竹丽新"品莲赏花"、黄村"四洗三慢"、峰源"秀峰清源"、雅溪仙渡"山里农耕"等5条农旅养生精品线路，与周边景区旅游串成线、连成片，绘制农旅养生精品路线图、编制采摘时令表，加强与旅游社对接，叠加放大莲都农旅养生品牌影响力、美誉度。(责任单位：区旅委、区农办、区农业局、区林业局、区水利局、区文广新体局。)

六、保障措施

(一)加强组织领导。成立由区委区政府主要领导挂帅的养生农业工作领导小组，设立专门办公室(养生办)，抽调相关部门人员集中办公；农业、水利、林业、科技、质监等部门设立专业技术研究机构，负责养生农业技术研究和推广工作；各乡镇街道建立相应的领导小组，负责落实和推进养生农业的各项工作任务；由区政府牵头，建立由发改、财政、农业、水利、林业、农办、环保、供销、市场监管、执法、国土、建设等部门和乡镇(街道)主要领导参加的定期联席办公会议制度，及时发现和解决发展中遇到的困难与问题。建立政府、部门领导联系养生农业示范点制度。

(二)加大政策扶持。区财政整合资金，每年安排一定专项资金用于发展养生农业。出台相关扶持政策，采取以奖代补方法，重点扶持养生农业示范基地建设、区域品牌培育、营销推广、人才培养等环节。建立养生农业项目库，优先支持与养生农业有关的农业基础设施改造等项目的申报，出台一系列优惠政策，对养生农业项目建设在土地、环评、交通等环节上予以优先支持。

(三)加强科技支撑。加强与中国农科院等科研院所及高校合作，依托国家、省、市农业专家，本地乡土专家、区级涉农部门技术骨干，组建养生农业发展技术指导团队，切实解决养生农业生产中的技术瓶颈问题。设立养生农业讲坛、养生农业田间课堂，开展养生农业新理念、新技术、新模式的宣传示范、交流观摩和推广应用，指导建立一批养生农业示范基地。全面推广远离农药化肥的价值导向，制定实施主要农产品、林产品、水产品、畜产品等不使用农药、化肥（添加剂、激素、抗生素）种养殖技术规程，严格控制过度甚至滥用农药、化肥，禁止使用高毒高残留的农药，实现养生农业基地生产环境安全、生产过程可控，产品质量安全。

（四）强化宣传推广。充分利用"中国莲都养生农业"微信公众号、广播、电视、报纸、微电影、专题宣传片等各类媒体和有效形式，普及养生农业相关知识，提高公众对养生农业的认可度，营造良好的发展氛围；宣传报道养生农业创建成功案例、典型事迹，提升养生农业示范带动效应。

（五）加强督查考核。建立养生农业发展目标责任考核机制，把养生农业工作纳入相关部门和乡镇街道的年度工作目标责任制考核，实行主要领导问责制；养生农业发展领导小组办公室要加强监督指导，及时表扬先进典型，通报不力单位。区督查办要定期开展督查督办，确保区委区政府部署的各项养生农业工作落到实处。

附件：

1.莲都区养生农业三年行动计划重点工程建设任务（2016—2018年）

2.莲都区养生农业重点工程建设年度计划表（2016—2018年）

3.莲都区养生农产品培育计划表（2016—2018年）

4.2016年各乡镇（街道）养生农业建设任务表

附件1

莲都区养生农业三年行动计划重点工程建设任务(2016-2018年)

单位:万元

序号	项目名称	主要建设内容	2016年	2017年	2018年
			发展计划	发展计划	发展计划
1	新农人培养工程	打造“莲都新农人讲坛”品牌,培育一批有情怀、讲诚信、敢创新,能坚守,善经营的莲都新农人,示范带领莲都养生农业可持续发展。聘请清华大学、中国人民大学、中国农科院等知名学府和国际国内及本地从事生态农业专家、教授、实践者为新农人讲坛老师。开设田间课堂,实现理论与实践无缝对接	出台莲都区新农人培养工程实施意见,制定莲都新农人(人才)认定标准。编制培训计划、课程、课件。举办首届中国莲都养生农业大会,举办莲都新农人讲坛4期。普通培训12期。开设田间课堂2个。培训新农人500人次。认定莲都新农人100名	举办新农人讲坛4期,普通培训12期。设立田间课堂2个。现场观摩会2次。培育新农人500人次,认定莲都新农人100名	举办新农人讲坛4期,普通培训12期。设立田间课堂2个。现场观摩会2次。培育新农人500人次,认定莲都新农人100名
2	农产品质量安全工程	守住农产品质量安全底线。创建国家农产品质量安全放心县。建设和完善养生农业示范基地农产品质量安全监控设备、检测设备等硬件设施,实现示范基地质量安全追溯体系全覆盖。加强农资市场、农业投入品使用监管,实现每批上市农产品检测合格率为100%	开展“四个一”行动。即开展一次农资市场清理大行动;一次清洁田园大行动;一次养生农业点剩余农药化肥清理回收大行动;一次“不使用农药化肥”对外承诺行动。列入2016年养生农业创建点(基地)配备完善质量检测设备,全面建立质量追溯体系。2个社区支持农业点安装物联网监控设备,实现生产全过程监控。创建成功省级农产品质量安全县	列入2017年养生农业创建点(基地)配备完善质量检测设备,全面建立质量追溯体系。2个社区支持农业点安装监控设备,实现生产全过程监控	列入2018年养生农业创建点(基地)配备完善质量检测设备,全面建立质量追溯体系。2个社区支持农业点安装监控设备,实现生产全过程监控。创建成功国家农产品质量安全放心县
3	土壤培育工程	开展养生农业创建点土壤调查,出具调查报告。根据调查结果,有针对性提出土壤培育方案,进行土壤培育。建立2个土壤培育示范基地(生物农药与生物防治产业技术创新战略联盟)	开展2016年养生农业创建点土壤调查,绘制基地土壤现状图、测土配方图。通过使用微生物菌肥和有机肥、种植绿肥等,改善土壤生态结构,提高土壤有益微生物种群,通过用地养地、休耕轮作等相结合,提高土壤肥力。启动2个土壤培育示范点建设	开展2017年养生农业创建点土壤调查,绘制土壤现状图、测土配方图。开展养生农业创建基地土壤培育,2个土壤培育示范点继续跟踪建设	开展2018年养生农业创建点土壤调查,绘制土壤现状图、测土配方图。开展养生农业创建基地土壤培育,形成土壤培育示范点总结报告
4	养生农业基地培育工程	开展养生农业示范基地环境检测,建立一套相对完整的基地环境档案。推广使用生物、物理防治技术,建立一套适合莲都区养生农业产业发展的病虫害绿色防控体系。加大农产品三品一标认定。探索研究和编制主打(明星)养生农产品标准化生产技术规程,实现养生农产品标准化生产。示范区提供的产品为有机、生态、绿色、养生的安全农产品。加强与中国农业科学研究院植保研究所技术合作,组建技术团队	建成养生农业示范乡镇1个,示范村20个,示范基地(农庄)20个,示范农产品50个。制定主打养生农产品标准化生产技术规程5个	建成养生农业示范乡镇2个,示范村15个,示范基地(农庄)15个,示范农产品30个。制定主打养生农产品标准化生产技术规程5个	建成养生农业示范乡镇2个,示范村15个,示范基地(农庄)15个,示范农产品20个。制定主打养生农产品标准化生产技术规程5个,形成一套具有莲都特色主要养生农业产品技术规程(规程标准)

序号	项目名称	主要建设内容	2016年 发展计划	2017年 发展计划	2018年 发展计划
5	养生农产品价值提升工程	培育1个区域公共品牌。研究设计原生态韵味的养生农产品文创包装，打造莲都十佳养生农产品，十佳营养套餐组合，十佳明星菜品。线上线下加大力度，宣传区域公共品牌	设计区域公共品牌、注册登记。养生农业系列产品文创包装的设计。开展莲都十佳养生农产品、十佳营养套餐组合、十佳明星菜品评选活动。在互联网上创建中国莲都养生馆，在中国莲都养生农业微信平台设立养生农业一周一品，宣传推广莲都养生农业及养生农产品	公共区域品牌的宣传推广	公共区域品牌宣传推广
6	三原产品挖掘保护工程	挖掘、培育和保护一批具有莲都属性、三原特性（原物种、原产地、原口味）的养生农产品。争取将处州白莲培育成国家级种质资源保护品种，培育中国重要农业文化遗产1个（鱼跃酿造等）	开展莲都原物种原产地原口味资源调查工作，建立原物种原产品农产品数据库，提出培育和保护计划。建立5个原物种原产地品种养殖示范基地。筹备省级种质资源保护品种、中国重要农业文化遗产的申报工作	建立原物种原产地种养殖示范基地5个。开展省级种质资源保护品种、中国重要农业文化遗产申报工作	建立原物种原产地种养殖示范基地5个。总结提练莲都属性的原物种，原产地、原口味养生农产品的品种、生产、养生、效益等特性。争取省级种质资源保护品种、中国重要农业文化遗产申报成功
7	市场营销保障工程	搭建线上、线下市场营销平台；开展农产品线上线下供应链建设，形成一条从养生农产品基地→配送中心→生（冷）鲜农产品加工处理中心→物流→消费者（社区）绿色畅通供应链。策划一系列营销活动，让莲都养生农产品进入上海、杭州等大中城市社区，进入大中城市中高端收入的消费群体。培育VIP会员制等固定的消费群体	与丽水市绿盒电子商务有限公司合作，开展线上营销平台的搭建。与上海万科商用资产管理公司、潘刘卢杨林企业顾问上海有限公司合作，开展线下营销平台搭建，争取以“1+1”（1个社区结队1个自然村）形式建设社区支持农业点5个。开展社区支持农业营销对接活动，参加全国社区支持农业大会等宣传推荐莲都养生农业、养生农产品	新增社区支持农业点7个。开展各种营销活动，拓展农校、农超等营销平台	新增社区支持农业点8个。开展各种营销活动，拓展营销平台
8	农业旅游融合工程	培育一批具有莲都属性的种养殖等养生旅游农产品；打造一批集生态环境养生、农耕养生、农艺及园艺养生、文体养生及各种自然养生为一体的养生农庄、养生产业园。开发一批融合农业产业集聚区、水墨田园小镇、国家农业公园、民宿等养生旅游精品线路。创建全国休闲观光农业与乡村旅游示范县	创建全国休闲观光农业与乡村旅游示范县	借助携程、同程、阿里旅行等平台宣传推荐莲都养生旅游精品路	宣传推荐莲都养生旅游精品路，使精品旅游路线成为上海等都市居民向往养生目的地

附件2

莲都区养生农业重点工程建设年度计划表(2016—2018年)

项目名称	单位	2016年	2017年	2018年	合计
养生农业示范乡镇(街道)	个	1	2	2	5
养生农业示范村	个	20	15	15	50
养生农业示范基地(农庄)	个	20	15	15	50
养生农产品(旅游农产品)	个	50	30	20	100
养生农业基地+社区(1+1)	个	5	7	8	20
原物种原产地原生态产品	个	5	5	5	15
养生旅游精品路线	条	2	2	1	5
莲都新农人培育	个	100	100	100	300
土壤培育示范基地	个	2	—	—	2

附件3

莲都区养生农产品培育计划表(2016—2018年)

产业 (责任部门)	养生农产品 (单位:个)	备 注 (品类)
粮食产业(农业)	10	大米、蚕豆、玉米、马铃薯、小番薯及加工产品
畜牧产业(农业)	15	鸡、鸭、猪、羊、牛、特色养殖及加工产品
食用菌产业(农业)	5	香菇、蘑菇、杏鲍菇及加工产品
茶叶产业(农业)	5	红茶、绿茶、香茶
水(干)果产业(农林)	20	桃、杨梅、枇杷、蜜桔、椪柑、葡萄、草莓、板栗、香榧等
蔬菜产业(农业)	20	西红柿、芹菜、蒲瓜、丝瓜、黄瓜、茄子、长豇豆、四季豆、毛豆、油冬菜、花菜及加工产品
笋竹产业(林业)	5	食笋、雷笋及加工产品
特色产业(农林)	15	铁皮石斛、三叶青、百合及加皇菊、白莲、水仙花、牡丹花、玫瑰花及加工产品
油茶产业(农林)	1	山茶油
水产产业(渔业)	4	溪鱼、泥鳅、娃娃鱼、石蛙
合 计	100	—

附件4

2016年各乡镇(街道)养生农业建设任务表

序号	乡镇(街道)	示范乡镇	示范村(自然村)	民宿村	示范基地(农庄)
1	峰源乡	1	6	—	4
2	黄村乡	—	1	—	1
3	丽新乡	—	1	—	1
4	仙渡乡	—	1	—	1
5	太平乡	—	1	—	1
6	老竹镇	—	1	1	2
7	大港头镇	—	1	1	2
8	雅溪镇	—	1	—	1
9	碧湖镇	—	1	—	1
10	岩泉街道	—	1	—	1
11	紫金街道	—	1	—	1
12	联城街道	—	1	1	2
13	万象街道	—	—	—	1
14	白云街道	—	—	—	1
合计	—	—	17	3	20

说明：

1.养生农业示范乡镇创建单位,要求每个创建单位至少完成5个村创建任务

2.除万象及白云街道需完成1个养生农业示范基地创建,其他乡镇(街道)至少完成1个养生农业示范村(自然村)和1个示范基地的创建任务

3.已建成的民宿村,要求该村同步完成1个养生农业示范村(自然村)和1个示范基地的创建

4.*表示尚未建成的民宿村,因创建养生农业示范村条件不成熟,先创建养生农业示范基地

丽水市莲都区人民政府办公室关于印发《莲都区环境监管网格化管理实施方案》的通知

莲政办发〔2016〕33号

古堰画乡小镇指挥部，各乡镇人民政府，各街道办事处，区政府直属各单位：

《莲都区环境监管网格化管理实施方案》已经区政府同意，现印发给你们，请遵照执行。

丽水市莲都区人民政府办公室

2016年5月10日

（此件公开发布）

莲都区环境监管网格化管理实施方案

为进一步落实环境监察责任，规范环境执法行为，提升环境监管水平，及时有效打击环境违法行为，切实保障生态环境安全和维护公众环境权益，根据《中华人民共和国环境保护法》、《国务院办公厅关于加强环境监管执法的通知》（国办发〔2014〕56号）、《浙江省人民政府办公厅关于加强环境监管执法的实施意见》（浙政办发〔2015〕46号）、《丽水市人民政府办公室关于全面实施环境监管网格化管理的通知》（丽政办发〔2015〕189号）等文件精神，结合我区实际，制定本方案。

一、工作目标

以属地政府为环保监管责任主体，整合辖区内附有环保监管职责的各部门监管力量及其相应的环境管理资源，划分根据监管网格，建立健全"属地管理、分级负责、全面覆盖、责任到人、把握重点、动态管理"的网格化环保监管体系，形成"各级政府统一组织协调、相关部门各司其职、社会各界广泛参与"的环境监管格局。通过落实网格化管理措施，推动环境监管关口前移，触角向下延伸，实现"三清三到位"的总体目标（"区域清、职责清、底数清"和"监管到位、服务到位、互通到位"）。

二、网格划分原则

（一）政府领导，部门实施。各乡镇（街道）、丽水工业园区管委会对辖区环境保护工作负总责，积极创新环境保护管理体制机制，构建环境监管网格化管理体系，落实部门职责，确保环境监管网格化管理顺利实施。

（二）属地管理，逐级履职。各乡镇（街道）政府、丽水工业园区管委会全面落实本辖区内的环境保护工作主体责任，充分依靠和利用网格内行政和管理组织的资源，逐级依据职责查办，协调解决存在的环境问题。

（三）细化标准，任务到位。依托网格化监管，科学划分环境工作区域，责任明确，任务到位，细化考核标准，完善考核体系，严格问责追责，建立有奖举报激励机制。

（四）部门协作，密切配合。环境监管网格化管理涉及各部门，各相关部门根据各自环境保护职责对本部门环境管理任务进行分解，明确网格单位环境保护职责及任务，完善管理制度，落实长效管理措施，确保本部门涉及环境保护的相关工作要求在网格管理中得到落实。

三、网格划分

莲都区环境监管网格化管理体系设3级环境监管网格，全区为一级网格，以各乡镇（街道）和丽水工业园区管委会为单位，设15个二级网格，以社区、村（居）民委员会或社会综治机构为单位设若干3级网格。

（一）一级网格。

一级环境监管网格责任主体为莲都区人民政府，主要领导对网格的环境保护工作负总责，为责任领导；区政府分管领导负责组织实施本级网格环境监管工作，为主要责任人；区环保分局主要领导按规定落实本级网格各项环境监管工作，为直接责任人。其他具有环境监管职能的有关部门负责人，按所明确的环境保护职责承担网格内相应的环境监管责任。

（二）二级网格。

在全区范围内以各乡镇（街道）、丽水工业园区管委会为单位，划分为15个二级网格单位，各乡镇（街道）、丽水工业园区管委会行政主要负责人对网格内环境保护工作负总责，为责任领导；各乡镇（街道）、丽水工业园区管委会行政分管领导负责组织实施本级网格内环境监管工作，为主要责任人。

（三）三级网格。

以行政村（居）、社区为三级网格单位，责任主体为村委会、社区管委会，对本级网格内环境保护工作负责，村（居）、社区主任为环境保护工作第一责任。

四、网格职责

网格职责划分实行"五定"原则，即：定区域、定人员、定职责、定任务、定奖惩。做到网格边界清晰、责任主体明确、目标任务具体，并进行公开公示。各级网格单位之间要层层签订责任状，明确工作任务和奖惩措施。横向之间（部门）要加强协调，建立联动机制，认真履行监管职责。

一级网格：负责指导二级网格单位的建立和运行，监督二级网格单位责任主体的履职情况，并进行考核；受理、交办或者直接调处环境信访问题；及时发现、受理和查处环境违法问题；确定辖区重点监管对象（适时动态调整），明确二级及以下网格单位的监管任务；承担网格内污染源的定期巡查、环境安全隐患排查、环境违法行为查处等日常环境监管工作；按要求公开本级网格内重点污染源相关信息及环境违法和犯罪案件查处等信息，及时上报网格化环境监管相关信息。

二级网格：负责督促和指导三级网格单位的建立和运行，并负责对三级网格单位的运行情况进行督查考核；组织三级网格单位和相关部门全面排查网格内企业事业单位和其他生产经营者、饮用水水源地等环境敏感点，建立污染源信息库；承担网格内污染源的日常环境监管工作；协调各相关部门，调处上级交办、本级受理、三级网格单位上报的环境信访问题；对发现和受理的环境违法行为及时上报相关职能部门查处并协助调查处理；对环境监管信息进行汇总、分析、上报。

三级网格：负责对网格内企业事业单位和其他生产经营者、饮用水水源地等环境敏感点进行排查，并将有关情况上报二级网格单位；承担二级网格单位交办的日常环境监管工作；及时发现制止、上报环境违法行为；协助调解环境污染矛盾纠纷、调处环境信访问题；做好相关检查台账记录。

各乡镇（街道）、丽水工业园区和区环保分局具体工作职责如下：

1. 制定本单位环境监管网格化管理工作方案，编制网格化管理区域图，确定各网格的网格长、副网格长，明确有关人员的职责。

2. 建立健全本单位环境监管工作机构和网格化管理工作制度，落实环境监管所需的经费，按要求加强对各网格环境监管的督查和考核。

3. 每季至少召开一次环境监管工作会议，分析、研究、部署本辖区的环境监管工作，解决工作中存在的问题，会议应当形成书面记录。

4. 积极组织并认真完成"五水共治"、"五气共治"、"六边三化三美"、节能减排等环境保护年度重点工作任务，切实改善区域环境质量。

5. 全面排查化解辖区内各类环境风险隐患和突出环境问题，及时制止辖区内各类环境违法行为，报告并协助有关部门调查处理。

6. 积极预防重特大环境污染、生态破坏和因环境问题引起的重大群体性（群访）事件的发生；配合督促全面做好环境污染事故处理、协调、维稳工作；积极落实应急物资储备，每年组织或联合开展1次应急演练，并督促重点单位自觉做好环境应急预案编制和突发环境事件应急演练工作。

7. 加强环境信访属地管理，有效控制环境信访总量，做好辖区内环境信访包案处理工作，及时化解广大人民群众的环境诉求，提高公众对环境的认可度和满意率。

8. 积极开展环保基层基础大排查工作，加强饮用水源地保护，并组织开展对辖区内影响环境的无证无照加工（经营）点的综合整治和取缔等工作。

9. 加强对辖区内重点企业的环境监管，督促和帮助企业做好各项污染防治工作；加强对辖区生产、储存、运输、销售、使用、处置化学物品和含有放射性等危险物质的管理，监督企业规范危险废物收储、转运、处置工作。

10. 大力宣传环保法律法规，积极开展各类生态环保宣传，增强公民环保意识，倡导低碳、节俭的生活方式，鼓励基层群众性自治组织、社会组织、环境保护志愿者参与或开展环境保护活动，营造保护环境的良好风气。

11.积极开展各类生态创建，加强生态（文明）村、镇、街道长效管理工作；积极做好河道非法排污口清理、“清三河”巩固、生活污水处理、农业面源污染控制、农业废弃物处置、畜禽禁养反弹和垃圾、秸秆禁止焚烧等工作，落实垃圾收集、运输、保洁等长效管理。

五、保障措施

（一）加强组织领导。区政府成立由分管副区长为组长的区环境监管网格化管理工作领导小组，负责推进本辖区网格化环境监管体系建立和相关工作的落实。下设办公室，办公室设在区环保分局，负责做好本辖区内网格化环境监管体系建立和相关工作落实。区环保分局要在二级网格明确责任人，分网格协助、督促、指导和落实网格职责。各乡镇（街道）、丽水工业园区要明确干部联系各村（社区）的环境监管网格化管理工作，指导、督促村（社区）做好各项环境保护工作。

（二）完善制度建设。各乡镇（街道）、丽水工业园区管委会和区环保分局要按照网格化管理要求，落实网格长和网格人员的各项责任，建立定期例会、排查整治、日常检查、信息交流、学习培训和督查考核等各项制度，加强对环境形势的实时分析，有效解决环境保护重点、难点、热点问题，提高环境监管效能，保障网格化管理的正常运行。对辖区内所有污染源定区域、定人员、定职责、定任务、定奖惩，做到网格边界清晰、责任主体明确、目标任务具体、考核评价客观，相关内容应依法向社会公开公示，并完善监管档案。充分运用现代信息技术，建立污染源信息数据库，完善各级网格内污染源档案资料，并保持动态更新。同时，区环保分局要加强过程监督，分析存在问题，提出指导意见，推动工作落实。

（三）强化部门配合。各乡镇（街道）、丽水工业园区管委会要积极牵头组织协调有关部门及其派驻机构，适时开展环境监管专项行动；区环保、经济商务、市场监管、公安、安监、国土、建设、林业、农业、卫计、行政执法等部门要按照“部门围绕乡镇（街道）、村（社区）转”的要求，积极主动配合乡镇（街道）、丽水工业园区、村（社区）开展集中环境综合整治等工作，并在各自职责范围内做好服务、指导和违法查处等工作。

（四）完善运行机制。上级网格责任人员要对下级网格的环境监管工作进行督查，对责任人的履职情况进行监督管理。各级网格对本级所监管的对象按规定进行巡查，及时发现和制止环境违法和犯罪行为，并向上级网格报告。网格责任主体接到环境违法行为的报告后，要及时进行调查处理。对不属于本级本部门管辖的，要及时移交移送，并配合相关单位进行调查。受理单位要在规定时间内完成查处工作，并将查处结果反馈移交移送单位。对需要多个部门进行联合调查的，由同级网格责任主体负责组织实施联合执法。做好上下级网格责任主体间的信息沟通，对环境违法问题的查处结果，要及时反馈回复，并按要求公开。

（五）严格考核问责。环境监管网格化管理工作，将纳入对区直各有关部门、乡镇（街道）、村（社区）和有关干部的年终考核重要内容。各网格单位责任人和监管人员要严格落实环境网格化管理相关要求，对失职渎职、未按照监察频次要求履行环境监管职责、包庇环境违法行为或者对环境监管执法工作推诿扯皮、监管不到位、失控失管、有案不报的，依法依纪实施问责，确保网格监管持续规范、有效、到位。

附件：丽水市环境监管网格管理责任人信息表

附件

莲都区环境监管网格管理责任人信息表

序号	网格责任区	网格长	副网格长	联系人	环保部门责任人
1	丽水工业园区				
2	岩泉街道				
3	紫金街道				
4	白云街道				
5	万象街道				
6	联城街道				
7	碧湖镇				
8	峰源乡				
9	大港头镇				
10	太平乡				
11	雅溪镇				
12	仙渡乡				
13	老竹镇				
14	丽新乡				
15	黄村乡				

备注：1.要完整填写姓名、职务及联系方式；2.要求于收文当日报送该表至工作领导小组办公室；3.如有人事变动，继任人为责任人，并上报重新备案。

丽水市莲都区人民政府办公室关于印发《莲都区基础教育“三年攻坚”行动方案》的通知

莲政办发〔2016〕74号

古堰画乡小镇指挥部，各乡镇人民政府，各街道办事处，区政府直属各单位：

《莲都区基础教育“三年攻坚”行动方案》已经区政府常务会议通过，现印发给你们，请认真组织实施。

丽水市莲都区人民政府办公室

2016年8月19日

（此件公开发布）

莲都区基础教育“三年攻坚”行动方案

(2016.6—2019.8)

为全面贯彻落实市委、市政府关于教育现代化创建的决策部署，破解我区教育发展短板，全面推进我区教育现代化创建，特制定本行动方案。

一、指导思想

围绕“十三五”与全省同步实现教育现代化的总体目标，以“归零翻篇开新局”主题大讨论活动为契机，全面贯彻落实市委、市政府优先发展教育的决策部署和市委书记史济锡调研市区基础教育工作座谈会讲话精神，统一认识，加强统筹，破解我区教育发展短板，推进教育改革，促进我区教育优质均衡发展，为莲都与全省同步高水平全面建成小康社会创造条件。

二、总体目标

力争用三年时间攻坚，完成一批教育项目建设，到2018年，基本解决城区教育资源紧缺问题，基本消除“大班额”现象；创新教育管理体制机制，大力推进集团化办学，积极实施校长职级制改革试点，促进校际均衡，推动莲都教育优质均衡发展。

三、行动安排

2016年6月—2019年8月，用3年时间新建5所小学和3所幼儿园，扩建2所初中，计划总投资9.03亿元，其中政府投资6.63亿元，民间投资2.4亿元。(项目规划和年度计划详见附件2)

(一)项目启动阶段(2016年6月—8月)。①成立领导小组，制定攻坚方案、项目进度计划、资金筹措方案；②建立目标倒排机制、职能部门协调和服务指导机制；③组建项目建设专业团队，围绕工程进度、质量、安全、造价和廉政建设，为集中攻坚夯实基础，确保各项攻坚任务顺利推进。

(二)项目攻坚阶段(2016年8月—2019年6月)。全力以赴打好攻坚战，确保全面完成攻坚任务。①进一步加强组织协调，加大征迁力度，确保按时完成征迁任务；②创新方法，及时破解影响项目前期审批的各种难题，确保前期审批按时间节点推进；③结合项目施工的实际情况，加强过程协调，在保质量和保安全的前提下，加快工程建设进度，确保项目建设按时完成。

(三)项目总结阶段(2019年6月—2019年8月)。①认真总结项目攻坚过程中(征迁、审批、建设)的经验和做法，为其他政府投资项目的建设提供借鉴。②召开“三年攻坚”活动总结大会，表彰先进集体和先进个人。

(四)内涵深化阶段(2016年6月—2021年6月)。①通过实施“名校(园)+新校(园)”的集团化办学模式，将新建学校(幼儿园)作为现有名校(园)的校区(园区)，有效扩大城区优质教育资源，有序解决老城区义务教育学校大班额问题；②完善校(园)长、教师配置和素质提升，不断提高教育效率和质量。

四、保障措施

(一)加强组织领导。成立莲都区基础教育“三年攻坚”领导小组，统一领导和组织实施。领导小组下设项目建设工作组、项目征迁工作组、内涵发展工作组，各工作组要根据各自职责开展攻坚行动。各部门、乡镇(街道)要确定攻坚行动联系人，做好相关服务和指导工作。

(二)强化部门职责。各职能部门要对照攻坚“时间表”和“路线图”主动配合、靠前服务，简化工作流程，充分发挥“绿色通道”作用，提高办事效率，缩短办事时限。新建项目涉及征迁的，区征收办、乡镇(街道)要加大力度，采取各种有效措施，确保按时间节点完成征收任务。

(三)保障项目资金。拓宽资金筹措方式和渠道，在省市两级政府现已承诺的4亿专项资金基础上，积极向上争取其他专项资金，缺口部分由国资公司以专项基金、流动性贷款、公司债券等形式向金融机构融资解决，项目建成后由教育部门向国资公司回租使用，以支付租金形式回笼资金，确保项目后续资金能持续及时到位；鼓励社会力量办学，东港小学、碧湖幼儿园面向社会招商。严格工程资金的管理，健全工程资金监管制度。

（四）落实建设主体。根据区委区政府加强投融资体制改革相关精神，将中山小学城西校区、大洋路小学长岗背校区、囿山小学青林校区、碧湖三小4个项目由区国资公司代为业主并负责实施，区教育局予以配合；梅山中学二期、碧湖中学二期、碧湖镇中心幼儿园、灯塔幼儿园八一宾馆分园、东港小学、碧湖幼儿园6个项目由法人单位为业主，区教育局做好项目建设指导和协调工作。抽调专业技术人员充实区国资公司和区教育局项目建设管理队伍，助力推进项目建设。

（五）定期分析报告。制订相应工作计划，做到工程建设有总体计划、有阶段性控制计划，每月有具体计划，每周有实际工作安排，确保工程管理工作系统性、条理性。各工作组实行每月报告制度，每月30号定期向领导小组报告工作进展。

附件：

1.莲都区基础教育“三年攻坚”领导小组

2.莲都区教育项目“三年攻坚”实施时间表

3.莲都区教育项目“三年攻坚”路线图及时间表

附件1

莲都区基础教育“三年攻坚”领导小组

组　长：杨秀清（区委副书记、区长）
常务副组长：胡献如（区委常委、常务副区长）
副组长：张　妍（区政府副区长）
叶建光（区政府副区长）
成　员：王品伟（区政府办公室副主任）
李小富（区教育局局长）
赖志平（区财政局局长）
汪强华（区发改局局长）
叶伟春（区公安分局副局长）
梁永光（区人力社保局局长）
陈华君（区经合办主任）
吴丽云（区编委办主任）
虞海雄（区行政审批中心主任）
朱祖胜（区水利局局长）
徐屈霞（区审计局局长）
章旭宇（区征收办主任）
章金宝（区建设分局局长）
程晓东（区国土分局局长）
陈灵敏（区环保分局局长）
王再明（城管处州分局副局长）
张伟杰（城管莲都分局副局长）
叶丽勇（区国资公司副总经理）
王刘毅（区教育局副局长）
周亚军（岩泉街道办事处主任）
舒丽红（白云街道办事处主任）
华官丽（碧湖镇镇长）
陈巍化（区消防大队队长）

领导小组分设三个工作组：

（一）项目建设组。

组　长：胡献如

副组长：叶丽勇　王刘毅

责任单位：区国资公司、区教育局、区发改局、区建设分局、区国土分局、区财政局、区水利局、区环保分局、区消防大队、区行政审批中心

主要职责：

1.负责做好项目前期报批工作；

2.负责做好项目实施过程监督管理工作；

3.负责做好施工过程进度控制、竣工交付工作。

（二）项目征迁组。

组　长：叶建光

副组长：章旭宇

责任单位：区征收办、岩泉街道办事处、白云街道办事处、碧湖镇人民政府、区公安分局、城管处州分局、城管莲都分局、区教育局、区国资公司

主要职责：负责做好土地征收、房屋拆迁工作。

（三）内涵发展组。

组　长：张 妍

副组长：李小富

责任单位：区教育局、区发改局、区人力社保局、区财政局、区编委办

主要职责：

1.负责推进集团化办学，促进校际之间均衡发展，有效缓解老城区义务教育学校大班额问题；

2.负责校（园）长、教师队伍建设培养和素质提升，提高校（园）长课程领导力和教师课程执行力；

3.负责按标准配备新（扩）建学校（幼儿园）教师，确保教育教学活动正常有序进行；

4.负责落实立德树人根本任务，深化教育改革，强化教育内涵建设，确保与全省同步实现教育现代化。

领导小组下设办公室，办公室设在区国资公司，叶丽勇兼任办公室主任，王刘毅兼任办公室副主任。

附件2

莲都区教育项目“三年攻坚”实施时间表

	项目名称	建设性质	建设规模和内容	建设年限	总投资（亿元）	开工时间	完工时间	备注
义务教育	梅山中学(二期)	扩建	二期总建筑面积10271平方米，建一号教学楼，办公图书楼，体艺馆及室外附属等	2016—2017	0.35	2016.8	2017.12	—
	碧湖中学（二期）	扩建	二期总建筑面积10125平方米，新建教学楼、办公楼、风雨操场、广场、大门及室外附属等	2016—2018	0.38	2016.10	2018.6	—
	东港小学	新建	建48个班小学，规划总用地74.5亩	2017—2018	2	2017.3	2018.8	企业
	中山小学城西校区	新建	建36个班小学，用地面积约54亩，建筑面积约22000平方米	2017—2018	1.35	2016.12	2018.8	—
	大洋路小学长岗背校区	新建	建36个班小学，用地面积约54亩，建筑面积约22000平方米	2017—2018	1.35	2016.12	2018.8	—
	囿山小学青林校区	新建	建36个班小学，用地面积约54亩，建筑面积约22000平方米	2018—2020	1.35	2018.6	2020.6	—
	碧湖三小	新建	建36个班小学、总用地面积36272平方米，建筑面积24700平方米	2018—2020	1	2018.6	2020.6	—
学前教育	碧湖幼儿园	新建	建21个班幼儿园，征地18亩，建筑面积7000平方米	2016—2018	0.4	2017.6	2018.8	企业
	碧湖镇中心幼儿园	新建	用地面积12亩，建12个幼儿班，建筑面积约4000平方米	2017—2018	0.5	2017.6	2018.8	—
	灯塔幼儿园八一宾馆分园	新建	9个班幼儿园，用地面积4655平方米，建筑面积3187平方米	2018—2019	0.35	2018.6	2019.8	—

附件3

莲都区教育项目“三年攻坚”路线图及时间表(1)
(碧湖中学扩建工程二期)

序号	工作项目	主要工作内容	责任(配合)单位	完成时间
1	建立推进机制(培训、布置)	成立莲都区教育项目三年“攻坚”领导小组	区府办	2016年6月15日
2	开展项目前期审批	设计方案审核	区建设分局	2016年6月15日
		概算审核、初步设计批复	区发改局、区财政审核中心	2016年6月30日
		办理用地批准	区国土分局	2016年7月20日
3	完成施工图编制、设计资料(图纸)审查	完成施工图编制、审查	碧湖中学	2016年7月30日
4	组织开展项目工程预算、项目标底审核	委托有资质的单位编制预算造价,形成送审标底,送财政审核中心登记审核,紧密衔接财政审核中心,加快完成工程标底审核任务	区财政审核中心	2016年8月20日
5	完成工程规划许可	办理防雷、人防、防蚁、档案、消防、绿化等审核,办理工程规划许可	区建设分局、市气象局、市人防办、区消防大队	2016年8月25日
6	工程建设、监理招投标	1. 委托有资质的中介单位编制招标文件,并报建、进行招投标阶段工作,公开选择具备相应资质工程施工单位 2. 委托有资质的中介单位公开选择相关工程项目监理单位	碧湖中学	2016年9月30日
		与中标的施工单位、监理单位签订合同	碧湖中学	2016年10月10日
7	组织落实开工前准备工作	完成项目开工前施工许可、质量监督等审批,开工建设	碧湖中学	2016年10月30日
8	组织落实项目施工	加强建设工程施工管理工作	碧湖中学	2018年5月30日
9	组织完工项目竣工验收	做好工程竣工验收工作	碧湖中学	2018年6月30日
10	组织评估总结	组织对项目实施进度和完成情况进行评估,并召开总结表彰会	三年“攻坚”领导小组	各阶段

莲都区教育项目“三年攻坚”路线图及时间表(2)
(梅山中学扩建工程二期)

序号	工作项目	主要工作内容	责任(配合)单位	完成时间
1	建立推进机制(培训、布置)	成立莲都区教育项目三年“攻坚”领导小组	区府办	2016年6月15日
2	开展项目前期审批	设计方案审核	市建设局	2016年6月15日
		概算审核、初步设计批复	市发改委、区发改局、区财政审核中心	2016年6月30日
3	完成施工图编制、设计资料(图纸)审查	完成施工图编制、审查	梅山中学	2016年7月10日
4	组织开展项目工程预算、项目标底审核	委托有资质的单位编制预算造价,形成送审标底,送财政审核中心登记审核,紧密衔接财政审核中心,加快完成工程标底审核任务	区财政审核中心	2016年7月20日
5	完成工程规划许可	办理防雷、人防、防蚁、档案、消防、绿化等审核,办理工程规划许可	市建设局、市气象局、市人防办、市消防支队	2016年7月25日
6	工程建设、监理招投标	1.委托有资质的中介单位编制招标文件,并报建、进行招投标阶段工作,公开选择具备相应资质工程施工单位 2.委托有资质的中介单位公开选择相关工程项目监理单位	梅山中学	2016年8月25日
		与中标的施工单位、监理单位签订合同,开工建设	梅山中学	2016年8月30日
7	组织落实项目施工	加强建设工程施工管理工作	梅山中学	2017年11月30日
8	组织完工项目竣工验收	做好工程竣工验收工作	梅山中学	2017年12月30日
9	组织评估总结	组织对项目实施进度和完成情况进行评估,并召开总结表彰会	三年“攻坚”领导小组	各阶段

莲都区教育项目“三年攻坚”路线图及时间表(3)

(中山小学城西校区、大洋路小学长岗背校区)

序号	工作项目	主要工作内容	责任(配合)单位	完成时间
1	项目规划选址、前期相关工作	完成项目增列2016年度计划批复、规划选址;委托编制可研;起动设计、地质勘探招投标	相关单位	2016年6月30日
2	办理环评、用地预审、水保	完成项目环评、用地预审等办理	市环保局、市国土局耕保处、市水利局	2016年7月10日
3	可行性研究报告	完成可研申报及批复工作	市发改委	2016年8月25日
4	建设方案设计、审批	完成设计、地勘招投标工作;对建设设计方案优化、完善,并完成建设方案评审、公示与审批	招投标中心、咨询、设计公司及相关单位,市建设局规划处	2016年9月5日
5	建设用地规划许可证	完成建设用地规划许可证的办理	市建设局规划处	2016年10月8日
6	初步设计	完成初步设计及概算编制、完善	设计单位	2016年10月5日
7	初步设计审批	完成初步设计及概算审查、审批	市发改委基综处	2016年10月15日
8	办理用地批准	完成用地审查与审批;完成施工招标代理工作	市国土局利用处	2016年10月20日
9	施工图设计、标底编制及送审	完成施工图设计、审查;委托标底编制等工作	设计公司、咨询公司	2016年10月20日
10	建设工程规划许可证	完成相关部门的审核,并完成建设工程规划许可证的办理;完成监理招投标工作	市建设局规划处、咨询单位	2016年10月30日
11	施工图审查	完成施工图审查;做好施工招投标准备(标底审查)工作	市图审中心、区财审	2016年11月1日
12	工程施工招设标	进行施工招投标相关工作	招投标中心、咨询公司	2016年12月15日
13	施工合同签订、施工许可证 施工准备	完成施工招投标及相关合同的签订工作;完成施工许可证的办理工作	施工、监理及业主单位及备案单位、市建设局施工管理处	2016年12月25日
14	施工准备	做好工程开工前的各项准备工作	施工、监理单位等	2016年12月30日
15	工程开工	开工建设	参建单位	2016年12月30日
16	组织落实项目施工	加强建设工程施工管理工作	区国资公司	2018年7月30日
17	组织完工项目竣工验收	做好工程竣工验收工作	区国资公司、区教育局	2018年8月30日
18	组织评估总结	组织对项目实施进度和完成情况进行评估,并召开总结表彰会。	三年“攻坚”领导小组	各阶段

莲都区教育项目“三年攻坚”路线图及时间表（4）
（东港小学）

序号	工作项目	主要工作内容	责任（配合）单位	完成时间
1	衔接城区新建小学规划布局	确定东港小学规划布点。	市建设局	2016年6月10日
2	建立推进机制（培训、布置）	成立莲都区教育项目三年“攻坚”领导小组	区府办	2016年6月15日
3	招商引资	完成招商、签订协议	区教育局	2016年7月30日
4	开展项目前期审批	立项、规划选址	市发改委、市建设局，区发改局、区建设分局	2016年8月20日
		用地预审、环评报告编制、水土保持评估与审批、地质灾害评估及审查意见	市国土局、市环保局、市水利局，区国资公司、区教育局	2016年9月15日
		可研编制、报批	市发改委，区发改局、区国资公司、区教育局	2016年10月10日
		设计方案编制、审核，建设用地规划许可	市建设局、市国土局，区建设分局、区国土分局	2016年11月15日
		初步设计编制，初步设计批复，用地批准（供地）	市发改委、市国土局，区发改委、区国土分局	2016年12月10日
5	施工图编制	完成施工图编制	项目业主	2017年1月5日
6	完成设计资料（图纸）审查、工程规划许可	完成项目施工图审查、工程规划许可	市建设局	2017年1月30日
8	组织开展工程预算	编制预算造价并审核	区国资公司	2017年2月28日
9	确定施工单位和监理单位	确定施工单位和监理单位	项目业主	2017年3月5日
10	组织落实开工前准备工作	完成项目开工前施工许可、质量监督等审批。	项目业主	2017年3月30日
11	组织落实项目施工	加强建设工程施工管理工作	项目业主	2018年7月30日
12	组织完工项目竣工验收	做好工程竣工验收工作	项目业主	2018年8月30日
13	组织评估总结	组织对项目实施进度和完成情况进行评估，并召开总结表彰会。	三年“攻坚”领导小组	各阶段

莲都区教育项目“三年攻坚”路线图及时间表(5)
(囿山小学青林校区)

序号	工作项目	主要工作内容	责任(配合)单位	完成时间
1	衔接城区新建小学规划布局	确定囿山小学青林校区规划布点	市建设局	2016年6月10日
2	建立推进机制(培训、布置)	成立莲都区教育项目三年“攻坚”领导小组	区府办	2016年6月15日
3	开展项目前期审批	立项、规划选址	市发改委、市建设局,区发改局、区建设分局	2017年6月20日
		用地预审、环评报告编制、水土保持评估与审批、地质灾害评估及审查意见,设计招投标	市国土局、市环保局、市水利局,区国资公司、区教育局	2017年7月30日
		可研编制、报批	市发改委,区发改局、区国资公司、区教育局	2017年8月30日
		设计方案编制、审核,建设用地规划许可	市建设局、市国土局	2017年10月10日
		初步设计编制,初步设计批复,用地批准(供地)	市发改委、市国土局,区发改局、区国土分局	2017年11月20日
4	施工图编制	完成施工图编制	区国资公司、区教育局	2017年12月20日
5	完成设计资料(图纸)审查、工程规划许可	完成项目施工图审查、工程规划许可	市建设局,区国资公司	2018年1月25日
6	组织开展项目工程预算	委托有资质的单位编制预算造价,形成送审标底,送财政审核中心登记审核。	区国资公司	2018年2月15日
7	完成项目标底审核	紧密衔接财政审核中心,加快完成各工程标底审核任务	区财政审核中心、区国资公司	2018年3月10日
8	工程建设、监理招投标	1.委托有资质的中介单位编制招标文件,并报建、进行招投标阶段工作,公开选择具备相应资质工程施工单位。2.委托有资质的中介单位公开选择相关工程项目监理单位	区国资公司	2018年4月20日
		与中标的施工单位、监理单位签订合同	区国资公司	2018年4月25日
9	组织落实开工前准备工作	完成项目开工前施工许可、质量监督等审批	区国资公司、区教育局	2018年5月25日
10	组织落实项目施工	加强建设工程施工管理工作	区国资公司	2020年5月30日
11	组织完工项目竣工验收	做好工程竣工验收工作	区国资公司、区教育局	2020年6月30日
12	组织评估总结	组织对项目实施进度和完成情况进行评估,并召开总结表彰会	三年“攻坚”领导小组	各阶段

丽水市莲都区人民政府办公室关于印发莲都区创建浙江省食品安全区工作方案的通知

莲政办发〔2016〕78号

古堰画乡小镇指挥部，各乡镇人民政府，各街道办事处，区政府直属各单位：

《莲都区创建浙江省食品安全区工作方案》已经区政府同意，现印发给你们，请认真组织实施。

丽水市莲都区人民政府办公室

2016年8月19日

（此件公开发布）

莲都区创建浙江省食品安全区工作方案

为积极创建浙江省食品安全区，进一步完善我区食品安全全程管控体系，根据《浙江省人民政府办公厅关于开展浙江省食品安全市、县（市、区）创建工作的指导意见》(浙政办发〔2016〕28号)和《丽水市人民政府办公室关于印发丽水市创建浙江省食品安全市、县（市、区）工作方案的通知》（丽政办发〔2016〕82号）要求，结合我区实际，制定本方案。

一、指导思想

贯彻落实党的十八大和十八届三中、四中、五中全会和习近平总书记系列重要讲话精神，以保障公众食品安全为出发点和落脚点，认真落实“四个最严”要求，大力实施食品安全战略，形成“上下统一、责任明晰，运行高效、保障有力，无缝衔接、全程监管，符合实情、科学合理”的食品安全治理体系，推动全区食品安全整体水平、食品安全治理能力、食品产业健康发展水平和群众满意度“四个明显提升”。力争通过3年努力，达到省食品安全区标准，并形成一套机制完善、管理科学、实效显著的工作体系。

二、基本原则

（一）政府主导，部门协同。区政府统一领导和部署创建工作。各乡镇、街道和各相关职能部门要各司其职、各负其责，充分保障创建工作所需的人力、物力、财力，按照创建工作方案和标准，认真组织实施好创建工作，并把食品安全区创建与全国文明城市创建、国家卫生城市巩固、平安建设、省级农产品质量安全放心县创建等联合抓，相互推动，相互促进。

（二）问题导向，消除隐患。坚持问题导向，围绕本区域食品安全重点、热点、难点问题，加大改革创新力度，因地制宜、克难攻坚，提高监管效能，有效防范和处置食品安全风险，消除食品安全隐患。

（三）健全机制，落实长效。坚持治本导向，不断完善政策措施，建立健全党政同责的责任机制、考评机制，在创建过程中坚持标本兼治，不断完善措施，建立健全无缝隙、全覆盖的监管机制，切实提升当地食品安全工作水平。

（四）营造氛围，社会共治。坚持共创导向，加强宣传教育，动员全社会广泛参与，形成企业负责、政府监管、行业自律、部门协同、公众参与、媒体监督、法治保障的共治格局，营造良好的创建氛围。

（五）科学评价，群众满意。坚持满意导向，科学设定工作指标，把社会认可、群众满意作为衡量创建工作成效的重要标尺，力戒形式主义，杜绝弄虚作假，让老百姓得到实实在在的好处，让全社会切实感受到食品安全状况的好转。

三、创建范围

按照城市农村全覆盖，三年内达标的目标，全面组织开展省食品安全区创建工作。创建周期原则上不少于2年，并争取提前1年申请验收。

四、创建标准

（一）食品安全工作落实到位。建立完善的食品安全监管体系和食品安全财政投入保障机制，落实监管所需的人、财、物投入；监管执法实现全覆盖，食品安全突出问题得到有效整治；食品行业依法诚信经营，产业健康发展；食品安全社会共治格局基本形成。

（二）食品安全状况良好。食品安全总体状况应持续稳定在较高水平，尤其是粮食及粮食制品、食用油、蔬菜、水果、肉及肉制品、蛋、水产品、乳制品、保健食品等主要食品和专供婴幼儿及其他特定人群的主辅食品安全状况稳定在较高水平。近三年来，没有发生重大食品安全事故或影响恶劣的食品安全事件。

（三）食品安全公众满意度较高。群众及社会各界对政府及有关部门食品安全工作措施认可度高，对本地食品安全现状总体满意度达68%以上。

五、创建任务

（一）突出三大重点。

1. 强化源头治理。全面加强农业投入品管理，建立农药、化肥、兽药、饲料和饲料添加剂等农业投入品安全使用制度。开展绿色生产，推广统防统治、绿色防控、测土配方施肥、健康养殖和高效低毒农兽药使用等安全生产技术。对主要农产品制定生产操作规程或生产模式图或标准简图，生产操作规程或生产模式图或标准简图入社（场、企）率达90%以上。加强品牌建设，建立健全“三品一标”农产品质量安全认证与监管机制，主要食用农产品中“三品”比率达到55%以上。全面实行标准化生产，农产品标准化生产率达到62%以上。加强畜禽产品质量安全监管，规范畜禽屠宰，打击畜禽私屠滥宰等违法行为，健全病死畜禽无害化处理机制。严格食用农产品质量安全监管，建立并实施食用农产品产地准出和市场准入制度，严把食用农产品入市关。建立餐厨废弃物集中收集、资源化利用和无害化处理体系，规范处置餐饮服务单位餐厨废弃物。积极推行餐饮服务单位安装油水分离装置；主城区餐饮服务单位每日产生的餐厨废弃物80%以上进入集中收集处置体系；各餐饮服务单位的餐厨废弃物收集处置情况记录完整，并公示。严厉打击非法制售“地沟油”行为。

2. 强化市场监管。严格食品生产经营许可管理，加大检查、巡查和抽查力度，做到依法监管全覆盖、科学监管有痕迹。健全食品安全全程监管机制。细化出台可检验、可度量、可检查的食品生产经营良好行为规范并监督实施，全面覆盖各类食品生产经营行为以及食品展销会、互联网食品经营等各类业态。建立实施标准化现场检查制度，实现现场检查标准公开、监管信息公开。区域内应量化分级管理的餐饮服务提供者量化分级评定公示率达95%以上。建立完善食品安全风险隐患排查、报告和闭环处置机制，主动排查、及时处置非法添加、制假售假等各类危害食品安全的行业共性隐患问题。食品广告市场环境得到有效净化，食品（含保健品）广告违法率不超过3%。坚持“疏堵结合，规范发展”原则，综合治理小作坊、小食品店、小餐饮、小摊贩。建立实施问题导向的抽检检验制度，加强对重点区域、重点食品、重点项目的抽检检验力度，每年食品安全定量检测不少于4批次/千人口。建立并依法执行问题食品后处理机制，对本地发现或外地通报的违法行为和问题产品，及时、全面开展上下游责任溯源追查、产品召回和立案查处，需要移交的及时移交，确保行政处罚、责任追究到位。深化学生饮食放心工程，学校食品安全工作机制及师生监督组织建成率、大宗食品统一配送率、学校食堂量化等级B级以上比例、校园品牌超市比例、校园加热保温水或直饮水等饮用水安全系统建成率、中小学生食品安全知识知晓率达省定要求。

3. 强化基层建设。加强区、乡镇（街道）监管机构基础设施建设，办公业务用房、执法车辆、快速检测、执法取证、应急处置、通信交通等执法装备、设施设备达到相应建设标准要求。基层市场监管所按省、市政府要求设立，保留食品药品监管机构牌子，将食品安全监管作为市场监管执法的首要职责。扎实推进基层责任网络规范化建设，规范基层食品安全监管组织架构，加强力量配置，完善工作机制，改善设施设备，强化保障供给，提升基层工作水平。乡镇（街道）食安办和村居（社区）食品安全工作站规范化建设达到要求。加强基层监管队伍建设，配优配强专业人员，编制受限的地方，通过政府购买服务等手段缓解人员不足问题。加大对食品安全监管人员专业化培训考核的力度，每年食品安全相关内容培训时间不少于40小时。

（二）完善四个体系

1. 健全组织保障体系。政府将定期听取食品安全工作专题汇报，进行专题研究，并加大食品安全工作评议考核力度，健全考核考评机制，将食品安全纳入政府年度综合目标考核、地方党委政府领导班子及领导干部综合考核评价，所占权重不低于3%，将重大食品安全事故纳入“一票否决”内容。各乡镇、街道和各有关部门要高度重视食品安全工作，坚持党政同责、标本兼治，将食品安全工作纳入当地国民经济和社会发展规划，摆上重要议事日程。加强食品安全监管责任体系建设，层层建立食品安全目标管理责任制和责任追究制，明确监管职责和监管边界，着力消除监管空白和盲区。加大食品监管投入，建立健全食品安全财政投入保障机制，保障执法装备、宣传教育、基层责任网络规范化建设、监督检测（定量检测每年要求不少于4批次/千人口）、应急处置等工作需要。

2. 健全技术支撑体系。依托市级食品安全检验检测机构，满足辖区内食品生产监督抽检和区域特产食品全项目检验等需求的基础上，加强区级食品安全快检体系建设，扩展快速检测能力。健全完善部门间的风险会商和信息通报工作机制，及时组织开展相关的风险隐患处置工作。

3. 健全应急处置体系。健全食品安全应急处置体系，完善应急预案，编制应急操作手册。加强应急队伍建设，完善应急装备物资，每年至少开展一次应急培训或演练，提高事故防范和应急处置能力。食品安全事故及事件妥善处置率达100%。规范信息管理，建立信息平台，促进部门间、区域间的食品安全信息互通共享。建立新闻发言人、宣传联络员制度和食品安全舆情监测处置机制，强化舆情监测监控，把握正确舆论导向，及时回应社会关切，妥善处置食品安全社会舆论事件。

4. 构建社会共治体系。积极开展食品安全社会共治体系标准化建设，积极构建共管共治格局。将食品安全纳入公民法制普及、科普常识、职业技能和学生课堂教育，提高社会公众食品安全素养，增强认知能力。完善新闻发布制度，主动发布有关信息和接受媒体采访。本地新闻媒体设立食品安全违法信息曝光专栏，定期依法曝光食品安全典型案件。完善食品投诉举报受理平台和处理机制，开通网络投诉平台，畅通投诉举报渠道，落实食品安全有奖举报制度，投诉举报核查回复率达100%。实施食品安全“红黑榜”制度，深化食品安全责任保险，提升保险覆盖面和企业参保率，学校食堂、超市（商店）以及大宗食品统一配送单位参保率达省定要求。深入实施食安金融联手信用工程，扩大实施主体和联合惩戒的项目，加大失信行为联合惩戒力度。按类别组建食品行业协会，充分发挥行业行会自律作用。充分发挥“两代表一委员”、新闻媒体、专家学者等社会力量作用，建立社会监督员制度。开展食品安全治理体系现代化建设创新试点，探索可复制、可推广的工作经验。定期开展公众认知调查，社会公众对食品安全科普知识的知晓率、对浙江省食品安全区创建工作的知晓率、对我区创建举措的支持率均达到85%以上。

（三）强化五种举措。

1. 落实企业主体责任。行政区域内食品生产经营者依法持有有效许可证或纳入备案管理。建立健全以法定代表人负首要责任、主管人员负直接责任、从业人员负岗位责任为主要内容的食品安全责任制度，落实食品生产经营者的食品安全第一责任人的责任。规模以上食品生产企业普遍推行良好生产规范，鼓励开展危害分析与关键控制点体系（HACCP）或其他食品安全管理体系（ISO-22000）等相关认证。落实集中交易市场的开办者、柜台出租者和展销会举办者责任。建立健全食品安全追溯机制，实现食用农产品和食品安全质量有效追溯。建立健全食品生产经营者信息档案和诚信分类数据库，完善信用等级分类监管制度。

2. 严惩违法违规行为。重典治乱，使严惩重处成为食品安全治理常态，并将农产品质量安全违法犯罪行为纳入食品安全犯罪侦查的范围，及时立案查办发现的食品安全问题，依法从严从重予以查处。加强行政执法与刑事司法的衔接，及时依法移送、侦查行政区域内食品安全涉刑案件。公安机关设立打击危害食品安全犯罪的专职队伍或在市场监管部门派驻人员，协调推动食品安全犯罪打击工作。建立落实跨部门、跨区域的案件协查、产销衔接等协调联动机制，强化信息通报和违法案件协查协办工作配合。建立政法委、公检法和食品安全监管等部门共同参与的案件侦办、协调机制。

3.提升科技监管能力。加大食品安全监管信息化建设力度，进一步完善手机食安通、食品安全溯源体系建设、食安金融联手信用工程、农产品电商监管等“互联网+”食品安全系列监管平台，切实提升监管水平和监管效能。加强区域间、部门间食品安全监管信息、数据的整合共享，推动形成食品安全一体化、专业化、精准化监管智慧应用平台。推广使用移动监管执法终端，监管人员使用覆盖面达50%以上。

4.推动产业转型升级。落实国家、省食品产业发展政策，加强政策引导，鼓励支持食品生产企业升级和技术改造，大力培育食品品牌、优势企业，发挥其质量管理的示范带动作用。发展食品及食用农产品加盟连锁、统一配送、网络经营、跨境贸易等新型业态和现代经营模式。大力扶持农产品批发市场建设和功能提升，因地制宜制定小作坊、小摊贩行业管理办法和引导规划，加大升级改造力度，引导小作坊进园区、进基地，推动小摊贩集中连片经营和便民疏导点建设。广泛开展系列创建活动，着力打造一批放心品牌，培育一批优势企业，抓好一批示范园区（示范村、示范街、示范单位），推动食品产业转型升级、提质增效，形成食品产业发展新优势。大型餐饮服务单位“阳光厨房”比例达50%以上。

5.创新监管体制机制。要认真总结创建工作中的好经验、好做法，对行之有效的做法以制度形式加以总结提炼，积极构建长效监管机制。结合创建实际，着力在“三小一市场”、农产品产地准出与市场准入、网络食品安全监管、食品安全保证金、社会共治体系标准化建设等方面积极探索，力争形成可复制、可推广的工作经验，为全区食品安全治理体系现代化建设探路子、立标杆、树榜样、做示范。

六、创建步骤

（一）启动部署（2016年5月至8月）。

根据全省的统一部署，5月全面启动创建工作，制定创建方案，成立创建省级食品安全区工作领导小组，并召开动员会议对创建工作进行动员部署。

（二）组织实施（2016年8月至2018年5月）。

各乡镇、街道和各部门根据本方案及考核评价细则，结合实际，推进实施创建工作。加强督查督办，对创建工作重点、难点进行定期督导、专项督查、现场暗访，及时了解和掌握工作进展情况，保证各项创建工作紧张有序地推进。

（三）考核评价（2018年4月至2018年5月）。

2018年4月底前以区政府名义向市创建办报送验收申请、创建工作总结、自评结果，市创建办根据申请对创建工作开展评估，提出初评验收申请意见。通过初评验收后，向省食安委提出考评验收申请，并报送创建工作总结和自评结果。没有通过考核、公示，要积极整改相关问题；相关问题整改落实到位后，再于下一年度提出考评验收申请，接受考评验收。

七、工作要求

（一）加强领导，强化保障。成立由政府一把手为组长，相关分管领导为副组长，相关部门主要负责人为成员的创建工作领导小组，领导小组下设办公室，办公室下设若干工作小组。区创建办设在区府办，从区市场监管、区农业、区林业等部门抽调人员，配强创建办工作力量，充分发挥统筹协调、监督指导作用。领导小组各成员单位要按照职责分工，认真履行职能，及时协调解决创建工作中出现的问题，推进创建工作顺利开展。其他相关部门要共同参与创建工作，明确分工、形成合力，确保创建工作各项措施落到实处。

（二）严格标准，力求实效。根据《浙江省食品安全市、县（市、区）创建考核评价标准（试行)》要求,制订创建工作实施细则及责任分解落实方案,确保高标准、高起点开展创建,将创建工作作为改进工作的平台、集中投入的平台、宣传展示的平台,确保创建工作取得实效。将创建工作成效纳入区政府对各乡镇、街道和各相关部门年度综合考核;作为文明城市、卫生城市和社会治安综合治理考核评价的重要内容。对在创建工作中做出突出贡献的单位和人员,区政府予以表彰奖励。对具有显著成效的创新机制及举措给予上报推广。

(三)攻坚克难,狠抓落实。根据创建工作推进情况,及时梳理分析创建中存在的难点重点问题,适时将难点热点问题作为攻坚项目,着力解决难点重点问题。区创建办将建立“周交办、月通报、季点评、年考核”工作机制,督促各乡镇(街道)、各部门认真履行职责,及时通报存在的问题,定期开展创建评比,确保创建各项目标任务落实到位。

(四)广泛宣传,凝聚共识。各乡镇(街道)、各部门要广拓宣传渠道,创新宣传手段,广泛开展食品安全科普宣传,增强公众认知能力。要加大对创建活动的目的意义、政策措施、创建重点、创建标准、创建成效、特色做法、典型事迹的宣传力度,增进社会了解,凝聚社会共识,形成全社会支持创建、参与创建的良好社会氛围。

附件:

1. 莲都区创建省食品安全区工作领导小组

2. 莲都区创建省食品安全区工作小组及职责分工

附件1

莲都区创建省食品安全区工作领导小组

为切实做好创建省食品安全区工作，区政府同意，决定成立莲都区创建省品安全区工作领导小组。

组　　长：杨秀清　区委副书记、区长
副 组 长：胡献如　区委常委、常务副区长
　　　　　王世强　副区长
　　　　　郭巧燕　副区长
　　　　　张　妍　副区长
执行副组长：王世强　副区长
成　　员：王伟荣　区府办副主任
　　　　　林伟群　区府办副主任、法制办主任
　　　　　曾　锋　区府办副主任
　　　　　叶向荣　区府办副主任
　　　　　管兴标　区委组织部常务副部长
　　　　　留红伟　区委宣传部副部长
　　　　　王文俊　区综治办副主任
　　　　　吴丽云　区编委办主任
　　　　　梁永光　区人力社保局局长
　　　　　汪强华　区发改局局长
　　　　　赖志平　区财政局局长
　　　　　陈永军　区监察局局长
　　　　　王君伟　区经济商务局局长
　　　　　王　弘　区市场监管局局长
　　　　　李小富　区教育局局长
　　　　　朱瑞亮　区科技局局长
　　　　　章金宝　区建设分局局长
　　　　　潘金发　区农业局局长
　　　　　陈森云　区林业局局长
　　　　　朱祖胜　区水利局局长
　　　　　钟金亮　区卫计局局长
　　　　　陈灵敏　区环保分局局长
　　　　　吕建军　城管处州分局副局长
　　　　　孙海波　城管莲都分局副局长
　　　　　叶伟春　区公安分局副局长
　　　　　吴日清　区质监局局长
　　　　　蓝海霞　区环卫局局长
　　　　　魏建平　区法院副院长
　　　　　王韵俊　区检察院副检察长

根据工作需要，莲都区创建省食品安全区工作领导小组下设办公室，办公室设在区府办，实行集中办公，负责组织协调、宣传发动、督查指导、日常事务(创建信息汇总、统计、报送)等工作，定期召开工作例会、联席会议等，及时协调落实创建相关工作。区府办主任雷成兼任办公室主任，区食安办主任、区市场监管局局长王弘兼任第一副主任，区食安办专职副主任、区市场监管局副局长朱泽霞兼任常务副主任，区公安分局副局长叶伟春、区教育局副局长王刘毅、区农业局副局长朱爱琴、区卫计局副局长杨娇云、区林业局总工程师俞加夫、区市场监管局副局长上官潮涌、区水利局副局长丁小丰兼任办公室副主任。

附件2

莲都区创建省食品安全区工作小组及职责分工

根据省食品安全区创建具体任务分成若干工作小组，现将创建省食品安全区工作小组及职责分工确定如下：

一、综合协调组

责任部门：区府办、区食安办、区编办、区人力社保局、区财政局、区发改局、区经济商务局

组　长：雷成

副组长：朱泽霞

组　员：区府办、区食安办、区编办、区人力社保局、区财政局、区发改局、区经济商务局相关科室负责人。

主要职责：根据创建工作方案要求，在人力、财力、物力等方面予以充分保障，满足创建工作需要；负责省食品安全区创建的组织协调，督查指导；加强政策引导，落实国家、省食品产业发展政策。

二、宣传教育组

责任部门：区委宣传部、区食安办、区教育局及各相关监管部门，各有关新闻媒体

组长：留红伟

组员：区委宣传部、区食安办、区教育局及各相关监管部门，各有关新闻媒体单位科室负责人。

主要职责：将食品安全纳入公民法制普及、科普常识、职业技能和学生课堂教育，利用各种媒介开展形式多样的食品安全科普宣传教育活动，提高社会公众食品安全素养和食品安全基本知识知晓率，科学防范食品安全风险能力；坚持正确舆论导向，进一步完善食品安全信息发布制度，畅通信息发布渠道，科学、客观、准确、全面的发布食品安全工作信息。

三、农产品组

责任部门：区农业局

组长：朱爱琴

组员：区农业局相关科室负责人

主要职责：加强农业投入品管理，积极推广绿色防控和统防统治，严厉打击农药(兽药)残留超标、非法添加激素类药品或其他违禁物质等违法违规行为；严格食用农产品质量安全监管，建立实施食用农产品产地准出制度；加强品牌建设，加大“三品一标”认证力度；严格执行定点屠宰制度，规范畜禽养殖管理，及时取缔私屠滥宰行为。

四、初级水产品组

责任部门：区水利局

组长：丁小丰

组员：区水利局相关科室负责人

主要职责：深入组织开展以打击违规用药、用料为重点的水产养殖业专项执法检查行动，积极推进水产品溯源体系建设；加快水产品标准化建设，提高产业化、品牌化发展水平。

五、食用林产品组

责任部门：区林业局

组长：俞加夫

组员：区林业局相关科室负责人

主要职责：深入组织开展以打击违规用药、用料为重点的食用林产品种植业专项执法检查行动，积极开展食用林产品溯源体系建设；加快食用林产品标准化建设，提高产业化、品牌化发展水平。

六、市场监管组

责任部门：区市场监管局、区发改局、城管处州分局、城管莲都分局、区经济商务局

组长：上官潮涌

副组长：吕建军

组员：区市场监管局、区发改局、城管处州分局、城管莲都分局、区经济商务局相关科室负责人

主要职责：严格食品生产经营许可管理，加大检查、巡查和抽查力度；健全食品安全全程监管机制；建立实施问题导向的抽检检验制度，建立并严格依法执行问题食品后处理机制，及时发现、及时召回问题食品，严厉查处滥用食品添加剂、添加违禁物质、使用非食用原料加工食品等违法行为；加强农批市场、食品批发市场、农贸市场管理，完善监督检测制度；加大食品安全电子追溯系统的推广力度，推进农产品产地准出和市场准入的有

效衔接；全面推行餐饮服务监督量化分级管理制度，积极推广五常法、色标等管理，加大"阳光厨房"建设力度；综合治理"三小一市场"，制订小作坊、小摊贩行业管理办法和引导规划，加大提升改造力度。

七、刑事案件查处组

责任部门：区公安分局、各有关监管部门

组长：叶伟春

组员：区公安分局、各有关监管部门相关科室负责人

主要职责：设立打击危害食品安全犯罪的兼职队伍或在市场监管部门派驻人员，不断加大对食品安全犯罪行为的打击力度；对涉嫌食品安全犯罪案件，提前主动介入，及时摸排案件线索，简化程序，快速立案，迅速组织力量侦破；特别对重大案件，集中优势警力，快侦快破，提高案件查处效率。

八、风险监测组

责任部门：区卫计局、各有关监管部门

组长：杨娇云

组员：区卫计局、各有关监管部门相关科室负责人

主要职责：健全完善部门间的风险会商和信息通报工作机制，及时组织开展相关的风险隐患处置工作。